비둘기 재앙

이 도서의 국립중앙도서관 출판시도서목록(CIP)은
e-CIP 홈페이지(http://www.nl.go.kr/cip.php)에서 이용하실 수 있습니다.
(CIP제어번호: CIP2010002309)

비둘기 재앙

The Plague of Doves

루이스 어드리크 장편소설 | 정연희 옮김

문학동네

독주

 마지막 한 발은 불발로 끝났고, 아기는 아기 침대의 난간을 붙잡고 서서 잔뜩 겁에 질린 눈으로 요란하게 울었다. 남자는 천을 씌운 의자에 앉아 총을 분해한 뒤 불발의 원인을 살피기 시작했다. 아기 울음소리에 신경은 더욱 날카로워졌다. 총을 내려놓고 망치를 찾으려고 주위를 두리번거리는데 축음기가 시야에 들어왔다. 남자는 그쪽으로 걸어갔다. 회전판에 음반이 놓여 있기에 크랭크를 돌리고 바늘을 내려놓았다. 그리고 다시 의자로 돌아가 하던 일을 계속했다. 방 안에 음악이 흘러넘쳤다. 아기는 잠잠해졌다. 바늘이 레코드판의 중간에 이르자 딴 세상 음악 같은 바이올린 독주가 흘러나왔고 남자는 총의 부품을 쥔 채 동작을 멈추었다. 음악이 멈추자 일어서서 크랭크를 돌려 다시 그 음악을 틀었다. 그 행동을 세 번 되풀이했다. 아기는 잠들었다. 총을 고치자 총알이 약실로 매끄럽게 들어갔다. 그는 몇 차례 찰칵거린 뒤 일어서서 아기 침대 옆으로 갔다. 바이올린 선율이 괴이하도록 달콤한 크레셴도로 치달았다. 그가 총을 들어올렸다. 닫힌 방 안에서 그의 주위로 피냄새가 진동했다.

에블리나의 이야기

Evelina

비둘기 재앙

✖

　1896년, 원주민의 피가 섞인 최초의 가톨릭 신부 가운데 한 명이었던 나의 종조할아버지는 교구민에게 스카풀라*를 착용하고 미사 경본을 챙겨서 성요셉 성당에 모이라는 말을 전달했다. 거기서부터 길고 넓게 줄을 지어, 걸음을 옮길 때마다 비둘기 무리를 몰아내주십사 우렁찬 목소리로 기도하면서 들판을 행진할 예정이었다. 하느님을 따르는 이 무리는 독일과 노르웨이 정착민 사이에서 쟁기를 들고 농사를 지으며 살고 있었다. 우리 조상과 섞인 프랑스인과 달리, 두 나라에서 온 정착민은 고장의 토착 여인들에게 관심이 거의 없었고 혼인하는 일도 없었다. 사실 노르웨이인은 끼리끼리만 어울리고 나머지는 아예 무시해버리는 지극히 종족 중심적인 족속이었다. 하지만 비둘기는 그들의 경작물이라고 봐주

---

* 어깨에 걸치는 일종의 성의(聖衣).

지 않았다.

비둘기들이 내려오자 인디언 백인 할 것 없이 모두 여기저기 큰 화톳불을 피우고 그물을 놓아 새들을 그쪽으로 몰았다. 비둘기는 밀 모종과 호밀을 먹어치웠고, 이어서 옥수수도 축내기 시작했다. 방금 꽃잎을 틔운 꽃송이도, 사과꽃 봉오리도, 질긴 떡갈나무 잎사귀도, 심지어 해묵은 왕겨까지 먹어치웠다. 그것들은 투실투실해서 맛있게 그슬렸지만, 수백 수천 마리의 목을 비틀어 죽인대도 수가 확연히 줄어들지는 않을 것이었다. 기둥과 흙으로 지은 혼혈인의 집과 목피로 만든 순혈 인디언의 집도 비둘기 무게로 찌부러졌다. 비둘기들은 숯불구이가 되고 불에 타고 파이가 되고 스튜가 되고 큰 통에서 소금에 절여지고, 혹은 막대기로 맞아 죽은 채 아무데서나 썩어갔다. 하지만 죽은 놈은 산 놈의 먹이가 될 뿐이어서 매일 아침 사람들은 갉작거리는 소리, 날개 치는 소리, 수런거리는 소리, 오스스한 구구 소리에 잠을 깼고, 아직 창문이 깨지지 않은 집에서는 그 피조물의 괴상하고 온화한 얼굴이 제일 먼저 보였다.

종조할아버지는 사제관이라는 그럴싸한 이름을 붙인 건물의 창유리를 보호하려고 나뭇가지를 열십자 모양으로 얼기설기 엮어 창틀을 댔다. 그 방 한 칸짜리 오두막의 한쪽 구석에는 전나무 가지를 엮어 만든 침대 깔판과 풀더미로 속을 채운 매트리스가 포개져 있었고, 그 위에선 지나치게 방치된 생활로부터 종조할아버지가 구원한 그의 남동생이 누워 자고 있었다. 지금까지 자본 침대 중에서 가장 푹신해 소년은 전혀 일어나고 싶지 않았지만, 종조할아버지는 성가대복을 억지로 찔러넣으며 행렬에서 들고 갈 촛대를 닦으라고 했다.

　이 소년이 장차 내 엄마의 아버지, 나의 무슘*이 된다. 원래 이름은 세라프 밀크였는데, 백 살 넘게 살았기 때문에 그가 자기 인생에서 가장 중요한 그날의 이야기를 들려주고 또 들려주던 즈음에 나는 열한 살 소녀로 성장해 있었다. 이야기는 언제나 왕성하게 번식한 비둘기 떼를 몰아내려고 일을 도모한 그날에서 시작했다. 무슘은 딱딱한 의자에 앉아 이야기를 들려주었는데, 의자 양옆에는 우리 가족이 처음 마련한 텔레비전과 벽으로 쑥 들어간 조그마한 책선반이 있었다. 우리 집은 인디언사무국 관할 보호구역에 세워진 정부 소유의 주택이었다. 무슘은 심지어 형이 나뭇가지로 만든 보호망을 비둘기들이 기어오르면서 발로 갉작거리는 소리까지 들었다고 했다. 뒷간에 가는 것도 무진장 겁이 났는데, 왜냐하면 상당수 비둘기가 구멍 밑 오물 진창에 빠져 허우적거리면서 필사적인 비명을 질러댔고, 그 시끌시끌한 소리가 또다른 비둘기들을 불러들였으며, 그놈들이 빠진 놈들을 구한답시고 뒷간에 몸을 들이받았기 때문이다. 하지만 딴 곳에서 볼일을 보는 것도 엄두를 못 낼 일이었다. 그래서 어쩔 수 없이 퍼덕거리는 날개를 헤치고 혹시라도 그것들의 발이나 등짝을 밟을까 요리조리 피하면서 겨우겨우 뒷간에 도착하면 눈을 질끈 감고 필요한 행위를 후딱 해치웠다. 나오면서는 또다른 비둘기들이 들어가 갇히는 일이 없도록 문고리를 단단히 잡아맸다.

＊할아버지를 가리키는 미치프어.

극적인 뒷간 이야기는 언제나 그 중대한 날의 맨 처음을 장식했고, 오빠와 내가 재미있어하는 아기자기한 내용으로 가득했다. 지금은 수세식을 쓰지만 우리도 익히 아는 뒷간에 대한 묘사와 배설물에 빠져 죽은 비둘기들에게서 느껴지는 공포는 이야기의 도입부에 나타나는 다른 특징과 더불어 우리의 관심을 사로잡았다. 무슙의 이야기는 우리가 텔레비전 다음으로 좋아하는 즐길거리였다. 하지만 어느 날 아빠가 텔레비전 채널 손잡이를 떼어내 감춰버렸다. 아무리 끈질기게 찾아도 손잡이는 보이지 않았고 결국 우리는 아빠가 그걸 늘 들고 다닌다고 믿게 되었다. 그래서 우리는 무슙의 이야기에 귀를 기울였다. 무슙이 이야기를 하면 우리는 식탁 의자에 앉아 머리카락을 비비 꼬며 들었다. 엄마는 무슙에게 씹는담배를 뱉는 빨간색 커피 깡통을 주었다. 무슙은 집에서도 보드랍고 낡은 초록색 시어스* 회사 작업복을 입었고, 해진 갈색 끈 부츠를 신고 능직 야구모자를 썼다. 얼굴에 깊이 팬 실구멍에선 눈동자가 반짝반짝 빛났다. 왼쪽 귀의 위쪽 절반은 달아나고 없었고, 그 바람에 한쪽으로 약간 갸우뚱해 보였다. 몸은 구부정하고 쭈글쭈글했으며 귀와 목 언저리로 흘러내린 흰머리는 아무렇게나 뭉쳐 있었다. 입을 열면 들쑥날쑥한 싯누런 이가 언뜻언뜻 보였다. 하지만 그날의 이야기를 들려줄 때 무슙은 확신에 가득 차 있어서 열두 살 소년 무슙을 상상하는 것이 전혀 어렵지 않았다.

그날 무슙의 형은 미니애폴리스 교구에서 물려받은 사제복을

---

* 세계적인 미국계 유통업체.

입었는데, 그가 가진 사제복 중에서 최고로 좋은 것이었다. 진짜 향은 구할 수 없었으므로 대신 말린 샐비어 잎을 돌돌 말아 향로 안에 채워넣었다. 오두막 안에 쇠로 만든 수동 펌프와 개수대가 있어서 무슈의 형, 실제로는 의붓형인 세브린 밀크 신부는 빗을 물에 적셔 먼저 자기 머리를 단정히 빗어넘긴 뒤 동생의 머리를 매만져주었다. 성당으로 쓰는 커다란 오두막은 넓은 마당을 가로지른 곳에 있었고, 한 시간 전부터 마당으로 마차들이 속속 들어왔다. 이제 성당은 사람들로 북적였고, 마당에는 마차들이 빼곡히 들어찼으며, 마차마다 개 한두 마리가 마부석에 묶인 채 건초를 깔아놓은 자리에 비둘기가 내려앉거나 비둘기 똥이 떨어지지 않도록 지켰다. 비둘기들이 끊임없이 사부작거려 말들이 여기저기서 움찔거렸다. 말들은 대부분 눈가리개를 했고, 사람들은 마구에 카밀레 꽃다발을 묶어 말들의 불안을 가라앉히려 했다. 마당을 가로질러 날아와 성당 지붕을 뒤덮은 비둘기들은, 재미 삼아 하는 짓 같았는데, 쉴새없이 날아오르며 성당 표시로 세운 십자가를 들이받아 거기에 앉아 있던 비둘기들을 쫓아내고 그 자리를 꿰차는가 싶더니, 역시 금세 쫓겨났다. 종조할아버지는 키가 육 피트가 넘는 비쩍 마르고 소심한 사람이었다. 그의 성마른 목소리가 시끌벅적한 사람들 사이로 퍼져나가자 대열이 갖추어졌다. 두 형제는 대열의 중앙에, 신앙심 깊은 신자들은 그 양옆에 줄을 지어 서서 말끔히 치워버리고 싶은 첫번째 들판을 향해 천천히 언덕을 내려갔다.

그날 태양은 희뿌옇고 구름은 잔뜩 끼어 날씨가 우중충했고 대기는 숨 막힐 듯 고요해서 쇠사슬에 매달린 금속 향합이 이리저리 흔들릴 때마다 알싸한 샐비어 연기가 사방을 가득 메웠다. 사람들은 서둘러 걸음을 옮겼다. 하지만 첫번째 들판에 이르자 빈틈없이 들어찬 비둘기가 한 발짝 내디딜 때마다 치마폭에 휩쓸려 결국 여자들 사이에서 느닷없는 야단법석이 일어났다. 겁먹은 비둘기들은 치마폭에 휩싸인 채 이리저리 뒤엉키며 난리를 피웠다. 그 바람에 행렬이 갑자기 멈추었는데, 무슘이 보기에 그 이유는 여자들이 제각각 돌고 발을 구르고 때리고 치맛자락을 펄럭이며 분노의 춤을 추었기 때문이다. 춤이 어찌나 격렬한지 순간 주위의 비둘기들이 화들짝 놀라 일제히 푸드덕 날아올랐고, 그 소리에 다른 비둘기도 덩달아 놀라 들판 전역과 근처 숲은 삽시간에 일진광풍을 일으키며 포효하는 새들의 폭풍에 휘말렸다. 그래도 사람들은 머리에 미사 경본을 펼쳐 쓴 채 꿋꿋이 버텼다. 여자들은 정숙함을 내동댕이친 채 치마를 허벅지까지 올려 묶고는 묵주와 스카풀라를 내밀고 걸음을 옮겼다. 그리고 세찬 날갯짓이 일으킨 바람에 맞서 성모송을 읊조리기 시작했다. 여자의 장딴지조차 제대로 볼 기회가 없었던 무슘은 형이 향로의 불을 꺼트리지 않으려고 애쓰는 틈을 타 일부러 뒤처져 걸었다. 무슘은 여자들의 통통한 갈색 맨다리가 들판을 허위허위 나아가는 것을 맘껏 구경할 속셈으로, 형이 얼굴을 보호하라고 준 초가 꽂히지 않은 캔들라브라 촛대*를 밑으로 내렸다. 그 순간 하늘에서 곤두박질치듯 내려온 비둘기 한

---

* 나뭇가지 모양의 촛대.

마리가 그의 이마에 부딪쳤는데, 어찌나 세게 부딪쳤는지 다리를 감상하는 죄를 더 많이 짓기 전에 하느님이 그의 눈을 후려쳐서 멀게 할 요량으로 몸소 내던진 게 아닌가 싶을 정도였다.

그 부분에 이르면 무슘은 잔뜩 흥분해서 직접 후려치는 시늉까지 했고 마룻바닥에 몸을 내던져 쓰러지는 동작도 마다하지 않았다. 우리는 그것이 무척이나 재미났다. 그는 쓰러지는 시늉을 한 뒤 눈을 뜨고 고개를 들어 허공을 물끄러미 쳐다보았는데 그때 본 성령의 모습이 지금도 눈에 선한 것 같았다. 하지만 그에게 나타난 성령은 갈색 비둘기들 사이의 고고한 흰색 비둘기가 아니라 이 세상에 사는 소녀의 형상을 빌린 것이었다.

우리 집안은 예로부터 치명적인 로맨틱한 만남으로 명성이 자자하다. 사뭇 진지해 보이는 과학교사인 아빠조차 엄마가 단 한 번 던진 가능성의 눈빛에 힘입어 2차 대전을 거뜬히 버텨냈다고 했다. 엄마의 여동생인 제럴딘은 개울가에서 베리를 따다 여객열차를 타고 지나가는 젊은 남자의 미소에 반해 손을 흔들었는데 그 남자가 손을 흔들어 화답하는 것은 보지 못했다. 하지만 미지의 힘에 이끌려 밤이 이슥할 때까지 베리를 땄고, 다음 날도 온종일 캠프용 접의자에 앉아 말없이 기다렸다. 결국 그 남자는 육십 마일 떨어진 기차역에서 내려 그녀에게 걸어 돌아왔다. 화이티 삼촌은 하스켈 인디언 부족장의 딸과 연애했는데, 그녀는 폐병으로 죽은 날 밤에 자신의 땋은 머릿단을 잘라 삼촌에게 주었다. 삼촌은 그녀를 잊지 못하고 쉰 살이 넘도록 독신으로 살다가 작은 타운의 스트립댄서와 결혼했다. 엄마의 사촌인 아가테, 즉 '해피'는 신부를 사랑해서 수녀원을 떠났지만 그 뒤로 소식이 끊겼다. 오빠 조지프는 충동적인 열정으로 어느 집단에 가담해 생활했다. 아빠의 육촌인 존은 파고에 사는 애인을 위해 자기 아내를 납치해 몸값을 받아냈다. 아빠의 삼촌 옥타브 하프는 여자 때문에 자포자기해 고작 이 피트 깊이의 물에서 간신히 익사했다. 이런 일화는 수없이 많다. 아빠가 그랬듯이 이런 화려한 만남의 이야기들은 이어지는 결혼생활이나 직업의 소박함과 극명한 대비를 이룬다. 우리는 사무실 직원이나 은행 출납원, 책 읽어주는 사람, 공무원으로 이루어진 부족이다. 우리 집안에서 가장 생뚱맞은 일을 하는 사람(화이티)은 패스트푸드점의 요리사였고, 가장 영웅적인 일을 하는 사람(아빠)은 교사였다. 하지만 내 생각에 이런 극적인 드라마의 흐름이 여러 세대를 하나로 묶어주었고, 오빠와 내가 무슈의 이야기를 열심히 들은 것은 긴장감을 즐겼기 때문이기도 하지만 그런 인식의 순간 혹은 로맨틱한 시련의 시기가 찾아올 때 어떻게 행동하면 되는지 가르침을 얻기 위해서이기도 했다.

백만 번 쓴 이름

사실 그런 순간이 어쩌면 내게도 이미 왔다고 생각했는데, 가만히 앉아 무슈의 이야기를 듣는 동안 손가락으로 사랑하는 아이의 이름을 팔과 손과 무릎 여기저기에 강박적으로 써댔기 때문이다. 몸에 그 이름을 백만 번 쓰면 그 아이가 내게 키스해줄 거라고 믿었다. 그 아이가 나를 사랑한다는 사실은 알고 있었고 그 아이도 내가 자기를 사랑한다는 사실에 안심했지만, 우리는 1960년대 중반에 가톨릭 초등학교를 다녔고, 당시 서로 사랑하는 사이라고 소문난 남자아이와 여자아이는 거의 말도 섞지 않았으며 몸이 닿는 일은 더더욱 없었다. 우리는 함께 소프트볼과 킥볼을 하며 놀았고 서로의 마음을 전달해주려고 안달이 난 다른 아이들을 통해 대화하고 행동했다. 나는 간접적으로 들은 사랑의 말들을 황금색 자물쇠가 달린 조그만 표범무늬 일기장에 꼬박꼬박 옮겨 적었다. 열쇠는 침대 틀의 속 빈 둥근 장식물 안에 숨겼다. 그리고 벽장 안쪽에 모기에 물린 자리를 긁다가 흘린 피로 사랑하는 아이의 이름을 써두었다. 그 이름은 보이지 않는 손이 불로 썼다는 구약 말씀만큼이나 거룩한 울림으로 다가왔다. 메네 메네 테겔 우파르신.* 그 아이의 이름은 소리 내어 말할 수 없었다. 그저 맨살에 손가락으로 쉬지 않고 써대는 게 전부였는데, 결국 엄마는 이가 생긴 거라고 몹시 걱정하면서 내 머리에 마요네즈를 바르고 샤워 모자를 씌운 뒤 욕조에 앉혀놓고 간신히 견딜 만큼 뜨거운 물을 쏟아부었다.

욕실도 욕조도 수도꼭지도 전부 새것이었다. 아빠와 엄마는 학교와 부족사무소에서 일했기 때문에 우리 집은 사무소의 수도시설에 연결되어 있었다. 나는 욕실 문을 잠근 채 온수 꼭지를 발가락으로 조절하면서, 특별히 할 일도 없었으므로 이름을 쓰는 횟수

---

* 구약 다니엘서 5장에 나오는 구절로 바빌론의 왕이 잔치를 벌일 때 맞은편 벽에 손가락이 나타나 썼다고 한다.

를 몇천 번으로 늘리기로 했다. 같은 이름을 계속 써대다 맨살에서 글자들의 반복에 반응하여 기분이 야릇해지고 화끈 달아오르는 지점을 찾아냈다. 나는 지금 내가 하는 행동이 도대체 어떤 것인지 까맣게 모른 채 농밀함과 민감함에 있어 머리에 바른 마요네즈를 깡그리 녹여버릴 만큼 가히 충격적인 알파벳 오르가슴에 연거푸 몸을 맡겼다. 그러다 몸에 이름쓰기를 중단했다. 백만 번을 다 채웠을 거라 생각해버렸고, 그후로는 다시 그 짓을 할 엄두를 못 냈다.

그 무렵 우리는 재의 수요일*을 맞이했고, 나는 내가 흙으로 만든 인간에 불과하며 주어진 생명이 다하면 흙으로 되돌아가는 존재라는 사실을 다시금 상기해야 했다. 성스러운 이름 코윈 피스 (이제는 말할 수 있다)가 구석구석에 적힌 이 몸뚱이는 일시적인 껍데기일 뿐, 얼음처럼 부질없고 잎사귀처럼 금세 바스러질 존재였다. 늘 그렇듯 우리의 비영속성을 일깨우는 말을 들으면서 사탕과 짭조름한 프레첼과 우리가 참아낸 것들에 대한 허기는 허상을 갈망한 데 지나지 않음을 인식했고, 우리의 사순절은 그렇게 시작했다. 오로지 성령에 대한 허기만이 진짜였다. 좋아하는 남자애의 이름을 몸에 쓰는 것이 불순한 행위라는 사실을 모른 것은 천만다행한 일이어서, 오빠가 텔레비전 채널 손잡이 대용으로 공구함의 펜치가 그만이라는 사실을 알아냈을 때 나 또한 공조했다는 사실 말고는 딱히 속죄할 만큼 나쁜 죄는 저지르지 않았다고 생각했다.

---

* 사순절이 시작되는 첫날.

부모님이 나가고 나면 곧바로 코미디극 〈스리 스투지스〉를 보았는데, 우리와 무슈은 좋아했지만 부모님은 형편없다고 생각한 프로그램이었다. 그리고 성지주일이 되었다. 그날 볼일을 보고 일찍 돌아온 아빠가 텔레비전이 뜨끈한 것을 우연히 발견하고, 틀림없이 학생들을 오싹하게 했을 여우 같은 의심의 눈초리를 보내자 우리는 어쩔 도리가 없었다. 아빠는 대번에 사태의 진실을 밝혀냈다. 펜치마저 숨겨버리자 무슈의 이야기가 다시 시작됐다.

소녀의 출현

훗날 나의 할머니가 된 소녀는 아마도 치마를 올려 묶은 것이 너무도 부끄러워 다른 여자들보다 뒤처져 걷고 있었을 것이다. 이름은 주네스였다. 그녀가 터득한 요령은 아주 느리게 걸어서 비둘기들이 화들짝 날아오르는 대신 정중히 비켜설 시간을 준다는 것이었다. 주네스는 얇은 모슬린을 겹쳐 만든 긴 흰색 영성체 드레스를 입고 있었다. 그걸 입겠다고 어쩌나 고집을 피웠는지 돌봐주던 고모도 마침내 고집불통에 지쳐서 허락은 했지만, 조금만 찢기거나 얼룩이 생겨도 매를 맞는다는 다짐을 받아냈다. 주네스는 정숙도 정숙이지만 그 협박 때문에라도 치마폭에 비둘기를 잔뜩 싸안고 광란의 춤을 함께 출 수는 없었다. 하지만 그 순간, 어쩌면 주네스는 촛대를 들고 넘어진 소년을 살리려고 질퍽한 비둘기 분비물로 뒤덮인 땅바닥에 무릎을 꿇음으로써 이 세상에 그들의 운

명을 행사했을 것이고, 무슘의 이마와 귀에서 흘러내린 피를 장식
띠로 닦아냄으로써 그 운명을 봉인했을 것이다. 무슘의 말로는 귀
가 그렇게 된 것은 의식을 잃고 쓰러졌을 때 비둘기가 절반을 쪼
아서라고 했다. 그리고 그 순간 그는 정신이 들었다.

눈앞에 그녀가 있었다! 무슘은 그 대목에서 잠시 숨을 골랐다.
양손이 벌어졌고 얼굴은 수백 개의 주름이 자글자글 잡혀 억누를
수 없이 행복한 표정이 되었다. 그 시절의 모습이 사진으로 남아
있는데 사진 속의 그녀는 아리따웠다. 검은 머리는 흰색 리본으로
묶었다. 흰 드레스의 앞가슴에는 흰색 꽃잎과 잎사귀가 수놓였다.
피부는 창백하면서 까무스름했고, 눈은 메티스*, 즉 미치프족 여
성에게서 흔히 볼 수 있듯 눈초리가 살짝 처졌다. 그 여인들에게
경의를 표하며 지역 주교는 교구 신부들에게 경고의 편지를 보내
그 혼혈 여성들이 있는 곳에서는 더 열심히 기도하라고, 겉모습은
더할 나위 없이 아름다워도 그들의 마음은 사납고 물들기 쉽다는
것을 유념하라고 충고했다. 그들의 몸속으로 악마가 멋대로 드나
든다는 것이었다. 주네스 말라테르는 천진함과 총명함을 겸비했
다. 그녀의 성인 말라테르는 어느 프랑스 여행자로부터 전해 내려
온 것인데, 불경스런 바위가 갈라져 홈이 팬 틈서리, 불모의 골짜
기, 줄무늬를 이루는 광맥, 노스다코타 주 황무지의 특징인 장미
색과 회색과 황갈색과 자주색 돌로 이루어진 미로 같은 지형을 일
컫는 말이었다. 그런 곳이 바로 무슘과 주네스가 최후에 다다른

---

* 북미 원주민과 프랑스인 사이에서 태어난 혼혈 종족.

곳이었다.

"우리는 서로의 깊이를 들여다봤지." 무슈은 부드러운 옛 보호 구역 억양으로 이렇게 표현했다. 그 장면이 전개되자 우리 세 사람 사이에는 잠시 침묵이 흘렀다. 무슈의 눈앞에는 자신이 묘사하는 장면이 생생히 그려졌다. 조지프가 무엇을 보고 있었는지는 모르겠다. 그 집단에서 빠져나온 뒤로 오빠는 한참 동안 로맨스에는 면역이 된 것 같았다. 오빠는 나중에 아빠처럼 과학교사가 되었고, 경미한 자동차 사고 이후 손해보험 사정인과 눈이 맞아 함께 따분한 일상의 행복에 정착했다. 내가 본 것은 두 존재였다. 바들바들 떨며 얼굴을 찡그린 소년과, 무릎을 꿇고 소년을 내려다보면서 우아하게 감아쥔 장식띠로 소년의 이마에서 줄줄 흐르는 피를 지혈하는 흰옷의 소녀. 무엇보다 중요한 것은 상상 속에서 그들이 주고받은 그윽한 눈빛이었다. 성령이 그들 사이에 감돌았다. 소녀의 장식띠가 붉게 물들었다. 소년의 피는 중력에 저항하며 소녀의 팔뚝으로 흘러내렸다. 그러자 소녀의 입이 벌어졌다. 키스를 했을까? 물어볼 수는 없었다. 어쩌면 미소만 지었을 것이다. 소녀는 자기 몸에 소년의 이름을 쓸 시간이 아예 없었고 더구나 이름은 알지도 못했다. 서로의 존재를 꿰뚫어 보았으므로 이름 같은 건 몰라도 상관없었다. 무슈의 말로는, 서로 이름을 물어볼 생각이 떠오르기도 전에 함께 달아났다. 그리고 당분간 이름은 쓰지 않기로 했다. 오로지 중요한 사실은 달아났다는 것, 밧줄을 벗어버렸다는 것, 핏줄로 단단히 얽매인 구속을 끊어버렸다는 것이었다.

주네스는 고모의 어김없는 매질과 그 이듬해 겨울에 기침으로 숨통이 막혀 죽은 어린 사촌 여섯 명을 보살피는 한없이 단조로운 고역에서 도망쳤다. 무슘은 의붓형이 정해준 거룩한 미래로부터 도망쳤다.

흰옷을 입은 두 아이는 비둘기들의 벽 속으로 사라졌다. 옷은 금세 흙색으로 시커메졌고, 땅과 일체가 된 아이들은 들판 언저리를 따라 탁 트인 전원을 통과하여, 농사지을 만한 땅이 끝나고 쩍쩍 갈라진 땅과 아름답게 침식된 구릉지와 협곡의 황무지가 시작되는 곳까지 달아났다. 육체적 감정에 치달은 것은 몇 년 뒤의 일이지만(그 점에 대해 무슘은 힌트만 주었을 뿐 솔직하게 털어놓지 않았다) 그들은 사랑에 빠졌다. 그리고 살아남았다. 당연한 말이나 검불로 불을 피우는 방법은 알고 있었고 맨 처음 며칠 동안은 구운 비둘기 고기로 연명할 수 있었다. 너무 이른 철이라 구할 식량이 많지 않았지만 새알을 훔치거나 잡초를 그러모았다. 토끼 덫을 놓았고 외딴 농가를 찾아가 구걸도 했다.

불타는 시선

학교에서 축성받은 성지(聖枝)를 묶던 월요일에 나는 치아교정기를 했다. 지금은 두 사람에 한 명꼴로 치아교정을 하지만 당시에는 무척 희귀한 일이었다. 그처럼 검약한 환경에서 부모님이 딸의 치아교정을 결심했다는 사실이 참으로 놀라운 일이라는 말은 꼭 하고 넘어가야겠다. 보호구역 외부의 플루토 타운에서 병원 일을 하던 치과의사는 구식 의사여서 앞니의 에나멜을 철사에서 보호하려면 금을 덧씌워야 한다고 믿었다. 그래서 다음 날 나는 번쩍거리는 기다란 두 앞니와 입속에 쇠붙이를 가득 끼운 모습으로 학교에 나타났다. 놀림거리가 될 거라는 생각은 미처 하지 못했는데 누군가 속삭였다. "부활절 토끼!" 열두시 쉬는 시간이 되자 남자아이들이 와르르 몰려와 나를 둘러싸고 쿡쿡 찌르며 웃는 내 모습을 보려고 했다. 그 순간 난데없이 엄청난 바람이 불어와 아이들을 자갈 깔린 운동장 저만치로 죄다 날려버리는가 싶더니 코윈피스가 등장했다. 그는 나를 확 밀치더니 면전에서 웃음을 터뜨렸다. 그러고는 남자아이들에게 휩싸여 아물아물 사라져버렸다. 나는 운동장에서 유일한 피신처로 삼은 남쪽 벽돌담의 구석진 곳으로 걸어갔는데, 그곳은 버려진 자동차 차체들이 널브러진 주유소 뒤편과 마주하고 있었다. 나는 그의 손이 떠민 빗장뼈 부근을 문지르면서 침묵의 거품 속에 서 있다가 문득 궁금해졌다. 무슨 일이 일어난 거지? 우리의 사랑이 위기에 몰렸거나 끝난 건지도 몰랐다. 오로지 금색 치아 때문에. 그토록 급격한 감정의 변화는 당시에도 견디기 벅찼다. 그런데도 집안 내력에 힘입어 나는 마음을 추스르며 그 도전에 맞서기로 했다. 물론 그 낭만적인 이야기들 속에는 반전의 일화도 포함되어 있었다. 내 입장에서 보면 부당하게 당한 것이고 더욱이 교정기를 빼면 더없이 아름다워질 것은 당연했다. 그 점은 자신 있었다. 그래서 평소대로 나는 여자 줄에, 그는 남자 줄에 서서 나란히 교실로 들어갈 때 일부러 코윈 바로 옆으로 다가가 그의 팔을 힘껏 밀치며 이렇게 말해버렸다. "사랑

하든가 떠나든가." 그러고는 휘휘 걸어가버렸다. 무릎이 후들거리
고 심장이 쿵쾅거렸다. 내 행동은 무모하고 전례 없는 일이었다.
소문은 삽시간에 돌았고, 용감무쌍하고 연속극 같은 내 발언은 8
학년 여학생 사이에 쫙 퍼져서 그들 중 한 명인 베럴 후프는 나 대
신 코윈을 패주겠다고 제안까지 했다. 힘은 나의 것이었고, 때는
성주간이었다. 우리 성당의 놀랍도록 생경한 '십자가의 길'을 제
외하면 성상들이 전부 보라색 천을 둘러쓰고 있었다.

　요즘 성당에 있는 십자가의 길은 고급 목재로 조각했거나 추상
적으로 표현한 것이다. 하지만 당시 우리 성당에는 회반죽으로 형
판을 뜨고 볼썽사납게 칠한 십자가의 길이 있었다. 눈알은 부리부
리했다. 입은 일그러졌다. 사지는 축 늘어졌다. 그 모든 것이 공존
했다. 성당 안의 양쪽 가장자리 통로는 집합한 학생 전부가 돌바
닥에 무릎을 꿇고 고문의 잔혹한 진실을 묵상해도 될 만큼 널찍했
다. 여자아이 중에서 가장 감수성이 예민한 아이와 장차 신부의
길을 걷지 않고 지역 극장에서 일찌감치 모든 열정을 소진해버릴
운명이었던 한 남자아이가 공개적으로 야단스레 울었다. 나머지
는 죄의식에 젖어 있거나 가시관에 찔려 흘린 피를 속으로 우러르
면서 무릎이 편하도록 엉덩이를 바닥에 붙인 채 눈에 띄지 않게
앉아 있었다. 그러다보면 어느새 신자석으로 옮겨 앉는 순간이 왔
고, 예수님이 보라색 천으로 가려진 채 서서히 죽어가는 성금요일
오후의 가장 거룩한 세 시간 동안 우리는 내내 침묵을 지켜야 했
다. 그사이 나는 코윈 피스의 이름을 거꾸로 백만 번 써서 내 몸에
서 지워버려야겠다고 결심했다. 스피 윈코. 먼저 손바닥부터 시작

했고 이어서 무릎으로 옮겨갔다. 겨우 백 번쯤 썼을까, 코윈이 나와 시선을 맞추려고 기를 쓰는 것을 알아챘다. 그 순간 전율이 일었는데 전에는 그런 일이 한 번도 없었다. 앞서 말했듯이 우리의 사랑에는 중재자들이 있었다. 그의 팔에 갈긴 주먹은 내가 그를 최초로 만진 것이었고, 이제 유명해져버린 그 한마디는 내가 그에게 최초로 직접 건넨 말이었다. 내 강렬한 주먹질에 그의 깊숙한 감정이 뜨겁게 감전된 것 같았다. 그의 마음은 나를 직접 갈구할 정도로 열렬하고 간절해졌다! 수줍음과 두려움이 나를 집어삼킬 듯 밀려왔다. 숨이 막혔다. 그의 시선을 알아차렸다고 알려주고 싶었지만 지금은 그럴 수 없었다. 그 시간이 끝날 때까지 나는 얼어붙은 듯 앉아 있었다.

부활절 일요일. 나는 하늘거리는 푸른색 물방울무늬 나일론 드레스를 입었다. 솔기가 따끔거리고 목 부위가 가칫가칫하지만 내 눈에는 전체적으로 멋들어진 옷차림이다. 클리넥스에 실핀을 꽂아 나비매듭을 만들어 머리에 꽂는 건 사절이다. 내게는 은방울꽃 조화와 턱 밑에서 조이는 고무줄 달린 모자가 있다. 하지만 나가기 직전에 엄마한테 재클린 케네디가 쓰는, 당시 최고 멋쟁이 숙녀만 쓴다는 레이스 만틸랴*를 빌려달라고 조른다. 내가 봐도 눈부신 모습이지만 영성체를 하고 다시 자리로 돌아올 때 벌어질 일에는 아직 아무런 준비가 되어 있지 않다. 나는 신자석 한쪽 끝에 무릎을 꿇고 있다. 우리 속에 그리스도의 현존을 녹아들게 하려면

---

* 머리에서 어깨까지 덮는 일종의 스카프.

절대 침묵을 지켜야 한다고 배웠다. 나는 최선을 다한다. 그러다 내가 앉은 쪽의 영성체 줄에 코윈이 서 있는 것을 보았는데, 그건 코윈이 내 자리 뒤에 있는 자기 자리로 돌아가려면 내 옆을 지나가야 한다는 의미다. 나는 새침하게 눈을 내리깔 수도, 고개를 들어 그를 똑바로 쳐다볼 수도 있다. 선택의 기로에서 나는 어지럽다. 결국은 쳐다보기로 한다. 그가 맨 앞줄을 돈다. 나는 시선을 고정한다. 내가 자기를 본다는 것을 그도 안다. 물을 묻혀 빗어넘긴 검은 머리카락, 실눈 사이로 보이는 갈색 눈동자. 그는 내게서 시선을 돌리지 않는다. 입안에 부활한 성체를 모신 채 첫사랑이 내게 고뇌의 열정으로 불타는 시선을 던지고, 그 순간 보이지 않는 백만 번의 이름에 불이 붙는다.

콧수염 모드

그 여름 내내 나의 조부모는 밀수된 얼룩콩 한 자루로 연명했다. 강바닥에 먹이를 찾아 내려온 방울뱀을 잡아 광천수를 말려 얻은 소금버캐로 간을 해서 구워 먹기도 했다. 어쩌다 베리 덤불을 발견했고, 덫을 놓아 땅다람쥐나 토끼를 잡았다. 하지만 이제는 자유의 단맛도 가셔서 따끈한 저녁식사를 꿈꾸는 갈망이 더 커졌다. 황량하긴 했지만, 무슈의 시대에는 황무지에 사람이 안 살기는커녕 정직한 목장주와 정처 없이 부유하는 무뢰한과 무법자가 들끓었다. 어느 날 덫을 놓은 메마른 골짜기의 깊숙한 덤불숲에서 뭔가 인간의 것이 아닌 비명이 들렸다. 조심스레 다가가보니 돼지 뒷다리가 덫에 걸려 있었다. 돼지를 죽이는 방법을 의논하는데 언덕 위에 챙 넓은 중절모를 쓰고 말에 올라탄 거대한 실루엣이 나타났다. 달아날 수도 있었겠지만 말을 탄 실루엣이 다가오자 그들은 너무 놀라 꼼짝도 할 수 없었는데, 아니, 그러고 싶지 않았는데, 햇빛 아래 드러난 생김새로는 남자 옷차림을 한 거인 같은 여자였기 때문이다. 눈은 작지만 눈빛은 예리했고 코와 뺨은 통통했으며 입아귀는 약간 일그러졌다. 모성의 풍만한 젖가슴 옆으로 길게 땋은 머리가 내려와 있었다. 능직 바지, 부츠, 가죽 덧바지, 긴 가죽 장갑 차림을 하고, 허리에는 둥그런 은장식을 주렁주렁 매단 소가죽 벨트를 맸다. 챙이 넓은 모자는 뱀가죽으로 테두리를 둘렀다. 여자의 갈색 순혈마가 공손하고 고분고분한 몸짓으로 단박에 걸음을 멈추었다. 여자는 꿈쩍 않는 도마뱀을 향해 가래침을 칫 뱉고는 그것이 팔딱 튀어오르며 잽싸게 달아나는 꼴을 보고 껄껄거리더니, 두 아이더러 자기가 밧줄로 돼지를 묶을 테니 가만히 지켜보라고 지시했다. 여자는 앞으로 걸어가 날렵하고 노련한 동작으로 말 안장 앞쪽에 돼지를 묶은 다음 뒷다리를 풀어주었다.

"올라타거라." 여자가 타라는 손짓을 하자 아이들이 시킨 대로 했다. 그러자 여자는 고삐를 쥐고 걸음을 옮기기 시작했다. 밧줄에 묶인 돼지가 종종거리며 쫓아왔다. 몇 마일 떨어진 목장에 다다랐을 무렵 두 아이는 사근사근한 말의 등에서 곯아떨어졌다. 여자는 일꾼을 시켜 잠든 두 아이를 하나씩 내리게 한 다음, 골조를 세우고 펫장을 발라 지은 커다랗고 쓰러져가는 자기 집 침실로 옮겼다. 방 안에는 작은 침대 두 개와, 남편인 악명 높은 오트 블랙에게 그녀가 이따금 화가 났을 때 기차화통 삶아 먹은 소리로 코를 골며 누워 자는 간이침대가 놓여 있었다. 이곳에서 육 년간, 무슘과 그의 예비신부는 목장에 불미스러운 일이 일어나 무슘이 죽임을 당할 뻔한 그날까지 살게 된다.

얼링 니콜라이 롤프스러드가 정리한 노스다코타 주의 기억할 만한 남녀 명단에 '콧수염' 모드 블랙, 그러니까 내 조부모를 구해준 은인은 남자처럼 옷을 입고 담배도 피우고 술도 마시는, 게다가 총을 쏘면 백발백중인 고집쟁이 목장주였으나 실제로 여성스럽지 않은 것은 아니었다고 묘사되어 있다. 무슘은 그녀의 고운 마음씨와 거리낌 없이 가축을 훔치는 습관이 모두 언급되어 있으니 그 내용은 사실이라고 했다. 가축 도둑질은 그저 재미 삼아 하는 것일 뿐 해코지할 마음 같은 건 그녀에게 전혀 없었다고 무슘은 말했다. 가끔은 돼지를 훔쳤다. 덤불숲에 있던 돼지도 원래 그녀의 것은 아니었다. 모드의 콧수염은 있을 때도 있지만 뽑아버리면 없어지기도 했다. 닭장과 부엌은 깔끔하고 정갈하게 관리했다. 모드는 무슘과 주네스를 무척 아끼게 되어 밧줄 던지는 법, 말 타는 법, 총 쏘는 법, 그리고 맛좋은 치킨 덤플링 스튜를 만드는 법까지 가르쳐주었다. 또한 둘 사이의 사랑을 예견하고는 무슘을 남자숙사로 내쫓아 훗날 주네스와 아이를 만들 수 있는 온갖 방법을 빠른 시일 안에 습득할 수 있도록 했다. 그 방법을 머릿속으로만 연습하다보니 무슘은 참기 힘들었다. 하지만 모드는 두 사람이 열일곱이 될 때까지 결혼을 금지했다. 드디어 그날이 오자 모드는 몇 년 전부터 약속한 결혼 만찬을 열어주었고, 식탁에 가축 몇 마리가 맛있게 구워져 올라왔는데, 크기와 모양새가 초대받은 손님들이 잃어버렸다는 가축과 동일했다. 그 때문에 큰 소동이 일어나기도 했지만 잔치가 끝나자 남은 것은 오로지 뼈다귀뿐이었고, 모드가 술잔이 마를 새 없이 술을 날라댔으므로 대부분의 근방 목장주들은 그 일을 대수롭지 않게 넘겨버렸다. 그렇지만 그들이 그냥 넘겨버릴 수 없었던 건 모드가 인디언 혹은 혼혈 인디언 부부에게 성대하고 호화로운 잔치를 열어주었다는 사실이었다. 그 일은 그들의 노여움을 샀고 저류에 흐르는 의심을 부추겼다. 순혈인지 혼혈인지는 중요하지 않았다. 때는 세기말, 장소는 노스다코타 주 서부였다. 심지어 그로부터 몇 년 뒤 플루토 변두리에서 일가 살해사건이 일어났을 때에도 홀리 트랙이라는 소년을 포함해 인디언 네 명이 누명을 쓰고 목매달려 죽었다.

무슙은 서쪽 농장에서 한 여자가 잔인하게 살해된 이야기도 들려주었다. 이웃들은 그 여자의 남편이 갑자기 없어진 것은 무심하게 넘기고는 근처에 사는 인디언의 소행일 거라고 단정했다. 그리고 내 사연은 이렇단다, 무슙이 말했다. 어느 밤 남자숙사와 모드의 부엌과 잠자는 막사 사이의 황토땅으로 한 무리의 남자들이 횃불을 쳐들고 몰려왔다. 모드는 그자들이 고함을 질러대는 소리에 침대에서 나오면서도 상황이 몹시 못마땅했다. 무슙을 잡으러 온다는 소문을 미리 들은 터라 모드는 예방책으로 무슙에게 담요를 들려 식료품 저장실로 내려 보내면서 거기서 하룻밤 자라고 했다. 그래서 무슙은 정작 그 일이 일어났을 때 아무 소리도 못 듣고 위험을 헤치며 나아가는 꿈속에 빠졌던 터라 그날 일은 은혜로운 아내의 기억을 통해서만 알 뿐이다.

"그놈을 내놓아라. 아니면 우리 손으로 직접 끌어내겠다." 그들이 소리를 질렀다. 모드는 잠옷을 입은 채 문간에 나왔는데, 허리에는 권총집을 찼고 손에 든 쌍권총의 부리는 하늘을 향하고 있었다. 모드는 잠을 깨우는 짓을 지독히 싫어했다.

"누가 됐든 맨 처음 말에서 내리는 두 놈을 먼저 쏴버리겠어." 그러더니 자기 옆에 선, 잠이 덜 깬 남자를 가리키며 말을 이었다. "다음 놈은 오트 블랙이 처리할 거야!"

그자들은 몹시 취한 상태라 타고 있는 말도 제대로 통제하지 못했다. 결국 한 사람이 굴러 떨어졌고 오트는 그의 다리를 쏘았다. 덫에 걸린 돼지보다 더 끔찍한 비명이 터져나왔다.

"다음은 어떤 놈이냐?" 모드가 우렁차게 말했다.

"그 망할 놈의 인디언을 얼른 내놓아라!" 하지만 그들의 고함소리는 자신감이 줄었고 총 맞은 남자가 목이 쉬어라 질러대는 비명으로 중간중간 끊겼다.

"어떤 인디언 말이냐?"

"그 어린놈 말이다!"

"그애는 인디언이 아니지. 갈릴리 땅에서 온 유대인이란 말씀이다! 사라진 이스라엘 부족 중 하나라고!" 모드가 말했다.

오트 블랙은 재치 있는 아내의 말솜씨에 숨이 넘어갈 듯 웃어젖혔다.

"마누라가 좀 유식하지, 이 망할 얼간이들아!" 그러더니 돌아가며 한 명씩 총을 겨누었다. 남자들은 불안한 웃음을 터뜨렸고 어린놈을 내놓으라고 또다시 소리를 질렀다.

"아까는 웃자고 한 소리였고, 실은 말이야. 그애는 오트 블랙이 낳아온 자식이란 말이거든."

그 말을 듣자 남자들은 말을 돌렸다. 오트는 눈을 끔벅거리며, 돌아서서 가는 그들의 뒤통수에 대고 호통을 쳤다. "네놈들은 모드 블랙을 알기 전에는 여자라는 존재를 절대 모를 거다!"

사내들은 어둠 속으로 물러났고, 이제 황토땅에는 린치를 하러 왔다가 말에서 떨어진 자만 남아 허공에 발길질을 해대며 하느님의 자비를 구했다. 오트의 총알이 신경이나 뼈를 건드린 모양이었는데 단순한 총상이라 하기에는 고통이 엄청난 것 같았다. 그자는 미친 듯이 비명을 질러대며 입에서 거품을 뿜기 시작했다. 그것을 본 모드는 그에게 술을 잔뜩 퍼먹인 뒤, 자기 집에서는 치료할 마음이 전혀 없었으므로 그가 타고 온 말의 안장에 묶어 의사에게 데려갔다. 그러나 그는 가는 길에 심한 출혈로 숨이 끊어지고 말았다. 모드는 동이 트기 전에 돌아와 나의 조부모에게 자기가 가진 것 중 최고로 좋은 말 두 필을 내주면서 그들이 왔던 길로 최대한 속력을 내서 달아나라고 했다. 그렇게 하여 그들은 때맞춰 고향 땅인 보호구역에 정착해 농토를 분배받을 수 있었고, 정부가 배급한 씨앗과 쟁기로 땅을 일구었으며, 우리 엄마 클레망스를 포함해 다섯 자식을 낳아 길렀다. 부모님은 해마다 나무진드기의 기승이 잠잠해지면 우리를 그곳으로 보내 말을 타며 여름을 날 수 있게 해준다.

이야기

그 이야기는 사실일 수도 있는데, 왜냐하면 앞서 말했듯 콧수염 모드 블랙과 오트라는 남편은 실존했기 때문이다. 그 이야기에서 모드는 때때로 무슘을 자기 아들이라고 주장했고, 더 나아가 자기와 추장 같이 눈이 맞아 낳은 아들이라는 주장도 했다. 또 가끔은 오트 블랙이 쏘았다는 부위가 배가 되기도 했다. 멋은 살짝 부렸겠지만 이야기 내용은 사실과 무관하지 않았다. 성요셉 성당의 이름은 용맹스럽고 열정적인 우리 메티스족이 수호성인으로 받드는 목수―아내를 믿고 자기 자식이 아닌 아들을 키운―의 이름을 따서 지은 것이다. 그 비둘기들은 틀림없이 전설로나 사실로 실재한 여행 비둘기였을 것이고, 그 숫자가 너무 많아 당시 그것들이 지구상에서 완전히 멸종될 거라고 생각한 사람은 아무도 없었을 것이다.

그해 봄 무슘은 하루가 다르게 쇠약해졌고 정원에서 퍼팅하는 것도 힘들어했다. 무슘이 더 많은 시간을 앉아서 보내게 되자 부모님은 텔레비전 금지령을 완화했다. 아빠는 전보다 더 자주 마법의 플라스틱 버튼을 원래의 금속 막대에 끼워주었고 화면이 깨끗해질 때까지 만지작거렸다. 가끔은 모두 모여 〈스리 스투지스〉를 함께 보았다. 화면 속의 검은 머리가 자기 목숨을 구해준 여자와 많이 닮았다고 무슘은 고개를 주억거리며 텔레비전을 가리켰다. 무슘이 마디 굵은 갈색 손가락을 내려다보며 그 손이 쟁기를 쥔 건장한 청년의 것이거나 캔들라브라 촛대를 든 소년의 것인 양 상상하던 모습이 기억난다. 황무지까지 힘들게 끌고 가서 뱀과 땅다람쥐를 잡는 데 요긴하게 쓴 그 촛대. 무슘과 주네스는 그들의 유일한 재산인 촛대를 모드에게 감사하는 뜻으로 주었다. 그리고 그날 밤 그들이 달아나기 전에 모드는 그들 모르게 짐 속에 다시 그것을 찔러넣었다.

가지가 일곱 개 뻗은 높다란 은도금 캔들라브라는 군데군데 도금이 벗겨져 주석을 드러낸 채 우리 집 식탁 한복판에 영예롭게 놓여 있었다. 촛대에는 얼마 전 부활절 저녁 내내 불을 밝힌 가느다란 밀랍 양초가 꽂혀 있었다. 부활절 후 월요일 다음 날, 나는 학교 운동장의 외진 구석에서 코윈 피스와 키스했다. 우리의 키스는 강렬하고 열정적이었으며 야릇하게 성숙한 것이었다. 키스를 하고 나서 나는 혼자 집으로 걸어갔다. 아주 느리게 걸음을 옮겼다. 절반쯤 갔을 때 걸음을 멈추고 보도블록 하나를 쳐다보았다. 지금까지 천 번은 지나다녀 속속들이 환한 길이었다. 거기에는 깊숙하고 기다랗고 들쭉날쭉하며 어두컴컴한 균열이 있었다. 그날 거대하고 오래된 버드나무가 버들개지를 떨어뜨렸다. 허공은 떨어져 내리는 버들개지로 가득했고 도랑의 풀과 홈통은 빛의 눈송이로 부풀었다. 기쁠 거라고 기대했지만 오히려 슬픈 혼란과 두려움 같은 것을 느꼈다. 나의 삶이 굶주린 이야기로 느껴졌고, 그 이야기의 원천인 내가 방금 한 키스와 더불어 나 자신을 단어들에 넘겨주기 시작했기 때문이다.

아주 조금

※

부엌 벽 검은 주석 시계에선 독성 라듐 시계침이 어둠 속에서 빛을 내며 돌아가고, 그 옆에는 사진 세 장이 걸려 있었다. 존 F. 케네디, 교황 요한 23세, 그리고 루이 리엘의 사진이었다. 처음 두 장은 아빠와 엄마가 학교와 성당에서 구한 컬러사진이었다. 마지막 사진은 신문에서 오려낸 것으로 누렇게 변색해 금방이라도 찢어질 것 같았다. 예전에 엄마가 오려낸 뒤 십 센트 잡화점에서 구입한 액자에 고이 넣어 보관한 것이다. 사진 속의 리엘은 침울하고 머리가 헝클어졌으며 약간 뿌옇게 보인다. 하지만 그는 우리 종족의 선지적인 영웅이었고, 미치프족의 국가가 탄생했다면 지도자가 될 뻔한 인물이었다. 무슘의 부모는 한때 서스캐처원 주 바토시 근처의 깨끗하고 편안한 환경에서 살았고, 리엘만 없었다면 드넓은 농장을 자식들에게 물려줄 수 있었을 것이다. 그래도 무슘과 무슘의 어머니는 리엘을 존경했다. 농장은 무슘이 말을 배우기도 전에 불태워졌는데, 그 이유는 밀크 집안이 리엘의 천재성을 비호했고, 그의 명분에 자금을 댔으며, 그의 아내와 자식을 거뒀고, 그의 부관들을 먹였으며, 그의 곁에서 싸웠고, 그의 추종자들을 제명하겠다고 협박한 신부들을 노엽게 했으며, 결국은 그들을 배신하고 살인자들에게 넘겨주었기 때문이다.

바토시 참패 이후 밀크 집안은 남쪽으로 달아나 어둠 속에서 어딘지도 정확히 모른 채 국경을 넘었다. 적당한 환경을 발견하자 정착하려고 애썼지만 그들은 깊은 실의에 빠져 있었다. 아기를 잃었고, 생존이 암담했으며, 리엘이 재판을 받아 교수형에 처해졌다는 말에 충격을 받았다. 리엘은 죽으러 가면서 모카신*을 신고 손에는 은세공 십자가를 들었다. 참석한 성직자에게 마지막으로 남긴 말은 '쿠라쥬, 몽 페르'**였다. 우리 증조할아버지 조제프 밀크는 신흥 혼합 가톨릭의 변덕스런 예언자를 특히 좋아해, 아들 세브린이 사제 서품을 받은 직후에도 신부들에 대한 악담을 멈추지 않았다.

무슘에게는 바이올린 연주 솜씨가 뛰어난 샤멩과라는 남동생이 있었는데, 무슘이 행복한 불온과 불경에 빠진 반면 샤멩과는 단정하고 품위가 있었다. 샤멩과는 맞접힌 한쪽 팔만 빼면 기품이 넘쳤다. 그 세대 최후의 생존자로서 두 사람은 서로의 차이점에도 불구하고 함께 있는 것을 좋아했다. 그들은 침울한 가정 분위기에

---

* 북미인디언이 신는 밑이 평평한 노루가죽신.
** '하느님 아버지, 용기를 주십시오'라는 뜻의 프랑스어.

서 함께 성장했지만 그 시간은 각자에게 다른 방식으로 영향을 미쳤다. 샤멩과는 음악에 끌렸고 무슘은 이야기에 끌렸다. 두 사람다 최대한 달아났지만 시간의 역사는 어김없이 그들을 뒤쫓아서지금은 늙은이가 되어 과거지사를 곱씹으며 위안을 찾았다. 샤멩과는 이따금 딱딱한 부엌 의자에 꼿꼿이 앉아 옛 곡조를 연주했고, 그럴 때마다 무슘은 무릎으로 박자를 맞추며 구부정한 자세로날짝지근하게 앉아 있는 것을 좋아했다. 여름에는 바깥으로 나가, 엄마가 치워버린다는 것을 뜯어말려 구해낸 고물 자동차 뒷좌석에 앉아 시간을 보냈다. 실내에서는 우둘투둘하고 푹신푹신한, 속을 채운 카우치가 무슘의 차지였다. 가끔 두 형제가 테이블 앞에앉아 설탕을 넣은 뜨거운 차를 마셨는데 무슘은 그 속에 '약간의뭔가'를 흘려넣었다. 하지만 무엇보다 행복한 순간은 지긋지긋한성직자의 면전에 대고 왕년의 역사를 퍼부을 때였다. 그래서 언덕마을에서 거의 잊히고 마른 꽃처럼 위태로워 보이는 은퇴한 노신부가 두 형제를 보려고 힘겹게 허위허위 걸어 내려오거나, 프란체스코 수녀회의 마음씨 고운 수녀가 미는 임시변통한 큼직한 유모차에 타고 도착하는 날이면 두 형제는 몹시 들떴다. 그들은 위스키를 손에 넣으려고 갖은 애를 다 썼고, 불레트나 주네스가 가르쳐준 유난히 큼직하게 부풀고 소화가 잘되는 갈레트를 만들어달라고 엄마나 제럴딘 이모를 졸랐다. 세 노인의 주장으로는, 다른음식은 창자에 묵직하게 걸리지만, 고기수프와 기름에 충분히 적신 빵은 굉장히 수월하게 내려간다고 했다. 노신부는 길이 울퉁불퉁한 탓에 광택제로 윤을 낸 다이아몬드버드나무 지팡이를 사용했고, 출렁출렁한 짙은 와인색 카우치에 앉을 때는 지팡이를 두 발 사이에 단단히 내리꽂았다. 그런 다음에는 달걀껍데기처럼 얇은 두개골을 주억거리며 속삭이듯 부드러운 어조로 자기 견해를 펼쳤는데 두 형제가 듣기에는 아마 지나치게 사근사근한 어조였을 것이다. 이따금 신부의 반박이 없으면 그들은 실망해서 침묵에 빠지기도 했지만, 신부의 방문은 언제나 연거푸 이어지는 정중한 건배로 끝났다. 하지만 그 선량한 신부가 세상을 하직하자 두 형제는 한동안 시비 걸 성직자가 없어 심심했다. 그러던 차에 체격 좋고 창백한 얼굴에 권위적이며 가식적인 친절을 보이는 신부가 몬태나 주에서 부임해왔다. 그는 본명이 캐시디였지만, 카우보이 태생이고 대미사를 드리는 동안 신자들에게 성수를 뿌릴 때 발끝을 세우고 걸으면서 성수채를 좀 지나치다시피 좀스럽게 흔드는 유감스런 경향이 있어서 깡충신부라는 별명이 붙었다.

✺

첫 키스 이후 찾아온 첫여름, 텔레비전이 오락가락하더니 소리가 완전히 사라져버렸다. 볼륨을 높이면 직직거리는 소음만 들리다 말다 했고, 화면은 정신없이 출렁거려 구토가 날 지경이었다. 어쨌거나 우리는 바깥에서 시간을 보냈다. 나와 조지프는 원하면 언제라도 제럴딘 이모의 얼룩덜룩한 말을 타도 좋다는 허락을 받았다. 두 마리 다 날쌨고 달리는 걸 아주 좋아했다. 검고 흰 얼룩말은 성질이 꽤 온순했지만 변덕쟁이 갈색과 흰색 얼룩말은 얼굴을 부딪친 뒤로 누군가 자신의 사각지대로 들어오면 사납게 물어 뜯었다. 우리는 말의 맨등에 올라탄 뒤 고삐만 쥐고 달렸으며, 허 기를 채우기 위해 오래 세워두어야 할 때는 목장 언저리에 묶어두 었다. 어느 날 뒷마당 나무 아래에 말들을 묶어두고 무슈과 샤멩 과의 맞은편에 앉아 수프를 홀짝이는데 가랑비가 내리기 시작했 다. 말들이 무성한 잎사귀 아래에서 비를 피하며 근처에 있는 긴 풀을 부지런히 뜯어먹고 있어서, 엄마가 문을 열고 캐시디 신부를 집 안으로 안내했을 때 우리는 자리를 피하는 대신 날이 갤 때까 지 문짝에 기대앉아 진러미 카드놀이를 하기로 했다.

두 노인이 몹시 기뻐하며 신부를 맞았다.

"탄시! 탄시 타 산티*, 페르 캐시디! 이렇게 친히 찾아주시다니 친절하기도 하시지! 정말 건강해 보이시오. 자, 앉지요. 앉아서 뭐 라도 같이 듭시다. 수프도 한 그릇 하고 빵도 좀 들고."

"술도 조금 괜찮겠지, 클레망스?"

"좋습니다." 캐시디 신부는 바르르 약하게 몸을 떨었지만 날씨 가 춥지 않으니 기대감 때문이었을 것이다. "아주 조금만 마셔 도 한기가 가실 것 같군요."

조지프는 나를 보고 눈살을 찌푸리더니 그가 방금 한 것처럼 입 을 벌렸다. 바깥은 조금도 춥지 않았다. 대기는 여전히 후끈했고 비를 맞은 풀에서는 김이 모락모락 났으니 지금 여기에 목이 타는 신부가 와 있는 게 명백했다. 무슈은 기뻐서 환호성을 질렀고 클

---

* '안녕하세요.' '잘 지내나요.' 정도의 미치프어 인사말.

레망스가 인색하게 술을 따르자 그녀의 손을 살짝 쳤다.

"딸아, 좀더 환대를 해야지."

엄마는 얼굴을 찡그리며 속상한 듯 한숨을 푹 내쉬었지만 술병은 테이블에 그냥 두었다.

"그러니까 캐시디 신부님, 이곳에 부임한 지도 이제 몇 달이 되었군요. 우리의 방식에 대해서는 어떻게 생각하시오?"

그 순간 신부는 마지막 위스키 한 방울을 마시느라 고개를 살짝 젖힌 채였다.

"오 야이! 신부들이 위스키에 물을 타 먹던 시절이 있었는데 요놈은 순수한 독주 맛 그대로란 말이거든. 동생, 우리도 똑같이 해보자고!"

"몬태나 주 출신이 한 말씀 드리지요." 캐시디 신부는 너무 탐욕스럽게 마신 것처럼 보일까 조심하며 말했다. "우리가 격식을 차리거나 위스키에 물을 타서 마실 필요는 없겠지만 미사에는 꼭 참석해야 합니다. 지금은 클레망스가 꼬박꼬박 참석하고 에드워드도 데리고 오는데, 젊은 사람들은 마땅히 매주 금요일에 고해성사를 하고 주중에도 최소한 세 번은 미사에 참석할 의무가 있어요. 하지만 부임한 뒤로 두 분은 성당에서 한 번도 뵌 적이 없군요. 아무리 적게 잡아도 고해성사를 볼 시기는 지난 것 같은데 말이지요."

"타프웨*, 페르 캐시디, 맞는 말씀이오. 하지만 늙으니 죄지을

---

* '당연하다' '틀림없다'라는 뜻의 미치프어.

일이 많이 없어지는군요." 무슈이 회한에 찬 목소리로 말했다. 그리고 샤멩과를 쳐다보았다. "동생, 올해 죄지은 일이 있었던가?"

샤멩과는 침통한 표정으로 자책하는 한숨을 쉬었다. "프레르, 형도 알잖아. 그랬다면 형을 샘나게 하려고 당장 말했겠지. 그런 일 없어. 깨끗하다니까."

"나 역시 완전히 깨끗하거든." 무슈이 말했다. 턱이 바르르 떨렸다.

"확신합니까?" 캐시디 신부가 술병을 지그시 쳐다보며 말했다. 손으로는 빈 잔을 꽉 쥐고 있었는데, 그 잔을 술병 있는 쪽으로 들어올렸다. "꼭 큰 죄여야 할 필요는 없어요. 혹 주님의 이름을 헛되이 부른 적은 없습니까?"

"몽 디유! 세상에나! 절대 없어요!" 두 형제는 충격을 받은 듯 생각만 해도 불쾌하다는 표정을 지으며 신부의 잔을 황급히 더블 샷으로 채워준 뒤 자신들의 술잔도 채웠다.

캐시디 신부는 생각에 잠긴 듯 보였고 두 늙은 형제에게 죄가 없다는 사실에 약간 풀이 죽은 것 같기도 했다. 하지만 그는 심각하게 술잔을 홀짝이다 표정이 금세 환해졌다.

"겉으로 드러나지 않더라도 죄를 짓는 경우는 아주 많습니다. 가령 실제로 죄를 짓지 않더라도 함구하는 죄를 통해 타인의 죄의식을 공유할 수 있지요. 아는 사람 중에 죄지은 사람은 없습니까?"

두 형제는 무슨 소리냐는 듯 깜짝 놀란 표정으로 고개를 절레절레 저었다. 신부는 영감을 얻으려는 듯 퉁퉁한 손을 흔들며 궁리를 짜냈다. "누구나 아는 진리, 가령 미사의 가치를 부인하고 성령

에 맞서는 것, 영혼을 굳게 만들어 은총이 스며들지 못하게 하는
것도 죄가 될 수 있습니다!"

캐시디 신부는 매우 흡족한 표정을 지었고, 두 형제는 신부가
그들의 영혼이 딱딱하게 굳는 것을 상상한 사실만으로도 몹시 기
분이 상했는지 펄떡거리는 심장을 보호하려는 듯 가슴에 손을 올
렸다. 하지만 신부는 단념하지 않고 이내 경미한 죄의 목록을 읊
어내렸다. "약간이라도 시기를 했거나 자만했거나…… 없습니
까? 화를 냈다거나 조금이라도 진실이 아닌 것을 말한 적은 없습
니까? 그것도 아니면, 말하기 좀 그렇지만……" 술잔을 감아쥐는
신부의 부드러운 손이 미세하게 흔들렸고 황금색 액체를 흔드는
그의 얼굴에는 온화하고 즐거운 미소가 떠올랐다. 그가 말을 이었
다. 이제는 살짝 몽롱해 보이기까지 했다. "불순한 생각은 어떤가
요." 그가 소곤거렸다. "아주 평범한 것 말이지요."

이 말에 무슘은 화들짝 놀라 동생을 쳐다보며 상처입은 당혹스
러운 표정으로 무슨 말인지 도통 모르겠다는 듯 고개를 들어 천장
을 쳐다보았다. 샤멩과는 멀쩡한 한쪽 팔로 성호를 긋고 술을 한
모금 홀짝였다.

"무슨 뜻인지 알아야겠어." 무슘이 가엾게도 불구가 된 귀를 만
지작거리며 말했다. "우리가 인정할 수밖에 없는 사실은, 우리가
그런 것에 완전히 무지하다는 건데……"

"불순한 생각." 조지프가 이렇게 말하면서 문짝에 기댄 채 손에
든 카드를 보며 얼굴을 찡그렸다.

"내가 이겼어." 내가 말했다.

"에이!"

"불순한 생각이라……" 샤맹과가 말했다. "친애하는 신부님, 설명 좀 해주시겠소? 신부님이 말씀하신 그 불순한 생각이란 게 정확히 뭔지 말이오. 말씀하셨듯이 그것이 평범한 생각이라면 우리도 틀림없이 경험이야 했을 테지만 좌우간 깨닫지는 못했으니 말이지요."

"어쩌면 무심결에 지은 죄일 테지요." 무슈이 말했다. 가만히 놓인 술잔 너머로 신부를 바라보는 그의 눈동자는 퍽 진지했다. 그는 품위를 갖추려고 애썼지만, 깨물린 귀 때문에 항상 우스꽝스럽게 보였다. "그건 뭔가……"

"비극적인!" 조지프가 말했다. 그러고는 쿡쿡 터지는 웃음을 감추려고 카드를 몇 차례 빠르게 섞었다.

"비극적인…… 죽고 나서 예고도 없이 유감스러운 장소로 가야 한다면 비극적이지요."

"불순한 생각이 우리를 지옥에 보낼 수도 있다는 말씀이오?"

두 형제는 충격으로 몸이 마비된 사람처럼 별안간 허리를 꼿꼿이 폈다. 신부는 양미간을 찡그려 모들뜨기 눈을 하고는 빈 잔을 바라보았고 무슈은 능숙하게 잔을 채웠다.

"욕정(concupiscence)." 신부는 이렇게 내뱉고는 술잔에 댄 손가락 하나를 들어올려 성직복 칼라 높이에서 약간 앞으로 내밀었다. 다른 손으로는 목이 조이는지 칼라를 잡아당겼다.

"라틴어의 콘쿠피세리(concupisserry)가 어원인 걸로 기억하는데, 뜻은, 뭐 그러니까, 과거에 행한 불결한 사정을 계속 생각한다, 아니면 어떤 형태로든 상상이나 사정을 통한 간음행위……
를 고대한다, 뭐 그런 것으로, 툭 터놓고 말해서 말입니다!"

"아, 간음(fornication) 말이군요!" 두 형제는 생기가 돌더니 서
로 잔을 내밀어 가볍게 맞부딪쳤고 캐시디 신부에게도 잔을 내밀
었다. 신부는 반사적으로 동지애를 발휘하여 무심결에 술잔을 살
짝 부딪치고 나서 혼란스러운 듯 아래를 내려다보며 중얼거렸다.
"라틴어 어원이……"

"포린(foreign)처럼 라틴어 포른(forn)이에요. 이방인과의 관계
를 뜻하는." 조지프가 소리쳤다.

"호, 호!" 두 형제는 다시 잔을 부딪치며 환호성을 질렀고 조지
프는 카드를 내려놓으며 잽싸게 문밖으로 달려나갔다.

나도 허겁지겁 따라나갔지만 캐시디 신부와 엄마가 곧바로 뒤
쫓아나왔다. 엄마가 우리를 붙잡아 세우며 말했다. "너희 둘, 거기
서서 얼른 신부님께 사과드려." 하지만 캐시디 신부는 자기가 말
에 식견 있는 몬태나 출신임을 증명하려는 듯 우리 뒤로 성큼성큼
걸어왔다. 성직복 칼라 위로 출렁이는 투실투실한 턱이 꼭 밀가루
반죽 같았다. "괜찮아, 괜찮아. 너희 말이니, 응? 멋지고 유순한데
발육이 더딘 새끼말이로구나. 체형이 썩 좋지 않은데, 물론 이런
안짱다리는 괜찮다만, 글겅이로 빗어주고 좀더 전문적인 조치를
취해야 할 것 같구나." 목이 긴 새끼말의 눈에 심술궂은 빛이 번득
였다. 캐시디 신부는 새끼 말의 얼굴 앞으로 다가가 손을 뻗었다.
새끼 말은 방울뱀처럼 잽싸게 신부의 퉁퉁한 이두근 부위를 이빨
로 꽉 깨물어버렸다. 캐시디 신부는 비명을 지르며 그 자리에서

깡충거렸다. 하지만 새끼 암말은 엄마가 개구쟁이 아들을 꼭 붙잡는 것처럼 그를 더욱 단단히 물었다. 신부는 물리지 않은 손으로 말의 코를 찰싹찰싹 때렸다. 말의 눈동자가 돌아가더니 훌쩍이는 웃음소리 같은 재채기를 몇 차례 했고, 그러고도 한 번 더 으스러져라 깨문 다음에야 비로소 팔을 놓아주었다. 캐시디 신부의 눈동자에 얼얼한 충격이 어렸다.

"이런, 죄송해요, 신부님." 엄마가 말했다.

"안으로 들어오시면 아주 조금 깨물린 그 자리에 얼음을 좀 대드릴게요."

"아주 조금이라고요!" 신부가 소리쳤다. 그는 그 부위의 살이 떨어져나가기라도 할까봐 팔꿈치 위를 찰싹찰싹 때린 다음 슬금슬금 돌아서서 집 앞 길가에 주차해놓은 차를 향해 걸어갔다.

"안녕히 계시오, 클레망스. 픽 고맙게도 술을 조금 마신 게 전혀 해롭지 않았군요. 아아, 이렇게 마취제가 필요하게 될 줄 그때 누가 알았을까!"

"마취제는 라틴어 아네스테드에서 비롯했고 뜻은 얼간이야." 조지프가 나를 보며 말했다.

캐시디 신부가 차에 올라탔다. "부친과 그 동생분에게 미사에 계속 빠지면 지옥에서 나뒹굴게 될 거라고 전해주시오!"

"그럴게요, 신부님. 아무렴요, 걱정 마세요."

엄마는 뒤따라 걸어가 캐시디 신부를 향해 공손하게 손을 흔든 뒤 우리를 붙잡으려고 부리나케 돌아섰지만 우리는 벌써 말을 타고 달아났다. 평소 엄마는 자기가 우리를 사랑하는 만큼 자신을 사랑해주는 두 노인에게 상냥하게 굴었지만 그날만큼은 들어가서 아버지와 삼촌에게 속상한 심기를 쏟아냈을 것이다. 저녁을 먹으러 돌아가자 그들은 차분함과 조용함을 되찾은 상태였다. 샤멩과는 아직 돌아가지 않았는데, 엄마의 표현을 그대로 빌리면 "슬그머니 빠져나가는" 일이 있어서는 안 된다고 엄마가 샤멩과에게 다짐을 받아놓았기 때문이다. 텔레비전 소리가 울려퍼졌고, 화면은 천천히 스크롤되어 조금씩 올라가다 중간에서 딱 멈추더니 여자의 다리와 입을 벙긋거리는 머리가 맞물렸다. 그러다 다시 머리가 올라가고 다리가 잠시 흔들리더니 사라진 머리가 다시 아래에서 불쑥 올라왔다. 두 노인은 뒤죽박죽된 화면을 도저히 참고 볼 수 없었는지 뒤로 기댄 채 눈을 감았다. 그들은 잠이 들었다. 그리고 심오한 결백 속에서 가볍게 코를 곯았다.

❧

그것이 끝은 아니었다. 무슘과 그의 동생 샤멩과는 미사에 참석했고, 캐시디 신부의 방문을 유도하려고 일부러 또 빠졌다. 신부는 두 노인을 신자석 맨 앞줄에서 보자 희망이 생겼고, 그 희망은 영원에 닿을 만큼 부풀어올라 그들의 영혼을 반드시 구원하겠다는 소망으로까지 이어졌다. 두번째 방문 또한 첫번째만큼 우스꽝스러웠다. 무슘은 고백할 거리가 생기도록 죄를 짓는 데 영웅적인 노력을 기울이겠다고 약속했다. 조지프는 참을성 많은 십대 소년의 박식함으로 모든 대화를 지켜보았다.

소년으로서의 삶은 조지프에게 버거운 것이었다. 보호구역 내 학교에서 과학교사의 아들이라는 사실 때문에 조지프는 미심쩍어 하는 눈초리에 시달렸지만, 그 사실이 내게 오히려 이롭게 작용했다. 여자아이한테는 눈에 보이는 아빠가 있다는 사실이 언제나 좋은 일이다. 조지프가 과학을 좋아하고 독학으로 사물의 라틴어 명칭을 공부한다는 사실이 그에게 더 안 좋게 작용했다. 그 사실을 만회하려고 조지프는 제럴딘 이모의 얼룩덜룩한 말을 아무거나 골라 타고 사방팔방 돌아다니다 덤불숲으로 방향을 틀었고 기회만 생기면 밀조자가 만든 술을 마시고 취해서 돌아왔다. 우리 남매에게도 친구들이 있었는데, 피스 성을 가진 사촌, 육촌, 팔촌뻘이 여덟아홉 명, 거기다 손으로 꼽을 수 있는 친구가 대충 열여섯 명 있었고, 코윈이 있었다. 나는 여자친구들도 있었고 학교를 싫어하지도 않았지만, 학교 밖에서는 가족끼리의 친밀함이면 충분했다. 우리는 사교적이지 않았다. 더구나 조지프와 아빠는 자기들의 관심사에 푹 빠져서 약간은 고립되어 있었다. 그들의 관심사에는 우표 수집—떠나지 않고 여행하는 방법—은 말할 것도 없고, 별과 천체 현상, 풀, 나무, 새, 파충류, 어쩌다 발견하는 곤충도 있었는데, 그들은 그것들을 계통별로 분류해 네모난 흰색 마분지에 핀으로 고정하고 라벨을 붙였다.

조지프는 통통하고 검은 도롱뇽을 이 지역 토착종이라고 믿으며 각별한 흥미를 보였고, 아빠에게 일 년 동안 도롱뇽의 일생 주기를 관찰하게 도와달라고 설득했다. 그래서 두 사람은 제럴딘 이모네 땅의 돌처럼 단단해진 진흙 구덩이 속에서 겨울잠을 자는 그 생물을 관찰하려고 혹한의 날씨에도 곡괭이와 삽을 들고 나갔다가 돌아왔다. 지금 같은 여름에는 그 생물이 살아갈 터전을 인공으로 만든 뒤 행동을 꼼꼼히 관찰해 또박또박 인쇄체로 기록했다. 두 사람은 이런저런 이유로 필기체는 쓰지 않기로 합의했다.

내가 오빠를 존경하면서 자랐기 때문인지 조지프는 일반적인 오빠들보다 나를 더 다정하게 대했다. 게다가 우리는 이제 동생이 생기지 않을 거라는 사실을 알고 있었다. 엄마가 그렇게 말했다. 그리고 엄마는 우리가 싸움이라도 할라치면 이런 말로 우리의 입을 다물게 했다. "무슨 일이라도 생기면 기분이 어떨지 상상해보거라." 다른 한 명이 죽는다는 상상을 하면 서로의 존재에 대해 기뻐할 수 있었다. 나는 오빠가 몰래 훔쳐낸 통조림 병에 표본을 수집하는 것을 도왔고, 오로지 오빠를 즐겁게 해주려고 라틴어 명칭도 몇 개 암기했다. 내가 도롱뇽—흔히 알려진 이름으로는 진흙강아지—을 좋아한 것도 도움이 되었다. 도롱뇽은 검은색 바탕에 노란색 점이 박힌 흙덩이나 다름없었고 물 밖으로 나오면 힘을 못 썼다. 큰비가 내리면 땅속의 흥건한 균열 사이로 느린 인력에 이끌려 우글우글 기어나왔다. 말은 안 했지만 그 수를 보면 어딘지 모르게 굉장하면서도 오싹한 느낌이 들었다. 무슈의 말로는, 수녀들은 도롱뇽이 악마가 하늘로 들어올린 사악한 인간들의 사절이며 지옥은 그것들로 득시글거린다고 믿는다. 우리는 풀밭을 어슬렁거리며 통통한 도롱뇽을 발로 가볍게 차 뒤집었다. 그리고 그것들을 집어올려 흙무지에 내려놓고 젖은 잎사귀를 덮어 보이지 않게 감췄다. 도롱뇽은 학교 건물 주위로 축축한 장소마다 무더기로 떨어져 있었다. 열 마리나 스무 마리가 창문 아래 움푹 팬 땅에서 발견되기도 했다. 조지프는 따뜻한 늦봄에 억수 같은 비가 내리면 언제나 꼭두새벽에 나를 깨웠고, 우리는 남자아이들이 밟아 죽이기 전에 도롱뇽을 잡으려고 누구보다 먼저 학교에 도착했다.

그해 여름 조지프와 아빠는 곡괭이와 삽으로 뒷마당에 깊은 못을 팠다. 그해는 지하수면이 높아 못에 금세 물이 차올랐다. 그들은 못 둘레에 부들과 버드나무를 심은 뒤 개구리와 도롱뇽을 집어넣었다. 물고기는 도롱뇽 유충의 적이었고 못은 물고기를 위한 것이 아니었으므로, 그들은 먼저 그 속에 제럴딘 이모네 구덩이에서 가져온 합창개구리나 참개구리를 푼 다음, 우리가 물통에 담아온 도롱뇽을 풀었다. 하지만 도롱뇽이 땅속으로 종적을 감추자 조지프는 몹시 실망했다. 요행히 한 마리를 찾아낸다 하더라도 실제로 움직이는 모습을 관찰하기란 쉽지 않았다. 입을 벌리는 것을 보는 데만도 온종일이 걸렸다. 점점 조바심이 난 조지프는 아빠의 해부 용구를 슬쩍 가져왔다. 그 종이박스에는 해부용 칼과 핀셋, 핀, 유리 슬라이드, 클로로포름 병, 면봉이 들어 있었다. 그리고 개구리의 신체기관에 라벨을 붙인 해부도가 한 장 있었다.

조지프는 우리가 둘로 나눠 쓰는 작은 방의 창턱에 용구 일체를 조심스레 내려놓았다. 그리고 침대 밑에서 병 하나를 꺼냈다. 그 병에는 동부 호랑이도롱뇽인 암비스토마 티그리눔의 표본이 들어 있었다. 조지프가 클로로포름을 묻힌 면봉을 병 속으로 떨어뜨리고 다시 병을 침대 밑에 감추었다. 아빠는 해부를 그다지 좋아하지 않았다.

그날 밤 나는 조지프가 필요로 하는 곳에 더 많은 불빛을 비춰주려고 양초들을 가져왔다. 오빠가 도롱뇽의 배를 가르자 그 속에서 미끈거리는 물질이 드러났다. 관들이 뒤엉켜 있었고, 관 속에는 투명하고 끈적끈적한 액체가 들어 있었다.

"정포(精包)를 사정하려던 참이었나봐." 조지프가 걸쭉하고 희끄무레한 액체를 쿡쿡 찌르며 굉장하다는 듯 말했다. 문밖에서 발자국 소리가 들렸다. 나는 얼른 촛불을 훅 불어 껐다. 아빠가 문을 열었다.

"양초가 하나도 없더구나. 촛불이 다 탔어. 그걸 이리 주렴." 아빠가 말했다.

내가 침대 밑의 양초를 아빠의 발치께로 굴려주자 아빠가 말했다. "에블리나, 얼른 자거라."

다음 날 아침, 나는 조지프보다 먼저 일어나 도롱뇽이 부활해 조지프가 서랍 속의 무른 목재에 핀으로 꽂아둔 창자들을 갈기갈기 벌려놓고 달아난 것을 보았다. 창자의 흔적은 창턱까지 뻗어 있었고 도롱뇽은 거기서 방충망에 코를 박은 채 간신히 죽어 있었다. 그날 장례식을 치러주면서 조지프는 해부용구를 도롱뇽 옆에 함께 묻었다. 잿빛으로 시들어가는 작고 통통한 사체를 흙으로 덮으며 오빠는 한숨을 내리쉬었고, 오빠도 나도 말이 없었다. 몇 달이 지나 조지프는 해부용구를 파냈지만 그것을 다른 생물에 사용한 것은 일 년 남짓 지나서였다.

무슈과 샤멩과는 루이 리엘이 유능한 전쟁대장 가브리엘 뒤몽에게 바토시 전투나 앞선 다른 전투에서 결정권을 주었다면 혼혈이나 순혈 인디언이 세상에서 더 유력한 자리를 보장받을 수 있었을 뿐 아니라, 역사적으로 중요한 순간에 그 승리는 국경 아래쪽에 사는 인디언들의 단합까지 이끌어내는 계기가 되었을 거라고 주장했다. 전체적으로 상황이 달라졌을 수도 있었다는 얘기였다. 두 형제는 또한 메티스 가톨릭이 어떤 형태를 갖추었을지, 그들만의 사제가 있었을지도 즐겨 생각했다. 무슈은 메티스 가톨릭 신부의 결혼은 허용하는 편이 낫다고 주장했고, 샤멩과는 메티스 신부도 순결을 지켜야 한다는 견해를 펼쳤다. 두 사람 모두 루이 리엘이 자신과 추종자들의 제명 사실을 알게 된 뒤 경험한 계시가 건전했으리라는 점에서는 뜻을 같이했다. 오랜 명상을 마친 후에 신비주의자 리엘은 지옥은 영원히 지속되지 않으며 심지어 그리 뜨겁지도 않다고 선언했다.

"물론 나도 그렇다고 믿어." 무슈이 말했다. "리엘이 천사들의 위로를 받았기 때문만은 아니고, 그게 이치에 맞기 때문이지."

"저를 깨우쳐주시지요."

아빠는 엄마를 기쁘게 해주려고 미사에 따라갔지만 캐시디 신부에게 얼굴을 보이기가 무섭게 사라졌다. 아빠는 신앙심이 전혀 없는 가톨릭 신자였다.

"지옥이 살을 먹어치울 만큼 뜨겁다면 고통받을 살 같은 건 남지 않을 거란 말이지." 무슈이 답했다. "게다가 지옥이 영혼을 태워버리는 곳이라면, 애당초 영혼이란 눈에 보이지 않는 것이니 그 불은 상상의 불, 느낄 수 없는 불꽃이어야 한다, 이 말이야."

"그러니 어떤 식으로 생각해도 지옥은 심각한 결함이 있는 장소라는 말이군요."

"어떤 식으로 생각해도." 무슈이 고개를 끄덕였다.

"전적으로 수긍이 가는데요." 아빠가 고개를 끄덕였다. "굉장히 일리 있는 말입니다. 게다가 과학적으로 생각해도 무제한적인 연료 공급 없이 영원히 탈 수 있는 것은 아무것도 없거든요. 그러니 의문을 품어볼 만하지요."

클레망스는 골수까지 태우는 영원히 뜨거운 불을 믿었으므로 그들을 쳐다보며 안타까운 표정으로 고개를 가로저었다. 엄마는 지옥을 믿지 않는 것은 나약한 성격 때문이며 방만한 행동에 핑계를 대는 것은 자기 편의적인 심리 기제라고 간주했다. 그녀는 천국을 아예 기대하지 않는 사람들에게 그런 측면이 가장 두드러지고, 그들이 그런 측면을 가장 유용하게 써먹는다는 점에 주목했다. 엄마는 자식들이 하느님의 왕국에 반드시 들어가도록 키우고 싶은 마음이 간절했지만(그녀의 유산), 자신의 의도와 연민에 흔들리는 마음 때문에 얼마간 좌절했다.

가령 무슈이 설득하면 지나치게 너그러워져서 술을 듬뿍 따라주었다. 이따금 혼자 마실 때도 있었다. 또한 엄마가 캐시디 신부를 그다지 높이 평가하지 않는다는 사실은 누구라도 알 수 있었다. 첫번째 심방 이후 신부의 존재를 달갑게 여기지 않는다는 사실이 명백해졌다. 이따금 신부의 등 뒤에서 한두 마디를 흘리듯 말하기도 했다. 조지프와 나는 엄마가 중얼거리는 소리를 똑똑히 들었다. **뚱보 천치.** 여자의 자궁을 통해 아기를 창조하는 하느님의 계획을 설교한 직후였다. 캐시디 신부는 이 계획에 어떤 개입도 있어서는 안 된다고 말했지만 단어들이 너무 애매모호해서 무슨 말을 하는지 나로서는 도무지 알아들을 수 없었다. 캐시디 신부의 말이 무슨 뜻인지 엄마에게 물어보았더니 그녀는 나를 물끄러미 쳐다보며 말했다. "신부님 말씀은 하느님의 계획이 내가 또 임신하고 죽는 거라는구나. 하지만 내가 상담한 의사는 하느님의 계획에 찬성하지 않았고 덕분에 지금 내가 살아 움직이는 거란다."

엄마는 내 얼굴에 걱정이 어리는 것을 보고 자기 말이 어떻게 들렸는지 깨달은 것 같았다. "네가 열네 살이 되면 설명해줄게." 엄마의 목소리는 나를 안심시키려는 듯이 들렸다. 그러나 나는 도무지 마음이 놓이지 않아 결국 조지프에게 캐시디 신부의 말을 이해했는지 물어볼 수밖에 없었다. "물론 알지." 오빠가 대답했다. "산아제한에 관한 거야. 섹스에 대한 지식이 필요하면 제럴딘 이모에게 물어봐. 이모가 종이에 그려가며 설명해줄 거야."

그래서 다음번 말을 타러 가서는 그것에 관련한 지식을 얻어 돌아왔다. 제럴딘 이모 덕분에 불순한 생각이 어떤 것인지 알게 됐고, 하느님이 내게 계획한 일의 일부인 기적의 느낌, 그러니까 머리에 마요네즈를 뒤집어쓴 채 욕조에 앉아 경험한 그 느낌이 죄로 간주된다는 사실도 이해하게 되었다.

"그런 것도 고백해야 하나요?" 생각만 해도 두려운 일이었다.

"나라면 하지 않아." 제럴딘 이모가 말했다.

다음번 캐시디 신부가 문 앞에 나타났을 때 나는 깨끗한 양심으로 그를 맞았고 재킷과 모자를 받아 문 옆 의자에 내려놓았다. 그리고 구석으로 가 앉았다. 신부가 테이블로 안내되자 엄마는 술을 따라주었지만 이번에는 술병을 내려놓지 않았다. 그것을 들고 다른 방으로 총총 가버렸다. 술병이 사라지자 남자들 사이에 칙칙한 분위기가 감돌았다.

"아, 뭐." 무슙이 입을 열었다. "바토시 전투 때는 참호에서 와인을 전혀 마시지 못했고 신부들도 거의 굶다시피 했다지요. 캐시디 신부님, 우리 역사는 좀 아시오?"

"저는 몬태나 출신입니다. 폭동을 어떻게 진압했는지는 압니다."

"폭동이라!" 무슙의 볼이 불룩해졌다. 아직 술잔에는 입도 대지 않은 채였다.

"동쪽에서 트럭으로 실어온 개틀링포*로 말이오!" 샤멩과가 말했다. "그건 말이지, 겁쟁이의 발명품이라오."

캐시디 신부는 어깨를 으쓱했다. 무슙은 순간 화가 치밀어올랐다. 얼굴이 완전히 벌게졌고 짜부라진 귀는 붉으락푸르락했으며 양미간에 골이 잡혔다. 증오로 온몸을 부들부들 떨면서 이까지 갈았다.

"그건 권리 문제였소." 그가 테이블을 쾅 내려쳤다.

"자기들 토지라는 건 이미 입증했으니 그 권리를 인정받는 것

---

* 총신이 중축의 주위를 돌면서 발사되는 초기 기관포.

말이오. 미치프족과 백인, 게다가 늙은 파운드메이커*도 그랬소.
그들은 정부가 뭔가 해주기를 바랐지. 그게 다요. 그런데 정부는
요리조리 핑계만 댔고, 그래서 고명하신 리엘이 나선 거요. '우리
가 해주겠다.' 하! 하! 하하! '우리가 해주겠다!' "무슙은 잔을 살
짝 들어올리고 양미간을 좁히며 캐시디 신부를 바라보았다.

샤맹과는 행복감에 푹 젖어 있었다. 그는 혀로 술맛을 살짝 본
뒤 함박웃음을 지었다. "이야, 정말 일품인데."

"임대료가 지난주에 들어왔다오." 무슙이 말했다. "클레망스가
특별히 한 병을 구해주었는데, 어쩐다, 이리도 인색하니! 리엘이
계획한 것처럼 우리에게 권리가 주어졌다면 말이오, 캐시디 신부
님, 당신도 지금 우리를 대상으로 해서가 아니라 우리를 위해서
일하고 있을 거요. 클레망스도 더 큰 잔에 따라주었을 테고."

"글쎄, 그건 아닌 것 같지만 많은 문제가 걸려 있긴 하지." 샤맹
과는 기쁨이 흥분제가 되었는지 갑자기 생기를 띠고 말했다. "형,
그 문제를 생각해봤는데, 만약 리엘이 이겼다면 우리 부모님은 캐
나다에서 계속 살았을 거야. 온 가족이 다 함께. 서로 떨어져 살 일
도 없었겠지. 우리도 제대로 자랐을 거야. 내 팔도 멀쩡했을 거고."

"많은 문제가 걸려 있지, 아주 많은……" 무슙이 희미하게 말
했다. "하지만 동생, 한 단어만큼은 의문의 여지가 없어."

"무슨 단어?"

"존중."

---

* 캐나다 크리 부족의 추장이었으며 부족민의 중재자이자 방어자 역할을 한 인물.

"존중은 존중에서 비롯합니다." 캐시디 신부가 끼어들었다. "금주에 우리 주님의 소망은 존중했습니까?"

"우리 주님이 우리를 만드셨소?" 무슈이 시비 거는 어투로 질문했다.

"당연히 그렇지요." 캐시디 신부가 대답했다.

"우리와 더불어 우리 몸속에 계시고요?"

"물론입니다."

"속속들이 전부 다요? 남자들의 거시기까지 말이오?"

"무슨 말을 하고 싶은 겁니까?"

"우리 주님이 우리 몸을 만들 때 남자 거시기까지 만드셨다면 말이지, 남자 거시기의 소망도 만드셨겠군요. 금주에 나는 이 소망을 존중했다, 딱 거기까지만 말하겠소."

캐시디 신부가 입을 열기도 전에 샤멩과가 끼어들었다. "형, 존중은 형의 거시기보다는 훨씬 큰 주제지. 형이 좀 전에 우리 부족에 대한 정치적 존중 이야기를 꺼냈잖아. 그건 형이 옳았어. 정말 옳았지. 의심할 여지가 없는 문제거든. 리엘이 끝까지 해냈다면 우리도 존중이라는 걸 받았을 거야."

"우리 나라를 위해! 우리 부족을 위해!" 무슈이 잔을 비웠다.

"땅이라." 샤멩과가 생각에 잠긴 채 말했다.

"여자라." 무슈이 어질한 듯 말했다.

"아무리 리엘이 위대하다 해도 그 문제를 해결해주지는 못했을 거야."

"하지만 우리 부족 사람들이 목매달려 죽는 일도 없었겠지……"

"아, 그거 말씀입니까." 캐시디 신부는 술잔 바닥을 내려다보며 말했다. "목매단 그 일 말이지요! 한 지역 역사학자는……"

"신부님, 그 여자에 대한 험담일랑 아예 마시오. 나는 그 여자를 사랑한다오."

"그게 아니라……"

"목매단 일은 말하지 맙시다." 샤멩과가 딱 잘라 말했다. "클레망스한테 한 잔 더 달라고 부탁하는 대신 오늘은 이야기나 계속합시다. 아아, 조카, 총애하는 조카!"

"총애는 그만하세요." 엄마가 돌아와 한 잔씩 더 따라주었다. 하지만 이번에도 술병을 홱 가져가버려서 나를 발견하지는 못했다. 나는 콩을 가려내는 일에 붙들리고 싶지 않기 때문에 카우치 뒤에 푹 주저앉아 있었다. 엄마가 이제 더 환대하지 않는 걸 보면 신부를 탐탁해하지 않는다는 게 확실했지만, 그 순간 신부는 엄마를 찾아온 것이기도 하다는 사실을 문득 깨달았다.

"잠시 말을 나눌 수 있을까요?" 캐시디 신부는 자기 목소리를 올가미 삼아 어머니의 재바른 발목을 끌어당기려고 했지만 엄마는 뒷문을 지나 벌써 텃밭으로 나가버렸다.

﹡

무슴은 정녕 니브 하프를 연모했다. 니브는 짜증스러운 우리 고모로 자칭 타운 역사가이자 플루토 타운의 숙녀였다. 그녀는 자기 표현에 따르면 종종 '불쑥 등장했다'. 우리는 그 출현의 위협에서 결코 자유롭지 않았다. 언제나 화장을 곱게 하고 지나치다시피 차려입어서 사람들은 고모를 두고 '언제나 몸단장하는 사람'이라고 불렀다. 부자에다 버릇없이 자라긴 했지만 약간 괴짜 같은 구석도 있었다. 이따금 까무러칠 듯 한참 웃어젖힐 때는 통제력을 상실한 사람처럼 보이기도 했다. 엄마는 고모가 안됐다고 말했지만 이유를 말해주지 않았다. 니브 하프는 두 남편에게 이긴 일을 자랑스러워하는 것 같았고, 그중 한 명은 심지어 감옥까지 보냈다. 지금은 의붓자식들을 자랑거리로 삼으면서 세번째 남편과 이혼을 준비하고 있었지만, 기사를 작성할 때는 혼란을 줄이려고 진작부터 처녀 때 성을 썼다. 무슘은 원하는 만큼 자주 니브 하프를 방문할 수 없었으므로 대신 편지를 보냈다. 텔레비전이 제대로 나오는 저녁이면 조지프와 내가 텔레비전을 보는 동안 무슘은 테이블 앞에 앉아 수녀님이 가르쳐주었다는 유려한 필체로 편지를 썼다. 무슘은 더 많은 정보를 알아내려고 아빠를 쿡쿡 찔렀다.

"자네 누나가 꽃은 좋아하던가? 제일 좋아하는 꽃이 뭔가?"

"쐐기풀이요."

"어떤 색깔을 좋아하는지 아나?"

"물고기 배 같은 흰색이요."

"젊었을 때 매력적인 버릇은 뭐가 있었나?"

"방귀로 국가를 연주할 수 있었어요."

"전곡을?"

"네."

"이야! 머리색은 언제나 그렇게 예뻤나?"

"염색해요."

"어쩌다 그렇게 많은 남편을 뒀나?"

"문란한 재주가 있나보죠."

"어떤 생각을 하고 지내나? 마음은 어떤가?"

아버지는 피곤한 듯 그저 웃으며 이렇게만 말했다. "마음씨요? 생각이요?"

"치아는 있지? 없어? 전부?"

"남편들한테 남겨둔 것만 빼면요."

"내가 이곳 보호구역에서 경마하던 시절에 흥미가 있을까? 그 것도 역사적인 일로 볼 수 있는데 말이야."

"관두신 지 이 년밖에 안 됐잖아요."

"하지만 시작은 오래전으로 거슬러올라가……"

대화는 무슈이 자기 편지를 흡족해할 때까지 이어졌다. 무슈은 편지지를 한 번 두 번 접을 때마다 엄지손가락으로 반듯하게 주름을 잡아 봉투에 꼭 맞게 넣었고, 기념우표 한 판에서 한 장을 조심스레 떼어내 붙였다. 그리고 엄마가 상점에 갈 때까지 그 편지를 가슴 호주머니에 간직하다 엄마와 같이 가서 우체국 직원 배녹 부인의 손에 직접 찔러주었다. 니브 하프를 쫓아다니는 일을 엄마가 곱게 보지 않는다는 건 무슈도 잘 알았으므로 엄마가 편지를 쓰레기통에 던져버릴까 걱정이 되었기 때문이다.

✳

나는 보호구역에서 우리 가족이 상대적인 편안함을 누리고 산
다는 것을 완전히 인식하지는 못한 것 같다. 아버지를 제외한 온
식구가 치폐와족의 피와 프랑스인의 피가 골고루 섞여 있었고, 비
록 샤맹과의 아내가 순혈 인디언인 데다 무슈이 나중에 교회를 버
리고 이교도의 방식으로 돌아서기는 했지만, 중요한 것은 우리가
인디언사무국 관사에 산다는 사실이었다. 앞서 말했듯이 타운에
는 전기와 수도시설이 되어 있었고 간간이 텔레비전 신호도 잡혔
다. 제럴딘 이모는 여전히 너른 땅이 있는 옛집에서 살았고 물을
길어 썼다. 이모가 기르는 말들은 무슈이 기른 경주마의 후손이었
다. 우리 집에는 책선반도 있었는데, 계속 꽂혀 있는 책도 있었고
매주 교체되는 책도 있었다. 하지만 우리 집이 타운에 있었기 때
문에 신부의 방문이 더 잦았다. 그날 캐시디 신부의 마지막 방문
은 우리 가족에게 먼 훗날까지 영향을 미친 극적인 드라마 한 편
이나 다름없었다. 한 가지는 엄마가 술에 대한 무슈의 주장을 책
잡으면서 자신이 할 수 있는 최선의 노력으로 무슈의 음주를 금한
일이었다. 또 한 가지는 무슈의 짜릿한 이탈로 말미암아 우리 가
족에 대한 교회의 장악력이 약해졌다는 사실이었다.

끄물거리고 가랑비가 흩뿌리는 여름날이었다. 비가 그친 뒤 조
지프와 나는 양동이에 도롱뇽을 여러 마리 담아와서 집 뒤쪽 못에
부지런히 풀어놓았는데, 그때 캐시디 신부가 마당에 나타나 우리
가 무엇을 하는지 보려고 풀밭 가장자리로 깡충거리며 다가와 비

대한 몸뚱이를 들이밀었다. 신부의 거대한 똥배를 밑에서 올려다보다 우리는 신부가 성호를 긋는 데 시간이 두 배로 걸린다는 사실에 깜짝 놀랐다.

"무슨 문제가 있어요?" 조지프가 물었다.

"그런 생물이 악마를 상징한다고 믿는 사람들도 있단다." 신부가 말했다. "물론 나는 미신 따위는 믿지 않지만."

나중에 일어난 일을 보면 어쩌면 그 말이 씨가 된 건지도 모르겠다. 조지프와 함께 도롱뇽을 다 풀어놓고 집 안으로 들어가자 대화가 무르익고 있었다. 엄마가 외출중이었으므로 아니나 다를까 술병은 테이블에 나와 있었다. 세 사람은 우리를 보자 유쾌하게 고개를 주억거렸다. 그들은 작은 술잔이 아니라 엄마가 아끼는 무르익은 황금빛 곡식 색깔의 신제품 강화플라스틱 커피잔으로 술을 마시고 있었다.

"여기서 지켜보는 게 좋을 것 같아." 조지프가 나지막이 말했고, 나는 오빠와 함께 마시려고 찬물을 떠왔다. 우리는 카우치에 앉았다. 뭔가 상황이 순식간에 전개되고 있다는 사실에는 의심할 여지가 없었다. 캐시디 신부가 무슘에게 특별한 질문을 했다. 지금까지 무슘은 그 질문에 단 한 번도 똑같은 답을 한 적이 없었다. 질문은 이랬다. 무슘의 귀에 무슨 일이 일어났는가? 무슘이 한참 뒤에야 밝히기로, 그 귀는 사실 비둘기가 쪼아 먹은 것이 아니었다.

무슘은 실눈을 뜨고 입술을 실룩거리며 캐시디 신부에게 간 빼먹는 존슨에 대해 들어본 적이 있느냐고 물었다.

캐시디 신부는 관대한 미소를 지으며 시원찮은 농담을 던졌다.

"그자가 몬태나 출신이군요."

"타프웨." 무슈이 말했다.

"그날의 장면을 단어로 그려봐, 몽 프레르." 샤맹과가 말했다.

무슈은 자기 몸을 덩치 큰 야수처럼 만든 다음 그자의 터부룩한 피범벅 턱수염을 표현하려고 손을 오므려 아래턱에 댔다. 그러고는 간 빼먹는 존슨이 인디언을 증오해 벌인 끔찍한 이야기와, 무법천지 시절에 비겁한 덫사냥꾼이었던 그 사악한 자가 먹잇감에 덤벼들어 희생자의 간을 산 채로 뜯어내 그들이 보는 앞에서 게걸스레 먹어치운 이야기를 들려주었다. 그자는 장거리 추격전도 마다하지 않았다고 했다.

캐시디 신부는 침을 꿀꺽 삼키며 희미한 웃음을 지어 보였다. "이만 됐습니다!" 하지만 무슈은 커피잔을 들어 술을 들이켠 뒤 말을 이었다.

"그날 나는, 아직 청년은 아니고 어린 소년이었는데, 뭔가 먹을 것을 찾느라 혼자 초원에서 사냥을 하고 있었소. 집에서 쫓겨났느냐고? 여하간 저만치 멀리서 누군가 필사적으로 달려오는 것을 보았는데, 털북숭이 남자였다오. 하지만 나로 말하자면 두려움을 모르는 사람이지."

샤맹과는 우리를 흘끗 쳐다보고는 자기 머리를 톡톡 치며 윙크를 했다.

"나는 일정한 보폭으로 걸으며 뭔가 먹을 것을 찾고 있었소. 토끼도 좋고, 들꿩, 심지어 방울뱀도 나한테는 좋은 요깃거리였지. 배가 고파 죽을 지경이었으니까."

"소년이란 으레 배가 고픈 법이지." 샤멩과가 말했다.

"혹시 이 낯선 작자가 뭔가 먹을 걸 나눠주지 않을까 싶어 돌아보았다오. 그는 여전히 내 쪽으로 달려왔지. 피부는 온통 우둘투둘했고 턱수염은 제멋대로 헝클어졌는데 그 수염은, 알겠소? 그가 충분히 가까워지자 비로소 그 턱수염에 피가 덕지덕지 말라비틀어진 게 보이지 않겠소. 그제야 그자인 줄 알았지."

"간 빼먹는 존." 샤멩과가 말했다.

"그의 눈빛에서도 굶주림을 읽을 수 있었다오. 그 역시 몹시 배가 고팠던 거요! 나는 달아나기 시작했소. 단언컨대 토끼처럼 잽싸게 달아났지. 나는 달리기를 잘했지만 간 빼먹는 존도 끈기 하나는 끝내줬소. 이렇게 종일 달리면 그자는 나를 따라잡을 테고 나는 지쳐 나동그라질 거란 사실도 깨달았지. 내가 속도를 늦추는 순간 그자가 나를 덮칠 것도 분명했고. 나는 속력을 냈소. 고양이와 쥐, 스라소니와 토끼가 쫓고 쫓기는 것 같았지. 그러다 어느 순간 그자가 갑자기 속력을 내더니 나한테 덤벼들었소!"

캐시디 신부는 기겁해서 술 마시는 것도 잊은 것 같았다. 무슈은 뜯겨나가고 남은 귀를 천천히 만지작거렸다.

"그렇소. 그자가 이 꼴로 만든 거요. 그놈의 이빨이 어찌나 날카롭던지. 하지만 나를 찌르지 못한 걸 보면 아마도 사냥용 칼을 잃어버린 게 틀림없소. 나는 그자의 손아귀에서 벗어나려고 죽을힘을 다했지." 무슈은 그의 팔에서 벗어나려 안간힘을 썼고, 자신을 거머잡은 그의 손을 떨쳐내고야 간신히 풀려날 수 있었다.

"나는 깡충거리며 달아났고, 귀에서 피가 흘러 바람에 흩날렸지. 그의 바로 코앞에서 전속력으로 달렸는데, 문득 이런 생각이 났소. 리엘, 그가 이겼더라면 그래도 정의란 게 살아 있을 텐데! 이런 악마 자식이 감히 인디언을 뒤쫓는 일은 없었을 텐데. 이봐, 나도 배가 고프단 말이거든! 간 빼먹는 저자가 쓰는 처방을 외려 내 쪽에서 한번 써볼까! 내 이빨도 네놈 못지않게 날카롭거든. 그 순간 나는 우뚝 멈춰 섰소."

무슙이 의자에서 몸을 들썩했다.

"그 털북숭이 백인 놈이 나를 붙잡아 자빠뜨리는 순간 나도 그의 손가락 하나를 물어뜯었지."

"어느 손가락?" 샤멩과가 물었다.

"새끼손가락." 무슙이 답했다. "이번엔 그놈이 게거품을 물고 미쳐 날뛰지 않았겠소. 그래서 그자가 나한테 덤벼들게 내버려뒀다가 이번에는 족제비처럼 물었지. 아작 소리와 함께 엄지손가락이 잘려나갔다오."

"그걸 먹었어요?" 조지프가 물었다.

"씹지는 않았고 꿀꺽 삼켰지. 맛이 고약했거든." 무슙이 말했다. "힘을 내려면, 얘야, 그거라도 먹어야 했단다. 우리는 또다시 죽기 살기로 달렸소. 그러다 내 쪽에서 다시 속도를 늦추자 이번엔 그자가 내 간을 노리고 다가왔지. 하지만 여기 왼쪽 엉덩이의 살점만 살짝 물어뜯겼을 뿐이오." 무슙은 말을 이으며 헐렁한 바지의 엉덩이 부분을 가리켰다. "나는 그놈의 궁둥짝을 콱 깨문 뒤 치고받고 몸싸움을 벌인 끝에 때려눕혔지. 그리고 이번엔 허벅지를 물어뜯고는 그놈을 계속 뒤쫓았소. 젊었거든. 이삼십 마일은 족히 달렸을 거요! 그렇게 먼 거리를 달려 그놈 힘을 쭉 빼놓았지."

"이야!" 샤맹과가 소리쳤다.

"그놈이 피를 많이 흘려 쓰러질 무렵에는 손가락이 여섯 개밖에 남지 않았다오. 게다가 그놈은 귀 하나도 물어뜯겼지. 그것도 왕창. 속력을 못 내게 하려고 그놈 발가락 두 개도 물어뜯었다오. 물론 곧바로 뱉어버렸지만. 코도 물어뜯었고."

"웩." 내가 헛구역질을 했다.

"그게 내 행운의 물건인데, 보시려오, 신부님?"

"아니, 됐습니다!"

하지만 무슈은 이미 주머니에서 손수건을 꺼냈고, 경외의 몸짓으로 손수건을 펼쳐 끝부분이 검고 가죽처럼 끈적이는 것을 보여주었다.

"탐노피스 라딕스*의 일부네요." 조지프가 무슈의 어깨 너머로 쳐다보며 말했다. "그걸 왜 갖고 계세요?"

"무슈이 지니고 다니는 사랑의 부적이란다." 샤맹과가 말했다.

"그건…… 명백히 이교도적인 행위입니다!" 캐시디 신부가 빠르게 지껄이자 무슈의 눈에서 반짝 빛이 났다.

"어떤 면에서 그런가요, 친애하는 신부님?" 무슈은 캐시디 신부가 부들거리는 손으로 붙잡고 있는 커피잔에 위스키를 따라주면서 호기심 어린 천진난만한 표정으로 물었다.

"코 말입니다!" 캐시디 신부가 외쳤다.

---

* 가터뱀의 학명.

"선하신 성요셉의 어떤 부분이 우리 성당의 제단에 있다고 했던가요?" 무슘이 물었다. 수녀같이 상냥하면서 나무라는 목소리였다.

캐시디 신부는 입을 굳게 다물었다. 그가 얼굴을 찡그렸다. "비교를, 도대체 어떻게 그런 비교를……"

"제가 듣기로는, 성요셉은 제 이름이기도 하니까요." 조지프가 불쑥 끼어들었다. "우리 성당 제단에는 성요셉의 척수도 약간 안치되어 있다고 들었어요."

캐시디 신부는 술 한 잔을 쭉 들이켰다.

"신성모독." 신부가 고개를 가로저었다. 그리고 빈 잔을 흔들자 무슘이 얼른 다시 채워주었다.

"슬픔과 분노가 치미는군요." 캐시디 신부가 언짢은 표정으로 잔을 홀짝홀짝 비웠다. 그러고는 들릴락 말락 같은 말을 되풀이했다. "슬픔과 분노가 치밀어요." 그러다 안개를 뚫고 나온 것처럼 어떤 생각이 들었는지 갑자기 온몸에 생기가 돌았다. 하지만 아까한 생각이었다.

"비교를……" 그가 불쑥 말하는데 눈에는 눈물이 그렁그렁했다.

"비교를 해야겠소." 무슘이 말을 받았다. "예수님의 몸과 피가 미사 때마다 매번 먹힌다는 것을 잠시만 생각해보면 말이오."

캐시디 신부의 눈물은 분노에 밀려 쑥 들어갔다. 신부는 그 말에 몹시 노해서 볼을 씰룩거렸고 온몸을 발끝까지 들썩들썩했다.

"그게 화체설*입니다. 거룩한 미사에서 재현하는 우리 교회의 가장 신성한 측면이지요."

캐시디 신부는 점점 가스가 차오르는지 입가에 연신 거품이 고였다. 무슘은 질문을 하려고 몸을 앞으로 숙였다.

"그렇다면 몸과 피가 신부님의, 음, 그러니까 머릿속에 있다, 그 말씀이오? 빵이 진짜 몸을 대신한다는 말씀이지요? 그거라면 요지가 뭔지 알겠소. 그게 아니라면 성체성사는 식인종의 식사나 다름없지 뭐요."

캐시디 신부는 입술이 자줏빛으로 변하면서 뭔가 소리를 지르려고 했지만 대신 꺽 소리만 나왔다. "이단입니다! 지금 한 말은 이단이에요. 빵은 정말로 몸이 됩니다. 술 역시 정말로 피가 되고요. 사람을 먹는 것에 비교하다니 어처구니가 없군요." 캐시디 신부는 발끈하여 손가락을 신경질적으로 떨었다. "이제 정도를 지나친 것 같군요! 유감스럽게도 이 대화를 통해 선을 넘어버렸습니다! 선생을 우리 교회에 다시 받아들이려면 아주 특별하고 무거운 고해성사를 먼저 해야 할 것 같군요."

"그렇다면 나는 다시 인디언의 전통 방식으로 돌아가겠소!" 무슘은 기쁨으로 몸이 달아올랐다. "옛날 방식은 언제나 나한테 잘 맞거든. 당신네 교회는 충분히 겪었소. 오랫동안 미심쩍은 것도 많았고. 그건 그렇고 신부들은 왜 그 지저분한 비밀들을 듣고 싶어하는 거요?"

"좋습니다. 이교도로 사세요. 지옥에서 타 죽으세요!" 캐시디 신부는 트림을 삼키고 또 한 잔을 달라는 듯 잔을 내밀었다. 술병

＊성찬식 때 먹는 빵과 포도주가 순간적으로 그리스도의 몸과 피로 변한다는 학설.

은 이제 거의 동이 났다.

"우리는 영원한 지옥 같은 건 믿지 않습니다. 아시지요?" 샤멩과가 정중하게 말했다.

"우리는 신앙을 자비로운 지옥에 맡긴다오." 무슘이 말했다.

"그렇다면 내가 할 수 있는 건 없겠군요!"

캐시디 신부는 양손을 들어올리고 문 쪽으로 휘청휘청 걸어가더니 더듬더듬 밖으로 나가 계단을 내려갔다. 조지프와 나는 찬물을 홀짝거리며 카우치에 계속 앉아 있었다. 샤멩과와 무슘은 생각에 잠긴 시선으로 문 쪽을 바라보았다. 샤멩과가 정신을 차리고 바이올린을 집어드는가 싶었는데 그 순간 바깥에서 엄청난 굉음이 들렸다. 커다란 고깃덩이가 바닥으로 떨어지는 것 같은 쿵 소리가 울려퍼졌다. 문 가까이에 있던 내가 제일 먼저 달려나갔다. 캐시디 신부가 거대한 송장처럼 풀밭에 드러누워 있었다. 꼭 죽은 사람처럼 보였는데 허리를 숙이고 살펴보자 숨을 쉴 때마다 입아귀에 고인 거품이 부글거렸다.

"이런!" 조지프가 소리치며 캐시디 신부의 발치에 무릎을 꿇고 앉았다. 조지프가 신부의 구두 밑창에서 뭔가를 떼어낸 뒤 양손으로 조심스레 감쌌다. 그러고는 쓰러진 신부를 노엽게 돌아보며 납작해진 도롱뇽을 들고 그 자리를 총총 떠나버렸다.

무슘은 목재 난간을 붙잡은 채 입을 크게 벌리고 우리를 쳐다보았다. 무슘과 샤멩과는 문 앞의 계단으로 내려오려다 걸음이 불안한지 옆쪽으로 난 경사로를 택해 가파른 벼랑을 내려오듯 조심조심 내려왔다.

"신부님이 도롱뇽을 밟았어요." 내가 말했다.

"숨이 끊어지지는 않았니?"

"아직 숨은 붙어 있어요."

"파이틱,* 몽 프레르." 샤멩과가 조심스레 길로 나가 자기 집을 향해 걸음을 옮기는 것을 보며 무슙이 말했다. 샤멩과는 돌아보지 않고 멀쩡한 팔만 크게 흔들었다. 무슙은 집 뒤쪽 잔디밭에 놓아둔 자동차 뒷좌석으로 가서 그 위에 드러누워 잠이 들었다. 나는 캐시디 신부의 곁을 지켰고, 신부는 잔디밭에 누워 한동안 코를 곯았다. 신부가 정신을 차리고 일어나자 나는 그를 부축해 차 있는 데까지 걸어갔고, 신부는 운전대를 잡고 구불구불한 언덕길을 올라갔다.

이제 캐시디 신부의 상황은 더욱 힘들어질 게 뻔했다. 빈 병을 치우고 엄마의 잔을 씻으려고 집 안으로 들어가면서 생각하니 소문이 삽시간에 파다하게 퍼질 것은 분명했다. 술 취한 신부가 진흙강아지 형상으로 나타난 악마에게 발이 걸려 넘어진 일, 늙은이에게 지옥에 떨어질 거라고 저주한 일, 그 모든 일이 무슙과 샤멩과의 입을 통해 오랜 친지들에게 단박에 퍼져나갈 것이다. 그리고 무슙은 술김에 한 것 같은 협박을 정말로 실행에 옮겼다. 그 뒤 얼마 되지 않아 무슙은 정통 인디언들과 운명을 같이하면서 그들의 의식에도 참가하기 시작했는데, 의식은 보호구역의 제법 먼 지역에서 거행되었으므로 아빠는 몰래 그곳까지 무슙을 데려다주었

---

* '들어와'라는 뜻의 미치프어.

다. 엄마가 무슈의 전향에 분노했기 때문이다. 나는 할아버지에게 그토록 철저하게, 그토록 늦은 나이에 마음을 바꾸기로 결심한 계기를 물어보았다. 무슈은 말했다.

"인간의 일생에는 자기가 누군지 정확히 알게 되는 순간이 있단다."

"하지만 무슈은 그때 취하셨잖아요."

"아위 타프웨, 아가야, 네 말은 진실이지. 하지만 취해서 정신은 더 맑았단다. 나, 세라프 밀크의 어머니는 순혈 인디언이셨고, 신부의 도움도 못 받고 슬픔에 빠져 돌아가셨지. 어머니는 침묵 속에 살다 가셨지만 내가 그 선량한 여인의 아들이라는 사실을 비로소 깨닫게 된 거란다. 게다가 난 가톨릭 여자들과는 아무것도 할 수가 없더구나. 오히려 숲 속에서 아리따운 여자를 찾는 게 더 쉽겠다고 생각했지."

"이유라고 하긴 그러네요."

"그건 네가 틀렸다. 그게 최고의 이유야."

그리고 무슈은 내가 코원을 보려고 성당에 가는 것을 다 안다는 듯 한쪽 눈을 찡긋했다.

고질라 수녀

❧

 코윈 피스에 대한 내 사랑은 우리가 키스한 사실을 그가 다른 남자아이들에게 떠벌리고 다닌다는 걸 안 순간부터 걷잡을 수 없는 배신감으로 변했다. 사랑이라는 것에 비참한 분노를 느꼈고, 가슴이 찢어질 듯 아프겠지만 코윈에게 복수를 단행하기로 결심했다. 하지만 얼마 지나지 않아 가슴이 찢어지기는커녕 오히려 코윈을 괴롭히는 일이 즐겁다는 사실을 깨달았다. 그 여름 내내 나는 코윈이 공놀이에 끼어들려고 할 때마다 주먹으로 쳐서 쫓아버렸고, 절망에 빠진 코윈이 자기 편 아이들의 정강이를 걷어차고 그들의 야유가 고통스런 비명이 될 때까지 때리다 방망이를 내동댕이치는 순간을 고대했다. 심지어 BB총을 쏜 일도 있었다. 훗날 코윈은 내가 쏜 BB탄이 그의 몸속으로 들어가 콩팥을 통과해 나오는 바람에 된통 혼이 났다고 말해주었다. 오빠와 나는 새끼말을 타고 마음껏 돌아다니면서 코윈만 빼고 모두 차례로 태워주었고,

한번은 그를 가운데에 세워놓고 원을 그리며 돌면서 그의 시야를 흙먼지로 서서히 뿌옇게 만든 적도 있었다. 그는 양손을 내밀고 무력하게 서서 그저 바라보기만 했다.

하지만 내가 코원에게 아무리 창피를 줘도 그는 한결같이 나를 사랑했다. 우리는 나란히 성장했다. 그의 옷 밑에서 어떤 변화가 일어났는지 모르겠지만, 그해 여름 내 젖가슴은 찌릿한 느낌과 함께 봉긋이 부풀어올랐고 나는 원래 없던 곳에 털이 난 것을 보고 울음을 터뜨릴 뻔했다. 나는 금욕하는 심정으로 내 몸에 일어난 새로운 비밀을 참아냈다. 여름이 지나가고 날이 서늘해졌다. 나는 가슴이 풍성한 새 옷을 장만했다. 마침내 우리는 6학년이 되었고 드디어 개학날이 다가왔다. 엄마는 우리를 깨워서 언덕으로 난 흙길로 떠밀었다. 우리는 밑에서 어슬렁거리다 아이들이 운동장에서 웅성거리는 소리를 듣고서야 한달음에 뛰어 올라갔다. 언제나처럼 아이들은 두 줄로 서 있었다. 교실이 어딘지는 이미 알고 있어서 아이들 틈에 얼른 끼어들었다. 교실 문이 쾅하고 닫혔다. 이제 선생님과 만나는 시간이었다.

프란체스코 수녀회 복장은 얼굴만 빼고 전부 가리는 것이라 새로 부임한 수녀의 얼굴은 생김새 하나하나가 도드라졌다. 그래서 나는 더더욱 놀라 마흔 번도 넘게 쳐다봤다. 빳빳이 풀을 먹인 흰색 리넨 천을 둘러쓴 수녀의 얼굴은 눈, 코, 입 전부가 툭 튀어나와 보여서 꿈속에서 본 가면이나 비쩍 마르고 커다란 자칼의 주둥이 같았다.

"맙소사." 코원이 내 귀에만 들리게 소곤거렸다.

나는 적어도 처음 한 달 동안은 그를 무시하기로 결심했지만 극
단적으로 흉측한 수녀의 모습에는 도저히 가만있을 수 없었다.

"고질라." 나는 그를 돌아보고 눈썹을 치키며 속삭였다.

선생님의 진짜 이름은 메리 애니타였다. 수녀가 되기 전부터 그
녀를 알던 사람들은 그녀가 부켄도르프 가 사람이라고 했다. 이십
대나 삼십대로 보이는 젊은 여자로 체구는 우람했지만 매우 날렵
해서 학생들은 그녀가 교실 뒤에서 앞까지 걸어가는 동작을 보고
깜짝 놀랐을 뿐 아니라, 하느작거리는 검정 치마 안에 숨겨진 운
동선수 같은 근육질 다리를 상상했다. 첫인사를 하면서 그녀가 우
리 모두를 가리키며 손을 휘젓자 우리의 시선은 그녀의 손에 못
박혔다. 얼굴과 손은 정반대였다. 손은 아름다웠고 젖빛 유리처럼
하얬으며 손가락은 길쭉하고 가늘었다. 복도의 십자가 아래에 걸
린 그림 속 성모 마리아의 손, 텔레비전 위에 놓인 밤마다 불이 켜
지는 플라스틱 사도의 손처럼 보였다. 기도하는 손이었다.

또한 소프트볼 선수의 손이기도 했다. 쉬는 시간에 그녀가 자갈
밭으로 나오자 우리는 더더욱 놀랐다. 목가리개가 그녀의 두툼한
턱살을 깊숙이 찔렀다. 그녀가 무표정하고 우아하게 짙은 겨자색
가죽 장갑을 낀 손을 소매 밖으로 높이 쳐들자 소프트볼이 날아와
그 속으로 쏙 빨려 들어갔다. 실력은 명백했다. 훌륭한 선수는 긴
장하거나 표정을 바꾸는 일이 거의 없었다. 그저 자석처럼 공이
날아오는 방향으로 손을 약간 틀면 그곳에 공이 있었다. 메리 애
니타가 공을 던지면 수녀복이 소용돌이쳤고, 그 모습은 내 속의
뭔가를 흔들어 마음을 설레게 한, 바람에 날리는 쾌걸 조로의 망

토처럼 우아했다. 그 감정에 완전히 사로잡힌 나는 차례가 되자 타석에 들어서서 홈 플레이트로 쓰는 둥근 고무판을 방망이로 탕 탕 두드린 뒤 연습 삼아 허공에 두어 번 휘둘렀다. 결론은 방망이를 단단히 움켜쥐고 홈런을 때리는 것 말고는 선택의 여지가 없다는 것이었다.

하지만 그 계획은 물거품이 되었다. 사실 나는 창피하게도 코윈보다 더 못해서 삼진으로 쫓겨났는데, 스트라이크 세 번에서 파울볼을 치기는커녕 공을 스치지도 못했다. 스스로 원망하며 자전거 거치대에 걸터앉아 그녀가 아이들에게 볼 몇 개와 쉬운 안타성 타구를 던지는 것을 지켜보았다. 애초부터 우리 둘은 우리에게 닥칠 일을 감지한 것 같다. 아니, 다시 생각해보면 애니타 수녀에 대한 정보는 순전히 학교 맞은편 빨간 벽돌집에 사는 과거의 수녀 선생님들을 통해 얻은 것일 수도 있었다. 다루기 어렵다. 영리하다. 등을 돌릴 때는 조심해야 한다. 그들이 옳았다. 쉬는 시간이 끝나자 나는 활활 타오르는 자존심으로 책상 앞에 앉아, 수녀복을 입은 공룡이 입을 쩍 벌리고 울부짖는 모습을 그리기 시작했다. 삐죽빼죽 난 길쭉한 이빨은 연한 회색으로 칠했다. 그리고 음영에, 그러니까 이빨 뒤쪽으로 쑥 들어간 컴컴한 목구멍에 열중했다. 그림에 너무 몰두한 나머지 나를 둘러싼 교실 전체가 쥐 죽은 듯 조용해진 것을 알아채지 못했다. 하지만 어떤 존재감을 느꼈다. 응시에서 오는 긴장감이 내 위로 드리워졌다. 메리 애니타 수녀가 내 옆에 와 있었다. 하지만 나는 짐짓 거만하게 계속 그림을 그렸다.

남은 이빨 하나를 마저 칠한 뒤 등을 기대고 눈을 찡그리며 내 작품을 쳐다보았다. 그 순간 화들짝 놀라며 덮어 감추는 시늉을 하기도 전에 종이가 찢겨 허공으로 올라갔다. 침묵이 흘렀다. 심장은 흥분해서 사정없이 콩닥거렸다.

"끝나고 남아라."

마지막 반 시간이 지나갔다. 아이들은 해죽해죽 속닥거리면서 나를 스쳐 줄지어 몰려나갔다. 한순간 내 책상 위가 꽉 찼다. 그 종이가, 꼼꼼하게 그린 공룡이 어정쩡하게 울부짖고 있었다. 나는 그것을 물끄러미 쳐다보았고 마음에는 희미한 기대감이 번졌다. 무섭지 않았다.

"나를 보렴." 애니타 수녀가 말했다.

그 일이 일어난 건, 내 생각에 그 순간이었다. 나는 고개를 들 수 없었다. 목이 메었다. 눈으로는 책상에 새겨둔 내 이름의 머리 글자를 쫓았다.

"나를 보렴." 그녀가 또 한번 말했다. 내 시선이 줄에 매달린 듯 위로, 더 위로 끌어올려졌고 마침내 선생님의 눈동자와 마주쳤다. 그녀의 눈동자는 수녀복처럼 진청색이었고 찌르르한 슬픔이 느껴졌다. 그 고요한 눈빛이 나를 흔들었다.

"죄송해요."

내 입에서 예상치 못한 단어가 흘러나온 순간 나는 뭔가 혹독한 일이 일어났다는 사실을 깨달았다. 순식간에 피가 머리까지 쏠려 귀가 얼얼했고 손가락 끝은 마비된 듯 무감각했다. 눈꺼풀이 욱신거리고 콧물이 흐를 것 같았지만 입안은 오히려 바짝 말랐다. 내 몸은 그 자체로 극단적인 것들이 모인 하나의 모순 덩어리였다.

"내가 어렸을 때 말이야. 너처럼 어렸을 때." 애니타 수녀가 말문을 열었다. "외모 때문에 놀림을 당할 때면 아주 많이 괴로웠어. 그후로 줄곧 내…… 기형적인 외모를 그대로 인정하며 살아왔단다. 툭 튀어나온 턱은 집안 내력이거든. 하지만 그래도 어쩔 수 없는 건 모욕을 받거나 네 그림 같은 걸 보면 여전히 마음이 아프다는 거야."

나는 뭐라고 중얼거리려다 목구멍이 쓰라려서 말을 중단했다. 메리 애니타 수녀는 내 말을 기다리면서 자기 손수건을 내밀었다. 나는 손수건에 얼굴을 묻었다. 애니타 수녀가 자기 이마를 가로지른 풀 먹인 흰 사각 천 아래로 굵은 땀방울이 흐를 때 쓰던 손수건이었다. 향수 냄새 같은 건 나지 않았지만 어쩐지 더 청결한 느낌이 들었다. 아마도 라벤더 향이었을 것이다. 금잔화 향이든가. 알알한 향이 나는 잎사귀.

"죄송해요." 나는 손수건에 취해버렸다. 콧물을 닦았다. 그 흰색 사각 천을 가져가도 되겠냐고 묻자 메리 애니타 수녀는 고개를 가로저으며 공처럼 뭉쳐진 손수건을 되가져갔다.

"이제 가도 되나요?"

"물론 안 되지."

어리둥절했다. 마법의 그 한마디, 용서를 구하는 말이 내 입에서 떨어졌다. 그런데 뭐가 더 남았단 말인가? 뭐지?

"난 네가 이해해주기 바라." 애니타 수녀가 말했다. "내 기분이 어떤지 말해줬지? 그러니까 다시는 내 마음을 다치게 하는 일은 하지 않았으면 좋겠어."

이번에도 애니타 수녀는 기다리고 또 기다렸고, 이윽고 우리의 시선이 마주쳤다. 내 입이 크게 벌어졌다. 또다시 눈물이 글썽거렸다. 나를 꼼짝 못하게 붙든 야릇한 감정은 메리 애니타가 느낀 감정과 같았다. 그때까지 나는 타인의 감정을 느껴본 적이 단 한 번도 없었다.

"앞으로 마음 다치실 일은 하지 않을게요." 나는 느닷없이 마음에 들이닥친 극심한 아픔에 사로잡혀 중얼거렸다. "차라리 제가 죽고 말겠어요."

"그럴 일은 없을 것 같구나." 메리 애니타 수녀가 말했다.

나는 자존심을 지키려고 황급히 돌아섰다. 허락도 받지 않고 교실 밖으로 뛰쳐나갔고 계단을 뛰어 내려가 거리로 내달렸다. 비로소 만남의 자력이 약해졌고 숨통이 트이는 것 같았다. 하지만 호흡은 원상태로 돌아오지 않았다. 걸음을 옮기는 동안에도 내 몸은 여전히 저 혼자 싸움을 벌였다. 허파가 자루 두 개처럼 부풀어오를 때마다 그 아래쪽이 꽉 눌리는 것 같아 괴로웠다. 그 순간 진실은 분명해졌다.

"그녀를 사랑해." 이렇게 불쑥 말해버렸다. 나는 균열이 생긴 바닥에 멈춰 서서 거기에 발을 대고 속이 울렁거릴 만큼 힘껏 내리밟았다. "맙소사, 사랑에 빠진 거야."

※

코윈은 내 마음을 되돌리려고 온갖 수를 다 썼다. 나무껍질을 먹어 평판을 그르칠 뻔한 적도 있었다. 코끼리 엄니라며 크레용 두 개를 코안에 쑤셔넣기도 했다. 분홍색 크레용이 콧구멍을 막은 바람에 메리 애니타 수녀가 인디언건강관리국 보건소에 보내는 일까지 생겼다. 응급실에서 위에 펌프질을 했고 그 덕에 그는 자기 이미지를 간신히 건졌다. 이제 나는 그를 경멸하지만 그것이 되레 그의 연모에 기름을 끼얹은 것 같았다. 9월 둘째 주 어느 선선하고 화창한 아침, 학교 운동장을 걸어가는데 코윈이 내게 달려오더니 도루를 하듯 슬라이딩을 해서 멈췄다.

"고질라." 그가 크게 외쳤다. "이야, 썩 근사한 이름인데!"

그는 몸을 일으켜 신발끈을 나풀거리며 테니스화에 바퀴라도 단 듯 잽싸게 달아났다. 그의 뒷모습을 눈으로 쫓는 사이 머릿속은 다시 붕붕거렸다. 그 이름을 내 입속에, 안 되면 그의 입속에라도 다시 쑤셔넣고 싶었다.

"고꾸라져서 죽어버려라." 나는 고함을 질렀다.

하지만 코윈은 고꾸라지지 않았다. 조심성 없이 촐랑거리며 뛰는데도 코윈은 그럭저럭 넘어지지 않았고, 길 한복판에 꼼짝 않고 서서 지켜보는 나를 두고 아이들 사이를 왔다 갔다 총알같이 날아다니면서 낄낄거렸다. 허공은 이내 속닥거리며 놀리는 소리로 가득 찼다. 메리 애니타 수녀가 청동 종의 나무 손잡이를 들고 문을 열었다. 그녀가 종을 위아래로 흔들자 몇 명씩 무리 지어 놀던 아이들이 그녀 쪽으로 우르르 달려가 서로 돌아보며 눈을 찡그리거나 치떴다. 몇 명이 웃음을 터뜨렸다. 사실 내 귀에는 아이들 모두가 웃는 것처럼 들렸는데, 아이들의 입에서 튀어나온 소리는 우렁차고 오싹한 데다 아주 섬뜩하도록 재미있어하는 소리였다. 그 소리가 내 목구멍을 타고 올라왔고, 맛은 꼭 식초 맛이었다.

"고질라, 고질라." 아이들은 그 말이 터져나오려는 걸 간신히 눌러 참았다. "고질라 수녀."

메리 애니타 수녀는 계단에 서서 아이들의 얼굴을 마주 보며 계속 웃음을 머금었다. 아이들의 말소리를 듣지는 않았지만…… 그 말을 들었다는 걸 나는 알 수 있었다. 종소리와 함께 그녀의 눈동자는 초롱초롱 검어지면서 생기가 돌았다. 그녀가 빙긋이 웃자 흉측하고 들쭉날쭉 고르지 못한 치아가 드러났다. 나는 그녀에게 달려갔다. 그리고 도시락 가방에 손을 쑥 집어넣어 엄마가 오트밀 상자와 당밀 병에서 오려낸 요리법을 보고 만든 쿠키를 움켜잡았다.

"여기요!" 나는 달콤하고 우둘투둘한 쿠키 하나를 꺼내 애니타 수녀의 손에 쩔러주었다. 반 친구들이 밀치며 지나가자 애니타 수녀는 정신이 팔려 그것을 놓쳐버렸고 쿠키는 박살이 났다.

※

학급 친구들은 그 주 내내 그 별명을 잊었다 기억했다 하는 것 같았다. 어떤 날은 새로운 사건에 관심이 쏠렸다. 다른 선생님이 그들을 휘어잡거나 학급에서 소소한 사건이 일어날 때였다. 하지만 그럴 때마다 쉬는 시간을 틈타 코윈 피스가 아이들 사이를 여기저기 쑤시며 경중경중 돌아다녔다. 메리 애니타 수녀가 타석에 들어서면 코윈이 얼른 등 뒤로 달려가 양팔을 벌려 펌프 손잡이처럼 위아래로 움직이면서 울부짖는 시늉을 했다. 그녀가 방망이를 휘둘러 공을 받아친 뒤 옷자락을 거머쥐고 뛰기 시작하면 베일이 들리고 어깨 근육이 독수리 날개의 불룩 솟은 부분처럼 튀어나왔는데, 그러면 어김없이 코원이 그녀 뒤에 나타나 영화 〈킹콩〉 속의 고질라처럼 페달을 굴리듯 다리를 움직여 쫓아갔다. 흥분한 애니타 수녀는 검은색 끈으로 묶는 수녀용 부츠를 신은 채 길쭉하고 유연한 발을 놀려 1루에서 2루로 질주하느라 그의 행동을 알아채지 못했다. 나는 무기력하게 바라볼 수밖에 없었고, 그 맛은 꼭 목구멍에 걸린 일 페니 동전 맛이었다.

※

"뱀은 구멍에서 삽니다. 뱀은 파충류입니다. 이것은 과학적인 사실입니다."

나는 수업 시간에 디스커버리 과학책에 나온 내용을 큰 소리로 읽었다.

"뱀은 축축하지 않습니다. 어떤 뱀은 알을 낳습니다. 어떤 뱀은 새끼를 낳습니다."

"아주 잘했어. 다른 파충류 이름도 댈 수 있겠니?" 수녀가 말했다.

혀가 녹아서 목구멍에 붙어버린 것 같았다.

"네." 간신히 대답이 새어나왔다.

그녀는 기다렸고, 인내심 많은 눈동자가 내게 머물렀다.

"크리세미스 픽타, 그러니까 비단거북이 있습니다. 그리고 초원가터뱀인 탐노피스 라딕스와 T. 시르틸리스, 즉 붉은옆줄가터뱀이 있습니다. 모두 이 지역 늪지에 삽니다. 이 부근에요."

애니타 수녀는 감탄한 듯 고개를 끄덕이다 우리 아빠가 과학교사라는 사실을 떠올렸는지 이내 그 상냥하면서도 오싹한 웃음을 지어 보였다. "그래, 아주 잘했다."

"또 누가 해볼까?" 수녀가 질문했다. "세상의 또다른 지역에 사는 또다른 파충류는 없을까?"

코윈 피스가 손을 들었다. 수녀가 코윈을 쳐다보았다.

"고질라는요?"

놀라서 숨이 멎었다. 긴장한 아이들이 조그만 소리로 수런거렸다. 아이들은 입을 벌리고 다물 줄 몰랐다. 줄 맞춰 앉은 아이들 사이에서 코윈의 배짱에 대한 감탄사가 벌판을 가르며 불어오는 바람처럼 퍼져나갔다. 메리 애니타 수녀는 커다란 턱을 벌리고 벌리다가 탁 소리를 내며 다물었다. 어깨가 심하게 들썩거렸다. 다들 어쩔 줄 모르고 있는데, 이윽고 그녀가 웃기 시작했다. 마치 새가 노래를 부르는 양, 피아노의 가장 높은 건반에서 울려나오는 듯한 높은 음색의 가느다란 소리였다. 아이들이 입을 벌린 채 머뭇거리다 곧 그녀의 웃음에 합류했다. 심지어 코윈까지. 아이들의 눈이 두리번거리며 다른 아이들을 살피다 이윽고 나를 향하자 코윈마저 웃었다.

하지만 나는 분해서 욕지기가 날 지경이었다. 메리 애니타 수녀가 다른 공부를 시작하자 나는 옆구리께에 주먹을 피스톤처럼 쥐고는 몸을 뒤로 기대어 코윈을 돌아보고 말했다.

"네 밥통에 한 방 제대로 날려주겠어."

코윈의 표정은 즐거워 보였지만, 내가 그의 눈앞에서 바람을 가르며 정확한 잽―골든글러브 아마추어 복싱대회에서 싸운 화이티 삼촌이 가르쳐준―을 날리자 그는 놀라서 숨도 쉬지 못했다. 앞으로 돌아앉자 얼굴이 맑아지며 마음이 가라앉았고, 수업은 다시 시작되었다.

❈

이글거리는 햇빛. 검은색 옷. 나는 그네에 앉아 있었다. 쇠막대에 걸터앉았기 때문에 허벅지 뒤쪽이 쓸려 아팠다. 그네를 타면서 메리 애니타 수녀를 바라보았다. 바람은 거셌다. 그녀는 멋진 검은색 가죽 장갑을 꼈는데 손가락 끝부분이 잘린 것이라 방망이를 더 잘 잡을 수 있었다. 공이 아치를 그리며 그녀에게 휙 떨어졌고 그녀의 방망이는 깨끗한 소리를 내며 공에 부딪쳤다. 공은 하늘 높이 솟아 운동장을 가로질러 사제관 마당으로 날아갔다. 메리 애니타 수녀의 수녀복 뒤쪽이 회오리바람을 일으키며 홀렁 뒤집혔다. 살을 에는 추위 때문에 그녀의 두 뺨이 발갛게 달아올랐다. 공은 3루 방향으로 날아갔고, 그녀는 숨을 헐떡이며 어깨 너머를 흘끗 쳐다본 뒤 홈으로 질주했다. 그녀가 가볍게 홈을 밟자 반동으로 몸이 살짝 튀어올랐다.

나는 팔이 묵직해지고 힘이 풀리는 것 같았다. 그네에서 뛰어내려 학교 건물의 벽돌담으로 달려가 몸을 기댔다. 가슴이 콩닥거리는 소리가 귀에도 들렸다. 어른이 되면 무엇을 해야 할지 알 것 같 았다. 소명을 선언하고 수녀원에 들어가는 것이다. 애니타 수녀와 함께 저 수녀들의 집에서 나란히 살아가는 것이다. 함께 먹고 일 하고 요리할 것이다. 가끔 기도도 해야 할 것이다. 휴식 시간에 애 니타 수녀가 내야 플라이를 치면 내가 잡을 것이다.

언젠가, 어느 날 우리 둘이 수녀복 소매에 손을 집어넣고 함께 걸음을 옮길 것이며, 긴 수녀복 자락이 뒤에서 나울거릴 것이다.

"수녀님, 6학년 아이들을 가르친 그해의 옛 별명, 기억나세요?" 나는 이렇게 물을 것이다.

"웬걸." 애니타 수녀는 나를 보고 싱긋 웃으며 말할 것이다. "웬 걸, 기억 안 나는데."

그러면 나는 내가 그녀를 무사히 보호했구나, 하고 생각할 것 이다.

⚹

상황은 더욱 심각해졌다. 나는 편지를 수차례 썼다 찢었다. 그 녀가 통로에서 나를 스칠 때면 손이 바들거리고 눈이 감겼다. 숨 을 깊이 들이쉬었다. 비누. 지독한 비누 냄새. 희미한 석탄산 냄 새. 금잔화, 확실했다. 그것이 그녀의 냄새였다. 아뜩했다. 나는 주먹을 힘껏 쥐었다. 주먹 관절로 눈을 꾹꾹 누르면서 야단스럽게 핑계를 댔다. 여학생 화장실로 달려가 칸막이 안에 들어갔다. 내 삶은 끔찍했다. 문제는, 수녀가 되고 싶지 않다는 것이었다.

"뭔가 다른 방법이 있을 거야!" 절박한 심정으로 중얼거렸다. 손바닥으로 화장실 칸막이벽을 쾅 치자 흰색 도료가 칠해진 깡통이 요란하게 흔들거렸다. 나는 메리 애니타 수녀에게 서약을 파기하고 인디언사무국 관할 보호구역에 있는 우리 집에 가서 나랑 우리 가족이랑 같이 살자고 설득해야겠다고 결심했다. 밖에서 인기척이 들렸다. 문을 빠끔히 열고 내다보니 큼직하고 우락부락한 얼굴이 나를 보고 있었다.

"기분은 괜찮아? 집에 가야 하지 않겠니?" 메리 애니타 수녀가 걱정스러운 표정을 지었다.

불꽃이 쏜살같이 내 팔다리를 통과했다. 여학생 화장실, 그 은은하고 찬란한 불빛이, 유리에 뿌연 김이 서린 장소가, 온갖 비밀을 간직한 그 장소가 나에게 마비를 일으켰다. 나는 마음을 가다듬었다. 하느님이 선물한 것처럼 지금이 절호의 기회였다.

"제발." 그녀에게 속삭였다. "함께 달아나요!"

그녀는 멈칫했다. "집에 무슨 문제가 있니?"

"아니요."

우유처럼 하얀 손이 문틈을 비집고 쑥 들어오더니 내 이마를 짚었다. 그녀의 메마르고 서늘한 손바닥 밑에서 온갖 근심이 고동쳤다. 나는 사랑하는 사람의 눈을 깊숙이 들여다보며 문 안쪽의 조그마한 금속 손잡이를 움켜잡아 확 밀쳤다. 그러자 몸이 홱 고꾸라지며 바람을 탄 나뭇잎처럼 천천히 구르는 느낌이 들었다. 이어서 평화롭게 외치는 목소리가 나를 일으켜세웠는데 꼭 내가 공중을 부유하는 기분이었다. 그녀의 팔에 기어이 닿지 못하는가 싶다가 마침내 닿는 순간 정신이 번쩍 들었다.

"아픈 게 맞구나." 애니타 수녀가 말했다. "교무실로 가자. 어머니를 불러야겠다."

✂

그날이 올 것을, 어쩌면 나는 여학생 화장실에서의 그 순간부터 알고 있었고, 기어코 그날은 왔다. 심판의 날이.

아침미사가 끝나고 1교시 종이 울리기 전 학교 운동장에서였다. 아이들은 모두 코원 피스의 주위로 몰려들었다. 그는 품에 고질라 태엽인형을 안고 있었는데, 그 장난감은 이글거리는 눈동자까지 꼼꼼하게 그려지고 녹색과 금색으로 채색된, 키가 무릎까지 오는 커다란 모사품이었다. 잇달아 멋지게 겹친 초승달 모양 비늘이 온몸을 뒤덮었고, 눈은 큼직하고 광기가 서린 데다 칠흑 같은 검정색이어서 묘하게 인간적인 느낌이 났다. 검정 스카프를 망토처럼 둘렀는데 흘러내리지 않게 코원이 핀으로 고정해두었다. 빼곡히 둘러선 어깨들을 밀치며 내가 비집고 들어가려는데 종이 울렸고 코원은 그걸 순식간에 외투 안으로 집어넣었다. 그의 눈이 다른 아이들 틈에서 나를 찾아냈다.

"이걸 주문해야 했거든!" 그가 소리쳤다. 내가 날린 주먹도 그의 마음을 떠나게 하지는 못했다. 오히려 그는 사랑에 미쳐버렸다. 그는 뒤돌아서서 육중한 와인빛 문들 안으로 총총 사라졌다. 나는 땅을 내려다보며 그냥 가출해버릴까 생각했다. 불가능한 것도 아니었다. 유개화차를 잡아타면 된다. 하지만 그 순간 세상이 막막해지면서 색깔들이 적의를 품었다. 학교 운동장의 작은 갈색 돌멩이들이 뛰놀던 발걸음으로 다져진 흙바닥에서 튀어올랐다. 한 발짝 앞으로 내딛었다. 돌멩이들이 부서지며 발밑에서 휘파람을 부는 것 같았다.

"이게 마지막 종이야! 지각하겠다!" 메리 애니타 수녀가 소리쳤다.

※

아침기도. 국기에 대한 맹세. 코윈은 구경꾼들의 긴장감을 유도하면서 그들의 눈빛과 속닥거림을 즐겼다. 장난감은 그의 책상 안에 있었다. 그는 틈틈이 책상 뚜껑을 들어올리고 고개를 처박은 채이것저것 만지작거렸고, 자신을 몇 명이나 지켜보는지 궁금해하며 주위를 둘러보았다. 애니타 수녀가 그날의 읽기수업을 시작하자 교실에는 코윈조차 더는 감당하기 힘든 긴장감이 감돌았다.

우리 교실은 널찍했고 천장이 높았으며 바닥은 광택제를 칠한 마룻바닥이었다. 둥그런 전등들이 굵은 쇠사슬에 매달려 있었고, 커다란 직사각형 창문들로 엄청난 양의 햇빛이 들어왔다. 우리 학급은 지난 이 년 동안 이 교실을 썼다. 나는 매일 이 교실에서 시간을 보냈다. 어디서 삐걱거리는 소리가 나는지 알았고, 책상 바닥 볼트가 흔들릴 때 희미하게 달가닥거리는 소리도 알았고, 라디에이터에서 나는 천 명의 요정이 갇혀 있는 것처럼 퉁탕퉁탕 날뛰는 소리도 알았다. 그래서 탈칵 소리가 나자 나는 대번에 진원지를 알 수 있었다. 코윈이 들고 온 장난감의 태엽이 찰칵찰칵 풀리는 몰인정한 소리였다. 메리 애니타 수녀는 듣지 못했다. 그녀는 교탁에 책을 펼쳐놓은 채 칠판을 마주하고 우리가 베낄 내용을 써내려갔다.

그녀는 완전히 몰입해 판서를 하면서 그 내용을 입으로 말하고 있었다. 그녀는, 내 생각에, 열정과 즐거움에 가득 차서 부지런히 팔을 움직였다. 그녀는 새로운 접근법으로 수업을 시도했지만, 아이들의 머리에는 한마디도 들어가지 않았다. 눈들은 전부 세번째 줄, 코윈 피스가 앉은 자리를 쳐다보고 있었다. 태엽을 최대한으로 감은 뒤 허리를 숙이고 그 물체를 바닥에 내려놓는 코윈의 손을 향하고 있었다. 코윈이 손을 치우자 시선은 장난감으로 쏠렸고 그것은 저 혼자 앞으로 나아가기 시작했다.

둘러쓴 스카프도 그 야수를 방해하지 못했다. 야수는 두 다리를 맹렬히 교차하며 씩씩하게 앞으로 나아갔다. 여전히 등을 돌리고 판서에 몰두한 애니타 수녀를 향해 중앙 통로를 지나 교실 앞쪽으로 나아가면서 작은 갈퀴손으로 피스톤처럼 연신 가슴을 두들겨댔고 속이 빈 양철 꼬리는 이쪽저쪽을 번갈아 후려쳤다.

나는 사랑하는 사람과 더 가깝게 있고 싶어 맨 앞줄에 앉았으므로, 그 물체가 교실 앞쪽의 반들반들한 공간으로 진입하기 직전에 아주 세밀히 관찰할 수 있었다. 강인한 턱이 검은 목가리개에서 삐죽이 튀어나와 있었다. 큼직한 이빨은 끔찍한 미소를 드러낸 채 고정되어 있었다. 이글거리는 눈은 이물스러워 보였다.

그 물체가 메리 애니타와 가까워지자 조금씩 비틀거리기 시작했다. 교실 전체가 숨을 죽였고, 물체는 조금씩 이동하며 곧장 수녀복 밑단을 향해 느리고 황홀한 전진을 계속했다. 그녀는 여전히 알아채지 못한 것 같았다. 계속해서 필기하고 말하고 숫자에 동그라미를 쳤고, 어떤 단어들은 신중히 밑줄을 그어 강조했다. 그러는 사이 그 순간은 다가왔고, 마침내 내 뇌는 모든 경고의 종을 일시에 울렸다. 나는 벌떡 일어났다. 교실 앞쪽의 번쩍거리는 나무 바닥까지는 두 걸음만 가면 된다. 드디어 허리를 숙이고 장난감을 가슴께로 집어올리려는데 깔끔한 검은 부츠 한 짝이 코앞에 불쑥 나타났다. 메리 애니타 수녀가 휙 돌아섰고 손에는 분필을 꽉 쥐고 있었다. 그녀는 우아한 듯 무심한 듯 옷자락을 걷어 허공으로 장난감 공룡을 차올렸다. 물체는 갈퀴발로 계속 페달을 굴리며 공중에 붕 떠올랐고 망토는 갑자기 펴진 우산처럼 홀러덩 젖혀졌다. 궤도는 정확히 일직선이었다. 그것의 머리가 천장에 부딪쳤다 곤두박질치면서 산산조각이 났다. 아이들은 머리를 숙여 빗줄기처럼 쏟아지는 부서진 양철 조각들을 피했다. 메리 애니타 수녀와 나만 움직이지 않은 채 둘만의 순간에 몰입했다.

나는 선생님 말고는 달리 쳐다볼 곳이 없었다. 하지만 눈을 치뜨자 애니타 수녀는 나를 보고 있지 않았다. 얼굴은 다른 데로 돌리고, 두건에 가려진 시선은 바닥에 못 박고 있었다. 우둘투둘한 뺨은 한 대 얻어맞은 것처럼 붉게 물들었다. 애니타 수녀는 창 쪽으로 걸어가 나와 학급 아이들에게서 등을 돌리고 섰다. 기어이 웃음이 터져나왔고 웃음소리는 처음에는 억지로 참는 불편한 신음 소리 같다가 이윽고 더 날카롭고 완전한 소리로 변해 그 자체로 한 마리 짐승이 되었다. 회복되지 못할 여린 감정이 끓어넘쳐 내 귓가에 맴도는 것 같았다. 나는 속으로 메리 애니타가 얼른 돌아서서 왁자한 웃음소리를 멈춰주기를 빌었다. 하지만 돌아서지 않았다. 그저 그 소리가 무자비하게 우리 둘 사이를 흐르도록 내버려두었다. 운동장을 내다보는 형언하기 힘든 그 옆얼굴을 나는 시야에서 놓치고 말았다. 찬란한 햇빛에 달궈진 그녀의 얼굴은 백지처럼 하늘처럼 공허했고, 천국으로 들어가는 모든 것이 그렇듯 아무런 특징이 없었다.

홀리 트랙

✦

메리 애니타 수녀는 그때부터 나를 중립적으로 대하며 벌을 주지 않았지만, 나는 그녀의 무관심이 몹시 슬펐다. 편지를 반복해서 쓰고 찢었지만 결국은 별다른 대책이 없어서 이런저런 사실을 그러모아 메리 애니타 수녀를 연구하기에 이르렀다. 그리움의 발작이 일어나면 그녀가 쓰고 버린 종이들을 주웠다. 비스듬히 기운 그녀의 필체는 고르기가 완벽했다. 대문자를 이리저리 겹쳐보고 종이를 불빛에 비춰봐도 크기나 장식 효과에서 아무런 차이를 발견할 수 없었다. 하지만 그녀의 필체는 엄밀히 말해 파머체*는 아니고 직접 고안한 것으로 보였다.

어느 날 나는 그녀에게 초콜릿 알레르기가 있어서 두드러기가 난다는 사실을 알아내고 깜짝 놀랐다. 얼굴 전체에 퍼진 붉은 반

---

* 1900년대 초반에 오스틴 파머가 고안한 필기체로 미국에서 유행했다.

점 때문에 그녀는 강인한 전투사의 분위기를 풍겼다. 하지만 그녀는 단 한 번도 얼굴을 긁지 않았는데 몹시 고통스러웠을 것이다. 그런데도 초콜릿의 유혹에 저항하지 못할 때가 더러 있었고, 수녀에게 "쳇"이라는 말은 욕으로 간주되는데도 어느 결혼식에서 "쳇, 어떻게 돼도 상관없어!" 하며 캔디나 케이크를 먹고 말았다는 일화가 알려졌다.

학교에서 가르치는 다른 수녀들은 켄터키 주 모원(母院)에서 파견된 사람들이었지만 메리 애니타 수녀가 성장한 곳은 보호구역 근처 후프댄스와 플루토 사이의 농장이었다. 그 사실은 역사수업 도중에 밝혀졌다. 그 사실을 특별하게 생각하는 아이는 아무도 없었지만 나는 일종의 징조로 받아들였다. 집으로 돌아가면 노상 그녀에 대한 이야기를 조잘거렸는데 어느 날은 엄마가 내 얼굴을 빤히 쳐다보며 말했다.

"메리 애니타 수녀님이 이랬다, 메리 애니타 수녀님이 저랬다, 넌 만날 메리 애니타 수녀 얘기만 늘어놓는구나. 그런데 수녀님의 정확한 이름은 뭐니?"

나는 돌아앉으며 중얼거렸다. "메리 애니타 부켄도르프." 그러고는 엄마를 슬쩍 돌아보았는데 엄마는 눈썹을 치키며 아빠를 흘끔 돌아보았다. 아빠는 그 이름에 딱히 특별한 반응을 보이지 않은 채 우표책에 우표를 계속 붙였다. 가죽 장정이 반들반들한 그 우표책은 아빠가 물려받은 것이었는데, 아빠는 거기에다 희귀한 우표들을 조금씩 추가했다. 원래 그 우표책은 사랑 때문에 비극적으로 목숨을 끊은 아빠의 삼촌 옥타브가 수집하던 것이었다. 아빠가 우표책을 관리할 때면 너무 열중해 있어서 말도 걸기 어려웠다. 무슙은 테이블에 앉아 조지프와 카드놀이를 하다 그 이름이 나오자 느닷없이 "부켄도르프!" 하고 외쳤다. 무슙은 계속 게임을 하려고 했는데, 조지프가 그만하자는 뜻으로 팔을 쿡 찔렀다. 폭풍우가 금방이라도 들이닥칠 것 같았지만 엄마는 젖은 빨래를 널러 밖으로 나갔다. 나 역시 오빠와 마찬가지로 무슙의 목소리에서 이상한 낌새를 채고 다시 아빠의 얼굴을 살폈다. 하지만 아빠는 여전히 핀셋으로 우표를 집어들어 돋보기로 들여다보고 있었다. 아빠는 황홀한 숨을 내쉬며 금방이라도 찢어질 것 같은 그 종잇조각에 무슨 신비한 비밀이라도 숨어 있는 것처럼 미소를 지었다. 나는 테이블 끝으로 다가가 무슙에게 물었다. "그 이름이 왜요?"

"무슨 이름?" 무슙도 우리의 관심이 쏠린 것을 알았다.

"아시잖아요. 우리 선생님 메리 애니타 부켄도르프요."

"오 야이! 부켄도르프 가 말이냐!" 무슙이 입술을 실룩거렸다.

"메리 애니타는 수녀님이에요!"

무슙은 턱을 우물거리더니 침 뱉는 깡통에 머리를 박았다. 조지프가 구역질하는 소리를 내며 깡통을 들고 밖으로 나갔다. 그 깡통은 빨간색 샌본 커피 상표가 붙은 것으로, 노란 예복을 입은 남자가 커피를 홀짝이며 걸어가는 그림이 있었다. 우리는 엄마가 기르는 푸른 콜로라도산 전나무 뿌리 근처에 늘 그 깡통을 비웠는데, 나무는 살아나려고 안간힘을 쓰다가 결국 죽음의 액체를 견디지 못하고 시커멓게 타서 말라죽고 말았다.

"왜 수녀가 되었는지 언젠가는 알게 될 거다, 아가야." 조지프가 나간 사이 무슈이 내게 말했다. "이 탕에 정의는 없다는 것을 바로 눈앞에서 볼 수 있는 특권을 지닌 사람은 많지 않지." 무슈은 언제나 '탕'이라고 발음했지 '땅'이라고 발음하는 일이 좀체 없었다.

무슈은 손을 앞으로 약간 내려 허공을 두 번 밀었다. 그 모습이 마치 공기를 상자 안에 눌러 담으려는 것처럼 보였다. "그 여자는 본 거지. 정의란 없다는 걸."

"네?"

조지프가 돌아왔다. 우리는 함께 무슈의 말을 기다렸지만, 무슈은 갑자기 등을 돌리더니 셔츠 주머니를 뒤졌다. 무엇을 하는지 보이지 않았다. 무슈이 다시 우리를 돌아보며 빈 커피 깡통에 어찌나 큰 소리로 침을 퉤 뱉는지 아빠까지 고개를 들 정도였다. 하지만 아빠의 시선은 우리 쪽으로는 오지도 않고 이내 우표로 되돌아갔다. 무슈은 가래침 통을 약간 옮기며 끊임없는 곁눈질로 우리의 심중을 가늠했다. 우리는 얌전히 앉아 자제하려고 애쓰며 무슈을 쳐다보았다. 텔레비전이 기상 장애에 굴복하고 말았는지 긴 안테나선을 조금씩 움직여도 화면에 내리는 눈발은 없어지지 않았다. 마냥 기다리자니 몹시 지루했지만 뭔가가 분명히 더 있었다. 어쩌면 메리 애니타 수녀에 대한 정보를 몇 가지 보탤 수 있을지도 몰랐다. 무슈은 그녀에 대해, 적어도 그녀의 집안에 대해 뭔가 새로운 사실을 아는 것 같았고, 그것은 아무도 선뜻 내게 말해주지 않을 내용 같았다.

무슈은 우지끈 몸을 펴며 흔들의자를 앞으로 굴렸다. 그리고 균형을 잡으며 착지했다. 무슈이 덧문을 열고 나무 계단을 내려가

고초에 시달린 잔디밭으로 나가자 우리도 이내 따라나갔다. 무슈은 칠이 벗겨진 노란 부엌 의자에 앉았다. 봄이 되면 내놓고 서리가 내리면 들여놓는 의자였다. 9월 하순이었지만 공기는 매우 훈훈했다. 무슈은 말라죽은 풀밭에 앉아 일터로 걸어가는 사람들을 관찰하는 걸 좋아했다. 우리는 캠프용 둥근 의자 두 개를 찾아내 거기에 앉아 무슈이 생각에 잠긴 모습을 물끄러미 보았다. 무슈은 입을 벌리고 얼굴을 굳혔다. 그러고는 턱을 긁으면서 우리를 지그시 바라보았다. 묘하게 말을 꺼리는 것이 우리의 호기심을 더욱 부채질했다. 무슈이 참으려고 하면 할수록 우리는 더더욱 듣고 싶었다. 무슈이 또다시 몸을 돌리고 고개를 숙여 들키지 않게 셔츠 속에 손을 집어넣었다. 킁킁거리며 뭔가 냄새를 맡았지만 우리한테는 보여주지 않았다. 무슈의 시선이 주위를 빠르게 휘 훑더니 엄마에게 가서 멈추었다. 엄마는 나무 빨래집게 하나를 이로 물고 나머지 두 개를 집어올렸다. 그런 다음 허리를 숙이고 베갯잇을 한 번 힘껏 털어 넌 뒤 손에 쥔 집게 두 개를 꽂았다. 이로 문 집게는 언제나 예비용이거나 얇은 시트 밑에 속옷을 넣어 고정할 때 사용했는데, 어머니는 그만큼 정숙한 여자였다.

무슈은 침을 퉤 뱉은 뒤 또 한번 깡통을 두드려 엄마가 돌아보는지 확인했다. 엄마가 가만히 있자 무슈은 낮은 목소리로 젊은 시절, 그러나 비둘기들이 하늘을 뒤덮은 때만큼 어리지 않았던 시간으로 되돌아가 이야기를 풀어놓기 시작했다. 무슈이 이 일이 일어났을 때는 비둘기들이 사라지고 없었다고 말하자 조지프는 비둘기를 쫓아내는 데 기도가 효력이 있었는지 물어보았다. 무슈은 그 무렵에는 모든 것의 수가 현저히 줄어서, 한때는 무한하게 존재했던 버펄로마저 그 지경이 되었다고 했다. 떼죽음을 당한 거지. 무슘은 어깨를 으쓱하는 동시에 침을 뱉었고, 나중에 우리는 훔친 코담배로 그 동작을 흉내 내려고 해보았다. 무슘은 우리에게 지금부터 하는 얘기는 엄마나 아빠에게 절대 해서는 안 된다는 다짐을 받았다. 그 말에 우리는 침을 꿀꺽 삼키고 서로 더 가까이 붙어 앉았다.

부츠

무슘은 생각에 잠긴 채 침을 뱉고 입을 오물거렸다. 홀리 트랙이라는 이름을 몇 차례 더 중얼거렸는데 목소리가 긴 여운을 남겼다. 그러다 늙은이들이 으레 그렇듯 갑자기 활기를 되찾아 자기와 주네스가 콧수염 모드의 우량마를 타고 보호구역에 돌아온 후 훔친 말이 아니냐고 추궁받은 이야기를 소나기처럼 쏟아냈다. 한동안은 새로 부임한 부족 경찰이 우량 품종 가축을 탐내는 바람에 그걸 막느라 골머리를 썩였다고 했다. 세브린 신부가 개입해 말들을 겨우 지켜냈다. 신부가 질책하자 그 권력자들이 단념했기 때문이다. 주네스가 타고 온 어린 암말은 긴 다리에 몸집은 굵은 나무통 같고 심장은 투지에 불타 경주를 아주 잘했다. 무슘은 소를 사고 농장에 풍차도 장만하기 위해 내기 경마를 자주 했다. 참나무로 오두막을 짓기 위해 종마 교배도 해주었다. 하지만 경마를 즐기는 무리와 어울리면서 — 질 좋은 무리는 아니었다고 무슈은 말했다 — 난생처음 위스키를 입에 댔다.

"난 언제나 원할 수도 거부할 수도 있었단다." 무슈은 야릇하게 얼굴을 찡그리며 잠시 말을 중단했다가, 목소리를 낮추며 가끔은 위스키가 자기를 원할 수도 거부할 수도 있었다고 말했다. 위스키는 자기만의 마음을 가졌다고 했다. 아니면 영혼이든가. 그것도 교활한 영혼. 가끔은 그를 기만했다. 가끔은 자유롭게 놓아주었다.

무슈의 땅 언저리에서 한 소년이 어머니와 함께 딱하게 살아갔다. 소년의 어머니는 주네스의 사촌으로, 폐가 썩어가고 있었다. 무슈이 양손을 교차하여 가슴에 올렸다. 그녀는 몹시 쇠약해져서 소년을 돌보기 위해 몸을 일으키는 것조차 힘겨워했다. 소년은 열세 살이었고 몸은 쇠꼬챙이처럼 말랐지만 순수했다. 어머니가 쇠약해지기 전까지 하루도 거르지 않고 어머니를 데리고 성당에 갔다. 그녀는 기도에 몰두하면 미사가 끝나도 한참 동안 남아 있었고, 소년은 그 시간에 라틴어 미사 기도문을 암기하거나 세브린 신부가 빵과 술을 하느님 아들의 몸과 피로 바꿀 때 옆에서 보조하는 방법을 정확히 익혔다. 가끔은 주네스도 동행해서 세 사람이 함께 돌아왔다. 그때는 주네스와 소년이 양옆에서 병든 여자를 부축했다. 여자는 도중에 걸음을 멈추고 흙무더기에 대고 조심스럽게 피 섞인 기침을 토해냈는데 옷이 더러워질까봐 목을 쭉 뺐다.

가을 내내, 날씨가 몹시 추워질 때까지 그렇게 했다. 겨울 동안 여자는 시들어갔다. 눈이 완전히 녹고 쓰라린 신록이 짙어질 무렵에는 죽은 사람이나 다름없었다. 주네스는 매일 무슈을 그 집에 보내 사촌이 밤을 넘겼는지 확인했다. 어느 봄날 아침, 무슘은 여자가 부탁한 망치와 가는 못을 가져갔다. 소년 옆에는 결핵환자 요양원에서 일한다는 이모가 캐나다에서 내려와 있었다. 규정상 그곳에서는 인디언을 받지 않지만 이모의 신앙심을 보고 수녀들이 특별히 침대를 내주기로 했다는 것이다. 소년의 어머니는 양손에 작은 십자가를 하나씩 쥐었는데, 소년이 기도문을 다 외우면 주곤 하던 상이었다. 그녀가 소년더러 밑창이 두꺼운 볼품없는 부츠를 벗어 무슘에게 건네주라고 고갯짓을 했다. 무슘더러는 양쪽 밑창에 십자가를 하나씩 박아넣으라고 했다. 무슘은 부츠 안쪽에 조심스레 못을 박은 뒤 그녀가 미리 잘라둔 담요 조각을 못의 대가리에 싸맸다. 다 끝나자 여자는 자기 여동생을 향해 비틀비틀 걸어갔고, 여동생은 여자를 부축해 고집 센 늙은 조랑말이 끄는 작은 수레 안에 눕혔다.

"그걸 신어라." 여자가 아들에게 소곤거렸다. "그 병이 너는 피해갈 거다. 어떤 악의 힘도 네가 다니는 길에 얼씬 못할 게다. 너는 살아남을 거야." 소년은 부츠를 신고 무슘 옆에 가여운 표정으로 서서, 자기 이모가 마차를 끌고 좁은 풀밭 길을 지나 북쪽에 잇닿은 큰길로 들어서는 것을 보았다. 무슘은 소년을 숲 속 깊숙한 곳에서 혼자 사는 아시지낙이라는 노인에게 데려갔다. 그 이름은 위대한 추장 블랙버드의 이름을 따서 지은 것이었다. 그 노인은 소년의 종조할아버지였다.

처음 그 부츠를 신었을 때는 소년의 발에 상처가 났을 거라고 무슙은 말했다. 하지만 다시 소년을 보았을 때 소년은 가죽끈으로 발을 동여매고 신발의 무게에 익숙해져 있었다. 소년이 기침을 하지 않아서 사람들은 그 부츠에 대해서는 여자의 생각이 옳았다고 믿게 되었다. 시간이 흐르자 소년이 다니는 길에는 늘 십자가 자국이 남았고 사람들은 소년을 거룩한 길, 즉 홀리 트랙이라 부르기 시작했다.

빨랫줄

무슙이 반짝이는 눈빛으로 하늘을 올려다보며 고개를 까딱했다. 바구니에 있던 빨래는 빨랫줄에 죄다 널렸다. 아빠의 푸른 교사용 셔츠, 우리가 입는 모든 데님 바지, 흰 침대 시트, 그리고 내가 싫어하는 갈색 드레스가 빨랫줄에 걸려 햇살을 살짝 머금은 채 펄럭거렸다. 네군도단풍나무 잎사귀 사이로 구름이 서쪽을 향해 떼 지어 몰려가며, 멀리서 흩뿌리는 청회색 빗방울을 배경으로 찬란한 분홍색 탑을 쌓아올렸다. 엄마가 우리를 보고 있었다. 엄마는 아무 표정 없이 사람을 쳐다보는 재주가 있었다. 그런 눈길을 받으면 어느새 마음은 강한 죄의식 같은 감정으로 채워졌다. 무슙은 말을 중단했다. 엄마가 빈 바구니를 전깃줄 아래에 내려놓고 메마른 풀밭을 가로질러 다가왔다. 단단한 발걸음 뒤로 먼지바람이 뭉게뭉게 일었다.

"애들은 몰라도 돼요." 엄마가 말했다.

"뭘 말이냐?" 무슘이 말했다.

"아시잖아요."

"아, 그거 말이냐, 타프웨."

평소 때 엄마라면 무슘의 이야기를 가차없이 중단시키거나 자기 말이 틀림없이 지켜지도록 우리에게 다른 할 일을 주었겠지만, 그날 엄마는 정신이 딴 데 팔린 것 같았다. 그래선지 그냥 뒤쪽 계단을 올라가버렸다. 엄마가 집으로 들어가자마자 우리는 무슘에게 더 가까이 다가붙었다.

바구니 만드는 사람들

오두막 주위로 버드나무들이 드높이 자랐다. 아시지낙은 홀리 트랙에게 바구니 만드는 기술을 가르쳐주었다. 그해 봄 그들은 버드나무 가지를 잘라 묶어 서늘한 곳에 놓아둔 다음, 바구니의 얼개를 만들기 위해 물푸레나무를 쪼갰다. 세공한 손잡이를 단 바구니, 아기를 눕히는 토착민의 티키나가난 바구니, 폭이 넓고 납작한 바구니를 만들었고, 심지어 농장 아낙네들을 위해 하트 모양 바구니도 만들었다. 날마다 물푸레나무 얼개에 유연성이 좋은 버드나무 가지를 짜넣다보니 손가락은 나무토막처럼 거칠어졌다. 둘이서 최대한 운반할 수 있는 서른 개에서 마흔 개를 만들고 나면 그들은 바구니를 팔러 나갔다.

사람들은 홀리 트랙이 만든 바구니를 기꺼이 사주었다. 유치 같은 하얗고 큼직한 소년의 치아는 안으로 굽었다. 웃음은 수줍었고 속눈썹은 아주 길어 뺨에 그림자가 질 정도였다. 아시지낙은 소년의 머리를 백인 스타일로 잘라주려고 했지만 군데군데 너무 짧게 깎아 빗질한 고슴도치 털처럼 삐죽삐죽 뻗쳤다.

어느 초여름, 자그마한 딸기가 들판 언저리를 빙 둘러 익어가고 새끼오리들이 쏜살같이 늪지를 건너다닐 무렵 두 사람은 보호구역을 떠나 타운과 농장으로 걸음을 옮겼다. 가는 곳마다 한두 개씩 바구니를 팔았다. 바구니가 꼭 열 개 남았을 때 길에서 무슘과 커스버트 피스와 마주쳤다. "우리 두 말썽쟁이는 불행히도 술이 전혀 취하지 않았지." 무슘이 한쪽 눈을 찡긋했다. "우리는 아시지낙과 홀리 트랙에게 다가갔단다. 오랜 벗들이 술을 한잔하고 싶으니 바구니 판 돈이나 좀 넉넉히 보태달라고 졸라볼 요량이었어."

"게웬!" 무슘은 옛날을 회상하면서 손을 허위허위 휘둘렀다.

"'집으로 돌아가게!' 그 늙은이가 우리를 보고 말했지."

"'아, 부디, 형제여', 내가 대꾸했지. '우리가 그걸 대신 지고 가지요.'"

무슘은 바구니 나르는 것을 도와줄 요량으로 홀리 트랙에게 손을 내밀었지만, 홀리 트랙은 바구니를 더 세게 끌어안으며 종종할 아버지 옆에서 뚜벅뚜벅 걸음을 옮겼다.

무슘의 친구 커스버트는 곰처럼 가무잡잡한 피부에 생김새가 둥글둥글했고 코는 별명인 오핀처럼 감자같이 보였다. 큰 싸움을 벌인 뒤부터 어디가 잘못되었는지 얼굴 한쪽이 조금씩 일그러지더니, 이제는 얼굴 전체가 이상하고 울퉁불퉁한 모양새로 변해 있었다. 그는 잎담배를 뱉으며 홀리 트랙의 팔을 잡아당겼다.

"그애는 내버려두게. 자네 코에서 싹이나 돋아나라지." 아시지낙이 말했다.

커스버트는 성이 나서 그의 손을 홱 뿌리치고 제 똥에 묻은 흙을 갉작거리는 개처럼 괜스레 자기 발을 툭툭 찼다. 홀리 트랙은 세브린 신부와 교리문답을 공부했지만 커스버트를 보자 웃음을 참을 수 없었다. 불한당 커스버트는 경중경중 내려가다 우뚝 멈추어 엉덩이를 살랑살랑 흔들며 아리따운 여자가 몸단장하는 시늉을 했다. 무슙은 의자에 앉은 채 춤을 추듯 살짝살짝 움직였다. 그리고 몸을 젖혀 껄껄 웃더니 커스버트의 말투를 흉내 냈다. "이 코가, 그리고 이 배가 나한테 뭘 해주는지 알면 깜짝 놀랄걸요. 하지만 뭐니뭐니 해도 여자들이 제일 좋아하는 건 이 아랫도리죠."

아시지낙은 두 사람의 입을 다물게 하려고 말했다. "이 아이는 장차 신부가 될 거야. 그런 말을 듣게 해서는 안 되지." 무슙은 감자코 오핀과 함께 희망을 버리지 못하고 바구니 장인들 뒤를 말없이 졸졸 쫓아갔다. 마침내 아시지낙이 돌아서며 말했다. "이애가 지나다니는 길에는 얼씬도 하지 말게."

무슙은 천천히 고개를 저은 뒤 얼굴을 찡그리며 우물거리던 것을 반대쪽 볼로 옮겼다. "그 영감쟁이 말은, 그 소년이 지나다닌 길에 우리는 발을 들여놓을 가치도 없다는 소리였지. 당시에는 악마가 우리를 붙들고 있었거든."

로크렌 농장

그들은 마찻길을 따라가다 버들개지가 핀 버드나무 한 그루에 인접한 농장으로 들어섰다. 그 농장은 플루토 타운 근방에 있었지만 입구는 낮은 구릉과 덤불이 뒤엉킨 늪지로 가려져 있었다. 그들이 농장에 도착했을 때 무슈은 소년이 지나간 길을 자기들이 밟지 않았으면 하는 마음이 더럭 들었다. 집으로 들어가는 문은 얼룩진 채 활짝 열려 있었고 굴뚝에서는 연기가 전혀 나지 않아, 무슈은 들어설 때부터 뭔가 잘못되었다는 것을 직감했다. 더 가까이 다가가자 외양간의 소들이 갑자기 끙끙거리면서 우유 짤 시기가 지났음을 알렸다. 소들이 절박하게 울부짖는 소리가 울려퍼지며 짓뭉개진 풀밭을 걸어가는 사내들의 걸음을 붙잡았다.

아시지낙은 바구니를 내려놓았다. 소 한 마리가 산고를 겪는 여인네처럼 울어대자 사위가 별안간 고요해졌다. 잠시 후 개구리들이 늪지에서 목청을 떨며 개굴개굴 다시 울어대기 시작했다.

"더는 가까이 가지 마." 아시지낙이 말했다. "악마에게 붙들린 집이야."

그 순간 아기 울음소리가 들렸다. 신경을 긁는 지칠 대로 지친 가녀린 울음소리가 집 안에서 흘러나왔다.

아시지낙은 바구니를 들고 돌아서 떠나려 했다.

"아기가 있어요." 커스버트가 말하며 무슈의 셔츠를 붙잡고 못 박힌 듯 서서 한곳을 응시했다. 지저분한 턱이 불안하게 실룩였다.

아기는 그들이 온 걸 아는 것처럼 계속 울어댔지만 그들은 꼼짝

하지 않았고 가느다란 울음소리는 점점 더 희미해졌다. 바람이 종아리같이 생긴 어린 버들개지들을 흔들었다. 작은 솜털 같은 것들이 그들의 머리 위로 회오리를 그리며 날아올랐다. 빳빳한 새잎들이 바스락거렸다. 아시지낙이 뒤돌아 걷자 소들은 더 큰 소리로 울어댔다. 어쩌면 아기도 울었겠지만 외양간에서 들리는 더 큰 신음 소리에 묻혀버렸을 것이다.

"악마가 느껴져." 아시지낙이 소리쳤다. "저길 봐!"

하지만 커스버트는 피로 얼룩진 그 문을 통과하고 말았다. 기어이 안으로 들어간 것이다. 다시 나왔을 때는 아기를 보듬고 있었는데 그의 눈알은 툭 불거져 있었다. 눈알이 툭 불거져 있었다는 것은 무슴의 표현이다. 커스버트는 아기를 안고 외양간으로 비치적거리며 걸어갔다. 아기는 흰옷을 입었고 기저귀에서 고약한 냄새가 났다. 나머지 사람들도 그를 뒤따랐다. 가는 도중 그들은 두 소년이 잠자는 것처럼 몸을 웅크린 채 풀밭에 모로 누워 있는 것을 보았고, 이어서 거무스름한 초록 풀을 움켜쥐고 고개를 쳐든 한 남자가 기어가는 자세로 죽어 있는 것을 보았다. 그의 눈은 두 소년을 향해 있었고, 등은 총알이 뚫고 지나가 완전히 으스러졌다.

"그쪽은 보지 마라." 아시지낙이 홀리 트랙에게 말했다.

남자들은 외양간 문을 활짝 열어젖히고 미친 소리가 나는 곳으로 들어갔다.

암소가 전부 열 마리 있었는데 한 마리는 이미 숨이 끊어졌다. 무슴은 홀리 트랙이 어둠 속 어딘가에 바구니를 내려놓는 것을 도와주고 나서 눈을 끔벅거렸다. 가까이에서 암소를 발견했다. 그 소부터 시작했다. 이내 또 한 마리를 찾아냈다. 곧 젖 짜는 소리가 들렸다. 다른 소들도 젖을 짜주었다. 젖을 짠 소는 흐느끼듯 온순하고 안도하는 울음소리를 냈다. 커스버트는 아기를 한 팔로 껴안은 채 아기의 입에 소의 젖꼭지를 물려 젖을 빨게 했다. 아기는 입술이 봉오리같이 자그마했지만 능숙하게 젖을 빨았다. 아기가 마침내 긴장을 풀고 고개를 젖혔다. 아기의 부르튼 진홍색 입가에 미소가 감돌았다. 무슘은 소들을 목장으로 내보냈고 사내들은 어질한 표정으로 눈을 비비며 그곳을 나왔다.

"이 아기를 다시 데려가야겠어요." 커스버트가 아기의 얼굴을 근심 어린 눈빛으로 쳐다보며 말했다.

"다시 어디로?" 아시지낙이 말했다.

"보안관한테요."

"백인 보안관 말인가?"

아시지낙은 자기 종손자가 멍하니 입을 벌리고 하염없이 마당을 쳐다보는 모습을 보았다. 그는 홀리 트랙의 얼굴을 살며시 돌려서, 소년이 잠든 형체들이 아니라 물기를 머금은 푸른 수평선을 바라보게 했다.

아시지낙은 커스버트를 돌아보았다. "취하지도 않았는데 왜 그런 말을 하는가? 그래봤자 소용없어. 우리는 인디언이라고. 나조차도. 만약 백인 보안관에게 말하면 우리는 끝장이야."

"우리를 목매달아 죽일 게 틀림없어." 무슘이 말했다. 그리고 홀리 트랙의 바구니들을 들어올렸다.

"괜찮아요." 홀리 트랙이 말했다. "어떻게 해야 할지 알아요. 신부님께 말씀드릴 거예요."

모두 일제히 소년을 쳐다보았다.

"신부님한테는 말하지 마." 무슙이 말했다.

커스버트는 아기를 꼭 껴안고 있었다. "아기를 저 안에 돌려놓고 갈 수는 없어요. 갈 거면 데려가야 해요."

"그건 안 돼." 아시지낙이 말했다.

"저 집에 다시는 발을 들이지 않을 거예요." 커스버트가 말했다.

"네가 글을 쓸 줄 아니까, 내가 하는 말을 받아적거라." 아시지낙이 소년에게 말했다. "한 명은 아직 로크렌에 살아 있다. 오늘밤 이 글을 보안관의 신문함에다 넣어둬라. 그들이 아침에 아기를 데리러 올 거다."

커스버트는 천천히 고개를 끄덕이며 아시지낙에게 아기를 넘겨주었다. 아시지낙이 집으로 들어갔다. 그리고 나오면서 땅을 쳐다보았다. 홀리 트랙이 지나간 발자국이 남아 있었다.

"네가 지나다닌 흔적은 보이는 대로 전부 쓸어버려야겠구나." 완전히 혼이 나간 목소리였다. "신발을 벗어라."

그들은 여기저기 돌아다니며 푸석푸석한 땅에 선명히 찍힌 십자가 자국을 지운 뒤 그만하면 됐다고 생각하고는 그곳을 떠났다. 그들의 모습은 소 방목장을 둘러 숲 속으로 길게 뻗은 오솔길을 따라 저 멀리 서서히 멀어졌다.

갈색 약병

무슙이 말을 멈추었다. 우리는 이제 무슙의 이야기를 실컷 들었다고 생각했지만, 이야기가 너무 괴이하고 섬뜩해서 그저 망연히 앉아 있었다. 나는 머리카락을 자꾸만 비비 꼬았고 조지프는 바위같이 단단한 땅바닥을 내려다보며 얼굴을 찡그렸다.

삐걱 소리와 함께 문이 열리면서 엄마가 몸을 내밀고 하늘을 올려다보았다. 흰 공 모양의 구름이 어둠 속으로 빨려 들어갔지만 비가 쏟아지려면 아직 감감한 것 같았다. 바람이 불자 네군도단풍나무가 뒤척였고 빨랫줄에 널린 빨래도 펄럭거렸다. 엄마가 멍에를 멘 것처럼 고개를 숙이고 나오자 문이 쾅 닫혔다. 엄마는 빨랫줄로 가서 빨래가 충분히 말랐는지 만져보았다. 그날 무슨 일 때문에 엄마가 언짢은 건 틀림없었지만 그게 뭔지는 나중에야 알았다. 엄마가 그처럼 머리끝까지 화난 상태가 아니었다면 아마 무슙이 그 이야기를 못 하게 막았을 것이고, 무슙이 지퍼 달린 초록색 시어스 작업복 재킷 아래 숨겨둔 갈색 약병을 홀짝거리는 것도 뜯어말렸을 것이다. 무슙은 약병을 꺼내 내용물을 천천히 흔든 뒤 목구멍으로 꿀꺽 흘려넣었다. 쌉싸래한 야생 잎사귀 냄새가 나는 것 같았다. 무슙의 눈이 촉촉해졌고 병은 다시 옷 속으로 들어갔다.

엄마는 빨랫줄에서 넓적한 시트를 두 장 걷었지만 나일론 속옷은 그대로 두었다. 엄마의 속옷이 보이게 널린 것은 이번이 처음이었다. 연푸른색과 분홍색 화장지 색깔 팬티가 바람에 부풀려져 엄마의 둥실한 엉덩이 모양을 고스란히 드러냈다. 엄마는 우리 옆을 지나면서 무슈에게 말했다. "제럴딘이 온대요. 그애가 무슨 말을 할지 이미 알지만." 계단을 올라가다 엄마는 다시 뒤를 돌아보며 무슈에게 소리쳤다. "아무튼 저는 싫어요!"

문이 쾅 닫히자 무슈는 눈을 휘둥그레 뜨며 '오, 저애가 단단히 화가 난 모양인데' 하는 표정으로 고개를 까딱했다.

"아기는 어떻게 됐어요?" 조지프가 물었다.

"호그라는 남자가 데려갔단다." 무슈가 말했다. 나는 이야기가 다 끝났다고 생각하고 일어나 엄마를 뒤따라갔다. 엄마를 도와 건은 빨래를 개거나 다림질하기 좋게 말아두어야 했다. 엄마가 퍽 심란해 보였으므로 괜히 그녀의 인내심을 시험하고 싶지 않았다. 하지만 무슈이 약병에서 또 한 모금을 들이켜며 말했다. "그들이 밤중에 아시지낙을 잡아가려고 나타났단다."

"그들이요?" 나는 뒤를 돌아보았다.

"그들 누구요?" 조지프가 물었다.

"타운 사람들." 무슈가 말했다. "이 이야기를 너희에게 들려주는 이유가 그거란다. 와일드스트랜드 가, 부켄도르프 가 사람들……"

"부켄도르프요?" 내가 말했다.

"오 야이! 그자들이었어! 그들이 밤중에 아시지낙을 잡아가려고 그의 집을 찾아갔지만, 그는 그 소식을 미리 듣고 벌써 달아나버렸지. 나로 말할 것 같으면, 경고를 하러 갔다 소년을 아슬아슬하게 빼내는 데 성공했단다."

고해소

조그만 오두막 뒤에 짐승 가죽으로 가린 조그만 창문이 나 있었다. 홀리 트랙과 무슈은 순식간에 얼음이 얼어붙듯 눈 깜짝할 새에 그 창문을 통해 밖으로 뛰쳐나갔고, 공포심은 그들을 바로 숲 속으로 날려버렸다. 그들은 나뭇잎처럼 착지해 용수철처럼 숲 속으로 튀어 들어가 뒤엉킨 산벚나무와 버드나무 속으로 숨어들었다. 늪지에 빠져 허우적거리다 갈대숲 사이로 깊숙이 가라앉았다. 남자들이 개들을 데리고 나타났지만 훈련받은 사냥개가 아니고 소몰이 개들이라 뭐든 보이기만 하면 사정없이 짖어댔다. 개들이 다른 짐승의, 어쩌면 아시지낙의 냄새를 맡았는지 다른 방향으로 잽싸게 달려갔다. 횃불이 수면 위에서 어른거렸다. 짓밟는 소리, 바스락거리는 소리, 개들이 미친 듯이 짖어대는 소리가 좀더 들리고 나서야 그자들은 자리를 떠났다. 소리가 점점 희미해졌다. 두 사람은 진창을 헤치고 나아가다 비로소 단단한 땅에 이르렀다. 이제 세브린 신부에게 달려가는 것 말고는 방법이 없었다. 신부를 믿을 수도 없었다. 그는 무슈을 챙기는 건 포기했지만, 홀리 트랙만큼은 퍽 아꼈다.

두 사람이 목장을 지나 언덕을 둘러싼 길을 따라 내려가자 오리나무와 산딸기나무 숲에서 새들이 노래를 부르기 시작했다. 무슈은 그 귀여운 새들에게 도움을 청했고 홀리 트랙은 성모송을 읊조렸다. 걸으면서 세브린 신부의 습관에 대해 이야기를 나누었다. 성체를 쪼갤 때 평생 끝나지 않을 것처럼 천천히 쪼갠다는 둥 기도문을 너무 느릿느릿 읽어서 도중에 눈을 뜨고 바닥을 내려다볼 수밖에 없다는 둥 그런 이야기였다. 설교를 듣는 동안 마룻바닥이 얼마나 폭신폭신해 보이는지, 벼룩이나 이가 물거나 소변이 마려우면 얼마나 괴로운지도 말했다. 가장 견디기 힘든 가려움증은 꼭 미사중에 생기더라는 데에 의견을 같이했다. 가려울 때는 무릎 받침대의 뾰족한 모서리가 자비롭고 은밀한 긁개가 되어준다는 사실 또한 두 사람의 궁둥짝은 간파하고 있었다.

늪지에서 늪지로 흐르는 작은 개울을 따라 비탈진 곳에서 말 달리는 소리가 들리자 그들은 얼른 버드나무의 갈래 진 뿌리 사이로 굴러 들어갔다. 그리고 검은 뿌리가 뒤엉킨 새장 같은 구멍에 숨어 백인들이 지나갈 때까지 꼼짝도 하지 않았다. 아시지낙은 아직 붙잡히지 않은 모양이었다.

"그들이 우리는 단념할지 몰라요." 홀리 트랙이 말했다.

홀리 트랙과 무슘이 성당 문을 열고 살금살금 들어갈 즈음 공기는 밤이슬로 상쾌했다. 바닥에 양탄자 대용으로 깔아둔 감자자루에서 나는 삼베 썩는 냄새와 들판의 흙냄새가 사방에 진동했다. 성체를 모셔두는 세공한 목재 감실 앞에 걸린 자그마한 등불이 불빛을 반짝거렸다. 감실에는 붉은 글씨를 수놓은 천이 덮여 있었다.

"그 빵은 맛이 정말 별로야." 무슘이 얼굴을 찡그렸다. "하긴 빵이라고 부를 수도 없지. 크래커라는 건 더 안 될 말이고. 천 개를 먹어도 목숨을 부지할 수 없을걸."

"그걸 먹으면 영원한 생명을 얻잖아요." 조지프가 끼어들었다.

"홀리 트랙에게는 효과가 없었지." 무슘이 말했다.

소년은 잠시 감실 앞에 무릎을 꿇었다. 그런 다음 감실보를 치우고 도금한 문을 열어 제병을 모조리 먹어치웠다. 그다음 문을 닫고 등불을 훅 불어 껐다. 소년은 어느 날 아시지낙이 파랗게 질린 얼굴로 몹시 흥분해 돌아와서는 술집에서 말이 새어나가는 바람에 일가 살해 현장에 인디언들이 있었다는 사실이 백인 보안관과 농부 몇 명의 귀에 들어갔다고 말해준 뒤로, 몇 날 며칠을 먹지 못했다고 말했다. 홀리 트랙은 손을 뻗어 냄새가 고약한 등잔 기름까지 들이켰다. 대번에 위장 경련이 일어났다. 소년은 땀을 뻘뻘 흘리면서 밖으로 뛰어나가 성당 뒤편 담벼락에 머리를 댔다. 심호흡을 하면서 몸속에서 주님의 현존을 느끼는 일에 집중해 성령의 빵이 토사물이 되어 나오지 않도록 꾹 눌러 참았다. 세브린 신부가 소년에게 영혼을 설명해준 적이 있었다. 소년은 자기가 먹은 빵이 영혼과 성령의 양식이 되어 그 힘을 강하게 해준다는 사실을 이제 알 것 같다고 무슘에게 말했다. 소년은 이 힘이 필요하다고 생각했다.

마침내 소년의 속이 진정되자 무슘은 다시 그가 살그머니 들어올 수 있도록 도와주었다. 성당 안에는 신부가 고백을 듣는 닫힌 공간이 있었고 거기에는 구멍이 나 있었다. 고해소 앞에는 마대로 만든 커튼이 쳐져 있었다. 홀리 트랙은 그곳에 머리를 숙이고 들어가 무릎을 턱까지 끌어당기고 흙바닥에 웅크리고 앉았다.

무슘은 소년을 그곳에 남겨두고 상한 성수가 담긴 성수반에 입을 대고 짐승처럼 홀짝거렸다. 그리고 아침 햇빛이 초라한 커튼을 통해 쏟아져 들어올 때까지 신자석 밑에서 잠을 잤다. 무슘은 성당 안으로 떨어지는 옅은 갈색 햇살을 응시했다. 문이 열리고 햇살이 바닥에 가느다란 흰 띠를 길게 드리웠다. 세브린 신부는 너른 보폭으로 기품 있게 고해소로 다가가 그 안을 들여다보았다.

"너로구나!" 신부가 숨을 내쉬었다. 양미간에 어두운 근심의 골이 잡혔다. "다른 사람들도 이곳에 와 있니?"

"아니요." 홀리 트랙이 말했다.

신부는 안도하는 한숨을 내쉬었다. 소년은 바닥에 공처럼 몸을 웅크렸다. 신부의 얼굴은 연민과 역겨움 사이를 오락가락하다 결국 언짢은 실망의 표정으로 굳었다.

"여기에 고해성사를 하러 온 거라고 생각하는데." 목소리가 날카롭게 떨렸다. 호흡은 몹시 불안정했다. "오싹한 짓을 했더구나!" 신부는 마음을 추스르려는 듯 뒤로 몇 걸음 물러났다.

"먹여는 주겠다. 그것만이야." 그렇게 말하고는 자리를 떠났다. 하지만 다시 나타났을 때는 꽤 풍성한 음식을 들고 있었다. 얇은 크래커와 말린 복숭아, 식은 사슴고기, 벌꿀 한 병, 꽃잎처럼 부드러운 빵을 자기가 아끼던 아이가 먹는 모습을 지켜보면서 시력 약한 신부의 눈에 눈물이 그렁그렁 맺혔다. 무슘은 입을 꾹 다물고 있었지만 위가 꼬르륵거렸다. 홀리 트랙은 열중해서, 정신없이, 게걸스레 먹었다. 미어터질 것처럼 뺨을 불룩하게 내민 채 소년이 말했다.

"그 아기 말고는 모두 죽어 있었어요."

소년이 음식을 다 삼켰을 즈음 바깥에는 남자들이 몰려와 있었다. 신부가 일어섰다. 눈에는 눈물이 글썽거렸다.

"아무 짓도 안 했어요. 우린 절대로…… 안 했어요." 하지만 혀는 꿀 때문에 쩍쩍 달라붙고 입은 바짝 말라 음식을 제대로 삼키지 못해 소년은 우물거리기만 했다.

"그들이 너를 거기로 데려갔구나." 세브린 신부의 눈에서 금방이라도 눈물이 흘러넘칠 것 같았다. 눈물은 매부리코 옆으로 생긴 굵은 주름을 타고 주르륵 흘러내려 윗옷 깃 안으로 방울을 튀기며 굴러 들어갔다. "숨어 있어라. 내가 말해볼 테니."

두 자매

쾅하고 문을 일부러 세게 닫는 소리가 났다. 무슈은 가래침을 뱉었다. 조지프는 움찔했다. 나는 벌떡 일어났다. 엄마가 제럴딘 이모와 함께 나타났다. 두 사람이 우리 곁을 지나갈 때 이모가 말하는 소리가 들렸다. "누가 말해줬어?" 그들은 마당을 가로질러 뒤엉킨 덤불나무와 빨랫줄을 지나갔고, 이제 엄마는 빨래가 말랐는지 손도 대보지 않았다. 두 사람은 대화에 열중했다. 엄마는 어깨를 움츠린 채 고개를 제럴딘 이모 쪽으로 살짝 돌리고 있었다. 뒤에서 보면 두 사람은 무척 많이 닮았는데, 똑같이 파마한 검은색 머리가 옷깃에 닿을락 말락 예쁘게 찰랑거렸다. 엄마는 초록색 블라우스를, 제럴딘은 노란색 블라우스를 입었다. 길고 풍성한 짙은 색 스커트는 널따랗고 신축성 좋은 벨트로 조여맸다. 발에는 케즈 상표의 캔버스화를 신었고 발찌를 해서 세련된 느낌이 났다.

엄마는 얼룩을 없애려고 캔버스화에 흰 매니큐어를 칠했다. 늘 헌 옷을 사 입었지만 스타일은 근사했다. 바자회에서 구한 거라고 말해줘도 사람들은 늘 파고에서 사온 옷이라고 믿었다.

그들은 마당 끝에 있는, 지금은 괭이와 삽이 어질러진 허름한 헛간까지 걸어갔다. 그곳에 서서 각자 팔짱을 끼고 마주 보며 열심히 입술을 달싹거렸는데, 스커트가 후끈한 비냄새를 실어온 약한 바람에 펄럭거렸다. 무슈은 엄마가 다른 일에 완전히 정신이 팔린 것을 알고 다시 말을 시작했다. 하지만 딱히 우리에게 말하는 것 같지 않았고 심지어 평소에 이야기를 들려줄 때 목소리도 아니었다. 우리를 일부러 끌어들이지 않았고 뭔가 몸짓을 하지도 않았다. 이번은 달랐다. 그는 뭔가에, 어떤 궤도에 붙잡힌 것 같았고, 이야기가 독자적인 힘으로 쏟아져나오는 것을 어쩌지 못하는 것 같았다. 무슈이 이야기 전체를 한번에 들려준 것은 이번이 처음이었다.

패거리

성당 밖은 사내들의 목소리로 소란스러웠다. 먼저 신부가 목메어 간청하는 음성이 들렸고 이어서 온갖 말소리가 구르는 통처럼 왁자지껄 뒤따랐다. 무슨 소리인지 알아듣지 못한 채 무슈은 홀리트랙이 밀어준 음식을 몽롱한 정신으로 입속에 쑤셔넣었다. 이야기는 두서없이 들렸다. 말하는 소리가 웅성웅성 뒤섞이다 이윽고 인간과 말의 소리가 하나로 합쳐지면서 숨소리와 혈류가 쿵쾅대는 소리로 엉켜들며 심한 소동이 일어났다. 그러다 잠시 고요가 흘렀고, 그 고요를 틈타 바람이 처마 밑에서 애처롭게 울었다. 그 순간 홀리 트랙이 삶은 고기 덩어리를 주머니에 쑤셔넣은 채 폴짝 뛰어 무슴이 숨은 가장 어두컴컴한 신자석 밑으로 들어갔다.

백인들은 세브린 신부를 힘껏 밀치며 문을 걷어차고 들어왔다. 그런 다음 무거운 부츠를 신은 발로 성큼성큼 성당 안을 걸어가 제단 앞에서 각자 무릎을 꿇었다. 일부는 성호를 긋기도 했다. 그리고 제단 뒤쪽과 고해소 안을 들여다보았다.

"또 달아났는데." 카랑카랑하고 활달한 목소리였다.

"한 놈은 잡았으니 그놈이라도 매달자고." 밖에 있던 한 남자가 노래를 부르기 시작했다. 독일어 억양이 섞인 듣기 좋고 선율이 있는 목소리였다. 그들이 아시지낙을 세브린 신부 옆으로 끌고 가자 신부는 사지가 뻣뻣해졌다. 신부는 숨통이 막힌 듯 입을 벌렸다 다물었다 했고, 금방이라도 경련을 일으킬 것 같은 몸으로 그 늙은이에게 다가가 축복을 내려주려 했다. 아시지낙이 그의 손을 찰싹 때려 치워버렸다.

"쓸데없는 짓 집어치우쇼. 저리 치워요!" 그가 외쳤다. 홀리 트랙은 신자석 밑에서 종조할아버지가 외치는 소리를 들었다. 아시지낙은 공포감에 휩싸여 귀청을 찢을 듯 울부짖으며 오지브웨어로 소리쳤다. "혼자서는 죽고 싶지 않아."

세브린 신부는 휘청거리며 마당에 있는 나무로 가서 몸을 기댔다. 그 순간 모두 움직임을 멈추었다. 누군가 성당 문간에 서 있는 것 같았다. 일제히 고개를 돌려 쳐다보았다.

"제가 같이 갈게요." 소년이 말했다.

무슈은 신자석 밑에서 기어나와 펄쩍 뛰어 홀리 트랙을 끌어당기려고 했다. 그리고 얼른 빗장을 잠가 그들이 못 들어오게 막으려 했지만 부켄도르프 가 사람들이 밀치고 들어와 건초를 집어던지던 건장한 팔로 단숨에 두 사람을 붙잡아버렸다. 그들은 무슈과 소년을 햇빛 아래 번쩍 들어올렸다. 한 사람이 소년의 목덜미를 거머쥐었다. 무슈은 아시지낙의 얼굴에서 공포와 수치심을 읽었고 홀리 트랙이 뛰쳐나간 걸 후회한다는 사실을 알아챘다. 무슈은 완강하게 버티면서 백인들이 양손을 등 뒤로 돌려 묶을 때까지 성호를 긋고 또 그었다. 그들은 손목을 묶은 뒤 소년과 무슈, 아시지낙을 마차 바닥에 내동댕이쳤다. 세브린 신부는 라틴어로 무슨 말인가를 외치다 갑자기 정신이 드는 것 같았다. 그는 짐마차 옆으로 휘청휘청 걸어가 엉거주춤한 자세로 그 주변을 왔다갔다했다. 마차가 언덕을 덜커덩거리며 내려가자 그는 미친 사람처럼 부질없는 위협과 모순적인 축복의 말을 닥치는 대로 내뱉었다. 이윽고 꺽꺽거리던 그의 목소리도 사그라졌다. 처음에 아시지낙은 허리를 숙인 채 자기 발을 응시할 뿐 말은 한마디도 하지 않았다. 그러다 마침내 그가 고뇌에 찬 목소리로 홀리 트랙에게 말했다. "난 네가 숨어 있는 걸 전혀 몰랐다. 너 들으라고 한 말이 아니었어."

홀리 트랙은 잠시 화가 난 듯 아시지낙을 강렬하게 쏘아보다 어깨를 으쓱하며 상관없는 척했다.

자두나무들이 숲 속에서 꽃을 피우고 있었다. 버드나무에는 푸르고 좁다란 잎이 돋아났고 늦지는 이른 햇살을 받아 반짝거렸다. 치무카마낙* 사이에서 어느 나무, 어느 장소로 할 것인가의 문제가 떠올랐다. 하지만 커스버트를 말에 묶어 끌고 가던 다른 두 사람 때문에 잠시 관심이 그쪽으로 쏠렸다. 그들은 커스버트도 함께 목매달려고 천천히 밧줄을 끌어당겼다. 커스버트는 회색 먼지를 뒤집어쓴 커다란 쐐기벌레처럼 보였다. 그들은 밧줄을 끊은 다음 그를 마차로 끌어올렸다. 그는 꼼짝 않고 누워서 눈을 끔벅거리며 사람들을 올려다보았다.

"아." 이윽고 커스버트가 피투성이 얼굴로 말했다. "저놈들이 최고로 못생긴 코를 문질러버렸어요. 드디어 잘생긴 얼굴이 됐는데 이제 명줄이 끊어지게 생겼으니 이를 어쩌면 좋대요."

"지금도 못생겼어, 동생." 아시지낙이 말했다.

"여자들한테 큰 손실은 아니라니 위안이 되는데요." 커스버트가 말했다.

짐마차는 그들의 몸을 친절하게 이리저리 굴리며 달려갔다. 그들이 보호구역의 경계를 넘어 들판과 마찻길로 들어서자 농부 한둘이 들판에 못 박힌 듯 서서 백인과 말, 개, 짐마차, 양손이 묶인 인디언의 행렬이 지나가는 것을 가만히 지켜보았다.

* '백인'이라는 뜻의 오지브웨어.

아기

무슈은 마당 끝에서 말다툼을 벌이기 시작한 두 딸을 쳐다보았다. 그리고 약병을 꺼내 단숨에 비워버렸다. 엄마와 제럴딘은 갑자기 이야기를 멈추고 하늘을 올려다보며 인상을 찌푸렸다. 두 사람은 빨랫줄로 걸어갔지만 집게를 채 뽑기도 전에 또다시 티격태격 싸웠다. 빨래를 마저 걷는 대신 두 사람은 우리가 자기들의 말을 듣는 건 아닌지 확인하려고 이쪽을 힐끔 쳐다보았다. 우리가 쳐다보는 것을 알고 두 사람은 치마를 휙 걷으며 앞문 쪽으로 황급히 걸음을 옮겼다. 우리는 다시 무슈을 쳐다보았다. 무슈은 자기가 아는 다른 사실도 말해주었다. 일렉타 호그라는 여자에게 어린 남동생이 있었는데—물론 그 동생은 열일곱이었으니 정확히 말하면 어리지는 않았다—살해사건이 있은 직후 한밤중에 갓 구운 빵 두 덩어리와 신발, 모직 재킷, 여벌의 작업복 바지를 챙겨 달아났다는 사실 같은 것 말이다. 문짝에 걸어둔 남편 오릭의 모자도 사라졌다. 오릭은 밴턴 렁스퍼드 대령과 보안관의 호출을 받고 허겁지겁 달려나가느라 모자를 어디에 두었는지 의문조차 품지 않았다. 얼마 후 백인 남자들이 농장에서 돌아왔을 때 일렉타는 토백이 달아났다는 말을 어쩌면 남편에게 했는지도 모른다. 무슨 말인가 꺼냈을지 모르지만, 일렉타는 남편 오릭이 말에 태워 데려온 아기를 보자 무척 놀랐다. 그녀는 아기한테 정신이 팔렸고, 오릭이 말을 탄 채 몸을 숙여 아기를 그녀의 품에 안겨주자 정신이 완전히 빠져버렸다. 아기는 소리를 지르며 우는 대신 차분하고 신뢰하는 시선으로 그녀를 똑바로 쳐다보았는데, 마치 다 큰 어른이 아주 작은 몸속에 갇혀 있는 것 같았다. 아, 나중에는 울었지요, 다시 아기로 돌아갔어요. 훗날 그녀는 무슈에게 이렇게 말했다. 아기로 돌아간 건 남자들이 먹을 것을 챙겨 황급히 사라진 뒤 그녀 혼자 남아 아기를 씻기고 먹일 때였다. 일렉타는 살해사건을 알게 되자 오릭이 모자를 들고 나갔다 어디서 잃어버린 게 틀림없다고, 충격 때문에 농장 어딘가에 두고 왔을 거라고 말하기로 했다. 무슨 일이 일어났는지 알아버렸으니 이제 토벡이 행방불명이라는 것을, 잠시 동안이 아니라, 그녀가 말할 수 있는 한에서가 아니라 아주 달아나고 없다는 것을 입 밖에 내지 않겠다고 결심했다.

"그 여자가 그 말만 했더라도……" 무슈이 말했다. "그 말만 했어도…… 그리고 요한 보겔리가 있었지. 내 오랜 친구 보겔리. 그 친구는 헛간에서 나오다 자기 아버지 프레데리크가 대낮에 담배를 피우는 것을 보았단다."

"그게 뭐가 이상해요?" 내가 물었다.
"나도 모르겠구나." 무슈이 말했다.

보겔리

프레데리크 보겔리는 마당에 서서 부켄도르프 가 사람들에게 일상 독일어로 이야기하고 있었다. 저세상으로 간 요한의 어머니는 좀더 어려운 독일어를 구사했다. 그의 마음속에서 어머니의 목소리는 차츰 희미해졌고, 어머니에 대한 다른 모든 것처럼 고갈되어갔다. 그녀는 하이델베르크에 있는 식구들에게 편지를 보내면서 복사본을 만들어두었고, 프레데리크에게는 사랑의 편지를, 요한에게는 짤막한 편지를 써주었다. 또한 소소하게 벌어지는 모험과 일상생활에서 일어나는 온갖 일을 일기장에 꼼꼼하게 기록해두었다. 하지만 그녀가 몸져누워 있을 때 프레데리크가 그녀를 두들겨팬 이야기만은 쓰지 않았다. 그런데도 프레데리크는 그녀가 쓴 글을 대놓고 싫어하면서 일기장을 한 장 한 장 찢어버렸고 질좋은 편지지는 담배를 말아 피울 때 사용했다. 요한은 그게 정말 싫었다.

요한이 자기 집 모퉁이를 돌자 그들이 있었다. 부켄도르프 가 사람들이 아버지와 함께 담배를 피우고 있었다. 아버지가 그들에게 담배를 말아주었다. 가느다랗게 만 종이 담배가 부켄도르프 가 젊은이의 너부데데한 턱 위로 보였다. 그들이 웅성거리며 서 있는 동안 요한은 불타는 종이가 그들의 허파 속으로 빨려 들어가는 것을 지켜보았다. 어머니가 꼼꼼히 기록한 단어들이 그들의 가슴속으로 사라졌다 형체 없는 연기가 되어 다시 나타났다.

요한은 집으로 가서 어머니의 일기장을 다른 곳에 숨겼다. 어머니가 세상을 떠난 뒤 몇 달 새에 키가 일 피트 남짓 자라고 근육도 생긴 요한은 지금 자신이 갖게 된 강인함에 아직 익숙지 않았다. 요한이 다시 밖으로 나가자 프레데리크가 그의 목덜미를 움켜잡으며 말했다. "말을 붙잡아와라." 그리고 요한을 목장으로 떠밀었다. 요한이 네이들이라는 말을 끌고 오자 프레데리크는 걸리라는 말에도 안장을 채우게 했다. 그들이 말에 올라타자 요한의 아버지가 말했다. "이제 뭔가를 보게 될 거다." 그들은 말을 달려 부켄도르프 가 사람들을 뒤쫓아갔다.

"그러니까 그 사람이 요한이로군요. 무슘이 도이칠란트 사람이라고 부른 그 할아버지요."

"야 볼." 무슘이 대답했다. "그래, 그 도이칠란트 사람이란다. 나중에 말이다, 그 사람이 자기가 아버지와 함께 나머지 사람들을 따라잡았을 때, 그리고 보안관과 연로한 대령이 그들이 저지른 짓을 막으려 했을 때 무슨 일이 일어났는지 얘기해주었지."

죽음의 노래

밴턴 렁스퍼드 대령과 퀸터스 펠스 보안관은 인디언들을 목매달 장소를 물색하는 한 떼거리 남자들을 붙잡았다. 오릭 호그는 많이 뒤처졌지만 곧 그들을 따라잡았다. 남자들은 우물가에 서서 우물을 내려다보고 그 문제를 토의하며 물통을 지탱하는 밧줄을 시험했다. 대령과 보안관은 자기들이 탄 말을 능숙하게 몰아 패거리 앞을 막으며 더 나아가지 못하게 방해했다.

"여보게, 친구들." 펠스 보안관이 평소처럼 시원시원한 어투로 말했다. "자네들이 우리 일을 대신한 것 같은데 말이야."

"끝내는 것도 우리가 할 거야." 프레데리크 보겔리가 말했다.

살해된 일가의 이웃인 유진 와일드스트랜드와 자물쇠공이자 곡식상인 윌리엄 호치키스가 말을 탄 채 보안관 가까이로 다가왔다. 몇 명은 걸어갔다. 두세 명은 짐마차에 타고 있었다. 짐마차는 에밀 부켄도르프가 몰았다. 눈동자 색깔이 연한 그의 형제들이 그와 함께 마부석에 앉아 손을 무릎에 올려놓고 있었다. 그들은 신자석에 끼어 앉은 비대한 소년들처럼 보였다.

"내려오게." 펠스 보안관이 말했다. "이 짐마차는 압수야. 게다가 용의자들을 감옥에 끌고 가는 건 내 임무라고."

"압수라." 에밀 부켄도르프가 콧방귀를 뀌자 턱수염이 흔들렸다. 그의 형제 중 하나가 그걸 보고 웃었고, 턱이 비대한 나머지 하나는 그저 자기 무릎만 보고 있었다. 윌리엄 호치키스는 안장 위에서 목을 쑥 내밀었다. 손에는 구식 연발총을 들고 있었다. 펠스 보안관은 산탄총을 꺼냈고, 렁스퍼드 대령은 아메리카-에스파냐 전쟁에서 사용한 후 언제나 기름칠을 하고 깨끗이 닦아서 특별 선반에 보관하는 연발권총을 꺼내 들었다. 사람과 말이 너무 가까이 붙어 걸어서, 말이 발을 헛디디지 않으려고 신경질적으로 몸을 틀 때마다 가벼운 접촉이 일어났다.

"소년을 잡았구먼." 렁스퍼드 대령이 모두를 보며 말했다. "그건 안 될 일이야."

"녀석은 살인자요." 보겔리가 말했다.

"당신은 양심도 없소?" 와일드스트랜드가 자신의 말을 단단히 붙잡은 채 침을 퉤 뱉고 보안관과 대령에게 냉랭한 목소리로 말했다. 그의 눈동자는 흰 종이에 압정을 꽂은 것처럼 까맣게 도드라져 보였다. "그 집에 안 들어가봤소?"

윌리엄 호치키스가 갑자기 렁스퍼드 대령 뒤쪽에서 다급히 말을 몰아와 보안관의 등을 총구로 찔렀다. 렁스퍼드 대령이 말을 돌려 보안관의 콩팥 부근을 찌른 총구를 밀어내며 말했다.

"그 물건 좀 내려놓지, 이 얼간이야."

보겔리가 호치키스를 펠스 보안관에게서 멀찍이 떼어놓았다.

"미안하게 됐네." 와일드스트랜드가 말했다. "할 일을 어서 마무리 지어야 하거든."

그는 그들 사이 공간으로 몸을 숙이더니 펠스가 탄 말의 눈알 사이를 쏘아버렸다. 보안관은 말과 함께 쓰러지면서 두 손을 번쩍 들었다. 그 순간 뼈가 생가죽 채찍을 맞아 쩍 갈라지는 소리가 들렸다. 그 소리에 모두 펄쩍 뛸 듯이 놀랐다. 모두 서로 멀뚱히 쳐다보았고, 짐마차에서는 아시지낙이 보안관 가까이 가려고 필사적인 노력을 기울였다. 부켄도르프 형제 중 하나가 그를 다시 집어던졌다.

"이제 다 글렀어요." 커스버트가 말했다. 그는 코에서 목구멍을 타고 흘러 들어간 피 때문에 숨이 막히기 시작했다. 에밀 부켄도르프가 말들을 고삐로 내려치자 짐마차는 천천히 앞으로 굴러갔다.

"이 인디언 놈들을 목매달 장소를 아직 찾지 못했어." 윌리엄 호치키스가 말했다. "고기 들어올리는 오릭의 기계를 쓸 수 있을지도 모르지."

"난 여기서 빠지겠어." 방금 그들을 따라잡은 오릭이 소리쳤다. 그는 퀸터스 펠스를 도와주려고 말에서 뛰어내렸다. 보안관은 헐떡이며 "워, 워, 워……" 하고 웅얼거렸다. 몸은 여전히 죽은 말 아래 깔린 채였다. 그는 눈동자가 뒤집혀 흰자위가 드러나는가 싶더니 결국 기절하고 말았다. 렁스퍼드는 "젠장" 하고 구시렁거리고는 말에서 뛰어내려 오릭이 보안관을 끌어내는 것을 도와주었고 짐마차가 나아가도록 내버려두었다.

자베즈 우즈, 헨릭 고스틀린, 에너리 맨틀 외에도 여러 사람이 길가에 늘어선 채 총을 들고 말을 탄 남자들을 잠자코 지켜보았다. 이제 그들도 합류하여 두 갈래로 뻗은 풀밭 길을 따라 짐마차와 나란히 걷기 시작했다.

"아마 저 비탈을 넘어갈 거야." 맨틀이 말했다. "이쪽 편 나무들은 비쩍 말랐거든."

"좋은 나무는 모조리 우리 뒤쪽에, 보호구역 경계 너머에 있어." 부켄도르프 가의 누군가가 말했다.

"튼튼한 나뭇가지 하나면 충분해." 와일드스트랜드가 이렇게 말하며 짐마차에 눈길을 주었다. 그는 피라는 피는 모조리 그을린 살갗 밑으로 숨어버렸는지 눈언저리가 새하얬다.

"우리가 발견했을 때 그 사람들은 이미 죽어 있었어." 커스버트가 나른한 마비 상태에 빠진 홀리 트랙을 흔들어 깨우면서 소리쳤다. 무슙은 한마디도 빼놓지 않고 다 들었다. "우리는 그들을 발견한 거지 죽인 게 아니야. 우린 단지 소의 젖을 짜주고 아기를 먹여줬을 뿐이야. 나, 커스버트가 아기에게 우유를 먹였다고! 우리는 나쁜 인디언이 아니야! 나쁜 놈들은 남쪽에 사는 인디언이란 말이야!"

"브와낙족을 나쁘게 말하지 말게나." 아시지낙이 말했다. "날 데려다 키운 사람들이야."

커스버트는 그의 말을 무시하고 계속 소리를 질러댔다. "우리 도, 우리도 당신들과 똑같은 사람이란 말이다!"

"우리와 똑같은 사람이라!" 호치키스는 몸을 숙이고 라이플총의 개머리로 커스버트의 머리를 세게 내리쳤다. "그럴 리가 있겠나!"

"네놈 말이 맞아." 아시지낙이 오지브웨어로 말했다. "네놈들은 이 땅의 미친놈이지."

커스버트의 머리는 온통 피로 물들었다. 피범벅이 된 머리카락에 가려 눈은 아예 보이지 않았고 목은 핏물로 흥건했다. 더러운 셔츠는 얼룩지지 않은 곳이 없었다. 피의 가면을 뒤집어쓴 얼굴로 그가 오지브웨어로 뭐라고 중얼거리더니 홀리 트랙에게 말했다. "걱정 마라. 저놈들 중에는 소년도 있을 거다. 저들 중 한 명이 너를 알아보고 보안관의 말을 떠올릴 게야. 너는 놓아줄 거다. 살아서 내 죽음을 다른 사람들에게 알릴 때 나의 용기도 말해다오. 이제 나는 죽음의 노래를 부를 생각이다."

"옷에 똥을 싸갈기기 전에 자네가 그 노래를 기억해내기 바라네." 아시지낙이 커스버트에게 말했다.

"아이이이! 어떤 노래였는지 생각하려고 애쓰고 있어요."

두 사람은 한없이 그윽한 목소리로 노래를 흥얼대기 시작했다.

"솔직히 말하면," 잠시 후 커스버트가 말했다. "나는 죽음의 노래를 받지 못했어요. 나는 그럴 가치가 없다고 여겨졌거든요."

"하나 만들어보게나. 내가 도와줄 테니." 아시지낙이 다시 노래를 했다.

그들은 무릎을 두들기며 들릴락 말락 애처로운 멜로디를 흥얼거렸다. 무슘에게는 한마디도 걸지 않았다. 무슘은 저만치 새로 갈고 씨를 뿌린 밭들을 바라보았다. 길게 뻗은 이랑에는 연한 녹색 새싹이 돋아나고 있었다. 하늘은 가장 감미로운 푸른색을 펼쳐 보였다. 수평선은 올새 알처럼 희끄무레하고 녹색빛이 희미하게 감돌았으며, 구름은 하늘 높이 떠 있는 작고 하얀 가슴 깃털처럼 오묘하고 섬세했다.

백인들이 적당해 보이는 나무를 찾았나 싶으면 가지가 너무 휘었거나 가느다랬다. 그들은 또다른 나무를 찾아내 그 밑에서 이러쿵저러쿵 의견을 교환하더니 팔을 벌리고 둘레를 쟀다. 그 나무도 적당하지 않아 보였다.

"우리한테 노래 연습할 시간을 더 주려나본데요." 커스버트가 얼굴을 닦았다. 코 위의 혹이 반드럽게 깎여나간 것 같았다.

"자네 얼굴을 가까이서 보니 잘생긴 얼굴이었을 수도 있겠군." 아시지낙이 말했다.

"고마워요." 커스버트가 말했다.

"저기 저 나무면 되겠는데." 에밀 부켄도르프가 말했다.

그 순간 어디선가 흐느끼는 소리가 들렸고, 무슘은 처음에 그 소리가 자기 울음소리인 줄 알았다. 꼭 자기한테서 나는 소리처럼 들렸기 때문이다. 하지만 곧 요한 보겔리가 우는 소리라는 것을 깨달았다. 요한은 말갈기를 꼭 붙잡은 채 무슴 옆에서 말을 달렸다. 눈물이 걷잡을 수 없이 흘러내려 안장 가죽까지 적셨다. 아들과 나란히 말을 달리던 프레데리크 보겔리가 팔을 뒤로 뺐다가 휘두르며 아들의 얼굴에 주먹을 날렸다. 요한은 말 등에서 굴러 떨어질 뻔했지만 가까스로 균형을 잡았다. 균형을 되찾자 그는 급변해 더욱 듬직하고 강인해졌는데, 속에 잠재한 무언가가 비로소 빛의 세계로 빠져나온 것 같았다. 그것에 불이 붙자 그는 더욱 우람해 보였다. 그는 말에서 뛰어내려 아버지의 가슴팍으로 달려들었고, 아버지는 아들과 함께 안장 옆으로 붕 떠올랐다 아들의 몸에 깔린 채 바닥에 나뒹굴었다. 프레데리크의 등짝이 썰매가 된 셈이었다. 요한은 아버지의 가슴팍에 걸터앉아 마치 탁자를 내려치듯 주먹으로 얼굴을 내려쳤다. 나무를 박살내고 살덩어리를 으깰 때처럼 있는 힘껏 두들겨팼다. 다른 손으로는 아버지의 목을 단단히 감아쥐었다. 짐마차가 뒤뚱거리며 나아가자 다른 사람들은 두 사람이 구르고 차고 일어서고 휘두르고 주먹질하는 것을 그냥 내버려둔 채 짐마차를 뒤따라갔다. 그들이 넘어졌다 일어섰다 하면서 싸우는 모습은 멀어질수록 더욱 우스꽝스럽게 보였다. 이윽고 그들의 모습은 끝없이 뻗은 수평선을 배경으로 무한히 펼쳐진 하늘 아래 튀어나오고 들어가기를 반복하는 검은 인형처럼 보였다.

"저애는 마음이 착한데요." 커스버트가 말했다.

"그래도 자기 아버지는 죽이지 않았으면 좋겠어." 아시지낙이 말했다. "그런 모진 행동도 서슴지 않을 것 같아 보이는데."

커스버트도 동의했다.

"그러면 무슙도 커스버트와 말을 나눈 거지요?" 조지프가 잔뜩 긴장한 채 말했다. "홀리 트랙은 어떻게 됐어요? 아시지낙은요? 둘 다 살아서 노인이 된 거죠? 그렇죠?"

"아니다." 무슙이 대답했다.

"아!" 조지프가 말했다.

날갯짓

참나무는 아낌없이 가지를 뻗었다. 아마도 그곳에서 묵묵히 백 년은 살았을 것이다.

"그 나무가 월데 가의 땅 언저리에 여전히 살아 있으니 보여줄 수도 있겠구나." 무슙이 말했다. "그곳에는 숨겨둔 잎담배도 있지. 나뭇가지에는 기도문을 적은 깃발도 매달려 있고."

사내들은 말을 타고 그 나무로 가서 밑동 주위를 한 바퀴 돌며 나뭇가지를 살펴보았다. 그리고 양팔을 올리고 기도하듯 가지를 비스듬히 뻗어올린 나뭇가지 하나를 가리켰다. 원하던 나무를 찾았다는 결론을 내리자 그들은 짐마차를 그 밑으로 끌고 왔다. 짐마차 바닥에 깔아놓은 밀 짚단 아래로 야무지게 감은 밧줄 대여섯 타래가 있었다. 에너리 맨틀과 부켄도르프 형제들이 타래를 집어 들고 어떤 걸로 할까 의논했다. 밧줄을 정하자 서툰 솜씨로 몇 차례 고쳐 묶으면서 계속 입씨름을 했다. 드디어 밧줄을 나뭇가지

위로 던져올렸다. 밧줄을 잡아당겨 제대로 묶였는지 확인한 그들은 누가 언제 말을 내려칠지 의논하기 시작했다.

"저놈들은 토끼 잡는 덫을 놓을 줄 몰라요. 사람 목매다는 방법도 모르고." 커스버트가 말했다. "쉽게 끝나지 않겠는데요."

홀리 트랙은 몸이 아팠고 불안감을 감출 수 없었다. 아시지낙은 대꾸하지 않았다. 무슙은 허공만 뚫어져라 쳐다보며 벌써부터 죽은 척하고 있었다.

"미치프족은 목이 매달려도 괜찮을 거예요." 커스버트가 무슙을 염두에 두고 말했다. "폴짝폴짝 뛰는 지그 춤을 출 줄 아니까."

아시지낙이 깊은 생각에서 깨어나 종손자의 어깨를 가볍게 툭 쳤다.

"넌 내 아들이나 다름없어. 우리는 영혼의 세계로 함께 걸어가게 될 거다. 그 길을 혼자 걸어가야 했다면 내키지 않았을 거야. 우하! 네가 성당 문간에 모습을 드러냈을 때 이 늙은이는 마음속으로 네가 정말 자랑스러웠단다!"

"고맙습니다." 소년의 목소리는 부드럽고 공손했다. "저도 아버지와 다름없다고 생각해요."

"잠시 후면 그들을 만나게 될 거야. 우리 일가붙이 모두를." 커스버트가 소년의 팔을 툭 치며 넌지시 웃었다. 그의 미소는 말라붙은 피로 섬뜩해 보였다. "아니인 에치니카아조이안?"*

"찰스요." 소년이 답했다.

---

* "어이, 이름이 뭐지?"라는 뜻의 오지브웨어.

커스버트가 고개를 가로저었다. "세례명은 안 돼. 우리가 별명으로 붙여준 홀리 트랙도 안 되지. 그러면 영혼들이 널 어떻게 알아보겠니?"

홀리 트랙이 다시 이름을 말했다.

"영원한 하늘이라. 좋아, 잘 지은 이름인데. 저승에서 널 기다리는 사람에게도 그 이름을 대야 해. 그러면 아니시나아삐* 영혼의 세계로 가게 될 거다. 네 엄마와 아빠도 거기서 너를 기다리고 있을 거야. 얘야, 무서워 마라."

"밧줄과 씨름할 생각일랑 아예 마라." 아시지낙의 목소리가 흔들렸다.

와일드스트랜드가 네 사람을 일으켜 세워 등 뒤로 묶은 밧줄을 다시 조였다. 에밀 부켄도르프는 짐마차 위에 그들을 나란히 세운 뒤 밧줄 고리에 그들의 머리를 집어넣고 목이 좀더 쉽게 걸리도록 밧줄을 더 단단히 조였다.

헨릭 고스틀린이 짐마차로 다가갔다.

"소년을 매다는 건 원치 않는다는데." 에밀 부켄도르프가 전달했다.

부켄도르프 형제 중 또하나가 대꾸했다. "그러지 뭐, 그놈은 놔둬."

유진 와일드스트랜드는 얼굴에 돌연 피가 쏠리면서 낯빛이 어두워졌다. "자네가." 그는 고스틀린을 포함한 나머지 사람들을 번

---

* 오지브웨족을 가리킨다.

갈아 쳐다보았다. "자네가 거기 있었나, 그 장소에? 자네가 있었군. 자네가 봤군."

그의 시선이 그들의 시선을 얽어맺고, 그의 얼굴은 햇빛 속에 기이하게 타올랐다.

"여자아이가 죽었어." 그가 말을 이었다. "내 친구의 아내가, 사내아이 둘이, 내 오랜 친구까지, 모조리 죽어버렸단 말이야."

에밀이 자기 형제들을 쳐다보았다. 그들은 잠시 뜸을 들이다 고개를 끄덕이며 발치께로 눈을 내리깔았다. 헨릭 고스틀린은 모자로 허벅지를 두드리며 온 길로 되돌아갔다. 말들 옆에 서 있던 나머지 사람들이 일에 착수했다. 아시지낙과 커스버트는 갑자기 노래를 부르기 시작했다. 그들의 노래는 고음으로 시작되었다. 광기가 스민 커스버트의 가성이 허공을 가르며 울려퍼졌다. 곧이어 아시지낙이 합류했고, 홀리 트랙은 그들의 음성을 타고 흐르는 원기와 힘을 느끼자 기분이 한결 좋아졌다. 옛날 언어로 된 가사는 이러했다.

백인 놈들은 아무것도 아니라네.
그들의 짓거리는 우리를 해치지 못하지.
나는 신비의 얼굴을 보러 간다네.

그들이 그 노래를 두 번 부르는 사이 부켄도르프 형제들은 몸서리치며 준비를 끝냈다. 에밀은 말 두 마리를 일단 진정시켰고, 채찍질을 하기에 앞서 초읽기에 들어갔다. 소년은 그 노래를 따라 부르고 싶어 입을 벌렸지만 어머니가 자기를 재울 때 항상 불러준 곡조 없는 자장가만 흘러나올 뿐이었다. 부켄도르프 형제들은 팔을 뒤로 젖혔다가 말들을 동시에 후려쳤고, 또 한번 더 세게 후려쳤다. 짐마차가 덜커덩 흔들리다 잠시 멈추는가 싶더니 앞으로 굴러가기 시작했다. 그들은 몸이 기우뚱 흔들렸지만 노래를 멈추지 않았다. 마침내 말들이 본격적으로 달렸고 이십 피트를 간 뒤 멈추었다. 목이 대롱거려도 그들은 노래를 멈추지 않으려고 애썼다. 소년은 편안한 죽음을 맞기에는 몸이 너무 가벼웠다. 몸이 빙글빙글 돌며 버둥거리는 사이 소년은 서서히 숨통이 끊어졌다. 소년은 커스버트가, 이어서 아시지낙이 노래를 멈추고 껄떡껄떡 숨이 넘어가는 소리를 들었다. 소년은 눈을 감고 컴컴한 공포에 붙들렸다가, 눈을 뜨라는 어머니의 목소리에 비로소 눈을 뜨고 눈앞에 펼쳐진 어슴푸레한 푸른색을 응시했다. 그러자 훨씬 견딜 만해졌다. 하늘 높이 작은 조각구름이 날개의 형상을 이루고 빨리, 더 빨리 날개를 치며 하늘 저편으로 사라졌다.

쌉싸래한 차

❧

폭풍이 몰려오자 무슙은 이야기를 끝냈다. 나지막한 구름이 검은 배를 불룩하게 내밀었다. 마당에선 시트들이 마구 휘날렸고 작업복 바지와 무슙의 작업복 상의가 풍선처럼 부풀어올랐다. 엄마의 파스텔 톤 속옷, 그 앙증맞은 옷들이 바람에 뒤집혀 팔랑거렸고 엄마의 브래지어는 나무집게에 집힌 채 빨랫줄에 돌돌 말렸다. 엄마는 빈 바구니가 뒹구는 것도 모른 채 제럴딘 이모와 어디론가 사라졌다.

나는 굵은 빗방울이 어깨로 듣자마자 쏜살같이 달려가 빨래를 걷기 시작했다. 빨래는 손에서 달아나 매서운 바람을 타고 회오리를 그리며 날아갔다. 풍성한 치마가 다리를 휘감았다. 나는 여전히 이야기에 정신이 팔린 채 혼잣생각에 빠져 빨래를 걷다가, 정신을 가다듬고 바람을 헤치며 고요한 집 안으로 뛰어 들어갔다.

엄마는 흠뻑 젖은 몸으로 나를 뒤따라 부엌으로 들어왔다. 엄마는 비를 맞으며 삼촌 집에서 걸어 돌아왔지만 비도 엄마의 마음속 불은 끄지 못한 것 같았다. 어쨌거나 금세 지나가는 소나기여서 대기는 그후에도 뜨겁고 맑았다. 엄마는 집 안에 오래 머무르지 않았다. 무슈과 몇 마디를 나누고 나서 이내 바구니를 들고 나가 내가 방금 걷은 빨래를 다시 널었다. 이번에는 속옷도 안 보이게 잘 감추었다. 무슈은 엄마를 따라나가 빨래집게 주머니를 든 채 구부정하니 옆에 서 있었다. 무슈이 목매달려 죽은 소년에게 일어난 일을 말했다고 혹독한 질책을 받는가보다 생각했지만, 엄마는 바구니를 다시 빨랫줄 밑에 내려놓고 무슈과 팔짱을 낀 채 문간으로 왔을 때 그저 이렇게만 말했다. "전 설득 못해요. 그앤 그 사람을 만날 거래요. 좋아한대요. 그앤 그 사람이 남몰래 사랑하던 여의사도 알고 있어요. 아빠도 누군지 아시잖아요. 너무나 잘 아시잖아요."

나는 안 듣고 딴 일을 하는 척했지만 엄마는 속아 넘어가지 않았다. 그 의사에 대해 묻고 싶은 마음이 굴뚝 같았다.

"마침 에블리나가 있었네. 감자껍질 벗기는 것 좀 도와주렴."

"오늘밤에 머리를 틀어올려도 돼요? 제럴딘 이모처럼?"

엄마는 나를 예리하게 쳐다보았고 나는 시선을 피했다. 나는 부엌 리놀륨 바닥에 구멍을 내서 만든, 주석으로 가장자리를 두른 네모난 문짝의 고리를 당겨올렸다. 그리고 조심조심 사다리를 타고 지하실로 내려갔다. 엄마가 내게 감자 소쿠리를 건네주었다.

"지금부터 제럴딘 이름만 말해도 거기에 가둬버릴 테야." 엄마가 말했다.

나는 감자 소쿠리를 들고 사다리를 다시 올라왔다. 하지만 밑에 내려가 있는 동안 엄마가 무슘에게 판사에 대해 말하는 소리를 들었고, 나는 그 일이 엄마가 제럴딘 이모에게 화가 난 이유와 관련이 있을 거라고 짐작했다. 하지만 완전히 잘못 짚었다. 나는 제럴딘 이모가(이모가 그랬다니, 놀랍게도!) 법을 어겨 법정에서 판사 앞에 서야 하고 결국은 벌금을 내거나 감옥에 가야 하는 문제라고 생각한 것이다. 여하간 내 생각은 그랬다.

✖

다음 날 화이티 삼촌과 샤멩과가 우리 집에 왔다. 화이티 삼촌은 살아가면서 자신을 지키는 법을 가르쳐주었고, 나는 삼촌의 손바닥에다 펀치 연습을 했다.

"빠른데. 그래도 아직 부족해." 삼촌이 말했다.

나는 삼촌의 손이 내 귀에 닿기 전에 얼른 머리를 피하려고 했지만 한 번도 성공하지 못했다.

"뱀이 됐다고 생각해봐." 삼촌이 말했다. "생각은 하지 말고 곧바로 받아쳐야지."

하지만 내가 사색가라는 걸, 그래서 번개 같은 반사 신경은 절대 가질 수 없는 사람이란 걸 삼촌도 알았을 것이다. 그건 조지프도 마찬가지였다.

"이런, 가망이 없어 보이는데." 화이티 삼촌이 말했다.

삼촌은 어깨가 딱 벌어진 거구로 인디언 엘비스라고 불러도 될 만큼 얼굴이 잘생겼는데, 연자주색 병에 든 머릿기름으로 머리카락을 빳빳이 세워올려 퐁파두르 헤어스타일을 연출했다. 가끔은 우리와 같이 지내면서 카우치에서 잠을 자기도 했다.

"제럴딘 이모한테 무슨 일 있어요?" 내가 물었다.

"말했다간 맞아 죽을걸." 삼촌이 말했다. "일급비밀이야."

"글러브 들고 나가요." 조지프가 말했다. "우리가 헛간 뒤로 가면 제럴딘 이모 얘기를 맘껏 할 수 있을 거예요. 뒷말은 남자들이 할 일이 못 되잖아요."

"같이 가자꾸나." 화이티 삼촌은 이렇게 말하며 셔츠 안에 꿍쳐 둔 장미 네 송이가 그려진 일 파인트짜리 포 로지스 위스키를 슬쩍 보여주었다.

그들이 가버리자 나는 샤맹과와 무슘과 남았다. 우리는 잠시 함께 목을 축였다. 나는 두 사람은 화를 안 낼 거라고 생각하며 제럴딘 이모가 뭘 어쨌기에 엄마가 그토록 화가 났는지 물어보았다.

"뭘 어쨌냐고?" 무슘은 애써 모른다는 표정을 지었다. "아무 짓도 안 했다."

"아직은." 샤맹과가 거들었지만 표정 변화는 없었다.

샤맹과는 바이올린을 들고 왔지만 얼굴을 찡그린 채 줄을 퉁기며 조율만 했다. 그는 바이올린 줄의 품질이 조악하다며 불평했다.

나는 우리 인디언을 목매단 사람들은 어떻게 되었냐고 물었다.

"기어코 그 말을 했구나!" 샤맹과가 잇새로 쉿쉿 소리를 냈다.

무슘은 자기 동생을 경계하는 표정으로 쳐다본 뒤 다시 나를 보며 말했다. "부켄도르프 가 사람들은 부를 얻어 비대해졌고, 일가가 사라지는 일은 절대 일어나지 않았단다. 그들은 번창해서 많은 것을 수중에 넣었지. 이 고장의 절반은 가졌을걸. 절대 그래서는 안 될 일이었는데. 그리고 와일드스트랜드는 말이다, 그를 살인 혐의로 잡아간 사람은 아무도 없었단다. 펠스 보안관은 불구가 되었고 늙은이 렁스퍼드는 염증을 내며 자기가 미네소타라고 부른 문명화된 세상으로 되돌아갔지. 그가 브레컨리지로 이사한 1928년에 그자들이 보안관을 찾아가 목을 매달아버렸어. 미처 피하지 못한 거야. 동쪽 어디에서 죽었다는구나."

"그러면 무슙, 무슙은 어떻게 살아남았어요? 목이 매달렸는데 어떻게 살아날 수 있었어요?"

"네 할아버지를 목매달아 죽일 생각은 없었지." 샤멩과가 말했다.

"어째서요?"

하지만 무슙은 내가 전혀 알아들을 수 없는 말을 쏟아내면서 샤멩과와 언쟁을 벌이기 시작했다. 나는 홀리 트랙과 똑같은 것을 봤어. 비둘기들이 아직 하늘에서 날고 있었지. 서로 언성이 높아지기에 나는 그 자리를 떴고 내가 들은 모든 이야기를 마음속에 새겼다. 잠시 후 누군가 집 앞으로 차를 몰고 나타났다. 나는 나가서 누군지 확인하고는 얼른 문 뒤에 숨었다.

니브 하프가 지역 역사협회 뉴스레터에 실을 기사를 위해 두 형제를 인터뷰하러 플루토에서 찾아온 것이다. 엄마는 니브 고모가 올 때는 보통 집 밖에서 할 일을 만들어놓았다. 하지만 미처 피하지 못할 때는 그냥 견뎠는데, 또다른 내 할아버지의 축복과 유산을 아빠의 누나가 독차지했는데도 아빠는 누나에 대한 애정을 버리지 않았기 때문이다. 내 친할아버지 머도 하프는 아빠가 은행가가 되지 않은 것을 끝내 용납하지 않았다. 아빠는 변호사를 고용해 남은 유산을 누나와 양분할까도 생각했지만 실행에 옮기지 않았다. 그저 옥타브 삼촌이 소유했던 오래된 우표책 몇 권만 달라고 했다.

하지만 니브 고모에 대한 우리의 반감은 그 욕심 때문이 아니었다. 그녀는 주위 사람 모두에게 쉴새없이 천진스런 질문을 해댔고 대답할 시간도 주지 않은 채 스스로 대답을 해버려서 모두를 지치고 짜증나게 했다.

"인디언은 땔감으로 무엇을 썼나요?" 그날 오후에는 이런 질문을 했다. 이 질문은 그녀의 천진스런 질문 중에서 제법 유명한 것이 되었다. "내가 그 질문을 했다니 믿을 수 없어!" 이어서 그녀는 자화자찬을 시작했다.

샤멩과는 지긋지긋한 표정으로 그녀의 말에 장단을 맞춰주었지만 무슈은 그녀를 옆에 앉혀두고 자기 매력을 발휘할 수 있다는 사실이 마냥 기쁜 것 같았다. 무슈은 무릎에 앉지 않겠냐는 둥 지나치다 싶을 정도로 치근덕거렸다.

"말은 타봤겠지요, 안장에 앉아? 그러면 붙잡아야 하는 뿔이 하나 있는 걸 알 텐데. 나도 그게 하나 있거든……"

샤멩과는 역겹다는 듯 고개를 돌려버렸고, 나는 "무슨 뿔이요, 무슈? 그게 어디 있는데요?" 하고 질문했다.

엄마가 문밖으로 나와 더없이 잔잔한 표정으로 무슈을 쳐다보았다. 나는 입을 다물었다. 엄마는 푸른 체크무늬 바탕에 가장자리를 노란색 끈으로 두른 앞치마를 입고 팔짱을 낀 채 서 있었다. 무슝은 엄마가 있는 걸 알아채자 몸을 곧게 펴고 목청을 가다듬더니 니브 하프에게 자기가 보낸 편지는 잘 받았는지 물어보았다. 그녀는 받았다고 답했지만 오늘 온 것은 뉴스레터에 실을 기사 때문이라고 했다. 무슝은 질문하면 기꺼이 대답하겠노라고 진지하게 말했다. 샤멩과는 양손을 포갰다. 하지만 니브 하프가 초창기로 거슬러올라가 플루토 타운이 어떻게 생겨났으며 인디언이 거의 살지 않는데도 타운이 애초에 보호구역 내에 위치한 이유가 뭔지 알고 싶다고 하자 두 늙은이의 얼굴이 엄마의 표정―고요하지만 애써 묻어두는―처럼 변했고, 그후로 뭔가가 내 가슴속에 들어와 떠나지 않았다. 그 땅의 상실이 그들의 마음속에 영원히 묻혀 있다는 걸 나는 알 수 있었다. 그 상실감이 내 속으로 들어왔다. 시간이 지나면서 나는 그들이 각자의 성격에 맞게 각자의 방식으로 그 슬픔을 덮어두었다는 걸 알게 되었다. 삼촌은 열정적인 규율로, 엄마는 엄격한 친절과 깨끗한 질서로, 그리고 무슝은 참을성 있는 빈정거림의 기술을 사용해서.

"묻는 질문이……" 그날 오후, 무슝은 양손을 벌린 채 입가에 모호하고 얼떨떨한 웃음을 지으며 되물었다. "그 땅을 어떻게 도난당했느냐, 이건가요? 그 엄청난 도둑질이 어떻게 허용되었느냐? 우리가 뭘 잃었고, 당신들이 뭘 빼앗아갔는지 뻔히 알면서도 어떻게 우리가 바로 여기, 당신네 옆에서 살고 있느냐?"

니브 하프는 차를 좀 마셨으면 좋겠다고 했다.

"만들어올게요." 나는 말하고 집 안으로 들어갔다. 주전자에 물을 넣고 앞쪽 화구에 불을 켰다. 싱크대 위쪽으로 작은 창문이 나 있었고, 나는 서서 물이 끓기를 기다렸다. 창턱 너머로 바깥이 겨우 내다보였다. 니브 고모가 자그마한 손가락들을 접었다 폈다 하며 두 노인에게서 억지웃음을 짜냈다. 엄마가 들어와 내 옆에 섰다. 엄마는 평소 내 몸을 만지는 일이 거의 없었기 때문에 엄마가 내 등에 손을 얹자 나는 화들짝 놀라 그 손을 치워버렸다. 그리고 이내 후회했다. 그래서 엄마 옆으로 한 걸음 옮겨가 내 어깨가 엄마의 팔에 가볍게 닿게 한 것 같다. 함께 서서 함께 같은 광경을 쳐다보며, 태어나서 처음으로 서로 비슷한 생각을 한다고 여겼다.

"그녀의 잘못은 아니지." 나더러 들으라는 말은 아니었다. 엄마는 너그러워야 한다고 스스로 다짐하면서 마당에 앉아 있는 니브 하프를 참아보려는 것이었다.

"내 생각엔 고모의 잘못 같아요." 내가 말했다.

"그래? 넌 그 유산을 생각한 모양이로구나. 네가 안다는 걸 나도 알아. 하지만 우리는 그 돈이 필요하지 않아."

"린치 현장에 하프 가 사람은 없었어요." 나는 무심결에 이렇게 말하고 말았다. "와일드스트랜드 가 사람은 한 명 있었지만. 고모는 그 집안 사람과 결혼했잖아요."

엄마가 무슈에게 하지 말라고 다짐받은 이야기를 내가 알고 있는데도 엄마는 아무 질문을 하지 않았고, 나는 그 사실이 더욱 놀라웠다. 엄마는 그저 숨만 약간 깊게 들이쉬었을 뿐이다.

"음, 그리고 부켄도르프 가 사람들이 있었지. 아주 오래전 일이야. 메리 애니타가 여기로 돌아와 교구의 아이들을 돌봐주는 사실을 생각해보면 말이지." 엄마의 목소리는 그 옆에만 가면 언제나 나를 주춤하게 하던, 지나치게 신중하고 경건한 음색을 띠고 있었다. 나는 엄마에게서 조금 떨어졌다.

"아, 수녀님." 나는 짐짓 다 아는 척했고, 우리는 잠시 침묵했다. 찻물이 끓기 직전 엄마가 몸을 오싹 떨며 말했다.

"에블리나, 네 할머니 주네스가 순혈 치페와족이 아니었다는 건 알지?"

"예."

"할머니의 아버지가 할머니를 내버렸고, 그래서 할머니는 자기 고모 손에서 자라게 된 거야. 그 할머니의 아버지 이름이 유진 와일드스트랜드였단다."

나는 엄마의 말을 아예 듣지 않은 것처럼 그저 묵묵히 창밖만 내다보았다. 하지만 샤멩과의 말처럼 그들이 무슙을 목매달아 죽이지 않은 이유를 이제야 알 것 같았다. 등 뒤로 엄마가 찻주전자를 레인지에서 들어내는 소리가 들렸다. 주전자를 내려놓을 때 손잡이가 조그맣게 달가닥 소리를 냈다. 엄마는 차통에서 손가락으로 찻잎을 집어 찻주전자 안에 떨어뜨린 다음 다시 차통 뚜껑을 닫았다. 엄마가 갈색 찻주전자에 물을 따르자 김을 내며 물 쏟아지는 소리가 들렸다. 엄마는 이내 다시 내 옆에 돌아와 내 등에 손을 얹었다. 이번에는 나도 밀어내지 않고 가만히 있었다. 우리는 두 늙은 형제가 즐겨 마시는 방식으로 찻물이 쌉싸래하고 진하게 우러나오기를 기다렸다. 니브 하프는 설탕 일 파운드를 넣고도 남을 사람처럼 아무리 달아도 부족해했다.

"아, 여하튼 네게 전부 말해주는 게 좋겠구나. 결국 듣게 될 테니. 네 이모 제럴딘과 쿠츠 판사가 앞으로……" 하지만 엄마는 말을 잇지 못했다. 그저 땅이 꺼져라 깊은 한숨을 쉬고 나서 가슴에 손을 얹었다.

"아기가 생겨요?"

엄마는 놀라서 나를 바라보았지만 내가 잘 알지도 못하고 한 말이라는 것을 깨달았다.

"이모는 아기를 가질 수 없어." 엄마의 목소리는 침통했다.

"그래요? 그러면요? 두 사람이 뭘요?"

하지만 엄마는 그 말을 한 것을 후회하는지 그저 나더러 차를 내가라고만 했다.

혈통

무슾이 들려준 이야기는 내 마음에 반향을 일으켰다. 첫째, 나는 그 누구도 같은 방식으로 더는 바라볼 수 없게 되었다. 혈통에 강박적으로 사로잡혔다. 내 자그마한 표범무늬 일기장(자물쇠를 오빠가 망가뜨렸기 때문에 열쇠는 쓸모없었다)을 다 채울 무렵, 무슾이 해준 이야기는 기억나는 대로 죄다 기록했고 내가 아는 모든 사람의 일가붙이에 대한 내용도 부모, 조부모, 더 과거의 사람들에 이르기까지 일일이 다 기록했다. 그리고 급우나 친구에게 물어 살해에 관련한 피의 역사를 추적한 끝에 드디어 선이 이리저리 교차하는 원들로 이루어진 정교한 거미줄을 그릴 수 있었다. 나는 그것을 연필로 그렸는데, 관계가 너무 얽히고설켜 지우고 지우다가 종이에 구멍이 뚫린 이름도 몇 개 있었다. 그중 하나가 코윈 피스였다. 하지만 그 뒤에 숨은 질문들은 지울 수 없었고, 무슈도 전혀 도움이 되지 않았다. 무슈은 머뭇거림과 침묵으로 질문을 참아내면서 내 속을 태웠다. 나는 포기하지 않고 더 이야기해달라고 끊임없이 졸랐지만 무슈은 피하며 얼버무리기만 했다. 맨 처음 그 이야기를 들은 날처럼 거침없고 직접적인 이야기는 그후 들을 수 없었다. 엄마가 몰수한 약병에는 위스키가 담겨 있었다. 누구를 통해 구했는지 아무도 몰랐다. 엄마는 무슈이 완전히 술을 끊게 하지는 못했다. 물론 나는 여전히 무슈이 좋았지만 이 이야기에 대해서만큼은, 마치 깨끗한 시냇물에 발을 담갔는데 흙모래가 발목을 뿌옇게 휘감는 것처럼 무슈을 바라보는 내 속의 뭔가가 혼란스러웠다.

안톤 바질 쿠츠 판사의 이야기

Judge Antone Bazil Coutts

세상이 흘러가는 방식

※

부족사무소의 좁은 복도에서 제럴딘 밀크를 스치는 순간 나는 그녀와 결혼해야겠다고 결심했다. 우리가 가볍게 목례를 하며 서로 살짝 스쳐 지나갈 때 수수한 흰색 블라우스에 감싸인 그녀의 젖가슴이 내 시선 바로 아래로 지나갔다. 그녀의 젖가슴을 너무 강렬히 의식한다는 생각이 들어 눈을 그녀의 눈과 수평이 되게 하려고 애쓰는데, 미묘한 비누 향과 여자의 알알한 땀내가 뒤섞인 냄새가 코에 훅 끼쳐왔다. 목덜미께의 머리칼이 따끔거렸다. 그 순간 나는 줄에 매달린 꼭두각시처럼 돌아서며 우뚝 걸음을 멈추었고, 그 자리에 서서 그녀가 복도 끝까지 걸어가는 모습을 지켜보았다. 제럴딘의 걸음걸이는 탄력 있고 여성스러웠다. 하지만 다가와도 좋다는 신호 같은 건 전혀 없었다. 오히려 나를 내버려두라는 느낌만 감돌았다. 제럴딘은 한 번도 결혼한 적이 없었고 그런 것에는 초연하다고 알려졌다. 기차 차창으로 그녀를 보고 내려서 되걸어온 그녀의 첫 남자친구 로먼이 자동차 충돌 사고로 저세상으로 간 뒤 그녀는 누구에게도 마음을 주지 않았다. 나 또한 그 점에 있어서는 나만의 고통이 있었다. 우리는 그 점을 공유했다.

제럴딘은 물론 모든 것을 알고 있다. 그녀는 부족민 등록 전문가로 모든 사람의 비밀을 알파벳순으로 파일에 정리해두었다. 솔직히 나는 내 직업과 관련해 이런저런 혈통 문제가 생기면 그녀의 전문성에 의존할 수밖에 없다. 며칠 뒤 그녀의 사무실을 찾았다. 들어서면서 고개를 살짝 숙이자 제럴딘이 나를 흘끔 쳐다보았다.

"안톤 쿠츠라고 합니다."

"네." 그녀가 답했다.

그녀는 창백하고 서늘한 얼굴에 눈초리가 살짝 처졌는데, 검은 눈동자가 야릇한 강렬함으로 내게 머물렀지만 따스하지 않았다. 몸도 조금 움직였지만 친근함의 표시는 전혀 없었다. 눈썹만 아주 조금 치켰을 뿐이다. 그날 그녀는 담홍색 드레스를 입고 허리에는 검은색 끈을 묶었으며, 투명한 스타킹과 굽이 낮은 검은색 구두를 신었다. 치자나무 향 향수를 뿌렸는지 촉촉한 초목의 잔향이 남았다. 여기, 노스다코타에 열대 향이 나는 여자가 존재하는 것이다. 그녀가 사무실을 나가자 마거릿 레스퍼런스는 퇴짜맞은 내 모습이 안쓰러웠는지 이렇게 말했다. "삼촌이 바깥에서 기다리신다나봐요." 그 순간에는 마거릿이 겸연쩍은 순간을 덮어주려고 일부러 그런 말을 한 거라고 생각했다. 제럴딘이 나와 얽히고 싶어하지 않는다는 건 명백해 보였다. 하지만 나중에 그녀의 삼촌이 정말로 밖에서 그녀를 기다렸다는 사실과 그녀 역시 줄곧 나를 알고 싶어했다는 사실을 알게 됐다. 그랬다. 그녀가 나를 피하려고 한 것은 사실이었지만, 그 이유는 내가 생각한 것처럼 내 과거에 대한 그녀의 관점이나 내 가족에 대한 생각 때문은 아니었다. 그녀는 초연했고 그것이 그녀의 방식이었다. 내성적인 여자였다.

제럴딘이 내게 말을 걸게 되기까지는 긴 시간이 걸렸고, 내 앞에 앉아 커피를 마시기까지는 더더욱 긴 시간이 걸렸다. 비즈마크에서 열린 회의에서 마침내 그녀는 나와 함께 저녁을 먹게 되었다. 나는 호텔에서 뷔페 줄에 의도적으로 비집고 들어가 그녀 바로 뒤에 섰고 그녀가 테이블로 갈 때 바짝 따라붙었다. 우리는 일반적이고 친숙한 주제로 대화를 나누면서 친해졌지만, 그러는 내내 내가 하고 싶었던 말은 오직 이것이었다. "제럴딘 밀크, 나는 당신과 결혼할 거예요. 그리고 당신은 나와 결혼할 거고요."

조바심이 났지만 그런 마음을 겨우 숨겼다. 밀크 집안 여자들이 성깔 있다는 소리는 이미 들어 알고 있었기 때문에 시작부터 그녀의 성질을 건드리고 싶지는 않았다. 회의가 끝나고 다시 돌아왔을 때 나는 적절한 거리를 유지하려고 지루한 노력을 쏟았다. 가끔은 그녀 앞에서 차마 하지 못한 그 모든 고백의 말 때문에 죽어버릴까 하는 생각도 들었다. 내가 제럴딘의 삼촌이 들려주는 연주를 좋아한 것이 도움이 되었다. 나는 종종 저녁 무렵에 샤멩과의 집을 찾아가 함께 시간을 보냈다. 가끔은 아침 일찍 가서 진한 차를 마시거나 같이 밖으로 나가 아침을 먹기도 했다. 그것은 주말에만 가능했다. 제럴딘이 자기 삼촌 집에 왔다가 처음 나를 보았을 때 나는 짐짓 놀라는 척했다. 그녀는 속아 넘어가지 않았다.

"판사님, 이곳에 머리를 자르러 오셨나요? 이발가위를 가져왔거든요." 그녀는 지갑에서 가위를 꺼내더니 허공에서 싹둑 자르는 시늉을 했다. 원한다면 내게 어떤 행동을 해도 괜찮다고 말해주고 싶었다. 그녀가 내 표정에서 그 마음을 읽고 연민을 느낀 거라고 나는 확신한다. 그녀는 가위를 내려놓았다.

"낚시 좋아하세요?" 내가 물었다. 여자를 알아가는 방법으로는 좀 이상한 것 같지만, 나는 애가 탔다.

"아니요." 그녀가 대답했다.

"그래도 함께 낚시하러 가겠어요?"

"좋아요."

다음 날 우리는 내 사촌의 낚시보트를 빌려 타고 호수로 나갔다. 사십오 마력 모터를 장착한 작은 알루미늄 보트였다. 그녀는 단을 접은 청바지와 풀 먹인 격자무늬 셔츠를 입었다. 우아하게 컬이 진 머리는 어깨에 닿을락 말락 했다. 다른 화장은 하지 않고 진홍색 립스틱만 발랐다. 보트를 탄 채 나는, 몸을 기울여도 그녀가 가만히 있는다면 그녀의 얼굴을 감싸 쥐고 입술을 엄지손가락으로 부드럽게 어루만지면서 그녀의 눈을 들여다보고 천천히 키스해야지, 하는 생각에 빠져 있었다. "조심해요." 그다음에 할 동작을 그려보려는 찰나, 날카로운 그녀의 목소리가 들렸다.

가까스로 피했지만 거기에 바위가 있다는 것은 이미 알고 있었다. 그녀가 고개를 절레절레 저었다.

"덕분에 우리도 목매달리는 꼴이 나겠어요, 판사님."

"난 목매다는 판사가 아니에요."

"그 이야기를 아세요?"

"그럼요."

나는 커스버트 피스의 두 형 앙리와 라파예트가 오래전에 내 할아버지의 목숨을 구해준 이야기를 들려주었다. 물고기가 잘 잡힐 것 같은 장소에 이르자 우리는 말없이 앉아 낚싯줄을 드리웠다 감아올리기를 반복했다. 침묵이 불편하지 않았다. 둘 다 우리가 어디에서 비롯한 사람인지 잘 알았다. 잠시 후 우리는 아무렇지 않은 듯 정확히 그 문제를 이야기하기 시작했다. 과거의 역사를 이야기했고, 미래도 잠시 점쳐보았다. 우리 보호구역은 현재 세 개의 타운, 그러니까 후프댄스, 아거스, 플루토를 경계로 한다. 플루토는 가장 가깝지만 서쪽을 경계로 하고 사람들의 왕래가 잦은 길에서 떨어져 있어, 보호구역이 조명 제조업으로 누린 약간의 안정과 가끔의 번영에서 끝내 제외되고 말았다. 정부가 여기에 위치한 기업에 세금 혜택을 주기 시작한 뒤로는, 심지어 주변 타운이 텅 비고 죽어가는데도 우리는 농업을 버리고 경제적 기반을 바꾸어 나갔다. 그들이 떠나는 것은 유감스러운 일이었지만 제럴딘과 나는 연민을 낭비할 마음이 없다는 데 뜻이 같았다. 대기근이 일어난 그해 겨울, 수십 명의 사람들이 굶주림으로 죽어가던 그때, 아거스 사람들은 곡식을 팔면서 행운권 상품으로 그랜드피아노를 내놓았다. 더 최근에는 조약에 보장된 정부와 우리의 관계를 종결한다는 정책에 대항해 우리 보호구역 사람들이 워싱턴으로 몰려간 일이 있었는데, 그때 우리를 대변한 플루토 출신 법률가는 단한 명, 내 아버지뿐이었다. 1911년에는 서쪽 경계와 맞닿은 보호구역 밖의 한 농장에서 일가가 잔혹하게 살해되는 사건이 일어났고, 그때 백인 패거리가 어슬렁거리던 우리 보호구역 사람들에게 앙갚음을 했다. 그 패거리는 어른 남자 셋과 소년 하나를 붙잡았고 무슌을 제외한 모두를 목매달았다. 제럴딘이 좀 전에 언급한 이야기가 이것이었다. 나는 훗날 그 백인들이 아마도 오해했던 것 같다고 인정한 사실을 제럴딘에게 말해주었다. 그녀는 그 사실은 모르고 있었다.

"하지만 그들 중 하나가, 내 기억에 와일드스트랜드인 것 같은데, 그 일은 상황이 가열되었을 때 일어났다고 했어요. 가열되었을 때!" 내가 말했다.

"상황이 가열되었을 때는 어떤 일이든 일어나지 않겠어요? 그들이 가진 편견을 실행에 옮기려고 누군가 그 순간을 포착했겠지요. 그거예요. 아니면 역사란 게 원래 그런 거겠죠. 가끔은 그런 게 역사가 되니까." 제럴딘이 답했다.

나는 작은 물고기 몇 마리를 잡았다 다시 놔주었다. 물고기가 제럴딘의 미끼를 물었는지 낚싯대가 두 배로 휘었다.

"거북이 확실해요."

"천천히 잡아당겨요. 당신 쪽으로 헤엄쳐오게, 살살 달래서요."

제럴딘은 나보다 거북 잡는 법을 더 잘 알았다. 그물이 없어서 그녀는 그 생물을 뱃전에 바싹 갖다댈 작정이었다. 더 가까이 당기자 총알 같은 머리와 곱사등이 같은 등이 보였다. 거대한 악어거북임을 대번에 알 수 있었다. 그놈이 낚싯줄을 제대로 물지 않아 다시 물속에 잠기자 나는 깜짝 놀랐다. 자동차 타이어만큼 큼직한 놈이 수면 바로 밑을 떠다녔다. 나는 낚싯대를 조심스레 내려놓고 호수에서 그 괴물을 끌어낼 방법을 고민했다. 솔직히 끌어올리기보다 풀어주고 싶었는데, 그 생물에 무슨 연민이 있어서라기보다는 아래턱으로 무는 힘이 대단했기 때문이다. 놔주는 게 어떻겠냐고 하자 제럴딘은 흥분한 표정으로 말했다. "안 돼요. 클레망스가 이걸로 프렌치 거북수프를 만들어줄 거라고요!" 그래서 체념하고 손가락 관절을 툭툭 꺾으면서 장차 내 손가락이 무사하기만 바랐다.

"지금, 지금이에요! 손을 뻗어 붙잡아요!"

제럴딘의 거북은 보트와 나란히 헤엄쳤고 나는 허리를 숙여 거북의 등껍질을 움켜잡았지만 꽉 잡지는 못했다. 두 번이나 놓치자 제럴딘이 성질을 냈다.

"자, 이걸 잡아요. 이전에 악어거북은 많이 잡아봤으니까."

그녀는 내 손에 낚싯대를 쥐여주고는 옆으로 몸을 숙여 거북의 꼬리를 잡아당겼다. 지금껏 본 것 중에서 가장 큰 악어거북이었는데, 원형이 그대로 보존된 괴이한 공룡 주둥이를 하고 등짝은 끈끈한 올리브그린색 점액이 문양을 이루고 있었다. 거대한 목은 흐늘흐늘 늘어졌고 뾰족한 코끝은 정교하고 오싹해 보였다.

"백만 년을 거슬러올라가도 이 모습이었을 것 같군요." 나는 거북이 공격해오면 비상용 노로 후려칠 작정이었지만 그놈은 별 반응 없이 가만히 엎드려 있었다. 제럴딘은 양손을 무릎에 포개 얹고 굳어버린 듯 앉아 거북의 등껍질을 골똘히 쳐다보았다. 거북의 체포는 지연되었고 그녀의 낯빛은 잿빛으로 변했다.

"다시 놓아줄까요?" 내가 물었다. 대답이 없었다. 나는 계속 말했다.

"내 사촌이 애완용으로 키우던 놈은 이 년이 지나고 나서 홀로 수조에서 알을 낳으려고 했어요. 내 생각에 암컷은 꽤 오랫동안 정자를 보존할 수 있는 것 같아요. 부득이한 경우라면."

나는 남자가 어디까지 바보 천치로 보일 수 있을까 생각하면서 입을 다물려고 해봤지만, 그녀의 침묵 때문에 계속 지껄일 수밖에 없었다.

"알아요." 그녀가 마침내 입을 열었다. "형부가 파충류를 연구해요."

"뭐가 잘못됐어요?" 내가 물었고, 우리는 한참 동안 보트 바닥에 엎드린 거북을 들여다보았다.

"저게 안 보여요?" 그녀가 말했다.

거북은 이제야 서서히 반응을 보였다. 흐릿한 눈을 치뜨고 머리를 뱀처럼 쑥 내밀면서 굼뜬 동작으로 아래턱을 쩍 벌렸다. 입안은 해괴하고 현란하고 비대했고, 거북 사향 냄새가 옅게 풍겼다.

"우리가 겁을 준 모양이군요." 나는 노를 밖으로 내밀며 들릴락 말락 한 소리로 말했다. 그러자 그놈이 노 있는 데로 다가와 몸을 툭 부딪치더니 나무를 아작아작 씹어 먹었다. 나는 소리를 질렀지만 제럴딘은 아무 반응이 없었다.

"안 보여요? 잘 살펴보세요." 그녀가 다시 말했다.

그놈의 턱이 노를 단단히 물고 있었으므로 나는 아까보단 덜 불안했다. 하지만 그녀가 거북 등 위에 새겨진 머리글자 G & R을 허공에 써 보일 때까지 그걸 알아채지 못했다.

"아주 오래전에 로먼과 함께 이 거북을 잡았어요. 이 거북이 아직 조그마했을 때요." 그녀가 말했다. "그 사람이 등껍데기에 우리의 머리글자를 새겼어요. 나는 몹시 화가 났죠. 어쨌거나 그는 죽일 작정이었으니 이따가 수프는 먹을 수 있겠다고 말해줬어요."

"그러니까⋯⋯" 잠시 후 나는 어리석은 말을 뱉고 말았다. "전에도 여기서 낚시를 했군요."

"말하자면 그렇죠."

나는 로먼이 죽은 것을, 그 거북이 살아 있는 것을 저주했다. 그 거북이 그녀의 낚싯바늘을 문 것을 저주했다. 그것을 보트 위로 끌어올리게 내버려둔 것을 저주했다. 과거의 이 흔적으로 말미암아 내 구애는 족히 십 년은 지연될지도 모른다. 이 무렵엔 나도 밀크 집안의 로맨틱한 경향이 어떻게 치명적으로 돌변하는지 알고 있었다.

그녀는 내 주머니칼로 낚싯줄을 잘랐다. 순간 나는 거북을 생으로 먹을 수도 있겠다고 생각했지만, 우리는 (여전히 노를 꽉 물고 있는) 그것을 들어 보트 가장자리에 올렸다. 나는 천천히 보트를 움직였다. 제럴딘이 노의 한쪽 끝을 잡았고 거북은 다른 쪽 끝에 매달려 강아지처럼 묘하게 우리를 쳐다보았다. 이윽고 제럴딘이 말했다. "이제 풀어주세요." 거북은 순종하겠다는 듯 물속으로 가라앉았고, 그녀는 거북이 사라진 지점을 찡그린 얼굴로 바라보았다. 잠시 후 나는 모터를 본격적으로 가동했다.

모든 기회가 사라졌다. 완전히 사라졌다. 행운이 클수록 상황은 그런 식으로 흘러간다, 나는 혼자 생각했다. 하지만 놀라지 않았다. 여자를 잃는 것은 쿠츠 집안 남자들의 내력인 것이다.

그날 밤 혼자 사는 남자의 저녁(이런저런 캔 제품)을 차리면서 나는 나 자신과 대화하려고 끈기 있게 노력했다. 할아버지가 경험한 여러 사랑과 힘겨웠던 여러 시련을 생각했다. 그는 실패로 돌아간 최초의 신타운 개발 원정대에 참가해 굶어 죽기 직전까지 갔지만, 결국에는 그 땅에서 경제적 이익을 거둔 최초의 탐욕스런 바보 무리 혹은 벤처 자본가 중 최연소자가 되었다. 그 옛날에 그들은 운 좋게 거북을 잡아 목숨을 부지할 수 있었다. 그 생각이 들자 지금의 나는 기분이 한결 좋아졌다. 할아버지의 옛 일지를 읽은 적이 있었다. 일지 외에도 다른 책들이 침실 바닥에 여러 줄로 쌓인 채 책장에 꽂힐 날을 기다렸다. 거실 벽의 책장도 이미 칸마다 두 줄씩 채워져 있었다. 지하실에는 더 많은 책과 파일 상자가 있었다. 책은 금전 가치가 높지만, 나는 그걸 수집광처럼 취급할 생각은 없었다. 매우 오래된 책들이기는 했지만 책이란 자고로 산 사람이 읽어야 하는 것이므로 나는 그에 합당한 존중을 보였다. 나는 한 손으로 내가 좋아하는 책 한 권을 들고 읽으면서, 다른 한 손으로 뜨거운 소고기스튜와 구운 콩을 천천히 떠먹었다. 이윽고 찾던 구절을 발견했다. 잘 준비된 마음을 나타내는 중요한 지표는 한 장소에 머무는 능력과 자기가 속한 무리에 남는 능력이다. 루키우스 안나에우스 세네카.

디저트는 평소처럼 과일 칵테일이다.

타운 열병

✳

언제나 그렇듯이 당시에도 가르치는 일은 벌이가 좋지 않았고 세인트안토니 학교의 청년교사 조지프 J. 쿠츠는 자기 직업에 사랑으로 헌신할 만큼 마르쿠스 아우렐리우스의 저술을 가치 있게 여기지도 않았다. 게다가 고민해야 할 진짜 사랑은 따로 있었다. 스물여섯이 다가오자 그는 그 황금의 영역을 더욱 적극적으로 탐사해야 한다는 생각이 들었다. 하지만 과부 도리아 앤 스위블이 세를 놓은, 틀림없이 더 비싸게 받았을 그의 방 안에서 한밤중에 엎치락뒤치락 앞날을 생각해보면 골치 아픈 두통만 생길 뿐이었다. 잠시 동안은 루이자 버드라는 여자를 쫓아다녔다. 자그마한 체구에 예쁘장하고 나이는 네 살 정도 더 많은, 안타깝게도 장로교인 여자였는데, 그에게는 키스 한 번 해주지 않았다. 그리고 그녀가 썰매를 타고 있을 때 멋들어진 구레나룻을 기른 세인트폴 교회의 젊은 목사가 그녀를 납치해서 달아나버렸다. 그 도둑질 이후 조지프는 망설이던 마음이 완전히 사라져서 이제는 그녀를 마음에서 몰아낼 수 없었다. 남몰래 속을 태웠고, 가끔은 이른 아침 싸늘하고 어둑한 아침 공기를 뚫고 학교 건물로 쓰는 옛 제재소로 갔다. 거기서 난로를 켜놓고 자기를 에워싼 공기가 그슬리는 것을 느끼면서 과부라면 자신의 답답한 심정을 이해할 수 있을까 생각했다.

루이자가 목사의 품으로 날아가버린 직후 그는 과부가 자신을 이해한다는 사실을 알았다. 어느 날 한밤중에 문을 똑똑 두드리는 소리와 함께 단순하고 영악하며 엉덩이가 풍만한 스위블 부인이 춥고 작은 그의 방으로 들어왔기 때문이다. 침대 프레임은 두 사람의 무게를 견딜 만큼 튼튼하지 않았고, 그녀의 몸에서 느껴지는 체온과 밀가루 반죽 냄새가 달콤하긴 했지만, 지극한 행복으로 치닫는 순간에도 그는 침대가 주저앉으면 둘 중 한 사람이 그 비용을 대야 할 거라는 걱정에 사로잡혔다. 함께하는 밤의 횟수는 점점 많아졌고 침대는 점점 불안해졌다. 튼튼한 밧줄로 침대 다리를 프레임에 잇대어 묶었고 깔판은 강에서 주워온 돌덩이로 버텨놓았다. 그녀는 다른 하숙생들보다 그를 더 푸짐하게 먹였고, 두 사람에 대한 의심은 더욱 커졌다. 하지만 11월 첫날, 그녀가 이를 반짝거리며 다가와 월세를 깎았다며 절반을 다시 돌려주자 그의 마음에는 심각한 두려움이 밀어닥쳤다. 그래서 레지널드 불을 만났을 때 조지프 쿠츠는 인생의 변화를 꾀할 마음의 준비가 되어 있었다. 레지널드는 평원으로 출발하는 신타운 개발 원정대에 참가할 남자들을 찾고 있었다.

레지널드 불은, 불이라는 성이 황소를 의미하듯 그 이름만으로도 꿰찌르는 힘이 느껴졌다. 그는 뚱뚱하고 목이 굵고 힘이 셌지만 갈색 눈동자는 매우 아름다웠고 수줍음마저 느껴졌다. 입술은 붉은 꽃봉오리 같아서 종종 놀림을 받았다. 레지널드는 토지 투기꾼 오딘 메리맥과 레빈 P. 풀코 대령이 자비로 여장을 갖출 수 있는 장정을 모집해 다코타와 미네소타 경계 너머로 파견한다고 했다. 철로가 지나가면 타운이나 도시가 확실히 형성될 지역의 광활한 토지를 측량하고 그에 대한 점유권을 주장하기 위해서였다. 참가한 사람들은 그 토지의 지분을 챙기게 되는데 그 땅은 수백만 달러 가치가 있다는 이야기가 벌써부터 나돌았다. 그도 들은 적이 있었다. 하지만 타운 열병에 사로잡힌 건 그들만이 아니었다. 다른 탐사단들도 계획을 세우고 있었다. 그들은 다른 탐사단을 앞서기 위해 혹독한 겨울 날씨에 출발했다.

"여기서 더 큰 부자가 되는 사람들은 봤어요. 하지만 출발할 때 가난했던 사람이 큰 부를 얻은 경우는 한 번도 본 적이 없어요. 아직까지는요." 조지프가 말했다.

"계획을 들어보시오." 불이 목소리에 힘을 주며 말했다. "우리는 최고의 팀을 갖추었소. 황소 두 마리가 끄는 수레와 요리사 한 명이 따라갈 거요. 그뿐 아니라 이 고장에서 가장 영리한 길잡이 앙리와 라파예트 피스도 동행할 거고. 그들이 어떤 난관도 헤쳐나갈 수 있게 해줄 거요."

이 말에 조지프는 깊은 감명을 받았다. 라파예트에 대해서는 들어본 적이 없었지만 앙리의 평판은 자자했다. 거기다 에밀 부켄도르프라는 독일인과 그의 세 형제가 있었는데 모두 수레를 모는 데는 타고난 재능이 있다고 했다.

"하룻밤 생각할 시간을 주세요." 조지프가 말했다. 하지만 자기 방으로 다시 돌아간다고 생각하자 침대 다리의 꼬락서니가 떠올라, 이내 마음을 바꾸어 그 자리에서 가겠다고 결정했다. 그날 오후 그는 학교가 소속된 학구의 관리를 찾아가 사표를 던졌고 하숙집 여주인에게는 그날 밤 통보했다. 떠난다는 말을 들으면 도리아가 실의에 빠지거나 화를 낼 거라고 생각했지만, 앞으로의 계획과 장차 타운이 생기면 이익이 얼마만큼 돌아오는지 설명해주자 그녀의 얼굴에서 빛이 났고 아름답게 보이기까지 했다. 어딘가에서 캠핑을 하는 것만으로 떼돈을 벌 수 있다는 생각에 그녀는 몹시 흥분해서 자기도 따라가겠다고 나섰다. 깜짝 놀란 조지프가 부아브릴레, 그러니까 메티스족과 프랑스인의 혼혈 인디언이 길을 안내할 것이라고 말했다. 그러자 그녀의 얼굴은 북가죽보다 더 단단해졌다.

그날 밤 그녀는 그를 혼자 내버려두었고, 그는 자기가 그녀를 얼마나 그리워하는지에 새삼 놀랐다. 잠이 오지 않아 촛불 심지에 불을 붙이고 『명상록』을 뒤적거리면서 자기에게 필요한 구절을 찾아냈다. 운에 맡긴 방황은 더 하지 말고, 노년으로 미뤄둔 책을 읽을 때를 기다리지도 말고, 미련한 희망(루이자!)은 내버리고, 자신을 사랑하고, 아직 힘이 남았거든 스스로 도우라는 구절이었다. 그는 촛불을 끄고 책을 베개 밑에 놓았다. 올바른 결정을 내렸다는 확신이 들었고, 도리아 스위블의 호사스런 포옹은 생각하지 않으려고 애썼다. 하지만 밤은 추웠고 담요는 얇아서 그녀가 뿜어 내는 열기를 갈망하는 마음과, 나긋한 그녀의 팔에 머리를 누이고 싶은 마음을 억누르기란 불가능했다. 앞으로 숱한 날을 이런 결핍 감 속에 살아야 할 테니 그것에 아주 잘 적응하게 될 거라고 그는 혼잣말을 했다. 다가오는 한 해 동안, 조만간 악취를 풍길 털북숭 이 남자들과 체온을 나누며 웅크린 몸으로 밤을 보내게 될 것이 다. 남자들이 모험이라고 일컫는 것은 대체로 날마다 해야 하는 지긋지긋하고 궁상스런 일에 대한 금욕적인 인내를 포함한다. 조 지프 쿠츠는 이 사실을 적어도 머리로는 이미 알고 있어서 그날 밤 도리아의 큰 비밀 두 가지—그의 귀에 대고 속삭이는 최면적 인 욕설의 재능과 그를 쾌락으로 몰아 기절 직전에 이르게 하는 거칠고 날렵한 동작—에 대한 온갖 사념을 떨쳐버리기 위해 스스 로를 단련했다. 이런 것은 생각하지 않을 것이다. 아무렴, 하지 않 을 것이다.

원정대

　다음 날 레지널드 불은 서명할 종이를 들고 와서 그를 풀코 대 령의 본부로 데려갔다. 그곳에서는 그의 원정 의상을 만들고 있었 다. 또한 정확히 남자 아홉 명이 함께 덮고 잘, 양털 솜을 넣어 두 껍게 누빈 엄청나게 큰 이불도 두 아이슬란드 여인의 손으로 완성 되고 있었다. 에밀 부켄도르프도 와 있었는데, 검은 머리에 치아는 육식동물의 송곳니 같았고 눈동자 색깔은 너무 옅어서 뇌 안에 불 켜진 전구가 들어 있는 게 아닌가 싶을 정도였다. 말수가 적고 유능한 젊은이였다. 여자들의 바느질을 도우면서 그 역시 능숙한 솜씨를 보였다. 두 길잡이는 그다지 닮은 구석이 없었다. 라파예트는 듬성한 콧수염과 매끈하게 땋은 머리, 교활해 보이는 검은 눈동자를 가진 섬세한 이목구비의 소유자로 굉장히 잘생긴 편이었다. 앙리는 키가 더 작았지만 레지널드처럼 다부졌고, 마음을 휘어잡는 자신감이 느껴졌다. 요리사 잉글리시 빌도 보였는데, 갈색 구레나룻은 바깥쪽으로 뻣뻣이 자랐지만 조금만 더 길면 늘어져서 목을 덮을 기세였다. 조지프는 살면서 구레나룻을 풍성하게 기른 사람은 일단 의심부터 했지만, 풀코 대령에게 따져 묻고 흥정하는 잉글리시 빌의 모습에서 보이는 강렬한 열정은 마음에 들었다. 원정 준비를 철저히 해야 한다는 점에서 빌은 의지가 확고했다. 또한 자기가 키우는 갈색과 흰색이 섞인 땅딸막하고 자그마하며 털이 짧은 테리어를 꼭 데려가야 한다고 고집을 부렸고, 조지프에게 일일이 옷을 입어보라고 했다. 조지프는 입을 옷이 너무 많아 그냥 한꺼번에 받고 말겠다고 생각했지만 모직 셔츠와 모직 바지 세 벌을 입고 그 위에 스타킹 세 켤레와 모카신을 신어보자 아닌 게 아니라 손봐야 할 곳이 제법 나왔다. 켄터키 진으로 만든 오버코트도 수선해야 했고 엘크 가죽 오버슈즈에도 끈을 더 달아야 했다. 양가죽으로 만든 웅장한 투구 모양 모자는 어깨까지 내려왔는데 양옆에 날개가 달려 있어서 당기면 코까지 덮였고, 마지막으로 털장갑이 있었다. 전부 껴입자, 12월치고는 포근한 날씨였으므로 조지프는 너무 더워 숨이 턱 막히는 것 같았다. 하지만 원정 출발일이 잡힌 그달 말께가 되자 사람들의 입에서는 벌써부터 기억에 남을 춥고 지독한 날씨라는 말이 오르내렸다.

조지프가 도리아 스위블을 떠날 때 그녀는 자기 사진을 한 장 쥐여주었다. 그녀의 육체를 뜨겁고 긴 베개로서 사랑했을 뿐, 그녀같이 덧셈과 뺄셈은 잘하지만 자기 이름만 간신히 읽고 쓰는 여자와의 미래는 그리지 않았기에, 그는 그 사진을 받는 것이 부당하다고 생각해 다시 돌려주려고 했다. 하지만 무엇 때문인지 마음을 바꾸어 조그만 목걸이 액자에 넣은 그녀의 사진을 간직하기로 했다. 가운뎃가르마 밑으로 대칭을 이루는 너부데데한 그녀의 얼굴은 더없이 수수하고 완고해 보였다. 그 얼굴은 마치, 지금 그는 제정신의 극단으로 가는 먼 길을 출발하려 하지만 결국 자기를 거기에서 끌어내줄 것은 그녀의 단단하고 무거운 시선이리라는 암시 같았다.

대단한 원정

그들은 소 다섯 쌍이 모는 수레와 무거운 짐을 나르는 썰매 두 대와 더불어 세인트안토니를 출발했다. 조지프가 따로 챙겨간 유일한 소지품은 액자 목걸이와 마르쿠스 아우렐리우스의 책 한 권이었다. 한 썰매에는 소의 사료로 쓸 옥수수 낟알과 속대가, 또 한 썰매에는 그들이 먹을 식량에 더해 레지널드와 에밀 부켄도르프,

조지프 쿠츠가 일 년간 채소를 가꾸고 버텨낼 온갖 도구가 실려 있었다. 나머지 사람들은 봄이 와서 초원에 고인 물기가 빠지는 대로 합류할 것이고, 그러면 먼저 온 사람들도 식량을 다시 공급받게 될 것이었다. 이틀 만에 길이 사라지자 조지프, 앙리, 라파예트는 눈신을 신고, 발이 쑥쑥 빠지는 눈밭에서 허우적거리는 소들이나 바람에 휩쓸려 초토화된 대초원의 심술궂은 땅에서 발굽을 다치는 소들보다 앞서 걸으면서 길을 냈다. 한 걸음 한 걸음 내딛으며 하루에 대략 팔 마일을 행진했다. 밤에는 텐트를 세우고 든든한 불을 피웠으며, 시든 풀을 베어 눈 위에 쌓아올리고 그 위에 버펄로 코트와 방수포를 깐 뒤 각자 중무장을 한 채 어마어마하게 큰 공용 이불 속에 들어가 다 함께 몸을 뉘었다. 두 길잡이는 자신들에게 가장 소중한 물건인 바이올린을 벨벳으로 안을 댄 케이스에 넣고 다니며 여자에게 하듯 키스를 퍼부으며 애지중지했고, 잘 때도 교대로 껴안고 잤다. 일단 커다란 양모 이불을 덮으면 모두 같은 솜이불 아래에서 김을 내뿜으며 잠이 들었고, 누구 한 사람이 돌아누울라치면 모두 돌아누워야 했다. 밤은 그런 모습으로 생생했지만 견딜 수 없을 정도는 아니라고, 조지프는 처음에 생각했다. 하지만 지금은 겨우 1월이었고, 봄이 오기 전에는 누구라도 몸을 씻을 가능성은 없어 보였다. 그는 지금까지 심하게 까다롭게 군 적이 없었지만, 잉글리시 빌이 요리하는 음식은 위장에 묵직하게 얹혔고 그들의 가스 배출은 점점 심해졌다. 어느 날 밤에는 함께 덮은 퀼트 이불이 날아갈 뻔했다. 방귀의 연주회가 절반쯤 진행됐을 때 앙리 피스가 너털웃음을 치더니 어둠 속에서 큰 소리로, 모두 각자의 프랑스 몸뚱이로 각자의 바이올린을 참 우렁차게도 연주한다며 칭찬 아닌 칭찬을 했다. 조지프도 따라 웃었지만 에밀 부켄도르프가 버럭 화를 냈다.

"가위인 오지다아, 마 프레르."* 영어와 순수한 치페와어, 크리어, 게다가 프랑스어와 섞인 치페와 방언까지 구사하는 앙리가 말했다. "자네를 모욕한 점 미안하게 됐네. 자넨 독일 나팔을 불었지, 안 그런가?"

에밀은 대꾸하지 않았지만 이를 악물었다. 에밀의 어금니와 턱이 달달거리는 소리까지 들렸다. 하지만 싸움을 걸기에는 날씨가 너무 추웠다. 이불 밑에서 나오고 싶은 사람은 아무도 없었다.

다음 날 아침, 잠에서 깬 조지프가 희고 드넓은 눈밭 위를 올려다보자 태양이 불타는 초승달 왕관을 쓰고 양옆에 개 두 마리를 거느린 모습으로 떠 있었다. 너무 직접적이고 찬란하고 오스스한 장면이어서 그는 그 자리에 못 박힌 듯 서서 눈물까지 글썽였다.

"위, 프레르 조지프, 힘이 있을 때 울어두라고." 앙리는 프랑스어를 섞어 말하며 뜨거운 차를 담은 양철컵을 건넸다. "오후가 되면 엄청난 한파가 들이닥칠 거야." 앙리의 입에서 나온 말이 전부 그랬듯이 이 말도 사실로 판명되었다.

그들은 불에 타지 않은 초원에서 엄청난 눈사태를 만나는 바람에 걸음을 옮기는 내내 눈삽으로 눈을 치워야 했다. 걷고 또 걸어 오 마일을 갔다. 앙리와 라파예트는 엘크의 자취를 발견하자 잉글

---

* 치페와어로 "자네 엉덩이는 아니로군"이라는 말.

리시 빌의 가공육 돼지고기를 보충해둘 요량으로 그것을 뒤쫓았다. 그들이 떠나자 곧바로 눈보라가 휘몰아쳤다. 남은 사람들은 캠프를 설치하고 장작을 날랐으며 텐트를 세우려고 애썼다. 하지만 바람이 눈발을 층층이 몰아와 그들이 피워놓은 불을 순식간에 꺼버렸고, 텐트를 집어삼켜 모든 노력을 수포로 돌려놓았다. 그 와중에 이것저것 뒤엉키고 망가지자 그들은 조바심을 내며 갈팡질팡했다. 앙리가 돌아와 그 허둥대는 모습을 보고 그들에게 서 있는 바로 그 자리에 잠자리를 만들어 얼른 잠이나 자라고 소리쳤다. 버펄로 코트와 방수포를 깔자 눈이 모피 속으로 들이쳤지만 그들은 그 속에 몸을 밀어넣었다. 라파예트는 한쪽 끝에 누웠고, 잉글리시 빌은 언제나 데려온 테리어와 함께 자야 했으므로 반대편 끝에 누웠다. 그들이 한참 동안 몸을 너무 심하게 떨자 앙리는 라파예트에게 무슨 말인가를 치페와어로 했는데, 나중에 그들의 말을 더 잘 알아들을 수 있게 되어서야 조지프는 그들이 특정한 텐트에 영들이 들어와 텐트를 진동시킨다는 신성한 예언법을 언급했다는 것을 알았다. 부들거리던 몸은 서서히 진정되었다. 서로 몸을 맞대자 긴장이 풀렸다. 조지프는 두 부켄도르프 형제 사이에 꼭 끼여 누워 잠이 들면 깨어나지 못할 수도 있겠다는 생각을 불현듯 했지만 너무 고단해서 진지하게 고민할 겨를이 없었다.

동트기 조금 전에 조지프는 남자들의 노랫소리에 깨어났다. 이불에서 얼굴을 빠끔히 내밀자 덮고 잔 담요가 온통 거대하고 눈부신 흰 눈으로 뒤덮여 있었다. 각 귀퉁이에 쌓인 눈의 틈새로 모락모락 김이 났다. 바람은 벌써 그쳤고 이제 급작스러운 추위가 그들을 사로잡았다. 앙리와 라파예트는 불을 피워놓고 그 앞에서 몸을 말렸다. 앙리는 흥을 돋우는 가락의 지그를 연주했다. 라파예트는 손북을 치고 폴짝거리며 우렁차게 노래를 불렀고 거센 눈보라 같은 야성의 목소리로 울부짖었다. 부켄도르프 형제들은 눅눅한 몸을 일으켜 혹독한 추위 속으로 나오면서 욕을 퍼붓고 고함을 질렀지만, 앙리가 조지프에게 영혼을 고무한다고 말해준 음악은 효과가 있었다. 조지프가 두 길잡이를 따라 부르기 시작한 노래의 무언가가 조지프에게도 영향력을 미친 것이다. 그는 불가에 서서 이리저리 몸을 돌리며 노래를 부르다 놀라운 깨달음을 얻었다. 맹렬히 불어오는 거센 바람, 딱딱 소리를 내며 이글대는 모닥불, 두 길잡이의 거무스름한 얼굴과 레지널드의 감미로운 이목구비와 독일인 형제의 기묘한 흰빛 눈동자에 일렁이는 불꽃이 그를 거역할 수 없는 힘으로 내리쳤다. 돌연하고 맹렬한 검은 행복이 가슴속에서 끓어올랐다. 그는 크게 웃으며 밤색 바이올린 몸체 위로 반짝거리는 앙리의 눈동자를 들여다보았고, 그 눈빛에서 그들이 죽음에서 아슬아슬하게 벗어났음을 알 수 있었다. 눈바람이 불어와 그들을 뒤덮지 않았다면 이 극한의 추위에서 그들은 꽁꽁 얼어붙어 잠든 채 동사했을 것이고, 서로 급속 냉동으로 엉겨 붙어 기묘한 인간 샌드위치 모양의 고체 덩어리가 되었다가 봄이 되어서야 해동되어 썩기 시작했을 것이다.

조지프는 그 가능성을 찬찬히 생각해볼 만큼 시간이 충분하지 않았다. 그후 나흘 동안 그들은 몸을 피할 마땅한 곳도 없는 광활한 대지에서 바람이 휘몰아치는 게 무서워 강행군을 계속했고, 심지어 캄캄한 밤에도, 밤을 새운 다음 날에도, 평소 거룩한 안식일로 삼은 일요일에도, 이십오 마일 폭으로 펼쳐진 포커판처럼 평평한 초원 지대를 가로지르며 지친 발걸음을 내딛었다. 길잡이들은 북극성을 보며 방향을 찾았고, 얼음안개가 몇 시간에 한 번꼴로 덮치면 당황하며 걸음을 멈추었다. 소들이 걸음을 멈추면 부켄도르프 형제들은 총이라도 맞은 것처럼 썰매에서 풀썩 떨어져 눈 속에서 잠이 들었다. 에밀이 형제들을 때려서 깨우면 인간과 소의 무리는 다시 느릿한 행진을 시작했다. 한번은 조지프가 꾸벅꾸벅 졸면서 걷는데 단어들이 그를 찾아왔다. 일만 년 살 것처럼 행동하지 마라. 죽음은 언제나 네 위에서 떠돌고 있다. 네가 살아 있는 한, 죽음이 네 수중에 있는 한…… 눈보라 치는 밤에 살아남았으므로, 지금 이 순간에도 살아남는다면 조지프는 이 일이 무의미한 일이 되지 않을 거라는 결론에 도달했다. 애초에 원정을 떠날 때는 부자가 되는 것이 목적이었지만, 광대무변한 밤을 맞이한 이 순간 원정은 그 이상의 것이 되었다. 눈보라는 무에서 비롯하여 성난 기세로 그들을 덮치지만 결국에는 모든 인간이 그런 것처럼 그 기원인 무로 되돌아가는 것을 그는 보았다. 뭔가 강렬한 일이 그를 기다리고 있었다. 그것에 준비를 해야 했다. 그는 걸으면서 깊은 잠이 들고 말았는데 눈을 떠보니 소 한 마리가 쓰러져 있었다. 다들 소를 일으켜세우려고 마구 때리고 발로 찼다. 가엾은 짐승의 발굽은 찻주전자처럼 큼직하게 부풀었고 한 걸음 옮길 때마다 눈밭에 흥건한 핏자국을 남겼다. 조지프는 소 있는 데로 펄쩍 뛰어가서 그놈의 큼직한 머리 쪽으로 허리를 숙이고 거품이 부글거리는 콧속에 자기 숨을 뿜어넣으면서, 그놈이 끙끙거리며 제 발로 일어서서 힘겹게 폐물이 되는 순간까지 나지막하고 또렷한 목소리로 말을 걸어주었다. 그놈이 죽어서 식량으로 쓴 첫번째 소가 되었다.

조짐이 안 좋았다. 목적지에 닿기 전에 소를 도살한 것이다. 앙리는 약간 시무룩해 보였다. 하지만 그날 밤 그들이 쪼그라든 심장을 굽고 까맣게 태운 살코기에 소금을 뿌려 먹는 동안, 갈색 눈동자의 자그마한 점박이 테리어가 모닥불 한쪽 구석에 떨어진 뼈다귀에 애를 태우는 동안, 라파예트는 바이올린을 연주하며 앙리와 함께 노래를 불렀다. 이번에 부른 노래는, 두 번 다시 들을 수 없었지만, 검은 머리 여인에 관한 프랑스 노래였고, 부켄도르프 형제들도 후렴구를 익히자 흥이 나서 멋진 음색으로 우렁차게 따라 부르며 거나하게 취한 듯 농담을 주고받다 이윽고 잠이 들었다. 신선한 고기와 프랑스 노래가 작용했는지 조지프는 그날 밤 처음으로 도리아의 꿈을 꾸었다. 그녀는 침대 깔판에 새 널빤지를 댔다며 그를 끌어당겼다. 아침 햇살에 다른 사람들을 쳐다보니 그들도 수면에 방해를 받은 것이 틀림없어 보였다. 모두 퀭한 눈과 무지근하고 나른한 몸으로 하루를 시작했기 때문이다. 그날 레지널드 불은 종일 땅이 꺼지도록 무거운 한숨을 쉬었고, 수평선을 지나치게 오래 응시했다.

"그녀가 거기에 있나?" 한번은 앙리가 하늘과 땅을 가르는 선을 가리키며 말했다.

"누가? 어디에 있다고?" 레지널드가 되물었다.

"지니모세! 그녀가 거기 있냐고?"

하지만 레지널드는 짓궂은 질문에도 끄떡없었다. 그에게는 에밀 부켄도르프의 빳빳한 자존심이 없었다. 오히려 천진하게 대답했다.

"그녀가 있다면. 그녀가 거기 있다면 좋으련만!"

두 길잡이는 그의 오롯한 사랑을 인정한다는 듯 고개를 주억거렸다. 나머지는 존경과 부러움이 뒤섞인 심정으로 침묵했다. 레지널드 불은 떠나기 직전에 사랑에 빠지는 바람에 무리에서 이탈할 뻔했다. 조지프에게 말해주기로, 그의 사랑은 그렇고 그런 흔한 사랑이 아니라 견디기 힘든 사랑이자 천국이었다. 그녀를 소개해준 사람은 길잡이들이었는데, 그녀는 "클로로포름 마취 없이 수술 가능, 마취 없이 수술하면 할인!"이라는 광고를 낸 지역 의사의 가정부이자 보조사로 일했다. 사실 조지프는 의사의 그런 광고명함을 부자가 되는 훌륭한 이유로 생각했다. 그도 레지널드가 사랑하는 여자를 본 적이 있었다. 피스 형제의 조카로 그들의 막내 여동생 딸이었는데 매우 엄격한 메티스 가톨릭 집안 여자였다. 피부는 짙은 크림색이었다. 둥글둥글하고 캐러멜처럼 상냥했으며 머리는 갈색이 도는 검은색이었다. 지적으로 보이는 콧잔등 위에는 깨알 같은 시나몬색 주근깨가 흩뿌려져 있었다. 충분히 아름답고 솔직해 보이는 용모를 지녔지만 치명적인 열정의 대상으로 보기는 어려웠다. 하지만 조지프는 이내 그 말을 하는 자기는 뭔가, 하고 생각했다. 정작 그도 제일 안쪽에 입은 셔츠의 가슴 주머니 속에 도리아의 액자 목걸이를 넣고 다니면서 남몰래 꺼내 보지 않았던가.

배트너의 파우더

출발 후 한 달이면 소유권을 주장하게 될 거라 여겼던 지역에 마침내 도착했을 때, 남은 소는 여섯 마리였고 밀가루도 깜짝 놀랄 만큼 부족했다. 잉글리시 빌이 큰 통으로 세 통은 있어야 한다고 주장했지만 한 통만 실어왔기 때문이다. 그는 풀코 대령을 대놓고 욕했고, 처음에는 밀가루를, 이어서 콩의 품질을 놓고 침을 튀겼다. 콩이 쪼그라든 데다 자기도 모르는 새 바뀌었다는 것이다. 그 즈음이 되자 날이 갈수록 더 시커멓게 타고 야릇한 맛이 나는 요리를 이미 모두 먹은 터라 잉글리시 빌의 요리가 날씨만큼이나 대단한 도전이라는 것을 간파했다. 두 가지 모두 조만간 더 악화될 터였다. 처음의 눈보라는 아무것도 아니어서 목적지에 닿자 나흘 동안 울부짖는 소리가 끊이지 않았다. 그래도 그들이 살아남은 것은, 두 길잡이가 영리하게 캠프 장소를 고르고 텐트를 세우고 나뭇가지와 눈으로 둑을 쌓아올려 막바지 눈보라 때에는 꽤 아늑한 장소를 만들어낸 덕분이었다. 그들은 고비를 이겨낸 뒤, 밀가루가 거의 바닥나서 소한테는 느릅나무 잔가지를 먹이고 사료로 쓰는 꺼칠꺼칠한 옥수수와 가루로 빻은 속대는 자신들의 목숨을 부지하는 데 쓰기로 결정했다. 사료는 똑같이 나누었다. 조지프는 여벌 양말 속에 사료를 모래자갈처럼 딴딴하게 채웠다. 콩은 아직 충분했지만 위장에 장애가 생겨 이제 체념한 상태로 느릿느릿 저녁을 먹었다. 아침이 되면 숨 막히는 퀼트 이불 아래서 서로 살의를 느꼈다. 처음에는 가장 따뜻한 가운데 자리를 탐냈지만 이제 서로 양끝에 자려고 야단이었는데, 어쨌거나 거기서는 신선한 공기를 들이마실 수 있었기 때문이다. 모두 급하게 허위허위 걷느라 몹시 쇠약해져 마침내 레지널드는 자기 연인의 고용주에게서 입수해 꿍쳐둔 약물 치료법을 개봉하기로 결심했다.

어느 밤 그는 그 의사의 처방전에 따라 각자에게 맞게 배트너의 파우더를 녹여 조제했다. 조지프도 나머지 사람들처럼 열 방울을 복용하고 잠자리로 기어들었다. 그것이 그들에게 미친 효과는 마법이라 불러도 부족하지 않았다. 그들은 아기처럼 새근새근 잠자며 향기로운 꿈을 꾸었고, 아침에는 재충전이 되어 상쾌하게 눈을 떴다. 측량도 제법 많이 했다. 나침반과 테이프와 체인을 이용해 간선도로를 완성했는데, 그 도로들은 훗날 세인트폴 도시의 후면을 채우게 되었다. 조지프는 연회 장면이 나오는 꿈을 아주 생생히 꾸고는 아침에 일어나 한동안은 정말 그 음식을 먹은 거라고 생각했다. 그날 밤 그들은 소고기와 돼지고기를 마지막 남은 밀가루와 함께 끓여서 앙리가 부예라고 부르는 걸쭉한 죽을 만들었다. 그들은 최선을 다해 잘 먹으면서 그 치료법을 진지하게 따랐다. 다음 몇 주 동안 식량은 차츰 줄어들었다. 라파예트가 살쾡이를 죽이자 길잡이들은 바이올린의 끊어진 줄을 살쾡이 창자로 갈았고, 고약한 냄새가 나는 살코기는 그들의 굶주린 내장에 묵직하게 얹혔다. 마침내 마지막 소를 죽였고, 기쁘게도 처방약은 굶주림의 통증에도 도움이 되었다. 조지프는 옷이 많이 헐렁해지고 살가죽은 달라붙어 뼈를 둘둘 감아맨 것처럼 보인다는 사실을 깨달았다.

"앙상한 뼈밖에 아무것도 남지 않았군요." 어느 밤 조지프가 라파예트에게 말하자, 라파예트는 싱긋 웃으며 자기 몫의 아편을 먹었다. 그날 밤 그들은 꿈을 꾸었는데, 기막히게도 모두 똑같은 꿈이었다. 잠을 청한 곳에서 거대한 바퀴와 커다란 컵이 둥둥 떠서 비현실적인 음악에 맞추어 빙글빙글 돌아가며 어둠 속에서 불빛을 반짝거리는 것을 그들은 보았다. 그들 주위에 사는 수백 명의 사람들이 걷고 떠다니고 나타나고, 그러다 다시 그림자 속으로 뛰어들었다. 유럽의 큰 도시들에 견줄 만한 탑과 건물과 불빛이 보였다. 다음 날 아침 그들은 차를 마시고 옥수수 낟알과 속대로 만든 따끈한 케이크를 우적우적 씹으면서 마지막으로 익힌 돼지비계로 다 함께 자신들의 몸을 가볍게 톡톡 두드렸는데, 모두 이것이 대단하고 놀라운 징조라는 데 동의했다. 그날도 앙리와 라파예트가 버펄로 새끼 두 마리와 암소 한 마리를 잡아 죽였다. 그들은 텅 빈 소 방목장 울타리 옆에 기대어 지은 덤불집으로 사체를 운반했고, 고깃덩이를 눈과 얼음으로 덮은 뒤 늑대의 접근을 막으려고 사방팔방 깃발을 꽂았다. 그날 밤 그들은 푸짐한 식사를 했고 그다음 주는 내내 청명했다. 이제 식량 조달자 B. J. 볼트가 나타나기로 한 날짜까지 버틸 식량이 마련되었다고 생각한 그들은 흥이 나서 일했고 통나무를 베어 오두막을 지을 계획까지 세웠다. 오두막을 다 짓고 나선 한쪽에 침대 깔판도 놓고 커다란 벽난로도 만들었다. 조만간 정식으로 문도 달기로 했다. 레지널드는 장톱을 써서 문짝과 문설주 작업을 했고 햇빛이 들어오도록 창문도 냈다.

사절로 온 수달

그 무리 중 가장 신앙심이 깊은 사람은 앙리와 라파예트 피스였다. 2월 어느 따스한 날 그들이 셔츠 두 벌만 남기고 옷을 죄다 벗어던졌을 때, 피스 형제가 옷 속에 걸고 있던 십자가로 인해 그 사실이 드러났다. 피스 형제는 무엇을 하더라도 흥미로운 방식으로 한다고 조지프는 생각했다. 예컨대 버펄로를 잡을 때도 머리와 어깨에 늑대 가죽을 뒤집어쓰고, 무모하게 그들 가까이 다가온 몇 마리의 버펄로 무리에 끼어들었다. 버펄로 무리를 정찰하는 늑대는 언제나 존재했으므로 수컷 버펄로들은 근처로 와서 그들의 냄새를 맡고 두 길잡이를 죽은 늑대로 여기는 것 같았다. 버펄로들은 돌아서서 눈 속에 큼직한 코를 처박고 뜯어먹을 풀을 찾았다. 일단 두 사람은 한 마리를 점찍은 뒤 그놈이 사격권 안에 들어오면 한 사람이 살짝 몸을 일으켜 한 발로 쏴 죽이고 즉시 풀썩 엎드렸다. 길잡이들은 방아쇠를 늑대 가죽 밑에 집어넣어 젖지 않게 하면서, 버펄로들이 소리 난 쪽을 불안스레 돌아보면서도 겁 없이 다시 눈밭을 헤집는 일에 몰두할 때까지 가만히 있었다. 조지프는 아주 가까이 있어서 늑대 가죽을 둘러쓴 두 사내가 성호를 긋고 목에 건 십자가에 입을 맞추는 것까지 볼 수 있었다. 그는 그들이 꼼짝 않는 것을 보면서 신에게 감사와 칭송의 기도를 바치는 거라고 확신했다. 그들은 바이올린을 여자처럼 사랑하여 달콤한 연인, 사랑하는 애인이라고 불렀다. 하지만 일요일이 되면 그 애인은 부아 브륄레 형제에게 성모 마리아가 되었다. 그들은 오로지 거룩한 음악만 연주했다. 그리고 어떤 상황에 처하든 아침에 일어나면 제일 먼저 묵주를 꺼내 묵주알을 굴리며 기도를 읊조렸다.

잉글리시 빌은 그들의 종교 습관을 회의적으로 보면서 그들이 마련한 경비에 대해서도 농담을 몇 마디 던졌다. 또한 빌은 라파예트가 매일 아침 꼼꼼하게 몸단장할 때 처다보는 거울을 감추는 게 꽤 유쾌한 장난이라고 생각했다. 하지만 어느 날 늑대 한 마리가 캠프 근처에 나타나 잉글리시 빌의 테리어를 겁주어 잡아챈 뒤 단숨에 풀쩍 뛰어 달아나는 일이 일어났다. 그때 라파예트가 우연히 근처에 있다 늑대만큼 우아한 동작으로 총을 집어들고는 늑대가 꽤 먼 거리에 있었는데도 한 방에 쓰러뜨렸다. 테리어는 늑대의 아래턱에서 상처 하나 없이 튀어나와 시체 냄새를 킁킁 맡더니 아무 일도 없었던 것처럼 캠프로 다시 달려왔다. 그 뒤부터는 잉글리시 빌이 두 길잡이를 위해 못 해줄 일이 없었다. 결과적으로 라파예트가 개의 목숨을 구해준 것은 다행스러운 일이었는데, 그 용감하고 자그마한 테리어가 그 둘의 목숨을 구해준 일이 곧이어 일어났기 때문이다.

날은 계속 포근했고 점점 더 따뜻해져서 고기가 썩기 시작하자 그들은 식량을 다시 콩으로 축소했다. 고기를 먹을 때는, 고기 때문일 수도 아편 때문일 수도 있었지만, 사내들의 위장이 풀리는 것 같았다. 그들은 다시 약물 치료법을 시작했다. 이제 그들은 몹시 수척해졌고, 덫을 놓아 사냥하는 온갖 방법을 시도했지만 피스 형제에게조차 운이 따라주지 않았다. 어느 밤 레지널드는 아무도 입 밖에 내지 않은, 결국 모두 죽게 될 거라는 말을 선언하듯 내뱉고 말았다. 다음 날 그는 자기 혼자 떠날 생각이며 살아남기 위해 최후의 필사적인 노력을 다하겠다고, 걸어서 세인트안토니로 돌아가겠다고 했다. 다시 자신의 사랑에게로.

"성공할 수 없을 거예요." 조지프가 말했다. 그는 레지널드가 점점 좋아졌다. 아편을 가져온 것에 무척 감사했으며, 오로지 아편 덕분에 그들이 바지를 발목까지 내린 채 눈 속에서 얼어 죽지 않은 거라고 확신했다. "가지 마세요." 조지프가 레지널드에게 간청했다. "가지 말라고 하세요." 앙리에게 호소했다. 하지만 두 길잡이는 고개만 끄덕이며 저 멀리 시선을 돌려버렸다. 그들은 레지널드가 아직 살아 있는 유일한 이유가 의사의 가정부 때문이라는 사실을 잘 알았다. 근육이 발달한 사람이 대부분 그렇듯 레지널드 역시 다른 누구보다 무자비한 굶주림의 고통에 더 많이 시달렸다. 심지어 잉글리시 빌의 개를 굶주린 눈길로 바라보기까지 했다. 그래서 그날 밤 레지널드가 떠나는 것을 말리지 않은 사람은 잉글리시 빌과 두 길잡이뿐이었다.

얼음이 깨지기 시작했다. 아침에 문을 여니 오두막 바깥은 온통 강물이었다. 그날 정오가 되자 레지널드는 떠날 준비를 끝냈고 강물은 오두막 안까지 침투했다. 그들은 남겨둔 옥수수 사료의 절반을 레지널드에게 주었고, 그는 푸줏간 칼을 챙겨갔다. 출발하기 전에 모두 그와 악수를 했지만 그를 다시 볼 수 있으리라는 기대는 아무도 하지 않았다. 녹은 물의 양은 엄청났다. 뒤늦게 그들은 강에 너무 가까이 오두막을 지었다는 사실과, 그들이 있는 곳과 세인트안토니 사이의 초원 지대는 완전히 물에 잠길 거라는 사실을 깨달았다. 건널 방법이 있을 리 없었다. 레지널드는 진흙탕 속에 빠져 죽게 될 것이다. B. J. 볼트가 짐마차에 식량을 한 짐 가득 실어올 리도 만무했다. 조지프는 인디언 조랑말은 혹시 통과할지 모른다고 했지만 두 길잡이는 그런 일은 없다고 했다. 앙리는 가져온 여벌의 모카신을 조용히 도려내서 그것으로 스튜를 끓였다. 조지프는 자신의 엘크 가죽 오버부츠의 끈과 일부를 보탰다. 그들은 레지널드 불에게 그의 몫보다 더 많은 아편을 챙겨 보냈고, 그날 밤 그들이 복용한 것을 끝으로 아편은 동이 났으므로 더욱 우울해졌다.

다음 날 눈을 뜨자 강물이 침대 깔판 바로 밑까지 들어차 있었다. 그들은 남은 힘을 짜내 오두막 뒤편 언덕 더 높은 곳에 숙소를 짓기로 했다. 새 거처를 느릿느릿 짓고 있는데 불현듯 조지프의 머릿속에 강물이 닿는 곳에 『명상록』을 두고 왔다는 생각이 스쳤다. 얼른 그 책을 구하러 오두막으로 달려갔다. 총은 젖지 않게 몸에 지닌 채였다. 오두막에 들어서자 물속에서 뭔가 어른어른 움직이는 것이 보였다. 열린 문으로 비추는 햇빛 속에서 수달 한 마리가 머리를 쑥 내밀고 어린아이처럼 호기심과 신망 어린 눈빛으로 그를 바라보았다. 조지프는 그 짐승에게서 눈을 떼지 않은 채 침착하게 조준을 하고 총을 쐈다. 수달은 피의 소용돌이를 이루며 죽었고, 그 짐승을 건져내자 조지프의 눈에는 눈물이 핑그르르 돌았다. 그 피조물의 반들거리는 몸뚱이를 쳐다보니 자기도 모르게 눈물이 흘렀다.

책은 무사했다. 그는 책을 코트 안에 찔러넣었다. 그리고 당혹스러워하며 수달을 물기 없는 장소에 옮긴 뒤 가죽을 벗기고 손질했다. 그 고깃덩이를 잉글리시 빌에게 가져갈 때는 마음을 추스른 뒤였지만 자신을 내리누른 거대한 감정의 무게 때문에 소침해졌다. 살인을 저질렀다는 공포감이 급습했기 때문이다. 그는 그 생각에 사로잡혔다. 그 피조물은 일종의 사절인 것 같았다. 수달이 인간의 눈빛을 하고 있다는 사실은 예전부터 알고 있었다. 따지고 보면 조지프 자신도 신비한 힘에 의해 유지되고 파괴되는 전체의 일부였다. 그 사절을 그가 죽인 것이다. 그 수달은 심지어 먹을 수조차 없었다. 잉글리시 빌은 그것을 끓이지 않고 곧바로 로스트 구이를 했는데, 썩은 생선 맛이 났고 먹으면 속이 메슥메슥했다. 그 냄새를 개의치 않는 것은 테리어뿐이어서 녀석 혼자 만찬을 즐겼다.

테리어는 배가 너무 불러서 나음 날 얼어 죽은 채로 완벽하게 보관된 흰멧새 서른여섯 마리를 무더기로 발견하고도 한 마리도 입에 대지 않았다. 부켄도르프 형제들이 무릎에 새를 쌓아올려놓고 빠른 손놀림으로 털을 뽑아 민숭민숭한 살을 드러냈다. 그들은 새를 꼬챙이에 꽂아 구워 먹었고, 조그만 뼈를 분질러 핥아 먹을 때 기쁨으로 전율했다. 조지프가 테리어를 칭찬해주자 테리어는 귀를 팔랑거리면서 스스로 몹시 대견해하는 것 같았다. 테리어는 그 뒤로도 신비한 힘에 이끌려 세 번이나 먹을 것을 더 구해왔다. 한번은 아직 숨통이 끊기지 않은 커다란 메기 두 마리를 얼음조각에서 떼어내 끌고 왔다. 다람쥐도 한 마리 잡아왔다. 또 통나무를 깨물고 있는 거북도 발견했다. 테리어가 그 꼬리를 물어 당기려고 하자 앙리가 그 광경을 보고 싱긋 웃었고 잉글리시 빌은 손도 대지 못하게 했다. 앙리는 미끼를 이용해 거북이 막대를 물게 한 다음 대가리를 톱으로 잘라냈다. 그래도 거북의 대가리는 막대기를 놓지 않았고, 그 눈은 심지어 몸뚱이가 토막으로 잘려 황홀한 수프가 된 뒤에도 끔벅거렸다.

수백만 달러

그 덕분에 레지널드 불이 유령이나 해골의 몰골로 초주검이 되어 다시 캠프로 기어들었을 때 나머지 사람들은 상대적으로 건강한 몸을 되찾은 상태였다. 레지널드의 눈은 깊은 웅덩이처럼 퀭하니 들어가고, 입은 헤벌쭉 벌어지고, 사지는 축 늘어져 있었다. 얼굴에는 수염이 더부룩하게 자랐고 가슴은 푹 꺼졌다. 무릎과 팔꿈치는 해괴한 형상으로 부풀었고 근육은 쪼그라들어 뼈에 달라붙었다. 부츠와 양말은 잃어버렸는지 발이 꺼멓게 얼어 있었다. 조지프는 연민으로 가슴이 아파 초췌한 그를 두 팔로 안아들고 버펄로 가죽 위에 뉘었다. 레지널드를 아기처럼 안고 목구멍으로 수프를 약간 흘려넣었다. 수프가 위장에 닿자마자 레지널드는 다리를 쭉 뻗으며 발길질을 두어 번 하더니 그만 죽어버리고 말았다. 레지널드는 새잎이 돋는 나무들을 올려다보며 숨을 거두었다. 무수히 많은 황금색 술장식이 햇빛 속에서 윙크를 했고, 좌절한 그의 눈빛 속에 수백만 달러가 어른거렸다.

라파예트 피스

얼마 지나지 않아 잎눈이 터졌고 일주일 뒤에는 나무들이 촘촘한 초록 옷을 입기 시작했다. 그때 B. J. 볼트가 레지널드보다 더 낫지도 않은 꼬락서니로 걸어서 도착했다. B. J. 볼트는 한 달도 더 전에 남자 네 명과 함께 조랑말 세 무리와 각자의 마구를 챙겨 출발했다 얼음이 녹은 물과 마주하고 말았다. 그 뒤부터는 녹아서 질퍽거리는 눈과 얼음 진창만이 그들을 기다렸다. 계속 나아갈 것이냐를 놓고 한바탕 언쟁을 하고 나서 사람들은 B. J. 볼트에게 말 한 마리만 남기고 떠나버렸고 그 말 역시 이내 달아나고 말았다. B. J. 볼트는 운반한 식량에서 자신이 먹어도 되는 분량은 이미 다 먹은 뒤였지만, 세인트클라우드로 되돌아갈 수도 있었을 텐데, 놀랍게도 나머지 식량을 둘러메고 서쪽으로 떠났다. 식량을 머리 위로 쳐들고 가슴까지 오는 얼음물을 허우적거리며 걸어야 했던 순간도 있었다. 어떤 때는 살얼음을 깨고 걸었다. 그래도 계속 나아갔다. 하지만 걸으려면 먹어야 했다. 비로소 캠프에 이르러 짐을 풀 무렵에는 딱딱한 비스킷만 열 개 남짓 남았을 뿐 그 외에는 아무것도 없었다. 그들은 그것을 나누었고, 조지프는 그날 밤 혀 위에 부스러기를 하나씩 올려놓고 천천히 녹이며 수달에 대해, 그리고 물속에서 구해낸 가슴으로 외우는 책에 대해 생각했다. 한 구절이 머릿속에서 맴돌았다. 즐거운 마음으로 죽음을 기다려라.

그 뒤에 무언가 있기만 하다면야. 레지널드는 나뭇가지 틈새로 아무것도 못 본 것 같았고, 마르쿠스 아우렐리우스는 그 질문을 허공에 던져놓았을 뿐이다.

"당신의 신앙이 부러워요." 조지프가 앙리에게 말했다. 부켄도르프 형제는 곯아떨어졌다. 밤은 청명했고 모닥불 불꽃은 타닥거리며 높이 솟구쳤다. 길잡이 둘은 감미로운 음악을 번갈아 연주했고, 조지프는 죽음이 임박하지 않았다면 매우 유쾌한 밤일 거라고 생각했다.

"나는." 앙리가 바이올린을 내려놓고 작대로 천천히 쑤시개질을 하며 말했다. "나는 신앙심이 깊지 않아. 성자들은 여기 내 동생을 좋아하지."

총을 닦던 라파예트가 미소를 짓더니 허리를 숙이고 총신에 입김을 불었다. 이제 그는 굉장히 아름답고 섬약한 모습으로 변해 있었다. 무리 중 재치와 행동에 있어서 원래 모습을 가장 많이 간직한 사람이 바로 그였다. 그의 음악은 점점 깊어졌다. 그 혼자만 노력할 여력이 남은 것 같았다.

"우리는 죽게 될까요?" 기도를 올릴 때처럼 집중해서 총을 닦는 라파예트에게 조지프가 물었다. "내가 죽으면 나를 묻어주겠다고 약속해줄래요?"

라파예트는 느닷없이 몸을 숙이더니 목에서 십자가를 풀어 부드러운 손길로 조지프의 목에 걸어주었다. 그의 특이하고 날카로운 얼굴에 불똥이 튀었다. 라파예트가 조지프의 가슴을 가볍게 세 번 치자 조지프는 심장박동을 느꼈다. 라파예트는 돌아서서 숲 속으로 들어갔다.

"어디로 가는 걸까요?" 조지프가 목에 걸린 십자가를 만지작거리며 말했다. "뭘 하려는 걸까요?"

"우린 내일 고기를 먹게 될 거야." 앙리가 말했다. 그 말이 전부였다.

부켄도르프 형제들의 굶주린 눈동자는 신비스런 돌멩이처럼 번득였고 싯누런 송곳니는 길쭉해졌다. 레지널드를 먹자는 이야기도 있었지만 길잡이들은 그 짓을 하려는 사람은 누구든 죽여버리겠다고 맹세했다. 가엾은 레지널드를 묻고 돌무덤을 만들어준 사람도 그들이었다. 그들은 묵주를 손에 든 채 무릎을 꿇고 그의 영혼을 쉬게 해달라고 성모 마리아에게 기도했다. 조지프도 그들을 돕고 싶었지만 자꾸만 쓰러졌다. 그가 앙리와 라파예트에게 진실로 바란 것은 레지널드에게 해준 것처럼 자기에게도 해달라는 것이었다. 조지프는 이제 몹시 지쳤다. 앙리 옆에 앉아 안주머니에서 도리아의 사진 목걸이를 꺼내 뚜껑을 열고 보여주었다. 전에는 그녀가 소박하게 생기고 나이가 더 많다는 것이 부끄러워 혼자 있을 때만 몰래 꺼내 보았다. 사실 남들이 그녀를 그의 어머니로 생각할까봐 부끄러웠던 것이다.

앙리는 바이올린을 벨벳 보금자리에 조심조심 집어넣고 살며시 쓰다듬은 뒤 뚜껑을 닫았다. 그런 다음 조지프의 손에서 액자 목걸이를 받아들고 도리아의 얼굴을 물끄러미 쳐다보았다. 이윽고 그가 그녀를 조지프에게 되돌려주며 말했다.

"참 예쁜 여자인걸. 트레 졸리. 아주 예쁜데. 행복하겠어. 아이를 많이 낳아주고 밤에도 따뜻이 보듬어주겠는데."

이것은 조지프가 들은 앙리 피스의 말 중에서 유일하게 진실이 아닌 말이 되고 말았다. 왜냐하면 라파예트가 발광하는 늙은 암컷 무스를 잡아 죽인 그날 밤 후, 그다음 주에 또다른 무리가 밀가루를 들고 도착해서 그들 모두 팬케이크와 시럽으로 배를 잔뜩 불리고 숲 속에서 괴로워하며 나뒹군 후, 조지프가 출발할 때보다 더 가난해져서 주머니에 쓸모없는 땅 이백 에이커에 대한 증서만 들고 세인트안토니로 돌아온 후, 조지프가 드디어 도리아의 집 문 앞에 나타났을 때 그를 맞아준 것은 그녀의 새 남편이라고 자기를 소개한 남자였으며 조지프가 한 행동은 말없이 그에게 액자 목걸이를 쥐여준 것이 전부였기 때문이다.

성자

원정 이후 조지프는 누구나 그렇듯 오랫동안 몸살을 앓았고 벽에 걸어둔 라파예트의 십자가를 오래오래 바라보았다. 그는 잉글리시 빌이, 빌의 개가, 부켄도르프 형제들이, 라파예트와 앙리 피스 형제가 지금은 어디에 있는지 궁금했다. 가끔 그를 들여다보러 오는 B. J. 볼트를 제외하면 어디에 있는지 확실히 아는 사람은 레지널드뿐이었다. 조지프는 몸을 회복하자 의사의 가정부를 찾아갔는데 그녀는 짙은 갈색 머리에 피부는 달콤한 커피우유색이고 코에는 주근깨가 박힌 여자였다. 환자들이 기다리는 대기실에서 그는 그녀와 함께 앉아 대화를 나누었다. 닫힌 문 뒤에서 기구들이 달각거리는 소리와 어렴풋한 비명 소리가 들렸다. 조지프는 의사의 가정부에게 레지널드에 대한 모든 것을, 그가 수평선을 바라보며 그녀에 대해 어떤 말을 했으며, 그녀에게 돌아가기 위해 늦겨울 대초원의 지독한 습지를 어떻게 걸어서 출발했는지를 말해주었다. 그녀는 그를 투명한 갈색 눈으로 응시했고, 거북수프 이야기와 레지널드가 죽음을 맞는 순간 움트는 나뭇가지를 올려다 보며 그녀의 이름을 입술에 머금었다는 말을 끝냈을 때는 고개를 주억거렸다. 그녀의 이름을 머금었다는 마지막 부분은, 바라건대 용서받을 수 있을 꾸며낸 말이었다. 그녀는 정말로 슬퍼 보였고 약간은 놀란 것 같았다. 마침내 그녀가 입을 열었다.

"그와 결혼할 생각이었어요. 정말이에요. 그를 사랑했다고 생각하지만, 실은 그가 어떻게 생겼는지도 모르겠어요. 우리의 사랑은 한순간에 시작됐고 그는 순식간에 사라져버렸어요. 그의 사진도 없어요. 하지만 그가 그리운 것 같아요. 그가 죽었다는 게 몹시 안타까워요."

그녀는 당황할 때조차 더없이 투명했고 말소리 또한 몹시 차분해서 조지프는 그 순간 그 자리에서 청혼할 뻔했다. 하지만 레지널드에 대한 경의에서 그 말을 눌러 참았고, B. J. 볼트가 풀코의 본부 뒤편에 배정받았다고 말한 방으로 돌아갔다. 이미 여러 번 생각한 것이지만, 그는 자기가 살아남은 사실의 신비함과 수달의 의미를 다시 한번 깊이 생각했다. 그리고 십자가를 내려 자기 이마에 갖다댔다. 알렉산드로스와 폼페이우스와 가이우스 카이사르는 도시를 완전히 파괴한 후에 기병대와 보병대 수만 명을 무찌른 전투에서 마침내 숨을 거두었다. 헤라클레이토스는 우주의 대화재를 깊이 숙고한 끝에 체강(體腔)에 물이 찼고 온몸에 진흙을 바른 채 죽었다. 데모크리토스는 이에 물려 죽었고 소크라테스를 죽인 것도 이였다. 이런 사실은 전부 무엇을 뜻하는가? 그대는 승선했고 항해를 시작했으니 해안에 다다를 것이다. 어서 가라!

그는 책을 내려놓았다. 그리고 그 의미를 흡수하려는 듯 십자가를 이마에 대고 눌렀다. 그는 레지널드의 얌전한 약혼녀를 생각했다. 다시 수달이 결백한 성자인 그를 쳐다보았다. 그리고 레지널드 불의 가늠할 수 없는 눈동자가 잎사귀들을 올려다보았다.

"이제 나는……" 그가 큰 소리로 외쳤다. "타운 열병에서 치유됐어."

그는 밖으로 나가 조끼 딸린 양복을 샀고, 법률가가 되겠다고 결심했다.

늑대

법에 종사하는 사람은 귀에 늑대를 달고 다닌다고 로버트 버턴*은 말했다. 귀에 늑대를 달고 다니는 진부한 혼혈인이 그 시절 거기에 있었고, 또한 지금 여기에도 있다. 늑대를 붙들고 사는 내 장점 중 하나는, 보호구역에 있는 어머니의 가족과 플루토에 있는 커다란 집을 왕래하며 자라났다는 사실이다. 따라서 내가 다루는 많은 사건의 양쪽 입장을 나는 잘 안다. 아버지는 할아버지 조지프 쿠츠에게서 물려받은 땅에 집을 지었다. 철도회사는 그 타운을 통과하고 명명하고 구획을 나누면서 조지프 쿠츠의 측량석들을 훔치려고 했다. 타운 열병의 시련이 끝나고 몇 년 뒤에 일어난 일이었다. 조지프 쿠츠는 그 무렵 변호사로 일하고 있었다. 그가 맡은 첫 번째 큰 사건에서 그는 자기 땅을 되찾았고, 그 일은 부켄도르프

* 영국의 성직자이자 작가.

형제들과 플루토 근방에서 생계를 유지하던 애초의 원정대 대원들에게도 도움이 되었다. 몇몇 사람은 어쩌면 자신들이 가장 힘들게 살았던 곳으로, 혹은 레지널드 불처럼 머리 위로 팔랑거리는 여린 잎사귀 사이로 사물의 진실을 본 곳으로 되돌아왔다.

잉글리시 빌은 잠시 돌아와 술집을 열었다. 어느 날 포커판에서 싸움이 일어났는데, 그때 그의 테리어가 맞은편으로 던져져 방 안을 날아가는 도중 총에 맞았다. 그 뒤부터 개는 예전 같은 활력을 회복하지 못했다. 빌의 술은 그의 음식만큼 지독하다고 정평이 났다. 그 뒤에는 그가 무슨 일에 재능을 발휘했는지 모른다. 부켄도르프 형제로 말하자면 넷 중 셋은 살아남아서, 피스 형제가 그들의 목숨을 구해주었는데도, 피스 형제의 막냇동생을 목매다는 무리에 가담했다.

할아버지는 땅을 되찾은 뒤 플루토 타운으로 옮겨와 개업을 해달라는 요청을 받았다. 그곳은 폭도가 날뛰기 시작한 후부터 노스다코타라는 문명화된 신흥 주의 한곳으로 보기에는 어쩐지 어울리지 않는다고 여겨지던 지역이었다. 하지만 그는 그 요청을 받아들였고, 아버지도 법에 종사했다. 두 사람 모두 치페와족 여자와 혼인해 우리는 부족의 일원이면서 법률가로 이루어진 가족이 되었다. 당시로서는 별난 결합이었지만 부족법과, 연방 사법권에 대한 주 사법권의 복잡성이 분명한 윤곽을 드러내기 시작하자 그 유용성이 점차 커졌다.

나는 지금 볼품없이 시들어가는 이 타운을 바라보면서 타운이 형성되는 과정에서 여러 사람이 목숨을 잃은 것이 얼마나 이상한 일이었는지 생각한다. 우리가 땅 위에 긋는 경계선과 연관된 필사적인 모험사업도 모두 마찬가지다. 선을 긋고 그것을 지켜내면서 우리는 뭔가를 정복했다고 생각한다. 하지만 무엇을 말인가? 땅은 나라를 세우고 보호구역을 만드는 사람들마저 삼키고 빨아들인다. (하지만 땅에 대한 사랑과 지식에는, 그리고 땅과 꿈―그 옛날 사람들이 품었던 것―의 관계에는 뭔가가 있다. 그것이 우리가 지금까지 부족을 이루며 존재하는 이유다.) 부족 땅에서 부족법을 행사하고 유지하는 것이 내 일이지만, 그럴 때조차 나는 땅에 대한 병, 그러니까 타운 열병에 대한 할아버지의 기록과 할아버지가 어쩌다 탐욕 때문에 죽음의 문턱까지 갔는지 그 주요 증상을 생각한다.

이곳에서 나는 플루토와 얽힌 나 자신의 몇몇 부분을 비밀로 간직하기로 했다. 예컨대 사랑에 있어서 오랜 패배, (대체로 용서되는) 청춘의 탈선행위, 말실수로 인해 오랜 기간 타운 묘지―아직 그 장소에 애착이 있지만―에서 무덤을 판 일 같은 것 말이다. 하지만 내가 맡은 최초의 소송 중에 하나가 플루토 타운에서 범죄를 저지른 범인을 변호하는 일이었다. 이 범죄 또한 끝에 가서는 코윈 피스와 연결되었다. 범인은 존 와일드스트랜드였는데, 그는 사실 코윈의 아버지이기도 했다. 또한 그의 할아버지는 무슈의 아내의 아버지이기도 해서, 그는 그 집안 사람들과 여러 모로 복잡하게 얽혀 있었다. 하지만 충분하다. 이곳에서 일어나는 일 중 피로 연결되지 않은 것은 아무것도, 아무것도 없다.

나는 와일드스트랜드의 과도한 성적 경향에서, 혹은 세라프 밀크가 펼쳐놓는 역사를 들으면서 제럴딘의 조카 에블리나가 말하는 "치명적인 로맨틱한 만남"에서 수없이 존재하는 흥미로운 사회적 배열을 추적한다. 하지만 당연하게도 보호구역 전체가 모순된 열정으로 가득하다. 우리는 서로 붙잡은 손을 뿌리칠 수 없고, 법과 종교적 언명을 내세워 우리의 욕망을 좌절시키려는 시도는 되레 모반으로 이어지고야 만다.

여하간 그 소송의 전말은 끝없이 이어진 여파로 보자면 음산한 이야기가 되어갔다. 파고와 심지어 미니애폴리스의 신문에서도 기삿거리로 다뤄져 온 지역에 뿌려졌고, 내부의 극적 사건과 위선으로 가득한 컬트 종교 같은 일련의 사건의 시작이 되었던 것이다. 하지만 그 발단이 코윈의 삼촌 빌리가 자기 누나의 명예를 불발된 총으로 지켜주려고 결심한 그때로 거슬러올라간다는 점을 감안하면 궁극에는 상당히 좋게 끝났다.

나는 존 와일드스트랜드, 즉 코윈의 아버지가 플로리다 주의 어느 경마장에서 체포된 뒤 그의 변호를 맡았다. 그 사건이 일어나고 몇 년 뒤 일이었다. 지긋지긋한 형사사건이었는데, 와일드스트랜드가 뚜껑을 열면 튀어나오는 인형처럼 행동하는 바람에 몹시 짜증스러웠다. 변론을 진행하는 동안 그는 계속해서 벌떡벌떡 일어났고, 자신을 통제하지 못하고 죄가 될 수 있는 말을 실없이 불쑥불쑥 뱉어냈다. 나는 그의 정신 상태를 탄원할지, 혹은 그냥 그의 입을 틀어막을지 고민하면서 변론했고, 그가 원한다고 여긴 것, 즉 유죄판결로 마무리 지었다. 나중에 알게 된 사실이지만, 그가 바란 건 자해를 방지할 수 있는 일종의 감금이나 확실한 제재였다. 당연하게도 면담중에 그는 모든 일을 사실대로 죄다 털어놓았다. 사실 너무 많은 말을 했고, 주로 자기 자신에 대한 말이었다. 그의 말을 나는 잊을 수 없다.

와일드스트랜드는 아내 니브 하프에게 죄를 지었다. 나는 플루토 요양원에 있는 어머니를 찾아갈 때 간간이 그녀를 보는데, 그녀는 내가 자신의 결혼생활을 모욕한 남자를 변호했다는 이유로 나를 미워한다. 니브는 그곳 주민은 아니지만 역사 뉴스레터에 실을 인터뷰 기사를 수집하느라 그곳을 기웃거린다. 니브는 나를 노려보지만 내가 눈을 맞추기도 전에 고개를 돌려버리고 다시 슬금슬금 나를 돌아본다. 그녀 역시 자신을 통제하지 못한다. 내가 그녀에 대해 전남편에게서 무슨 말을 들었는지 궁금해하는 눈치다. 그녀는 내가 자신에 대한 은밀한 사실을 알고 있다는 것을 직관으로 알고, 그 사실에 분개하는 한편 내가 아는 전남편의 생활을 궁금해한다. 그 모든 사실에도 불구하고 나는 니브 하프가 존 와일드스트랜드에 대한 사랑을 정녕 멈추었다고는 생각하지 않으며, 여러 해 동안 수감중인 그를 유일하게 면회한 사람이 그녀라는 사실도 안다.

로버트 버턴과 동시대인인 프랜시스 베이컨은 인간이 인간에게 늑대가 아니라 신이 될 수 있는 것은 오로지 정의 때문이라고 믿었다. 하지만 늑대에게 미치는 본능의 영향과 인간에게 미치는 역사의 영향은 어떻게 다른가? 두 경우 모두 정의는 미지의 꿈에 희생된다. 그리고 여자가 있었다.

들어오게

❧

존 와일드스트랜드가 문을 활짝 열자 연인 매기의 남동생 빌리 피스가 서 있었다. 소년은 슬픈 표정으로 커다란 총을 들고 비쩍 마른 가냘픈 모습으로 눈 속에 서 있었다. 플루토 국립은행의 은행장인 존 와일드스트랜드는 그런 상황에 처했을 때 침착성을 유지하는 방법을 직원들에게 훈련시켜왔다. 작은 타운의 은행들은 공격하기 쉬운 대상이었고 존이 직접 인질이 된 적도 두어 번 있었다. 심지어 어떤 강도는 손을 부들부들 떠는 마약중독자였다. 지금 그는 조금도 겁이 나지 않았다.

그의 목소리는 크고 담담했으며, 총은 보지도 않은 것처럼 빌리 피스를 맞았다. 아내 니브는 거실에서 책을 읽고 있었다.

"무엇 때문에 왔나?" 존 와일드스트랜드가 말했다.

"와일드스트랜드 씨, 같이 가주셔야겠는데요." 빌리가 총구를 살짝 왼쪽으로 돌리며 말했다. 저쪽 길가에 차대가 낮은 뷰익이 한

가로이 세워져 있었다. 차 안에 다른 사람은 보이지 않았다. 빌리는 이제 막 열일곱이 되었는데, 와일드스트랜드는 매기가 말한 대로 빌리가 군에 입대했는지 궁금했고, 그랬으면 좋겠다고 생각했다. 매기는 빌리보다 한두 살 더 많거나 적었다. 그녀는 나이를 절대 밝히려 하지 않았다. 그건 그녀에 대한 사실 중 가장 위험한 것이었다. 거실에서 니브가 소리쳤다. "누구예요?" 빌리가 작은 목소리로 말했다. "부활절 기념 씰을 팔러 온 꼬마들이라고 하세요."

"부활절 씰을 팔러 온 꼬마들이오." 존 와일드스트랜드가 대답했다.

"뭐요? 필요 없다고 말하세요." 니브가 소리쳤다.

"잠시 산책을 다녀오겠다고 하세요." 빌리가 말했다.

"잠시 산책을 다녀오겠소."

"이 눈길에요? 미쳤군요!" 아내가 외쳤다.

"코트를 입으세요. 부인이 코트가 걸려 있는 걸 보면 안 될 테니까. 그리고 따라오세요. 문을 닫아요." 빌리가 말했다.

존 와일드스트랜드가 눈 속으로 나오자 빌리가 문을 닫았다. 빌리는 여전히 총을 든 채 혹은 살짝 감춘 채 그의 뒤에서 걸어갔고, 와일드스트랜드의 당혹감은 매기가 차 안에 숨어 있을지도 모른다는 기도에 가까운 희망으로 바뀌었다. 이것이 모종의 짓궂은 장난이기를, 그녀가 그를 만나러 오는 모종의 방법이기를. 그의 집 창문은 보도블록의 일그러진 풍경에 은은한 황금빛을 뿌렸다. 돌담에 인접한 측백나무의 그림자가 대로에 칠흑 같은 어둠의 띠를 드리웠다. 차는 저만치 쓸쓸한 겨울을 배경으로 어른거리는 가로

등 아래 세워져 있었다.

"타세요." 빌리가 말했다.

와일드스트랜드는 얼어붙은 눈 위에서 약간 기우뚱했지만 곧 보조석에 몸을 밀어넣었다. 뒷좌석은 비어 있었다. 빌리는 큼직한 코트 소매 안에 총을 숨겨 잡고 총부리를 앞 유리에 겨눈 채 차 앞을 돌아 잽싸게 운전석에 올라탔다.

"이 불빛을 천천히 벗어날 거예요." 그가 말했다.

빌리는 총을 밖으로 꺼내 들고 와일드스트랜드에게 온화한 눈동자를 고정한 채 기어를 드라이브로 바꾸고 불그스름한 가로등 불빛 저편의 어둠 속으로 차를 몰았다.

"이제 이야기를 해야겠군요." 그는 기어를 파킹으로 바꾸었다.

빌리는 눈동자가 짙은 갈색이고 얼굴이 야윈 신경질적으로 보이는 소년이었다. 노르스름한 갈색 머리카락이 한쪽 눈을 덮고 목깃 쪽으로 곡선을 그리며 꺾였다. 턱에는 솜털이 약간 돋아 있었다. 예술적인 분위기가 나는 소년이었다. 빌리 피스의 이런 행동은, 비록 그가 리엘과 함께 싸운 유명한 길잡이 라파예트 피스의 후손이라 해도, 그의 성격에 비추어 자연스러운 행동이 아님을 와일드스트랜드는 느낄 수 있었다. 용기를 내 총을 들고 와일드스트랜드가 사는 곳으로 찾아와 초인종을 울리려고 술을 조금 마신 것 같기도 했다. 니브가 문을 열었다면 어떻게 됐을까? 고등학교 수학여행 경비를 마련하기 위해서라며 캔디바를 파는 척했을까? 뭔가 다른 핑계를 댔을까? 달리 세워둔 계획이 있었을까? 존 와일드스트랜드는 빌리의 작고 야윈 얼굴을 골똘히 바라보았다. 소년은 그의 몸에 정말로 총알을 박아넣을 생각은 없는 것 같았다. 빌리가 그를 차에 태우는 데 성공한 것 또한 부분적으로는 자신의 암묵적인 협력이 있었기에 가능했다는 것을 와일드스트랜드는 알았다.

"그래서." 와일드스트랜드는 초조해하는 투자자들에게 물을 때처럼 참을성 있는 목소리로 되풀이했다. "어떻게 도와줄까?"

"만 달러면 될 거예요." 빌리가 말했다.

"만 달러라."

빌리는 잠자코 답을 기다렸다. 와일드스트랜드는 몸을 부르르 떨며 코트 자락을 여몄고, 그 순간 울컥 울고 싶은 기분이 들었다. 그는 매기와 함께 운 적이 많았다. 그녀는 그의 몸속에 있는 눈물을 모두 끌어냈다. 어떤 때는 눈물이 평펑 쏟아졌고 어떤 때는 그저 뺨을 타고 목을 따라 느린 궤도를 그리며 방울져 흘렀다. 그녀는 우는 것은 부끄러운 일이 아니라면서 그와 함께 울었고, 그들의 흐느낌이 에로틱하게 잦아들면 서로의 몸을 미친 듯이 파고들었다. 그녀와 함께 우는 것은 편안하면서도 어두운 행위여서 교회에서 고통 없이 죄 사함을 받는 것과 비슷했다. 그녀가 함께 울어줄 때 그는 용서라는 것이 존재한다는 느낌을 받았고, 그의 할아버지가 오래전에 그녀 집안의 누군가에게 가한 행위에 감상적이되었으며 더러 슬퍼질 때도 있었다.

존 와일드스트랜드는 스스로 어라, 하고 내지르는 의심의 소리를 들었다. 그가 비참함과 슬픔을 느낀 것은 금전상 액수에 관한 무엇 때문이었다.

"그거로는 충분하지 않아." 그가 말했다.

빌리는 당황한 표정을 지었다.

"생각해보게. 아기를 키우려면, 자네도 알다시피 나는 그녀가 아기를 키우기 바라니까, 집과 차가 필요할 걸세. 아마도 파고에서 살아야겠지? 게다가 옷도 필요할 거고, 또 그러니까 그네라든가 그런 것들도 필요할 거란 말이야. 나는 아이를 키워본 적이 없지만 뭔가 필요한 것이 더 있을 거야. 또 훌륭한 의사도 병원도 필요할 거야. 그걸로 다가 아니지. 그건 미래가 아니니까."

"좋아요." 빌리가 잠시 후 말했다. "무슨 제안을 할 생각이죠?"

"게다가." 와일드스트랜드가 여전히 깊은 생각에 잠긴 채 말을 이었다. "문제는 내친김에 끝장을 봐야 한다는 거지. 이 정도 액수라면 좀더 큰 액수가 없어진다고 해도 큰 상관이 없거든. 아내가 우리 계좌를 확인할 거야. 그러니까 액수는 말이야, 잠시만 기다려보게. 액수가 십만 달러 밑이면 신문에서는 거의 십만 달러라고 할 거야. 꼭 십만 달러라면 그렇게 말하겠지. 오만 달러가 넘는 건 괜찮아. 하지만 칠만 달러라면 거의 십만 달러라고 할 테니까 곤란해."

빌리 피스는 한동안 말이 없었다. "오만 달러 근처여야 한다는 말이군요." 이윽고 그가 입을 열었다.

와일드스트랜드는 고개를 끄덕했다. "알겠나? 하지만 해볼 만한 일이야. 다만 이유가 있어야 한다는 것뿐이지. 아주 그럴싸한 이유가."

"새로 사업을 시작한다는 핑계 같은 거요?" 빌리가 말했다.

존 와일드스트랜드는 놀란 눈으로 빌리를 쳐다보았다. "음, 괜찮아, 그거 좋군. 사업이라. 우리가 실제로 사업을 시작하고 운영해서 그 기록을 문서로 남겨야 한다는 점만 빼면 말이지. 그러면 더 많은 속임수가 필요할 테고 세금도…… 전부 다시 내 문제로 돌아오는군. 너무 복잡해지는데. 우리에게 필요한 건 천재지변 같은 이유 단 하나야."

"토네이도." 빌리가 말했다. "겨울이라 안 되겠군요. 심한 눈보라는 어떨까요."

"그러면 어디에서 돈이 들어오나?"

"눈보라 때문에 돈을 잃어버리면요?"

와일드스트랜드는 낙심한 것 같았고 빌리는 보일락 말락 어깨를 으쓱했다.

"현금으로 해야 하나?"

그들은 이 문제를 곰곰 생각하며 한동안 궁리를 짜냈다. 이윽고 빌리가 입을 열었다. "질문이 있어요."

"뭐지?"

"부인과 이혼하고 매기와 결혼하지 않는 이유가 뭐죠? 얼마 전에 누이한테 듣기로는, 당신이 누이를 사랑한다고 하던데요. 지금 보니 여전히 누이를 사랑하는 것 같고요. 여기 와서 이렇게 당신을 협박할 필요조차 없었겠어요." 그가 총을 흔들었다. "부인을 버리고 누이와 함께 달아나거나 다른 시도를 하지 않는 이유를 모르겠어요. 누이를 사랑하잖아요."

"사랑하지."

"그러면 뭐가 문제죠?"

"이봐, 빌리." 존 와일드스트랜드가 손을 내밀었다. "그녀가 오로지 나만 보고 나를 만나는 것 같나? 솔직해지자고. 내가 돈이 없다면, 직장이 없다면, 오로지 몸뚱이 하나라면 어떻겠나."

빌리 피스가 으쓱했다. "당신도 나쁜 편은 아닌데요."

"아니, 나쁜 편이지." 와일드스트랜드가 말했다. "난…… 매기보다 나이도 한참 많은 데다 반 대머리라고. 머리카락이라도 있었다면 아마도…… 아니면 내가 잘생겼거나 건장하기만 했더라도. 하지만 난 현실주의자라네. 있는 그대로 나를 보게. 돈 때문에 덕을 보는 거야. 매기가 나를 좋아하는 이유가 오로지 돈 때문이라는 건 아니야. 그건 절대 아니지. 매기의 영혼은 순수하지만 돈은 도움이 되지. 가장 큰 내 자산의 하나를 잃어서는 안 돼. 이제 와서 니브와 이혼한다면 난 직장을 잃게 될 거야. 모든 걸 깡그리 잃는 거지. 은행은 니브가 아버지에게서 물려받은 거야. 그래, 노쇠해서 지금 요양원에 계시는 그분 말일세. 하지만 의식은 지극히 맑지. 니브는 지분을 오십일 퍼센트 가진 주주야. 게다가 문제는 이거라고. 니브는 아무 잘못이 없네. 내가 아는 한, 나 몰래 다른 남자와 바람을 피운 적도 없고 자기 권한을 내세워 나를 무시하지도 않아. 아내 잘못이 아니야. 매기를 정말로 만나기 시작했을 때, 그러니까 자네도 알다시피 일 년 전만 해도 나는 그럭저럭 행복한 편이었어. 니브와 일주일에 한 번 이십 분 동안 섹스를 했고 겨울 휴가 때는 플로리다로 갔지. 저녁에는 파티를 열었고, 해마다 여름이면 호숫가에 가서 이 주 동안 머물렀다네. 여름에는 일주일에 두 번 섹스를 했고 나는 요리를 했어."

빌리는 심기가 불편한 것 같았다.

"게다가 우리 은행은 작으니까 매각될 수도 있어. 그것이 내 상황을 바꾸어놓을 수도 있지. 나도 매기와 함께 있고 싶다네. 매기와 함께 살 계획도 있고. 그녀가 나를 원한다면 말이지."

이제 와일드스트랜드는 궁금한 표정으로 빌리에게 몸을 숙였다.

"자네가 여기에 온 진짜 이유는 뭔가? 그녀가 자네를 보냈나?"

"아니요."

"무슨 일이 있었던 건가? 매기가 나한테는 말을 하려고 하지 않아. 알잖나."

"저한테 아기를 가졌다고 이야기했어요. 누이가 어쩐지 화가 나 보여서 당신이 차버린 거라고 생각했죠. 그렇게 생각했어요. 언제나 우리 둘뿐이었으니까요. 우리 어머니는 제가 열한 살 때 숲 속에서 동사했어요. 누이가 조부모 집에서 나를 키웠어요. 누이를 위해서라면 죽을 수도 있어요."

"물론 그럴 거야." 존 와일드스트랜드가 말했다. "물론 자네라면 그러겠지. 우리 두 사람을 묶어주는 것을 그것으로 하지, 빌리. 우리 둘 다 그녀를 위해 죽을 수 있다는 사실 말이야. 하지만 문제는 이거야. 우리 둘 중 오직 한 사람만…… 어쨌든 지금은, 우리 중 한 사람만 그녀를 먹여 살릴 수 있다는 것."

"어떻게 해야 하죠?"

"묘안이 떠올랐어." 와일드스트랜드가 말했다. "자네가 깜짝 놀랄 만한 작전을 제시하겠네. 좀 이상해 보일지 모르지만 한 번 잘 생각해보게나, 빌리. 내 생각엔 잘될 것 같거든. 내 말 잘 듣게.

내가 구상을 완벽하게 끝낼 때까지 중간에 끼어들지 말고. 준비 됐나?"

빌은 고개를 끄덕였다.

"이를테면 자네가 내 아내를 납치하는 거야."

빌리가 캑 소리를 냈다.

"아냐, 잘 들어보게. 자네가 오늘 한 일을 내일밤 똑같이 하는 거야. 오늘밤은 그냥 연습한 셈 치고. 집 앞으로 오게. 니브가 문을 열어줄 거야. 그러면 총을 들이밀며 집 안으로 들어오는 거지! 튼튼한 끈을 갖고 와야 하네. 가위도 하나 있어야겠지. 나한테 총부리를 들이대며 니브를 묶으라고 명령하는 거야. 니브를 다 묶으면 이번에는 자네가 나를 묶고 그녀에게 들리도록 나한테 이렇게 말하게. 오만 달러를 현금으로 가져오지 않으면 아내를 풀어주지 않겠다고. 그렇게 하지 않으면 죽이겠다고…… 어쩔 수 없지만 그렇게 말해야 하네. 그런 다음 아내를 차로 끌고 가는 거야. 번호판을 보여서는 절대 안 돼."

"좋은 생각이 아닌 것 같아요." 빌리가 말했다. "지금 말한 건 연방 범죄가 될 거예요."

"뭐, 그렇긴 하지." 와일드스트랜드가 말했다. "하지만 아무 일도 일어나지 않았는데 진짜 범죄라고 할 수 있겠나? 내 말은 자네가 니브에게 정말로, 정말로 잘해주라는 거야. 그건 기정사실로 해야지. 니브를 타운 밖에 있는 안전한 장소로 데려가게. 자네 집 같은 곳으로. 눈은 계속 가려야 하네. 잡동사니를 넣어두는 뒤쪽 침실에서 지내게 하게. 편안히 잘 수 있도록 매트리스를 깔아주

고. 하루면 될 거야. 내가 돈을 가져갈 테니까. 서로 시간을 맞춰
야지. 다 끝나면 그녀를 타운 반대편 어딘가에 내려주게. 돌아오
려면 한참 걸어야 할 거야. 그러니 구두와 코트는 반드시 챙겨주
고. 자네는 다시 파고로 돌아가 차를 돌려주게. 매기한테는 비밀
로 해야 해."

"마침 매기는 없어요."

와일드스트랜드의 심장이 순간 쿵 내려앉았지만 어쨌거나 자기
도 알았던 일이었다. "어디 갔나?" 간신히 말이 나왔다.

"친구 보니가 머리를 식혀야 한다며 비즈마크로 데려갔어요. 금
요일에 돌아와요."

"오, 그렇다면 완벽한데." 와일드스트랜드가 말했다.

빌리가 고요하고 커다란 검은 눈망울로 그를 쳐다보았다. 그와
매기의 눈이 무척 많이 닮았다고 와일드스트랜드는 생각했다. 꿰
뚫어 볼 수 없는 인디언의 어둠이 깃든 눈이었다. 두 사람에게는
백인의 피가 흐르고 있었고, 두 사람 모두 굵은 갈색 머리카락에
피부는 크림색이었다. 와일드스트랜드는 빌리에게 몹시 미안했
다. 이렇게 연약하고 어린 청년이 니브에게 무슨 짓을 하게 될 것
인가? 니브는 겨울 내내 바깥에서 눈을 치웠고 여름에는 정원을
가꾸었으며 심지어 커다란 구멍을 파서 나무도 심었다. 빌리는 총
을 계속 옮겨 들었는데 아마 손목이 점점 아파오는 모양이었다.

"그런데 그 총은 어디서 났나?" 와일드스트랜드가 말했다.

"외할아버지 거예요."

"장전은 되는 건가?"

"물론이죠."

"총탄은 안 가지고 있지? 뭐 좋아. 사고가 나는 건 바라지 않으니까." 와일드스트랜드가 말했다.

진저브레드 보이

다음 날 저녁 빌리 피스가 문을 두드렸을 때 존 와일드스트랜드는 잠든 척했다. 입구에서 조용히 말이 오갈 때는 심장이 마구 요동치고 목이 꽉 메었다. 이윽고 니브가 팔을 들어올린 채 방 안에 들어왔고, 정직해 보이는 그녀의 작고 네모진 얼굴은 충격으로 하얗게 질렸다. 그녀는 남편에게 도움을 청하는 손짓을 했지만 와일드스트랜드는 웃음으로 일을 그르치지 않으려고 애쓰면서 빌리를 쳐다보았다. 빌리는 아동용 겨울 마스크를 쓰고 있었는데 시나몬색 실로 뜨고 눈과 코와 입 주위에 흰 띠를 두른 것이었다. 코트와 바지도 불에 구운 듯한 갈색이었다. 여자들이 거친 일을 할 때 끼는 정원용 꽃무늬 장갑을 꼈다는 점만 빼면 그는 바싹 구운 진저브레드 보이*처럼 보였다.

"안 돼. 토할 것 같아요." 빌리가 존 와일드스트랜드에게 아내를 묶으라고 명령하자 니브가 앓는 소리를 냈다.

"괜찮아, 아무 일 없을 거요." 와일드스트랜드가 말했다. "아무

---

* 사람 모양으로 생긴 납작한 생강과자.

일 없을 거요." 그는 부드럽게, 그러나 확실하게 그 일을 처리했고 뺨에서 눈물이 뚝뚝 흘러내려 그녀의 손등에 떨어졌다. 아내의 손은 아름답게 관리되어 있었고 손톱은 연한 복숭아빛으로 칠해져 있었다. 조금이라도 그르치면 안 돼, 그는 속으로 기도했다.

"이봐요, 남편이 울잖아요." 니브는 남편이 자기 입에 스카프를 물리고 뒤에서 꽉 조여매기 전에 빌리를 책망하듯 말했다. "으으으으!"

"미안하오." 와일드스트랜드가 말했다.

"이제 당신 차례야." 빌리가 말했다.

그 순간 두 사람은 빌리가 와일드스트랜드를 진압하려면 총을 내려놓아야 한다는 사실을 깨닫고 눈이 휘둥그레졌다. 서로 쳐다보았다.

"저 의자에 앉아." 빌리가 마침내 입을 열었다. "저 밧줄로 당신 다리를 묶어. 의자 다리에는 감지 말고." 그런 다음 그는 와일드스트랜드가 대부분 일을 혼자 처리하도록 지시했고, 심지어 매듭을 잘 묶었는지 확인까지 시켰다. 와일드스트랜드는 빌리가 모든 일을 꽤 영리하게 잘 처리한다고 생각했다.

와일드스트랜드가 자기 몸을 의자에 단단히 포박하자 빌리는 그의 입에 재갈을 물렸다. 빌리가 니브에게 일어서라고 하자 그녀는 저항했다. 근심이 몸과 마음을 온통 사로잡았지만 와일드스트랜드는 아내에게서 묘한 자부심을 느꼈다. 그녀가 바닥을 구르고 돌고래처럼 발길질을 해대는 바람에 빌리 피스는 결국 그녀에게 덤벼들어 관자놀이에 총구를 들이밀 수밖에 없었다. 빌리는 두 다리 사이에 그녀를 가두고 서서 재갈을 풀어준 뒤 자기 호주머니를 샅샅이 뒤졌다. 그리고 알약 두 개를 꺼냈다.

"선택할 여지가 없군." 그가 말했다. "이 약을 물 없이 삼켜줘야 겠는데."

"뭔데요?" 니브가 물었다.

"수면제." 빌리가 답했다. 그리고 와일드스트랜드에게 말했다. "돈은 고속도로의 플리커테일 클럽 광고판 옆 쓰레기봉투에 넣어 둬. 지폐에 표시를 해서는 안 돼. 경찰을 불러서도 안 돼. 그러면 당신 아내가 죽을 거야. 당신을 지켜본다는 걸 명심해."

와일드스트랜드는 니브가 잠자코 알약을 삼키자 깜짝 놀랐는 데, 그 순간 그녀가 어떤 이유에선지 약을 먹는 일에는 늘 그래왔 다는 사실을 깨달았다. 목구멍이 분홍색이 아닌 것 같다며 의사에 게 색칠해달라고 요구한 적도 있었다. 그녀는 늘 자발적인 환자였 다. 이제 그녀가 자발적인 인질이 되자 빌리는 힘들지 않고 그 녀를 다룰 수 있었다. 그는 그녀의 다리를 묶은 밧줄을 풀어 걸을 수 있을 정도로 해서 다시 발목을 묶었다. 그녀는 코트를 어깨에 걸친 채 꿈꾸듯 밖으로 걸어나갔고, 존 와일드스트랜드는 홀로 남 았다. 스스로 묶은 밧줄을 끈기 있게 풀어내는 데는 대략 삼십 분 이 걸렸고, 밧줄은 의자에 느슨히 두른 채 두었다. 이제 뭘 한다? 매기에게 전화를 걸어 대화를 나누면서 느린 음악 같은 그 목소리 를 간절히 듣고 싶었다. 하지만 몇 시간 동안 그는 머리를 감싸 쥐 고 카우치에 앉아 전체 시나리오를 다시 한번 머릿속에서 돌려보 았다. 그리고 앞으로 할 일을 생각했다. 내일은 일찍 출근한다. 자신과 니브의 공동계좌에서 현금을 인출한다. 그런 다음 돈을 들고 차에 탄다. 고속도로 광고판으로 가서 돈을 내려놓는다. 오전 열한시면 다 끝날 테고, 그러면 빌리 피스가 니브를 타운 서쪽에 풀어줄 것이다. 그녀는 걷거나 차를 얻어타고 돌아올 수 있다. 경찰이 출동할지도 모른다. 조사가 뒤따를 수도 있다. 신문에 날 수도 있다. 하지만 보험회사가 연루되어서는 안 된다. 그가 그들의 퇴직금을 모조리 써버리더라도 니브에게는 은행이 있었다. 어쩌면 모든 일이 수포로 돌아갈 수도 있었다.

어쩔 줄 모르게

눈보라가 휘몰아쳐서 니브는 길을 잃었고, 농부가 도랑에 빠진 그녀를 구해주지 않았다면 얼어 죽었을지도 모른다. 떠날 때 빌리가 눈장화를 챙겨주고 무릎 아래까지 내려오는 길고 큼직한 모직 코트를 입은 덕분에 동상에 걸리지는 않았다. 엿새 동안 고열에 시달렸지만 폐렴으로 발전하지는 않았다. 와일드스트랜드는 그녀를 극진히 간호했고, 그녀의 손발이 되어 시중을 들었으며, 은행에는 휴가를 냈다. 그는 그 납치극이 그녀에게 얼마나 큰 영향을 미쳤는지 깨닫고 충격을 받았다. 다음 몇 주 동안 그녀는 체중이 눈에 띄게 줄었고 헛소리를 쏟아냈다. 경찰에게는 납치범이 체격이 아주 좋은 근육질 사내이며 손이 억세고 코가 크고 목소리가 깊은 사람이었다고 묘사했다. 심지어 납치범이 신화 속의 신처럼 굉장히 잘생겼다고도 했다! 하나같이 이상해서 와일드스트랜드는 그녀의 말을 바로잡아주고 싶은 충동마저 느꼈다. 한편으로 그녀가 엉터리 설명을 한 것이 기쁘기도 했지만 과장된 말 때문에 혼란스러웠다. 그녀를 집으로 데려온 뒤부터 그녀는 안절부절못했다. 저녁에는 텔레비전을 보거나 구독한 잡지를 읽는 대신 대화를 나누고 싶어했다. 그녀는 주로 질문을 했다.

"나를 사랑해요?"

"물론 사랑하지."

"정말로, 정말로 나를 사랑해요? 그러니까 그 사람이 당신한테 선택하라고 했다면, 만일 저 여자냐 당신이냐 했다면, 나를 위해 죽을 수도 있어요? 선뜻 나섰을 것 같아요?"

"나는 의자에 묶여 있었지 않소." 존 와일드스트랜드가 대답했다.

"이를테면."

"이를테면, 물론 그랬을 거요."

"글쎄, 그럴까요."

그녀는 의혹에 찬 눈빛으로 그를 쳐다보았다. 그녀의 눈동자가 그를 가늠했다. 밤이 되면 그녀는 강한 확신을 원했다. 이런 말로 그를 유혹하며 겁주었다. "나를 어쩔 줄 모르게 해봐요."

"그 사람은 날 어쩔 줄 모르게 했어요." 어느 날 아침 그녀가 말했다. "하지만 그는 부드러웠어요. 아주 부드러웠어요."

와일드스트랜드는 아내를 의사에게 데려갔다. 의사는 병명을 히스테리로 진단하고 찬물 목욕과 관장을 처방했지만, 그후 그녀의 병은 더욱 악화한 것 같았다. "더 세게 안아줘요. 숨을 쉴 수 없을 만큼 힘껏 안아봐요." "나를 봐요. 눈을 감지 말아요." "의미 없는 말은 하지 말아요. 난 진실을 원해요." 그녀가 어쩌다 이렇게 되었는지, 무서운 생각마저 들었다. 빌리가 어떻게 한 걸까?

아무것도, 빌리는 전화에서 단호하게 말했다. 와일드스트랜드는 아내의 거북살스러운 욕구에 역겨워하는 자신이 수치스러웠다. 그것이 자신의 욕구와 다르지 않았기 때문이다. 그녀가 애당초 이런 식이었으면 그 역시 반응을 보였으리라는 사실을 그는 깨달았다. 어쩌면 매기에게 마음을 주지도 않았을 것이다. 놀라기는 했겠지만, 니브에게 고마워했을 것이다. 하지만 지금은 밤에 니브가 덮치면 그는 절망을 느꼈고, 그녀도 그 거리감을 감지했다. 그녀는 앙상하게 야위었고, 머리는 방치되어 하얗게, 길게, 제멋대로, 아름답게 자랐다. 그녀는 낯선 사람이 되었고 점점 침몰했다. 그녀는 물에 빠져 죽어가는 사람의 시선으로 끊임없이 그를 쳐다보았다.

머도 하프

존 와일드스트랜드는 자기가 돈을 기부한 요양원으로 장인을 만나러 갔다. 플루토 요양원, 우울함을 자아낼 이유가 많은 장소였지만 그는 우울하지 않았다. 머도 하프는 노란색 셔닐 시트를 깐 싱글침대에 누워 휴식을 취하고 있었다. 그는 니브가 손뜨개로 짠 어지러운 무지갯빛 줄무늬 모포를 끌어당겼다. 라디오를 듣고 있었다.

"접니다. 존이요."

"아, 자네 왔나."

와일드스트랜드는 장인의 손을 덥석 잡았다. 피부는 건조했지만 몹시 매끈해서 속이 비칠 정도였다. 머도 하프는 무자비하고 잔인한 은행가로 그런 기질 덕분에 살아남은 생존자였지만, 얼굴은 홀쭉하고 핏기가 없어 거의 성자처럼 보였다.

"와줘서 기쁘네. 굉장히 평화롭고 고요한 날이야. 오늘 아침에는 누구보다 일찍, 새벽 네시에 일어났지 뭔가. 누군가 와주었으면 좋겠다고 혼자 생각했지. 어디론가 가고 싶어서 말이야. 그런데 자네가 왔구먼. 자네를 보니 좋군. 우리, 어디로 갈 건가?"

존은 그 질문을 들은 체 만 체했고, 노인은 고개를 주억거렸다.

"내 딸내미는 어떻게 지내나?"

"잘 지냅니다." 물론 니브의 아버지에게 그사이에 일어난 일을 말해준 사람은 없었다. "감기에 걸렸어요." 와일드스트랜드는 둘러댔다. "오늘은 누워 있어요. 아마 뜨거운 팩을 끌어안고 몸을 웅크리고 잠들어 있을 겁니다."

"가여운 것."

와일드스트랜드는 늘 하던 "잘 돌봐주겠습니다"라는 말이 어쩐지 입에서 나오지 않았다. 얼마나 잘못된 말이며, 또 얼마나 모순적인 말인가? 장인의 손이 힘없이 떨어진 것을 보고 와일드스트랜드는 그가 잠든 것을 알았다. 하지만 그는 노인의 가늘고 퍽 우아한 손을 쥐고 계속 침대 옆에 앉아 있었다. 이렇게 나이 든 누군가와 함께 있다보면 약간의 지혜라도 얻을 수 있을지 모른다. 이 방 안에는 적어도 기분 좋은 휴식 같은 느낌이 있었다. 체념하고 나면 달리 기대할 것도 없다. 노인은 자신이 할 수 있는 것은 다 했다. 이제 그의 인생은 모포와 라디오가 전부였다. 존 와일드스트랜드는 거기에 한참 동안 앉아 있었다. 이것저것 생각하기에 좋은 장소였다. 넉 달 후면 아기가 태어날 것이다. 빌리와 매기는 아일랜드 파크에서 그리 멀지 않은 작고 튼튼한 방갈로에서 살았다. 빌리는 기술대학에서 공부를 시작할 참이었다. 지난번에 와일드스트랜드가 찾아갔을 때 빌리는 막 집에서 나오다 그의 악수를 받아주었을 뿐 말은 한마디도 하지 않았다. 몸을 넉넉히 감싼 낡은 코트에 기다란 비트족 줄무늬 스카프를 둘렀고 보드랍고 구겨진 부츠를 신고 있었다.

매기로 말하자면, 그녀는 종종 외로움을 탔다. 와일드스트랜드는 니브 때문에 집을 오래 비우지 못했다. 매기도 이해했다. 그녀는 눈부셨다. 갈색 머리는 길고 풍성했다. 그들은 대낮에 침실로 들어가 햇빛 속에서 적나라하게 사랑을 나누었다. 매우 엄숙한 순간이었다. 그 깊이에 그는 아뜩한 기분이 들곤 했다. 그녀와 몸을 맞대고 누우면 그의 지각 능력이 바뀌었고, 방 안의 사물과 식물에서 은밀한 영혼들이 보였다. 모든 것에는 의식이, 그리고 의미가 있었다. 매기는 가늠할 수 없는 여자였지만 또한 평범했다. 그는 시간의 흐름에서 빠져나와 애무의 공허 속으로 들어갔다. 저녁이 되면 플루토로 다시 차를 몰았고, 저녁 먹는 시간에 딱 맞춰 집에 도착했다.

노인을 떠나면서 보통은 팔을 가볍게 두드리거나 미안하다는 애매모호한 몸짓을 했다. 하지만 오늘은 떠나는 순간에도 매기와 함께 보낸 시간을 생각하느라 니브의 아버지에게 몽롱하게 몸을 기울였다. 그는 노인의 메마른 이마에 입을 맞추고 머리를 뒤로 넘겨주며 생각 없이 미소를 지었다. 노인은 움찔하며 몸을 빼더니 미친 매처럼 와일드스트랜드를 훑어보았다.

"나쁜 놈 같으니!" 노인이 소리쳤다.

손짓

어느 날 니브는 목욕가운을 입은 채 점심을 먹으며 삶은 달걀을 나이프로 톡톡 깼다. 갑자기 그녀가 말했다. "그 사람이 누군지 알아요. 연극에서 봤어요. 셰익스피어. 마지막에 가서야 만나는 쌍둥이 두 쌍에 대한 연극이었어요."

존 와일드스트랜드는 간담이 얼음장처럼 서늘해져 은행에서 퇴근하자마자 빌리에게 전화를 걸었다. 아니나 다를까, 빌리는 지난여름 타운의 드라마 클럽에서 올린 연극에 참가했다. 빌리는 〈실수 연발〉에서 드로미오 쌍둥이 중 한 명을 연기했다. 와일드스트랜드는 전화를 끊고 한동안 수화기만 물끄러미 쳐다보았다. 니브는 그때 타운 도서관에서 지나간 타운 신문들을 훑어보고 있었다. 이것이 빌리가 느닷없이, 대학 수업을 듣는 대신 부랴부랴 군대에 지원하게 된 까닭이었다. 와일드스트랜드는 빌리가 체중 미달이라 군대에서 받아주지 않으리라 생각했지만 군대는 그 사실을 개의치 않았다. 빌리가 기초 훈련을 받기 위해 배를 타고 떠나자 매기는 퍽 상심하여 밤낮으로 울어댔다. 그는 그녀의 슬픔이 아기에게까지 영향을 미칠까봐 무척 겁이 났다. 그녀는 이제 아무 느낌이 없다며 와일드스트랜드가 찾아오면 멀리했고, 자기 몸도 만지지 못하게 했다. 육 주 후에 빌리는 군복 차림의 사진 한 장을 보내왔다. 체격이 좋아진 것 같지는 않았다. 똑바로 쓴 군모가 속을 알 수 없는 눈동자에 그림자를 드리웠다. 목은 여전히 가늘고 우아해 보였다. 열두 살 정도로밖에 보이지 않았다.

어느 날 오후 와일드스트랜드는 매기를 찾아갔다 돌아오면서 고속도로를 달리는 내내 군모 아래 보이던 그 자그마한 얼굴을 생각했다. 그가 집에 들어섰을 때 니브는 새 모포를 뜨고 있었다. 그녀가 투명하고 푸른 눈을 들어 그를 쳐다보았다.

"지금 떠날 거요." 와일드스트랜드가 말했다. 그는 차 열쇠를 커피테이블에 올려놓았다. "당신이 전부 가져요. 나는 옷과 신발만 있으면 돼. 샌드위치를 만들어 지금 떠날 거요."

존 와일드스트랜드는 부엌으로 가서 샌드위치를 만들어 왁스종이에 쌌다. 그런 다음 거실로 나가 카펫 한복판에 섰다. 니브는 그저 쳐다보기만 했다. 그녀의 얼굴 위로 불빛이 하얗게 어른거렸다. 그녀는 손을 들어올려 휘 내젓더니 힘없이 툭 떨어뜨렸다. 팔의 움직임이 자취를 남긴 것처럼 손짓이 허공에 매달려 있는 듯했다. 와일드스트랜드는 돌아서서 문을 열고 나갔고, 타운을 가로질러 매기의 집으로 가는 고속도로를 따라 걸으며 히치하이크를 했다. 길에는 산들바람이 불었고 기온은 대략 섭씨 십팔 도였다. 들판에는 군데군데 물이 고였고 웅덩이에서 오리와 거위가 헤엄쳐 다녔다. 오후 내내 걸었고 지평선은 보였다 말았다 했다. 하늘이 어둑해질 때까지 차는 잡히지 않았다.

사자굴

존 와일드스트랜드가 매기의 집으로 옮긴 직후 사내아기가 태어났다. 아기의 출생 후 그 정신없는 순간 속에서 그는 환시를 보았다. 아기가 빌리처럼 보였다. 무대에 선 빌리, 빈약한 엉덩이에 키만 멀대같이 큰 빌리, 큰 발에 수통도 못 들어올릴 것 같은 빌리. 빌리의 심장은 여기저기 가시에 찔려 있었다. 빌리보다 더 숭고한 사람이 있을까? 존 와일드스트랜드의 눈에는 빌리 피스가 예수 같은 인물이거나 신약성서에 나오는 순교자의 모습으로 보였다. 그가 사자굴*에 내던져진 것은 단지 사자들의 행복을 위해서였다. 이전에 와일드스트랜드는 빌리가 새로운 인생을 시작하면, 어쩌면 거대한 힘과 용기를 갖게 되어 납치극을 벌였을 때 니브가 믿은 정확히 그런 사람이 될지도 모르겠다고 생각한 적이 있었다. 빌리가 애당초 그런 사람이었으며 니브는 그 사실을 이미 알고 있었다는 것을 그는 이제 확실히 깨달았다. 그는 또한 빌리

---

* 성경에서 다니엘은 사자굴에 던져졌다 살아남는다.

가 누나에게 납치극 이야기를 한 사실도 알게 되었다. 이 모든 사실이 자그마한 갓난아기의 얼굴에 선명히 드러났다. 와일드스트랜드는 더 자세히 들여다보며 빌리가 살아날지 죽게 될지 알아보려고 했다. 하지만 그 장면이 뚜렷해지기 전에 아기가 입을 벌려 응애응애 울기 시작했다. 와일드스트랜드는 아기를 매기의 젖가슴에 안겨주고는 그녀의 품에 꼭 안긴 아기의 머리카락을 쓰다듬어주려고 했다. 하지만 매기는 그의 아내가 작별할 때 보여준 바로 그 손짓으로 그의 손을 뿌리쳤고, 그는 다시 병원 의자에 털썩 주저앉았다. 소모한 아드레날린 때문에 정신이 어질했다. 그는 병실 구석에서 오랫동안 그들을 지켜보았다.

차고

존 와일드스트랜드는 플루토에 딱 두 번 찾아갔다. 처음은 트레일러를 가져가 니브가 처분하지 않은 물건을 전부 실어오기 위해서였다. 그녀는 많은 것을 없애버렸다. 하지만 물질적인 물건은 와일드스트랜드에게 더는 중요하지 않았다. 그 무렵 그는 매기의 집 차고에서 작은 캠프용 침대 위에 침낭을 깔고 잤다. 그가 구입한 중고차 옆에서 몸을 웅크리고 새우잠을 잤다. 매기는 날마다 그와 말다툼을 했는데, 경찰서로 가서 그를 납치범으로 넘겨버리겠다는 것이 주된 내용이었다.

"당신은 모든 걸 잃게 될 거야." 와일드스트랜드가 팔을 휘휘 내

둘렀다. "이 집도 잃을걸. 빌리도 감옥에 갈 거고. 그걸 원해? 당신은 거리에 나앉게 될 거야. 게다가 어린 코윈은 어떻게 하려고?"

매기는 남동생이 신병훈련소에서 가장 친하게 지내는 친구의 이름을 따서 아기 이름을 지었다. 빌리는 지금 한국의 비무장지대 근방에서 복무를 했다. 위험한 지역이었다. 그곳에서 그는 일주일에 한 번씩 자기가 본 환시를 편지로 써 보냈다. 그가 강력한 성령과 접촉하고 있음은 분명했다. 성령이 그의 목숨을 여러 번 구해주면서 그의 삶을 이끌어주겠다는 약속을 했다고 했다.

"빌리는 종교적이었던 적이 없어요." 매기가 흐느꼈다. "평생 그랬어요. 보세요! 당신이 무슨 짓을 했는지 똑똑히 보라고요!"

와일드스트랜드는 실의에 빠졌다. 빌리에게서 벗어날 방법은 없었다. 어디에 있든 그는 언제나 상황을 통제했다. 군화를 신고 소총을 든 빌리, 짧게 깎은 군인 머리 밑으로 가늠할 수 없는 눈빛을 반짝이는 빌리. 그가 군인이고 천사들의 방문을 받았기 때문에 이제 희망이 없었다. 설령 그에게 아무 일 없다 해도 상황은 마찬가지였다. 아기가 태어나고 몇 달이 지나자 와일드스트랜드는 납치극을 꾸민 일을 매기에게 결코 용서받지 못할 것이며 매기의 사랑도 완전히 잃고 말았음을 확실히 깨달았다. 그녀는 얼음같이 화가 나 있었고, 그것은 인디언을 혐오한 그의 할아버지와 그를 그녀가 서로 다를 바 없는 존재로 생각한다는 암시였다. 이제 그녀는 종일 아기를 돌보고 집을 청소했다. 이따금 구입할 물품 목록을 내밀거나 무거운 것을 옮길 때 도와달라는 말은 했다. 그때를 제외하면 그가 그녀에게나 아기에게 다가오는 것을 반기지 않았다. 그는 그 작은 집을 유령처럼 돌아다녔고 마음을 어디에 둘지 몰랐으며 기분도 전혀 편안하지 않았다. 지하실에 궁색한 잠자리를 마련해놓고 차고가 너무 추우면 거기에 가서 잠을 잤다. 아니면 차고에서 지내며 음악을 듣고 신문을 읽었다. 그는 늘 이용하던 보험회사에서 직장을 구했는데, 불만 처리를 보조하는 하급 업무였다.

현관

어느 날 그의 책상에 예전 주소의 주인이 보낸 배상금 청구서가 놓여 있었다. 니브는 그가 집에서 가져간 모든 것, 그에게 제발 가져가라고 요구한 물건 전부에 손해배상을 청구했다. 그의 이름과 제품 코드가 새겨진 고가의 공구, 값비싼 전축과 음반, 심지어 최신형 텔레비전까지 포함돼 있었다. 목록을 보면서 와일드스트랜드는 목구멍에서 후끈한 열기가 스멀스멀 올라오는 것을 느꼈다. 귀가 화끈 달아올랐다. 그는 사무실 문 뒤에 걸린 코트를 걸쳐 입고 자신과 니브의 퇴직금으로 구입한 집으로 돌아가 차고에 쌓아둔 물건을 전부 꾸렸다. 그는 차에 짐을 한가득 싣고 플루토로 돌아가 이전에 살던 집의 진입로에 차를 댔다.

잠시 후 니브가 창가에 나타났다. 그녀는 그가 차에서 내리는 모습을 지켜보았고, 그도 그녀를, 희뿌연 수족관 유리 같은 창문을 통해 쳐다보았다. 니브의 모습이 사라지자 그는 그녀가 문을 열러 오는 건지 어둠 속으로 사라져버린 건지 확실히 알 수 없었다. 이윽고 그녀가 문을 열어주며 들어오라는 손짓을 했다. 그들은 현관에 함께, 서로 아주 가까이 붙어 서 있었다. 그녀의 머리카락은 회색에서 은빛 백발로 변했다. 가냘픈 목에선 맥박이 뛰었다. 팔은 꼬챙이처럼 가늘었지만 그녀는 미묘한 빛을 발산하는 것 같았다. 와일드스트랜드는 그 빛을, 그 야릇한 광휘를 느낄 수 있었다. 빛은 그녀의 투명한 피부에서 뿜어나오는 것 같았다. 불쑥, 아름다우나 부당한 취급을 받은 이 여자의 발치에 꿇어앉아 그 풍성한 드레스 밑단에 키스하고 싶었다.

"내 물건 전부에 권리를 주장했더군. 가져왔소."

"아니요. 난 돈을 원해요. 필요한 건 돈이에요." 그녀가 말했다.

"왜 그런 거지?"

"우린 망했어요. 그들은 은행을 매입할 생각이 없대요. 옆에 새로 은행이 들어설 거래요."

"아버지의 계좌가 있지 않소?"

"백 살까지 사실 분이에요." 니브가 말했다. "존, 당신이 줄곧 다른 여자를 만나고 있었다고 아빠가 그러시더군요."

"어떻게 그런 생각을 하게 되셨는지 모르겠군."

니브는 기다렸다.

"맞아요. 사실이오."

그녀는 끔찍한 듯 눈물을 글썽거렸고 몸을 부들부들 떨었다. 미처 깨닫기도 전에 그가 그녀를 잡았다. 그리고 문을 닫았다. 그들은 현관에서, 많은 사람들이 서성거린 카펫 위에서, 방문객이 부츠와 구두를 벗느라 앉은 긴 의자에서 사랑을 나누었다. 그의 자책과 수치심은 갈피를 잡을 수 없을 만큼 에로틱했다. 그를 요구하는 그녀의 욕망은 너무 강렬해서 함께 쏟아지는 낙수를 타고 커다란 물통 속으로 떨어지는 것 같았고, 그 밑바닥에 이르자 와일드스트랜드는 그녀에게 모든 사실을 솔직하게 털어놓고 말았다.

빌리 피스 때문에 그러지 않을 수가 없었다. 신발장 옆 현관 바닥에서 와일드스트랜드는 아내가 묶인 채, 납치되어 철저히 무력하게, 냄비 나부랭이와 벗어던진 옷가지가 널브러진 가운데 매트리스 위에 내던져졌고 빌리 피스가 그녀를 탐했다는 사실을 확실히 감지했다. 와일드스트랜드는 어둠이 밀려오는 가운데 니브를 붙잡고 이 말을 되풀이했다.

"그가 당신을 범했다는 걸 알아." 와일드스트랜드는 모든 사실을 쏟아내고 나서 이렇게 말했다.

"누가? 그애가? 그앤 그냥 얼뜨기였어요." 니브가 말했다. "그애는 나를 건드리지도 않았어요. 내가 당신의 질투를 끌어내리려고 절박함에 한 말들이에요. 그런데 모를 일이군요." 그녀는 일어나 앉아 그의 눈을 바라보면서 조용히 생각에 잠겼다. "어쩌면 당신이 나를 아주 깊이 사랑한다고 생각했나봐요. 당신 안에 뭔가가 있다고 믿은 거 같아요."

"있소. 있지." 와일드스트랜드는 부풀어오르는 희망에 목이 졸리는 느낌을 받았고 니브가 일어서자 그녀의 발목을 어루만졌다.

"눈에 파묻혔을 때, 도랑에서 말예요, 당신 얼굴을 봤어요. 정말 당신 같았는데. 당신이 몸을 숙여 나를 끌어냈죠. 농부가 아니라 당신이었어요."

"나였소." 와일드스트랜드가 팔을 올리며 말했다. "나는 분명 늘 당신을 사랑했소."

그녀는 한참 동안 그를 물끄러미 내려다보면서 이 기막힌 사실을 곰곰이 생각했다. 그런 다음 위층으로 올라가 경찰에 전화를 걸었다.

가능성의 전율

와일드스트랜드는 붙잡혀 재판에서 유죄를 선고받았고, 복역중에 교도소에서 사귄 친구나 다른 법률가(물론 나를 포함해)에게서 그가 저지른 일을 인정하게 된 이유가 뭐였는지 질문을 받았다. 니브에게 모든 것을 털어놓은 이유, 그것에 더해 모든 책임을 지려고 한 이유는 무엇이었는가. 가끔은 괜찮은 이유가 떠오르지 않았다. 또 가끔은 결코 끝나지 않을 거 같았다고 말했다. 목숨이 다할 때까지 한 여자에게서 다른 여자에게로 이리저리 차이며 살게 될 거라고 생각했다는 말이었다. 하지만 대답을 하고 나면 언제나 빌리 피스에게 문을 열어준 그 순간으로 되돌아가, 눈 속에, 현관의 반짝이는 불빛 속에 미련하게 총을 들고 슬픈 얼굴로 서 있는 소년을 보면서 그가 어떤 가능성에 전율했고 또 "들어오게"라고 말했는지 생각했다.

만 월데의 이야기

M a r n   W o l d e

사탄, 행성의 하이재커

❧

내가 빌리 피스를 만난 것은 가뭄으로 바싹 마른 어느 여름이었고, 금방이라도 비가 쏟아질 듯 모든 사물이 늘어져 보였다. 자라지 못한 가문비나무는 잎눈처럼 보드라운 바늘잎을 떨어뜨렸다. 포플러 나무들은 제 키까지 몸을 쭉 뻗어올린 채 하트 모양 잎사귀들을 얌전히 펼쳐 보였다. 들판 저쪽에는 커다란 참나무가 제 뿌리로 세상 밑바닥의 물을 빨아올리며 높이 자라 있었다. 비가 내린다는 오후에 우리는 테라스에 앉아 보호구역 위로 시커멓게 물든 하늘을 지켜보았다. 곧게 내린 큰 뿌리들이 물을 찾아 바르르 떨면 발밑으로 나무들의 흔들림이 전해지는 것 같았다. 하지만 비는 굼지럭거렸다. 나는 어머니를 의자에 앉혀두고 집 옆의 옛 들판으로 나가 나지막한 언덕을 올랐다. 거기서는 폭풍우의 낌새를 좀더 강하게 느낄 수 있었다. 바람은 풀이 빽빽한 늪지에서 젖은 머리카락 냄새를 풍기며 불어왔고, 뜨거운 구덩이에서 자란 버터색 풀들은 바람을 붙잡으려 몸을 내밀었다. 풀의 생명은 수염뿌리에 응집되어 있고 줄기는 하나같이 수분이 없어 툭 꺾으면 풀썩 연기가 피어올랐다. 한 걸음 옮길 때마다 메뚜기들이 팔딱 뛰어 내 팔과 다리와 눈썹에 붙었다 툭툭 떨어졌다. 언덕을 절반쯤 오른 곳에 작은 돌무더기가 있었다. 한때 누군가 그 언덕을 개간해 과수원을 만들려고 했지만 결국 폐허가 되어버렸고, 지금은 비틀린 은색 나뭇가지와 쪼개진 그루터기만 남았다. 그곳에 앉아 망연히 하늘을 쳐다보는데 돌연 조밀하고 커다란 구름이 따끈한 낱가리와 원뿔 실패에 감긴 면실 모양을 이루었다. 내 나이 열여섯이었다.

씻겨 내리는 잉크처럼 지평선에 내리는 비를 바라보는데 그의 흰 차가 우리 집 마당으로 들어왔다. 그는 키가 크고 호리호리하고 예민해 보이는 남자였지만 수줍고 스스럼없는 미소를 지었다. 그의 다갈색 눈동자는 밀크캐러멜처럼 녹을 듯 부드럽고 달콤하며 풍부한 느낌이었다. 그 눈이 검게 얼어붙거나 태양 아래 어떤 색깔이든 바꿔버릴 수 있다는 사실은 훗날에야 깨달았다. 그는 아주 말쑥한 차림으로 넥타이를 매고, 땀이 배지 않아 아직 다림질 자국이 선명한 셔츠를 입고 있었다. 이 광경을 보게 된 것은 내가 다시 마당으로 들어섰을 때였다. 그 무렵 나는 한창 남자들의 이런 모습에 눈을 뜰 때여서 사료를 운반하거나 담장 철조망을 고칠 때 씰룩이는 엉덩이, 흰 셔츠의 소매를 말아올리면 드러나는 탄탄하고 그을린 팔뚝 같은 것에 시선이 머물렀다. 아직 남자를 만나도 뭘 어떻게 해야 할지 모르던 때였으니 내가 남자를 쳐다보는 것은 무슨 의도가 있어서가 아니라 오로지 연구정신에 의한 것이었다.

순전히 뒤처지지 않으려고 다른 여자애들은 어쩌는지 알아내려는 것뿐이었다. 농부인 아버지가 그러는 것처럼 지형을 알기 위한 것이었다. 아버지는 땅을 몹시 좋아해서 땅을 어떻게 경작할지 연구해야만 하는 사람이었다. 철마다 필요한 것은 무엇이고 얼마나 많은 시련을 견뎌낼 것이며 마지막에 수확량은 얼마나 될지를 말이다.

그리고 나 또한 나의 수확량을 늘리고 나 자신을 올바르게 이용하기 위해 독학을 했다. 하지만 빌리 피스가 등장하기 전에는 내가 쌓은 지식을 활용해본 적이 없었다. 어머니가 키우는 부들레이아 관목 그늘에 서 있는 나를 그가 쳐다보았다. 내가 곧바로 그에게 수작을 걸었다는 말이 아니다. 여전히 방법을 모르던 때였다. 나는 햇빛 속으로 걸어가 그의 눈을 쳐다보았다.

"뭘 팔러 오셨어요?" 나는 미소를 지으며, 어머니가 땅바닥에 서서 가지를 칠 수 있는 전지톱, 체리씨 제거기, 씨와 속도 빼주는 사과 깎는 기계, 바느질한 실땀을 모조리 기억하는 재봉틀을 위시해 온갖 것을 사들이니까 아마 당신 물건도 사줄 거라고 말해주었다. 그도 나에게 웃음을 지어 보였고, 우리는 함께 집 앞 계단까지 걸어갔다.

"아주 맹랑한 꼬마 숙녀로구나." 그 역시 청년이었지만 이렇게 말했다. "가까이 와봐. 내 눈 사이를 쳐다보면 내가 뭘 파는 사람인지 알 수 있을 거야."

그는 자신의 양미간에 손가락을 댔다.

"아무것도 안 보여요."

어머니가 손에 아이스티 한 잔을 들고 모퉁이를 돌아왔다. 두 사람이 이야기를 나누는 동안 나는 빌리를 쳐다보지 않았다. 마치 그가 하는 행동을 내가 당연히 알아야 할 것처럼 도전을 받은 기분이었다. 열여섯 살인 나는 남자들이 하는 행동에 대해 딱히 관점이란 게 없었다. 그 향기를, 남자들이 풍기는 시큼한 냄새를 한 번도 맡아본 적이 없었다. 시간이 지나면 한 번의 응시, 목소리 톤, 말 한마디, 숨을 들이마시는 방식의 변화만으로 다 알게 된다. 개들도 그런 방식으로 길들여져 면도날만큼 예민해지지만 처음에는 그렇지 않다. 내가 본격적인 성장을 시작한 뒤 아버지의 지시를 받아들이던 방식으로, 그러니까 마치 부탁을 들어주는 것처럼 나는 빌리의 지시를 받아들였다.

아버지가 피곤할 때만 지시를 내렸다는 점만 빼면 말이다. 아버지는 그 외의 시간에는 필요한 일을 혼자 했다. 하지만 내가 냉정한 생존 방법을 배워야 한다면 어쨌거나 아버지는 남자로서 내 연구대상이 아니었다. 아버지는 너무 지쳐 있었다. 평생 부모님은 갈라서고 싶어했다. 나는 부모님 사이의 중립지대에서 살았고, 그 땅에는 움푹한 구덩이가 패고 굵은 바퀴 자국이 나 있었다. 하지만 아무리 지독하게 싸워도 그들은 서로 얽매여 있었다. 아버지도 무슨 연유에선지 어머니에게서 벗어나지 못했고, 어머니 역시 마찬가지였다. 그러니 남자에 대한 지식을 얻기 위해 아버지를 쳐다볼 수는 없었다. 아버지의 절반은 어머니였기 때문이다. 그렇다고 그들이 돌보는 연로한 노인, 아버지의 삼촌이자 나의 종조부인, 사람을 쳐다볼 때 피가 돌고 음식이 소화되는 것까지 빤히 들여다보는 것 같은 엉클 워런을 쳐다볼 수도 없었다. 우리 농장은 원래 그의 부친이 구입한 것이라 했다.

엉클 워런의 얼굴은 모탕* 같았고 긴 팔은 무겁게 처져 있었다. 혼란스런 분노 상태에 빠지면 며칠간 행방불명될 때도 있었다. 분노에 지쳐서 얼빠진 표정으로 농장을 헤매고 다니는 것을 찾아낸 적도 더러 있었다. 엉클 워런이 내 아버지처럼 농부였던 모습은 한 번도 본 적이 없었다. 아버지가 나무 심는 모습은 누구라도 보았을 것이다.

"이십오 센트 크기의 묘목에는 십 달러 크기로 구멍을 판다." 아버지가 말했다. 그것이 뿌리가 서로 너무 촘촘해지지 않도록 구멍을 파는 아버지의 방식이었다. 우리 땅의 토질은 레드 강의 최상급 토질만큼 좋아서 십 피트를 파더라도 한 움큼 움켜쥐고 깨물어보고 싶을 만큼 흙이 검고 비옥했지만, 아버지는 작은 묘목을 물속에 담가둔 채 혹여 돌멩이라도 박혀 있을까봐 흙을 꼼꼼히 살폈다. 뿌리가 드러난 묘목을 구멍에 넣고 뿌리에 묻은 흙을 만지작거려 손으로 흙덩이를 부스러뜨렸다. 그러고 나서 흙을 채워넣고 흥건해질 때까지 물을 주었다. 아버지의 눈을 들여다보면 나무가 땅속에 뿌리를 내리는 방식에 대한 다정하고 직접적인 지식을 얻을 수 있었다.

---

* 나무를 패거나 자를 때 받쳐놓는 나무토막.

처음에 나는 빌리의 눈동자에도 그런 지식이 담겨 있다고 믿었다. 어머니 뒤에서 그를 지켜보았다. 그리고 그가 무엇을 판매하는지 알아냈다.

"성경책이에요. 맞죠?" 내가 말했다.

"비겁한데." 그는 가슴에 손을 올리고 우리 둘을 보며 싱긋 웃었다. 그는 내 눈동자가 깜박거리며 그의 칼라에 달린 조그만 황금색 십자가에 머무는 것을 보았다.

"그것보다 훨씬 좋은 거란다."

"뭐라고요?" 어머니는 코웃음을 쳤다.

"성령입니다."

어머니는 돌아서서 그 자리를 떠나버렸다. 개종을 권하는 사람에게 내줄 시간은 어머니에게 없었다. 나는 독실한 종교인이 아니었지만 그때는 어머니의 무례함을 보상해야 한다는 생각이 더 강했던 것 같다. 그래서 곧바로 그 자리를 떠나지 않았다. 나는 밑단을 싹둑 자른 반바지와 몸에 붙는 갈색 티셔츠를 입고 있었는데, 지저분한 일을 할 때 입는 낡은 옷이었다. 그날 오후 나는 어머니를 도와 닭장을 청소하고, 짚을 새로 들여놓고, 아연 도금한 먹이통들을 씻고, 덕지덕지한 거미줄을 치우고, 창문을 식초 묻힌 신문으로 닦아 반짝반짝 광을 내기로 했다. 이 모든 일이, 걸레와 물통이 뒤쪽 계단에 흩어져 있었다. 그리고 다시 말하지만, 나는 심각하게 종교적이었던 적이 단 한 번도 없었다.

"오늘밤 집회가 있는데, 어디서 하는지 알려줄게." 그가 말했다.

그는 언제나 무엇을 말할 건지 미리 알려주었다. 그것이 그의 설교 습관이었고, 그래서 듣는 사람은 자기도 모르는 사이에 기다리고 궁금해졌다.

"어디에서 하는데요?" 내가 참다못해 물었다.

그는 텐트 친 곳의 위치와 가는 방법을 알려주었다. 나를 바라보는 그의 눈빛은 강렬한 달콤함으로 충만했다. 눈동자는 태운 설탕 같은 갈색이었다. 나는 이전에 할아버지와 할머니의 침실에서 그의 얼굴을 본 것을 기억해냈다. 빌리의 얼굴은, 예수가 소박한 시골집 문을 두드린 뒤 문을 열어주러 오는 소리가 들리나 보려고 고개를 아주 살짝 숙였을 때의 얼굴과 같았다. 나는 그날 저녁에 식구 중 누구도 동반하지 않고 그가 말한 놀이공원 공터에 가기로 결심했다. 그저 연구하기 위해서. 그저 구경하기 위해서.

※

비는 세상의 가장자리로 떨어졌다. 우리가 맞은 비는 지면에 닿기 전에 허공에서 한 번 스친 물기가 전부였다. 폭풍우의 방향이 바뀌면 타운에 가보기로 했다. 나는 열한 살 때 작은 썰매와 트랙터를 몰았고 열네 살 때는 어머니를 보조석에 앉히고 플루토를 드나들었다. 그래서 원하는 곳에 맘대로 가는 것이 특별한 일은 아니었다.

차 있는 데로 걸어가면서 엉클 워런을 지나쳤다. 그는 마당의 그루터기에 앉아 나를 그냥 바라보거나 혹은 유심히 지켜봤는데, 회색 머리카락은 더부룩하게 자랐고 턱에는 흰 수염이 송송 나 있었다. 움직이지 않는 초록 눈동자가 내게 붙박였다.

어디 가니?

타운에요.

그 뒤에는?

돌아와요.

그다음엔?

몰라요.

지옥.

어쩌면.

확실해, 지옥.

이따금 그는 내가 그와 다르지 않은 것처럼, 내가 그인 것처럼 전부 다 안다는 듯 말했다. 그는 나를 구성한 전체를 볼 수 있었다. 나는 숨을 수 없었다. 그에게 입 다물고 날 혼자 내버려두라고 했다. 넌 혼자야, 그는 언제나 말했다. 당신처럼 혼자가 아니에요, 나는 언제나 되받아 말했다.

타운의 거리는 간신히 물기를 머금었지만 여전히 공기는 희박하고 건조했다. 돌돌 말아올린 텐트 출입구로 흰 나방들이 팔랑거리며 들락날락했고, 8월도 중순을 넘겨 이제 모기는 보이지 않았다. 모기에게도 역시 너무 건조한 것이다. 텐트 양옆이 열렸는데도 안의 공기는 밀폐된 듯 답답했고 증발한 땀 때문인지 희미하게 소금 냄새가 났다. 사람들이 노래를 부르며 공간의 사분의 삼을 채우고 있었다. 나는 뒷줄 구석으로 비집고 들어갔다. 철제 회색 접이의자에 앉아 눈은 뜨고 입은 다물었다.

맨 처음 설교자는 그가 아니었다. 그는 본설교자가 설교를 마치고 기도를 끝낸 다음에야 모습을 드러냈다. 설교자가 짧은 소개말과 함께 빌리를 앞으로 불러냈다. 빌리는 새로 구원받은 사람, 새로 주님의 메시지를 들은 사람으로 악기 몇 개를 연주할 수 있다고 했다. 주님이 우리에게 밝히고자 하는 바를 우리는 빌리의 입을 통해 듣게 된다고 했다. 그가 단 위에 올라섰다. 이제 그는 조끼가 딸린 스리피스 양복에, 속에는 칼라 끝이 뾰족한 붉은색 실크 셔츠를 입고 있었다. 그가 간증을 시작했다. 그가 한 말을 나는 한 단어 한 단어 그대로 읊을 수 있는데, 그날 밤 이후 그리고 그후 긴 세월 동안 어떤 날은 하루에도 네댓 번씩 그 말을 듣고 또 들었기 때문이다. 빌리 피스의 설교를 들을 때까지는 설교에 대해 안다고 말할 수 없다. 빌리 피스를 통해 그 이야기를 들을 때까지는 신의 상실을, 손바닥을 찢는 가시철사를 안다고 할 수 없다. 복종을, 놓아버림의 기막힌 행복을 알지 못한다. 얼마나 가볍고 편안한 느낌인지, 얼마나 소중히 다뤄지는지 알지 못한다.

그것에 저항하기에 나는 너무 어렸다.

❧

별은 신의 눈동자이며 지구의 탄생부터 우리를 지켜보고 있습니다. 우리 한 명 한 명을 일일이 지켜볼 눈이 없을 거라고 생각하세요? 얼른 세어보십시오. 당장 책을 꺼내서 모든 명사와 부사의 숫자를 합해보세요. 어떻게든 성공하면 여러분이 소유한 모든 것의 의미를 다 파악할 수 있을 것처럼 말입니다. 그럴 수 없을 거예요. 깨달음이 여러분의 마음속에 찾아올 수도, 그렇지 않을 수도 있겠지요.

낮에는 별을 피해 숨을 수 있지만 밤에는 그 모든, 그 무수한 별이 땅을 내려다보면서 당신을 지켜봅니다. 꿰뚫어 봅니다.

침대 밑에 숨으세요!

시트 밑에 숨으세요!

나는 여러분에게 일어서라고 말했습니다. 넘어지더라도 앞으로 넘어지세요.

나는 타오르며 나아갈 것입니다. 빛처럼 나아갈 겁니다. 영광 속에 불타오를 겁니다. 여러분에게, 일어서라고, 말했습니다!

그들 사이에 한 존재가 보입니다. 여러분은 루체, 빛, 루시퍼, 타락한 천사에 대한 말을 들어봤을 겁니다. 여러분의 눈으로 직접 본 적이 있는데도 그자가 여러분을 덮친 것은 몰랐을 것입니다.

그자는 한밤중에 행성의 하이재커로 위장한 채 공중에서, 검푸른 잎사귀에서, 여자의 몸에서 풍기는 향기에서, 여러분 자신에게서 떨어져 마치 땅속을 통과해 다다른 것처럼 여러분 속으로 들어갔습니다.

손을 높이 들어올려 당신을 끌어당겼어요.

경련을 일으키며 당신 속으로 떨어졌어요.

사형 집행인의 올가미처럼.

아무도 아닌 것처럼.

밤의 노예처럼.

당신이 집에 돌아왔는데, 모든 불빛이 환히 켜져 있고 구급차는 진입로에 서 있고, 그걸 본 당신이 주님, 누구 말입니까? 하고 묻는 것처럼.

그러면 주님이 그들 전부다, 하고 답하는 것처럼.

여러분도 따르세요, 따르세요. 바로 당신 말입니다. 별이 지켜보는 가운데, 사람의 아들이 보는 가운데. 내게 은총이 내렸습니다. 일어서세요. 분명히 말했습니다. 일어서세요. 그래요, 그렇습니다. 이제 나는 외치고 싶기에 외칠 겁니다. 그 문으로 들어가보세요. 그걸 받아들여보세요. 사 년 뒤에 이 땅은 그 이빨 사이에서 요동칠 겁니다.

계시, 짐승의 얼굴. 공정하게, 공정하게, 우리, 마음을 가라앉히고 함께 생각해봅시다.

빌리 피스는 모인 사람들의 얼굴을 하나하나 진지하게, 조용하게, 평등하게 바라보았고, 이런저런 사실을 인용하면서, 중동이 그처럼 문제 지역이 되어버린 과정과 더불어 복잡해 보이는 미래에 대한 여러 사실을 증명했다. 중국 군대가 티베트를 치리라는 걸 어떻게 예견했는지, 그것이 어떻게 현실로 드러났는지, 그리고 그들이 기어코 초승달 지대에 도착할 때까지 어떻게 행군과 이동을 계속할 것인지 말했다. 또한 빌리 피스는 숫자에 대해 말했다. 그가 손바닥을 펴서 이마를 탁 치자 붉은 자국이 남았다. 그곳은, 그는 창자에 총을 맞은 듯이 소리쳤다. 그곳은 탈 듯이 뜨겁습니다. 그는 짐승의 숫자에 대해 말했고, 그 숫자는 사회보장번호에도,

수표책에도, 신용카드라고 불리는 것—아메리칸 익스프레스—에도 침투해 있고, 세금 신고서에도, 가족보험에도 침투해 있다고 말하며 그것을 영원히 지워달라고 외쳤다. 이 숫자를 통해 우리는 이미 종말을 고하는 사건을 경험하는데도 단지 모르고 있을 뿐이라고 했다.

그리스도 반대자가 우리 중에 있습니다.

그자는 우리 지갑 속에 든 플라스틱입니다.

신용을 원하나요? 신용을?

그것을 얻느라 불에 타고 굶주리게 될 겁니다. 몽둥이로, 검은 종잇장으로, 당신이 받은 청구서로 두들겨맞게 될 것이고, 맞는 내내 암흑 속에서 비명을 지르게 될 겁니다. 왜 그냥 현금으로 내지 않았는지 후회하면서 말입니다.

짐승의 숫자는 헤아릴 수 없고 은행계좌번호는 그리스도 반대자의 뼈와 창자이며, 그자는 루시퍼, 오로지 두뇌만 있는 자이기 때문입니다.

두뇌만 있는 그자가 우리를 달로, 달 너머의 세계로 데려갈 겁니다. 우주를 탐사하며 거기 누구 없느냐고 외치는 고독한 인류의 음성이 들립니다. 거기 저 밖에 누구 없어요? 그러면 그리스도 반대자가 응답할 겁니다. 그리스도 반대자는 여기에, 우리 주변에, 광휘의 터널과 그물 속에, 트랜지스터라디오 속에 있고, 그 거물은 패턴 속에, 운명 속에 융합되어 신경 하나하나가 깨어나고 있습니다.

그자는 우리를 합당하게 섬기고 있어요. 구원받지 못한다면 합당하게 섬기는 것 아닌가요?

하지만 쉽지 않을 겁니다. 요술 지팡이를 휘두른다고 되지는 않아요. 눈을 감고 그 조그만 플라스틱 카드를 내미세요.

여기를 보세요!

그는 가위를 높이 들어올려 요리조리 뒤집으며 빛이 가윗날에 닿아 번쩍이게 했다.

제로 금리의 검! 이제 제가 갑니다. 제가 내려갑니다. 여러분을 자유롭게 해줄 검을 들고 갑니다.

빌리 피스는 찬송가를 선창했고, 노래를 부르며 의자 사이로 내려갔다. 신용카드를 내민 모든 사람들을 포용하며 그들의 손에서 카드를 뽑아갔다. 카드를 싹둑 대각선으로 한 번 잘랐다. 주님께 바칩니다! 또 한번 싹둑 잘랐다. 노래를 멈추지 않고 그는 이 줄 저 줄 돌아다니며 계속 잘라댔고, 텐트 밑의 거칠고 뭉개진 풀밭은 금세 버려진 플라스틱 조각으로 뒤덮였다. 그는 마지막으로 내게 다가와 나를 쳐다보며 미소를 지었다.

"신용카드를 만들기에는 너무 어리구나. 그래도 여기서 보니 반가운걸." 그가 말했다.

그러고는 나를 빤히 쳐다보았다. 검은 겨울 얼음만큼 단단한 눈동자, 따뜻하게 그을린 피부색 속에서 차갑게 빛나는 그의 눈동자가 너무 오싹해서 나는 온몸이 녹아버릴 것만 같았다.

"끝나고 남으렴." 그가 말했다. "우리와 함께 트레일러를 타고 가자. 에드의 어머니를 위해 기도하러 갈 거야."

그래서 나는 남았다. 구애하는 초대로 들리지는 않겠지만, 당시 나는 그렇게 생각했고, 결국은 내 생각이 맞았다. 에드는 광고지에 나온 전도사였는데, 그의 어머니는 죽을병에 걸려 누워 있었다. 그녀는 주택용 트레일러 앞쪽에 놓인 카우치에 드러누워 꼼짝하지 않았고, 카우치의 길이는 정확히 그녀의 머리부터 발끝까지였다. 그녀를 감도는 공기는 암울했으며, 땀으로 발산된 약 냄새, 요리한 음식 냄새, 햄버거, 태운 양파, 커피 냄새가 짙게 배어 있었다. 테이블은 한쪽으로 밀려 있었고 의자들은 카우치 주위에 어수선하게 흩어져 있었다. 그리고 에드의 어머니, 죽어가는 그 가엾은 노부인은 흰 시트를 덮었는데, 호흡이 너무 약해 시트가 거의 움직이지 않았다. 얼굴은 입과 뺨 주변이 동굴처럼 쑥 들어갔다. 어린 새가 깃털도 완전히 갖추기 전에 둥지에서 떨어진 것 같아 보였고, 감은 눈꺼풀은 시퍼렇게 부풀어올라 쭈글쭈글하고 미세한 신경들이 펄떡였다. 흰머리는 여기저기 뭉쳐 있었다. 가슴에 놓은 손은 핏기 없는 작은 갈고리발톱처럼 오그라졌다. 코는 밀랍으로 만든 커다란 뼈 같았다.

여덟 명 남짓한 사람이 모여 서 있었다. 나는 맨 뒤로 가서 의자를 끌어당겼다. 그들은 한 명씩 입을 열어, 눈알을 부라리거나 두 눈을 꼭 감은 채 단어들이 쏟아져나오게 내버려두었다. 단어들은 서로 뒤범벅되더니 어느새 그들의 입에서 나오는 소리는 아득한 고대의 현기증 나는 언어와 비슷해졌다. 처음에 나는 그 모든 기묘한 풍경에 도무지 익숙해지지 않았고 희박한 공기와 갖가지 냄새 때문에 약간 어지럽기도 해서 숨을 꼴깍꼴깍 삼키며 그 언어를 차단해버렸다. 하지만 차츰차츰 그 언어가 제 길을 찾아가자 나는 현기증을 일으키며 그것에 사로잡히고 말았다.

단어들은 나의 안과 밖에, 허공에 대롱거리는 작은 자기 트라이앵글처럼 부서지고 휘어진 채 매달려 있다. 하지만 너무 순식간에 말이 형성되고 부서져서 나는 먼지와 자극적이고 쓰디쓴 항생물질, 약, 죽음, 땀을 들이마실 뿐이다. 눈이 따끔거리고 숨이 막히기 시작한다. 피란 피는 죄다 머리에서 빠져나와 아래로, 팔로, 손가락 끝으로 흐른다. 손이 평소보다 두 배로 부어올라 바람을 넣은 커다란 장갑 같다. 의자에서 일어나 나가려는데 그가 거기에 있다.

"가봐." 그가 말한다. "가서 만져봐."

사람들은 에드 어머니의 몸에 손을 얹고 있다. 한 손은 그녀를 어루만지며 기도하고, 다른 손은 손바닥을 높이 들어 마치 안테나처럼 맹목적으로 성령을 느낀다. 빌리는 나를 떠밀지만 나에게 손을 대지는 않고 그저 등 뒤에서 조금씩 다가오는 것만으로 힘을 행사하고 움직임을 느끼게 한다. 두 사람이 자리를 내주고 나는 서서 에드의 어머니를 내려다본다. 그녀는 아무런 움직임 없이 송장처럼 가만히 누워 있고, 입아귀가 말리고 일그러져 스스로 어둠을 향해 상을 찡그린 모양새다.

나는 여전히 부풀어 따끔거리는 두 손을 내민다. 그녀를 만지면, 그녀가 반응을 보이면 무슨 일이 일어날까 궁금하다. 하지만 그녀의 배 위에 손을 살며시 묵직하게 올려놓아도 그녀는 여전히 움직이지 않는다. 나한테서는 아무것도, 어떤 치유의 힘도 흘러나오지 않는다. 오히려 나는 그녀의 고통에서 솟구치는 어둠으로 채워진다. 그 느낌은 느닷없고, 흐르는 수돗물이 항아리 가장자리를 맴돌다 넘쳐버리는 것처럼 나를 채운다.

일은 그렇게 된 것이다.

나는 어리석지 않고, 어리석었던 적도 없다. 내게는 그림이 있다. 언제라도 머리에서 그림을 꺼내볼 수 있으며, 집중하면 그림은 현실처럼 눈부시고 구체적으로 느껴진다. 그것이 내가 하는 일이다. 그것이 내 종조부가 하릴없이 쳐다볼 때 하는 일이다. 그것이 어머니와 아버지가 서로 심하게 다툴 때 내가 시작하는 일이다. 아래층에서 그들이 싸우는 소리가 들리면 나는 이런 순간이 온다는 걸 언제나 알고 있었다. 그들 중 하나가 정적을 깨며 소리를 지른다. 그 소리는 커지고, 울부짖음이 되고, 집 안을 채우고, 그러면 한 명이 달려나온다. 그 사람이 올라와 나를 붙든다. 훈제 닭고기 냄새, 밥 냄새, 곱게 간 커피 냄새가 나는 어머니일 때도 있다. 시큼한 땀 냄새, 차고에서 피운 매캐한 담배 냄새, 들판의 텁지근한 흙먼지 냄새가 나는 아버지일 때도 있다. 그러면 나는 그들 사이의, 그 누구의 영역도 아닌 어딘가에 들어가고, 그곳은 세상에서 가장 안전하지 않은 장소다. 단단히 붙잡아주는 엉클 워런의 시선만 제외하고. 그래서 나는 벗어날 것이다. 절뚝거리며 내 그림 속으로 들어갈 것이다.

나는 그림을 본다. 에드의 어머니를 만지자 나는 곧바로 그림 속으로 들어가고, 그녀의 고통이 희미하게 느껴지는 곳을 바라보며 선다. 그녀는 몬태나에서 성장했고, 이제 나는 그녀가 보는 것을 본다. 서쪽 골짜기 위로 깊고 푸른 산맥이 점묘화처럼 부유하듯 펼쳐져 있다. 온통 푸르른 산기슭에는 진청색 플란넬 띠가 드리워졌고, 꼭대기에는 자욱한 구름이 널찍한 홀을 이루었다. 햇빛이 한 차례, 또 한 차례 비춰들자 분홍색 광채가 홀의 회랑에 어질한 무늬를 그리고, 회랑은 빛을 반사하여 얼금얼금한 달의 자국을 그려낸다. 그 장면을 바라보고, 더 가까이 들여다보자 에드의 어머니가 보인다. 이제 함께 걷기 시작한다. 나는 계속 말을 하면서 우리가 그 산으로 간다는 사실을 깨닫는다. 그녀는 자신의 빛을 점점 어둡게 하며 내 손바닥의 조직처럼 얇아진다. 그녀는 나와 함께 내 그림 속으로 들어가고, 강인해지고, 기꺼이 걸음을 옮기고, 그리고 죽어간다. 그림 속으로 들어가자 그녀는, 내가 늘 그러는 것처럼 그 속에서 평화를, 바위의 힘을, 거대한 힘을 얻는다.

다니엘의 후손

森

우리는 삼 년 동안 사막을 떠돌아다녔고 나는 빌리가 여행하면서 본 환시의 몽롱함과 긴박감 속에서 두 아이를 낳았다. 그의 깨달음은 트럭처럼 우리를 덮쳤고, 이 텐트 저 텐트, 이 타운 저 타운으로 우리를 떠밀었다. 신호가 오면 그는 울부짖으며 자기가 목격한 엄청난 광경에 몸부림쳤고, 펜과 종이를 달라고 소리쳤으며, 토하고 으르렁거리고 내려받은 지식과 씨름하며 뒹굴다가, 마침내 욕실 바닥에 죽은 것처럼 드러누워 내게 말했다. 지금 날 의심하는 건가?

나는 단연코 의심하지 않았다. 그의 설교를 처음 들은 밤부터 빌리를 믿었다. 그를 믿었고 충직하게 따랐다. 하지만 달이 가고 해가 가자 어머니와 아버지가 그리워졌다. 그들의 평범한 일상이, 그들의 저속한 드라마가, 심지어 익숙한 부부싸움마저 그리웠다. 그들의 위험을 읽을 수 있던 때가 그리웠다. 그들과 함께 살 때는 안전한 장소, 내 그림이 있었지만, 지금 나는 그림을 보는 데 어려움을 겪었다. 아이들과 함께 현재 상황 속에 존재하는 게 전부였고. 그게 이유였다. 게다가 그림 속으로 숨어버릴 수도 없어서 나는 집으로 돌아가야 했다.

※

유다는 발그레하고 평화로운 얼굴에 입술은 꽃잎처럼 붉고 보드랍다. 화사한 뺨에는 내 블라우스의 솔기 자국이 나 있다. 릴리스는 조그맣고 따스한 몸을 내 스커트 주름에 파묻은 채 숨을 고르게 쉬며 잠의 세계로 배부르게 빠져든다.

"할아버지와 할머니를 뵈러 가자." 나는 어머니의 얼굴을 떠올리며 아이들에게 말한다. 어머니는 아직 아이들을 보지 못했다. 그 무엇도 내 결심을 허물지 못할 것이다. 내 마음은 흔들리지 않는다.

"빌리." 들어서는 그를 보고 말한다. "집으로 돌아가요."

"안 돼." 그의 목소리에는 조금도 주저함이 없다.

"돌아가야 해요."

지금까지 그의 말을 한 번도 거역한 적이 없어서 그는 내 단호함에 놀라고 흔들린다.

"당신 부모님은 당신이 어렸을 때 돌아가셨잖아요. 입대할 때까지는 누나가 키워주었고, 그후에 누나는 엉망진창이 된 것 같고요. 그러니 당신은 집이란 게 뭔지, 식구란 게 뭔지, 자라난 장소에 돌아가고 싶다는 게 뭔지 제대로 모를 거예요. 지금이 돌아갈 때예요."

그는 모텔 방의 작은 침대 모서리에 걸터앉는다. 나는 그에게 뜨거운 커피를 끓여주고, 그는 내 말을 듣고 있다는 듯 커피를 마신다.

"내일요." 내가 말한다.

나는 최근에 예전보다 부모님에게 더 자주 전화를 한다고 말한다. 손자들이 생기자 부모님은 빌리에게 점차 체념하게 됐고 명절이나 생일에는 심지어 안부도 전했다. 우리가 아기를 데리고 집으로 돌아가면 만사가 제대로 될 것이다. 부모님이 마음을 돌릴 것이다. 내 생각에는 지금이 바로 그 시점, 간극이 메워질 시점이다.

"지금까지 어떤 부탁도 한 적이 없잖아요." 이 말은 사실이다. "집에 돌아갈래요." 나는 아까 한 말을 되풀이한다.

"하지만 여기서 방금 사목을 시작했어. 우리를 따르는 무리를 버리고 갈 순 없잖아."

우리는 얼마 전에 우리와 함께하려고 재산을 모조리 현금으로 바꾼 은퇴자 여덟 명을 받아들였다. 그리고 보즈맨 근처 갤러틴 밸리에서 그들 중 한 명이 기부한 땅을 근거지로 삼아 주거용 차량에서 생활했다. 꼭 이 에이커 규모였고, 함께 모여 살면서 언제나 누군가의 라디오에서 직직거리며 흘러나오는 소리를 들었다.

"보호구역 토지에서 살면 되잖아요. 근처에 더 넓은 땅을 얻을 수도 있고요. 타운에 있는 건물을 사서 하느님의 책을 파는 서점을 열 수도 있어요. 내가 원하는 건 가족이 사는 곳으로, 농장으로 돌아가는 거예요. 광활하게 펼쳐진 토지와 초록 수확물, 그 구름이 그리워요. 우리는 전부 다 키웠어요. 수확물도 풍성했어요. 콩도 꽃도 아마도 키웠어요. 푸르른 들판이 그리워요. 노란 겨자색 들판도요. 해바라기는 햇빛을 붙잡으려고 종일 고개를 돌려요. 집의 텃밭도 그리워요. 아이스티에 넣는 박하도 키웠는데. 토마토는 당신의 발만큼 컸어요."

빌리는 생각한다. 어쩌면 결국 그의 마음을 움직인 건 팔백팔십팔 에이커에 달하는 농장 규모에 대한 언급인지 모른다. 물론 그도 내 두 오빠의 존재를 알고 있다. 내가 그 땅을 물려받는다는 말은 아니지만, 그렇다고 그런 생각이 들지 않는 것도 아니다. 한 주 동안 그는 곰곰이 생각하고, 나는 입을 벙긋하면, 그르치는 말을 하면, 말을 너무 많이 하면 혹여 평정이 깨질까봐 아무 말 않고 기다린다.

그러던 어느 밤 그는 집회에서 팔을 올리고 선포한다. 우리는 이동할 것이다. 나는 호리호리하고 잘생긴 그가 싱싱한 얼굴로 미소를 지으며 추종자들 앞에 서 있는 것이 행복하고 자랑스럽고 행운으로 여겨져 그 순간엔 그들이 살 곳은 생각도 하지 않는다. 그들은 모두 여덟, 우리 식구는 넷, 우리는 함께 모여 서로 손을 부여잡고 둥글게 서서 기도한다. 한 시간 동안 노래하고 나서 해산한다. 그날 밤 우리는 짐을 꾸리기 시작하고 며칠 뒤에는 캐러밴을 타고 출발한다. 빌리가 속마음을 내비치지 않았지만 우리 부모님의 농장에 트레일러를 세울 계획이라는 걸, 나는 고장의 경계선을 넘고서야 움찔 깨닫는다. 거기 말고 어디가 있겠는가?

내가 그에게 묻자 그가 말한다. "반대하시면 내가 해결할 거야. 내가 직접 말할게."

그가 싱긋 웃는다. 그의 볼록한 은백색 선글라스는 내 모습을 반사하고, 양옆으로 펼쳐진 땅을 반사하고, 이제는 완전히 평평해 보인다. 하늘은 먼지가 자욱해 잿빛을 띤 황금색을 펼쳐 보인다. 거대한 형체로 아물거리는 태양은 우리 머리 위에서 더 오래 서성이며 더 풍부하고 더 산란한 빛을 쏟아내는 것 같다. 올해 5월 초에는 지독한 열기가 한참 동안 머물렀다고 부모님이 말했다. 비 한 방울 내리지 않는 무자비하고 기록적인 봄이라 했다. 기온이 제법 내려갔는데도 비는 여전히 내리지 않고 땅은 괴로워한다.

꼭 내가 빌리를 처음 만난 날 같다. 또 가뭄이다. 하지만 이 가뭄을 우리가 끝낼 것이다.

"우리가 비를 몰고 갈 거예요." 농장까지 몇 마일 남지 않았을 때 나는 들떠서 말한다. 그 순간에 딱 알맞은 말이지만 빌리는 나를 바라보며 생각에 잠긴다. 빌리가 온다고 예고한 날짜에 오지 않은 아마겟돈을 우리는 기다리고, 빌리는 어쨌든 그것은 예행연습을 위한 날짜였을 뿐이라고 말한다. 우리가 기다리는 아마겟돈은 일반적인 그것과는 다르며, 빌리가 성경과 신문 경제면의 상관관계를 연구한 것에 의하면 그 징후는 점차 증식하고 있다. 우리는 우주의 종말을 기다리고, 한편 빌리는 우리가 새 길로 접어들 무렵 그 불가피한 일을 지연하려면 비를 내려달라고 기도해야 한다는 깨달음을 얻는다. 그로부터 불과 십오 분도 지나지 않아 그가 우리 식구들에게 그 깨달음을 말한다. 나머지 사람들은 갈림길에서 기다린다.

나는 아버지와 어머니를 얼싸안고 눈물을 흘리고, 그들은 아이들을 보자 환호성을 지른다. 엉클 워런은 긴장하여 경계하는 자세로 뒤에 서 있다. 그의 주위로 느슨히 풀려 있는 감정의 부피 때문에 그는 몸을 떤다. 또한 자신의 생각 때문에 떤다. 나는 그의 광기 어린 시선과 마주치지 않으려고 조심한다. 탕자의 귀향. 그들은 나를 용서한다. 어차피 그들은 서로에게만 가혹한 것이다. 그들은 온갖 심적 고초를 겪었지만 내 부재에는 아무 앙금이 없다. 그들은 빌리를 받아들이는 것 같다. 어머니는 예의를 갖춰 의젓한 목소리로 그에게 계단을 올라와 자기 영역으로 들어가자는 손짓을 한다. 어머니는 유리 수집가다. 그릇, 작은 입상, 꽃병, 그림판을 수집한다. 나는 유다를 꼭 끌어안은 채 릴리스를 아버지에게 보낸다. 거실로 들어가자 빌리는 유리 수집품을 보며 탄성을 지른다. 그는 유리 공예품을 하나하나 쳐다보며 초록색 유니콘의 곡선을 손가락으로 쓸어내리고 그 묵직한 푸른 알을 소맷부리로 닦는다. 유리 공예품을 다 감상하자 그는 아버지와 함께 헛간과 외양간으로 간다. 거기서 그들이 무엇을 하는지, 빌리가 무슨 말을 하는지 나는 모르지만, 돌아올 때 빌리는 아버지의 등을 단단히 부여잡고 아버지는 집중하여 듣느라 얼굴을 찡그린 채 고개를 주억거린다. 아버지의 얼굴은 우울하고 피로하다. 눈은 과로한 독일인의 눈처럼 빛바랜 하늘색이다. 흐트러진 흰 머리카락은 말갈기처럼 양쪽 눈 사이로 더북하니 내려와 있다.

"아빠한테 뭐라고 했어요?" 그날 밤 나는 어릴 때 자던 침대에 몸을 오그리고 빌리와 함께 누워 묻는다. 아이들은 침대 밑에서 끌어낸 낮은 침대에서 자고 있다. 아이들의 칭얼대는 숨소리가 들린다.

"당신 오빠들에 대해 이야기했어. 한 명은 집을 나갔고 또 한 명은 농사일을 버리고 해군에 입대했다더군. 게다가 당신의 종조부를 돌보는 일이 어렵다던데. 자꾸만 나가서 헤매고 다닌데. 길거리에서 반쯤 죽어 있는 것을 발견한 적도 있고. 소한테 도끼를 휘두른 적도 있었대."

"도끼로 소를요?"

빌리는 어깨를 으쓱하고, 목소리는 이제 더욱 진지해져 설교의 막바지에 내는 구원의 목소리가 된다. "당신 종조부가 주립병원에 입원하도록 도울 수 있고, 당신도 알겠지만, 우리가 여기에 계속 머문다면 당신이 농장을 소유하게 될 수도 있어."

나는 한참 잠자코 있다. 바깥의 밤은 고요하고, 들리는 소리라곤 검은 귀뚜라미들이 주춧돌의 갈라진 틈에서 톱 켜는 소리, 바람을 막는 나무들이 성기게 뒤엉켜 흔들리는 소리, 푸석푸석하고 메마른 땅에 이슬이 방울져 맺히는 소리뿐이다. 나는 빌리와 함께 삼 년을 살면서 다른 세상의 언어를 말해왔다. 나는 거대한 힘 속에서 성령에게 직접 말을 건네며 지냈지만, 나이는 겨우 열아홉, 다른 여자애들이라면 대학에 들어갈 나이이다. 혹은 고등학교를 갓마친 나이이다. 하지만 나는 많이 늙었고 이미 삶에 점령당한 기분이다. 달빛 없는 밤이 우리 모두를 감쌀 때 전기요금을 줄이려고 마당의 전등을 끄고 함께 어둠 속에 누워 있으려니 뭔가 색다른 느낌도 든다. 비몽사몽으로 표류하면서 나는 거룩한 성령의 나무에 둥지를 튼 소박한 새가 나무에서 내려와 공중을 선회하는 것을 느낀다.

빌리의 이름을 부르려고 입을 벌리지만 아무 소리도 나오지 않는다. 새는 흰 줄무늬가 그어진 날개를 더욱 나지막이 파닥거리고, 우리 둘 사이에 불꽃이 튀자 그 가슴팍의 솜털이 희미하게 타닥타닥 소리를 낸다. 새는 내 가슴팍에 제 날개를 대고 내 젖꼭지를 쓸어준다. 그러고는 제 몸을 내 몸에 붙이고 뜨겁게, 완전하게 압착한다. 새가 내 속에서 날개를 활짝 펴자 나는 아직 소리 낼 수 없는, 혹은 해독할 수 없는 파닥이는 말로 채워진다. 또다른 목소리가 지금 내 머릿속에서 끊임없이 중얼거린다. 그것의 거대한 힘을 이해하게 될 때까지 빌리에게는 숨겨야 할 생소한 무엇이다. 나는 그걸 모두에게 숨길 작정인데, 그건 어딘지 모르게 충만하고 불온해서 내 종조부를 떠오르게 하고 그의 분노는 전염성이 있을지도 모르기 때문이다.

다음 날 아침 나는 릴리스를 텃밭 옆 실외 놀이장에 두고 잡초를 뽑는다. 호스가 닿는 범위에 있는 텃밭에선 홍당무의 깃털 같은 싹과 삶으면 녹색으로 변하는 자줏빛 강낭콩이 자란다. 사탕옥수수가 대략 열 줄로 늘어서 있고, 그 주위로 너구리의 접근을 막기 위해 반짝거리는 깡통 뚜껑을 매단 밧줄이 담장처럼 둘러쳐 있다. 여름이 무르익으면 나는 방풍림을 걸으며 까치밥나무와 채진목을 찾아 나설 것이고, 더 무르익으면 시큼한 잼을 만들 버찌와 자두를 따러 갈 것이다.

어머니는 밖으로 나와 허리를 숙여 괭이질로 흙을 잘게 부순 다음 작게 고랑을 파고 최근에 수확한 강낭콩을 심는다. 어머니는 더 야위었고 갑자기 늙어버려 주름이 자글자글하다. 굵은 주름이 뺨에 거미줄을 이루며 눈꺼풀을 아래로 끌어당겼고, 심지어 함박만 한 예쁜 입 가에도 굵은 주름이 지고 잔주름이 생겼다. 큰오빠는 돈이 궁할 때만 전화를 하고, 작은오빠는 석 달 전에 집을 나가면서 다시는 돌아오지 않겠다고 선언했다. 부모님이 전화로 그 일을 언급한 적은 없었지만 나는 변화가 일어난 것을, 부모님의 심정이 얼마나 처량한지를 감지한 것 같다. 알고 행동한 것은 아니지만, 내가 느닷없이 돌아오게 된 것은 그 때문에, 그러니까 부모님의 외로운 감정에 이끌려서다.

아버지는 실질적으로 그 땅에서 혼자 일했으므로 대부분 밭을 묵혀두었다. 가축도 젖소 다섯 마리만 남겨놓고 모조리 팔아버렸다. 하지만 우리가 돌아오자 아버지의 희망은 되살아났다. 트랙터에 높이 앉아 새로 벤 건초의 어느 부분이 아직 타들어가지 않았고 어느 부분이 남아 있는지 살핀다. 나는 어머니가 콩밭에서 등을 구부리고 뾰족한 팔꿈치를 앞뒤로 흔들며 괭이질하는 모습을 지켜보면서 어쩌면 빌리가 말한 것이 그렇게 끔찍하지는 않을 거라고 생각한다. 실제 상황을 따져보면 그리 섬뜩하지는 않을 것이다. 부모님과 힘을 합해 뭔가 계획을 세워야 할지도 모른다.

하지만 그럴 필요가 없다. 빌리는 모든 것을 말한다. 그는 매일 밤 아버지의 사무실에서 아버지를 도와 뒤죽박죽된 것을 바로잡고, 서류를 정리하고, 청구서를 보면서 어떤 돈을 지불할지 혹은 떼어먹을지 결정한다. 아버지는 예전에 불에 탄 농장 근처에 은퇴자들이 캠프를 세우는 것에 뜻밖에도 무심하게 동의한다. 그곳에는 아직 쓸 수 있는 수동 펌프가 있다. 우리 땅의 끝은 보호구역 경계와 맞닿아 있다. 이곳은 예전에 보호구역이었으니 다시 그렇게 되어야 한다고, 빌리는 말한다. 이 땅은 내 가족의 땅, 인디언의 땅이었어. 다시 그렇게 될 거야. 그는 아무 감정 없이 밋밋하게 말하고, 나는 종잡을 수가 없다. 뭔가 있다. 그 이면에 틀림없이 뭔가 다른 것이 있다.

한 달 또 한 달이 지나면서 남편은 추종자들을 돌보느라, 초빙 설교자로 각지에서 열리는 부흥회에 가서 비를 염원하느라, 아버지에게서 트랙터 모는 법과 기계로 우유 짜는 법과 건초 다발 묶는 법을 배우느라 좀처럼 잠을 자지 않는다. 빌리는 소용돌이치듯 하나에서 다음으로 넘어간다. 그의 샘솟는 에너지는 어마어마하고 그칠 줄 모른다. 게다가 그가 먹는 음식이란! 스파게티와 갓 구워낸 롤빵 한가득. 어떤 날은 밤늦게 아버지의 사무실에서 설교문을 쓰고 수표에 서명을 한다. 서명할 권한은 아버지에게 이미 받아놓았다.

이따금 새벽에 아래층으로 커피를 마시러 터덜터덜 내려가면 그가 앉아 있다 싱긋 웃는다. 전날 깨어 있던 그대로다. 열기가 다른 모든 것을 시들게 해도 빌리는 자란다. 우물이 마를 정도로 물을 들이켠다! 그해 여름 우리는 은행에서 돈을 대출해 우물을 하나 더 판다. 그의 얼굴이 붉어지고 몸이 비대해지자 결국은 엉덩이 솔기가 터진다.

"저는 부모란 게 없었습니다." 어머니가 뜯어진 솔기를 늘려서 다시 꿰매자 그는 어머니를 부둥켜안고 목이 멘다. "이전에는 가족과 사는 게 어떤 건지 몰랐어요."

어머니는 그의 극적인 반응에 미소를 짓고, 그녀의 얼굴은 열기 속에 왁스처럼 녹는다. 엉클 워런이 모퉁이에서 그들을 지켜본다. 그는 나무인형처럼 굳어 있지만 턱만은 쉴새없이 움직이며 해독할 수 없는 독백을 나지막이 중얼거린다. 쉬잇, 어머니가 엉클 워런을 조용히 시킨다.

어머니는 날마다 아무런 사전 준비 없이 케이크를 굽는다. 빌리가 그것을 먹는다. 그는 설교를 해서 돈을 벌고, 변호사를 선임해 우리 모두를 교회로 통합한다. 우리는 세금 걱정을 할 필요가 없어진다. 곧 부모님의 농가가 본거지가 된다. 밤마다 그들이 건너오면 모두 모여 거실에서 기도하고 울고 증언하고 용서를 구하고, 이윽고 정결해지면 다 함께 둥글게 둘러앉아 성령이 들어올 길을 만든다. 어머니의 목소리가 가장 크고 특이하다. 그럴 줄 누가 알았겠는가? 아버지는 내성적인 편이라 어머니가 쏟아내는 말과 그 죄의 풍부함과 시시함에 눈을 끔벅인다. 엉클 워런으로 말하자면, 눈빛은 점점 간절해지고 자신이 듣는 모든 말의 무게에 짓눌려 움찔거린다. 빌리가 너무 비대하고 위압적인 존재가 되어서, 이런 밤이면 나는 아버지 근처에 앉기로 한다. 아버지는 보호가 필요한 것 같다. 단순히 상대적인 문제겠지만, 나는 아버지가 전보다 더 많이 약해졌다고 생각한다. 믿을 수 없을 만큼 빌리가 거구로 팽

창하고 우리 모두를 합한 것보다 더 무거워지고 새 흰색 양복을 입고 눈부신 모습이 된 후로 아버지는 더 야위어 보인다.

또 한 달이 지나자 빌리의 턱은 두 배로 불어나 살집이 칼라처럼 접힌다. 우리는 매일 밤 사랑을 나누지만 나는 곤혹스럽다. 그는 너무 소란스럽고 완전히 무아지경이다. 나는 그의 몸 위에서 수컷 고래를 올라탄 것처럼 이리저리 부대낀다. 그에게 민소매 속옷을 입히고 어깨끈을 손잡이처럼 꽉 움켜쥔다. 침대는 질풍에 휘청대는 보트의 목재처럼 삐걱거리고, 그가 절정에 이르면 나는 묵직한 기분이 들면서 늪에 빠지는 것 같다. 또다시 임신할까 두렵다. 지금 일어나는 일이 두렵다. 우리 집은 한때 가시철망을 둘러친 갈색 풍경 속에 고즈넉이 서 있었고, 한때는 외롭고 만사가 예측 가능했지만, 이제 사람들로 북적인다. 그들은 어머니와 함께 쉴새없이 기도하고 조악한 화학세제로 무지막지하게 청소를 한다. 모든 것에서 파인솔 세제 냄새가 난다. 마당은 자동차 타이어 자국으로 홈이 팬다. 사람들은 성령으로 몸이 달아오르면 부들레이아 가지를 꺾어 부채질을 한다. 그 시간 내내, 그 시간 내내 나는 기도를 하지만 혀로 말하지 않으며 큰 느낌도 없다. 내 그림은 돌아오지 않는다. 깡그리 사라져버렸다.

내가 결혼한 사람이 누군지 이제 더는 모르겠다. 그는 초자연적인 존재 같다. 다른 모두는 녹초가 되어도 그만은 지치지 않아서 오싹한 기분마저 든다. 그와 보조를 맞추려면 교대를 해야 한다. 나는 그의 셔츠를, 양말을, 속옷을, 바지를 빨랫줄에 내건다. 그의 옷은 너무 커서 집게가 필요 없다. 나는 그의 옷가지를 시트 널 듯 빨랫줄에 널고 나서 몹시 고단한 몸으로 그의 눈을 피해 앉는다. 그는 비를 말한다. 여전히 아마겟돈을 말한다. 농장은 내게 넘어왔다 나를 통해 빌리에게 넘어간다. 그는 선택받은 자가 세우는 나라를 말한다. 불 속으로 걸어갈 사람이 우리라고 말한다. 우리는 다니엘의 후손이다. 우리의 아들을 그는 회중의 눈앞에 들어올리고, 그의 손안에서 가없은 우리 아기는 물고기처럼 작다.

결국 우리의 이런 생활에 종지부를 찍는 것은 피크닉 테이블과 철제 벤치다. 빌리는 그후 통제가 불가능한 더욱 거대한 존재가 된다. 테이블은 뒷마당에 고정되어 있는데, 얇은 금속판과 쇠파이프, 용접한 크로스바로 만들어 맨 땅에 고정한 것이다. 아버지는 실내에서 식사를 하기에 날씨가 너무 습할 때나 일반 기념일에 사용하려고 이것을 만들었지만 우리가 일반 기념일을 챙긴 적은 없었다. 테이블은 전망이 좋은 곳에 자리 잡고 있어 아름다운 마당과 꽃을 좋아하는 어머니는 텃밭 일을 끝내고 나서 한 줄로 심긴 오렌지색 원추리 너머를 바라볼 수 있었다. 잠시 일손을 멈추고 아름다운 풍경을 바라보며 눈을 쉴 수도 있었다. 철제 세공 벤치도 있어 앉거나 내키면 책까지 읽을 수 있었지만, 거기서 책을 펼친 사람은 없었다.

8월의 열기가 뜨겁게 올라오는가 싶더니 이내 다시 사그라졌다. 엉클 워런은 횃대에 묻은 닭똥을 긁어내면서 발치에서 모이를 쪼는 암탉들에게 낮고 거친 목소리로 욕을 한다. 며칠 전 어머니는 꽃무늬 시트를 뒤집어쓰고 카우치에 드러누웠지만 아직 일어나지 못한다. 어머니는 커다란 유리창 근처 카우치에서 조용히 야위어가고, 거기서 벤치와 테이블이 놓인 피크닉 장소를 쳐다보고, 태양이 머리 위로 솟아 지나가는 것을 바라본다. 어머니는 그저 지독한 유행성 감기라고 말하지만, 어머니가 곧은 판자처럼 팔을 뻗어 얇고 쭈글쭈글한 시트를 붙잡고 있는 것을 지켜보노라면 혹시 숨을 거두지나 않을까 더럭 겁이 나서 나도 어머니 옆에 눕고 싶어진다.

어느 후텁지근한 오후 나는 어머니와 함께 카우치에 앉아 빌리가 초록색 물푸레나무 아래서 몇 사람과 대화를 나누는 것을 지켜본다. 아이들은 개어놓은 퀼트 위에서 잠을 자고 선풍기는 잠든 아이들에게 이리저리 바람을 쏟아낸다. 빌리는 술을 거의 마시지 않지만 마신다 해도 와인보다 독한 술은 마시지 않는다. 지금은 와인을 마시고 있다. 우리 무리 중 한 명이 집안 대대로 전수된 조리법에 따라 엘더베리로 직접 담근 것이다. 와인에 그런 친근한 역사가 있어서 빌리는 평소보다 더 많이 마실 수 있다고 느끼는 것 같다. 날은 후끈하다. 술병들은 금속제 피크닉 테이블에 놓은 아이스쿨러에 담겨 있고 빌리는 이따금 술병 하나를 꺼내 술을 따른다. 그는 뭔가 말을 하고 이마에 땀을 줄줄 흘린다. 짙은 색 머리는 젖어서 검정색이 되고, 철제 벤치에 앉은 거대한 몸뚱이는 산더미처럼 보인다. 어떤 생각과 씨름을 하는지 퉁퉁한 양팔을 허위허위 휘두르다 자기 허벅지에 툭 내려놓는다. 지금은 비를 오게 해달라는 기도모임 중이고, 우리는 오후의 열기 속에 선풍기를 켜고 앉아 사람들이 불타는 태양 아래서 기도하는 모습을 지켜본다. 구름이 어우러지며 멋들어진 성채 형상으로 불타오르기 시작한다.

구름은 핑크골드색이며 속에서 빛이 뿜어져나와 황홀하다. 아름다운 구름이다. 나는 어머니더러 보라고 손짓한다.

"천둥을 몰고 오는 구름이구나." 어머니가 달뜬 목소리로 말한다. "카우치를 창문 쪽으로 좀더 끌어당겨주렴."

나는 나가서 그들과 함께 기도를 하거나, 그들 모두가 먹을 저녁을 만들거나, 혹시라도 비가 내리거나 구름이 우박을 몰고 올지 모르니 텃밭에 나가 토마토를 들일 준비를 해야 한다. 하지만 어머니의 카우치 옆에 의자를 끌어당겨 앉는 것 말고는 아무것도 하지 않는다. 엉클 워런은 의자에 똑바로 앉아 눈을 부릅뜨고 잠들어 있다.

릴리스는 곰 인형을 껴안고 나긋이 잔다. 찬바람이 불어오자 코바늘뜨기로 만든 모포를 아이에게 덮어준다. 아버지가 들어온다. 구름을 보라고 말해주러 온 것이다. 워런의 눈빛에 날이 선다. 밖에서는 여전히 빌리가 황금색 주먹을 불끈 쥐고 힘이 넘쳐 숨을 헐떡이고, 와인을 벌컥벌컥 들이켜면서 고함을 지른다.

이제 바람이 거세지며 나뭇가지를 미친 듯 후려친다. 구름은 대지 위를 달리며 어우러지고, 뭉치고, 빛을 반사한다. 구름 색깔은 자주색, 독을 품은 듯한 분홍색, 그리고 봄 새싹처럼 야들야들한 초록색이다. 구름은 지평선을 휘감고, 구름 덩어리는 그 속을 열어 폭풍의 심장을, 전광(電光)이 비친 모루의 뒷면을 보여준다.

차가운 바람이 시큼한 흙탕물 냄새를 앞세워 도랑에서 일어나더니 이내 상쾌해진다. 빗방울이 다소곳하게 톡톡 듣고, 천둥소리는 돌멩이를 잔뜩 실은 수레처럼 덜커덩거리며 가까워진다.

하지만 그들은 여전히 손을 높이 쳐들고 눈을 꼭 감은 채 노래를 멈추지 않는다. 세차게 흔들리는 잎사귀 아래 그들은 쏟아지는 비를 맞으며 위험스레 웅크리고 있다. 그들의 목소리가 바람이 중얼거리는 소리처럼 들린다. 그의 목소리는 유독 두드러지고, 폭풍우가 다가오자 더욱 크게 윙윙거린다.

찬란한 폭발. 꽃들이 공중으로 날아오르며 마당에 흩뿌려진다. 다시 한번 우르르 쾅 천둥이 내리치고 우리는 그 소리의 중심에 있다. 빌리 피스는 신탁처럼 철제 벤치에 앉아 쇠막대기들 사이에서 불꽃을 일으키고 실외등의 전선을 따라 나무 속으로 흐르는 푸른 번갯불의 중심이 된다. 빌리는 손을 쳐든 채 전도체가 되어 거대한 힘을 끌어온다. 또 한번 우르르 쾅 소리가 들리자 우리는 창가에서 움찔 물러섰다 다시 살금살금 다가가 바깥을 내다본다. 황금색 불의 밧줄이 뱀처럼 내려와 빌리를 두 번 휘감는다. 그는 완전한 암흑이 된다. 푸른빛이 그의 가슴에서 쏟아져나온다. 이어지는 침묵. 입 다문 유예. 광휘의 작은 웅덩이들이 허공에 걸려 꿈틀거리다 사라진다. 몇 방울은 떨어지는 도중에 튀어오르는 작은 우박 구슬과 한데 섞인다. 그러자 흰색의 무언가가 허공을 뒹굴고, 얼음 덩어리들이 박하와 바질과 레몬 향기를 부수고, 그 향기는 살이 타는 바비큐 냄새와 뒤섞여 허공으로 솟구친다.

우리는 말이 없다. 아이들은 잠들어 있다. 그리고 빌리 피스는?

그는 검게 타고 갈가리 찢긴 채 손발로 땅을 짚고 엎드린 큰 둔덕이다. 맹목적으로 타버린, 쿵쿵거리는 어둠의 생명체다. 우리는 그가 몸을 일으키며 천천히 정신을 추스르는 것을, 큼직한 손으로 허벅지를 밀며 일어서는 것을 지켜본다. 이윽고 그가 똑바로 선다. 나는 충격으로 힘이 빠져서 어머니의 손가락을 쥔다. 빌리는 살았고, 전보다 더 거대해졌고, 초자연적인 힘의 존재로 팽창했다. 우리는 창가에서 물러선다. 구름이 걷히자 그는 머리를 흔들며 하늘을 향해 우렁차게 외친다. 가혹한 은빛 물의 장막이 그 장면을 닫는다. 우리는 창가에서 돌아선다.

"엄마." 내가 말한다. "그를 막아야겠어요."

"아무도 막지 못할 거야." 어머니가 대답한다.

신앙 공동체

><

어느 날 내가 길게 드리운 그늘에 서 있는데 엉클 워런이 다가 와 나지막이, 내 얼굴은 쳐다보지도 않고 말한다.

너한테 달렸어, 난 알겠구나.

뭐가 나한테 달렸어요?

너한테 달렸어, 난 알겠구나.

뭐가요? 뭐가요?

난 알겠구나.

뭐가요?

네가 죽일 거야.

말도 안 돼요.

너한테 달렸어. 네가 죽일 거야.

우리는 그를 주립병원에 입원시켰고 부모님은 저세상으로 갔으며 나는 농장에 남았다. 빌리는 자기 생각을 전도하러 농장을 떠났고 마침내 종교를 창시했다. 신과 섬기는 자의 관계도 없고, 하느님을 찬양하는 내용도 없고, 바가반* 같은 존재도, 완전한 주님도, 이슬람의 수도승이나 마하라지**도 없는, 종교 이전의 모습에 의거한 종교였다. 물론 빌리 피스가 발견하자마자 그것에도 이름이 붙고 조직이 갖추어졌지만 그는 그런 느낌을 유발하는 단어는 일부러 피했다. 빌링스***의 이름을 빌린 신도 없고 예컨대 미니애폴리스라는 이름의 구세주도 없어서 사람들은 빌리가 생각만 있었다면 그런 이름을 사용할 수도 있었을 거라고 했다. 그와 추종자들이 다시 경계를 넘어 여기저기를 거쳐 농장에 돌아왔을 때는 달랑 성령 하나만 남아 있었다. 대부분 사람들은 이것을 이해하지 못했다. 빌리는 심지어 그리스도 반대자라는 개념도 버렸다. 악마는 그 정반대의 것을 암시해서 숭배자들은 악마를 어려서 꿈에서 본 수염이 북슬북슬한 그들의 아버지보다 더욱 매력적인 존재로 여긴다고 빌리는 느꼈다. 늘 조금씩 바뀌기는 했지만 전체적인 윤곽은 대충 이랬다. 성령이라는 게 존재하는데, 그것은 방대하고 방대하고 또 방대해서 우리는 그 어마어마한 방대함을 막아야 했다. 빌리는 우리가 수신기와 같다고 했다. 우리의 뇌는 생화학 기계, 그러니까 거대한 영적 지성을 우리가 다룰 만한 작은 것으로 축소하는 수용체였다.

---

* 일부 힌두교에서 추앙하는 절대적인 존재.
** 힌두교의 영적 지도자.
*** 몬태나 주의 도시.

우리 각자의 의식은 신성한 것을 거르는 체였다. 우리가 알 수 있는 것은 우리 마음이 안전하게 받아들일 수 있는 것에 한정되었다. 개개인이 스스로 장벽을 확장하면 된다고 생각할지 모르지만, 빌리가 보기에 우리의 과제는 그게 아니었다. 확실히 아니었다. 빌리는 함께 모여 살고 하나로 생각하며 여러 마음이 한 무리를 이루면 혼자 노력하는 것보다 더 많이 확장할 수 있다고 믿었다. 한꺼번에 한 장소에서 자기 자신을 열면 우리의 한계를, 그 방대한 성령의 경계를 없애버릴 수 있을 거라고 했다. 어떤 밤에는 서로 연결된 고무밴드처럼 손끝을 맞댄 채 밤이 새도록 날이 밝도록 둥글게 둘러앉아 그 뒤집힌 들판, 그 하늘의 경계에서 노래를 불렀다. 빌리는 전략을 짜고 목표를 정리하면서 시간을 보냈다. 규율편람에서 미완성인 부분을 찾아내 세밀히 다듬었다. 계획을 세우고 기금을 모으고 그의 기준에 맞는 사람들을 찾았다. 그는 처음에는 의지가 굳고 목표가 뚜렷하며 머리가 좋은 실험적인 사람을 받아들였다. 다음에는 논리적인 설명이 가능한 사람을 받아들였다. 최근에는 상처입은 사람, 어딘가 부족한 사람을 받아들였는데, 물론 그들도 조직에 속해 있어야 했다. 특히 한 직장에 오래 다닌 사람을 찾고 있었다. 이력서가 필요했다. 증거 없이는 아무도 믿지 않았다. 그들은 빌리와 함께 생각하면서 몇 시간이고 앉아 있어야 했다. 성품도 검증했다. 미신적인 사람도 안 되고 근본주의자도 곤란했다. 세상은 종말로 치닫고 있으며 그 끝은 경제적 악몽이라고 믿는 사람은 가능했다. 신이 빛과 불가분이라고 생각한다면 신을 믿는 사람도 가능했다. 예방접종이라도 한 것처럼 가톨릭 신자였던 사람은 단 한 명도 없었다. 유대인으로 그들의 종교 의식에서 한두 세대 떨어진 사람은 있었다. 독실한 루터교 신자는 거의 없었지만 먼 프로테스탄트 신자는 있었다. 침례교 신자나 힌두교 신자, 유학자, 모르몬교 신자는 없었다. 다른 부족 종교의 신자도 없었다. 백만장자도 없었고 생존주의자*도 없었다.

나는 그 범주의 어디에도 속하지 않았다. 남쪽 여행길에서 독사를 키우는 일가를 만난 적이 있는데, 그들은 독을 다루어 악마를 물리치는 일이 자신들의 사명이라고 믿었다. 그들의 교회에서 반년 동안 지내면서 하얗게 센 머리가 허리까지 닿는 버지니 할머니와 같이 앉아 있곤 했다. 그녀는 내게 머리카락을 자르면 안 된다고 했다. 그녀는 눈이 뱀처럼 변해서 동공에 어둠의 균열이 보였고, 입술은 얇았다. 한쪽 손은 뱀에 물린 뒤 비쩍 말라 꺼멓게 오그라들었고, 다른 손은 약지가 없었다. 너도 물릴 거야, 그녀가 말했다. 하지만 그 일로 거대한 힘 속에서 살게 될 거야. 그녀는 독사 두 마리를 주었는데, 한 마리는 육 피트 길이로 다이아몬드 무늬가 있었고, 또 한 마리는 붉은 바탕에 모래시계 무늬가 있는 살무사였다. 이것들은 판단력을 지녔지, 그녀가 말했다. 그리고 사랑도 지녔어.

그렇다면 나를 판단해봐, 처음 뱀을 쥐고 나는 이렇게 말했다. 나를 가져봐. 그러자 그것들은 그렇게 했다. 내 신앙은 거기에 있었다. 그게 성령에 더 가까워지는 내 방식이란 걸 나는 애초부터 알고 있었다. 그것들의 서늘하고 물기 없는 몸이 무심하게, 기이하

---

　*사회적, 자연적 위기에서 살아남으려면 생존기술을 익혀야 한다고 믿는 사람.

게, 불안정하게, 묵직하게 성령의 자비를 보이며, 나를 사랑하며, 내 속에 거대한 힘의 혈류를 흘려보내며 내 몸을 타고 주르륵 미끄러졌다. 뱀을 붙잡고 있으면 나를 해방시킬 수 있었다. 그것들을 달래고 있으면 가슴 깊은 곳은 차가워졌지만 살갗은 따사롭게 달아올랐다. 또한 그림도 볼 수 있었다. 나는 뱀에게 사랑의 체온과 납작한 돌멩이와 검은 돌멩이와 일정한 뙤약볕을 베풀었다.

뱀을 회합에 데려가 부리기 시작하자 공동체 사람들은 나를 피해 다녔고, 그 점 또한 위안이 되었다. 하지만 나는 나 자신을 가급적 큰 소리 내지 않는 박약한 의지의 소유자로, 한 명의 추종자로 여겼다. 확실한 목표도 없고 마음의 자질도 없는 사람으로 생각했다. 못생기지는 않았지만, 딱히 예쁘다 할 구석도 없었다. 젊었고, 나한테도 젊을 권리가 있다면 그것보다 더 많이 젊었다. 독사를 붙잡고 있을 때만 빼면 스스로 무력하다고 느꼈다. 게다가 내게는 그림이 있었고, 그것 때문에 빌리는 나를 놓아주지 않으려 했다.

"밀워키를 보여줘." 어느 밤 빌리가 말했다.

밀워키는 그의 부모님이 세상을 떠나기 전 이 년간 정착한 곳이었다. 나는 최선을 다해 밀워키를 보여주었다. 거기 누워 그 묵직함을, 6월의 도로 중앙분리대를, 좋아하는 레스토랑에 저녁식사를 예약한 뒤 십오 분 뒤면 독일음식이, 독일빵이, 독일맥주가, 독일식 송아지 커틀릿이 허기진 배를 채워줄 거라는 기대를 품고 그곳에 들어가는 기분을 느꼈다. 빌리가 살던 동네를 보고, 푸슬푸슬 벗겨지는 회반죽 벽을, 썩어가는 낡은 합판 구조물과 뒷마당을, 산산이 부서지는 햇살과 그늘을, 나뭇잎을, 빌리의 어머니가 빨간 정장 차림으로 땅 위에 반듯하게 누워 잠든 것을, 뒤쪽 포치가 후텁지근한 열기로 가득한 것을, 6월의 날벌레들이 한밤중에 방충망에 부딪치며 쉴새없이 시끄럽게 구는 것을 보았다. 강 냄새, 개학날 냄새, 9월의 시작과 함께 밀워키의 학교에서 풍기는 분필과 왁스 냄새, 깨끗이 말려서 보관해둔 종이타월 냄새도 맡았다. 우유팩과 빨대도 보았다. 철사같이 비쩍 마른 팔로 빌리를 제지하는 누나도 보았다. 핫도그 가판대에 서서 오 센트짜리 땅콩 한 봉지를 하염없이 쳐다보는 빌리도 보았다.

"그만." 빌리가 말했다. "이제 그만."

나는 피했지만, 그는 또다른 그림의 등장을 느꼈을 것이다. 불타는 채찍, 가위, 짓눌린 신경, 삼공 활차, 가죽끈, 벨트, 스파이크 힐 구두, 면도날, 끓어넘치는 뜨거운 타피오카*, 유리 파편, 칼, 잘랑거리는 갑옷, 그의 누나, 또 그의 누나, 지하실, 나는 지하에 있는 것이면 뭐든지 멀찍이 피했다.

"보여줘. 보여줘." 빌리는 어중간하게 잠들어 있었다. 그는 자기가 뭘 보고 싶어하는지 몰랐다. 물론 그가 내 그림 전체를 볼 수 있다는 말은 아니다. 다만 그림의 가장자리로 걸어가 그 부스러기를, 새가 몸을 흔들 때 깃털에서 떨어지는 물방울을 볼 뿐이다. 그것이 내가 보여줄 수 있는 만큼이고 빌리에게 필요한 전부다. 그런 식으로 보여주면 나머지 땅은 닫힌다. 당신은 갇히고, 꽉 조이

---

* 카사바 나무에서 얻는 식용 녹말.

고, 묶이고, 태어난다. 나는 그걸 할 수 있었고, 꼭 그만큼 할 수 있었으며, 그는 그게 필요했다. 달아나는 것.

"보여줘."

그래서 나는 보여줬고, 또 보여줬다. 다시 한 해가 지났고, 성령이 빌리를 가르고 들어간 다음 규율은 더 엄격하고 혹독해졌으며, 우리마저 용서하지 않으려 했다.

❃

1월 어느 밤, 빌리는 방에 들어와 아이들과 나를 앉혀놓고 밤새도록 그 두껍고 뜨끈한 손바닥으로 우리의 얼굴을 으스러지게 쥐고 찰싹찰싹 때리면서 잠들지 말라고, 깨어 있으라고 다그쳤다.

"잘 들어! 종말이 다가왔어!"

나와 아이들이 울었지만 그는 우리가 잠들게 내버려두지 않았다.

"당신 속에 조화롭지 않은 게 있어. 뭔가가 있어. 통로를 가로막는 것, 구멍을 컴컴하게 가리는 것, 주파수 범위를 좁히는 것."

"아니, 없어요. 애들 좀 봐요. 당신 애들이잖아요."

"당신도 애들도 내 것이야. 그 생명도 내 것이야. 나는 성령이 뜻한 바대로 당신을 다룰 거야. 엎드려! 엎드려! 바닥에 엎드리란 말이야!"

그는 미심쩍어하며 우리를 혐오스런 눈빛으로 쳐다보았고, 검은 시간이 지나갔다. 마침내 그가 곯아떨어졌다. 아이들은 내 무릎 위로 쓰러졌다. 나는 온 신경이 곤두서고 잠도 완전히 달아나서 내 유리상자가 있는 데로 갔다. 그리고 독사들을 꺼내 함께 기도했다. 독사들은 내 몸을 친친 감고 옷 속을 들락날락하며 나를 위로하고 어루만졌다. 뱀들은 내 말에 귀를 기울였고 나 역시 그것들의 말을 들었다. 치누크 바람*이 불었다. 꼭 그런 느낌이었다.

기온이 갑자기 올라갔다. 따스한 바람은 높이 쌓인 눈을 몇 시간 만에 녹였다. 서까래가 신음하는 소리가 들리고 눈은 벌써 녹아 물방울이 들었다. 흙과 비 냄새가 났다. 바람이 휩쓸고 지나갔으니 조금 있으면 짙은 회색과 금색 겨울 풀들이 표류물을 뚫고 고개를 내밀 터였다. 대기는 흐르며 이동했고, 어둡고 훈훈한 기류는 남서쪽에서 몰려와 축축하고 미끌미끌한 길을 건너면서 신선한 공기를 토해냈다. 늑대개들이 모습을 드러내더니 긴 주둥이를 허공에 쳐들었다.

공포의 순간이 다가오자 나는 화들짝 정신이 들었고, 그 순간 살무사가 내 날개 그림자에서, 나를 죽이지 않을 만큼 심장과 가까운 거리에서 오롯이 나를 덮쳐왔다. 주님 안에서, 배운 대로 말한 뒤 나는 아름다운 붉은 등의 살무사를 거두었다. 몸에 그려진 모래시계로 시간 자체를 입은 살무사를 다시 상자 안으로 들여보내자 모래가 그 속으로 다시 빨려 들어가는 것 같았다. 나는 바닥에 드러누웠다. 독이 내 속에서 열꽃을 피우게 내버려두었다. 메스꺼움이, 질문이, 이어서 힘을 가진 나무 열매가 끓어오르게 내버려두었다. 깨달음이 나를 꼭 붙들고 놓지 않게 했다. 독사를 이해함

---

* 미국 서북부에서 겨울부터 봄에 걸쳐 부는 따뜻한 남서풍.

으로써 내 심장은 검게 타고 바위처럼 단단해졌다. 심장은 한 번 멈추었다 다시 뛰기 시작했다. 생명이 내 속으로 다시 쏟아져 들어왔고 나는 더 강해졌다는 사실을 깨달았다. 내가 독을 빨아들였다는 사실을 깨달았다. 그 독이 내 속에서 작용하는 한, 내가 그 독이며 거대한 힘이라는 사실을 깨달았다.

그에게서 달아나라, 아이들을 데려가라. 독사는 유리상자 속에서, 자신의 보금자리인 풀더미 위에서 이렇게 말한 뒤 다시 똬리를 틀고 잠이 들었다.

✄

긴 기차 여행, 느리고 반복되는 여행의 유예. 나는 공동체를 위한 돈을 모아올 테니 시애틀로 떠나게 해달라고 빌리를 설득했다. 뱀을 데려가 작은 가방에 넣어 다니며 배불리 먹였고, 따스한 내 몸에 감았다. 그것들이 너무 활발해지면 다시 가죽 케이스에 넣어 발 옆의 차가운 바닥에 내려놓았다. 나는 한편으로 내가 돌아오지 않으리라는 것을, 뱀에 물린 뒤로는 돌아오지 않으리라는 것을 줄곧 알았지만, 기어코 그가 나를 보내주게 했다.

돌아다니는 동안은 모이게 두었다. 돌아오는 길에는 빠져나오게 두었다. 승객들의 한숨과 신음 속에서 몸을 잔뜩 웅크린 채 비좁은 2인용 좌석에서 꾸벅꾸벅 졸다, 경련이 일어나면 욱신거리고 뻐근한 상태로 잠에서 깼다. 어두컴컴한 캐스케이즈에 다다랐을 때 그곳의 산들보다 내가 더 짙은 어둠이라는 사실을 깨달았다. 깨달음이 바이러스처럼 관절에 들어앉은 뒤부터 고요한 고통에 빠진 채 앉아 있었다. 쿠테나이 어디쯤에 이르자 고통은 두려움으로 바뀌었다.

창밖은 컴컴하고 적막하고 경계도 없고, 깊은 숲은 갓 내린 눈의 무게로 고개를 숙였다. 다음에는 무슨 일이 일어날까 생각하며 흰 벽을 쳤다. 그 뒤에는 내 아이들이 있었다. 아이들에 대한 내 사랑은 맹목적이었다. 아이들은 절대 데려가게 하지 않을 것이다. 햇빛이 방금 몬태나 주 화이트피시 외곽에 비춰들었다. 아침식사 시간이라고 알려왔다. 나는 마음을 정하고 결심을 더욱 단단히 굳혔다. 그러자 혼란이 걷혔다. 식당車에 앉아 달걀 요리를 주문했다. 코티지 포테이토와 버터를 바른 토스트, 작은 용기에 든 포도 잼이 함께 나왔다. 나는 몇 입 먹은 뒤 플라스틱 컵에 담긴 밀크커피를 마셨다. 짙은 로지폴 소나무와 노란 낙엽송이 스쳐갔고, 일반 사람들이 한평생 보는 것보다 더 많은 나무가 지나갔다. 나무는 바퀴살처럼 회전했고 팔처럼 가지를 뻗었다. 바늘잎 사이로 눈발이 가루처럼 걸러졌다. 커다란 흰빛 거품이 한껏 부풀었다 나뭇가지에서 퐁퐁 터졌다.

이 년 전에 큰 탈선 사고가 일어나 곡물이 와르르 쏟아진 일이 있었는데, 그 장소에 겨울잠을 방해받은 뚱뚱한 곰 한 마리가 서 있었다. 철도 인부들이 땅 밑이나 전기 철조망 뒤에 혹은 손이 미치지 않는 곳에 파묻은 밀이 잿물에 젖어 발효한 냄새를 맡고 곰이 일어난 건지도 몰랐다. 다른 승객들은 모두 대화에 몰두하거나 탄 팬케이크와 순한 차를 마시는 데 열중했다. 곰을 본 사람은 나

혼자였고, 나는 아무 말 하지 않았다. 곰은 디젤 냄새를, 가혹한 금속 냄새를, 어쩌면 끓는 오트밀 증기 냄새를 맡고는 머리를 흔들었다. 껑충 뛰어 달아나지도, 멀찍이 피하지도 않았고, 우리가 지나갈 때까지 자기 그림자 속에서 마냥 기다리기만 했는데, 동부행 28호 열차에 이미 익숙한지도 몰랐다. 내 미래는 꿰뚫어 볼 수 없는 구름 덩어리, 자욱한 안개 같았다. 자유란 굴착기로 쌓아올린 온갖 달콤한 곡식처럼 다다를 수 없는 것으로 보였다. 내 인생은 눈밭 속에서 부드러운 이빨로 나를 가둔 덫이었다. 여기 위는 무한하고 자유롭고 더없이 광활해서 오히려 아프다. 정녕 아프다. 우리는 비좁고 답답하고 얽매이고 종종거리고 넋이 나가 슬픔에 빠져 있기 때문이다.

풀, 물, 여름의 분홍바늘꽃, 엉겅퀴가 지금 나를 구하러 온다. 나는 그렇게 생각했다. 하지만 신을 찾지는 않았다. 신은 남편의 편이다.

프렌치가 나를 데리러 기차역에 왔을 때 나는 이미 기운을 다 써버린 뒤였다. 하지만 프렌치가 짐을 받아 트럭 짐칸에 싣고 별다른 말 없이 운전석에 탄 걸 보면 내 모습과 행동이 분명 전과 같았을 것이다. 빌리는 역에 마중나오는 일 따위는 하지 않았는데, 그것은 하릴없이 기다리는 것을 의미했고 그에게는 가만히 앉아 기다릴 시간이 없었기 때문이다. 그의 시간은 이제 매 순간 헌신하는 시간이다. 더없이 귀중하다.

"제가 밥 살게요." 내가 프렌치에게 말했다. "만 달러는 족히 모았어요." 그건 사실이었다.

나는 특정 장비가 필요하거나 성령 부흥회를 열기 위해 자금이 필요하면 웨이트리스 일을 했지만, 그 일 말고도 대규모 텐트 집회에서 간증을 하고 팸플릿에 글을 쓰고 성령이 내린 무아지경의 상태에서 뱀을 부리는 일로 빌리를 위해 돈을 벌었다. 그중에서 웨이트리스 일이 가장 좋았다. 다만 수익은 스타디움이나 텐트 부흥회에서 벌어들인 것이 가장 짭짤했다. 일단 공동체 거주지에 들어가면 다시 맘껏 바깥세상을 볼 수 있기까지 한참 시간이 걸릴 터였다. 그런 까닭에 나는 프렌치를 4-B's 식당, 올데이 브렉퍼스트를 파는 그곳으로 데려갔다. 그 식당은 내가 일 년 동안 일했고 급료를 올려주겠다는 제안에도 미련 없이 떠난 곳이었다. 거기서 나는 평범한 인간이며 어떤 여자와도 다를 바 없었는데, 지금 바로 그런 기분을 느끼고 싶었다. 딸과 아들의 사진을 보여줘도 거기서는 아이들의 옷차림이 남루하다고 뭐라는 사람이 없었고, 그것이 의미하는 바를 몰랐으며, 아이들이 성령을 받았는지 묻는 사람도 없었다.

프렌치는 자리에 앉아 겁을 집어먹은 채 주위를 두리번거렸다. 레스토랑에서 식사하는 것에 대해서는 딱히 규정이란 게 없었지만, 둘 다 그래서는 안 된다는 것을, 곧장 집으로, 형제자매에게로 돌아가야 한다는 것을, 돈을 아껴야 하며 먹지도 않을 달걀을 재차 주문하는 데 써서는 안 된다는 것을, 갈색 자기 찻잔에 시선을 못 박은 채 리필이 되지 않는 연한 블랙커피에 써서도 안 된다는 것을 잘 알고 있었다. 그러는 중에도 프렌치는 남편의 손길을 어깨에, 눈길을 목덜미에 무겁게 느꼈고, 귀로는 라디오에 길든 빌리의 목소리를, 결백하고 웅숭깊고 천둥처럼 충만하며 희망처럼 둥근 목소리를 들었다. 남편의 목소리는 그 자신처럼 완벽했다. 신이 만든 목소리. 남편의 목소리는 구원이자 백시현상이 일어나도 붙잡을 수 있는 밧줄이었다. 남편의 목소리는 예전에 그랬듯이 내가 집으로 돌아가 그를 에워싼 향기로운 황금빛 속으로 들어가면 다시 내 마음을 바꾸어놓을 것이다. 그가 나와 함께 꾸는 꿈속에서 나는 저항하지 못하고 가라앉아 침몰할 것이다. 또다시 나는 그림자가, 벽에 부딪쳐 사랑스레 내던져진 빛이 될 것이다.

나는 천천히 커피를 마셨다. 공동체의 일원 앞에서 내 행동이 어떤지 관찰해 스스로 시험해보아야 했다. 프렌치가 주의력이 부족한 게 기뻤다. 그는 어딘지 모르게 겁을 집어먹고 슬금슬금 눈치를 보는 것 같아 왠지 진짜가 아닌 느낌이 들었다. 요모조모 뜯어보면 얼굴은 잘생긴 편이었는데, 훌륭한 골격과 선명한 초록 눈동자, 짙고 무성한 속눈썹, 단호한 입매에 콧대는 곧았다. 하지만 그는 흠씬 두들겨맞은 짐승처럼 행동했고, 구부정한 자세로 살금살금 걸었으며, 용서를 구하는 억양으로 말했고, 말을 거는 대신 상대방이 먼저 말하기를 기다렸다. 그는 자신이 얻을 수 있는 것만 가졌다. 그것이 그의 좌우명인 것 같았다.

그를 곤란하게 하고 싶지 않았기에 나는 4-B's에서 일하는 동안 안면이 익은 종업원과 정중하게 인사만 몇 마디 나누었다. 시애틀에서 벌었지만 신고는 하지 않은 여분의 돈으로 계산을 하고 나서 프렌치에게 이제 가자고, 집으로 돌아가자고 말했다. 하지만 떠나기 직전에 그곳을 둘러보았다. 오렌지색 플라스틱 부스와 평범한 샐러드 바가 있는 널찍하고 기능적인 공간에 불과했지만, 더구나 레스토랑이나 카페 업계로 보자면 별다른 특징이 없는 단순한 공간이었지만, 내 미래를 생각하면 창밖에서 한가득 쏟아져 들어오는 뿌연 빛줄기가 사무치게 느껴졌다.

그 일이 끝나면 이곳에 돌아오리라 결심했다. 여기에 앉아 검고 노란 벌이 그려진 유치한 냅킨을 펴서 무릎에 조심스레 올려놓을 것이다. 아이들을 위해 올데이 브렉퍼스트를 주문할 것이다. 아이들이 먹을 것이다. 먹는 아이들을 보면 나도 먹을 수 있을 것이다.

그날이 올 때까지 어떤 음식도 내 입술에 닿게 하고 싶지 않지만, 힘을 모아야 했고 어떤 동작도 어떤 돈도 어떤 호흡도 낭비할 수 없었다. 그 순간부터 나는 닫힌 비밀이었다. 그 산이 아는 모든 것이었다. 뒤집히지 않은 바위였다.

그리고 그 밑에 도사린 뱀, 또한 그것이었다.

✄

우리 중 일부는 닭장에서 살았고, 다른 일부는 큰 물통에서, 또 다른 일부는 하지의 태양 아래 야외에서 살았다. 일부는 언덕 깊숙이 살았고, 또 일부는 가축과 함께 방목장에서, 트랙터에서, 구식 벌링턴 유개화차에서 살았다. 일부는 배우자와 함께 살았고, 또 일부는 아이들과, 오로지 아이들과만 살았다. 일부는 뜨거운 열기 속에서 구원받았고, 일부는 겨울의 추위 속에서 구원받았다. 단순한 호기심만 있는 일부는 구원받지 못했다. 일부는 뒤쪽에 새로 지은 통나무집 벽난로 뒤편에서 빌리와 함께 살아서 우리의 옷에서는 종일 송진 냄새와 한밤중에 피운 불의 연기 냄새가 났다. 나는 빌리의 유일한 정식 아내로 그의 성을 내 이름과 아이들에게 붙일 수 있었고 그것이 내가 받은 보상이었다. 곧이곧대로 말하면 그가 더 위대한 성실성을 발휘하는 순간은, 숨김없이 말해서 다른 여자들과 묵묵히 생식행위에 몰두할 때였다. 그는 가장 위대한 의미에서 내게 속해 있었고 그 사실을 내 면전에서, 반짝이는 거울 앞에서 떳떳하게 말했다.

우리가 완벽히 보전된 좁은 지선도로(무거운 차량의 바퀴 자국이 난 넓은 도로가 아니라)에 다다르자 손뜨개 장갑을 낀 내 손이 얼음처럼 차가워졌다. 저 멀리 목장 건물들이 시야에 들어왔고, 목장에 들어서자 공허하고 허기지고 굶주린 느낌이 들었지만 딱히 음식에 대한 느낌은 아니었다. 내 살은 아이들을 껴안고 싶어 못 견딜 지경이었다. 이윽고 감시소에 도착했다. 땀이 소매 속에서 줄줄 흘렀다. 얼굴은 아무렇지 않은 표정을 짓느라 딱딱하게 굳는 것 같았다. 뼛속까지 추웠고, 오한이 들어 깊은 중심까지 통증을 느꼈다. 공동체 모두가 지켜야 하는 규율편람에는 죄의식을 느끼는 심장은 불에 타서 잿더미가 된 죽은 심장이며 따라서 거부되어야 한다고 쓰여 있었다. 추방되는 것이다. 굽잇길에 들어서자 타이어가 자갈에 부딪쳐 달가닥거렸고 몸은 심하게 흔들렸다. 두 다리가 불안정하게 물처럼 흐느적거렸다. 턱관절이 아파왔다. 빌리가 나를 쳐다보자마자 깊숙한 내면을 들여다보리라는 것을, 내 속에서 검은 연기를, 수증기를, 배반의 푸른 광휘를 읽어내리라는 것을 나는 알았다. 그는 기도할 것이다. 의기양양한 표정으로 나를 바라볼 것이며, 나를 다시 우리의 결혼생활로, 신앙으로 되돌려놓을 것이다.

빌리는 팔을 높이 흔들며 나를 소리쳐 불렀고, 나를 보고 만족스러워했고, 자신이 연출한 아내를 반기는 남편의 그림에 흐뭇해했다. 그는 균열이 일어난 곳을 시멘트로 견고하게 메운 이층짜리 회색 통나무집의 긴 포치에 서 있었다. 거기서 계속 기다린 건 아니었다. 데버러, 영원한 참회자이자 개인 비서인 그녀를 시켜 우리를 기다리게 했다. 그녀는 책상 밑에서 아마도 그의 성기를 빨아주었을 것이며, 자기 입술을 손수건으로 닦으며 그의 시중을 끝냈을 것이다. 그녀는 우리가 오는지 보다가 그의 사무실이자 속기사들이 전화 여러 대로 밤새 일하는, 결코 닫히지 않는 전화실로 그를 부르러 갔을 것이다. 데버러가 데리러 가자 그는 늦지 않게 나를 맞이하려고 사무실에서 부리나케 나왔을 것이다. 그는 조바심을 냈다. 나는 수영할 수 있는지도 모르면서 높은 다이빙보드에서 뛰어내리는 것처럼 차에서 내렸다. 내게는 짙은 녹색의 감정적인, 반역적인, 그리고 새로운 요소가 배어 있었다. 그에게 단숨에 달려갔다. 격렬한 기쁨을 그에게 전달하고 싶었다. 그에게 달려들자 그는 고단하고 아늑하고 견고한 흐름이 느껴지는 몸으로 나를 끌어안았다. 내가 아는 남자의 몸은 그가 유일했다. 그의 몸에서 섬뜩한 선량함을, 나를 향한 은밀한 사랑의 호사를 느꼈다. 그의 심장은 내 뺨 아래서 세게 고동쳤다. 나는 돌아설 수 없었다.

거대하고 부드럽고 건장하고 저항할 수 없는 힘을 지닌 빌리가 나를 감싸 안았다. 번개를 빨아들일 때만큼 방대하지는 않았으나 충분히 거대했다. 나는 그의 살과 목소리의 친숙함에 빠져들었다. 그 음성은 하늘처럼 분홍빛이었다. 아이들이 놀고 있는 방으로, 놀이에 열중한 아이들을 놀래주어도 된다는 허락을 받고 그 방으로 들어갈 때, 내 귀가를 반기는 그의 열렬한 기쁨이 내 주위에 가득 피어올랐다.

아이들이 돌아보기 전에 나는 잠시 노는 모습을 지켜보았다. 아이들의 이름을 부르는 건 이제 금지되었지만 나는 아직 간직하고 있었다. 내가 품은 이름은 옛 이름, 이제는 비밀이 된 이름이었다. 아이들의 아버지는 과거의 이름 같은 건 벌써 잊었을 것이다.

유다의 머리는 모래 빛깔이고 머릿결은 거칠었다. 유다와 연결된 전선은 언제나 더 팽팽하고 날카롭게 당겨지고 접속은 신속하고 걸림이 없어서, 머리뿐 아니라 몸 전체가 영리한 것 같았다. 커다란 눈망울은 슬프고 따스했으며, 자기 아버지의 눈동자처럼 색깔이 변했다. 이따금 강렬한 감정에 사로잡힐 때면 눈빛은 오묘한 검은색으로 깊어졌다. 사람들은 아이의 생김새가 나를 닮았다고 했지만 나는 어디가 닮았는지 알 수 없었다. 하지만 릴리스에 대해서는 말할 수 있었다. 릴리스는 나를 닮았다. 양미간이 좁고 얼굴을 찡그린, 늘 무방비한 표정을 짓는 내 초등학교 시절의 사진을 보는 것 같았다. 수줍음이 많았지만 고집이 세고, 뜻밖에 게으름을 피운다면 그건 순전히 의지 때문이지 결코 어쩔 수 없어서가 아니었다. 나는 릴리스가 굉장히 영리하다고 생각했지만 외부에서 검사를 받은 적은 없었다. 다른 아이들이 아는 것과 비교해서 어느 수준인지 정확히 알아낼 방법이 없었다. 지금 그 아이가 달려와 나를 와락 끌어안고 녹아들듯 품에 안겨 내게서 소금과 눈의 냄새를 맡았다. 나는 두 아이를 부둥켜안고 그 거칠고 따뜻한 머리카락에 얼굴을 파묻었다. 나는 아이들의 광채를 들이마셨고, 우리는 케이크처럼 가볍게 떠오르기 시작했다. 손뜨개로 짠 융단 위에서 우리는 얼싸안고 꼭 일 인치만큼 솟아올라 빙글빙글 돌았다. 뒤쪽 문에서 얼음을 얼릴 것 같은 공기가 밀려와 회오리를 일으키며 우리를 단단히 옥죄었다.

❋

날마다 이슥한 밤이면 집 한가운데 탁 트인 너른 공간을 가로질러 친숙한 전화벨 소리가 불쑥불쑥 울려와 눈이 떠졌다. 전화는 빌리가 여기에서, 그랜드포크스에서, 파고에서, 위니펙에서 매달 테이프로 녹음해 전 세계에 내보낸 방송을 듣고 개종한 사람들이 걸어오는 것이었다. 여자들은 동쪽에서 빛을 보았다고, 세탁물 투하구에서 올라오는 목소리를 들었다고, 손가락 관절에서 불끈거리는 힘을 느꼈다고, 그들을 에워싸고 부유하는 더없이 아름다운 언어를 알아들었다고 전화를 해왔다. 또 여자들은 빵을 구우니 빌리의 얼굴 모양이 되더라고, 익히지 않은 날고기가 그의 이름을 중얼거리더라고 전화를 걸어왔다. 그들은 또 수표 주위에 찍힌 기호들이 아이들에 대해 말해주었다고, 기저귀를 갈다 그들을 부르는 소리를 들었다고 했다. 그것도 아니면 케이크를 구우려고 하는

데 반죽에서 빨대가 튀어나와 구원을 상징하는 음을 연속으로 냈다고 했다. 집에서 수화기를 들자 '구원받았다'고 말하는 그들 자신의 목소리가 들렸다. 빌리의 방송 없이는 세탁기가 작동되지 않았다. 새로 안 사실 때문에 손은 상처를 입었고, 성관계를 하다 마비되고 다쳤다. 그들은 소화불량으로, 암으로, 치명적인 사마귀로, 희귀한 바이러스로, 두드러기로, 기생충으로, 뇌경색으로, 암으로, 암으로 죽어갔다.

남자들은 빌리에게 편지를 쓰거나 전화를 걸어 설교를 듣는 도중 카라디오가 폭발했다고, 전기공구가 울부짖었다고, 갑자기 이름을 잊어버려 자기가 누군지 기억하지 못했다고 말했다. 그들을 채운 말씀이 머릿속에서 빌리를 방송했다. 그들의 어머니들이 경고했지만 그들은 듣지 않았다. 남자들은 충격적인 간통행위를 빌리에게 전화로 털어놓았다. 남자들은 심장 비대증으로, 전립선 비대증으로, 고질적인 종기로, 고약한 날씨로, 노망 든 광증으로, 소모성 바이러스로, 체체파리의 키스로, 음식으로, 정원 제초제로, 집주인의 사고로, 혈전증으로, 혈관 응고로, 검은 우울증으로, 암으로, 암으로 죽어간다고 편지를 써 보냈다. 밤새도록, 한밤 내내 사람들은 전화로 시답지 않은 말이나 하소연을 늘어놓았고, 공동체 사람들은 이러한 구원의 말들을 기록했다. 아침이면 반투명한 싸구려 용지가 책상과 바닥 여기저기에 널브러졌고, 증언의 기록은 고단한 타이피스트의 발치에서 카펫을 지나 맨 아래 계단까지 이어졌다.

"좋은 여행이었던 것 같군." 빌리가 말했다.

"그랬어요." 내가 대답했다.

그는 내 얼굴을 양손으로 감싸 쥐고 눈을 들여다보았다. 정말로 나를 쳐다본 것은 아니었다. 내 눈에 비친 자기 모습을 보았다.

그가 보는 것은 나를 보는 자신이어서, 자기와 자기가 바라보는 자기 사이에서 정작 나는 보이지 않았다.

"기차 여행을 좋아하니까요." 입속에서 피 맛이 나자 마음이 놓였다.

"여보. 당신이 만약에 날 떠나도 아이들은 내가 데려가. 내가 키울 거야. 아이들을 어떻게 할지는 당신도 알겠지."

그는 내 머리카락을 쓸어넘기며 자기 몸에 나를 단단히 밀착시켰고, 우리는 방문을 닫은 뒤 이따금 그러듯 여러 방법 중 한 가지를 시작했다. 그는 나를 침대 옆에 세우고 옷을 하나씩 벗기고 내 몸을 천천히 여기저기 쓸어내리는 것만으로 나를 절정에 오르게 했다. 내 다리를 거칠게 벌린 뒤 내 몸은 제대로 만지지도 않으면서 거기에 자기 입을 세게 부딪쳐왔다. 침대 옆에 둔 시계로 거의 한 시간이 걸린 걸 알 수 있었다. 그후로도 한참 시간이 걸렸다. 그는 자기 옷은 벗지 않은 채 내 속으로 들어왔고, 그의 바지 지퍼는 내 몸을 할퀴고 생채기를 냈다. 나는 소리를 질렀다. 그는 더 세게 들어오다 이윽고 물러났다. 그는 내 양쪽 손목을 내 등 뒤로

잡고 나를 카펫에 눕혔다. 내 몸 위에 엎드려 부드럽게, 빠르게, 느리게, 어쩔 줄 모르게, 끝도 시작도 없이, 내가 지겨워할 때까지, 내가 잠들고 싶을 때까지, 내가 신음할 때까지, 내가 다시 비명을 지를 때까지, 내가 아무것도 원하지 않을 때까지, 내가 맨 처음의 가물었던 그 여름날 그가 나를 처음 가진 방식대로 해주기를 원할 때까지, 그는 내 속으로 들어오고 나가기를 반복했다.

다음 날 아침 나는 회합중에 돈을 꺼내 헤아린 뒤 빌리에게 건네주었다. 빌리는 자기 앞에 돈더미를 쌓아놓고 축복을 내린 다음 재무 담당인 블리스에게 넘겨주었다. 풍성한 금발 머리를 지닌 그녀는 사우스다코타 주 애버딘 출신이었으며, 매우 유능하고 자부심도 대단했다. 불도그 같은 중량감 있는 얼굴에 볼이 축 늘어져 미소를 활짝 지으면 흉측해 보였다. 생각해보면 여기에 블리스를 데려온 건 나여서 이따금 허탈한 웃음이 났다. 나는 이 여자를 성병에서 구해냈다. 과거에 그녀는 섹스 발전기처럼 살아서 인생은 몹쓸 만남과 고백할 거리로 가득했고, 아직도 생피 같은 에너지가 흘러나와 마룻바닥으로 스며들었다. 그녀는 당뇨병 환자여서 주사를 맞곤 했는데, 내가 알기로 흔히 쓰는 짧은 바늘이 아니라 긴 주삿바늘이 달린 것이었다. 그녀는 고통을 체념했고 그것을 봉헌이라고 말했다. 나는 속으로 그녀에게서 탄 숯 냄새가 난다고 생각했다. 악취는 심하지만 그녀가 나를 좋아한다고 공언하고 또 내 아이들의 영적 대모이기도 해서 나 역시 그녀를 온 마음으로 좋아할 수밖에 없었다. 사실 나는 그녀의 요청이 있으면 그녀에게 삶을 바치겠다고 서약까지 해야 했다. 빌리 피스는 블리스를 선택했지만 그날 새 아침에 그녀를 바라보고 있으려니 그녀의 손은 푸주한의 손처럼 두껍고 벌받은 손이라는 생각이 들었다.

이제 운동복에 군복 재킷을 걸쳐 입은 그녀가 돼지기름을 바른 녹색 전사처럼 일어섰다. 그녀가 두꺼운 손을 내밀자 우리 역시 한참 동안 손을 내민 채 에너지를 내보냈다. 노래가 시작됐고 두 차례 반복됐다. 그녀가 손을 내리고 재정 보고를 시작했다. 기도문인 양 큰 소리로 외쳤는데, 죄다 수치나 어지러운 퍼센트나 세금 감면 내역, 혹은 돈이 어디서 들어와 어디로 나갔다는 말뿐이었다. 나쁠 것은 없고 이로운 것 같아서 우리는 적당한 시점에 또는 그녀가 동의를 구하면 언제라도 고개를 끄덕이며 미소를 지어보였다.

"다 됐어요." 마침내 그녀가 말했다. "요지는 이거예요. 직장에 다니면서 수입을 보태줄 사람이 셋 필요해요."

"누가 적합할지 다 함께 묵상해봅시다." 프렌치가 제안하며 고개를 숙였다.

우리도 따라서 했다. 내 손을 잡은 데버러의 손이 빛처럼 차디찼다. 내가 친구로 여기는 사람이 있다면 아마 데버러일 것이다. 데버러의 아이들과 내 아이들은 또래였고, 데버러와 나는 텃밭과 부엌에서 작은 유혹들과 함께 싸웠다. 그녀는 긴 검은 머리에 성격이 온순한 여자로, 눈동자는 피로해 보였다. 내 피부는 창백했다. 창백할 대로 창백했다. 백설공주처럼 파리했고, 유령처럼 파리했고, 초록 풀처럼 파리했다. 좋은 피부, 훌륭한 피부, 혈관도 잡티도 보이지 않는 피부였다. 릴리스도 나처럼 좋은 피부, 완벽한 외피, 훌륭하고 탄력적인 가죽을 가져서 내부에서 일어나는 모든 변화를 수용했고, 자유자재로 보완하고 늘어나고 수축했으며, 계절이 변할 때마다 매끈해졌다 거칠어졌다 했다. 우리의 뼈를 더할 나위 없이 훌륭하게 감싸주는 예민한 피부였다. 나는 거기에 앉아 손을 잡고 에너지가 내 몸속을 그리고 몸 위를 지나가게 했고, 우리가 자신에게서 퍼내 회합 한복판에 쏟아붓는 열정과 일체감의 보이지 않는 빛줄기를 빨아들였다. 우리는 그 속에서 열기를 쬐었고, 상실의 고통에 깨어나는 아침이면 짐승처럼 몸부림쳤다.

내가 데버러의 손바닥에서 빛을 쥐어짜자 그녀가 놀라서인지 아파서인지 움찔했다.

"무슨 일 있어?"

"아니. 내일이 정화의 날이라서 그래." 그녀에게 속삭였다. 그녀는 고개를 끄덕이며 다시 아침 묵상의 아물거리는 박명 속에 머리를 숙였다. 나는 고개를 들었다. 지금까지 회합에서 한 번도 하지 않은 행동이었다. 내가 스카프 밑에서 눈을 치뜨며 블리스의 눈을 똑바로 쳐다보자 그녀가 돈에 이글거리는 눈빛으로 나를 지켜보고 있었다. 공허한 눈동자. 그 눈동자를 마주보지 않아야 한다는 걸 너무나 잘 알고 있었다. 까딱하면 삐끗해서 손을 놓칠 뻔했다. 내가 무슨 생각을 하는지, 무슨 일을 벌이려 하는지 알아채기라도 하면 시작하기도 전에 끝장이다. 의심이라도 받는 날에는. 블리스, 감시해야 하는 여자, 모든 걸 무산시킬 수 있는 사람, 온갖 술수를 다 부릴 사람. 나는 희미하게 웃은 뒤 잠시 딴생각에 빠졌던 것처럼 정신을 차리고, 또다시 내 꿈속으로 가라앉았다. 다시 눈을 감고 어두운 의식의 내부에서 저 아래를, 텅 빈 광산의 수직굴 아래를 들여다보았다.

우리는 황금의 이미지를 떠올렸다. 후원에 모자람이 없던 애초의 완벽한 순간을 시각적으로 상상했다. 덩어리와 박편과 구슬 같은 알맹이와 광맥과 금덩어리 전체를 보았다. 바위와 오크라를, 불로 말미암은 토탄과 혈암을, 잃어버린 검은 시간의 흔적을, 상아와 화석이 된 나무를, 공룡의 뼈와 그 타르색 피를 꿰뚫어 보았다. 황금을 바라보고, 맛보고, 금화를 깨물고, 믿었다. 조만간 우리는 뒤쪽 들판을 파기 시작할 것이었다.

✄

나는 일기를 쓰기 시작했다. 평범한 일상의 기록이 아니라 중요한 순간을 기록한 심리적인 일기다. 다음 문장은 내가 기억하는 내용들이다.

어느 밤 빌리가 침실로 들어와 깊은숨을 들이쉬며 공기를 전부 빨아들였다.

빌리는 내가 샤워를 끝내고 나올 때까지 문밖에 서서 기다리다, 내가 물을 뚝뚝 흘리며 벗은 몸으로 나오자 달군 쇠처럼 뜨거운 시선으로 내 몸을 말려주었다.

빌리가 팔을 벌리고 내게 다가와 흐느끼면서, 나 이외에는 아무도 자기를 위로해줄 수 없다고 말했다.

빌리는 아이들과 내가 헐떡이며 쓰러질 때까지 무릎을 꿇고 앉아 있게 했다.

우리는 시큼하고 응고된 우유를 마셨고, 그는 우리의 목덜미를 쥐고 쉿쉿거리며 속삭였다.

그는 죽는 순간까지 우리를, 나를, 아이들을 사랑할 것이며, 그것이 우리에게서 눈을 떼지 못하는 이유라고 했다. 그는 우리가 자는 모습을 밤새도록 지켜보았다.

그다음 날 빌리는 내 무릎을 베고 코를 곯았고, 나는 몇 시간 동안 생각에 잠겨 가만히 앉아 있었다.

빌리는 내 몸을 애무했고 내가 마음속으로 기절하자 그제야 손놀림을 멈추고 잠이 들었다.

빌리는 나를 원한다고 말한 뒤에 혼자서 사정했다.

빌리는 모락모락 김이 나는 핫초코 잔을 작은 쟁반에 놓아 가져왔다. 그는 핫초코를 마시는 나를 소년처럼 뿌듯하게 바라보았다.

빌리는 내 눈을 감기고 내 입술에 테이프를 붙이고 내 귀를 막고 내 팔다리를 묶은 채 나를 절정에 오르게 했다.

빌리는 나를 영원히 자기 것으로 만들겠다고 했다. 여기서 기다려.

빌리는 바늘로 내 허벅지 안쪽에 영원한 생명을 상징하는 움직이는 8자 모양 표식을 새겼다. 내가 울자 그는 노래를 불러 달래주었다. 그는 피를 핥아서 없앤 뒤 상처를 알코올로 닦으면서 내 중심부에 입술을 지그시 눌러 내 마음을 흩어놓았다. 그리고 생 잉크를, 진홍색 잉크를 문질러 그 표식에 스며들게 했다.

그의 표식도 있었다. 더 짙은 색깔로.

그가 내 몸에 표식을 새긴 다음 날, 나는 밤중에 알몸으로 누워 뱀들을 침대로 불러들였다. 남편이 들어오자 이리 와요, 하고 말했다. 빌리가 베개로 손을 뻗자 방울뱀이 부르르 몸을 떨었다.

부드럽게, 부드럽게 다뤄줘요. 내가 말했다.

얼른 치워, 빌리가 말했다. 이것들을 치워줘, 만, 제발 부탁이야.

뱀들은 체온이 가장 높은 내 겨드랑이에서 똬리 트는 걸 좋아했다. 그것들이 냄새를 풍기자 섹스만큼 순수하고 강렬한 날것의 냄새가 났다.

이봐요, 빌리. 나한텐 신의 양들이에요.

치워줘, 만. 이것들은 나를 좋아하지 않아.

당신의 살이 차갑고 땀도 차갑기 때문이에요, 내가 말했다. 이것들은 땀냄새를 좋아하지 않아요. 게다가 당신에겐 빛이 너무 많아요. 난, 난 내면이 어두워요. 뜨거워요.

당신에게 뭔가 나쁜 것이 있어, 빌리가 말했다. 내가 그걸 몰아낼 수 있을 거야.

아니, 그럴 수 없어요, 나는 웃었다. 당신이 지독히 필요로 하는 것을 몰아낼 수는 없으니까. 당신에게 정말로 필요한 건 내 속의 나쁜 것이니까.

이것들을 치워줘, 지금 당장 치워줘.

하지만 그는 내 몸에서 풍기는 뱀의 사향 냄새를 맡으며 섹스하는 것을 좋아했다. 그가 맡은 것은 자신이 지닌 공포의 냄새였다.

✄

묵상 후에는 각자 일을 시작했다. 나는 부엌일에 열중했다. 그건 우리 모두가 해야 하는, 드물게는 빌리까지 하는 일이었다. 성령의 사랑으로 요리를 했고, 내 짝은 데버러여서 나는 언제나 그일을 고대했다. 한낮에 우리 아이들을 의무구역에서 데리고 나와도 좋다는 허락이 떨어진 뒤로는 특히 그랬다.

우리가 먹는 음식과 서로를 먹이는 음식에 우리는 신중했고, 또한 소중히 다루었다. 그럴 수밖에 없었다. 식량이 많지 않았다. 온상 재배와 수경 재배를 시도했지만 다 실패했다. 닭을 키우면 매들이 채갔다. 칠면조는 빗속에 고개를 쳐들고 익사했다. 거위는 날아가버렸다. 염소는 텃밭을 뜯어먹었다. 족제비는 돼지새끼를 잡아갔고 송아지는 코요테가 물고 갔다. 나 말고는 농장을 관리할 줄 아는 사람이 없었고, 나는 아버지가 그리웠다. 두 달에 한 번씩 살진 돼지와 수송아지를 사서 시멘트로 지은 널찍한 도살장에서 잡았는데, 참으로 불쾌한 작업이었다. 나는 능률적으로 죽이려고 도살용 총을 구입했고 도살 직후에는 언제나 자리를 떠났다. 사람들이 짐승의 살을 처내는 광경을 도저히 참고 볼 수 없었다. 혼란스럽고 황폐한 장면이었다.

데버러와 함께 아이들을 데려온 오후에는 언제나 요리를 했다. 요리할 줄 아는 사람이 그래도 우리 둘은 있었다. 우리는 커다란 파스타 기계를 작동해 파스타를 만들었고, 빵과 쿠키를 구우려고 반죽을 했다. 딜*을 넣은 크림수프를 만들기 위해 당근 껍질을 벗기고 체를 쳤다. 다른 채소로 가게에서 산 브로콜리가 있었는데 그걸로 뭘 할까 고민하다 빵 부스러기와 함께 으깨면 치즈와 우유를 섞어 구울 수 있고 더 많은 사람이 나눠 먹을 수 있다는 걸 알아냈다. 두시에 아이들을 데리러 가면 우리는 고단했지만 행복했고, 그날 하루 중 가장 행복한 시간에는 나 자신을 거의 완전히 잊을 수도 있었다. 다만 시선이 몇 가지 것들—놀이장 문에 채워진 자물쇠, 기저귀를 채울 때 울리는 인터폰, 안에서 잠기는 창문, 튼튼하게 짓고 보강한 벽, 벙커—에 머무는 것만은 막을 수 없었다.

일 년 전이었다면 벙커가 해악에서, 외부세계에서, 타락의 영향력에서, 공동체 밖에 나가 숨 쉬고 행동하면서 겪게 될 어둠과 혼란에서 아이들을 보호해준다고 말했을 것이다. 지금 유다를 보듬고, 지금 릴리스를 껴안고, 견딜 수 없을 만큼 따뜻한 손으로 릴리스를 쓰다듬고, 릴리스의 팔이 내 허리를 힘껏 끌어안는 기쁨을 느끼고, 그 앙증맞고 맹렬한 속삭임 엄마, 우리끼리가 아니면, 남몰래가 아니면 금지된 그 말을 들으면서 나는 생각이 달라졌다. 아이의 어깨 너머로 멍하니 시선을 고정한 채 나는 신중하고 중립적인 미소를 지었다. 앵귀시, 내 아이들의 양육자, 자기 아이들을 모조리 잃어버린 여자가 무뎌진 비통함에 잠긴 모습으로 어슴푸레 떠올랐다. 그녀는 불타는 트레일러에서 술에 취해 뛰어내렸다.

---

* 미나리과의 한해살이풀인 딜을 이용한 향신료.

아이들은 타죽게 내버려둔 채. 내 아이들은 안 된다. 그녀가 내 아이들을 데려가게 해서는 안 된다. 나는 아이들과 함께 달아나려고 마음을 다잡았다.

유다가 내 목에 뜨거운 숨을 훅 내쉬었다. 무슨 일이 또다시 일어난 것이다. 앵귀시가 또 어떻게 한 걸까. 빌리에게 이미 불평은 했다. 헤집듯이 파고든다는 그녀의 손길에 대해 또다시 불평하거나 그의 마음에 의심을 일으키는 건 불가능했다. 유다에게 물어보면서도 앵귀시 때문이 아니기를 간절히 바랐다.

"그 아줌마가 그랬어?"

"아니요, 그러니까, 그게요, 방금, 조금 전에 저 때문에 아버지가 실망하셨어요. 아버지가 여기 오셨는데, 너무 긴장해서, 정말 너무 긴장해서, 규율편람에 있는 금주의 금언을 잊어버렸어요. 그랬더니 아버지가 창피를 주셨어요."

"창피를 줬다고?"

"아버지가 일과를 내리셨어요."

나는 유다를 붙잡고 꽉 끌어안았다. 일과라니! 그것은 유다가 학교에 가는 대신 일과를 수행해야 한다는 의미였다. 우리가 회합을 갖는 장소는 언제나 한 명이 지키고 있어야 했다. 한 명이 머물면서 고통을 당해야 했다. 고통은 성령이 거처할 수 있게 방을 정화한다는 말을 들었다고 빌리는 말했다. 아무리 그래도 유다는 너무 어렸다!

언제?

내일요.

넌 아프잖아. 엄마가 대신 해줄게.

예정된 사람이 너무 아프거나 정화되는 중이면 대신 다른 사람이 고통을 받아도 된다는 규정이 있었다. 나는 릴리스와 유다를 부엌으로 다시 데려가 웃고 농담하고 안아주다, 데버러가 자기 아이들을 안아주는 틈을 타서 황급히 찬장을 뒤졌다.

"뭘 찾고 있어?"

빌리가 등 뒤에서 그윽한 목소리로 노래하듯 말했다. 하지만 간장을 이미 빼돌린 다음이었다. 유다가 한 병을 꾸역꾸역 삼키면 미열이 날 것이다. 그걸로 유다를 일과에서 충분히 빼낼 수 있을 것이라고 생각하며 나는 일을 계속했다.

✖

온종일 움직임 없이 서 있는 것, 부동자세로 몰입하는 것, 피가 고통스럽게 펌프질하고 웅덩이처럼 고이는 것. 나는 일과가 몹시 두려웠지만 피할 수 없다고 생각하자 아드레날린이 솟구쳤다. 일과에 늦지 않게 달렸다. 기나긴 길을, 내 방울뱀이 다니는 길을, 내 참억새가 자라는 길을 달렸다. 달린다는 것은 허위의 자유를 탐닉하는 것이다. 느리게 튀어오르듯 달리며 호흡을 보폭에 맞추고, 평소 다니는 철조망과 울타리를 지나가면서 나는 생각에 잠긴다. 달리는 것은 잠시 후 기차에 올라탈 것처럼, 경악스러운 장소에 대한 생각을 마음속에서 말끔히 떨쳐내준다.

나는 커다란 허위의 원을 달리는 스스로의 모습에 절망하며 깨어났다.

깨어나자 내 속의 상황이 변해 있었다. 나는 한 번도 일과에 의문을 품은 적이 없었다. 위해와 일상적인 고통도 의심하지 않았다. 성령을 접하려면 고난의 훈련이 필요하며 창조주를 만나는 것은 오로지 파괴하는 과정 속에서 가능하기 때문이라고 빌리는 말했다. 우리는 대체로 자신을 위한 고난을 선택했다. 블리스는 심장 경화로 고통받았다. 그녀는 가슴을 두드렸고, 작은 당뇨 바늘 대신 오싹해 보이는 긴 노보카인 흡입기를 이용했다. 앵귀시는 손톱으로 고행을 했다. 프랜시스는 담요 없이 합판만 깔고 잠을 잤다. 살코기만 먹어 몸에선 고약한 냄새가 났다. 친구 데버러는 노예처럼 불완전한 섹스를 수행했고 편두통을 기꺼이 받아들였다. 빌리도 수행을 했다. 자기 자신이 되는 수행. 충분한 고통이다.

나는 허락받은 원 안에서 더 멀리 더 빨리 달렸고, 점점 강해지는 햇살 속에서 얇은 옷을 입은 채 한껏 따뜻함을 느꼈다. 초원가터뱀들은 그날 비탈진 바위 위에서 강렬한 햇볕을 받으며 해바라기를 했다. 검은 바탕에 노란 줄무늬가 있고 배는 순결한 노란색이었다. 만지면 썩은 꽃 냄새가 났다. 나는 그 일부를 크기와 성질로 가려낼 수 있었다. 유리 수조에 둔 내 양들과 달리 독은 없었지만 무해한 뱀도 나는 좋았다. 뱀은 겨울을 날 때는 공처럼 똬리를 틀었지만, 이제 나긋하고 따사로운 몸을 쭉 폈다. 후끈한 열기를 받아 눈이 녹은 땅에서 샐비어가 허공을 툭툭 찔러댔다. 나는 해묵은 반드러운 풀더미를 뛰어넘어, 소들이 야금거려 민둥하고 안쓰러운 흙바닥을 드러낸 소 방목장까지 내쳐 달렸고, 또다시 샐비어, 샐비어, 불이 잘 붙는 그 초록 속으로 더 멀리, 흰기러기가 열을 지어 돌아오는 담장 너머로 달렸다.

달음박질을 멈추고 팔을 크게 벌려 원을 그리며 여섯 바퀴를 돌았다. 위에도 하늘, 아래에도 하늘이었다. 북쪽에도, 남쪽에도, 서쪽에도 하늘이었다. 그 하늘 밑에서 한 인간이 온전히 살아 경탄하며, 자신을 둘러싼 거대한 공간 속에 흠뻑 젖어 있었다. 둥글게 흙먼지를 일으키며 공기 속에서, 이 세상 속에서, 흙을 통해 흠씬 빨아들이는 이 좋은 느낌 속에서 내가 달리는 이유는 움직이는 오롯한 기쁨을 누리기 위해서였다.

그리고 다시 나의 규율로 돌아왔다.

일과의 맨 처음 두 시간은 최악이었다. 꼼짝 않고 서 있기는 불가능할 것 같았다. 아플 수 있는 근육은 죄다 아팠고, 뼈란 뼈는 모두 반항했으며, 심장은 역방향으로 흐르는 피와 팽팽한 고요가 지긋지긋한지 가슴속에서 부루퉁하게 고동쳤다. 나는 그 소리를 들었고, 내 갈빗대로 된 새장에서 새가 파닥거리자 울렁울렁하며 속이 메슥거렸다. 세 시간째는 좀 나았고 네 시간째는 아무것도 아니었다. 보이는 장면에 몰입하자 시간은 이마를 짚은 손처럼 지나갔다. 숨을 들이쉬고 내쉴 때마다 횃홧한 고통의 장막이 부풀었다 꺼졌다 했고, 끝내는 갈라졌다. 막힌 감각을 뚫고 문이 열리자 내 독사들이 미끄러져나와 말을 걸었다. 다이아몬드 왕자와 붉은 흙의 여왕. 그것들은 나를 보호하려는 듯 나지막한 속삭임으로 내게 무엇을 해야 할지 일러주었다.

나는 들으면서 질문하고 각 단계를 바르게 이해했는지 확인했다. 그다음에 자유를 찾게 해줘서 고맙다고 절했다. 내 삶을 찾아준 것에 감사했다. 나의 왕자 방울뱀의 머리를 어떻게 헝겊으로 감싸 쥐는지, 그것의 송곳니에서 어떻게 조심스레 독을 뽑아 깨끗이 씻어둔 작은 양념병에 담는지 보았다. 블리스의 약품 캐비닛에서 꺼낸 주사기에—거기 한 박스가 있었다—독을 양껏 채울 때까지 뱀 세 마리를 그런 식으로 더 이용하게 될 것이다. 그리고 뱀들을 놓아줄 것이다. 유리상자를 산산조각 내고 그 유리를 빻아 우물에 쏟을 것이다. 독을 채운 주사기 끝을 사과에 찔러넣고 아이의 도화지로 둘둘 말 것이다. 그걸 들고 다닐 것이다. 앵귀시는 릴리스가 어떤 그림을 그렸는지 보여달라고 조를 테지만, 나는 짐짓 환하고 크게 웃으며 그럴 수 없다고, 아이 아버지를 놀래줄 작정이라고 말할 것이다. 그리고 그 말은 사실이었다.

❧

너한테 달렸어, 난 알겠구나.
뭐가 나한테 달렸어요? 뭐가요?
너한테 달렸어, 난 알겠구나. 네가 죽일 거야.

❧

나는 쓰러졌고, 이미 무너졌고, 지금 상황에서 빠져나올 유일한 방법은 환시를 봤다고 선언하는 것이기에 그렇게 했다. 무엇을 할 것인지 미리 말하는 법은 빌리에게 배웠다. 그의 귀에 대고 속삭였다. 내가 당신과 어떻게 정사를 벌이는지 봤어요. 증오는 아주 거대한 짐승이고 나는 그것의 아가리가 빌리를 물게 하고 싶었다. 하지만 아직은, 그럴 수 없었다. 며칠, 그리고 며칠이 더 필요할 것이다. 달릴 때가 있고 멈출 때가 있고, 죽일 때가 있고 거둘 때가 있다. 조립할 때가 있고 해체할 때가 있고, 내 환시를 이해할 때가 있고 실행에 옮길 때가 있다. 나를 풀어주고 풀어주다가, 마침내 완전히 놓아줄 때가 있다.

그 시간이 드디어 왔다.

나는 남편의 몸에 뜨겁게 올라타서 그의 턱뼈 아래에서 뛰는 맥박을 양손 엄지손가락으로 지그시 누르고 어루만져 그를 옴짝달싹 못하게 만들었고, 그가 맥을 못 추자 고양이처럼 그의 숨을 훔쳤다. 밤새도록 그를 욕정으로 강탈했고, 입술로 단단하게 만들었으며, 쉬하면 맹렬히 덤벼들거나 조심조심 다루어, 혹은 지시를 내려 남은 힘으로 뽑아낼 수 있는 그의 전부를 뽑아냈고, 그리하여 벌했다. 그러고 나면 다시 잘해주었다. 다림질. 그는 뜨거운 다리미에 눌린 것처럼 내 밑에 가만히 누워 있었다. 시트로 가린 그의 등과 다리에 내 몸을 대고 위아래로 이리저리 움직이며 그의 신체 전부를 틀에 짜넣듯 가두었고, 사악한 쌍둥이를 달래고, 빌리의 속에 쭈그리고 들어앉은 그 못된 쌍둥이를 반반하게 폈다. 빌리는 불붙은 솜뭉치, 나는 등유인 것처럼. 그의 손을 침대 양옆에 묶고 그의 얼굴을 얼굴 없는 내 굶주림으로 가늠했다. 말이 없는 내 입술로 그에게 키스했다. 그에게 요구하고 또 요구했고, 마침내 그가 소진하자 날이 환히 밝아 있었다. 나는 그를 너무 증오하기에 그가 숨을 못 쉴 때까지 나를 그의 몸속에 접합하리라 결심했다. 내가 그를 지배해 그가 아무도 다치지 않게 할 때까지. 내가 납의 개울이 되어 그의 창자에 흘러들어갈 때까지, 그의 내장 속에서 단단히 굳어 그를 더욱 미치게 만들 때까지. 아니, 소모성 질병처럼 그의 뼛속으로 가라앉을 때까지 나는 그를 놓아주지 않을 것이다. 그의 속에서 그를 먹어치우고, 그의 무익함을 게걸스레 먹어치우고, 그를 아름다운 갈망으로 채울 것이다.

나는 뱀독을 채운 바늘을 아이의 도화지 밑에 숨긴 선악과에서 쑥 뽑은 다음 사과를 과감히 터뜨렸다. 그리고 그 바늘을 잽싸게, 부드럽게, 전문가처럼, 내 그림 속에서 여러 번 본 것처럼 그의 심장의 가장 소란한 근육에 찔러넣었다

그곳은, 바늘을 뽑은 자리를 어루만지며, 그곳은, 그 순간 그가 눈을 떴다. 그곳은 탈 듯이 뜨거울 거예요. 내가 말했다.

그리고 그가 벌떡 일어났다 다시 침몰할 때 나는 그림을 보았다. 내가 그의 목에 요란한 넥타이를 묶은 뒤 그를 끌어올려 서까래에 매달고 있었다. 블리스가 넥타이를 잘라 그를 내렸다. 그는 다른 사람들이 보는 앞에서 가만히 누워 있었다. 나는 그 장면이 쏟아내는 거대한 힘과 슬픔을 보았다. 아이들의 오래전 눈빛을 보았고, 아이들이 고요한 손으로 나를 잡는 것을, 울지 않고 조용히 언덕 너머를 응시하는 것을 보았다. 블리스가 미처 날뛰고 거품을 물면서 노발대발하고 웃어젖히는 것을, 그러다 천국을 향해 느리게 걸어가는 빌리의 영혼을 길목에서 도로 거두어들이는 것을, 그

녀가 사람들을 조직하고 빌리의 힘을 물려받는 것을 보았다. 하지만 규율편람에 따라 그들이 나를 붙잡으려 할 때는 우리가 벌써 돈을 훔쳐 달아난 다음이 될 것이다.

아아, 그렇다. 나는 우리가, 나와 내 아이들이 4-B's 식당에서 달걀 요리를 먹는 것을 보았고, 내 이름으로 된 토지 증서를 보았다.

에블리나의 이야기

E　v　e　l　i　n　a

4-B's 식당

나는 2교대 모두 일을 했고, 시간은 점심때가 지나고 이른 저녁 손님이 몰려들기 전의 느린 오후를 지나고 있었다. 지배인 얼이 언제 퉁퉁한 머리를 빼꼼 내밀지 몰라서 나는 일손을 쉬지 않으려고 반쯤 남은 케첩 병을 채웠다. 얼은 그것을 합병이라고 불렀다. 식당에는 양쪽 끝에 실이 달리고 가운데가 뚫린 플라스틱 고리가 있었다. 절반이 빈 케첩 병을 그 고리에 끼우고 그 위에 다른 병을 거꾸로 세워 내용물을 아래쪽 병에 쏟아지게 하는 것이다. 고리는 두 개밖에 없어서 식당에 있는 케첩 병 서른다섯 개를 모두 채우려면 시간이 제법 걸렸다. 이따금 그날 오후처럼 만사가 따분해지면 고리 없이 구멍과 구멍을 맞대어 케첩 병 절반을 나머지 절반 위에 떨어지지 않게 올려놓았다. 조마조마한 장면이었다. 병을 전부 채운 뒤에는 깨끗이 닦아 부스마다 하나씩 올려놓고 소금과 후추, 냅킨은 충분한지 확인했다. 그 일까지 끝나면 벌리츠 독학교본을 들고 프랑스어를 공부하거나 주머니에 든 책(표지가 검정색과 자주색으로 된 카뮈의 『전락』)을 꺼내 야금야금 읽거나 창밖을 물끄러미 바라보았다.

그날 오후 나는 그 세 가지를 모두 하고 있었다. 케첩 병은 뒤쪽 부스에서 아슬아슬하게 균형을 잡고 있었다. 카뮈를 방금 내려놓은 나는 "주 베 아 파리, 주 베 아 파리, 주 네 자메 비지테 라 벨 카피탈 드 라 프랑스"*를 중얼거리며 창밖을 내다보고 있었다. 그래서 만 피스가 두 아이를 데리고 나타난 것을 볼 수 있었다. 여태껏 그녀가 아이들과 함께 있는 것을 보지 못했지만 그녀의 아이들이 틀림없을 터였다. 만을 알게 된 것은 지난해 여름, 그녀가 4-B's 식당에서 일할 때였다. 그녀가 코윈의 삼촌인 빌리 피스와 결혼한 사실은 알고 있었다. 나는 졸업을 앞둔 시기여서 대학에 갈 자금을 모으려고 4-B's에서 일하고 있었다.

만은 길 건너에 차를 세우고 찌그러진 낡은 시보레 자동차에서 내려 아이들과 함께 길을 건넌 뒤 4-B's의 문 앞에 섰다. 세찬 봄바람이 불었고, 그녀가 바람에 맞서 길을 건널 때는 머리카락이 마구 휘날렸다. 그녀가 문을 밀었다. 손은 하얗고 마디가 굵었으며 아이들을 단단히 그러잡았지만 아이들은 개의치 않는 것 같았다. 벗어나려는 시도조차 하지 않았다. 아이들의 얼굴에는, 그들이 어디에서 왔는지 안다면 예상함 직한 벌받은 표정이나 음울한

---

* '나는 파리에 갑니다. 나는 파리에 갑니다. 나는 프랑스의 아름다운 수도에 한 번도 가본 적이 없습니다' 라는 뜻.

294 에블리나의 이야기

표정, 슬픈 표정이 없었다. 어리둥절함, 그것이 내가 받은 느낌이었다. 토네이도의 깔때기에서 방금 빠져나온 것 같아 보였다. 그 속에 갇혀 사물의 소용돌이를 직접 목격했다는 것을 믿을 수 없다는 표정이었다. 잠시 후 나는 문으로 걸어가 그들을 들어오게 했다. 보도가 발목까지 올라와 굳어버린 것처럼 그들이 나무와 유리로 된 낡은 이중문 앞에 꼼짝 않고 서 있었기 때문이다.

문을 열어주니 만은 그제야 내 손 옆으로 육중한 놋쇠 문틀을 잡고 아이들을 풀어주며 들어가게 했다. 만의 피부는 메마르고 뻣뻣해 보였으며 광대뼈가 불거져 있었다. 몸집이 자그마한 그녀의 땋은 삼베실색 머리는 허리께까지 닿았고 삐져나온 가느다란 머리카락 사이로 귀가 삐죽이 보였다. 그녀가 눈을 둥그렇게 뜨고—강렬한 푸른색 홍채를 둘러싼 흰자위가 거의 다 보일 정도였다—나를 흘끗 쳐다보더니 길고 흰 치아를 모조리 드러내며 숨 가쁜 미소를 지어 보였다.

나중에 나는 그것이 방금 남편을 살해한 사람의 표정이었나보다고 생각했는데, 그 뒤로 그녀가 빌리 피스에게 저지른 일에 대한 온갖 소문이 나돌았기 때문이다.

만과 아이들이 들어와 열린 부스 중 창가 쪽 구석에 있는 맨 끝 부스에 들어갔다. 맨 끝의 닫힌 부스에는 내가 세워놓은 케첩 병이 줄지어 있어서 그들은 케첩 병과 등을 맞대고 앉은 셈이 되었다. 테이블이 4인용으로 준비되었기 때문에 나는 한 사람 분을 치웠다. 그녀는 메뉴판은 필요 없다고 손사래를 친 뒤 8번 메뉴, 그러니까 스테이크가 나오는 스페셜 아침 메뉴를 3인분 주문했다.

모두 잘 익혀달라고 했다. 그리고 커피, 오렌지 주스, 얼음물을 주문했다. 어제는 포근했지만 오늘은 다시 추워져 설익은 봄날이었다. 그들의 옷차림은 아직 겨울이었다. 그들은 외투를 벗었다.

"주세요." 내가 손을 내밀자 그녀는 아이들의 외투를 건네고 자기 코트는 옆 의자에 내려놓았다. "주머니에 소지품이 있어서요."

나는 아이들에게 크레용을 갖다주었다. 사내아이와 계집아이는 생쥐 모양 머리에 낯빛은 창백했지만 눈동자는 피스 집안답게 짙은 색이었다. 아이들은 테이블 매트에 그려진 소와 닭을 색칠하기 시작했다. 음식이 나오자 크레용을 조심스레 밀어놓고 고개 숙여 절을 한 뒤 손을 무릎에 포개 얹었다. 나는 아이들 앞에 접시를 내려놓았다. 아이들은 가만히 기다리며 그저 똑바로 앉아 있었다. 어쩌면 케첩을 기다렸을 것이다. 나는 반쯤 합병된 케첩 병을 하나 가져다 테이블에 올려놓았다. 만이 포크를 들었다.

"릴리스, 유다. 포크를 들어. 그리고 그냥 먹으렴." 그녀가 말했다.

여자아이가 먼저 포크를 들며 엄마를 유심히 쳐다보았다. 그러자 남자아이도 포크를 들었다. 만은 해시 브라운스를 한 입 떠먹었다. 아이들이 그녀를 지켜보다가 이윽고 포크로 해시 브라운스를 떠서 입에 넣고 오물거렸다. 순간 만이 느닷없이 케첩 병을 움켜쥐더니 그들의 접시에, 처음에는 여자아이의 접시에, 이어서 남자아이의 접시에, 마지막으로 자기 접시에 마구 뿌려대기 시작했다. 그리고 황망히 손을 뻗어 부들부들 떨면서 그들의 고기를 나이프의 작은 톱니로 썰기 시작했다. 그런 다음 쟁그랑 소리와 함께 나이프를 내려놓고 음식을 쑤셔넣었다. 아이들도 속도를 냈고 숨 쉴 겨를도 없이 단숨에 먹어치웠다. 음식이 순식간에 없어지고, 토스트가 부스러기만 남고, 마지막으로 젤리 조각까지 사라지자 나는 만의 커피를 채워주고 접시를 치웠다. 만에게 계산서가 필요하냐고 물었다.

"아니요." 그녀의 야윈 볼은 이제 발그스름했다. 아이들은 발갛게 달아오른 얼굴로 부스에 멍하니 기대앉아 있었다. "이제 디저트를 먹을 거야." 만이 말하자 아이들의 표정에 강한 경계심이 일었다.

"정말이야." 그녀는 식당 내부와 거리를 살피고 일어서서 화장실로 갔다. 그녀가 없을 때 나는 아이들에게 다시 메뉴판을 갖다주었다. 아이들은 몸을 숙여 메뉴를 읽었고, 곧 입에서 단어들을 쏟아냈다.

"바나나 크림파이!" 이윽고 남자아이가 말했다.

"그러렴." 만이 돌아와 앉으며 말했다.

"아이스크림도 돼요?" 남자아이가 작은 목소리로 묻고는 시선을 무릎에 내리깔았다.

"초콜릿 선데이." 여자아이가 말했다. 그리고 웃었다. 토끼같이 큼직하고 앙증맞은 앞니가 드러났다.

"너츠도 넣어줄까?" 내가 말했다.

여자아이가 어머니를 물끄러미 바라보자 만은 고개를 끄덕였다. 나는 주방으로 돌아가 아이스크림에 휘핑크림을 듬뿍 얹고 마라스키노 체리를 잔뜩 박아서 특별히 큼직한 디저트를 만들었다.

"도대체 뭘 하는 거야?" 얼이 내 뒤로 오며 말했다.

"뭐 같아 보여요?"

"그건 너무……"

"이봐, 뚱뚱이. 자넨 가서 자네 일이나 하게." 화이티 삼촌이 말했다. 화이티 삼촌은 얼과 사돈지간이 되고 나서 대놓고 그에게 핀잔을 주었다. 얼의 머리는 커다랗고 둥글고 하얬는데, 시든 풀 같은 노란 머리카락을 한쪽으로 빗어 붙였다. 그는 해병대에 입대해 겨우 일주일 버티다 나왔는데도 만사를 군대식으로 처리하려 했다. 내가 일터에 책을 가져오는 것도 싫어해서 프랑스어 교본을 보자 불같이 화를 냈다. "프랑스 계집은 잡것이야."

"그 말은 취소하지그래." 화이티 삼촌이 말했다. "안 그러면 가만두지 않겠네. 그런 말을 멋대로 지껄이면 곤란하지."

얼이 뭐라 대꾸하려고 했지만 화이티 삼촌은 말을 멈추지 않았다. "게다가 내 조카는 파리로 갈 거라네. 파리를 사랑하거든. 저 앤 세련된 프랑스 애호가야."

화이티 삼촌은 자기가 아주 똑똑하다고 생각했다.

"좋아. 잡것이라는 말은 철회하지." 얼이 말했다. 얼굴은 붉어지고 목은 점점 두꺼워졌다. "하지만 거기에 잔뜩 처바른 크림은 좀 덜어내지그래." 그가 내게 말했다.

"휘핑크림 값은 팁에서 낼게요."

얼이 가고 나면 우리는 종종 팝콘 슈림프 한 봉지를 전부 튀겨 먹었다. 뿐만 아니라 설탕, 젤리, 특히 케첩을 훔쳐냈다. 나는 케첩을 좋아했고, 케첩이 줄어드는 게 싫었다. 얼은 화이티 삼촌을 해고하고 싶어도 할 수 없었는데, 삼촌이 얼의 여동생과 결혼했고 그녀가 남편의 해고를 막았기 때문이다.

"이런." 화이티 삼촌이 얼을 보며 말했다. "휘핑크림이 어쨌다고 그래? 딴 손님도 없잖아. 저애들은 생전 휘핑크림 같은 건 구경도 못한 것 같은데."

얼이 주방 창문의 구멍을 통해 밖을 내다보다 만을 보았다. 나는 그가 만에게 반했다는 사실을 잊고 있었다.

"맞아요. 저애들이 그녀의 아이들이에요." 내가 말했다.

"아." 그는 실망한 표정을 지었는데 만에게 아이가 있다는 걸 모른 것 같았다. 나는 쟁반에 디저트를 담아 주방문을 삐걱 열고 밖으로 나갔다. 만은 담배를 피웠고, 아이들은 엄마가 담배 피우는 걸 생전 처음 보는지 감탄하는 눈빛으로 바라보았다.

"짜잔, 여기요." 내가 말했다. 아이들이 눈을 휘둥그레 떴다.

"와, 멋져요." 만이 말했다. 그녀가 나를 올려다보며 이번에는 진짜 미소를 지었는데, 입가에 짙은 음영이 지는 정말로 감미로운 미소였다. 그녀가 미소를 지으며 누군가의 눈을 들여다볼 때는 정말이지 아름다웠다. 상대방을 끌어당기는 뭔가가 있었다. 왜 빌리가, 그리고 얼이 그녀에게 반했는지 알 것 같았다. 작은 몸집은 나긋하면서도 단단했으며 활력이 넘쳤다.

얼이 부스로 다가가 만에게 다시 일을 시작하는 게 어떻겠냐고 설득하려 하자 그녀가 손을 휘저으며 말했다. "장황하게 말씀하실 것 없어요. 때가 되면 시작할 참이니까요." 얼은 구부정한 어깨 사이로 목을 다시 집어넣었는데 거의 수줍어 보이기까지 했다. 만은 법률가 쿠츠를 만나러 타운에 왔다고 했다. 얼이 나를 쳐다보았다. 나는 케첩 병의 입구와 입구를 아슬아슬하게 맞대어놓은 것을 그가 알아채기 전에 얼른 다시 내려놓는 게 좋겠다고 생각했다.

"땅을 되찾아야 해요." 만이 말했다.

우리가 그 말을 들은 것은 그때가 처음이었다.

"그 땅으로 뭘 하려고?" 얼이 물었다.

"뱀 농장을 시작할 생각이에요." 만은 눈썹을 치키며 담뱃갑을 톡 쳐서 능숙하게 한 개비를 뽑아냈다.

바로 그때 문이 삐걱 열리면서 이번에는 녹색 퀼트 재킷을 입은 뚱뚱한 금발 여자가 거칠게 들어오며 고함을 질렀다. "여기 있었구나, 여기 있었어! 넌 신성을 모독했어!"

만은 담배를 집어던지고 몸을 홱 돌리더니 벌떡 일어나 부스 밖으로 나갔다. 그녀가 아이들에게 "블리스가 왔어!" 하고 말했다. 만은 어느새 한 손에 스테이크 나이프를 움켜쥔 채 식당 통로에 서 있었다. 다른 손에는 해머를 쥐고 있었다. 코트 주머니에 넣어둔 것이었다. 아이들은 이런 종류의 위험에 대피훈련이라도 받은 듯 삽시간에 테이블 밑으로 들어갔다. 블리스는 파도처럼 밀려오다 나이프와 해머를 보자 멈칫했다. 피부는 두껍고 오래된 여드름 자국으로 구멍이 숭숭 뚫렸으며 눈과 입술은 눈물 때문인지 독감 때문인지 발갛게 부어 있었다. 그녀가 비난을 퍼붓자 빳빳이 세운 머리가 흔들렸다. 그녀는 만이 빌리 피스를 죽이고 공동체 자금을 훔쳐갔다며 몰아붙였다. 따라서 만은 무엇인가 혹은 누군가에 의해 맞아 죽어야 할 사람이었고, 그 누군가는 아마 블리스 자신이 될 터였다.

"꺼져." 쇠붙이 무기를 움켜쥔 만의 뒤에서 얼이 허세 부리듯 다리를 벌리고 서서 블리스에게 말했다. "당장 나가줘야겠어."

"그럼 경찰에 전화를 걸어." 블리스가 소리를 질렀다. "경찰에 전화해서 저 여자도 같이 감방에 처넣으라고."

"그 여자가 무슨 짓을 했다고." 얼이 말했다.

"난 그저 아이들과 평화롭게 식사를 즐기고 있었어요." 만이 춤을 추듯 발끝으로 살짝 움직이며 말했다. 그녀의 몸에 전류가 흐르는 것이 느껴졌다. 그녀는 이 대치가 행복한 것 같았고, 당장에라도 손에 든 나이프를 이 비대한 여자에게 찔러넣을 준비가 된 것 같았다. 어디를 찌르면 가장 손쉬울까 결정하려는 듯 칼끝을 이리저리 움직였다. 다른 팔은 해머로 내려칠 기세로 높이 쳐들었다. 그녀 뒤에는 얼이, 얼 뒤에는 내가, 내 뒤에는 화이티 삼촌이 서 있었다. 무슨 일이 일어났는지 보려고 삼촌도 주방에서 나온 것이다.

"맙소사." 화이티 삼촌이 내 어깨를 톡톡 치며 몸을 바싹 기울여 귓속말로 소곤거렸다. "만에겐 가미카제의 품위가 있다니까, 안 그래? 고양이 같은 기품이라고 해야 할까?"

"삼촌도 반했어요?"

"난 멀찌감치 떨어져서 감탄하는 것으로 만족해. 우리는 얼의 배 뒤에 피해 있자고."

블리스는 잠시 서서 입술을 핥았다. 그리고 손에서 물을 털어내듯 손을 흔들었다. 핏발이 선 눈은 부어서 자그맣고 비열해 보였

다. 이윽고 블리스가 큰 숨을 들이쉬어 볼에 바람을 잔뜩 넣고 정
신을 추스르며 앞으로 돌진했다. 그녀는 해머를 쥔 만의 팔을 붙
잡아 손목을 비튼 뒤 만을 얼에게 확 밀어버렸다. 얼이 느릿느릿
휘청휘청 뒤로 밀린 덕분에 나는 여유 있게 비켜설 수 있었다. 얼
의 궁둥이는 케첩 병이 세워진 부스를 곧바로 들이받았다. 병들이
와르르 쓰러지면서 테이블에 부딪쳐 부서졌다. 처음에는 요란한
유리 폭포 소리를 내며 구르다 이내 한결 줄어든 소리로 연신 부
딪치며 굴러다녔다. 화이티 삼촌과 나는 여차하면 문을 열고 뛰쳐
나가려고 슬금슬금 문 쪽으로 비켜섰다. 만은 해머를 놓쳤지만 그
대신 블리스가 입은 녹색 코트의 한쪽 소매 밑으로 나이프를 찔러
넣었다. 만은 말 한마디 없이 그 부분을 찢으려 애썼다. 찢긴 가장
자리의 올이 풀렸다. 블리스는 만의 얼굴과 어깨를 손으로 내려치
기 시작했다. 그녀는 충격 때문에 겁을 먹어선지 처음에는 아무
말이 없었지만 이내 나이프가 몸을 찌르지 않고 코트 안단에 걸린
것을 깨닫고는 아래를 내려다보며 으르렁거리면서 만의 머리채를
두 손으로 움켜쥐고 잡아당겼다. 만은 아파서 소리를 지르면서 나
이프를 다시 찔러넣었고, 이번에는 나이프가 블리스의 몸속으로
들어갔다. 고작 일 인치 들어갔을까, 치명적인 부위는 근처도 가
지 않았지만 만이 물러서자 블리스는 쓰러지며 나이프 손잡이를
붙잡고 처량하게 흐느꼈다. 사방에 케첩이 흩뿌려졌지만 병은 몇
개 깨지지 않았다. 출혈은 심하지 않았을 것이다. 손잡이가 코트
밖에 나와 있었을뿐더러 심지어 칼날도 대부분 드러나 있었기 때
문이다. 블리스가 눈물을 흘리며 문밖으로 걸어나갔고 우리는 그

저 아무 말 없이 그녀를 지켜보았다. 아까는 못 본 칙칙한 겨자색 자동차가 밖에 서 있었다. 그녀는 그쪽으로 간신히 걸음을 옮기더니 차 문을 홱 잡아당겨 열고 차에 올라타 횡하니 떠나버렸다.

"생채기가 난 것뿐이야." 화이티 삼촌이 내게 말했다. 그의 책장에는 범죄와 모험 이야기를 다룬 문고판 책들이 몸에 붙는 파란 스웨터와 목선이 깊게 팬 빨간 이브닝드레스를 입은 섹시한 여자들을 표지에 내세운 채 한가득 꽂혀 있었다. "하지만 봐라. 폭력의 후유증 말이다."

만은 손을 축 늘어뜨리고 통로에 서 있었다. 아이들은 아직 테이블 밑에 숨어 있었다. 얼은 이제 더는 케첩 병을 쳐서 넘어뜨리지 않았고 테이블에서 내려와 애써 마음을 진정시켰다. 나는 발에 거치적거리는 케첩 병을 몇 개 치운 뒤 조심스레 다른 테이블에 올려놓았다.

"넌 해고야." 얼이 떨리는 목소리로 내게 말했다.

"아니요." 내가 말했다.

"아니, 해고야."

"왜요?"

"그런 식으로 케첩 병을 올려놓지 말라고 했잖아. 게다가 네 태도도 지긋지긋해."

"케스크 세." 내가 프랑스어로 무슨 말이냐고 대꾸했다. "제가 무슨 큰 잘못이라도 했어요?"

"자넨 저애를 해고할 수 없어. 저애는 멀리 떠날 품위 있고 지적인 아가씨일 뿐 아니라 저애를 대체할 사람도 없으니까." 화이티 삼촌이 말했다.

"만이 일할 거랬어."

"에블리나가 해고되면 나도 안 해요." 만이 말했다. 그리고 정신을 추스른 듯 몸을 숙이고 테이블 밑에서 빠져나와 품속으로 안겨든 아이들에게 말했다.

"조심해. 테이블 밑에 머리가 닿으면 안 돼. 사람들이 껌을 붙여놓거든."

얼은 만을 좋아했고, 그것은 만이 테이블 위뿐 아니라 밑에 붙은 껌과 사탕까지 긁어냈기 때문이다. 이제 그녀는 아이들을 일으켜 다시 의자에 앉혔고, 그사이에 나는 쏟아진 케첩을 닦아내려고 걸레와 물통을 들고 왔다. 그새 손님 두 명이 와서 나는 주문을 받으러 갔고, 만과 얼이 함께 앉아 일정을 조정하는 자리에 새로 커피와 디저트를 갖다주었다.

4-B's에 대해 내가 좋아한 한 가지는 B's라는 이름의 소재였다. 네 개의 B가 한데 얽혀 있는 모양이 그 모티프였는데, B는 최초의 주인이 소유했다는 옛날 가축 브랜드를 의미하기도 했고, honey-bee, 즉 꿀벌이라는 의미도 있었다. 여기도 벌, 저기도 벌, 냅킨에도 벌이 인쇄돼 있었다. 종업원은 '유니폼'으로 노란 셔츠와 검은 바지 혹은 치마를 입었다. 팁을 합치거나 나누지 않는다는 점도 좋았는데, 그 말은 각자 자기가 맡은 테이블을 치워야 한다는 뜻이기도 했다. 문 닫을 시간에는 바닥을 대걸레로 닦고 부스 안을 일일이 청소해야 했고, 한가로운 날은 창문도 닦아야 했다. 탄산음료 기계도, 화장실도 청소해야 했다.

레스토랑은 예전의 플루토 국립은행 건물로 매우 견고했다. 천장은 높았고 전구는 가리비 문양 전등갓을 씌운 우아한 놋쇠 부착물에 매달려 있었다. 카운터를 따라 놋쇠 레일을 둘러놓았고 바닥에는 오래된 테라초*를 깔았다. 벽면에는 대리석 타일이 붙어 있고 모서리에는 기품 있는 대리석 반기둥이 세워져 있었다. 길쭉한 창문 옆으로 오렌지색 부스가 설치되어 있었고, 오래된 처마 돌림띠 아래로는 삼면에서 빛이 쏟아져 들어왔다.

건너편에는 주유소와 B급 영화를 상영하는 퀴퀴한 영화관이 있었다. 때때로 조화나 장식 바구니를 파는 가게—농부의 아내가 야심차게 만든 공예품 아웃렛—가 들어오거나, 거리를 면한 오래전에 문 닫은 가게 자리에 땀내와 쥐 오줌 냄새가 나는 헌 옷 가게가 불쑥 들어서기도 했다.

엄마가 무슈을 내려주었을 때, 만 월데는 아이들이 파이를 두 접시째 먹는 동안 생각에 잠겨 있었다. 무슈은 얼이 있는 부스로 가서 앉았는데, 그는 얼을 괴롭히는 걸 재미있어했다. 얼이 일어섰다. 아이들은 배가 부른지 눈을 스르르 감았다. 그녀는 아이들이 부스 안에서 누워 잘 수 있도록 해주었다. 나는 베고 자라고 아이들의 재킷을 갖다주었고 만에게 커피도 새로 따라주었다. 무슈에게는 사워크림과 건포도 파이를 내왔다. 무슈은 보통 나이프로 파이의 한가운데에 선을 그었고, 우리는 그 표시가 있는 데까지 각자 자기 몫을 먹었다. 하지만 그날 우리는 만의 몫까지 파이를

---

* 대리석 따위의 부스러기를 응착제와 섞어 굳힌 뒤 표면을 닦아 대리석처럼 만든 돌.

셋으로 나누었다.

"난 내가 프랑스 여자로 보인다고 생각하는데, 안 그래요?" 나는 만을 보며 말했다.

"음, 프랑스인이 아니었나요?"

"라 젬 피이 카타와시시유." 무슈이 말했다.

"조심하세요." 내가 만에게 말했다. "당신에게 수작을 걸겠다고 하는데요."

"프랑스 여자들은 예쁘지 않나요? 당신도 예쁜데."

"그보단 세련되었다고 할래요." 내가 말했다. "난 물론 이 유니폼을 입고 있어야 하죠. 하지만 오빠 조지프는 미네소타 대학에 다녀요. 오빠를 두 번 찾아갔어요. 과학을 전공해요. 나는 문학을 전공할 거고요. 프랑스어도 배우고 있어요. 보세요."

나는 별이 빛나던 어느 밤 선교회 자선바자회에 갔다가 찾아낸, 표시 하나 없이 완전히 새것인 벌리츠 교본을 보여주었다.

"아무 말이나 해봐요, 아무 말이나요!" 만이 외쳤다.

"라 노르드, 러 쉬드, 루에스트, 에 레스트 송 레 캬트르 푸엥 카르디노!*"

무슈은 못마땅한 표정이었다. "그게 아니지! 저앤 미치프어를 하려고 하는데, 들리기는 꼭 몹쓸 치무카만어처럼 들리는구나."

"프랑스어같이 들리는데요, 무슈. 쥬 파를르 프랑세!**" 내가 말

* '북, 남, 서, 그리고 동은 네 개의 주요 방향입니다'라는 뜻.
** '나는 프랑스어를 말합니다'라는 뜻.

했다.

"어허, 프랑스어라, 리 케나야인!" 그는 손으로 나를 찰싹 때리고 나서 용의주도하게 파이를 베어 물었다. 새로 맞춘 의치는 끼우긴 힘들고 빠지기는 쉽게 빠졌다. 나는 무슘의 옛날 치아가, 그 치아 너머로 음식물을 집어넣던 방식이 아직 그리웠다. 그때가, 비록 아프기는 했겠지만 더 행복해 보였다. 게다가 치통은 언제나 위스키를 마실 좋은 핑계였다.

"넌 말이야!" 무슘이 말했다. "아가야, 너는 학교에서 유명해질 거야. 네 오빠처럼 말이지." 그는 만을 보며 고개를 까딱하고 눈을 찡긋했다. "조상이 대단하니 놀랄 일도 아니지. 저애는 부모가 모두 왕족 출신이라오. 위대한 추장에다 귀족 스코틀랜드 가문이지. 앙투아네트도 혈연이고, 그래서 독일인도……"

"모르몬교 사람들이 혈통 계보를 들고 자꾸만 찾아와서 무슘의 선조가 왕족이라며 자기네 종교로 포섭한대요." 내가 만에게 말했다.

"내 그런 줄 알았지." 무슘은 포크를 빨면서 꿋꿋하게 말했다. "그리고 치페와족으로 봐도 말이오, 우리는 대대로 추장이었거든. 우리는 날쌘 부족이라오. 나는 간 빼먹는 존슨도 따돌리고 달아났다니까. 내 귀의 절반을 떼어낸 놈 말이오."

그가 찌부러진 귀를 만지작거렸다.

"뭐라고요?"

"우리 이렇게 해요." 내가 만에게 말했다. 만의 아이들은 아까 일어나 옆 부스로 옮겨서 잠자코 색칠을 하고 있었다. "일하는 시간을 나눠야 해요. 아이들이 있으니까 먼저 고르세요."

"우리가 조정할게요." 그녀가 발그레함이 약간 가신 얼굴로 살며시 웃었다. "그리고 머리카락을 잘라야겠어요."

"내가 들은 말이 있는데, 뱀 농장에 관해서." 무슈이 불쑥 말을 꺼냈다.

만은 눈을 휘둥그레 뜨고 나를 쳐다보더니 눈을 끔벅했다.

"판사님을 만나봐야겠어요, 에블리나."

"우리 집에 가서 잠시 같이 지내는 게 어떻겠소." 무슈이 말했다. "라 미치인 리 독토어 카 아시토우 이타 라 쿨라이르 카키투크 와카이트."

"의사가 뱀에 물린 데를 치료해줄 거라는 말이에요. 확신하건대 무슈이 의사일 거예요. 내일 우리 집에 와서 같이 제럴딘 이모의 집에 가봐요. 쿠츠 판사님은 거기 계실 거예요."

만은 웃었지만 뭔가에 홀린 것 같았다. 그녀가 아이들을 불러 떠날 준비를 했다. 그들이 떠나자 나는 무슈에게 말했다. "무슈이 뱀 이야기를 꺼낸 바람에 놀라서 가버렸잖아요."

무슈이 나를 쳐다보았다. "나이 든 여자들이 만에 대해 말하더구나. 그 여자들은 전부 다 알아."

"그러니까 또 그분들이랑 계셨어요?"

"내 소중한 그녀는 없었단다. 네 엄마가 나를 그녀가 사는 곳으로 데려다주지는 않을 게다. 심지어 우표까지 감추었는걸. 편지조차 못 보내게 됐구나!"

"우표는 제가 드릴게요." 내가 말했다. "이제 최악은 니브 고모가 편지를 펴보지 않는 일이 될 거예요."

"정말 착한 손녀로구나." 무슘이 환하게 웃었다. "그리고 분명
말이다! 넌 이 동네 어떤 여자보다 프랑스 여자로 보이는구나."

안톤 바질 쿠츠 판사의 이야기

Judge Antone Bazil Coutts

샤맹과

✦

어떻게 늙는지 아는 사람은 별로 없다. 샤맹과는 알았다. 제럴딘이 그의 조카가 아니었더라도 나는 그를 찾아갔을 것이다. 나는 그를 존경했고 연구했다. 샤맹과처럼 늙고 싶었다. 스타일을 간직한 채. 샤맹과는 팔만 그랬지 전체적으로 멋지고 근사한 노인이었다. 누가 봐도 젊어서 잘생겼을 외모였고, 여전히 호리호리하고 우아한 중간키의 풍채를 자랑했다. 멋들어진 머리는 새하얀 머리카락으로 무성했고, 그는 그것을 자랑으로 여겨 몇 주마다 한 번씩 제럴딘을 시켜 머리를 손질하고 스타일을 다듬었다. 제럴딘은 오로지 그 일을 위해 보호구역 토지에서 거기로 찾아왔다.

외모도 근사했지만 그에게는 또다른 특징이 있었다. 샤맹과는 습관이 단정하고 고상한 사람이었다. 날마다 정성스레 준비를 하고 인생을 맞이했다. 우리 보호구역에서는 오지브웨어를 몇 개의 방언 형태로 사용하고, 아울러 크리어, 미치프어를 쓰고, 심지어

이 셋을 혼합한 언어도 사용한다. 오웨지는 남자가 단장하는 방식을 일컫는 단어 중 하나다. 깔끔히 정돈하고, 광내고, 흐트러진 머리카락을 뽑고, 이를 꼼꼼히 닦고, 가르마를 정확히 타고, 최근에는 청바지 앞에 칼날 같은 주름을 세운다. 그렇게 하여 정부가 우리의 남성성을 파괴하기 위한 모든 방법을 총동원해도 우리를 무찌를 수 없다는 걸 보여준다. 오웨지. 우리는 여전히 근사해 보이고 그 사실을 알고 있다. 샤멩과는 흐트러진 모습을 보인 적이 한번도 없었다. 물론 그에게는 그것 말고도 멋진 점이 더 있었다.

그는 바이올린을 켰다. 기가 막힌 솜씨였다! 팔이 많이 비틀려서 기형적인 모양새에 맞추려면 셔츠 형태를 세심히 바꾸고 핀으로 고정해야 했지만, 그 팔은 날렵할 뿐 아니라 힘도 셌다. 아주 어려서부터 비틀린 팔 끝의 우아한 손가락들이 현을 자유자재로 넘나들 수 있도록 팔꿈치에 아무 데서나 굴러다니는 낡은 천조각이 아닌 하얀 실크 스카프를 묶어 자세를 잡았다. 다른 쪽 팔과 손으로는 활을 잡았다.

이 대목에서 나는 어떤 단어를 고를까 고심한다. 샤멩과가 연주할 때는 안이 밖이 되었다. 하지만 안과 밖의 관점에서만 말한다면 그 광경을 절반도 설명하지 못한 것이다. 그의 음악은 음악―적어도 우리가 익숙하게 듣는 것―을 초월해 있었다. 음악은 감정 그 자체였다. 그 소리는 뭔가 깊숙하고 즐거운 것에 직결되었다. 나날의 일상에서 얼버무리려 하는 진실한 앎의 강력한 순간. 또한 그의 음악은 우리의 공포 이면을 건드렸다. 견뎌냈지만 다시는 반복하고 싶지 않은 것. 파편화된 상상, 인정받지 못한 갈망,

두려움과 놀라운 즐거움. 아니, 우리는 그런 음역에서는 살아갈 수 없다. 하지만 이따금 뭔가가 얼음처럼 부서지면 우리는 우리 존재의 강물에 놓인다. 그리고 깨닫는다. 이 깨달음은 얼마간 음악에, 혹은 샤멩과가 연주하는 방식에 따른다.

그래서 샤멩과는 모든 잔치에 초대받지는 못했다. 그가 연주하는 지그와 릴*에서 솟구치는 야생의 기쁨은 사람들을 단숨에 가장 험준한 기억의 바위에 부딪치게 했고, 결국 그들은 인사불성이 되거나 술을 마시며 엉엉 울어버렸다. 사정이 그랬다. 사람들의 감정은 종종 그의 탓으로 돌려졌다. 제럴딘은 간간이 바이올린 대회나 연주회 같은 곳으로 그를 데려갔다. 그는 유명했다. 지역이나 주 단위 음악대회에서 상으로 싸구려 상품도 받아왔다. 도안을 새겨넣은 장식판이나 플라스틱 받침대가 딸린 작은 주석 우승컵 같은 것이었다. 그는 이것들을 다른 물건과 분리해서 보관했다. 모퉁이에 놓인 삼각형 모양의 높은 선반에 두었다. 먼지가 앉는 일도 절대 없었다. 그의 종손녀이자 클레망스의 딸이 아직 어렸을 때 갖고 놀고 싶다며 내려달라고 조른 적이 있었다. 그것들은 망가졌지만 후에 다시 접착제로 붙였고 반짝이는 도금이 군데군데 벗겨지기도 했다. 그는 상관하지 않았다. 하지만 악기에 대해서만큼은 다소 광적인 데가 있었다.

그는 우리가 북을 존경하는 정도로 바이올린을 다루었다. 북은 우리에게 살아 있는 존재이자 음식과 물과 보금자리와 사랑을 요

---

* 스코틀랜드 고지 사람들의 경쾌한 춤곡.

구하는 존재였다. 북은 저만의 노래를 갖고 있어서 그 노래는 잠속에서 주인을 찾아갔다. 또한 북은 그 성격에 따라 구슬 달린 천을 앞에 두르고 리본을 달고 세밀한 색칠을 해서 치장해주어야 했다. 샤멩과에게 바이올린도 마찬가지였다. 그는 자기 악기에 무슨 일이라도 생길까봐 전전긍긍하면서 부드러운 면 손수건으로 쓰다듬듯 깨끗이 닦았고, 매일 밤 그 형태를 본떠 만든, 자기 구두만큼이나 반질반질하게 닦은 가죽 케이스 안에 조심스럽게 넣어 선반 두 칸을 없앤 식기장 안에 보관했다. 케이스는 벨벳으로 안을 댔는데, 벨벳은 세월의 더께에 짙은 핏빛에서 빛바랜 보라색으로 변했고 줄무늬가 생겼다. 나는 바이올린을 잘 모르지만 그가 내는 소리는 유달리 아름다운 것 같았다. 인간다운 소리인 건 틀림없지만 더할 나위 없이 아름다웠다. 사람들은 대부분 그 바이올린이 오래된 것이며 굉장한 가치가 있다고 생각했다. 그래서 어느 날 아침 제럴딘이 샤멩과의 머리를 손질해주러 왔다가 그가 침대 기둥에 발이 묶인 채 꼼짝없이 누워 있는 것을 보고도, 묶인 발을 풀어주면서 식기장을 흘끗 쳐다보며 자물쇠가 부서지고 바이올린이 사라진 것을 보고도 놀라지 않았다.

사건은 법원 시스템이나 부족 경찰의 정보망을 통해 내게로 전해진다. 가십, 소문, 풍문, 뒷이야기, 그리고 단순히 잘못된 정보도 있다. 나는 언제나 그런 말들을 귀담아듣고, 심지어 들은 이야기를 적어두기까지 한다. 틀리고 과장된 정보지만 가끔은 유익한 진실의 보석이 담긴 때도 있다. 가령 이번 경우에는 코윈 피스라는 이름이, 그 아이가 범죄를 저질렀다는 직접적인 증거가 없는데도 사람들의 입에 오르내렸다.

코윈은 내가 자꾸 보게 되는 인물 중 하나였다. 물론 나는 그의 출생에 대해 내가 알아야 하는 것보다 더 많이 알고 있었다. 그가 훌륭히 자라났다면 기적 같은 일일 것이다. 그는 더 나쁜 일이 기다리는 나쁜 존재였다. 실수의 산물이었지만, 아직 많이 어렸기 때문에 우리는 그를 구원하려는 노력을 그치지 않았다. 어떤 사람들은 그를 구원할 가치도 없는 구제불능이라고 생각했다. 반사회적 인간. 경계인. 영리한 협잡꾼. 그는 학교를 자퇴한 후 위험한 마약 거래에 가담했다. 어떤 사람들은 그를 불쌍히 여겨 그의 행동을 아버지가 저지른 기막힌 범죄나 그후 어머니가 빠진 음주 탓으로 돌렸다. 하지만 어떤 사람들은 그에게서 뭔가 구원의 가능성을 보았다. 그것이 가장 위험한 생각일 수도 있었다. 그는 음주 운전을 즐기는 시시껄렁한 마약상이었고, 여자들을 줄줄이 거느리고 다녔다. 안타깝게도 상당히 잘생기고 사진작가 에드워드 커티스의 피사체 같은 용모를 지녔지만, 제멋대로 살아온 탓에 이미 몸집이 불어나기 시작했다.

마약은 옛날의 모피 무역로를 통해 운반되었는데, 코윈은 한때 자신이 버펄로 가죽 옷이나 비버 가죽을 높이 쌓아올린 더미에 올라앉아 삐걱대는 소달구지의 수레바퀴를 보며 길 떠나는 노래를 부르던 그 길에서, 이제는 휠캡이 없어지고 차체 뒤쪽이 질질 끌리는 고물 시보레 노바를 몰았다. 운전은 난폭했고 마약에 잔뜩 취해 있었지만 단속에 거의 걸리지 않은 것은 애매한 시간에 불규칙적으로 이동해 거래를 마치자마자 미니애폴리스까지 냅다 달렸다가 그날 밤 바로 되돌아왔기 때문이다. 그는 면허증도 없이─빼앗겼기 때문에─운전했다. 그리고 언제나 돈 되는 일을 찾아다녔다. 신용사기, 내기, 당구, 심지어 중국식 치킨 스트립을 튀기는 카운터 맞은편에 험상궂게 서 있는 일도 가끔 했다. 나는 코윈의 행적을 주의 깊게 살폈는데, 애초부터 내 운명이 오로지 하향 곡선만 그리는 그의 인생 궤도를 목격하도록 예정된 것 같아서였다. 내가 그를 군이 밀쳐내야 한다면 먼저 그렇게 하고도 그날 밤 편히 잠들 수 있다는 것을 확실히 해두고 싶었다. 그가 바이올린을 들고 있는 장면도 목격되지 않았고 시보레 노바를 샅샅이 뒤져도 바이올린은 흔적도 없었지만, 경찰은 언젠가 그가 속셈을 드러내고 악기를 팔 거라고 확신했으므로 그에 대한 감시를 늦추지 않았다.

시간은 흘러갔고 코윈은 속셈을 숨기고 튀긴 요리를 파는 음식점에서 일자리를 구했다. 그를 구원하고 싶어하는 많은 사람들의 마음을 풀어놓는 행동이었으니, 어쩌면 자기가 감시 대상이란 걸 알았는지도 모른다. 행동거지를 바르게 했고 술을 마시지 않았으며 나름으로 최대한 예의를 갖추었다. 전망을 물어보면 확고한 희망을 드러냈고, 실패는 순순히 인정했다.

"내가 구제불능인 건 맞아요." 그도 인정했다. "하지만 늙은이의 바이올린을 갈취할 만큼 막돼먹지는 않았다고요."

하지만 그건 물론 그의 짓이었다. 다만 우리는 그가 어디다 숨겼는지, 종국에는 골동품상에 내다 팔지 큰 도시의 악기점에 내다 팔지 몰랐을 뿐이다. 우리가 그의 행동을 기다리는 동안 노인은 하루가 다르게 시들어갔다. 내가 샤멩과의 연주를 얼마나 좋아했는지도 그때서야 깨달았다. 가끔은 어스름한 저녁에 집 뒤편의 잡목이 무성한 풀밭에서, 또 가끔은 앞서 언급한 작은 연주회에서, 또 가끔은 클레망스와 에드워드의 집에 모인 사람들 앞에서 그는 바이올린을 켜곤 했다. 그의 연주를 한 달에 한두 번 이상 들었다는 말은 아니지만, 다른 많은 사람들처럼 나 역시 그의 음악에 의지한 것을 알게 되었다. 몇 주가 지나자 둔감한 마음이 예민해지면서 그저 처한 대로 받아들인 샤멩과의 상실에 나 또한 깜짝 놀랄 만큼 매서운 고통을 느끼기 시작했고, 음악의 부재를 함께 애도하는 것이 도움이라도 되는 듯 그를 찾아가 시간을 보냈다. 또한 나는 바이올린이 끝까지 나타나지 않는다면 우리가 뜻을 모아 새 바이올린을, 어쩌면 훨씬 좋은 바이올린을 사주는 것이 어떨지 고민했다. 이기적인 제안이기라도 한 것처럼 그에게 물어보기를 망설였다. 답을 알 수 없었다. 그래서 어느 날 오후 샤멩과의 작은 거실에 앉아 어떻게 말을 꺼낼까 궁리했다.

"물론 누가 바이올린을 가져갔는지 알아요." 내가 입을 열었다. "계속 그 인물을 주시하고 있고요."

샤멩과는 우아한 한쪽 손으로 머리를 쓸어넘기고 전에도 여러 번 한 말을 되풀이했다. "그 몹쓸 시간 동안 나는 내내 잠들어 있었다니까."

하지만 당시 그는 밧줄을 풀려고 침대에서 어중간하게 굴러 떨어져 있었다. 뺨이 긁혔고 떨어진 쪽의 흰자위는 성난 붉은색이 되었다. 그가 뻣뻣하고 고통스러운 동작으로 느리게, 몹시 노쇠한 사람처럼 굳은 몸을 일으키려 했다. 몸을 곧게 펴고 일어서는 데 시간이 한참 걸렸다.

"앉아 계세요. 차는 제가 끓일게요." 제럴딘은 상냥하고 현실적이었다. 아무도 그녀와 논쟁하려 하지 않았다. 샤멩과는 방석을 덧댄 갈색 흔들의자에 다시 천천히, 조금씩 몸을 낮추어 앉았다. 그가 넌지시 나를, 사실은 내 옆을 바라보았다. 그는 조용한 목소리로 내 질문에 답했지만 그가 대화에 열중하지 않는다는 것은 대번에 알 수 있었다. 사실 그는 절반만 존재했고, 약간은 흐트러졌으며, 또한 안절부절못했다. 모두 이제껏 그에게서 찾아볼 수 없던 모습이었다. 셔츠는 단추가 엇갈려 채워졌고 격자무늬는 삐뚜름했으며, 그날 아침은 듬성듬성 난 구레나룻도 깎지 않았다. 피부색을 배경으로 흰 그루터기 같은 수염만 더욱 도드라져 보였다. 숨결은 시큼했고 내가 왔다는 사실이 전혀 기쁘지 않은 것 같았다.

제럴딘이 우리를 위해 머그잔 두 개에 설탕을 넣은 뜨겁고 진한 차를 따르고, 또 한 잔에 자신의 차를 담아 나올 때까지 우리는 긴장감이 흐르는 침묵 속에 함께 앉아 있었다. 샤멩과는 덜덜 떨리는 손으로 찻잔을 들고 차를 마셨다. 찻물이 뱃속에 들어가자 그의 얼굴에서 어두운 빛깔이 약간 걷혔고, 나는 내 생각을 밝힐 시점으로 지금보다 더 좋은 순간은 없다고 생각했다.

"샤멩과." 내가 말했다. "저희가 새 바이올린을 사드리고 싶은데요."

샤멩과는 차를 한 잔 더 마시면서도 아무 말 하지 않았지만, 잔을 내려놓고 나서는 손을 무릎에 포개 얹었다. 그는 내 옆을 바라보며 생각에 잠긴 듯 얼굴을 찡그렸다. 좋은 징조가 아닌 것 같았다.

"새 바이올린은 안 좋아하실까요?" 나는 제럴딘을 돌아보며 물었다. 그녀는 나한테 화가 나지만 자기 삼촌한테도 몹시 화가 난다는 표정으로 고개를 가로저었다. 침묵이 흘렀다. 이제 무슨 말을 해야 할지 종잡을 수 없었다. 샤맹과는 눈을 감고 있었다. 의자 깊숙이 몸을 기댔지만 잠들지는 않았다. 나를 쫓아버릴지도 모르겠다고 생각했다. 하지만 나는 꼿꼿이 앉아 있었고 가고 싶은 마음도 없었다. 샤맹과의 음악을 꼭 다시 듣고 싶었다.

"삼촌, 저이에게 그 이야기를 해주세요." 마침내 제럴딘이 입을 열었다.

샤맹과는 몸을 숙이고 기도하듯 턱을 괴었다.

나는 긴장을 풀면서 이제부터 뭔가 중요한 이야기를 듣게 되리라는 직감을 했다. 나도 익히 잘 아는, 평정이 깨지기 직전의, 목격담이 밝혀지기 직전의, 진실이 드러나기 직전의, 입을 다문 사실이 입 밖에 나오기 직전의 숨죽인 응결의 순간이었다. 그런 순간에는 익숙했다. 엄밀히 말해서 그의 말이 고백은 아니었지만, 그 이야기가 보호구역에서 일반적으로 알려진 사실이 아닌 것은 확실했다. 샤맹과는 그 바이올린을 아주 오래전부터 켰으므로 그에게 바이올린이 없던 때를 알거나 기억하는 사람은 아무도 없었다. 하지만 그의 일생에는 바이올린이 둘 있었다. 그가 소년이었을 때 켠 아버지의 바이올린과, 꿈속에서 그를 찾아온 두번째 바이올린.

첫번째 바이올린

내가 겨우 네 살이었을 때 어머니는 사내아기를 디프테리아로 잃었다네. 샤맹과가 이야기를 시작했다. 아기를 잃고 나서 어머니는 오로지 신앙에만 매달렸지. 그 전만 해도 아버지가 샹송과 릴과 지그를 연주했는데, 아기가 죽자 어머니는 아버지에게 바이올린은 집어치우고 영성체를 하라고 시켰다네. 한동안은 임대 농지를 떠나 바로 여기에서 살았는데, 당시만 해도 나무와 관목이 우리를 둘러싸고 있었지. 서쪽으로는 집이 한 채도 없었어. 개척지에서는 살 수 없었기 때문에 지금 데리 퀸이 있는 자리에 말을 방목하면서 살아야 했다네. 어머니는 슬픔을 가누지 못해 오히려 엄격해졌고, 아버지와 형과 누나와 나를 숨도 못 쉬게 했지. 큰형은 의붓형이었는데, 이미 집을 떠난 다음이었어. 큰형은 어머니보다 더 신앙심이 깊어서 신부가 되었지. 우리는 어머니가 왜 생소한 규칙에 매달리는지 이해했고, 그래서 우리를 시시콜콜 간섭해도 받아주면서 모두들 애도 기간이 끝나면 나아질 거라고 생각했어. 전에는 유쾌한 방문이 끊이지 않던 아름다운 집에 이제는 고요만 감돌았지. 술도 음악도 없었다네. 우리의 목소리가 어머니의 마음을 아프게 한다기에 큰 소리도 못 냈고, 한때는 흥겹게 춤추던 유쾌한 아버지가 너털웃음을 웃거나 짓궂은 장난을 치는 일도 없어졌어. 나 역시 아기가 몹시 그리웠지. 아기는 가톨릭 묘지의 작고 둥근 흰색 묘석 아래 묻혔는데 지금도 그곳에 있다네.

어머니가 일부러 분위기를 그렇게 만든 건 아니라고 믿지만, 어머니와 아버지는 이미 모든 것을 상실한 다음이었고, 어머니가 감당해야 하는 슬픔은 견딜힘을 넘어서는 것이었지. 어머니는 아기를 묻은 묘석 아래에 심장을 같이 묻어버린 것처럼 차갑게 변해서 우리한테는 등을 돌려버렸고 감정마저 상실하고 말았어. 지금은 나도 나이가 들어 비탄의 방식을 알게 되었으니 그때 어머니가 너무 큰 감정을 경험했다는 걸, 너무 많이 사랑했기에 내 남동생을 잃은 것처럼 우리마저 잃을까 두려워했다는 걸 이해할 수 있지. 하지만 어린 소년의 눈에는 이런 사실이 보이지 않는다네. 당시에는 아기와 더불어 어머니의 사랑도 잃어버렸다고 여겼을 뿐이야. 힘껏 보듬어주는 어머니의 팔, 어머니의 키스, 어머니의 얼굴에서 풍기는 상쾌한 비누 냄새, 나를 진정시켜주는 목소리, 그 모든 것이 사라져버린 거지. 어머니는 성당의 조각상처럼 변해버렸다네. 어머니가 부엌에서 꼼짝 않고 서서 벽만 뚫어져라 쳐다보는 모습도 자주 발견했지. 처음에 우리는 어머니의 옷을 만지면서 가볍게 손을 쳤어. 아버지는 어머니에게 키스한 뒤 귀에 대고 부드럽게 속삭이며 짧은 머리를 쓰다듬어주었지. 어머니는 순수 혈통이어서 전통에 따라 애도 기간에 머리를 잘랐거든. 그래서 어머니의 머리는 더부룩하게 자라 있었어. 나중에 우리는 포기하고, 그저 나무의 그루터기를 맴도는 것처럼 어머니 주위만 빙빙 돌았지. 한번은 가장 나이 많은 의붓형이 우리를 보러 왔다가 작은형을 복사로 삼겠다며 데려가버렸어. 온 집안이 조용해졌고 요리는 누나가 도맡았지. 아버지의 귀는 공허한 침묵의 귀가 되어버렸어. 우리가 알던 활기와 사랑이 넘치는 어머니는 이제 다시 돌아오지 않을 거라는 사실을 우리도 서서히 받아들이게 되었다네. 어머니가 어둠 속에 온종일 앉아 있고 싶어하면 그냥 내버려뒀어. 설득해서 밖으로 끌어내려고 노력하지도 않았지. 어머니가 성당에 가 있는 시간도 더 많아졌다네. 새벽 미사에 가면 미사가 끝나도 돌아오지 않았고, 상아와 은으로 된 묵주를 오른손에 늘어뜨린 채 왼손으로는 묵주알을 굴렸는데 어찌나 반들반들하게 닳았는지 크기가 줄어들 정도였어. 나는 언젠가 그 묵주알이 닳고 닳아서 어머니의 손가락 사이에서 사라져버릴 거라고 확신했지.

비둘기 떼가 하늘을 뒤덮은 직후 우리는 세라프가 달아났다는 소식을 들었어. 어느 날 나를 제외한 온 가족이 작은형이 돌아오게 해달라고 성당에 기도하러 갔는데 나는 어쩐지 마음이 들떴어. 나도 달아나고 싶었거든. 그날 나는 감기에 걸려 혼자 남았는데, 누나는 난로를 뜨끈하게 피워두라고 일러두고 나갔어. 사실 많이 아픈 건 아니었고, 성당에 안 가도 좋다는 허락을 받으려고 일부러 누나 앞에서 그르렁대며 지독한 기침을 해댄 거였어. 나는 혼자 남아 집 안을 뒤졌는데 얼마 안 있어 어머니 때문에 켜지 못하게 된 아버지의 바이올린이 눈에 띄었어. 거기에 바이올린이 있었어. 바이올린과 나뿐이었다네. 대여섯 살은 됐을 때니 바이올린을 들고도 균형을 잡을 수 있었고, 이전에 아버지가 활 켜는 모습을 본 적도 있었지. 그날 그럭저럭 바이올린 소리를 내는 데 성공했지만 전혀 만족스럽지 않았어. 하지만 그 소리는 나를 뼛속까지 흔들어놓았지. 식구들이 돌아오기 전에 여유 있게 바이올린을 되돌려놓고 식구들이 마당으로 들어서자 얼른 이불 밑으로 기어들었어. 잠든 척했는데, 계속 아픈 척하려고가 아니라 현실로 되돌아가는 것을 견딜 수 없었기 때문이야. 무슨 일인가가 일어난 거지. 변화가 일어났어. 무언가가 내가 아는 모든 것의 성질을 깡그리 바꿔버린 거야. 그 일이 작은형이 달아난 것과 연관이 있을 거라 생각할지 모르겠네. 하지만 단연코 아니야. 이 심오한 변화는 바이올린과 연관한 거였지.

나는 자유란 달아나는 데에 있지 않고 마음과 머리와 손에 있다는 사실을 깨달았어. 그날 이후 가능할 때마다 혼자 집을 지킬 방법을 궁리하기 시작했지. 모두 나가면 이불장에 숨겨진 바이올린을 꺼내 내가 하고 싶은 대로 켰다네. 한 번에 한 음씩 익혔지만 구별되는 각각의 소리에 해당하는 계명을 알았던 건 아니야. 그리고 그 음을 한데 결합하기 시작했지. 음이 잇달아 머릿속에서 근질근질 돌아다녔다네. 부모님이나 누나가 돌아오면 바이올린을 치워야 한다는 사실이 내겐 고역이었어. 가끔 바람의 방향이 괜찮으면 식구들이 집에 있을 때도 몰래 바이올린을 꺼내 들고 숲 속에 가서 연주를 했지. 바람이 내 음악을 서쪽으로, 아무도 듣는 사람이 없는 공터로 데려간다는 걸 언제나 주의 깊게 확인했어. 하지만 어느 날 바람이 방향을 바꾸어버린 것 같아. 아니면 어머니의 귀가 아버지나 누나의 귀보다 더 예민했든가. 내가 집으로 돌아왔을 때 어머니는 창밖을, 서쪽을 바라보고 있었어. 흥분해서 가쁜 숨을 쉬었지. 너도 들었지? 어머니가 소리쳤어. 너도 들었지? 발각될까 너무 두려워서 못 들었다고 대답했네. 아버지는 몹시 흥분한 어머니를 진정시키느라 굉장히 애를 먹었지. 간신히 어머니를 잠재운 아버지는 머리를 손에 파묻고 한 시간 동안 식탁에 앉아 있었어. 나는 발끝으로 돌아다니며 이런저런 일을 했어. 내 음악이 어머니가 들은 소리의 발원지였다는 사실을 밝히지 않아 몹쓸 일을 저지른 것 같았지. 비록 머리를 손에 묻고 전등 빛 아래 앉아 있는 아버지가 무엇에 절망했는지 전부 이해하지는 못했다 하더라도, 그것이 어머니와 내 비밀스런 음악과 연관이 있다는 것을, 아버지는 어머니가 실제로 존재하지 않는 소리를 들었다고 생각한다는 사실을 알 수 있었네. 그 진실을 인정하면 아버지에게 도움이 된다는 사실도 알고 있었어. 하지만 이제 와 돌이켜보면 그때의 침묵은 진정한 음악가로서 내가 내린 최초의 결정이었던 것 같아. 예술가로서 말이지. 아버지의 고통보다는 바이올린을 켜야 한다는 사실이 내게는 더 중요했던 거야. 나는 아무 말 하지 않았지만, 더더욱 의뭉스러워지고 두 배로 은밀해졌어.

결국은 생존의 문제였지. 음악을 발견하지 못했다면 나는 아마 침묵에 짓눌려 죽었을 거야. 집 안에서 조용히 해야 한다는 규칙은 더 엄격해졌고, 누나는 얼마 후 공립기숙학교로 도망쳐버렸다네. 하지만 나는 아직 어렸으니, 아버지와 어머니가 몇 시간이고 말 한마디 없이 앉아서 내게도 같은 것을 요구한다면, 음악 말고 마음 붙일 데가 어디 있었겠나? 나는 노래를 만들어 부모님이 듣지 않게 마음속으로 연주하면서 스스로를 구원했지. 내가 만든 음은 정확히 음악이라기보다는 어린 마음의 순수한 느낌 같은 거였어. 부모님은 나를 학교에 보내야겠다고 생각하지도 않았지. 어머니의 정적이 아버지에게도 전염된 거야. 부모가 곁에 있을 때도 여러 가지 방식으로 버림받을 수 있다네.

집에는 젖소 두 마리가 있었는데, 나는 아침저녁으로 젖 짜는 일을 맡았어. 부모님이 끼니를 챙겨주는 걸 잊어버려도 우유를 마실 수 있어서 다행이라고 생각했다네. 가끔은 뜨뜻미지근하고 거품이 나는 우유통을 앞에 놓고 혼자 저녁을 먹었어. 아마 보리빵 같은 걸 우유에 적셔 먹었을 거야. 굶주림 때문에 정말로 고통스러웠다고 말할 수는 없겠지만, 인간이 겪는 또다른 굶주림이 나를 물어뜯었지. 외로웠다네. 젖소가 나를 세게 걷어찬 것도 그 무렵이었어. 소들이 대체로 온순했던 터라 뜻밖의 사고였지. 어쩌면 젖소가 말벌에 쏘여 놀라 날뛴 건지도 몰라. 젖소가 내 팔을 쳤는데, 그때는 알 도리가 없었지만 뼈가 박살나버렸더군. 아팠냐고? 아프지 않았을 리가 있나. 하지만 부모님은 나를 병원에 데려갈 생각도 하지 않았어. 알아채지 못한 거지. 아버지에게 말해봤지만 아버지는 고개만 끄덕였을 뿐 하던 일로 다시 돌아갔어.

팔이 아파서 잠을 이룰 수 없었지. 달리 마음을 빼앗길 데도 없는 밤중에는 난로 옆에서 담요를 덮고 끙끙댔다네. 하지만 더욱 나쁜 것은 바이올린을 켤 때 팔이 무용지물이 되었다는 거야. 팔을 버텨놓으려고 해보았지만 헝겊 인형 같았지. 그러다 드디어 해결책을 찾아냈어. 바로 헝겊 띠를 묶는 거였는데, 그후 지금까지 이어진 거라네. 그 어린 나이부터 부러진 팔을 묶어 사용한 거지. 물론 그때는 팔이 그렇게 굳어 영원히 불구가 되리라고는 생각도 못했지. 그저 단단히 묶어두면 바이올린을 켤 수 있다는 사실과 바이올린이 내 삶을 구원한다는 사실을 알았을 뿐이야. 그래서 다른 대부분의 예술가처럼 나도 내 예술 때문에 불구가 된 거라네. 그렇게 틀이 잡힌 거지.

들키는 순간은 으레 오게 마련이겠지만 한동안 그 순간은 오지 않았고, 그 순간이 왔을 때 나는 이미 열두 살이었어. 그 무렵 아버지와 어머니, 그리고 나는 우리 가족의 기묘한 분위기에 이미 적응해 있었지. 결국은 관청 사람들이 찾아와 나를 학교에 집어넣었고, 나도 드디어 학교에 가게 됐다네. 지금 내가 쓰는 이름은 학교에서 붙인 거야. 순수 혈통의 아이들이 축복의 의미로 그 이름을 지어준 것 같아. 샤멩과, 검은색과 오렌지색 나비를 뜻하지. 내 '날개 팔'을 보고 만들어준 이름이었다네. 수녀님은 성모님의 그림 속에 등장하는 나비가 성령을 표상한다고 말해주었지만 처음에는 그 이름이 마음에 들지 않았어. 하지만 나는 싫다는 말을 하기에는 퍽 조용한 아이였지. 팔 모양이 창피해서 심지어 나이를 더 먹어서도 사람들을 피했고 친구도 만들지 못했어. 인간 친구들 말이야. 내 진짜 친구, 내게 정말로 필요한 유일한 친구는 이불장에 숨어 있었지. 그런데 그만 그 친구를 잃어버리는 일이 일어났다네.

부모님이 성당에 간 뒤였는데 겨울이어서 성당 난로에 문제가 좀 있었던가봐. 미사가 시작되자마자 연기가 중앙 통로를 가득 메웠고 신자들은 곧장 집으로 돌려보내졌어. 그 바람에 어머니와 아버지가 집으로 돌아왔을 때 나는 정신없이 바이올린에 열중해 있었던 거야. 부모님은 얼마나 오래 그러고 있었는지 모르겠지만, 그 소리에 놀라 문 앞에 못 박힌 듯 서 있었다네. 나는 문이 열리는 소리도 듣지 못했고, 눈을 감고 있어서 열린 틈으로 빛이 들어오는 것도 몰랐지. 마침내 부모님 주위로 소용돌이치는 차가운 공기를 눈치채고 뒤를 돌아보았어. 우리는 충격의 무게에 짓눌려 서로 쳐다보기만 했지. 이윽고 아버지가 침묵을 깨고 말했어. "얼마나 오래됐니?"

칠 년요. 칠 년요! 이렇게 대답하고 싶었지만 그러지 않았다네.

아버지는 어머니를 안으로 이끌었지. 들어와 문을 닫았어. 그런 다음 고뇌에 찬 부드러운 목소리로 말했어. "계속해보렴."

나는 연주를 계속했고, 연주가 끝나도 아버지는 아무 말이 없었어.

발각되자 최악의 상황은 끝났다고 생각했지. 그날 밤 나는 바이올린을 치워버렸어. 하지만 다음 날 아침, 상황을 확실히 파악하기도 전에 눈을 뜨자마자 존재의 빈자리가 귓가에 들려왔어. 아버지가 부스럭거려야 할 자리에는 침묵만이 흘렀고, 그제야 최악의 상황은 지금이라는 걸 깨닫게 됐지. 내 연주가 아버지 내면의 뭔가를 일깨운 거였어. 난 그렇게 생각하네. 그것이 아버지가 떠난 이유야. 하지만 아버지가 왜 바이올린을 들고 떠나야 했는지는 모르겠어. 이불장을 열었을 때 바이올린은 이미 사라진 뒤였고, 그 때부터 내 호흡도, 생각도, 감정도 전부 사라지고 말았어. 그 뒤로 몇 달 동안 나도 어머니와 다를 바가 없었지. 우리는 살아간다는 것의 진실하고 눈부신, 그 평범한 일상에서 완전히 차단되어 상실감에 빠지고 말았다네. 나는 그런 식으로 계속 살아갔을지도 모르고, 아니면 더 깊은 침묵에 빠져 어머니가 돌아오지 못한 그 캄캄

한 벤치에 어머니와 함께 영원히 앉아 있었을지도 몰라. 그 꿈이 아니었다면 그렇게 의기소침하게 계속 살아갔을 거야.

단순한 꿈이었어. 목소리가 들렸지. 호수로 가서 남쪽 바위에 앉아라. 그곳에서 기다려라. 내가 갈 것이다.

그 직접적인 명령을 따르기로 했어. 침낭과 육포 한 조각, 보리빵 한 덩이를 들고 호수 남쪽으로 가서 회색 이끼가 덕지덕지 낀 바위에 퍼질러 앉았다네. 그 널찍한 바위는 호수 쪽으로 돌출해 검푸른 물속 깊이까지 뻗쳐 있었지. 그 바위에 앉으면 호수에서 일어나는 일이 전부 보였어. 나는 영들을 위해 담배를 던져넣었어. 종일 그곳에 앉아 기다렸다네. 날벌레들이 물어뜯었지. 바람이 윙윙거렸어. 하지만 아무 일도 일어나지 않았다네. 해가 지자 나는 몸을 웅크리고 잠이 들었어. 다음 날 아침까지 그곳에 있었다네. 그다음 날도 그러고 있었고. 호숫가에서 잠을 잔 것은 그때가 처음이었는데, 물론 호수는 늘 생각한 것처럼 바위로 둘러싸여 있었지만, 왜 사람들이 호수를 두고 끝없다고 말하는지 이해할 수 있을 것 같았어. 호수에는 흘러들고 흘러나가는 강물이 있었고, 은밀한 조류가 있었고, 수면과 감춰진 바닥 토양에 영향을 미치는 여섯 종류의 날씨가 있었지. 파도는 매번 보이지 않는 어딘가에서 밀려들었다가 다시 알 수 없는 어딘가로 밀려갔어. 희한한 깃털을 가진 처음 보는 새들은 호수 건너 다른 어딘가로 날아갔지. 물소리는 또하나의 음악이었고, 나는 처음으로 내가 켜는 바이올린 소리가 아닌 다른 소리를 통해 마음의 위로를 받았다네. 그저 그렇게 시간을 보냈어. 보리빵을 조금 떼어 먹고 호숫물을 퍼마시고 나서 침낭 속에 들어가 몸을 뉘었어. 새벽이 오는 걸 세 번 봤고, 그 세 밤 동안 까만 하늘에서 별이 타닥거리며 제 위치를 찾아가는 모습을 지켜봤지. 푸른 실오라기 같은 수평선을 바라보며 이곳에서 평생을 보내게 될지 모른다는 생각도 했다네. 그래도 상관없었어. 그런 심정으로 실오라기 같은 수평선에서 작은 점 하나가 떨어져나와 짙은 색으로 변하며 느릿느릿 움직이는 것을 심드렁하게 바라보았지. 그 점은 진행하는 것 같기도 후퇴하는 것 같기도 했어. 파도에 이리저리 부대꼈지. 그 점이 한참 동안 시야에서 사라졌다 파도를 타고 다시 불쑥 나타났어.

카누였다네. 사람이 바닥에 누워 잠들었거나 카누가 표류하는 거라고 생각했어. 더 가까워지자 표류하는 카누가 틀림없다는 결론을 내렸지. 카누는 아주 사뿐히 파도를 타면서 이쪽저쪽 방향을 틀었어. 계속 멈칫대고 일관성 없이 움직이긴 했지만 결국은 남쪽 바위 쪽으로, 그러니까 내 쪽으로 똑바로 흘러왔다네. 가만히 지켜보다가 안에 사람이 없다는 것을 확인하고 나니 내가 여기에 온 이유가 떠올랐어. 꿈속의 말이 되살아났어. 내가 갈 것이다. 나는 간절한 마음으로 물속에 뛰어들어 카누를 향해 헤엄쳐갔어. 이 팔도 아무런 방해가 되지 않았지. 소년들이 으레 그러듯이 나 역시 이 팔을 보완하는 법을 알게 되었고, 팔놀림이 어색하긴 했지만 힘은 셌다네. 처음에는 카누가 허술하게 묶여 있거나 매듭이 헐거워 풀린 거라고 생각했는데 밧줄은 아예 보이지 않았어. 무슨 연유인지 모르겠지만 카누가 주인을 놓쳐서 주인을 두고 멀리 가버린 거야. 주인이 안전한 자리라고 생각해 해변에 끌어올려두었는데 높은 파도가 살살 꾀어냈을지도 모르는 일이지. 어찌어찌 카누를 호숫가로 밀어올린 다음 앞에서 끌어당겨 바위 두 개 사이에 고정했어. 그제야 카누 안을, 카누가 간직한 물건을 보게 됐지. 뱃머리 가로대에 뭔가가 묶여 있었는데, 측면에서 청동 자물쇠 두 개로 잠그는 여체 형태의 검은 케이스였다네.

이것이 그 바이올린이 나를 찾아온 이야기라네. 샤멩과가 고개를 들고 나를 찬찬히 바라보았다. 그리고 미소를 띠고 멋들어진 머리를 흔들며 다정하게 말했다. 또한 이것이 내가 다른 바이올린을 켜지 않는 이유라네.

소리 없는 연주

코윈은 어머니의 남자친구가 임시로 지내라고 내준 지하실의 방 문을 닫았다. 톱질용 모탕 여러 개로 받쳐놓은 문짝 위에 서서 스티로폼을 덧댄 천장에 쫙 편 손을 갖다댔다. 스티로폼을 한쪽으로 밀어놓고 그 위의 전선들을 헤집으며 노란 유리섬유 단열재 밑을 더듬어 케이스의 손잡이를 찾아냈다. 그러고는 손을 올린 채 조금씩 끌어당겨 악기 케이스를 구멍으로 빼내 품에 안았다. 그것을 안고 속이 빈 불안정한 문짝에서 내려와 매트리스 대신 쓰는 기포고무판 위에 앉았다. 매일 밤 거기에 누우면 차갑고 단단한 콘크리트 바닥의 느낌이 다리로 스며들었다. 노인의 바이올린을 훔친 건 돈이 필요했기 때문이지만 어디에 내다 팔지는 진지하게 생각해보지 않았다. 누가 사줄 것인가. 그 순간 묘안이 떠올랐다. 바이올린을 들고 지나가는 차를 잡아타고 파고로 가는 것이다. 웨스트 에이커스 몰에 내려 바이올린을 케이스째 음악 애호가에게 팔면 된다.

코윈은 바이올린을 들고 차에서 내려 몰로 갔다. 그는 마음속으로 자기 생각을 즐겨 인용했다. 세상에는 두 종류 사람이 있어. 주는 사람과 받는 사람. 나는 받는 사람이란 말이지. 코윈의 것은 코윈에게 주라. 최근 영화 가운데 코윈이 좋아하는 영화는 세상을 삐딱하게 보는 경찰관이 주인공인데, 그가 선한지 악한지는 분명히 드러나지 않고 다만 언어로써 다른 사람의 마음을 사로잡는 인물인 것만은 확실했다. 코윈은 언어에 감각이 있었다. 영화에서, 록음악 가사에서, 텔레비전에서 언어를 흡수했다. 언어는 그의 내면에서 단어끼리 부딪쳐 마찰을 일으켰다. 이따금 그는 머릿속에서 시를 짓는다고 생각했지만 손에서는 시가 되어 나오지 않았다. 단어들은 색다른 배열로 결합해 감은 눈의 망막을 가로지르며 달리다가 눈의 가장자리에서 떨어져 내려 관자놀이를 타고 목의 어둠 속으로 들어가버리곤 했다. 그래서 몰로 들어가는 문을 지나 중앙에 위치한 따스하고 웅장한 푸드코트로 들어섰을 때 머릿속은 그런 웅얼거림으로 가득했다.

그는 매우 아끼는 가죽 재킷을 입었는데, 안주머니에 거의 모든 소지품이 들어 있었다. 그는 잘생긴 외모를 언제나처럼 지나치게 의식했다. 사람들은 그를 잘생긴 사람으로 대했다. 다른 사람들,

예컨대 그를 잘 알거나 그에게 피해를 입은 사람들은 그를 피했다. 하지만 그건 지금 해결할 수 있는 문제가 아니었다. 막연히 생각하기로, 자기 이미지를 회복할 수 있는 유일한 방법은 아직 이르지 못한 수준에 도달해서 사람들을 감동시키는 것이었다. 예컨대 이런 상상도 했다. 록스타가 되어 〈롤링스톤〉과 인터뷰를 하는 것이다. 진짜 코윈 피스는 누구였을까? 이제 그는 푸드코트에 자리를 잡고 정신이 팔린 고객들을 슬금슬금 쳐다보면서 바이올린을 거기서 당장 사갈 사람은 없다는 것을 간파했다. 일어나 악기점으로 가서 지배인에게 악기를 보여주었지만 그저 이 대답뿐이었다. "중고는 취급하지 않습니다." 코윈은 다시 밖으로 나갔다. 몇 사람을 붙잡고 물어보았다. 그들은 쭈뼛거리며 가버리거나 아예 노골적으로 거절했다. 재정비를 해야겠는걸. 이렇게 혼잣말을 하고는 자기 의자로 정한 중앙의 긴 벤치로 다시 갔다. 거기서 금광이 되어준 그 아이디어를 떠올렸다. 텔레비전 프로그램에서 얻은 생각이었다. 한 여자가 어느 도시의 거리에서 악사를 스쳐 지나가는데 그는 색소폰이나 그 비슷한 악기를 연주하고 발치에는 악기 케이스가 열려 있었다. 여자는 걸음을 멈추고 살며시 웃으며 케이스 안에 일 달러를 던져넣었다. 코윈은 바이올린을 케이스에서 꺼낸 뒤 케이스를 발치에 내려놓았다. 한 손에는 바이올린을, 또 한 손에는 활을 들었다. 현 위에 활을 긋자 끔찍하고 괴상한 소리가 났다. 끼익 하는 소리가 푸드코트에 메아리치자 몇 사람이 왁스종이에 싼 음식을 먹다 고개를 들었고 코윈을 보자 손을 밑으로 내렸다. 그는 침착하고 차분하게 그들의 눈빛을 되받았다. 극적인 순간이었다. 그가 그들의 마음을 붙잡은 것이다. 청중이 생겼다. 즉시 행동하지 않으면 놓친다. 그는 유려한 동작으로 활을 내리그었다. 한 손에는 활, 또 한 손에는 악기를 들고 우아한 몸놀림으로 움직였다. 그냥 자연스럽게 움직여졌다. 자기가 열렬한 반응을 받는 것만 같았다. 몇 사람이 감탄사를 중얼거렸다. 어떤 사람은 박수까지 쳤다. 그 소리는 단박에 코윈 피스에게, 지금까지 해본 어떤 마약보다 더 강력한 영향을 미쳤다. 마음속에 열정이 부풀어올랐다. 그는 다시 악기를 집어들고 머리카락을 뒤로 쓸어넘긴 뒤 빠른 악절을 소리 없이 연주하기 시작했다.

흉내는 흠잡을 데가 없었다. 어디서 배웠을까? 자기도 몰랐다. 활이 현에 닿지 않았지만 그럼에도 음악을 연주했다. 음악은 그의 양쪽 귀 사이를 쏜살같이 날아다녔다. 들은 소리를 따라잡을 수 없을 정도였다. 몸짓에는 극적인 동작이 넘쳐났다. 지금까지 본 모든 동작을 선보이고 거기에 약간의 동작을 더 보탰다. 머릿속의 음악이 멈추자 그는 머리 숙여 절을 했고 이유도 알지 못한 채 연습한 다리 찢기를 선보였다. 바이올린과 활은 머리 위로 든 채였다. 박수가 쏟아졌다. 현기증 나는 소리의 실타래가 풀어지고 있었다.

불

사람들이 파고의 몰에서 바이올린 켜는 흉내를 낸 코윈 피스를 붙잡아 내게 데려왔다. 나는 선고를 내리는 데 매우 관대하다. 분명 구제불능일 거라고 확신했지만 나는 코윈이 악기를 다루는 남다른 솜씨에 흥미가 일었다. 그의 조상인 피스 형제, 그러니까 앙리와 라파예트를 생각하지 않을 수 없었다. 어쩌면 잠재된 재능이 있는지도 몰랐다. 또 그들이 내 할아버지를 구해주었듯 나는 그들의 후손을 구해줄 운명인지도 몰랐다. 이런 종류의 말썽은 간단하게 부족 정의에 따라 처리하면 되었다. 나는 선고를 내리면서 부족 기반의 관례를 이용하는 특권을 사용해 전례를 세우기로 했다. 먼저 그 결심을 샤멩과에게 털어놓았다. 그런 뒤에 코윈에게 거장 노인을 찾아가 바이올린을 배우라는 형을 내렸다. 일주일에 엿새, 아침에 세 시간씩이었다. 일을 마친 뒤 이른 저녁의 세 시간은 연습 시간이었다. 바이올린을 배우는 것이 될 수도 있고 형기를 치르는 것이 될 수도 있었다. 사실 나는 누가 벌을 받는 것인지, 소년인지 노인인지 알 수 없었다. 하지만 이제 적어도 그 집에서 바이올린 소리는 흘러나왔다.

9월 중순이 되자 보호구역의 날씨는 아침에는 쌀쌀했고 오후에는 포근했으며, 아직 무성한 나뭇잎은 마지막 달콤함 속에서 슬픔과 회한을 자아냈다. 건초는 전부 베었다. 야생벼는 고르게 빻았다. 부족사무소의 라디에이터는 밤에도 가동되어 낮에는 열기를 식히려고 창문을 열어두어야 했다. 불에 바싹 타들어가는 나무의 연기와 디젤이 연소하는 냄새가 미풍을 타고 흘러들어왔고, 간간이 언덕 아래에서 코원의 음악이 질풍처럼 불어왔다. 처음 몇 주 동안은 가능성이 없어 보여서, 어떤 악기든 잘 다루려면 어린 나이부터 시작해야 한다는 사실을 다시금 떠올렸다. 어쩌면 너무 늦은 거라고 생각했다. 날씨가 밤낮으로 추워지자 우리는 창문을 계속 닫아두어야 했고 봄이 올 때까지 코원의 발전에 대한 소식은 제럴딘이나 코원의 감찰관이 쓴 보고서로 알 수 있을 뿐이었다. 큰 기대는 하지 않았다. 하지만 코원은 하루도 거르지 않고 아침 여덟시에 샤맹과의 집으로 갔다. 창문을 열고 코원의 연주를 실제로 들은 것은 5월 초순, 그러니까 그해 들어 처음으로 맞은 뜨거운 오후였다.

"못하지 않는 정도가 아닌데요." 그날 밤 샤맹과를 찾아가 말했다. "제자의 연주를 들었어요."

"지독히 서툴지만 속에 불이 타오르고 있어." 샤맹과가 가슴에 손을 얹으며 말했다. 코원의 솜씨가 발전하는 것과 더불어 샤맹과의 건강도 호전되었다. 그가 코원을 대견해한다는 것을 알 수 있었고, 역사는 때때로 우리 편이어서 늙은이와 가망 없는 말썽쟁이 청소년 범죄자를 붙여놓는 이상적인 행위가 성공했다는 것을, 최소한 어느 정도 효과를 거두었다는 것을, 여하튼 재앙으로 끝나지는 않았다는 것을 느낄 수 있었다. 두 사람의 관계와 바이올린 레슨은 더 길어져서 형기를 채운 것은 물론 그 여름 내내 이어졌고, 우리는 그의 솜씨가 서서히 향상되는 소리를 들을 수 있었다. 가을이 왔고 다시 창문을 닫았다. 봄이 오자 창문을 열었고 코원이 연습하는 소리를 한두 번 들었다. 여름이 지나자 코원의 음악에서 자신감이 느껴졌고, 그만큼 발전하자 스승의 소리가 연상되는 때도 더러 있었다. 그리고 샤맹과가 세상을 떠났다.

그는 이상적이고 평화로운 죽음을 맞았는데, 우리가 종종 성요셉에게 기도하면서 우리 모두에게 내려주십사 간청하는 그런 죽음이었다. 그는 바이올린을 침대 옆에 두고 이불을 턱까지 끌어올리고 잠든 채 죽음을 맞았다. 아침에 제럴딘이 그의 주검을 발견했다. 의례적인 고인 대면식과 성대한 장례식을 치렀고, 사람들은 줄지어 그의 시신을 보러 와서 꽃과 파이프 담배와 작은 정표들을 땅속까지 동행할 샤맹과의 관 속에 찔러넣었다. 으레 그러듯 모두 한목소리로 말했다. 오, 어르신이 정말 평화로워 보이시는군요. 제럴딘은 삼촌의 어깨 위에 모나크나비를 내려놓았다. 그날 아침 자동차 라디에이터그릴에 앉아 있는 것을 발견했다고 했다. 클레망스와 화이티가 성당 밖에서 부둥켜안는 모습이 보였다. 이어서 클레망스가 화이티를 일으켜세웠다. 그는 취해 있었다. 에드워드가 다가오더니 반대쪽에서 화이티를 부축해 성당 안으로 데려가 신자석에 앉혔다. 샤맹과의 형 세라프는 에블리나와 조지프 사이에 자리를 잡았다. 그들이 그의 어깨와 팔을 토닥여주었다. 이번만은 세라프도 말이 없었다. 몹시 상심해 보였다. 캐시디 신부가 장례미사용 제구를 삐거덕거리며 엄숙하게 제단으로 걸어가 목청을 가다듬은 뒤 발끝을 들었다 내렸다 하며 강론을 시작할 때도 고개한번 들지 않았다.

저는 지금 세라프 밀크의 영혼을 축복하기 위해 용서라는 성령의 이름으로 이 자리에 섰습니다.

"뭐라는 거야?" 제럴딘이 조그맣게 속삭였다. "이름을 잘못 알았어!" 그녀는 손짓으로 신부에게 신호를 주려고 했다. 하지만 캐시디 신부는 이미 열중했고, 세라프는 이제 약간 기운을 차린 것 같았다.

영성체도 하지 않고 병자성사나 성유 도유도 거부한 채 세상을 떠난 세라프 밀크. 그의 영혼이 어쩌면 지옥에 갔을지 모르지만, 가족은 그가 까다로운 상황에서 빠져나오는 요령이 언제나 뛰어났다고 말하고, 더구나 성자들도 이따금 죄인을 충동적으로 중재하기 때문에 그의 영혼이 어디로 갔는지 정확히 알 길은 없습니다. 세라프 밀크는 제 면전에서 우리 가톨릭 신앙의 특별한 기반 두 가지, 즉 원죄 없는 잉태와 동정 출산에 의심을 표했지만 동정녀 마리아께서 그를 돌봐주고 계실지도 모릅니다. 그가 한 말을 그대로 인용하겠습니다. 나는 마리아가 사기를 쳤다고 생각하오.

이제 연로한 타락자 세라프는 눈에 띄게 기분이 좋아졌다. 입을 헤벌쭉 벌리고 미소를 머금었다. 우리는 금방이라도 일어서서 따질 작정이었지만 정작 그는 즐겁게 듣는다는 손짓을 했다. 신부는 점점 힘이 솟는지 목소리가 쩌렁쩌렁 울려서 어쨌거나 신부를 중단시키지는 못했을 것이다.

세라프 밀크는 지금 그의 또다른 영웅 루이 리엘이 주장한, 지옥은 무한하지도 아주 뜨겁지도 않다는 믿음이 옳았는지 틀렸는지 확인하고 있을 것입니다. 우리는 이 문제를 몇 번이고 토론했습니다! 그 메티스인은 자비로운 하느님을 믿었지만, 하느님은 또한 정의로우신 분이라 비록 그분의 크나큰 자비로움이 정의감과 서로 싸움을 벌일지라도, 안타깝게도 제 의무는 하느님이 죄인이나 이교도, 사기꾼, 간음한 자, 술주정뱅이, 그리고 나귀축제[*]—세라프 밀크가 자기 남동생과 정기적으로 참가한다고 저한테 알려준 것—를 즐긴 사람들을 벌하지 않으신다면 지상의 우리로서는 그분을 진지하게 받아들일 것인지 말 것인지 고민할 수밖에 없다는 사실을 알려드리는 것입니다. 그의 남동생도 앞으로 언제가 될지 모르지만 악마의 불꽃을 싹 틔우는 바이올린을 켜고 그 활에서 거룩한 고통을 쥐어짜면서 그를 만나게 될 것입니다. 하지만 세라프 밀크가 자신이 고대하지 않은 지옥에 가는 것이 합당하다는 뜻으로 지금까지 이 말씀을 드린 것은 아닙니다.

몇 사람이 발끈해 신자석에서 일어났지만 다른 사람들이 다시 끌어앉혔다.

아니고말고요! 캐시디 신부가 손바닥을 들어올려 쫙 폈다. 이 사람은 선량하고 덕망도 높았습니다. 세라프 밀크는 진정한 가장이었으며 자식을 사랑해서 응석을 받아주며 키웠다는 말도 들었습니다. 젊은 시절에는 술에 진탕 빠져 지내기도 했습니다만, 어느 정도까지는 줄였는데 어쩌면 너무 늦은 때라 아내에게는 크게 중요하지 않았을 겁니다. 어쨌든 줄이기는 했습니다. 심지어 차차 줄이려고 마음먹은 때도 있었습니다. 다행히 어린 손자 조지프와 에블리나는 큰 영향을 받지 않고 기대에 부응할 만큼 아주 잘 자랐습니다. 그들의 어머니는 마땅히 규칙적

---

[*] 11세기에 시작한 축제로 예수의 탄생 후 나귀가 성가족을 이끌고 이집트로 간 이야기에서 유래했으나 나중에는 본질을 잃고 놀이행사가 되었다.

으로 미사에 참석하므로 교회에서 자비를 베풀어 그녀의 부친을 묻기로 한 것입니다. 저는 다만 성부와 성자와 성령을 섬기는 사람에 지나지 않으므로 세라프 밀크가 지옥에 합당한 사람이라고 말하려는 것은 절대 아닙니다. 세라프가 비둘기에 대해 말한 적이 있는데, 저는 순수한 흰색 비둘기의 인격으로 표상되는 성령이 가장 관대한 영성의 축복을 그의 영혼에 내리기를 간구합니다. 세라프 밀크는 "나는 이교도에 대해서는 입을 다물겠다"라는 소망을 표출했지만 저는 그에게 이 축복을 간구합니다. 그가 은밀하게 술을 마시고, 우리의 어머니이신 거룩하고 보편적인 교회의 교회법과 율법을 공공연하게 무시했지만, 저는 세라프 밀크의 죄와 타락을 용서해주실 것을, 그리고 틀림없이 자기 나름의 방식으로 세라프를 다정히 인도했을 오랜 고통 속에 시달리는 아내 주네스와 결합할 수 있기를 자비로우신 성부 하느님께 간구합니다.

참다못해 클레망스가 일어섰다. 그녀는 화이티와 무슈의 손을 뿌리치고 앞으로 성큼성큼 걸어갔다. 관 뚜껑을 열더니 샤멩과 바로 옆에 내려놓은 바이올린을 집어올렸다. 그녀가 신부에게 악기를 휘두르자 신부는 입을 다물었다. 그는 세라프, 그러니까 무슈이 두번째 줄에서 손을 흔드는 것을 보았다. 신부의 턱이 힘없이 떨어졌다. 클레망스는 신부에게 주먹이라도 휘두를 기세였지만 대신 제럴딘에게 바이올린을 주었고, 제럴딘은 일어서서 신자들 앞으로 나와 얼어붙은 듯 꼼짝 않고 서 있는 캐시디 신부에게 이제는 자기 차례라는 손짓을 했다.

"몇 달 전에 삼촌이 말씀하시길, 당신이 죽으면 이 바이올린은 코윈 피스에게 물려주라고 하셨어요." 제럴딘이 모두를 보며 말했다. "이제 이 악기를 그에게 주려고 해요. 코윈에게는 샤멩과가 즐겨 연주한 곡 중 하나를 오늘 들려달라고 이미 부탁해두었어요."

무슈은 여전히 손을 흔들면서 캐시디 신부를 보고 웃었고, 신부는 비틀거리며 뒤로 물러서더니 제단 벽에 기대앉아 이마를 훔쳤다. 코윈은 줄곧 뒤쪽에 앉아 있다가 어깨를 웅크리고 손을 주머니에 쑤셔넣은 채 앞으로 걸어나왔다. 그는 극도의 슬픔에 빠져 있었다. 나는 그의 얼굴에 어린 슬픈 표정을 보고 놀랐다. 그토록 경박하게 산 그의 얼굴에 적나라하게 드러난 감정을 보니 마음이 편치 않았다. 하지만 바이올린을 집어들고 모두가 잘 아는 샹송을 연주하면서 코윈은 감정을 통제하기 시작하는 것 같았다. 그 노래가 우리 부족을 대표하는 노래가 된 것은 감미롭고 느리게 시작해 어느새 야생의 기묘함을 분출하며 우리의 맥박을 콕콕 찌르고 호흡을 팽팽히 긴장시켰기 때문이다. 코윈은 부정확했지만 열정적으로 연주했고, 그의 음악과 자세에서 죽은 노인의 활력이 한껏 느껴졌으므로 연주가 끝날 무렵 모두의 눈에는 눈물이 그렁그렁했다.

그 순간 충격적인 일이 벌어졌다. 클리넥스 부스럭거리는 소리, 눈물 훔치는 소리, 예의를 차려 코 푸는 소리가 들리는 가운데 코윈은 관 속에 누운 스승의 모습을 응시하며 서 있었고, 내려뜨린 한쪽 팔에선 바이올린이 흔들거렸다. 관 옆에는 화려한 제대가 있었다. 코윈은 바이올린을 높이 쳐들었다가 정확하게 제대에 한 번, 두 번, 세 번 힘껏 내리쳤다. 캐시디 신부는 눈을 꾹 감았다. 그리고 입술을 달싹거리며 기도문을 중얼거렸다. 나는 맨 앞줄에 앉아 있다가 나도 모르게 코윈 옆으로 갔다. 이런 일을 늘 준비하고 있었던 것처럼 벌떡 일어나 앞으로 나간 것이다. 코윈이 바이올린을 조심스레 샤맹과 옆에 내려놓을 때 나는 그의 팔을 붙잡았고 행위가 다 끝난 것을 알자 팔을 놓아주었다. 그는 뒤쪽에 있는 자기 자리로 돌아갔다. 나는 관심을 코윈에게서 바이올린으로 돌렸는데, 박살난 나무판 틈으로 조그맣게 돌돌 말아놓은 종이가 삐죽이 튀어나왔기 때문이다. 그 종이 두루마리를 뽑아냈다. 오래된 종이였는데, 거기에는 고풍스럽고 딱딱하면서도 유려한 필체로 뭔가가 깨알같이 적혀 있었다. 캐시디 신부는 완전히 얼빠진 표정으로 미사를 처음부터 다시 시작했다. 사람들은 지금까지 일어난 흥미진진한 사건에 넋을 잃었는지 꼼짝 않고 앉아 있었다. 나는 웃옷 주머니에 종이를 집어넣고 내 자리로 돌아갔다. 정확히 말하면 그 종이를 읽어야 한다는 사실을 잊은 것은 아니었다. 장례식 후에도 여러 가지 일이 많아서, 직후에는 바람이 부는 가운데 매장식을 거행했고 그다음에는 콜럼버스 나이츠 홀에서 여섯 종류의 프라이브레드*가 나오는 저녁 식사가 이어졌으므로, 가만히 앉아서 집중할 시간이 없었다. 저녁 늦게야 집으로 돌아가 마침내 맘 편히 앉아 등 뒤로 전등을 환히 밝힌 채 어깨로 떨어지는 불빛을 받으며 긴 세월 동안 숨겨져 있던 바이올린의 비밀을 비로소 읽을 수 있었다.

＊아메리카 원주민의 전통 음식.

편지

나, 앙리 뱁티스트 파렌소 혹은 더 잘 알려진 이름으로 앙리 피스는 동생 라파예트에게 이 글을 남기며, 내용은 이 바이올린의 역사를 기록한 것이다. 1888년 8월 20일 우리 주님의 날에 나는 바이올린을 떠내려 보내면서 이 종이가 그를 찾아내기를 바란다.

개요부터 시작하겠다. 우리의 재스프린 신부는 라퐁텐 신부가 이로쿼이족에게 신앙을 전파한 선교에 관한 책을 읽고 라퐁텐 신부가 간을 뽑히지 않은 것이 플루트를 능숙하게 연주한 덕분이라는 사실을 알게 되었다. 그래서 뒤부아 호수를 지나 용감하게 황무지로 들어가기 전에 악기를 하나쯤 배워두는 것이 현명하겠다고 생각했다. 그는 음악을 보호자 삼아 출발했다. 그가 선택한 것은 고귀한 악기 바이올린이었지만 솜씨는 시원찮았다. 솔직히 말해 오지브웨족에게 자신의 미약한 재능을 억지로 강요할 생각이 아니었다면 더 훌륭한 연주를 해야 했을 것이다. 하지만 그는 젊은 나이에 세상을 하직했고 그 바이올린은 복사였던 내 아버지가 물려받았으므로 선량한 재스프린 신부에 대해 불손한 말은 삼가겠다. 오히려 그의 바이올린이 우리 가족에게 기쁨을 선사했으니 감사하다는 말을 해야 하리라. 아버지가 우리의 아름다운 연인인 그 악기를 조율하고 연주했던 행복한 시간 속에서, 나와 동생이 그녀에게 바친 열렬한 애정 속에서 나는 행복했다고 말하련다. 하지만 결국 그 악기로 인해 나와 동생 사이가 힘들어졌기 때문에 우리가 그 바이올린을 애당초 몰랐더라면, 그녀가 애초에 우리 앞에 나타나지 않았더라면, 내가 그녀의 음악을 연주하지 않았더라면, 내가 그녀의 목소리를 알아듣지 못했더라면, 하고 나도 모르게 바라게 된다. 아버지는 저세상으로 가면서 동생 라파예트와 내게 그 바이올린을 남겼고, 우리 중 누가 물려받을지 결정하지 못한다면 위대한 물의 진정한 아들로서 카누 시합으로 주인을 가려내야 한다는 단서를 붙였다.

동생과 나는 이 유언장이 낭독되는 동안 침묵을 지켰다. 우리가 서로를 진심으로 사랑한 만큼 우리 둘 다 진심으로 바이올린을 원했으므로 딱히 할 말은 없었다. 각자 오래도록 연습을 하며 그녀의 텅 빈 울림통 속에 절망을 속삭였고 그녀의 기쁨을 품에 안았다. 그 바이올린은 우리의 황폐한 시간을 달래주었고, 우리의 아내들에게 구애했다. 하지만 이제 건네주고 건네받기를 반복하는 일도 끝났다. 그녀가 우리 두 형제 중 한 사람에게 속해야 한다면 나는 그 사람이 나여야 한다고 결론을 내렸다.

카누 시합을 하기 이틀 전 나는 확실한 계획을 세웠다. 달이 구름 뒤로 미끄러지듯 지나가고 사위가 깜깜해졌을 때 나는 뜨거운 역청을 담은 작은 냄비를 들고 호숫가로 나갔다. 라파예트의 균형을 깨기로 한 것이다. 우리의 카누는 아주 세심하게 만들어져서 양쪽이 각각 일 온스씩으로 균형을 맞추고 있었다. 한쪽 이음새에만 역청을 덧발라두면 동생의 노 젓는 속도를 따돌릴 수 있고, 그러면 확신하건대 내가 유리한 고지에 설 수 있었다.

우리의 호수에는 드넓고 작은 섬들이 많다. 새가 인간같이 냉소적인 혹은 슬픈 외침을 조잘거리며 넋을 홀리는 공간이다. 사람들은 어느새 시야에서 사라지고, 소리는 비스듬히 절벽에 부딪쳤다 사방으로 퍼진다. 어린아이의 영혼을 간직한 동굴, 날아다니는 해골, 둥둥 떠다니는 늪지의 장소다. 날씨가 자아내는 어두운 분위기가 감돈다. 우리는 호수를 매우 사랑하고 그 비밀의 일부를 안다. 전부는 모른다. 그리고 이제부터 내가 시작하려는 그 비밀도 아직은.

우리는 호수 북쪽의 가장 먼 끝에서 출발해 남쪽에 도착하기로 하고, 삼촌들은 남쪽에서 불을 피워놓고 붉은 천으로 싼 뒤 근사한 케이스에 넣은 바이올린과 함께 우리를 기다리기로 했다. 우리는 농담을 주고받으며 동시에 출발했다. 라파예트, 너는 우리가 처음에 어떻게 좁은 통로 두 개를 통과했는지, 우리의 노력을 부풀리면서 어떻게 껄껄 웃었는지, 내가 발라둔 부드러운 역청이 내 마음을 무겁게 누를 때 내가 어떻게 "어쩌면 결국엔 그걸 공유해야 할지도 모르겠어" 하고 말했는지 기억할 것이다.

너는 웃으면서, 그러면 저 아래서 우리를 기다리는 삼촌들이 실망할 거라고, 네가 시합에서 이기더라도 상황은 전과 달라지지 않겠지만 다만 네가 더 빠르다는 사실을 모두 알게 될 거라고 말했다. 나도 너한테 똑같이 장담했다. 그러자 너는 표면만 드러난 바위 뒤편으로 방향을 홱 틀어 네가 은밀한 지름길이라고 여긴 그곳으로 들어섰다. 노를 저으면서 나는 가끔 멈추어 카누에 고인 물을 퍼내야 했다. 처음에는 물이 서서히 새는 거라고 생각했지만 얼마 후 깨달았다. 내가 역청을 덧바를 때 너는 내 카누의 바닥에 구멍을 뚫었다는 것을. 사실 나는 전혀 위험하지 않았고, 갑자기 바람의 방향이 바뀌면서 천둥도 번개도 없이 몰아친 폭풍이 찬비를 데려오자 웃으면서 네게 감사했다. 실제로 내가 선택한 길은 카누를 진정시키는 데 도움이 되었다. 나는 더 낮은 쪽에서 나아가며 항로를 유지했다. 하지만 너는 침수했다. 균형을 잡기가 더 힘들었을 것이다. 너의 카누는 틀림없이 뒤집혔을 것이다.

남쪽 호숫가에 피운 화톳불은 꺼져서 숯덩이로 변했다. 나는 담요로 몸을 감쌌지만 잠들지는 않는다. 계속 지켜본다. 처음에 누군가를 기다릴 때는 모든 그림자가 도착을 의미한다. 이윽고 그림자는 공포의 본질 그 자체가 되어버린다. 우리는 너를 애타게 찾고, 너의 이름을 부르고, 마침내 우리의 목소리는 속삭임이 되었다가 사그라진다. 대답은 들리지 않는다. 한 노인이 모든 게 반대 방향으로, 태양의 반대 방향으로, 반시계 방향으로 돌아가는 꿈을 꾼다. 그것은 영적 세계를 의미한다. 그 노인이 꿈속에서 역시 반대 방향으로 가는 너를 본다.

삼촌들은 오두막으로, 사냥으로, 모내기로, 아이들에게로, 아내에게로 돌아간다. 나만 혼자 호숫가에 남는다. 까만 밤이 되자 너에게 노래를 불러준다. 태양이 떠오르자 호수에 대고 소리친다. 흰 갈매기들이 화답한다. 시간이 흐르자 나는 내가 저지른 일을 인정하기 시작한다. 그 일의 진실을 깨닫기 시작한다.

그들은 내게 바이올린을 남기고 떠났다. 밤마다 형제여, 너를 위해 기도하고, 내가 더는 연주할 수 없게 되면 우리의 바이올린을 카누에 넣어 묶은 뒤 네게로, 네가 어디에 있든 너를 찾아가라고 보낼 것이다. 배의 바닥을 뚫어 호수 바닥을 떠돌기를 바랄 이유는 없을 것이다. 네가 뚫은 구멍이, 형제여, 내 꾀가 네게 그런 것처럼 제 꾀를 부릴 테니까.

〽

이 글에서 적어도 내 조부의 의문, 한때 그를 묻어주겠다고 약속했지만 그 대신 고기를 구해주고 목에 십자가를 걸어준 두 형제 앙리와 라파예트에게 일어난 일에 대한 의문은 부분적인 답을 찾았다. 뿐만 아니라 카누가 호수 밑바닥으로 가라앉지 않았다는 사실은 참으로 놀라웠다. 카누는 한곳에 머무르지도 않았다. 또하나의 놀라운 사실이었다. 분명한 것은 카누와 그 바이올린이 결국은 한 인간이자 대리자였던 샤멩과를 통해 피스의 후손을 찾아갔다는 사실이다. 그 바이올린은 오랫동안 코윈을 찾아다녔다. 의심할 여지가 없었다. 편지를 읽은 뒤 또 한 가지 사실이 마음을 사로잡아 나는 한밤중에 깨어났다. 바로 편지에 적힌 날짜였다. 그 일은 1888년에 일어났다. 하지만 바이올린이 꿈속에서 샤멩과에게 말을 걸고 호숫가로 불러낸 건 그로부터 대략 이십 년 뒤였다.

"어떻게 생각해요?" 내가 제럴딘에게 물었다. "그런 걸 설명할 수 있을까요?"

그녀가 나를 물끄러미 바라보았다.

"우리는 아무것도 알 수 없어요." 그녀의 대답이었다.

나는 그녀와 결혼했다. 우리는 코윈을 데려왔다. 그 바이올린은 땅속 깊이 묻혔고, 그것이 구원한 소년은 이제 순회 음악단에서 돈을 벌며 이 땅의 표면에서 잘 살고 있다. 나는 내 일을 한다. 소소한 결정을 잘 내릴 수 있도록 최선을 다하고, 큰 문제들이나 더 심오한 설명에 굶주리지 않으려고 노력한다. 왜냐하면 나는 이 작은 땅을 지켜보며 거기서 일어나는 불행한 일을 판단하고 그 이야기를 전해주는 형을 선고받았기 때문이다. 그것이 나라는 사람이다. 미이사고 이위.*

---

* 바로 앞 문장과 같은 뜻의 오지브웨어.

에블리나의 이야기

E v e l i n a

파충류 정원

✤

1972년 가을, 부모님은 나를 차에 태우고 대학에 데려다주었다. 필요한 모든 것은 신제품인 감청색 알루미늄 트렁크에 꾸려져 있었다. 엄마가 침대에 깔라고 크로셰 뜨개로 만들어준 불규칙한 무늬의 퀼트 모포, 4-B's 식당에서 벌어들인 돈 중 백 달러로 구입한 새 옷, 벌리츠 독학교본, 마르쿠스 아우렐리우스의 『명상록』 (쿠츠 판사에게서 받은 보급판), 그리고 사진 액자가 있었다. 또 기억이 나는 순간부터 무슘이 늘 지니고 다니던 담배를 넣는 구슬 달린 가죽 주머니가 있었다. 그 주머니를 무슘은 노인들이 선물을 줄 때 흔히 그렇듯 예사롭게 건네주었다. 아빠는 신권 일 달러 지폐가 한 장씩 들어 있는 집 주소가 쓰인 봉투 한 뭉치를 주었다. 아빠는 각 봉투에 우편국 소인이 찍히기를 기다리는 특별한 우표를 붙여놓았고, 어떤 것에는 특정한 날짜까지 지정해두었다.

다른 신입생들도 각자의 기숙사 방으로 속속 들어갔고, 부모들은 짐 나르는 것을 도와주었다. 보급판 책을 넣은 상자들과 스테레오 전축도 보였다. 밥 딜런의 앨범과 니스칠을 한 황금색 통기타도 있었다. 집에서 손뜨개로 만든 모포는 어느 것도 내 것만큼 찬란하지 않았다. 재니스 조플린, 데이비드 보위의 포스터도 보였다. 밝은 색상을 흩뿌린 날염한 시트와 풋백*, 곰 인형도 있었다. 하지만 트렁크를 들고 두 층을 올라가자 공포감이 나를 엄습했다. 파리로 가겠다는 결심에도 불구하고 사실 나는 집을 떠나 그랜드포크까지 가는 것도 두려웠고, 결국에는 부모님도 내가 떠나는 것을 원하지 않았다. 하지만 어쩔 수 없어서 이리로 오게 된 것이다. 우리는 다시 계단을 내려갔다. 너무 서글퍼서 울음조차 나오지 않았고, 지금은 마지막 포옹도 기억나지 않지만 엄마와 아빠가 차 옆에 서 있던 모습은 기억난다. 나를 보며 손을 흔들었고, 그 순간만큼은 정지 화면처럼 깨끗하다. 한 장의 스틸사진처럼 떠올릴 수 있다.

깡마르고 다부진 아빠는 충격으로 거의 쓰러질 것처럼 보였고, 보호구역에서 조용하고 내성적인 성격으로 알려진 여전히 돋보이게 아름다운 엄마도 고유한 진중함을 잃었다. 엄마와 아빠의 얼굴에 숨김없는 사랑이 드러났다. 그건 우리가 흔히 말하는 그런 사랑이 아니어서 부모님의 입술에 나타난 표정을 읽자 나는 더럭 겁이 났다. 하지만 그들이 이렇게 투명한 모습을 보여준 것은 이 단 한순간뿐이었다. 그들의 사랑이 그들의 몸에서 빛났다. 그리고 그

---

* 제기차기 방식으로 차고 노는 둥근 공.

들은 떠났다. 지금 생각해보면 내가 살아남을 수 있었던 것은 그 한순간 속에 응집된 모든 것—나를 키운 그들의 보살핌, 가르칠 수 있는 전부를 가르친 그들의 인내, 선뜻 내키지 않아도 내게 자유를 주려고 했던 그들의 노력, 생활에서 귀감을 보여준 그들의 의연함—덕분이었다.

트렁크는 금세 비워졌고, 내 방은 빈방이나 다름없었다. 나는 무슈이 전통 복장을 하고 찍은 사진을 액자에 넣어 가져왔다. 한 손에 전투용 곤봉을 들었지만 친근하게 웃는 표정이었고, 하얀 의치는 눈처럼 눈부셨다. 머리장식은 독수리 깃털 두 개가 달린 바퀴벌레 모양이었는데, 깃털은 낚시용 회전고리에 부착한 볼펜 스프링에 매달려 깐닥거렸다. 머리는 쾌활해 보이는 각도로 삐뚜름히 기울어 있었다. 이마 한가운데에 붙인 심장 모양의 거울은 군중에 섞인 여자들의 심장에 덫을 놓기 위한 것일 터였다. 종조할아버지 샤맹과의 사진도 있었는데, 바이올린을 든 소박한 흑백사진이었다. 궤짝에 책을 넣은 뒤 모포를 뒤집어쓴 채 몸을 웅크리고 먼저 무슈을, 이어서 샤맹과를, 그리고 창밖을 내다보았다. 그 순간 이곳이 내가 첫 학기의 대부분을 보내게 될 공간이라는 것을 깨달은 것 같다.

내가 아는 백인 여자애들은 조니 미첼을 들었고, 머리를 길게 길렀으며, 참을성 없이 연신 담배를 피워댔고, 시 습작 노트를 읽으면서 얼굴을 찡그렸다. 다코타족, 치페와족, 나 같은 혼혈 여자애들은 캠퍼스에서 눈에 잘 띄지 않았다. 내가 아는 인디언 여자애들은 수줍음이 많고 학구적이었지만, 두어 명은 미국인디언운동 운동가로 보이는 남자친구와 리본셔츠를 입고 활동적으로 돌아다녔다. 사실 나는 누구와도 맞지 않았다. 우리는 인디언사무국 소속 중산층 인디언이었고, 나는 파리로 가고 싶었다. 부모님과 삼촌들이 그리웠고, 내가 없는 사이 무슴이 세상을 뜨지나 않을까 겁이 났다.

룸메이트는 위스헥 출신으로 키가 작은 금발 여자애였는데, 간호사가 되겠다는 포부가 확고해서 나를 대상으로 물이라든가, 두통이 생기면 아스피린이라든가 이것저것 갖다 나르는 연습을 했다. 나는 혈압이나 체온은 재게 놔두었지만 주삿바늘만큼은 허락하지 않았다. 나는 대부분 시간을 도서관에서 보냈다. 그곳에 숨어 시집이 꽂힌 서가에서 책을 읽었다. 내가 좋아하는 작가는 랭보에서 실비아 플라스까지 죄다 어둠의 영감에 사로잡힌 작가들이었다. 낭만적인 자기 파괴의 시대였다. 특히 요절했거나 미쳤거나 실종된 작가들, 그리고 파리로 떠난 작가들에게 관심이 많았다. 닥치는 대로 읽다가 한 작가만이 살아남아 내 관심을 끌었는데, 그녀는 나의 뮤즈, 나의 모델, 나의 모든 것이 되었다. 아나이스 닌.

나는 영혼과 영혼의 접촉에 몰두해 있었다. 도서관에서 그녀를 샅샅이 뒤지고 또 뒤졌는데 여름이 오자 그녀를 어느 때보다 더 지독히 원하게 되었다. 4-B's에서 일할 때도, 식구들의 빨래를 내걸 때도, 조지프와 함께 제럴딘 이모의 늙은 말을 타러 갈 때도 그녀를 데려가 내 곁에 두어야 했다. 아나이스. 나는 그녀의 일기문학 작품을 박스 세트로 몽땅 구입했다. 어마어마한 투자였다. 설

명하기 어렵지만, 그녀는 매우 예술적이고 새침하고 그러면서도
아주 대담했다. 게다가 풍덩 빠질 것 같은 그 눈동자란! 나는 여름
을 이겨냈다. 가을이 되자 캠퍼스 밖에 있는 아름답고 반쯤 무너
진 낡은 농가에 방을 구해 돌아왔다. 그 무렵 나는 스스로 지어낸
헛소리의 기름에 흠뻑 젖어 있었다.

아나이스처럼 모든 생각을 검토했고 사소한 시각자료도 중요하
게 여겼다. 가장 미미한 욕망조차 광포한 굶주림이 되었다. 우리
의 삶이 다르다는 사실은 의식했지만 나는 언제나 아나이스를 곁
에 두었다. 아나이스에게는 먹여주고 몸을 씻겨줄 하인이 있었다.
심지어 바닥에 옷이 떨어지면 집어주는 방탕한 연인도 있었다. 그
녀의 저녁 파티는 사회적으로 위험한 일과 깜짝 놀랄 사건으로 가
득했지만 나중에 설거지를 할 필요는 없었다. 그런데도 나 역시
주의 깊고 충만한 일기를 써나갔다. 각 공책에는 아나이스의 일기
에서 딴 제목을 붙였다. 그 가을의 일기장은 제목이 '공허에서 싹
트다'였다.

아나이스가 그랬듯 나는 조지프에게 긴 편지를 써 보냈다. 그는
짧은 답장을 보내왔다. 코윈은 학교까지 차를 태워주었고, 가는
내내 나는 그녀의 일기를 읽어주었다. 그는 섹스가 나오는 부분만
좋아했고, 다른 부분에서는 그녀가 "너무 고상하다"고 말했다. 코
윈은 이따금 나를 찾아왔다. 초등학교 때 로맨스는 우리 사이의
농담이 되었고, 삼촌의 바이올린을 훔친 일은 장례식 이후 용서받
았다. 마약상인 그는 내 친구들에게 마약을 조달했다.

내가 이사 간 집에는 지역 시인과 히피 들이 살았는데 하나같이

지저분했다. 나 역시 그래보려고 했지만 청결에 대한 내 기준이 진정으로 당시의 시대정신에 편입되는 것을 가로막았다. 엄마는 나에게 주변을 정돈해야 한다고, 먹은 뒤에는 설거지를 해야 한다고, 수건은 빨아서 써야 한다고 가르쳤다. 우리가 사는 비막이 판자를 댄 다 쓰러져가는 목조건물에는 욕실이 하나 있었다. 청소하는 사람이 없어 정기적으로 내가 쭈그리고 앉아 청소를 했다. 청소를 시작하면 친구들이 미웠고 다시 오물이 쌓이는 것을 보면 화가 났지만 나로서도 어쩔 도리가 없었다. 까다로운 성격이 언제나 분노를 이겼다.

그해 늦은 가을, 자정이 지났을 때 또 한번 욕실 청소 발작이 일어났다. 나는 물통과 청소용 솔과 역한 냄새가 나는 소일락스 세제를 가져왔다. 낡은 수건을 네 조각으로 찢었다. 제일 먼저 욕조에, 이어서 변기와 세면대에 물을 끼얹고 소일락스를 흔들어 구석구석 뿌렸다. 잠시 주변을 둘러보다가 지하실 벽장에 치워둔 흙손을 기억해냈다. 그것과 비닐봉지를 가져와 왁스 같은 갈색 기름때와 머리카락, 비누, 찌꺼기, 굳어서 말라비틀어진 치약, 똥, 일상의 찌든 때를 벗겨내기 시작했다. 청소는 두 시간이 걸렸고 다 끝내자 머리 위에 매달린 전등 빛은 더욱 무자비해 보였는데, 그 안에 죽어 있던 파리를 모조리 치워버렸기 때문이다. 하지만 깨끗한 전구에서 불빛이 쏟아지자 시상이 떠올랐다.

내 뇌는 죽은 파리들이 깊숙이 박힌 매달린 전등 같아.
내 생각이 투명하게 빛나기를 얼마나 고대하는지.

노스다코타 대학의 학생과 교수여, 당신들의 구겨진 날개를
흩어지게 하라.
당신들의 몸이 흙먼지처럼 초원을 뒤덮어 흩날리게 하라.

나는 공책에 그런 시구를 끼적였고, 그걸 언제나 청바지 뒷주머
니에 넣고 다녔다. '공허에서 싹트다'는 거의 다 채워졌다. 나는
코를 찌르는 소독제 냄새를 없애려고 뜨거운 물에 몸을 담그고 싶
었지만, 지저분한 얼룩을 치운다는 것이 마치 생태계를 교란한 것
처럼 욕조를 더 지저분하고 이상하게 만들어놓고 말았다. 그래서
얼른 샤워만 하고 아래층으로 내려갔다. 여느 때처럼 파티가 한창
이었다. 이번 파티는 그날 걸어서 캐나다 국경을 넘어온, 줄곧 떠
벌리던 대로 지하운동에 가담하기로 한 동료 시인에게 열어준 환
영 파티였다. 그는 내가 깨끗이 청소한 욕실에서 샤워도 할 예정
이었다. 나는 와인을 마실 자격이 충분했다. 기억나는 것은, 그날
마신 와인이 선홍색 싸구려였다는 것과 잔을 반쯤 비웠을 때 코윈
이 하얀 봉투에서 종이 한 장을 꺼내 사각형으로 몇 조각 찢자 내
가 그 하나를 입속에 집어넣었다는 사실이다.

그녀는 모든 것을 다 해보았다. 아나이스, 그녀라면 이것도 해보
았을 것이다! 스패니시 댄서.* 나는 코윈을 보며 소리쳤다. 그는
내 팔촌이나 십촌뻘이었다. 그녀는 자기 사촌을 사랑했다. 에두아

---

* 아나이스 닌은 파리에서 아니타 길레라라는 이름으로 스페인 춤 무용수로 활동
했다.

르도!* 그렇게 말하고 나는 코원에게 키스했다. 이 모든 일이 다시 떠오른 것은 한참 뒤였다. 심지어 그 모든 작용—친구들의 얼굴이 섬뜩하게 일그러져 보인 것, 소리가 나던 벽과 통로, 사물이 수군거리며 내린 지시, 겁에 질려 말도 못 하고 대화도 불능이었던 상태—이 나를 덮친 후에도 와인 때문에 내가 먹은 것이 환각제인 줄 몰랐다. 나는 스스로를 내 방에 감금했고, 얼마 안 있어 방 안은 지역의 파충류나 치명적인 코브라 같은 이국적인 파충류의 정원으로 변했다. 그 모든 파충류가 걸레받이 아래로 기어다녔고 가끔은 전등에서 미끄러져 떨어지기도 했다. 이틀 동안 잠도 안 자고 방에 처박혀 붉은옆줄가터뱀과 합창개구리, 평원두꺼비 한 마리가 간간이 돌아다니는 것을 지켜보았다. 내가 누군지 인식하지 못하고 어쩌다 이런 상태가 되었는지도 기억하지 못한 채 공포 속을 넘나들었다. 내 칩거는 습관적인 데다 그 집은 혼란 그 자체였기 때문에 내 부재를 제대로 눈치챈 사람은 아무도 없었다.

사흘째 되는 날에는 오직 동부범도롱뇽 한 마리만 나타났다. 아비스토마 티그리눔. 위로가 되는 옛 친구였다. 이제는 한 순간과 다음 순간 사이에 신뢰할 수 있는 연결이 존재한다는 것을 감지했고, 나라는 존재가 하나의 몸과 하나의 의식 속에 거주한다는 사실에 얼마간 안심할 수 있게 되었다. 공포는 견딜 만한 무서움으로 완화되었다. 먹고 마시기도 했다. 나흘째 되는 날은 잠을 잤다. 다섯째 날과 여섯째 날은 끊임없이 흐느꼈다. 그리고 서서히 이전

---

* 아나이스의 사촌 이름.

에 나로 알던 존재로 되돌아갔다. 하지만 똑같지는 않았다. 내가 얼마나 좁은 레일 위를 걷고 있는지 알게 되었다. 나는 감각의 통합자를 잃었고, 정신을 잃었고, 스스로 정신을 온전히 통제할 수 있다는 자신감을 잃었다. 또한 나 자신에게 겁이 났는데, 아나이스의 일기가 큰 위로가 되어주었다. 아나이스는 자신의 내면 상태를 깊이 인식했다. 세상이 그녀에게 미치는 영향을 기술할 수 있었다. 하루의 시간, 하늘, 날씨, 그 모든 것이 그녀의 기분에 영향을 미쳤다. 세부 묘사로 가득한 그녀의 일기를 읽고 있으려니 몸이 떨려왔다. 나는 내가 떠날 뻔한 세상에 세심한 주의를 기울여줄 누군가가 필요했다.

"모든 것. 집이 나를 홀린다. 램프엔 불이 들어와 있다. 색전등의 불빛이 래커칠을 한 벽에 황홀한 그림자를 드리우고……"

1929년 9월 그녀의 침실에 대한 묘사였다.

아나이스에게 파충류는 없었다. 내 안의 무서움이 끊임없이 되살아났다. 마치 그 지독한 날들에 내면의 스위치를 켜두었는데 이제야 공포의 전류가 몸속으로 흐르는 기분이었다. 공황 상태. 일시적인 충격. 조금이라도 놀라면 몸이 떨리는 것을 멈출 수 없었다. 무섭지만 순간적인 현실과의 단절이 찾아왔다. 몽상이 너무 생생해서 몸이 아팠다. 생활은 겨우겨우 해나갔다. 어쨌거나 나는 아주 조용한 아이여서 이런 마음의 이탈을 감출 수 있었다. 다만 나라는 사람은 부주의함의 원천인 이 세상과 어쨌거나 더는 어울리지 않는다는 결론을 내렸을 뿐이다. 나는…… 아나이스와 같은 부류였다. 캠퍼스에서, 잘 먹고 정신이 온전하고 안정된 생활을 하고 머릿결에 윤기가 흐르고 가죽 리본 벨트를 한 학생들이 나를 스쳐가는 것을 바라보았다. 나는 결코 그들 중 하나가 되지 못할 것이다! 춤도 잘 못 추고―스패니시 댄스가 다 뭐였던가―아직 파리에 갈 수도 없었으므로 나는 정신병원에서 일하며 지내겠다고 결심했다.

나는 심리학I 교수(강의에는 얼간이와 머저리라는 별명이 붙어 있었다)에게 한 학기 동안 일할 자리를 알아봐달라고 부탁했다. 그리고 정신병원 보조사로 고용되었다. 그해 겨울 나는 가방을 꾸려 난방이 지나치게 잘된 텅텅 빈 그레이하운드 버스를 타고 주립 정신병원에 도착했고, 눈을 멀게 할 만큼 추운 공기를 뚫고 저벅저벅 걸어가 직원 기숙사의 작은 방으로 안내받았다.

워런

내 방은 작았고 벽은 짙은 핑크색이었다. 일기장에 이렇게 썼다. 저 벽을 스카프로 가릴 것이다. 내 침대는 싱글침대로 동양적인 문양의 깔개가 깔려 있었다. 그 풍요로운 풍경 속에는 탑과 구불구불한 실개천과 늘어진 갯버들이 있었다. 그건 마음에 들었다. 거울, 광이 나는 적갈색 서랍장, 목재 테이블 위에 놓인 작은 냉장고, 그리고 등받이가 곧은 푸른색 의자도 있었다. 푸른색! 나의 두번째 뮤즈, 푸른 색깔. 나는 냉장고를 내려 테이블을 책상으로 쓰기로 했다. 그런 다음 평소 즐겨 입는 롱스커트와 손으로 짠 청록색 스웨터까지 모두 정리했다. 다른 보조사들은 아직 만나보지 못했다. 옆방에 누군가 있었다. 벽체가 워낙 얇아 옆방 사람이 조용히 돌아다니는 소리, 옷장에서 옷이 부스럭대는 소리까지 다 들렸다. 야간조는 낮에 잠을 자야 하기 때문에 소음도 음악도 금한다는 규칙이 있었다. 내 근무조는 오전 여섯시에 시작한다고 했다. 나는 복도 끝에 있는 욕실에서 샤워를 하고 머리를 말렸다. 유니폼은 의자 위에 펴두었는데, 깊숙한 주머니가 달린 무거운 흰색 레이온 옷과 팬티스타킹, 그리고 내가 JC페니*에서 구입한 간호사가 신는 밑창이 두꺼운 구두였다.

언제나처럼 알람이 울리기 전에 여유 있게 일어나 알람을 껐다. 그리고 작은 녹색 주전자에 물을 끓여 인스턴트커피를 한 잔 타서 먹었다. 동트기 전 하늘은 검푸르렀다. 나는 굿윌에서 구입한 검은 롱코트를 걸쳤다. 칼라와 소맷부리에 개털처럼 곱슬곱슬한 털이 달린 코트였다. 새틴으로 안감을 댔는데, 방패처럼 무거운 걸 보면 아마 담요를 만드는 모직 소재일 것이다. 공기가 콧속을 간질였고 피부는 땅기는 것 같았으며 영하 날씨의 매서운 통증이 이마를 쿡쿡 찔렀다.

나는 얼어붙은 잔디밭을 가로질러 병동으로 가서 불 켜진 간호사실에 앉았다. 당번 간호사가 자신을 L부인이라고 소개하면서 본명은 긴 폴란드 이름이라 발음하기 어렵다고 했다. 키가 크고 어깨가 벌어진 여자였는데 얼굴이 몹시 고단해 보였다. 유니폼 위

---

* 미국의 백화점 체인점.

에 헐렁한 황갈색 카디건을 걸치고 복슬복슬한 핑크빛 도는 금발 머리에 간호사 모자를 핀으로 고정했다. 커피를 홀짝이며 왁스종이봉지에서 반짝반짝 윤기가 흐르는 도넛을 꺼내 먹고 있었다.

"좀 먹을래?" 활기 없는 목소리였다. 그녀는 다른 보조사들이 들어오자 그들 중 한 명에게 힘든 밤이었다고 말했다. 그녀가 돌보는 사내아이가 아팠다는 것이다. 그들은 모두 서로 아는 사이였고, 몇 분 동안 대화를 주고받았다.

"저는 뭘 하면 될까요? 할 일이 있을까요?" 너무 밝아서 불안한 목소리로 내가 물었다.

"얘 말하는 것 좀 봐." L부인이 웃었다. "걱정 마. 아주 많으니까. 아직 일어난 환자가 없거든."

"워런만 빼고." 당번이 끝난 간호사가 말했다. "워런은 늘 깨어 있으니까."

나는 간호사실을 나가, 분홍색과 검은색 사각형 리놀륨이 깔린 거대한 사각형 방으로 통하는 복도로 들어섰다. 벽은 야릇한 라벤더 회색이었는데 아마 진정효과를 위해 고른 색일 것이다. 커튼이 없는 창문들은 산뜻한 푸른 하늘을 직사각형 창유리에 담아냈고, 환자들이 일어나 느긋이 줄무늬 면 가운을 걸치고 왼쪽에서 커다란 방으로 통하는 또다른 복도를 서성이기 시작할 무렵이면 하늘은 일상적인 대낮의 색깔로 변했다. 처음에는 남녀노소 가릴 것 없이 모두 똑같아 보였다. L부인이 약이 담긴 작은 종이컵을 건네주면서 한곳을 가리켰다. "저기 워런에게 가봐. 약 먹는 걸 꼭 확인해야 해."

나는 밤부엉이 워런에게, 평생 열심히 일해왔고 지금은 영원히, 자기 마음이 미치는 범위보다 당연히 더 오래 살 것 같은 한 농부에게, 긴 팔과 밧줄 같은 근육과 가죽 같은 몸을 가진 나이 든, 아니, 정말로 연로한 노인에게 다가갔다. 까무잡잡한 피부색은 더는 변하지 않을 것 같았고 얼굴 아래쪽 절반과 손등까지 그을려 있었다. 평생 셔츠 칼라 부분을 열어 입은 탓에 목 아래쪽에 V자가 선명했다. 다리와 배와 가슴과 팔꿈치 위쪽은 지독히 창백할 것 같았다. 그는 벌써 옷매무새를 가다듬었다. 옷차림은 언제나 단정했고 면도도 말끔했다. 그가 깨끗한 갈색 바지와 해졌지만 잘 다린 격자무늬 셔츠를 입고 걸음을 옮기기 시작했다. 알약을 털어넣으면서도 발을 헛디디지 않았다. 걷고 또 걸었다. 플루토 출신이라만 윌데와 연관이 있어 보였지만, 만은 한 번도 그의 이름을 언급한 적이 없었다. 나는 워런이 계속 돌아다닌다는 사실을 믿을 수 없어 첫날에는 틈날 때마다 그를 지켜보았다. 그는 숨을 돌리려고 멈춰 서는 일도 없이 정해진 시간에 황급히 배를 채울 때만 빼고는 계속 복도를 오락가락하고 휴게실을 종횡무진 누비고 침실이란 침실은 죄다 들락거렸다. 그는 만나는 모든 사람에게 고개를 까딱하며 말했다. "그들을 죄다 죽여버릴 거야." 환자들은 대꾸했다. "그만 닥쳐." 직원들은 들은 체 만 체했다.

첫날 한 일이 의례적인 일과가 되었다. 나는 일찍 일어나 꿈과 감각을 기록했고, 옷을 입었으며, 펜과 수첩, 그리고 가져다달라고 부탁해서 받은 작은 책—표지가 파란 플라스틱으로 된 미니

프랑스어 사전—을 주머니에 집어넣었다. 아직 포기한 것은 아니었다. 나는 화장실 가는 시간을 이용해 보고 느낀 모든 것을 빠르게 적어 내려갔다. 아침 먹는 시간에는 연기가 나는 터널을 통과해 식당으로 갔다. 내가 맡은 에스코트 일은 터널에 숨었거나 사라진 사람이 없는지 확인하는 것이었다. 나는 환자들과 함께 줄을 서고 쟁반을 내려놓고 어떤 음식이 담길지 기다리고, 밥을 먹었다. 시리얼, 식은 토스트, 버터 한 덩어리, 우유 한 갑, 여유 있게 일어나면 주스도 마실 수 있었고, 커피가 있었다. 커피는 신맛이 나는 블랙커피로 소독한 착색 멜맥 제품 컵에 담겨 끊임없이 제공되었다. 나는 그들이 주는 것은 뭐든 걸신들린 듯 정신없이 먹었다. 점심을 먹을 때도 마찬가지였다. 으깬 순무, 마카로니와 미트소스, 원하면 얼마든지 더 먹어도 되는 빵과 버터. 나는 종일 먹는 생각만 했다. 음식이 사고를 점령했다. 곧 일기장을 음식에 대한 내용으로 도배하다시피 했다. 영어로는 더 새로운 것이 없어지자 프랑스어로 쓰기 시작했다. 곧 어느 쪽 언어로도 새로울 것이 없는 시기가 왔다.

나는 개방 병동에 배정되었다. 그곳 환자들은 폭설로 덮인 땅에 나가 걷고 싶으면 이름을 쓰고 나갈 수 있었다. 통금시간만 넘기지 않는다면 어디든 갈 수 있었다. 거기서는 앉아 있는 시간도 많았다. 사람들의 말을 들어주고 그들을 밖으로 끌어내고 대화에 현실이라는 배경막을 제공하고 그들이 망상에 빠지면 그렇다고 알려주는 것 또한 내 일의 일부였다.

워런은 이따금 전쟁 이야기를 했는데, 간호사 한 명이 그는 퇴역군인이 아니라고 말해주었다. "군대를 사열할 때였어. 군인들이 행진했고, 내 옆을 지나면서 나를 쳐다보더군. 나는 아이젠하워 장군을 돌아보며 말했어. '정신적으로 당신은 그다지 좋은 대통령이 아니군요.' 그의 보좌가 나를 돌아봤지. 민간인 복장을 하고 있었어……" 이야기는 그런 식으로 이어졌다. 그의 독백은 언제나 "그들을 죄다 죽여버릴 거야"로 끝났다. 항상 똑같았다. 그의 심리적 순환고리를 편집해주고 싶었지만, 그냥 그와 함께 걸었다. 그는 내게 돈을 주려고 했다. 특이한 방식으로 꼬깃꼬깃 접은 일 달러 지폐들이었다. 우리는 복도를 몇 바퀴 돌았는데 언제나 같은 시각이었다. 나는 모두의 일과를 꿰고 있었다. 각각의 망상을, 각각의 기록에 흠집이 난 부분을, 각각의 소리가 반복되는 지점을 알고 있었다.

늘 간식거리가 준비된 환자들의 다과실에서 루실이 상자에 든 옥수수녹말을 숟가락으로 퍼먹고 있었다.

"그걸 치워야겠네요." 내가 그녀에게 말했다. 내 목소리도 다른 직원들처럼 점점 단조롭게, 응석을 받아주듯이, 어르듯이 바뀌고 있었다. 내게서 나오는 소리를 내가 참을 수 없었다.

"임신했을 때 이걸 먹었거든." 루실이 말했다. "내가 아홉 번이나 인공수정한 거 알아?"

"루실, 제발 숟가락을 줘요."

"아이 아홉을 전부, 한 명 한 명 차례로 입양 보냈지만 아이들은 입양가고 싶어하지 않았어. 애들이 어떤 짓을 했는지 알아?"

"애들은 거미를 문 밑으로 불어넣지 않았다니까요. 그냥 상상한 거예요. 그러니까 그런 말은 그만하고 숟가락을 주세요."

"애들이 문 밑으로 거미를 불어넣었다니까."

"제발 말 좀 들어요!"

나는 숟가락과 옥수수녹말 상자를 낚아챘다. 손을 한 번 잽싸게 휘두르자 두 가지가 한꺼번에 내 손에 들어왔다.

"문 밑으로 거미를 불어넣은 사람은 아무도 없었어요."

"내 애들이 그랬다니까." 루실은 완강했다. "애들은 나를 미워했어."

워런이 들어왔다. 약간 헝클어져 보였고 면도도 하지 않았으며 셔츠 버튼은 엇갈리게 잠갔고 바지 지퍼도 열려 있었다. 머리카락은 덕지덕지 뭉쳤다. 하지만 우리는 오 분 남짓 완벽하게 정상적인 대화를 나누었다. 그러더니 그는 다시 아이젠하워 장군을 언급하며 정상궤도를 벗어났다. 나는 옥수수녹말 상자를 들고 그 자리를 떠났다.

노네트

L부인이 새 환자의 입원 수속을 하는 동안 젊은 여자는 내 쪽에 등을 돌리고 앉아 있었다. 나는 잠시 안으로 들어갔다. 그녀에게는 뭔가가 있었다. 열정. 대번에 느낄 수 있었다. 검은 옷을 입었다. 눈은 성난 푸른색이었고 입술은 매우 붉었다. 열이 있는 것 같

았지만 피부는 창백하고 윤이 났다. 금발은 어쩌면 염색한 거겠지만 기름기가 많고 칙칙해 보였다. 그녀는 회전의자를 한 바퀴 돌리면서 싱긋 웃었다. 내 또래였다. 치아는 약간씩 벌어졌고 그 때문에 육식동물 같은 느낌이 났다. 나는 L부인이 무심코 창틀에 올려놓은 옥수수녹말 상자를 L부인에게 건네주었다.

"얘는 노네트야." 그녀가 말했다.

"프랑스인이에요?" 내가 물었다. 그랬다. 그녀는 프랑스인으로 보였다. 새 환자는 대답 없이 나를 찬찬히 훑어보았는데 그녀의 미소가 점점 부정한 추파처럼 변해갔다.

L부인은 입을 다문 채 서류의 빈칸을 채워나갔다. "노네트는 20호실을 쓸 거야. 이불장 열쇠는 여기 있어. 노네트가 잘 정응하도록 네가 좀 도와주렴."

"내 물건을 들고 따라와." 노네트가 나를 보며 지시했다.

"에블리나는 호텔 벨보이가 아니란다." L부인이 말했다.

"괜찮아요." 나는 노네트의 가방 하나를 들고 복도로 나갔다.

L부인의 시야를 벗어나자 그녀는 의문한 웃음을 지으며 나머지 가방 하나를 바닥에 내던지듯 내려놓았다. 가방을 옮기는 동안 그녀는 기다렸고, 이불장에서 시트와 베갯잇, 무거운 담요, 얇은 면 소재 격자무늬 침대 깔개를 꺼내는 걸 잠자코 지켜보았다. 그녀의 방은 룸메이트가 둘뿐인 좀더 나은 방 중 하나였다. 목재 붙박이장은 있었지만 얇은 주석으로 만든 서랍장은 없었다. 침대는 탄탄했고, 심지어 침대 다리 네 개에 바퀴도 모두 제대로 달려 있었다.

"이거 엿 같은데." 노네트가 말했다.

"나쁘진 않잖아."

"암캐 같으니."

"그럼 넌 비데다."

나는 프랑스어 사전인 『최신 라루스 삽화 소사전』 1924년판을 구세군 상점에서 구해 갖고 있었다. 알파벳 B까지 공부했다. bidet, 비데라는 단어가 있는 페이지에는 biberon, biche, bicyclette, bidon, 그러니까 젖병, 사슴, 자전거, 양철통 같은 단어와 예쁘고 앙증맞은 그림도 그려져 있었다.

노네트는 경멸스럽다는 듯 입을 일그러뜨렸다. 나는 방을 나왔다. 다음 날 노네트는 유달리 상냥하게 나를 대했다. 내가 병동에 들어서자 그녀는 우리가 전날 굉장한 대화를 나누다 중단한 것처럼 곧바로 내 손을 붙잡더니, 얼어붙을 듯 춥지만 환자들이 사적인 대화를 나누는 건물 내부의 유리 포치로 나를 끌고 갔다. 나는 노네트 옆의 야외용 알루미늄 의자에 앉았다. 나는 스웨터를 입고 있었다. 그녀는 버튼다운 스타일의 얇은 면 셔츠, 그러니까 남성용 셔츠를 입었고 넥타이를 맸으며 남자들이 입는 치노바지를 입고 있었다. 신발은 여성스러운 키튼힐 구두였다. 머리는 물이나 비탈리스 제품을 발라 매끈하게 뒤로 넘겼다. 이런저런 요소가 야릇하게 결합한 모양새였다. 우울해 보였지만 거부할 수 없는 매력이 흘렀고, 또한 세련됐다. 오늘은 검은 아이라인을 그려서 얼굴이 더 예쁘고, 은은한 불빛을 받아 더욱 오밀조밀해 보였다.

그녀는 담배를 피우지 않았다. "고약한 취미야." 내가 불을 붙이자 그녀가 말했다. 나는 그곳에서 다른 사람들처럼 항시 줄기차

게 담배를 피워댔고, 저타르 저니코틴 담배를 피웠지만 이따금 가
슴에 통증을 느꼈다.

"끊어야겠어." 나는 담배를 비벼 껐다. "하고 싶은 얘기가 뭐야?"

"내 또래 누군가와 말을 하고 싶었어. 멍청이나 머저리 같은 자
식들 말고. 게다가 넌 못생긴 것 같지도 않아. 그것도 도움이 되
지. 나를 괴롭히는 것을 이야기하고 싶어. 나는 이곳에 병을 고치
러 왔어. 맞지? 그래서 내가 정말로 진실로 얼마나 아픈지 말하고
싶단 말이야. 물론 늘 그 이야기를 해왔어. 그건 알지만 여태껏 정
말로 털어놓은 적은 없었거든. 정말로 그랬다면 아무 일도 일어나
지 않았을 거야. 그게 내가 그 이야기를 하고 싶은 이유야."

그녀는 잠시 말을 멈추고 내 쪽으로 몸을 기댔다. 그러자 그녀
의 얼굴 전체가 모로 눌리면서 눈썹이 관자놀이로 몰렸고 입은 움
푹 들어갔다.

"다시 태어날 수만 있다면 난 중성으로 태어날 거야." 그녀가
말했다. "여자는 어떻고 남자는 어떻고, 그런 게 아니야. 성적 충
동이 없을 거라는 말이지. 그 생각을 하거나 그걸 원하거나 뭐 그
럴 필요가 없다는 말이야. 그건 다만 풀어야 할 하나의 숙제일 뿐
으로 그냥 하는 거야. 하고 나면 자신을 혐오하게 되는 뭐 그런
거. 아홉 살 때, 내가 그걸 처음 했을 때처럼. 친척이었어. 여름 동
안 우리와 함께 지내러 온 사촌이나 뭐 그런 사람."

"어디에서?" 내가 물었다.

"바보 같은 프랑스는 아니야." 그녀가 대답했다. "아무튼 그 사
람이 노크도 없이 방에 들어와서는 침대 옆에 무릎을 꿇고 앉는

거야. 그러더니 이불을 벗기고 나한테 입으로 그걸 하기 시작했어. 처음에는 뭔지 몰랐지만 아무튼 수치스러웠던 것 같아. 문에 고리를 달아 잠글 수도 있었어. 일러바칠 수도 있었고. 하지만 난 그러지 않았어. 그 뒤로 나도 그걸 원하게 됐거든. 그는 옷을 벗고 스스로 알몸이 됐어. 그러고는 그의 것을 어떻게 자극해야 하는지 나에게 가르쳐줬어. 그 사람도 내게 다시 해줬고.

나는 꼬마였고, 그래, 잘 씻지도 않았어. 다음번엔 물수건을 들고 와서 먼저 나를 닦아줬어. 그리고 의식을 치르는 거야. 엄마와 아빠는 어디에 있는 걸까? 부모님은 아래층 복도의 다른 쪽 끝 방에서 선풍기를 틀어놓고 잠들어 있어. 게다가 사촌은 빌어먹을 보이스카우트였지! 망할 놈의 공훈배지라도 노린 거였을까? 아무튼 그는 자기 집으로 돌아가버리지. 그건 일어날 수밖에 없는 일이니까. 나는 이제 다른 느낌을 알게 되고, 내가 다른 사람이라고 생각하지. 나한테선 나 말고는 학급의 누구도 경험하지 못한 냄새, 섹스의 냄새가 나기 시작해. 나는 나보다 나이 많은 남자애들을 쳐다보지. 무슨 일이 일어날지는 알고 있어. 난 그걸 찾아다니는 거야."

그녀가 갑자기 웃음을 터뜨리며 몸을 뒤로 뺐다. "너 좀 봐…… 너 꼭 반한 것 같아……"

그녀는 창밖으로 눈 덮인 땅을 응시했다. "난 프랑스 애가 아니야." 그녀가 부드럽게 말했다. "난 엉망진창이야. 주립정신병원에 입원해 있지. 아무래도 성전환 수술이 필요한 것 같아. 난 남자가 되고 싶어. 그러면 이런 엿 같은 일을 견뎌낼 필요도 없을 테니까."

"난 너한테 엿 같은 짓은 하지 않을 거야."

그녀의 입이 경멸하듯 벌어졌다. "이런, 너 좀 봐. 거칠어 보이려고 꽤 애쓰네. 넌 거칠지 않아. 넌, 그러니까, 어린 여대생 같아. 맞지? 젠장, 무슨 상관이야. 나도 대학생이야. 박사학위(Ph.D.)도 있어. 꽤 화끈한 물건(Pretty Hot Dick)이지. 난 여자인 척하는 남자라고. 증거를 원해?" 그녀의 얼굴이 따분함으로 어두워졌다. "농담이야. 저리 꺼져버려."

"미안해. 넌 정말 아름다워." 내가 말했다.

그녀는 아무 말이 없었고 심지어 나를 쳐다보지도 않으려 했다.

"넌 인디언이나 뭐 그런 거 같은데, 아냐?" 그녀가 중얼거리듯 말했다. "그거 꽤 근사한데."

나는 휴게실로 돌아가 워런과 진러미 카드게임을 했지만 그는 집중하지 못했다. 그가 처방약을 전부 먹는다고 생각하지 않았지만, 만약 감추는 방법을 알아냈다면 그건 꽤 멋진 일이었다. 우리는 그를 매일 아침 지켜보았다. 약을 삼키는 것 같기는 했다. 어쨌든 입속에는 아무것도 없었으니까.

다음 날 아침 경찰이 L부인과 커피를 들고 사무실에 서 있었다. 워런을 붙잡아온 것이다. 어제 카드게임이 끝나고 밖으로 나간 워런은 들판을 지나 서쪽으로 뻗은 좁은 길을 따라 걷다가 이십 마일 지난 지점에서 농장 경내에 잠입하다가 신고되어 붙잡혔다. 넘어졌는지 워런의 옆머리에 피가 묻어 있었다. 지금은 태연히 자고 있었고, 늦은 오후가 되어서야 일어나 휴게실에 나와 앉았는데, 머리 한쪽이 시커멓게 부어 붕대를 감고 있었다. 나는 그의 옆으로 가서 앉았다.

"오늘 힘든 하루를 보냈다고 들었어요." 나도 모르게 튀어나온 말이었다. 하지만 알고 싶었다. 알고 싶어한다는 것이 잔인한 일일 수도 있었다. 나는 그가 들은 목소리에 대해 물었다. 그 목소리가 견디기 힘들었느냐고.

그는 몸을 쭉 펴고 어깨를 약간 으쓱했다. 평소와 달리 거의 새 것인 노란 셔츠를 입고 있었다. 그는 자기 얼굴에 살며시 손을 올리고 손가락으로 여기저기 만졌다. 그런 다음 주머니에 손을 넣어 꼬깃꼬깃 접힌 일 달러 지폐 한 장을 꺼내 나한테 주려고 했다.

"괜찮아요." 돈을 쥔 그의 메마른 손가락을 감싸 쥐며 내가 말했다.

"제발." 촉촉하고 발갛게 충혈된 노인의 눈이 간청했다. "그들이 시켰기 때문에 한 거야……" 그의 목소리는 까마귀가 깍깍거리는 것 같았고, 무슨 말을 더 하려는 것 같았지만 목이 메어 나오지 않았다. 그는 얼굴을 비비고 눈을 감았다. 나는 그의 얼굴 윤곽에서, 공처럼 뭉친 근육에서, 눈과 턱에서 그가 몽상에 빠져 있다는 것을 알아챘다. 그가 팔을 들어올렸다. 몸을 움찔거렸다. 의자에 앉아 손을 무릎에 올리고 보이지 않는 무언가를 분해했다. 그런 다음 조각상처럼 꼼짝 않다가 이윽고 고개를 들었다. 고요의 푸가가 흐르는 가운데, 그 선율을 들으며 그는 고개를 옆으로 돌린 채 한참 그대로 있었다.

키스

노네트와 나는 서늘한 유리 포치에 앉아 있었고, 이번에는 그녀
도 담배를 피웠다.

"내가 이 역겨운 짓을 하는 건 네가 그 짓을 한다는 사실에 역겨
움을 느끼지 않기 위해서야." 그녀가 말했다.

나는 어깨를 으쓱하고 의자를 힘껏 끌어당겼다. 그녀의 호전성
은 아무도 심각하게 받아들이지 않는 억제된 방식으로 표출됐다.
그녀는 자기 사촌 이글스카우트*에게 강간당한 이야기를 간호사,
보조사, 의사, 환자 가릴 것 없이 그녀와 이야기를 나눈 모든 사람
에게 했다. 그건 단지 대화를 시작하는 말머리였다. 물론 여기서
그 일이 사실인지 아닌지는 문제가 되지 않았다. 중요한 것은 그
녀에겐 그 말을 해야 할 필요가 있었다는 점이니까. 이제 나는 그
런 식의 사고에 훈련되었다. 노네트는 검은 남성용 양복, 그러니
까 무덤 파는 사람이 입는 것 같은 양복을 입고 찰리 채플린의 중
절모를 썼다. 전부 너무 큼직하고 우스꽝스럽고 남성적이었다. 그
녀는 내 손에서 담배를 빼앗아 발로 짓뭉갰다. 그리고 갑자기 손
을 뻗어 손바닥으로 내 얼굴을 감싸더니 몸을 숙여 키스했다. 전
혀 당혹스럽지 않았다. 처음에는 다른 누군가와 첫 키스를 하던
순간과 전혀 다르지 않게 느껴졌다. 그 순간과 다를 것 없는 어줍
은 열기와 호기심이 있었다. 다만 그녀는 미친 사람으로 여겨졌

---

* 공훈배지를 스물한 개 이상 받은 보이스카우트 단원.

고, 나는 미치지 않은 사람으로 여겨졌고, 둘 다 여자라는 점만 달랐다. 혹은 노네트는 문제가 많았고, 나는 문제가 덜했고, 그녀는 자기가 남자라고 주장했다는 점이 달랐을 것이다. 그녀는 남자인 척했다. 혹은 남자인 척하는 척을 했다.

그녀는 의자에 몸을 기대고 편안한 자세를 취하며 한쪽 다리를 구부려 껴안았다. 그녀가 내 반응을 살피면서 나를 빤히 쳐다보았다. 내 몸은 갑자기 그리고 완전히 당혹스런 전류로 충전되었다. 자제력을 잃었으며, 화끈 달아오르고 또 달아올랐다. 나는 간신히 몸을 일으켜 얼떨떨하고 붕 뜬 기분으로 유리 포치의 문으로, 병동 입구로 휘청휘청 걸어갔다. 그녀는 나를 계속 바라보았고, 이제는 웃음을 짓고 있었다.

진실로, 정녕코, 그 무렵 나는 파리가 아닌 다른 곳에서 여자와 여자가 그런 식으로 키스할 수 있다는 것을 몰랐다. 노스다코타 주에서 그런 일이 일어날 수 있다고는 생각도 못 했고, 그런 일이 일어났다는 이야기도 들어본 적이 없었다. 나는 미묘한 놀라움으로 비틀거렸다.

나중에 노네트를 점검하러 가게 되었다. 그녀는 벌써 잠들어 있었는데, 옷이란 옷은 모조리 껴입고 이불을 다 끌어내려 뒤집어쓴 채였다. 그녀의 무거운 신발 밑창이 삐죽이 튀어나온 것이 보였다. 부츠 밑창을 보니 마음속에 연민과 기쁨이 끓어올랐다.

※

　고모나 이모, 삼촌 들에게 일어난 많은 역전과 로맨스 이야기 가운데 지금 나를 이끌어줄 만한 이야기는 없었다. 여자애의 키스를 받은 것은 그런 이야기 밖에 있었다. 가족사의 이야기는 와 닿지 않았다. 나도 이제 아나이스의 이야기 속에 들어가게 된 것이다. 파멸을 부를지도 모르는 위험한 사랑에. 한편 키스가 실제로 우리를 어디까지 데려갈지 너무 두려워서 나는 먹는 것 말고 무엇을 할지 아무 생각도 나지 않았다. 그래서 내 작은 방을 먹을 것으로 가득 채워놓고 생각다운 생각을 할 시간도 없이 계속 먹어댔다. 벽을 따라 크래커 상자들이 줄줄이 놓였다. 창문과 일기예보 물병* 사이의 서늘한 공간에는 과일 요구르트를 두었다. 소다 캔, 과일 파이와 땅콩, 사과 봉지도 있었다. 복도에서 담배를 피우며 가족과 하우스메이트, 친구, 심지어 서먹해진 코윈까지 추적해 몇 시간씩 전화 통화를 했다. 이제는 그를 좋아하지 않았다. 하지만 전화를 끊고 나면 오로지 먹을 것만 기다리는 내 방 말고는 갈 곳이 없어서 되도록 오래 그를 붙들었다. 먹는 동안만큼은 글 쓰는 일이나 읽는 일에 집중할 수 있었다. 눈은 종잇장 위를 이리저리 움직였고 손은 입과 봉지 사이를 왔다 갔다 했다. 잠드는 시간까지 그게 도움이 되었다. 그렇게 하면 내가 무엇을 하는지, 노네트가 무엇을 하는지, 또 그녀를 생각하면 안 되는 이유와 그녀에 대

———————————

* 물병에 액체를 넣고 그 액체의 변화로 날씨를 예보하는 장치.

한 생각을 멈출 수 없는 이유를 고민할 필요가 없었다.

✣

어느 늦은 아침, 한 환자를 미용실에 데려다주고 연기 나는 지하 터널을 지나 혼자 돌아오는데 노네트가 나를 기다리고 있다. 그녀가 누군가의 에스코트 없이 내게로 걸어온다.

"통행권이 있어." 노네트는 싱긋 웃고, 서로 얼굴을 마주 보게 되자 걸음을 멈춘다.

우리는 가까이 서 있고, 터널에 다른 사람은 없다. 저촉광 전구가 켜 있고 흰색 도료를 바른 따스한 공간, 빗자루나 막대걸레나 세제를 보관하는 작은 벽장과 자물쇠로 잠근 방이 중간중간 가지처럼 뻗은 공간이다. 그녀의 얼굴은 맑고 환하고, 어슴푸레한 불빛에 머리는 황금색으로 너울거린다. 눈빛은 고요하고 화장기가 없어도 강렬하다. 외국영화에, 책 속에, 희한하고 값비싼 의류 카탈로그에 나오는 여자처럼 아름답다. 오늘 그녀의 눈망울에는 초록빛이 어려 있어 유리 바다 같다. 나는 그녀의 입속까지 거의 맛보고, 다시 그렇게 가까이 다가가 핑크빛 상큼한 치약 냄새를 맡는다. 그녀는 청바지와 흰색 운동복 윗옷을 입었고, 스포츠양말과 운동화를 신었다. 나는 깔끄러운 합성 소재의 싸구려 흰색 유니폼을 입었는데, 주름이 잡히고 앞쪽에 지퍼가 달렸다. 그녀는 내 목앞에서 혀 모양으로 대롱거리는 지퍼에 손가락을 올린다. 그녀가 소리 내어 웃는다.

"슬립은 입었어?"

그녀의 손목을 감싸 쥐자 내 엄지손가락이 그녀의 맥박에 닿는다.

"그만, 그만." 그녀는 뿌리치는 척하지만 목소리는 나긋하다. 나는 그녀를 따라 모퉁이를 돌고, 홱 꺾어지고, 문을 통과한다. 지금은 파이프들의 한복판에 서 있다. 어떤 파이프는 가루가 날리는 석면 띠가 감겨 있고, 어떤 것들은 매끈하고 몹시 뜨거운 구리 도관이다. 내 모자가 걸린다. 떨어지게 내버려둔다. 우리는 파이프의 둥지로 들어가 가장 큰 파이프 밑에서 몸을 낮춰 인조석 계단을 내려간 뒤 반대편으로 이동해 완벽히 밀폐된 층계참에 자리를 잡는다. 우리 뒤로는 여름날 폭우가 내린 직후 강렬한 햇볕을 받은 들판 냄새와 흙냄새가 나는, 거친 벽돌과 판석으로 된 벽이 있다. 후끈한 열기가 냄새를 끌어낸다.

"여기 앉자." 그녀가 말한다. "너를 마약에 취하게 하고 싶지만 나한텐 아무것도 없어."

나는 아직 그녀의 손목을 잡고 있다. 겨우 서 있을 정도의 공간이다. 길이가 각기 다른 수평으로 뻗은 파이프들이 우리 머리 위를 아슬아슬하게 스친다.

우리는 함께 앉는다. 나는 사시나무처럼 떨지만 그녀는 매우 차분하다. 어쨌거나 이건 내가 생각한 방식이 아니다. 처음 몇 분이 지나자 그녀에게 키스하거나 그녀를 만지는 것에 아무런 두려움이 들지 않는다. 익숙하고, 전적으로 익숙하고, 어쩌면 아직 만져본 적 없는 남자의 몸을 만지는 것보다 훨씬 더 익숙하다. 유일한 문제는 우리의 몸이 같아서 내 몸이 계속 떨리고 전율이 일어난다는 것, 내가 그녀를 만질 때 그녀가 어떤 느낌일지 알고 그녀 역시 내 몸을 만지면서 내가 어떤 느낌일지 알 거라는 것, 그래서 이 행위는 정상적인 느낌과 참을 수 없다는 느낌을 동시에 일으킨다는 것이다. 우리는 옷을 벗지 않고, 특별히 뭔가를 하지도 않고, 그저 서로 팔과 목과 손만 가볍게 어루만지며 키스한다. 그녀의 얼굴이 발갛게 달아오르고 꽃잎처럼 부드럽다.

그녀가 말한다. "이제 그만." 나는 이제 돌아가야 하고, 그녀도 뒤따라올 것이다. 더 길어지면 우리를 찾을 것이다. 흰색 도료를 칠한 석재 통로를 따라 문 다섯 개를 통과해 병동으로 돌아온 뒤 나는 지금이 정말 어떤 상황인지 상상하기 시작한다. 그녀의 이야기를 꾸며낸다. 생각을 시작한다. 노네트가 여기에 온 건 분명한 이유가 있어서고, 나는 그녀를 위해 이곳에 왔다. 그녀도 나를 위해 이곳에 왔다. 이곳에 나는 언제나 원했던 사람을 만나게 된다는 사실을 모르고 왔다. 일주일, 어쩌면 삼 주 뒤면 그녀는 괜찮아질 것이다. 나는 그녀와 함께 떠날 것이다.

"노네트 말로는 네가 면회를 신청했다던데." 책상 앞에 앉아 있는 L부인의 손바닥 밑에 서류 뭉치가 잔뜩 쌓여 있다.

"네." 신청하지 않았지만 그렇다고 말한다. 슬그머니 웃음이 나고 그 발상에 얼굴이 상기된다. 노네트의 발상.

"여기는 방침상 보조사가 비번일 때도 환자와 시간을 보내는 것을 장려해. 그러니 그애가 정말 문제가 있어서 여기 왔다는 점을 네가 숙지하는 한 막을 이유가 없어."

"잘 알고 있어요. 그 문제는 그애와 이미 이야기했어요."

"그랬구나."

L부인은 다음 말을 기다리면서 지나칠 정도로 유심히 나를 살핀다. 나는 환자가 자기 개인사에 대해 알려주고 싶어하는 것 이상은 알지 못하게 되어 있다.

"그러니까 사촌이 자기한테 강제로 한 이야기를 저한테 해줬어요. 그애가 자제력을 잃어서 여기에 왔다는 건 알지만 무엇 때문에 그렇게 된 건지는 정확히 몰라요. 집이나 학교에서 무슨 문제로 괴로워하는지도 모르고, 다시 돌아가면 어떨지도 모르고요. 저는 그냥 노네트가 좋아요. 그애가 안쓰러워서 이러는 건 아니에요."

L부인은 입술을 깨문다. "동기는 좋구나. 그건 알겠다. 하지만 너도 알아야 하는 건, 그애는 리튬 처방을 받았고 그 복용량을 우리가 조절한다는 거야. 그애는 우울증 환자인데 이따금 조증 발작도 일으키거든."

"같이 쿠키나 한 판 구워 먹을 생각이에요."

L부인은 승낙한다는 웃음을 지으며 통과 신호를 한다.

⚜

직원 기숙사 지하에는 작은 부엌이 있다. 난로와 수납장, 냉장고, 흰색으로 칠한 낡은 목재 식탁과 플라스틱 의자 여섯 개가 놓여 있는 그저 그런 방이다. 거기서 우리가 좋아하는 쿠키를 만든

다. 우리는 가운데가 단단하지 않게 구워진 당밀 쿠키를 좋아한다. 세 판을 구워서 위층 내 방으로 가져간다. 쿠키는 아직 따끈하고, 우리는 침대에 앉아 손가락으로 쿠키를 쥐고 조금씩 떼어 먹는다. 차가운 우유를 마신다. 잠시 후 우리는 옷을 벗는다. 하나도 이상하지 않다. 이불을 젖히자 침대 깔개에 그려진 갯버들이 실개천과 굽은 중국식 다리 위로 길게 늘어져 있다. 그녀의 가슴은 작고 뾰족하며, 젖꼭지는 둥글고 브래지어를 하지 않아 약간 갈라져 까칠하다.

나는 그녀의 엉덩이를 쥐고, 그녀는 내 위에 앉는다. 그녀가 두 살 더 많아서 훨씬 많이 안다. 일어나 앉은 자세로는 어떻게 하는가. 그녀는 다리를 벌려 임상적인 냉정함으로 시범을 보인 뒤 내게 몸을 숙이고 절정에 오르며 웃기 시작한다. 내가 지금껏 해보지 않은 온갖 것을 해보면서 우리는 웃는다. 그녀는 서로의 몸을 거의 만지지도 않으면서 어떻게 천천히, 가볍게 시작하는지 보여준다. 우리가 절정에 오르면 그 행동은 다시 반복될 테고, 우리 사이에서 끝없이 이어질 것이다. 아홉시가 되기 직전에 나는 노네트를 병동에 데려다준다. 그녀의 한 손에는 쿠키 봉지가 들려 있다.

"있잖아. 너 그 생각······" 나는 마침내 문간에 서서 묻는다.

"무슨 생각?"

나를 쳐다보는 노네트의 얼굴은 온화하고 공허하며, 웃고 있다. 그녀는 갈수록 스키 광고에 나오는 여자애처럼 보인다. 건강하다. 그날 오후 그녀가 처음 여기에 왔을 땐 즐거운 충격으로 깊어진 그녀의 눈빛이 내 시선을 붙들었다. 이제 그녀의 눈은 매서운 치어리더의 눈이다.

"무슨 생각?" 그녀가 다시 묻는다.

나는 부츠를 신은 내 발을 내려다본다. 앞으로 우리한테 어떤 일이 일어날지 말이야. 나는 일반인처럼, 그녀처럼 청바지와 코트와 스웨터를 입고 있다. 나는 대답을 삼킨다. 밤은 몹시 춥고 어두우며, 눈은 바람에 날려 너른 마당에 뒤척이며 내려앉는다. 나무들은 밤새도록 우지끈거린다. 누구라도 그 소리를, 키 큰 흑송이 내는 소리를 들을 수 있다. 노네트가 병동으로 들어갈 때, 유리와 쇠로 된 문이 영화가 끝났을 때처럼 철커덕 맞물리며 굳게 닫힐 때 나는 그 자리에 멀뚱히 서 있다. 자동으로 빗장이 걸리지만, 그래도 나는 그녀가 밝은 통로로 사라지고 나서 다시 문을 열어본다.

"다음 주에 집으로 돌아가." 어느 날 아침 그녀가 말한다. "부모님이 그래도 된대."

부모님? 나는 왜 지금껏 한 번도 그들을 보지 못했을까? 가슴 한복판에서 갑작스런 에너지가 끓어오르며 분출한다. 온 신경을 샅샅이 훑고 지나간다. 두려운 감정을 바꾸려고 나는 빠르게 손뼉을 쳐서 소리를 만들고, 그 소리를 공중에서 세게 흔들어 물방울처럼 고통을 떨쳐낸다.

노네트는 나를 보고 살며시 웃으며 고개를 젓는다. "괜찮아?"

나는 숨을 멈췄다가 서서히 내보낸다. "그분들이 찾아온 적이 있었니?"

"물론이지. 넌 주간 근무잖아. 부모님이 저녁에 차를 몰고 오면

이른 아침에 만날 수 있어."

"다음 주, 다음 주란 말이지."

나는 바보같이 억지웃음을 짓고, 그녀는 눈을 반짝이며 내 눈을 들여다본다. 정말 귀엽다! 인기도 많을 테지! 그녀도 괜찮을 리가 없다고, 그렇게 생각해버린다. 그녀가 이 사실을 부인한다면 그녀는 나보다 더 미친 것이다. 틀림없이 그렇다. 나는 그녀에게 머무른 시선을 떼어내며 가슴이 타오르는 것을 느낀다. 내 갈비뼈는 그릴의 쇠그물처럼 뜨겁게 작열하고 내 발에 따사로운 줄무늬를 흘려보낸다. 생각은 만약이라는 제멋대로 된 질문들로 연신 소용돌이친다. 만약 그녀가 미치지 않았다면, 만약 내가 미친 거라면, 만약 이 일이 정상적인 상태에서 시작한 것이 아니라면, 만약 이 일이 어쩔 수 없는 일이었다면, 만약 내가 잘못한 거라면, 만약 사람들이 알게 된다면, 만약 그녀와의 이 일이 새로운, 그리고 앞으로 경험할 많은 일들 중 최초의 것이라면, 만약 그녀가 이곳을 떠난다면, 만약 이 일이 아무 의미도 없는 거라면, 만약 그녀가 나를 전혀 좋아하지 않는다면. 나는 그녀에게서 물러선다. 그녀의 얼굴은 사랑스럽고, 매우 온화하고, 부드럽고 예쁘다. 미국인의 얼굴이다. 그녀는 푸른 스웨터와 격자무늬 스커트를 입고 무릎까지 오는 스타킹을 신었는데, 중서부 지역의 어느 카탈로그에 나오는 더없이 평범한 차림새다.

"날 보러 와줄래?" 내 목소리는 처량하다.

"그럼! 그렇게."

내 목구멍은 절반쯤 닫히고 나는 공기를 꿀꺽 삼킨다. 충분한 숨을, 깊은숨을 들이마시려고 안간힘을 쓴다. 공기가 따끔거리며 깊숙이 흘러들어간다. 나는 담배를 지나치다 싶게 많이 피운다. 그녀의 진심은 아니다, 아무렴 아니다, 지금도, 영원히 아니다. 나는 그녀가 자기 병이라고 생각하는 것의 일부, 치료해야 한다고 믿는 증상이다. 하지만 그녀는 내가 찾던 존재다. 내가 그녀를 얼마나 지독히 원하는지 숨도 제대로 쉴 수 없다. 나는 깔깔한 흰색 주머니에 집어넣은 손을 바들바들 떨며 그곳을 떠난다. 하염없이 걸음을 옮기고, 허공에 주먹을 날리는 일도 없이 병원 복도를 지나가고, 문을 열고 나가 눈 덮인 잔디밭을 가로질러 곧장 내 방으로 돌아간다.

노네트의 침대

그 일이 있고 나서 나는 다음 날 아침도, 그다음 날 아침도 아파서 일어나지 못한다. 이틀이 지난다. 전화가 있는 데까지도 걸어갈 수 없다. 억지로 몸을 일으켜 욕실까지 간다. 한번은 일어나 문앞에 메모지를 붙인다. 무엇을 썼는지는 잊어버린다. 다시 자리에 누우면 블랙홀 같은 중력이 나를 끌어당긴다. 어쩌면 두려움일 것이다. 내가 아는 것은 오직 공기가 고통스럽다는 것뿐이다. 산성 액체가 뇌로 역류한다. 생각은 전부 플래시백이다. 침대 깔개에 그려진 중국 풍경에서 생물들이 꼬물거리기 시작하자 나는 그걸 방구석에 던져버린다. 고통이, 내가 열어젖힐 수 없는 회색 커튼이 드리워져 있다. 나는 고통을 들이마시고 내쉬지만 내 속에 들러붙은 물질은 담배의 타르와 니코틴처럼 숨 쉬는 것을 조금씩 더 힘들게 한다. 일주일이 지나자 L부인이 내 방에 찾아와 나를 부른다. "들어가도 될까? 대답할 수 있겠니?" 애를 쓴다. 입을 벌린다. 그러나 아무 소리도 나오지 않는다. 어쩐지 기묘한 느낌이 들어 웃기 시작한다. 하지만 웃음에는 소리가 없다. 나는 다시 잠들고, 자고 또 잔다. 다시 눈을 뜨자 L부인이 내 방 침대 옆에 앉아 환자들을 부르던 목소리로 내게 말을 한다.

"네 방을 옮길 거야." 그녀가 말한다. "어머니께 전화드렸어."

그리하여 나는 결국 노네트의 침대에서 이곳 생활을 마감하게 된다.

나는 환자 휴게실에서 간호사용 구두를 신고 금이 간 초록색 플라스틱 카우치에 앉아 있지만, 이제는 유니폼이 아니라 헐렁한 배기청바지와 늘어진 갈색 스웨터를 입고 있다. 나는 엄마에게 전화로 내 걱정은 하지 말라고, 단지 휴식이 필요한 것뿐이라고, 나는 말짱하고 다음 학기에는 다시 학교로 돌아갈 거라고 납득시킨다. 나는 입원하기 위해 직접 서명했다. 열아홉이니 혼자서도 할 수 있는 일이다. 이 자발적인 입원을 휴식 기간으로 삼겠다고 엄마에게는 말했지만, 사실은 몹시 두렵다. 나는 관찰자를, 그러니까 내게 무엇을 할지 일러주는 나 자신을 잃을까봐 겁이 난다. 내 의식은 무너질 것 같은 흙무지이고 얼어붙는 얼음처럼 불안하다. 매일 아침 눈을 뜨고 곧바로 무슨 생각이 떠오르면 마음이 푹 놓인다. 나라는 존재는 아직 이곳에 있다. 그것이 없어지면 단지 중력만이 남을 것이다. 내가 지내던 작은 분홍색 방의 침대 밑에는 몸을 끌어당기는 자석 같은 게 있었다. 여기 침대 밑에도 역시 자석이 있지만, 노네트의 침대라서 이 자석에는 위로의 힘이 있고, 그녀의 피부와 머리카락이 주는 고요와 상실감이 어린 행복의 뭔가가, 그녀와 내 몸이 닿아 오롯하게 포개진 느낌과 함께 그 냄새와 고통이 침대에 남아 있다.

워런이 환자 휴게실에 들어선다. 그는 카우치에 앉아 있는 나를 보고 신중하고 위엄 있는 특유의 걸음걸이로 다가와 내 앞에 선다. 녹슨 빛깔의 재킷과 회색 양모 바지 차림이다. 오늘은 가장 좋은 옷으로 차려입었다. 일요일이라서 그럴 것이다. 윤택한 부르고뉴산 실크 줄무늬 타이를 맸고 셔츠 커프스는 프랑스식으로 접었다. 커프스링크 대신 안전핀 두 개를 사용했다.

"커프스링크를 할 걸 그랬어요." 내가 중얼거린다.

"그들을 죄다 죽여버릴 거야." 그가 말한다.

"그만 닥치세요." 내가 대꾸한다.

❈

나는 그곳에서 여러 날을, 그러고도 여러 날을 누워 있다. 침대를 떠나지 않는다. 아나이스 닌도 읽지 않는다. 그녀는 이제 나를 도와주지 못할 것이다. 나는 그 전부를 지나갔고, 어쨌거나 그녀는 반역적인 삶의 패러다임을 제시하여 나를 궁지에 몰아넣었다.

그것을 흡수하고 실행하기에 나는 언제나 너무 보수적이고 지역적이고 가톨릭적이고, 혹은 보호구역이나 가족에 얽매여 있다. 더는 모험을 원하지 않는다. 파리를 생각하는 건 힘에 부친다. 나는 영원히 노트르담 사원의 뒤쪽을 보지 못할 것이고, 새를 파는 시장에 가보지도, 크루아상을 먹지도 못할 것이다. 내가 마시는 커피는 영원히 말갛기만 할 것이다. 그건 상관없다. 커피는 여기서도 물리도록 마시니까. 아니, 이곳 생활에서 내가 어디쯤 존재하는지 알아내는 편이 더 나을 것이다. 그래서 나는 이 자리에 누운 채 마음속에서 그걸 알아내려고 애쓴다.

먼저 가족부터 시작해볼 생각이다. 조지프가 찾아오면 솔직하게 대하면서 예전처럼 깊은 관계를 회복해야겠다고 결심하고, 그를 보자 마약 경험과 파충류를 본 날들을 말하기 시작한다.

"어떤 종이었어?" 그는 생물학자가 되려고 공부하고 있다.

"글쎄, 평범했어. 하지만 코브라도 봤어."

"그거 놀라운데."

"정말 진짜 같았다니까."

"뇌의 어느 부위가 현실에서 구경도 못한 것에 그토록 생생한 환각적 세부사항을 제공하는지 정말 궁금한데."

"파충류 대가리, 바보."

그는 잠시 말이 없다. "일부러 무신경하게 굴려고 한 건 아니야. 나도 마약을 했어."

"뭐?"

"마리후티베리. 센 건 아니었지만."

"그게 오레가노*였기 때문이겠지."

"난 식물학에서 A를 받았어." 그가 상기시킨다.

"오빠 전 과목에서 A를 받았잖아. 내 우울증엔 도움이 안 돼. 주위를 둘러봐. 자살하고 싶어하는 시인들의 팬이 생각하는 것과 반대로 세상은 역겨워. 가서 치료법을 좀 발견해보지그래."

조지프는 생각에 잠긴 눈빛으로 나를 쳐다보다 휴게실에 있는 다른 사람들에게 관심을 돌린다. 루실은 흐트러진 차림으로 리놀륨 바닥을 내려다보고, 워런은 일정한 보폭으로 걸음을 옮기고, 다른 사람들은 무감각한 회색 표정으로 무기력한 침울에 빠져 있다. 그의 눈으로 병동을 바라보자 나는 갑자기 심한 혼란에 빠진다. 나는 그 일부가 되는 데 익숙해 있다.

"넌 저렇게 미친 사람이 아니야." 그가 반쯤 목이 메어 절박함이 밴 목소리로 말한다. 이제 그의 머릿속에서 내게 정말로 문제가 있을지 모른다는 생각이 고개를 든 것을 알겠다. 그의 연민이 나를 망친다. 조지프는 가만히 내 손을 잡지만, 이건 더욱 나쁘다. 당신의 오빠가 당신의 손을 잡는다는 것. 어딘지 임종의 냄새가 난다. 나는 손을 뿌리치고 그의 손목을 가볍게 토닥인다. 그와 나는 한참 동안 함께 앉아 있고, 우리는 침묵을 지킨다. 이 순간은 평화롭다. 잠시 후 그는 다시 목이 메고, 마약을 연구해보겠다고 말한다. 나는 그의 팔을 힘껏 때리고 그는 안도한 듯 나를 쳐다보며 가만히 웃는다.

---

* 향신료로 쓰이는 허브의 일종.

엄마와 아빠는 매주 주말에 나를 보러 온다. 그들이 찾아왔을 때 나는 그저 그들이 나를 걱정할 때 공감하며 울고, 잠들어버리고, 돌아간 뒤에 그들을 그리워한다. 아빠는 자기 아버지 머도 하프처럼 융자나 담보를 거절할 배짱이 없어 은행을 떠났다. 그리고 자기 삼촌 옥타브를 좋아해서 오직 우표만 모았다. 전쟁터로 가고, 사랑 때문에 돌아오고, 돈을 버리고 사랑을 택한 아빠는 영웅적인 교사다. 그리고 엄마, 엄마는 무슘을 사랑하고, 그래서 술병을 치워버리고, 날마다 마당이나 거리를 산책시켜 무슘의 숨이 붙어 있게 한다. 엄마는 다른 사람들과의 관계 속에서만 존재한다. 그 사실을 깨닫자 병원에 있는 나를 본 게 엄마에게 어떤 영향을 미칠까 하는 생각이 들면서 또다시 온몸이 아파온다. 아빠에게 우표가, 조지프에게 도롱뇽이, 무슘에게 이야기가 그런 것처럼 엄마 클레망스에게 전부인 한 가지를 애써 생각해보지만 아무것도 떠오르지 않는다.

나는 부모님의 사랑을 확신하며 자랐다는 것을, 그건 흔치 않은 일이라는 것을, 그들은 나를 사랑한다는 것을 생각하자 이렇게 무너진 것이 나 자신의 잘못이자 수치로 느껴진다. 나는 역사가 삶 속에서 어떻게 저 혼자 흐르는지 생각한다. 부켄도르프 가 사람들, 와일드스트랜드 가 사람들, 피스 가 사람들, 그들 모두의 배경에는 그 목매단 사건이 뒤엉켜 있다.

나는 코원의 종조부 커스버트와 아시지낙, 홀리 트랙을 목매단 그들 전부를 생각한다. 팽팽히 당긴 톱 같은 와일드스트랜드의 몸뚱이와 고스틀린이 모자로 허벅지를 치며 걸어가는 모습을 본다. 우리 중 일부는 존재의 봄날에 이미 죄의식과 희생이 뒤섞여버려 밧줄을 풀어낼 길이 없다.

나는 빌리 피스를 생각한다. 그를 따르는 유약하고 바스러질 것 같은 신도 중에는 적어도 부켄도르프 가 사람 한 명과 맨틀 가 사람 한 명이 포함되어 있었다. 이따금 그들 중 한 명이 식료품점에서 모습을 드러냈고, 식료품이 잔뜩 쌓인 통로에서 넋이 나간 듯서 있었다. 어떤 추종자는 소소한 직업을 찾아 다른 타운이나 보호구역 사람들과 다시 섞여들었다. 빌리의 라디오 시간은 목소리가 바뀌었다. 플루토나 후프댄스의 전화 부스, 혹은 길가 쉼터에 끼워진 소책자들은 나달나달해지다가 차차 드물어지더니 그저 빌리 피스의 기념물이 되었다. 또다른 측면에서는 어쩌면 그것마저 사라졌다.

햇빛이 철망 유리창을 통해 부드럽게 굽이치며 쏟아져 들어온다. 무슙은 늙은 버펄로 사냥꾼들이 온 땅을 뒤덮은 파괴의 덮개 밑에서 무엇을 보았는지 말해주었다. 극도의 굶주림 속에서 그들은 하얗게 칠한 상업용 운반기의 벗겨질 것 같은 표면을 보았고, 불에 탄 밀 아래로 녹색 풀밭을 보았고, 피를 빨아먹은 이처럼 다시 살이 차오른 버펄로를 보았고, 그 거대한 짐승의 무리가 무성히 자란 풀밭을 발굽으로 납작하게 짓이기며 이동하는 것을 보았다. 그들이 고개를 들자 하늘은 새 떼로 뒤덮여 이 끝에서 저 끝이 보이지 않을 정도로 어두컴컴했다. 새들은 낮게 날았고, 천둥처럼 몰려왔다. 가끔은 비둘기들이 이 방 안을 날아다니는 것 같다. 밤에 좀처럼 잠들지 못할 때면 그것들이 파닥이는 소리가 들린다.

반쯤 미치고 반쯤 마약에 취하고 반쯤 치페와족인 나는 아무것도 아니다. 나는 무슴과 샤멩과가 오후가 다 지나도록 앉아 있는 모습을 생각한다. 노네트가 웅크리고 누워 있던 침대―아주 따스하고 짙은 황금색인―에서 나는 아름다운 여자들이 라틴어 미사 경본을 내민 채 흰색 드레스 차림으로 비둘기들을 쫓아달라고 고대의, 이방의, 권위의 언어로 기도하면서 밀밭을 걸어가는 것을 본다. 그리고 메리 애니타 부켄도르프 수녀가, 그녀에 대한 내 열정이 이 문제를 푸는 실마리가 될 거라고, 또한 코윈 피스가 도움이 될 거라고 생각한다.

어쩌면 돌아가 메리 애니타 수녀를 만날 것이다. 좋은 시도가 될지 모른다. 그 괴물 같고 상냥한 얼굴을 보고 말한다면, 나는 교회와 멀어졌지만 여전히 그녀의 모습이 암암하다고 말한다면, 그녀가 백핸드 동작으로 능숙하게 공을 잡은 뒤 균형을 잡으려고 검정 구두를 신은 발을 툭 내려놓을 때 수녀복이 미친 듯이 나부끼던 장면이 아직도 가끔 떠오른다고 말한다면, 잰걸음으로 포수에게 힘껏 공을 되던질 때 검정 모직 치맛자락이 공중에서 펄럭 들렸다가 발목 밑으로 다시 회오리를 이루며 떨어지던 그 장면이 떠오른다고 말한다면.

연주회

어느 날 코윈 피스가 나를 찾아온다.

놀랍지만 당황스럽지는 않다. 그는 내가 어디 있는지 우리 이모에게 들었다며 그 절박한 통화들을 안쓰러워한다. 그는 내게 환각제를 먹인 일과 그날 이후 내가 여러 날 동안 스스로를 감금한 사실을 떠올렸다. 그래서 나를 찾아오기로 결심했다고 말한다. 어느 날 모래를 담은 커피 깡통에 — 환자 휴게실에는 언제나 꽁초로 가득한 깡통이 예닐곱 개 있다 — 느긋이 담배를 한 개비 또 한 개비 비벼 끄는데 코윈이 들어온다. 그는 보안관이 입는 긴 검은색 승마용 더스터코트를 입었지만, 머리엔 챙이 눈 위를 살짝 덮는 해괴한 오렌지색 모직 사냥모자를 썼다. 복사뼈까지 올라오는 테니스화를 신었고 나팔청바지와 찢어진 티셔츠를 입었다. 야단스러운 더스터코트 밑으로 새 바이올린을 들고 있다.

"앉아." 나는 방금 불을 붙인 담배로 의자를 가리킨다. 권태로워 보이려 애쓰지만 사실은 흥분해 있다. 코윈은 플라스틱 팔걸이 의자에 앉아 바이올린 케이스를 무릎에 올린다. 그의 얼굴은 길고 아름다우며, 피스 집안의 그 눈빛은 까맣고 뭔가에 홀린 듯하다. 깎지 않은 수염이 턱에 지저분하게 나 있다. 뒤에서 하나로 묶은 머리는 모자 밑으로 흘러내려 뱀처럼 등에 닿아 있다. 코윈의 속눈썹은 항상 짙은 갈색이고 눈썹은 일직선을 그려 극적인 인상을 풍긴다. 자기 어머니를 닮은 밍크 눈썹 아래로 그가 물끄러미 바라본다. 그의 삼촌이 그토록 많은 추종자들을 끌어들인 어떤 특징을, 그 오묘한 자력을 그 역시 갖고 있다. 그가 미소를 지으면 굽은 치아가 새하얗게 드러난다. 그는 담배를 피우지 않는다.

"그러니까." 그가 말한다.

"그러니까." 내가 말한다.

우리는 언덕 위의 두 현자처럼 잠시 고개를 주억거린다. 그가 케이스를 열어 바이올린을 들어올린다. 조율을 하며 낯선 소리를 흘리자 환자들이 각자의 방에서, 혹은 복도 저만치에서 그 소리에 이끌려 나온다. 간호사들은 팔짱을 낀 채 껌을 씹으며 일손을 멈추고 나와 선다. 그가 연주를 시작하자 그들은 오물거리던 입을 멈춘다. 어떤 환자들은 서 있던 자리에 그대로 앉는데, 그중 몇 명은 음악의 낫이 너른 공간을 휙 베고 지나간 것처럼 털썩 주저앉는다. 최초의 음이 흐르고 점차 음악은 탄력을 받는다. 코원이 느리고 아름다운 곡조를 연주하자 사람들의 눈동자가 풀어진다. 루실은 몸을 움츠리고 입을 커다란 O자로 벌린다. 워런은 그 자리에 못 박힌 듯 뻣뻣하게 우뚝 서 있다. 다른 사람들은 몸을 움찔거리는데 그 몸짓이 흐느끼는 것처럼 보인다. 코원의 연주가 점점 빨라지며 유머가 넘치는 활기찬 지그가 흘러나오자 그들의 몸짓도 금세 변한다. 그 시점에 워런은 서 있던 벽을 떠나 휴게실 안을 자꾸만 자꾸만, 빠르게 더 빠르게 돌아다닌다. 음악은 레드 리버 지그*로 바뀌어 내치락들이치락 쿵작쿵작 흘러간다. 그 순간 괴이한 일이 일어난다. 한순간 모든 소리가 바이올린의 울림통 속에 응집

---

* 캐나다 메티스족의 전통적인 춤곡.

되고, 휴게실 안은 비탄으로 가득찬다. 목이 멘다. 나는 벌떡 일어선다. 충격이 우리를 내리친다. 워런이 걸음을 멈추고 벽에 납작 붙어 선다. 하지만 코윈은 자기 손이 만들어낸 혼란에서 음을 몇 개 더 끌어내고, 그 음을 위로 더 위로, 참을 수 없을 때까지, 그 소리가 비명이 되는 지점까지 끌어올리고 나서야 조바꿈을 해서 더없이 투명한 달콤함을 쏟아낸다.

워런이 벽에서 주르륵 미끄러지더니 손을 맹세하듯 가슴에 올린다. 고개가 툭 떨어진다. 우리는 바닥에 주저앉는다. 정적이 우리 머리 위로 비처럼 쏟아진다. 야릇한 평화가 우리 뱃속을 채우고 심장박동을 늦춘다. 연주는 가장 깊은 곳까지 파고들 것처럼, 아름답게, 영원히 끝나지 않을 것처럼 계속된다. 연주가 얼마나 오래 이어질지 나는 모른다. 언제 끝날지, 정말로 끝나기는 할지조차 알 수 없다. 워런이 쓰러진다. 간호사가 맥박을 확인하러 무거운 걸음으로 다가간다. 이 세상에 바이올린 연주만이 유일하고, 그 음악에는 어두운 확신이 존재한다. 음악은 우리를 이해하고, 우리가 고통 속에 살든 온전한 정신으로 살든—그 또한 고통스럽지만—우리와 함께할 것이다. 나는 작다. 나는 전체이다. 문제될 게 없다. 만물은 소스라치게 놀랍고 어마어마하게 거대하다. 음악의 잔향만 남자 나는 일어선다. 간호사가 시계를 확인하며 얼굴을 찡그리고, 이어서 워런을, 다시 시계를 쳐다본다. 코윈이 조심스레 바이올린을 다시 케이스에 넣고 딸각 소리를 내며 걸쇠를 잠글 때 나는 그의 옆에 서 있다. 나는 팔촌뻘인 코윈을 보고 그도 나를 본다. 그는 눈썹 밑으로 사악하고 수줍게 씩 웃은 뒤 키스하듯 입술을 오므리며 문 쪽으로 걸어간다.

"난 여길 못 떠날 거야." 내가 말한다.

나는 그 자리를 뜬다.

✖

코원과 함께 병원을 떠나면서 다른 건 다 두고 지갑과 일기장만 챙겼다. 아나이스를, 메모하며 읽은 박스 세트 전부를 두고 왔다. 그녀가 높은 빌딩을 묘사한 곳에는, 남근 숭배? 파리에서 어느 오후 빛의 투사를 기록한 곳에는, 인상주의? 그녀가 여자를 사랑한 곳에는 물음표와 느낌표와 체크와 별로 표시해두었다. 병원의 안전함을 떠나 정말로 잘 견딜 수 있을까 자신이 없었지만, 코원의 차가 있는 곳까지 그저 하염없이 걸었다. 몸무게가 많이 준 데다 운동도 거의 하지 않아 속이 울렁거려서 차를 세워달라고 부탁하고 토악질을 한 번 했다. 코원은 이제 우리 이모와 쿠츠 판사와 함께 살고 있었는데, 두 사람이 자기 인생을 바꾸었고 또한 자신감을 주었다고 말했다. 맨 처음 그들의 집으로 옮겼을 때는 마약을 하거나 공급하는 일(물론 두 사람은 모르고 있었다)을 완전히 끊지 않았지만 내가 정신병원으로 간 후 그 거래 형태를 곰곰이 생각해보고 이제는 완전히 손을 씻었다고 했다. 그는 지금은 동성애자가 아니며 그래서 나를 찾아올 마음이 생겼다고 했다.

"그런데 난 아니야. 난 레즈비언이야."

그럴 리 없다고 그가 말했다. 옷차림이 그런 사람 같지 않다고.

"네가 아는 그런 사람 말이겠지." 내가 말했다.

그가 자기는 다 안다고 말한다. 주변에서 그런 사람들을 봤노라고. "그런 애들은 나처럼 옷을 입어. 확실하다니까."

우리는 한동안 말없이 달렸다.

"어이. 그날 그 약을 준 건 정말 미안해." 그가 말했다. "그러니까 그게 네 머리를 완전히 돌려놨단 말이지?"

"그게 날 레즈비언으로 만들었단 뜻이야?"

그가 고개를 끄덕였다.

"그건 아닌 것 같아."

우리는 좀더 달렸다. 우리는 서로에 대해, 마약을 했고 아팠고 취했다는 것을 알고 있었다. 가톨릭 초등학교에서 서로 때린 적이 있어 침묵은 편안했고 심지어 안도감마저 느꼈다. 나는 금이 간 차창 밖을 바라보았다. 길을 따라 흐르는 세상은 아름다웠다. 군데군데 녹은 물에 들판이 거대한 거울처럼 비쳐 보였다. 황금색 햇빛이 번번한 수면 위로 불타올랐다. 나는 기분이 좋아지기 시작했다. 내 몸에 그 이름을 백만 번, 심지어 피로 쓰기까지 한 아이와 차 안에 함께 앉아 노네트에 대해 말하면서, 그리고 그애가 그 문제를 아주 냉철하게 다루는 걸 지켜보면서 나는 내 감정에서 어두운 마력을 일부 뽑아냈다.

"실제로 알고 지내는 레즈비언이 있어?" 내가 물었다.

"말하고 지내는 사람은 없어." 잠시 후 그가 다시 말했다. "너한테 소개해줄 만한 사람은 없어. 네가 원하는 게 그거라면."

나는 빗장뼈를 따라 화끈한 열기가 오르는 것을 느꼈다.

"이봐." 잠시 후 코원이 말했다. "아직은 이 일을 심각하게 생각하지 않아도 좋아. 서두를 것 없어."

뭐라 말은 하지 않았지만 서두를 필요가 없다는 말에, 레즈비언이라는 문제로 당장 뭔가를 하지 않아도 좋다는 사실에 나는 기분이 한결 좋아졌다. 그 사실과 더불어 존재하면서 원하는 만큼 오래 익숙해지면 되는 것이다. 나를 보기만 해서는 알아차릴 수 없다. 많이 허약해지기는 했지만 나는 기본적으로 똑같아 보였다. 그리고 슬퍼 보였다. 그건 엄마가 내 슬픈 표정을 보니 울고 싶다고 말했을 때 알았다. 하지만 내가 슬퍼 보인다는 걸 알면서 차 안에 앉아 있다는 사실에 나는 자의식적으로 슬퍼졌고, 그건 진짜 슬픔이라 말할 수 없었다.

보호구역으로 들어서자 도랑이 불타고 있었다. 봄의 그루터기를 깨끗이 없애기 위해 불을 놓은 것이다. 길 위에는 옅은 연기가 흐르지 않는 구름처럼 떠 있었다. 코원이 나를 집에 내려주었고, 나는 무슘과 바깥에 앉아 기다란 아연캔에 담긴 시원한 물을 마셨다. 잠시 후 다 괜찮아질 거라는 생각이 들었다. 그 캔은 무엇 때문인지, 청량감 때문인지 항상 물맛이 좋았다.

해가 지자 햇살이 연기 속으로 비쳐들어 주변과 서쪽 하늘을 오렌지빛이 도는 황금색으로 바꾸어놓았다. 오묘하고 불안한 빛깔이 나무와 집의 측면을 스멀스멀 기어올랐다. 무슘과 나는 햇살이 물러날 때까지 물끄러미 바라보았다. 공기가 상쾌해지면서 푸른 빛으로 변했다. 날씨가 많이 쌀쌀했지만 우리는 어둠의 언저리에 갈색이 감돌 때까지 그 자리에 앉아 있었다. 엄마가 문 쪽으로 다가왔다.

"들어오세요. 너도 들어와." 엄마의 목소리는 다정했다.

허공을 걷고 있었지

며칠 뒤 나는 성요셉 수녀원의 초인종을 눌렀다. 개가 들어가려고 여러 차례 긁어댔는지 이 피트 높이에 흰색 자국이 남아 있었다. 잠시 기다리다 또 한번 초인종을 눌렀다. 그러자 안에서 어렴풋이 또각거리는 소리가 들렸다. 이윽고 단단한 발소리와 함께 메리 애니타 수녀가 문을 당겨 열었다. 엄격한 검은색 수녀복이 아니라 평상복 차림이었다. 수녀답게 헐렁한 크림색 스웨터에 푸른색 A라인 롱스커트를 입었고, 우아한 수녀용 검은 구두 대신 끈을 묶는 편한 신발을 신었다. 머리 모양은 참으로 놀라웠는데, 수풀처럼 풍성한 갈색 머리에 군데군데 흰머리가 뻗치거나 구불거렸다. 짧게 깎았지만 강렬하고 아름다웠다. 그녀가 나를 찬찬히 들여다보았다. 시력이 약해졌는지 둥근 안경알 너머로 눈을 깜박거리다 이윽고 문을 열며 안경을 벗었다.

"에블리나 하프로구나!"

그녀의 큼직한 얼굴이 환해졌지만 눈빛은 여전히 잔잔했다. 들어오라는 손짓에 나는 까끌까끌한 매트에 조심스레 발을 털고 안으로 들어갔다. 벽은 마음을 진정시키는 황갈색이었고 실내에는 오래된 물건이나 특별한 물건은 없는 듯 정갈한 냄새가 났다. 그녀를 따라 자그마한 응접실로 들어가자 카우치와 안락의자가 있었고, 의자 팔걸이에는 클리넥스 상자가 떨어지지 않게 놓여 있었다. 벽에는 버드나무 가지로 만든 붉은 바구니가 말린 꽃들로 예쁘게 장식되어 걸려 있었다. 검은 텔레비전 위로는 십자가가 걸려 있었다. 그녀는 보게 되어 반갑다며 앉으라고 권했다. 예전에 비해 키가 훨씬 작아진 것 같았다. 턱의 무게가 얼굴을 아래로 당겨 목의 각도가 변했는지 자세는 구부정했다. 그녀는 섬세한 눈썹 아래 치뜬 눈으로 나를 보았고, 그래서 꿰뚫어 보는 진중함이 더해졌다.

어색한 침묵이 흐르다 이윽고 그녀가 어떻게 지냈냐며 말문을 열었다.

"잘 지내진 않았어요."

다시 한번, 이번에는 더욱 긴 침묵이 흘렀고, 나는 오지 말 걸 그랬다고 생각했다.

"무슨 문제가 있니?" 그녀의 부드러운 눈빛이 내게 계속 머물렀다. 내가 찾아와 매우 기쁜 게 분명했고, 지금은 나를, 끝없이 늘어나는 제자 중 한 명인 나를 걱정하고 있었다. 그녀에게 도저히 진실을 말할 수 없어서 말을 돌렸다.

"수녀가 될까 생각해요!"

"아!" 그녀가 우유같이 흰 손으로 손뼉을 쳤다. 피부는 맑고 깨끗했으며 투명하다시피했다. 그녀의 얼굴에 깜짝 놀란 기쁨이 잠시 어렸다 사라졌다.

"네가 소명을 느낀다면 아주 좋은 일이겠구나." 주저하는 목소리였다.

"진지하게 생각하고 있어요."

"정말이니?" 그녀는 손을 새의 날개처럼 포갰다. 우리 둘 다 그 손을 바라보았고 나는 성령을, 잠들기 위해 둥지를 트는 고요하고 순결한 비둘기를 생각했다.

"그런 것 같지 않은데." 그녀가 눈을 들어 나와 눈을 맞추며 불쑥 말했다. "네가 수녀원에 있는 모습을 상상할 수 없구나." 그리고 다정하게 말을 이었다. "나한테 들려주고 싶은 무슨 특별한 경험이라도 있는 거니?"

처음에는 놀라서 뭐라 말도 못하고 가만히 웃었지만, 무슨 말이 입에서 튀어나올지는 나 자신도 정말 몰랐다. "정신병원에 있었어요."

그 말을 하자 그녀는 날카로운 시선으로 나를 쳐다보았지만, 내가 미소를 짓자 사람을 놀라게 하는 예의 그 음악같이 카랑카랑한 목소리로 웃었다. "그래, 그랬구나…… 다 나은 거니?"

"그런 것 같아요." 나는 잠시 말을 멈추었고, 이제 어색함도 많이 가셨다. "수녀원에 대해선 수녀님 말씀이 맞을 거예요. 문제는, 제가 하느님을 더는 믿지 않는다는 거예요."

그녀는 명주 같은 눈썹 아래로 눈살을 가느다랗게 찌푸렸다. 그녀의 시선은 고요하고 중립적이었지만 어쩐지 나를 불안하게 했다.

"때로는 나도 믿지 않아. 믿지 않을 때가 가장 힘든 때란다."

"저는 수녀님이, 그러니까 모든 사람이……"

"안 그래. 모두 단단한 믿음을 갖고 있진 않단다."

"그러면 수녀님이 수녀가 된 이유는……" 내 목소리는 잠겼고, 그녀를 너무 몰아붙이는 게 아닌가 하는 생각도 들었지만, 그래도 궁금했다. "수녀님이 부켄도르프 집안이기 때문인가요? 부켄도르프 가 사람이 코윈의 종조부를 목매달았기 때문에요?"

그녀는 손을 들어 반응을 감추며 잠시 뜸을 들였다. "다른 사람의 죄를 보속하려고 내 삶을 봉헌했다는 말이니?" 마침내 그녀가 입을 열었고, 목소리는 꺼칠하면서도 아련했다. "그런 힘은 내게 없을 거야. 그래도 크면서 가야 할 길을 찾을 때 그 일이 내 결심에 영향을 미친 건 부인할 수 없겠지. 누군가 그런 일을 할 수 있다는 사실을 알게 되는 것 말이야."

"누군가 그럴 수 있다니요?"

"어쩌면 누구라도. 아버지는 자기 할아버지가 매우 친절한, 세상에서 가장 친절한 사람이었다고 하셨어. 그분이 린치 폭도의 한 명이었다는 사실도 언제나 기억하셨지. 하지만 마음으로는 할아버지가 그 자리에 있는 모습을 도저히 상상할 수 없으셨대. 할아버지가 그 일을 이야기해주었다고 아버지가 두어 번 말씀하셨어. 너의 할아버지에 대해서도 말씀하셨고."

"무슴이요?"

나는 몸을 앞으로 숙이고 다음 말을 기다렸지만 그녀는 망설였다.

"이 얘기를 해도 될지…… 하지만 굳이 물으니까, 꼭 알고 싶다면." 그녀의 투명한 눈동자가 나를 훑었다. "좋아, 그렇다면 해줄게. 네 할아버지는 그 시절에 술을 자주 드신 것 같아. 그래서 술 김에 자신을 포함한 몇 사람이 그 농가에 갔다는 말을 유진 와일드스트랜드에게 흘리고 말았어. 자기들이 그 가엾은 일가를 발견했다고 말한 거지."

갑자기 그녀를 쳐다볼 수 없었다. 무슌의 얼굴만 커다랗게 보였다. 가슴 깊은 곳에서 초라한 홍조가 북받쳐올라 온몸이 달아오르는 것 같았다. 순수한 고뇌의 홍수가 일어났다. "코가 삐뚤어지게 마셔서 그 말이 나와버린 걸 거예요."

무슌이 들려준 그날의 이야기에는 무슌에게 책임이 있다는 말은 어디에도 없었다. 그 말을 누설한 사람이 자기였다는 이야기를 무슌은 한 번도 꺼낸 적이 없었다. 하지만 나는 대번에 그 말이 사실이라는 것을 알 수 있었다. 짐마차에서 다른 사람들이 무슌에게 말을 하지 않은 이유도 그거였다. 숨을 거두기 전에 밧줄이 잘려 살아난 이유도 그거였다.

메리 애니타의 말이 진실이란 건 알았지만 나는 반박하지 않을 수 없었고 목소리도 덩달아 높아졌다. "무슌의 목에도 밧줄이 걸렸어요! 무슌도 죽을 뻔했어요. 무슌 역시 죽이려고 했다니까요."

메리 애니타 수녀는 마음에 동요가 일어나는지 손을 비틀었다. "그래. 하지만 죽기 직전에 와일드스트랜드가 밧줄을 끊어 살려주었지. 내가 듣기로는 어쨌거나 그들이 그를 목매달아 죽일 생각은 없었던 것 같구나. 다만 그를 위협하고 겁주려고 한 거야. 목매다는 척만 하면 됐거든."

메리 애니타 수녀는 턱 아랫부분을 주먹 관절로 가볍게 어루만지며 내 머리 위를 응시했고, 나는 그녀가 십자가를 바라보는 거라고 생각했다. 그녀는 말린 꽃으로 장식한 바구니를 보고 있었다. 노랑데이지, 초원에 피는 엄지손가락 크기의 작은 갈색 국화, 녹슨 빛깔의 인디언페인트 꽃, 부들개지. 전부 최근에 도랑이나 목초지에서 따온 것이었다.

"저 바구니가 그 소년이 만든 거야." 메리 애니타가 말했다.

나는 일어서서 그쪽으로 걸어가 바구니를 살펴보았다. 금세라도 부서질 것같이 오래된 버드나무 가지들은 최상품 바구니와 비교하자면 성기게 짜여 좀 헐거웠고 짜임새도 일정하지 않았다. 어린 소년이 만들 만한 바구니였다. 메리 애니타 수녀가 방에서 나갔고, 마루를 밟는 소리는 이제 불안정하게 삐걱거렸다. 그녀가 나간 사이 나는 의자에 앉아 몸을 숙이고 머리를 감싸 쥐었다. 무슘. 그녀는 윗부분을 접은 갈색 종이봉지를 들고 돌아왔다. 그녀는 선 채 봉지를 내밀었고, 내가 받아 안으려고 일어서자 표정에서 피로한 기색과 이제 가주었으면 하는 바람이 내비쳤다. 그녀가 문 앞에서 잊지 않고 말했다.

"네 소명을 위해 기도할게. 정신건강을 위해서도." 그녀가 밝게 웃으며 소소한 농담을 건넸다. "그 두 가지는 서로 무관하지 않거든."

나는 언덕을 내려와 집으로 돌아갔다. 조지프와 내가 침실로 쓰던 작은 골방은 아직 그대로였다. 비록 조지프의 방은 잡동사니로 가득했고 엄마의 재봉틀이 놓여 있긴 했지만. 무슘은 여전히 부엌에 딸린 작은 식료품 저장실에서 잠을 자고 있었다. 내 방으로 가서 침대에 걸터앉아 종이봉지를 열고 안을 들여다보았다. 끈을 묶지 않은 부츠가 들어 있었다. 발등 부분은 내려앉았고 가죽은 짙은 색이었으며 세월이 만든 균열이 보였다. 봉지에서 부츠를 꺼내 팔로 감싸 안았다. 부츠를 뒤집으면 밑창에 못으로 박은 십자가가 있을 것이다. 아까 들어오면서 깨웠는데 이제야 일어났는지 무슈이 늙은이의 불안한 걸음걸이로 내 방에 건너오는 소리가 들렸다. 우리 말고 다른 사람은 없었다.

"카드놀이 할까?" 그가 문 앞에서 말했다.

나는 돌아서서 부츠를 한 손에 한 짝씩 들고 내밀었다. 무슈은 내 태도를 눈치채고 무슨 일이냐는 시선으로 나를 쳐다보았다. 그는 들쑥날쑥한 머리카락을 손가락으로 쓸어넘기고 피부색을 배경으로 하얗게 도드라져 보이는 듬성듬성하고 까칠한 수염을 만지작거렸지만, 물론 그것이 홀리 트랙의 부츠라는 것은 알아보지 못했다.

"에블리나?"

나는 그를 보며 부츠를 흔들었다. 그는 머리를 한쪽으로 갸우뚱하면서 내가 내민 부츠를 긴 손가락으로 받아들었다.

"뒤집어보세요."

무슈은 내 말대로 했고, 밑창을 보고는 부츠가 더 무거워지기라도 한 것처럼 몸을 약간 숙였다. 그는 말없이 돌아섰고, 아까 앉아 있던 카우치로 돌아가 양손에 부츠를 든 채 털썩 주저앉았다. 어쩌면 나 때문에 죽어버렸는지도 모르겠다고 생각했다. 하지만 그는 벽을 보며 얼굴을 찡그리고 있었다. 나는 그의 옆에 놓인 울퉁불퉁한 방석에 앉았다. 그가 부츠를 우리 사이에 조심스레 내려놓았다.

잠시 후 그가 입을 열었다.

"기절해서 완전히 정신을 놓은 바람에 그들이 언제 밧줄을 끊고 내려주었는지도 몰랐단다. 얼마나 오래 누워 있었는지도 몰랐어. 정신이 돌아와 위를 올려다보니 십자가가 박힌 이 저주받은 부츠가 걸고 있더구나. 소년은 여전히 허공을 걷고 있었지."

"그들이 소년을 매달고 소년이 숨이 막혀 죽는 모습을 지켜보았군요."

무슙은 어깨를 으쓱하고는 눈에 손을 갖다댔다. 내 속에서 어질함이 끓어올랐다. 나는 벌떡 일어섰다.

"무슙이 유일하게 살아남은 사람이에요."

"타프웨." 무슙이 불편한 표정으로 말했다. "이제는 너도 내 목숨을 얼마간 가져갔구나. 이 낡은 부츠를 쳐다보며 홀리 트랙을 생각할 만큼 나는 건강하지 않단다."

"그 이야기를 한 건 무슙이었잖아요."

무슙이 주머니를 뒤져 구깃구깃 뭉친 손수건을 꺼내 나한테 주려고 했다. 나는 그걸 밀쳐냈다.

"하지만 한참 동안 술은 입에 대지 않았단다. 그후로는 물론 약간 했지만."

우리는 벌어진 부츠 두 짝을 내려다보았다.

잠시 후 무슙이 부츠를 집어들며 나와 함께 가보고 싶은 데가 있다고 했다. 나는 자동차 열쇠를 챙기고 무슙을 부축해 밖으로 나와 차에 태웠다.

"어디로 가는데요?"

"그 나무를 보러."

나는 그 나무가 어디에 있는지 알았다. 그 나무가 어디에 있는지는 모두가 알았다. 나무는 만의 땅, 빌리 피스의 무리가 머무른 땅에 아직 살아 있었다. 사람들은 한동안 발길을 끊었다가 그 무리가 사라지자 다시 그곳을 찾기 시작했다. 나무는 그 땅의 북서쪽 귀퉁이를 차지했고 언제나 새 천지였다. 무슘과 나는 계속 말이 없었고 그곳에 도착하자 트랙터 길에 차를 세웠다. 차 문이 쾅 닫히자 천 마리는 족히 될 새들이 화들짝 놀라 일제히 날아올랐다. 그 소리가 화살을 쏘아 보낸 활처럼 메아리쳤다. 새들은 화살처럼 날아올라 빨려들듯 허공으로 사라졌다.

우리는 흙먼지 날리는, 납작하게 드러누운 겨울 풀밭을 지나 나무 그늘 밑으로 들어갔다. 나무는 저 홀로 들판에 서서 사방에서 떨어지는 햇빛을 받으며 캔들라브라 촛대처럼 우아하게 가지를 뻗고 있었다. 새로 기도문을 써놓은 빨간색, 초록색, 푸른색, 흰색 깃발이 나뭇가지에 매달려 나부꼈다. 태양은 나뭇가지에 나지막이 걸려 황금색으로 너울거리고, 나무는 여리디여린 새잎을 살포시 내보였다.

무슘은 부츠 두 짝을 묶어 내게 건네주었다. 나는 그것을 높이 던져올렸다. 세 번을 던지고서야 나뭇가지에 걸렸다.

"정의가 아니라 감상이네요." 내가 무슘에게 말했다.

사실 여기 오는 내내 나는 이 말을 해야겠다는 생각뿐이었다.

무슈은 고개를 끄덕이고 눈을 끔벅거리며 작고 검은 가지에 돋아난 얇고 푸른 잎사귀를 올려다보았다. "아위, 아가야. 비둘기들이 아직도 저 위에 있구나."

나도 하늘을 올려다보았지만 비둘기에 대해서는 할 말이 없었다. 다만 살랑거리는 부츠를 보는 게 싫었을 뿐이다.

위령의 날

꒰꒱

그날 무슘은 노스다코타의 하늘에서 헤아릴 수 없이 많은 비둘기가 허공을 어지럽히고 나지막한 울음소리가 끝없이 이어지며 창공을 메우는 장면을 기어코 보고야 말았다. 그는 하늘을 뒤덮은 비둘기들이 성층권으로 들려올라간 것이지 이 땅에서 강제로 소멸된 것이 아니라고 상상했다. 깃털이 일으킨 돌풍으로 말미암아 무슘은 내가 아나이스 닌을 단념한 뒤 다시 집어든 프랑스 작가와 연결되었다. 그 책을 너무 많이 읽다보니 가끔은 엄마와 이름이 같고* 암스테르담의 어느 술집에서 나 같은 누군가를 기다리는 그 고해 판사가 쿠츠 판사라는 생각이 들 때도 있었다. 이제 나는 무엇을 해야 할지 알 수 없었다. 알베르 카뮈는 한때 기상청에서 일했고, 나는 그가 관찰한 하늘을 믿었다.

---

* 카뮈의 『전락』에 등장하는 주인공 이름이 클레망스다.

포근한 핼러윈 밤이었다. 나는 무슈이 좋아하는 핼러윈 축제를 맞이해 집에 돌아와 있었다. 사탕을 안 주면 장난을 치겠다며 돌아다니는 아이들에게 주려고, 팝콘에 따뜻한 콘시럽을 살살 뿌린 뒤 손에 돼지기름을 발라 공처럼 굴린 팝콘볼을 백 개는 족히 만들어 커다란 쇠그릇에 담아두었다. 혹시나 해서 쩍쩍 달라붙는 땅콩버터 키세스도 큰 것으로 두 봉지 준비해두었다. 우리 집은 길가 맨 첫 집이었고, 핼러윈 밤에는 외곽에 사는 아이들이 죄다 타운으로 쏟아져 들어왔다. 무슈은 사탕을 슬픈 표정으로 쏘아보았다. 땅콩버터는 좋아하지 않았고 팝콘볼은 틀니에 무리가 가기 때문에 먹으면 골칫거리가 될 게 뻔했다.

"이 무뎌빠진 이빨로는 간을 빼서 씹어 먹을 수도 없겠구나." 무슈이 말했다. 나는 핑크색 줄무늬가 그려진 페퍼민트 사탕 한 봉지를 꺼냈다. 무슈이 한 알을 집어 혀에 올려놓고 눈을 감았다. 군데군데 뭉친 머리카락이 문을 통해 불어오는 바람에 나부꼈다.

"동생이 보고 싶구나." 무슈이 짜부라진 귀를 만지작거리며 말했다. "나한테 총을 쏜 그 순간마저 그리워."

"네?"

"오 야이. 이 귀 말이다. 몰랐니? 그애가 그런 거란다."

무슈은 주네스와 함께 보호구역으로 돌아온 뒤 가을로 접어든 어느 날 동생 샤멩과를 따라 사냥을 나갔다고 했다. 무슈은 평소 거실 카우치에 걸쳐두는 곰 가죽을 숲 속 어딘가에 숨겨두었다. 그리고 곰 가죽을 뒤집어쓴 채 그럴싸하게 잠복해 있다가 야생 라

즈베리 밭에서 불쑥 일어나 씩씩하게 돌진했다. 무슈이 쫓아가자 샤멩과는 달아나기 시작했다. 하지만 발이 걸려 넘어지는 바람에 몸을 돌려 장전된 총을 무시무시한 굉음을 내며 쏘고 말았다.

"그 총알이 내 귀를 날려버린 거란다." 무슈은 손날로 머리를 베는 시늉을 했다. "영원히 잘라버린 거지."

같이 앉아 있던 엄마가 찻잔에 설탕을 넣고 휘휘 저었다.

"샤멩과는 그때 다리가 다 젖도록 오줌을 쌌단다. 그건 알고 있었니?"

"몰랐어요!"

무슈과 엄마가 입을 가리고 쿡쿡 웃었다. "아빠, 창피한 줄 아셔야죠." 엄마가 말했다. "오줌을 싼 건 아빠잖아요." 두 사람 사이에 갑자기 침묵이 흘렀다. 무슈이 의자 뒷다리에 의지해 의자를 흔들었다. 무슈은 너무 왜소해져서 보드랍고 낡은 초록색 옷이 자루처럼 보였고, 자루 속의 몸은 그저 막대기를 얽어 묶은 것 같았다.

엄마는 차를 다 마시고 일어나서 도마에 큼직한 가루반죽 두 덩어리를 올려놓았다. 엄마는 덩어리를 힘껏 때리고 손바닥으로 밀면서 반죽했는데 천 번은 족히 본 동작이었다. 아빠와 함께 외출하기 전에 반죽이 적당히 부풀어오르도록 미리 만들어놓을 심산인 것 같았다. 두 사람은 악마의 영감을 받은 이 핼러윈 장난질의 대안이 될 교회가 후원하는 행사에 참여할 생각이었다. 캐시디 신부는 여전히, 진정한 희망을 품어서라기보다는 습관 때문에 우리 가족에 대한 노력을 멈추지 않았다.

무슈은 씹던 것을 뱉어냈다. 새 커피 깡통에는 빨간색 폴거스 상표가 붙어 있었다.

"아직도 우표를 안 주는구나!" 무슘이 엄마의 등 뒤에서 내게 소곤거렸다.

"그 편지 저한테 주세요. 제가 부쳐드릴게요." 내가 말했다.

엄마는 산뜻한 네이비블루 코트의 칼라에 거미줄 같은 레이스 스카프를 두르고 나가려던 참이었다. 아빠는 빳빳이 풀을 먹인 초록색 셔츠와 격자무늬 재킷을 입었다. 아빠의 얼굴은 고단하고 체념한 듯 보였다.

"저애는 차라리 우리와 같이 여기 있기를 바랄 게다." 부모님이 문을 열고 나가자 무슘이 아빠를 두고 말했다.

"아빠는 휴식이 필요해요."

그해 아빠가 맡은 학급은 덩치 크고 종잡을 수 없는 통제 불능의 두 밸리언트 가 사내아이가 휘어잡았다. 아빠는 하루하루를 갈등으로 보내다 결국 교직에서 더 못 버티겠다며 우표를 팔고 은퇴하겠다고 결심했다. 당연히 말뿐인 줄 알았는데 아빠는 정말 편지로 경매를 하고 있었다. 우표 수집상들의 문장(紋章)이 찍힌 편지들이 우편함에 속속 도착했다.

부모님이 떠난 뒤 무슘과 나는 문 옆에 자리를 잡고 앉았다. 엄마는 팝콘볼을 일일이 왁스종이에 싼 뒤 양쪽 가장자리를 비틀어 두었다. 나는 하나를 까서 먹었다. 들뜬 노크 소리와 함께 일착으로 도착한 꼬마들의 물결이 한바탕 지나갔다. 대체로 어김없이 등장하는 차림이었는데 건달, 해적, 안쓰러운 차림의 비행사, 〈어두운 그림자〉*에 나오는 몇몇 뱀파이어, 낡은 시트를 뒤집어쓴 유령, 뭐라 표현하기 어려운 괴물, 그리고 종이 왕관을 쓴 너저분한 공주로 분장한 모습이었다. 좀더 큰 아이들은 얼굴과 손목에 진짜 동물의 털을 붙여 늑대인간이나 루가루**의 모습을 각양각색으로 연출했다.

"하나도 재미가 없구나." 무슈이 말했다.

그다음에 아이들이 몰려왔을 때 나는 문 뒤에 바짝 붙어 숨었고 무슈은 무릎에 팝콘볼 그릇을 올려놓은 채 어둠 속에 앉아 턱 밑에서 손전등을 비추었다. 팝콘볼을 집어가려면 무슈 가까이 다가가야 했는데 그나마 무슈이 흡족해할 만큼 무서워한 아이들은 아장아장 걷는 꼬마들이 전부였다. 큰 아이 두 명은 심지어 웃음을 터뜨리기까지 했다. 무슈은 흰자위가 드러나게 눈을 부라리며 음산한 소리까지 내보았다.

"단련이 될 대로 된 애들이야." 아이들이 떠나자 무슈이 말했다.

"요즘은 눈에 보이는 걸로 애들을 놀래주기가 쉽지 않아요." 위로하려고 해보았지만 무슈은 풀이 죽었다. 새로 몰려온 아이들에게 같은 행동을 해보아도 반응이 영 시원찮았는데, 무슈이 다가온 한 꼬마에게 팝콘볼을 틀니가 붙은 채로 내밀자 정말로 흡족한 비명이 터졌다. 팝콘볼을 깨문다는 것이 그만 틀니에 붙어버린 것이다.

---

* 1966~1971년에 미국 ABC 사에서 방영한 연속극.
** 프랑스어 문화권의 전설적인 동물로 늑대인간과 비슷하다.

그 뒤부터는 꼬마가 오면 내가 무슙에게 손전등을 비추었고 무
슙은 팝콘볼을 깨물어 진득한 시럽이 묻은 틀니와 함께 내밀었다.
꼬마들은 팝콘볼을 가져가려면 팝콘볼이 붙은 틀니를 든 무슙의
손 밑으로 팔을 뻗어야 했다. 그 놀이는 한 엄마가 하얀 시트를 뒤
집어쓴 두 살짜리 꼬마의 손을 잡고 찾아와 "비위생적인 영감쟁이
로군요!" 하고 말할 때까지 계속되었다. 그 말에 무슙은 마음이
상했다. 뿌루퉁한 표정으로 다시 틀니를 끼웠고, 그 뒤로 찾아온
세 무리의 아이들에게는 땅콩버터 키세스만 인색하게 집어주었을
뿐이다. 잠시 아이들의 방문이 끊긴 틈을 타서 나도 키세스를 먹
었는데 땅콩버터는 끈적거렸고 맛은 밍밍했다. 틀니가 헐거워졌
는지 무슙은 탈칵 소리를 내며 빼버렸다.

나는 사탕 주는 일을 끝내고 문을 닫은 뒤 사탕 그릇을 들고 돌
아섰다. 그런데 무슙이 보이지 않았다.

"아직 돌아보지 마라!" 무슙이 부엌에서 소리쳤다.

나는 무슙이 뭘 하는지 보려고 곧장 걸어가다 기절할 뻔했다.

무슙은 화장지처럼 얇은 면으로 만든 사각팬티만 입은 채 엄마
가 만들어놓고 간 폭신폭신하고 방금 부풀어오른 큼직하고 축축
한 빵 반죽을 쭉 늘려서 머리에 둘러썼다. 훌렁 뒤집어쓴 바람에
반죽이 얼굴과 목과 어깨로 줄줄 흘러내려 소름이 끼칠 정도였다.
몽탕몽탕 흘러내리는 반죽 가면 밖으로 귀가 삐죽이 삐져나왔다.
반죽이 실처럼 늘어져 팔에 걸리자 그는 반죽을 좀더 가져와 가슴
과 배와 허벅지에 찰싹찰싹 발랐다. 끈적이는 흰색 반죽 밖으로
끔벅거리는 눈동자가 딱따구리의 눈처럼 벌겋고 욕심 사나워 보

였다. 입안에는 케첩이 가득했다. 그가 싱긋 웃자 이가 없는 입에서 케첩이 흘러나와 턱 밑으로 줄줄 흘렀다. 무슈은 내 얼굴을 보자 휙 돌아서서 뒷문 밖으로 달려나갔다. 거리는 사탕을 달라는 아이들의 외침으로 시끌벅적했다. 나는 그릇을 내려놓고 얼른 뒷문 밖으로 쫓아갔지만 그는 이미 사라졌다. 무슈을 찾아 앞마당을 기웃거리는데 그가 주목나무 수풀에서 불쑥 일어서더니 손전등 불빛을 자기 몸 아래쪽에 비추는 것이었다. 그리고 비명을 질렀는데 인간의 소리라고 생각할 수 없는 충격적인 괴성이었다. 그는 꼬마들에게 비칠비칠 걸어갔고 사내아이 다섯이 겁을 집어먹고 고함을 지르며 사방으로 흩어졌다. 아마 무슈이 웃을 때 케첩도 따라 웃었을 것이다. 그중 셋은 산토끼처럼 잽싸게 도망쳤지만, 하나는 몇 발자국 못 가서 발이 걸려 넘어지고 말았다. 마지막 한 명이 돌멩이를 휙 날렸다.

돌멩이는 무슈의 이마 한복판에 맞았다. 그는 손전등을 놓치고 일자로 뻗었는데, 그때 부모님이 도착해 깜짝 놀라 허둥지둥 차에서 내렸다. 나는 손전등을 집어들고 아빠가 무슈을 뒤집어 누일 때 그쪽을 비추었다. 엄마는 무릎을 꿇고 앉았다. 무슈의 눈은 부릅뜬 것처럼 허공을 노려보았고 이마의 피가 코와 뺨으로 줄줄 흘러내렸다. 엄마는 무슈의 어깨를 감싸 안고 흔들면서 눈동자에 초점이 돌아오게 하려고 애썼다. 나도 옆에 꿇어앉아 맥박을 재보려고 했지만 나 자신의 맥박도 제대로 못 찾는 수준이라 죽었는지 살았는지 분간할 수 없었다. 무슈의 가슴에 귀를 대보았다.

"병원으로 모셔가야겠는데." 아빠가 말했다.

그 순간 무슘이 깨어나서 애정을 담뿍 담은 눈으로 엄마를 쳐다보며 말했다. "그거 재미나겠는걸."

그러고는 눈을 감고 잠이 들었다. 무슘이 한 번 코를 곯았다. "도대체 뭘 뒤집어쓴 거니?" 엄마가 물었다. "빵 반죽이요." 우리는 코 고는 소리가 또다시 들리기를 기다렸지만 들리지 않았다. 아빠는 몸을 숙여 무슘의 코를 거머쥔 뒤 머리를 살짝 젖혀 엄지손가락으로 턱을 벌렸다. 아빠가 무슘의 입에 길게 숨을 불어넣었다. 케첩이 부글거리며 무슘의 목을 타고 흘러내렸다.

"심장이 움직였니?" 아빠는 무슘의 입에서 케첩을 닦아냈다. 케첩에 대해서는 묻지도 않았다.

"좋아."

아빠는 또다시 몸을 숙여 무슘의 입에 네 번 더 숨을 불어넣었다. 그러자 무슘이 몸을 들썩하더니 기침을 하며 의식을 찾았다. 우리는 무슘을 차에 옮기기로 했고, 다행히 엄마의 애간장이 마르기 전에 힘들이지 않고 옮길 수 있었다. 나는 뒷좌석에 앉아 팔로 무슘의 머리를 감싸 안았고, 병원으로 부랴부랴 달려가는 동안 무슘은 불규칙하게 통통거리는 모터보트처럼 숨을 내쉬었다 멈추는가 싶으면 다시 들이쉬기를 반복했다.

무슘이 등장하자 응급실에서는 한바탕 소동이 일어났다. 아빠가 참지 못해 버럭 소리를 지를 때까지 간호사들은 얼른 와서 빵반죽을 뒤집어쓴 사람을 보라며 야단법석을 떨었다. 아빠는 "그만들 꽥꽥거려요. 전문가라는 사람들이 이러면 되겠소!" 하고는 커튼을 둘러쳐버렸다. 당직의사는 오 분 뒤에 응급실에 나타났다. 학자금 융자를 갚기 위해 인디언보건국에서 일하는 젊은 의사였는데, 흰색 가운을 입고 어깨를 으쓱하며 커튼 안으로 들어왔다. 간호사들이 케첩과 빵 반죽에 대해 아직 말하지 않은 것 같았지만, 의사는 꽤 유능하게 대처했다. 억지로 웃음을 참느라 입술이 바르르 떨리긴 했지만 말이다. 무슈은 빵 반죽 가면을 둘러쓴 채 얼굴을 찡그렸고, 케첩은 입아귀에서 목으로 주르르 흘렀다. 엄마는 무슈의 손을 포개 가슴에 얹고 살포시 어루만져주었다. 우리는 서서 무슈을 내려다보았다. 무슈은 긴장이 풀리는지 천천히 화색이 돌아오며 명상에 잠긴 표정을 지었다. 입가에는 평온함이 감돌았다. 아빠는 가쁜 숨을 몰아쉬며 얼굴을 닦았다. 간호사들이 다시 나타나서 우리가 하는 말에 귀를 쫑긋 세웠다. 우리는 정지된 웅성거림 속에서 영원히 끝나지 않을 것 같은 시간 동안 그곳에 서 있었다.

"행복해 보이세요." 엄마가 말했다. "살아나시려나봐요."

무슈은 천천히 숨을 쉬기 시작했다.

"이제 죽을 것 같구나." 그가 한숨을 쉬었다.

"그렇지 않아요, 아빠."

"아냐, 죽을 거다. 사랑하는 여자가 찾아와주면 좋겠구나. 여기 병원에 말이다. 니브를 불러다오! 마지막 부탁이야!"

"아빠를 여기에 놔두지도 않을 거예요. 모시고 가라고 하는걸요."

"아니다, 애야. 이제 나는 간다." 그는 금방이라도 숨이 끊어질 듯이 보였다. 엄마가 무슈을 흔들어 깨우는데 난데없이 캐시디 신부가 잰걸음으로 깡충거리며 커튼 사이로 나타났다. 눈동자에는 불꽃이 번득였고 손엔 성경책을 들고 있었다. 엄마가 비켜주지 않아서 신부는 무슈의 얼굴을 들여다보려고 목을 쭉 빼야 했다.

"너무 늦지 않았나요?" 신부가 큰 소리로 물었다. "간호사가 전갈을 보냈더군요."

무슈은 얼굴을 찡그리며 눈을 떴다.

"늦지 않았군요! 정말 다행입니다!" 캐시디 신부는 열띤 목소리로 기도문을 읊조렸다. 그는 성유병을 담은 가방을 들고 있었는데, 옆에 있는 스테인리스 테이블에 그 병들을 호들갑스레 내려놓았다. 무슈은 짜증 섞인 신음을 내며 일어나 앉았다.

"나를 평화로이 죽게 내버려두지 않는다면, 내 비록 그러고 싶지는 않지만 계속 살아볼 생각이오. 이번에는 나를 어쩌지 못할 거요, 깡충이 양반. 생명줄을 연장해볼 참이니까!"

무슈은 테이블 옆으로 다리를 쭉 뻗어 휘청하며 일어섰다. 아빠와 엄마가 양쪽에서 부축했다. 입에서 마지막 케첩이 흘러나왔다.

"인디언 천국에서는 인간이 버펄로와 어울려 산다고 하지요. 나는 그걸로 만족한다오. 좌우지간 당신은 이미 성당에서 내 고별사를 하지 않았소. 그보다 더 멋진 고별의 말은 기대도 못했을 거요."

"그 일로 열 번은 사과하지 않았습니까." 캐시디 신부가 말했다. 그는 위엄을 다친 표정으로 성유병을 다시 꾸려넣고 가방 안에 같이 넣어온 풀 먹인 흰색 보를 정성스레 접었다.

엄마는 무슈에게 아빠의 코트를 입혔다. 무슈은 일 분이 다르게 건강해졌다. 여전히 반죽이 벗겨져 나왔지만 이제 말라비틀어진 부스러기가 되었다. 캐시디 신부가 그것을 보고 무슨 일이 일어났는지 물었다.

"몸에 반죽을 바르셨어요." 내가 말했다.

캐시디 신부는 고개를 내두르더니 휴대용 가죽 가방을 탈칵 닫았다. 신부는 떠나는 순간에도 간호사들과 계속 다정스레 말을 나누었다. 일 년 뒤 그는 사제직을 버리고 고향으로 돌아가 턱수염을 기르고 기업가가 되었다. 일본을 비롯한 전 세계에 몬태나 소고기를 내다 팔았다. 그의 모습을 광고판과 텔레비전 광고에서 볼 수 있었다. 눈에 띄는 깡충 걸음, 송아지같이 행복한 그의 활력은 소고기 산업의 상징이 되었고 그는 갑부가 되었다.

※

학교로 돌아가기 직전, 주말에 코윈이 집으로 찾아와 나를 데리고 나갔다. 우리는 차를 타고 멀리 버려진 땅으로 갔는데, 먼 불빛만 보이는 허허벌판이었다. 차창을 절반쯤 열어둔 채 뒷좌석에 함께 앉았다. 유난히 포근한 11월의 밤, 우리는 키스했다. 묘하게 친근하고 남매 같은 키스였다. 후끈 달아오르며 욕망이 치밀자 우리는 서로 할퀴기 시작했다. 격하게 옷을 잡아당기며 벗기다 불현듯 혼란과 수줍음이 밀려와 주춤거리며 손길을 멈추었다. 우리는 손을 잡고 앉은 채 꾸벅꾸벅 졸다가 잠이 들었다. 지평선에 빛줄기가 비치자 땅 언저리에 불길 같은 줄무늬가 생겼다. 머지않아 태양이 떠오를 터였다. 나는 은은한 회색빛에 비추어 코윈을 찬찬히 들여다보았다. 그의 얼굴은 부풀고 멍든 것처럼 보였다. 함께 움츠리고 자느라 경련이 일어나 온몸이 뻣뻣해져서 그럴 것이다. 혼자 몰래 울었는지도 모르겠다. 그는 내 얼굴을 어루만지며 머리카락을 귀 뒤로 넘겨주었고 다른 손을 내 다리 사이에 집어넣었다.

"이봐, 에블리나?" 코윈의 이가 번쩍였다. "너와 나는 결혼하게 돼 있어. 우리는 죽을 때까지, 죽음이 우리를 갈라놓을 때까지 사랑하게 되어 있단 말이야." 그의 표정은 진지했고, 목과 입술을 타고 올라온 환한 햇빛을 받아 흥분한 것처럼 보였다. 두 눈은 한 줄기 그늘 속에 숨겨져 있었다.

"파리로 가자. 조지프가 다니는 대학에 들렀다가 거기서 비행기를 타자." 그가 말했다. "파리, 네가 언제나 원하던 곳으로. 거리에서도 섹스하고, 성당에서도 섹스하고, 지랄 같은 커피숍에서도 섹스하자, 응?"

"어느 성당?" 내가 물었다.

"가장 아름다운 성당. 최고의 조각상이 서 있는 성당."

"좋아. 어느 커피숍?"

"높직한 부스가 있는, 밤새 문을 여는 커피숍. 있을 거야."

"거리는? 어떤 거리?"

"모든 거리. 지도를 들고 다니지 뭐."

나는 책 뒤에 붙은 지도를 꼼꼼히 살핀 적이 있었다. 굉장한 미로였다.

"빨리 가는 게 좋겠다. 이 순간에도 새 거리가 생겨나는지 모르니까." 코윈이 말했다.

"내가 원하지 않는다면 어쩔래? 레즈비언이라서." 내가 말했다.

코윈은 잠시 말이 없었다. 이윽고 그가 입을 열었다.

"그러면 넌 영원히 그럴 거라고 생각하는 거야?"

집으로 천천히 돌아오다가 코트 자락을 펄럭이고 머리카락을 흩날리며 어기적어기적 걷는 노인을 스쳐 지나갔다. 무슘이었다. 우리는 앞쪽에 차를 세우고 텅 빈 고속도로에서 방향을 돌려 그의 옆에서 천천히 차를 몰았다. 그는 비틀대면서도 멈추지 않고 진지하게 걸어갔다. 나는 차 문을 열고 나가 그를 잡아끌었다.

"타세요!"

그는 딴 데 정신이 팔린 듯 멀뚱히 나를 쳐다보았다.

"아, 에블리나로구나."

"타세요, 무슘. 어디 가세요?"

"여기저기 돌아다니고 있단다."

무슘은 자기를 태우도록 내버려두었다가 일단 차에 올라타자 우렁차게 말했다. "나를 사랑스런 그녀에게 데려다다오."

"그래요." 나는 고단한 표정으로 코윈을 쳐다보았다. 코윈은 앞만 뚫어져라 쳐다보았다. "고모를 말하는 거야. 니브 고모. 고모를 만나고 싶으시대."

"안 될 이유가 있나." 코윈은 체념하는 몸짓을 하고 기어를 바꾸었다.

플루토로 달리면서 나는 지금쯤 엄마가 부족 경찰에 신고했을 거라고 생각했다. 무슘이 없어졌다고 난리법석을 떨 것이다. 그래서 니브 고모가 문을 열어주자마자—욕실 가운을 입고 화장기도 없고 머리는 납작 달라붙은 채로—나는 전화를 써야겠다고 말했다. 무슘과 코윈은 니브 고모의 탄력 좋은 황금색 카우치에 앉아 고모가 커피를 내오기를 기다렸다. 무슘은 코윈에게 손짓을 하며 떠나달라고 속삭였다. 나는 멀찌감치 떨어져 손바닥으로 한쪽 귀를 가린 채 수화기를 들고 있었다.

"엄마? 무슘을 찾았는데요, 지금 니브 고모 댁에 있어요."

엄마는 성난 목소리로 몇 마디 내뱉었지만 한결 마음을 놓은 것 같았다. 엄마가 아빠에게 뭐라고 하고 나서 다시 말했다. "아빠 바꿔줄게. 할 말이 있으시다는구나."

"에블리나? 너 지금……"

"니브 고모 댁에 있어요."

"아!"

아빠의 목소리는 긴장되고 신경질적이고 그 어느 때보다 흥분해 있었다. "잘 들어라. 고모에게 배달된 편지를 살펴볼 수 있겠니?"

"네?"

아빠는 엄마가 무슘의 편지를 부치지 않겠다고 하자 무슘이 우표책을 습격해 그중 귀하고 비싼—엄청나게 귀하고 비싼(아빠의 목소리가 약간 떨렸다)—우표 몇 장을 봉투에 붙여 이틀 전에 몰래 부쳤다고 했다. 무슘의 편지는 내가 부쳤다고 말하려다 더 좋은 생각이 떠올랐다.

"지난밤에는 어찌나 당혹스럽던지." 아빠가 말했다. "오늘 아침 무슈이 집에서 나갈 결심을······"

그 순간 초인종이 울렸다.

"네가 좀 열어줄래?" 니브 고모가 침실에서 소리쳤고, 그녀의 목소리는 선율적으로 떨렸다. 침실에서 나오면 틀림없이 완벽하게 단장을 마친 모습일 것이다.

나는 수화기를 내려놓고 문을 열러 갔다. 우편배달부가 다른 우편물 틈에 요금이 부족한 편지 한 통을 들고 서 있었다. 나는 주머니에서 동전을 꺼내 우표 값을 지불하고 그 편지를 받아 브래지어에 찔러넣었다. 그런 다음 문을 닫고 깔끔히 정돈한 작은 사이드테이블에 나머지 우편물을 올려놓은 뒤 수화기를 다시 집어들었다.

"제가 받았어요. 편지에 일 센트짜리 우표가 붙어 있네요. 푸른색 벤저민 프랭클린."

수화기 저편에서 아빠가 자기 감정과 씨름하는 소리가 들렸다.

"Z그릴이라는 우표다. 사랑하는 딸아, 그 우표만 무사히 가져오면 널 파리로 보내주겠다고 약속하마."

나는 수화기를 내려놓았다. 아빠는 나를, 아니 그 누구도 그런 식으로 부르지 않았다. 그리고 파리로 보내준다는 약속은 이번이 두번째였다. 나는 무슈을 물끄러미 쳐다보았다. 깔끔한 은발 머리는 단정하게 쓸어넘겨 하나로 묶었다. 틀니를 끼었고 주름진 얼굴에는 칼에 벤 흰 자국이 나 있었다. 면도는 완벽했다. 옷은 얼룩 하나 없었고 구두도 광이 났다. 무슈이 손수건을 꺼내 코끝에서 콧물을 훔쳐냈다.

무슈이 나를 진지한 표정으로 바라보자 나는 나가달라는 소리로 알아듣고 코윈의 손을 그러잡았다. 우리는 살금살금 잽싸게 빠져나와 다시 차를 탔고 단숨에 내달렸다. 큰길로 들어선 뒤 이야기를 계속하려고 해보았지만 당장은 서로 말이 나오지 않았다. 내가 코윈의 허벅지에 손을 얹었지만 그는 가만히 있었고 우리는 둘 다 침묵에 빠졌다. 어색한 시간이 흘렀다. 나는 팔이 뻐근해졌다.

"비행기 티켓을 사려면 돈을 좀 모아야겠어." 내가 내리기 전에 코윈이 말했다. 우리는 집 앞 도로에 차를 세웠다.

나는 그에게 키스하고 집으로 들어갔다. 십 분이 지나 창밖을 내다보니 차는 여전히 그 자리에 서 있었다. 또 한번 내다보자 가버리고 없었다.

니브 고모는 그날 밤 무슙을 자기 집에 재웠다. 다음 날 아침 학교로 돌아가려는데 고모가 우리 집 앞에 노란 뷰익을 세우는 것이 보였다. 나는 문간에 서서 무슙이 조수석에서 내려 청년처럼 날렵하게 차 앞을 돌면서 후드를 손으로 쓱 훑고 창유리 너머로 고모에게 매 같은 시선을 보내는 것을 지켜보았다. 니브 고모가 차를 출발시키자 무슙은 천천히 손을 흔들었다. 뷰익은 사라졌지만 그는 움직이지 않고 한참 동안 허공에 손을 흔들었다. 이윽고 무슙은 왜소한 노인으로 되돌아가 집으로 어기적어기적 걸음을 옮겼다. 나는 얼른 계단을 내려가 그의 팔을 붙잡았다.

"아위!" 계단을 올라가며 쳐다보니 그의 얼굴에는 온갖 감정이 어려 있었다. "드디어 말이다, 아가야. 깡충신부가 있었다면 좋았을걸. 정말 그랬으면 싶구나. 마침내 고백할 게 생겼거든."

내 이름은 루이 리엘의 첫사랑, 그러니까 그가 1878년 퀘벡 근처의 보포트 정신병원에서 풀려난 뒤 만난 여자의 이름을 따서 붙인 것이다. 그가 그곳에 감금된 것은 거룩한 미사 도중 억누를 수 없는 웃음이 자꾸 터지는 바람에 그 병을 고치기 위해서였다. 리엘의 에블리나는 금발에 키가 크고 겸손하며 예쁜 꽃을 퍽이나 사랑하는 여자였다. 사실 리엘의 잃어버린 사랑의 이름을 따서 내 이름을 지으라고 엄마에게 부추긴 사람은 무슈이었고, 무슈은 엄마가 그 제안을 받아들인 것을 언제나 흐뭇해했다.

※

겨울 내내, 그리고 여러 달 동안 아빠는 무슈이 Z그릴 우표뿐 아니라 1855년에 발행된 푸른색 대신 오렌지색으로 인쇄한 삼 센트짜리 스웨덴 우표까지 훔쳐내서 아빠의 은퇴에 사보타주나 다름없는 행위를 한 데 원한을 품고 지냈다. 그 편지는 요금이 부족하다는 이유로 반송되었다. 크리스마스에 보낸 편지로 보건대 무슈은 적어도 회신 주소는 쓰고 있었다.

"농담이 아닙니다. 우리 가족의 미래가 달린 문제예요." 아빠가 말했다.

무슈은 무독성 풀가루와 침을 섞어 봉투에 바르고 우표를 붙였다. 플루토의 우편배달부는 직접 찾아가 우표 값을 더 요구하는 것 말고는 처리하는 방법을 몰랐으므로 그 우표에는 소인도 찍히지 않았다. 아빠는 봉투를 물에 적셔 우표 두 개를 조심스레 떼어내 다시 우표책에 집어넣었다. 아빠는 아끼는 우표를 내게 전부 보여주었다. 그리고 편지로 가격 흥정에 성공할 때까지 우표 전부를 자기 누나의 은행이 아닌 다른 은행의 금고에 넣어두기로 결심했다.

3월 말에 아빠는 우표책을 들고 차를 몰아 파고로 갔다. 가는 도중 검게 얼어붙은 땅을 지나다가 공회전을 하는 바람에 그만 길에서 벗어나 사탕무밭 언저리로 굴러 떨어지고 말았다. 난데없는 함정 같은 빙판이었다. 아빠는 혼자였고 의식을 잃어서 우표책을 챙긴 사람은 없었다. 창문이 와장창 박살 났고, 차가 구를 때 문이 활짝 열리는 바람에 안에 있던 물건도 거의 다 날아가버렸다. 아빠가 세인트존 병원에서 의식을 찾자마자 찬비가 억수같이 쏟아졌고 우표책도 어딘가에 떨어져 그 비를 맞았다. 아빠는 당장에 우표책을 찾아와달라고 부탁했지만 의사는 우표 수집 같은 것에 애당초 관심이 없는 사람이었다.

병원에 도착해서 아빠가 무사한 것을 확인한 조지프와 나는 우표를 찾으러 나갔다. 우표책은 차가 멈춘 지점에서 백 피트 떨어진 곳에 나뒹굴고 있었다. 가죽 장정의 우표책이 찌그러지고 망가진 채 펼쳐져 있었다. 우리는 부들개지에 붙은 우표를 떼어내고 축축한 진흙 덩어리에 붙은 우표를 긁어냈다. 찾아낸 것을 들고 병실로 돌아갔을 때 아빠의 안색은 정말 좋지 않아 보였다. 아빠는 이내 잠이 들어버린 척했다. 엄마가 말했다. "무척 낙심한 모양이네." 그때까지 우리는 그 우표들이 그토록 가치 있는 것인 줄 몰 랐다.

몇 주가 지나서 아빠는 건강을 되찾아 집으로 돌아갈 수 있었 다. 우리가 찾은 우표는 대부분 너무 많이 훼손되어 아빠가 손을 보려고 말리자마자 즉시 부스러졌고 공중에 뿌리는 작은 색종이 처럼 변해버렸다. 나는 아버지가 벤저민 프랭클린 Z그릴 우표를 살려내려고 애쓰는 것을 곁에서 지켜보았다. 그 우표는 사탕무밭 에서 발견했는데 썩어가는 뿌리에 달라붙어 있었다. 아마 비료를 준 땅에 스민 화학물질이 우표를 습격한 것 같았다. 노력도 소용 없었다. 아빠가 핀셋으로 집어올리자 우표는 사르르 부서지면서 붙잡으려는 아빠의 손가락 사이로 흘러내려 믿을 수 없을 만큼 값 비싼 작은 먼지 무덤을 이루었다.

아빠는 숨을 깊게 쉬고 나를 바라보았다.

찰나의 순간이 지나갔다. 아빠는 내게 뒷문으로 함께 가서 백만 달러의 절반이 소멸하는 것을 곁에서 지켜봐달라고 했다.

준비됐니? 아빠가 말했다.

우리는 햇빛 속에 함께 섰고 아빠는 손바닥에 입김을 훅 불었다.

하늘에 난 길

우리 모두가 참석한 가운데 마침내 제럴딘 이모가 쿠츠 판사와 결혼식을 올리던 날, 하늘에는 청어 가시 모양의 구름이 동에서 서로 뻗어 있었다. 꼭 흙먼지 자욱한 길처럼 보였다. 내 생각이지만 그 구름을 누구보다 먼저 목격한 사람은 나였다. 나는 손짓으로 판사에게 알려주었다. 저 길을 제럴딘과 함께 걸어갈 거야. 그가 구름을 보자마자 말했다. 눈에 눈물이 글썽거렸다.

그들은 (제럴딘과 엄마는 실망했지만) 성당에서 결혼식을 올리지 않았다. 신부가 샤멩과의 장례식을 망쳐놓은 데 대한 쿠츠 판사의 분노가 아직 사그라지지 않았다는 이유도 있지만, 그는 고해성사를 통해 죄를 용서받을 마음이 없다고 엄마는 말했다. 그는 깡충신부에게 자기 죄를 용서해주고 싶다면 얼마든지 그래도 좋지만 자기는 혼외정사를 한 것을 후회하지 않으며 사죄할 생각도 없다고 말했다. 캐시디 신부는 그런 조건이라면 그들의 결혼 서약을 받아줄 수 없다고 했다. 그래서 제럴딘 이모와 쿠츠 판사는 반쯤 자란 샐비어와 자주개자리, 버펄로 풀이 빽빽하게 자란 들판이 내려다보이는 완만한 경사를 이룬 언덕에서 쿠츠 판사의 전임인 부족 판사의 주례로 결혼식을 올렸다. 그 땅은 옛날에 무슙이 분배받은 땅이었다.

두 사람은 서약을 했고 남편과 아내로 선포되었다. 쿠츠 판사가 제럴딘 이모에게 키스했고 사람들은 서로 얼싸안았다. 우리는 쿠츠 판사의 표정에서 방금 수술실에서 나온 사람이 아직 마취가 완전히 풀리지는 않았지만 이제 살아났음을 확신하는 순간적인 안도감을 읽을 수 있었다.

우리 부족사회의 집안들은 부족사회 내에서 결혼하지 않은 남녀가 같이 사는 죄를 짓는 것에 익숙해 있었다. 제럴딘 이모는 놀라우리만치 가족 스캔들의 주인공 역할을 잘 받아들이는 것 같았고, 쿠츠 판사는 그녀가 그 역할을 너무 잘 받아들여서 어느 순간 그만둬버리지나 않을까 늘 두려워했다. 이제 그는 제럴딘의 손을 꼭 쥐고 머리 위를 가리키며 계속 하늘을 쳐다보았다.

이제 저 흙먼지 길을 혼자 걸어가지 않아도 돼요. 추측하건대, 나는 아뜩하고 병적인 발작처럼 그가 이렇게 말하는 것을 들었다. 이모는 그의 얼굴에 손수건을 대며 말했다. 힘내요, 판사님. 그의 눈에서 눈물이 흘러넘쳤지만 정작 그는 알아채지 못했다. 그의 어머니는 결혼식에 참석할 만큼의 기력은 있었다. 마디가 불거진 덩어리 같은 자그마한 부인이 은색 휠체어에 앉아 있었다.

"이리 와보렴." 그녀가 그를 손짓해 불렀다. "그만 울어라. 사람들이 너를 나약한 사람으로 보면 곤란하잖니."

하지만 그녀는 웃고 있었고, 모두가 웃고 있었고, 흔들림 없는 결심의 들뜬 분위기가 감돌았다. 축하하는 마음이 색색의 풍선 무지개처럼 머리 위로 아치를 그렸다. 당연히 코윈이 그들을 위해 바이올린을 연주했다. 흥을 돋울 수 있는 사람은 그밖에 없었다. 어려서는 우리 주위에 단어들이 흩어져 있다. 경험을 통해 단어들이 모이고, 우리 또한 그러하다. 모인 단어들은 하나의, 또하나의 문장이 되어 마침내 이야기의 틀을 이룬다. 나는 가고 싶지 않았다. 앞으로 내게 무슨 일이 일어날지, 그게 좋은 일일지 나쁜 일일지 알 수 없었고, 어느 쪽이 됐든 그걸 견딜 수 있을지 없을지도 알 수 없었다. 하지만 코윈이 연주하는, 내 종조할아버지가 가르쳐준 가사 없는 선율은 주변을 환히 밝혀주었다. 내가 걸음을 옮겨 멀어져갈 때도 귀에는 계속 그 음악이 맴돌았다.

안톤 바질 쿠츠 판사의 이야기

Judge Antone Bazil Coutts

베일

✄

결혼식이 끝나자 우리는 '방금 결혼했어요'라는 문구를 붙인 차에 올라탔다. 범퍼에 주렁주렁 매단 흰색 풍선과 깡통, 비닐 장식이 길바닥에 끌렸다. 콜럼버스 나이츠 홀로 달그락거리며 가는 내내 나는 제럴딘의 손을 잡아 우리 사이에 내려놓은 채 꼭 쥐고 놓지 않았다. 성당에서 결혼식을 하지 않아도 홀을 빌릴 수 있었다. 콜럼버스 나이츠 홀의 주방에서는 고기 수프, 구운 콩, 프라이브레드, 포테이토, 로스트 치킨을 오븐과 커다란 로스터에서 옮겨 담아 서빙 테이블로 나르고 있었다. 우리는 그 앞을 지나가며 접시를 채우고 흥분과 유쾌함으로 떠들썩한 가운데 기분 좋게 이런저런 음식을 먹었다. 흰색 결혼식 케이크는 4단으로 쌓아올렸는데, 반짝거리는 설탕 장미로 장식되어 있었다. 케이크를 자르는 시간이 되자 제럴딘이 나이프를 잡았고 나는 그녀의 손에 내 손을 포갰다. 나이프가 케이크 맨 아랫단까지 쑥 들어가자 우리는 사진기를 바라보며 방긋 웃었다.

클레망스가 맨 윗단을 잘라내 가져가라며 챙겨주었다. 그 작은 케이크 위에는 플라스틱 신랑 신부가 서 있었는데, 신랑은 판사복을 입은 모습으로, 신부는 흰색 예복을 입은 모습으로 채색되어 있었다. 신부의 머리 역시 제럴딘의 머리처럼 어깨까지 내려왔고 검고 구불구불했다. 그 신랑 신부는 에블리나가 만든 기념품이었다. "책상에 올려놓을게." 케이크에서 앙증맞은 신랑 신부를 집어 올려 주머니에 넣으며 내가 말했다.

제럴딘과 나는 그렇게, 마침내 결혼생활을 시작했다.

❧

제대로 된 신혼여행은 돈을 모아 훗날 이국의 어딘가로 떠나는 것으로 하자고 결정했다. 지금은 우리가 허락을 받고 이 집에서 다시 생활을 시작할 수 있다는 사실만으로 충분했다. 우리에게는 맘껏 누릴 일주일이 있었다. 누군가, 아마 에블리나가 문 앞에 글자판을 달아둔 것 같았다. 방문 사절. 그 글자판을 걸어둔 채 우리는 집으로 들어가 문을 닫고 비좁은 현관에 들어섰다. 나는 아름다운 그물 베일이 드리운 제럴딘의 흰 박스형 모자를 들어올렸다. 그 순간 불현듯 마음이 바뀌어 제럴딘에게 다시 모자를 씌우고 베일을 내려, 베일을 사이에 두고 입술을 포갰다. 까끌까끌한 작은 구멍들이 그녀의 입술에 꾹 눌렸다가 우리의 입술과 혀 사이로 들어왔다. 우리는 서로 맹렬히 탐하기 시작했고 곧장 침실로 들어갔다가 밤늦게야 아뜩하고 평화로운 기분으로 다시 침실에서 나왔다. 그녀가 그 깜찍한 케이크를 기억해냈다. 케이크는 냉동실에 보관했다가 결혼 일주년을 기념하며 먹기로 했다. 우리는 토스트와 차를 준비해 침실로 가져갔는데, 그건 평소 관행을 어기는 일이었다. 제럴딘의 예복은 구겨진 채 의자 위에 아무렇게나 걸쳐 있었고 코트는 반들반들한 새틴 안감을 드러내고 펼쳐져 있었다. 앙증맞은 결혼식 모자는 휙 날아가 모퉁이에 내팽개쳐졌고 베일은 당의처럼 녹아 없어진 것 같았다. 제럴딘이 토스트를 한입 베어 먹자 자잘한 부스러기가 가운의 어깻죽지에, 맨살이 드러난 그녀의 빗장뼈에 떨어졌다. 나는 몸을 숙여 부스러기를 털어냈다. 이어서 내 손은 머뭇거리듯 그녀의 옷 속 깊이, 다갈색 젖꼭지까지 미끄러져 내려갔다.

이러지 말아요, 정말 이러면 안 돼요. 그녀는 이렇게 말했지만 이내 특유의 미소를 지으며 내게 밀착해왔고, 가운을 열어젖히며 내 몸을 파고들었다.

❄

나는 우리가 과연 침대를 떠날 수 있을지 궁금했다. 나는 그러고 싶지 않았다. 노년의 사랑, 중년의 사랑, 사랑 그 자체를 알고 난 뒤 지속되는 것은 아무것도 없다는 사실을 아는 사랑은 절박하게 나누는 야생성 사랑이다. 나는 어둠 속에서 그녀 옆에 누워 있었다. 그녀는 조용히 잠들었고, 무거운 꿈속을 통과할 때는 수심 어린 표정을 짓거나 얼굴을 찡그렸다. 나는 잠들기 위해 이따금 그러듯이 내 몸이 우리의 몸 위에 떠 있는 것을, 더 높이 솟구쳐올라 지붕을 스르르 뚫고 나가는 것을, 어둠 속에서 보호구역과 이웃 타운들 위를 날아다니는 것을 상상했다. 이번에는 효과가 없었다. 오히려 역효과가 나타났다. 뇌가 지나치게 각성한 상태였다. 아드레날린과 익숙지 않은 낮잠 때문에 뇌의 회전속도가 빨라진 탓일 것이다. 생각이 빙빙 돌았다. 생이, 소소한 생과 거대한 생이 북적이며 밀려들었다. 우리 결혼식에 참석한 사람들을 모두 생각했다. 밀크 가 사람들이 우리 결혼을 어떻게 감싸주었는지 되새기며 새삼스레 감동했다. 그들이 보여준 행복은 진실했고, 억누른 무엇도, 내가 두려워한 반대의 기미도 없었으며, 클레망스조차 그런 내색은 하지 않았다. 보호구역 외부인 플루토에서 내가 기혼녀와 유지한 오랜 관계를 그들도 틀림없이 알았을 것이다. 내 운명적인 첫사랑 C를 그녀의 남편을 제외한 다른 사람은 아무도 모를 거라는 착각은 애당초 하지 않았다. 하지만 그들은 내 과거 따위는 신경 쓰지 않는 것 같았다. 결국은 제럴딘이 나 스스로 밝히게 만들었다.

제럴딘은 내가 무엇을 했고 누구를 사랑했는지 알았다 하더라도 그 이야기를 입 밖에 내지 않았고, 나는 그 점을 언제나 감사하게 생각했다. 하지만 비록 내 과거를, 플루토에서 일어난 일을 내가 직접 말한 적은 없지만, 그녀는 내가 왜 오랫동안 독신이었는지, 그녀를 만나기 전의 그 세월 동안 왜 어머니와 단둘이 조용히 살았는지 알고 있었을 거라고 확신한다. 그 일이 내가 고등학교도

졸업하지 못한 나이에 시작되었다는 말을 나는 하지 않았다. 내 첫사랑도 말하지 않았고, 그 일이 얼마나 나를 끈질기게 붙잡고 있었는지도 해명하지 않았다. C에 대한 말은 아예 꺼내지 않았다.

결혼식 날 밤에 나는 오로지 제럴딘만 생각했다고 말하고 싶다. 하지만 침대에 떨어진 부스러기와 차에 넣은 꿀은 다른 시간, 다른 침대를 떠오르게 했다. 제럴딘 옆에 누워 다른 과거를─여러 면에서 매우 슬픈─떠올린 게 불충실한 일이라고 생각하지는 않는다. 왜냐하면 그 순간 바로 경이와 감사의 마음이 솟구쳤기 때문이다. 벌에게 물린 후로 사랑이 다시 찾아올 거라고는 생각도 못했다. C가 아닌 다른 누군가를 사랑하게 될 거라고는.

철거

꽃

내가 맨 처음 사랑한 여자는 나보다 약간 몸집이 컸다. 침대에서 C는 고등학교 레슬링선수처럼 민첩하게 움직였다. 그녀는 놀라우리만치 날렵했다. 처음에는 내 위에 올라탔다가 순식간에 내 밑을 파고들었고, 우리의 동작은 중단 없이 유연하게 이어졌다. 함께 침대에서 뒹굴 때마다 어디론가 가는, 이를테면 크로스컨트리 경주나 기차 여행을 하는 기분이 들었고, 우리는 사랑을 나누는 동안 허기에 시달렸다. 선호하는 체위를 할 때는 유난히 배가 고프고 쉽게 지쳤다. 그러면 그녀가 샌드위치 한두 개를 만들어 침대로 가져왔다. 이따금 침대 옆 나무 협탁에 우유 한 잔이 놓였고, 꿀은 언제나 짜 먹는 작은 곰 모양 꿀통에 한가득 들어 있었다. 그녀는 그것을 병처럼 들고 마셨다. 그녀는 우유와 꿀의 회복력을 철저히 믿었다. 어떤 때는 내 원기를 회복해주려고 꿀을 짜서 입속에 넣어주었고 차가운 우유로 천을 적셔 내 몸을 닦아주었다. 여름에는 열기 때문에 시큼한 냄새가 났는데, 어느 날 집으로 돌아가자 어머니가 눈치를 채고 물었다. C와의 사랑행각은 은밀한 것이어서 나는 낙농장에서 일자리를 얻었다고 황급히 둘러댔다.

어머니는 내 말을 잘못 알아들었다.

"뭐라고? 공동묘지*에서 일한다고?"

"네."

내가 결국 플루토 묘지에서 일하게 된 경위는 이러했다. 나는 거짓말이 탄로 나지 않도록 거기서 일자리를 얻게 되기를 바라며 다음 날 공동묘지를 찾아갔다. 거기서 평생을 보낸 고트샬크라는 사내가 나를 고용했다. 그가 쓰는 작은 사무실에는 뉴스 기사와 부고가 덕지덕지 붙어 있었다. 그는 묘소의 위치를 지도로 그려두었고, 거기에 묻힌 사람들의 사연을 죄다 알고 있었다. 언제 타운으로 왔고 무엇을 했으며 식구들이 그 특별한 묘석이나 기념비를 택한 이유는 무엇인지, 죽음의 원인은 무엇이고 임종의 순간은 어떠했으며 남긴 재산은 무엇인지까지 다 알았다. 내 할아버지 쿠츠도 거기에 묻혔는데, 그의 무덤에는 높다란 라임스톤 오벨리스크가 세워져 있었고 하단에는 이런 글귀가 있었다. Qui finem vitae extremum inter munera ponat naturae. 태어나는 것처럼 죽는 것도 자연스러운 일이다.** 그의 옆에는 아내를 위한 자리가 마련되어 있었다. 하지만 그녀는 재혼했고 그의 옆에 묻히지 않았다.

---

* 낙농장은 creamery, 묘지는 cemetery다.

** 17세기 영국 철학자이자 수필가인 프랜시스 베이컨의 말.

아버지도 그 묘지에 묻혀 있었고, 멋진 검은 비석이 두 사람을 아우르기에 충분한 넓이로 세워져 있었다. 아버지의 묘석에도 인용문이 새겨져 있었지만 라틴어는 아니었다. 그는 헨리 소로를 좋아했고(그래서 노스다코타 주에서 살았을 것이다) 하찮은 모든 것을 혐오했다. 신문을 읽지 않은 자 복되도다. 그들은 자연을 보며, 자연을 통해 신을 보기 때문이다. 어머니는 진작부터 자기 이름을 생년월일과 함께 아버지의 이름 옆에 새겨놓았다. 몰년월일은 공란으로 남겨두었다. 나는 그게 싫었지만 어머니는 거기서 위로를 받았다.

고트샬크는 빈자리를 몇 군데 더 가리키면서 내 할아버지가 넓은 가족 묏자리를 사두었다고 말했다. 나와 내 아내, 심지어 두 아이가 묻힐 자리도 있었다. 당시에는 먼 훗날의 일이라 그냥 웃어넘겼지만 시간이 지나면서 조상들의 옆자리가 빈터로 나를 기다린다는 사실에 점점 감사하게 되었다. 제럴딘을 보면 그녀가 내곁에 묻히겠다고 할지 궁금하지만 아직 용기를 내어 물어보지는 못했다.

플루토의 망자들을 위해 무덤을 파기 시작했을 때 내 나이 열일곱이었다. 측량은 실을 이용해서 했는데, 텐트 말뚝 네 개를 직사각형으로 박고 실을 빙 둘러 맸다. 나중에는 고등학교 축구장을 그리는 데 쓰는 초크 롤러를 구입했다. 잔디는 사각형으로 구획을 나누어 두피처럼 벗겨냈고, 떼어낸 떼장은 젖은 삼베에 올려두었다. 장난감 같은 굴착기로 흙을 파내고, 마지막에는 삽을 써서 무덤 파는 일을 마무리했다. 매관식이 끝나면 흙을 덮고 봉분을 만들어 흙이 내려앉아도 움푹 꺼지지 않도록 했다. 각별한 주의가 필요한 잔디 깎는 기계로 잔디도 깎았고, 나무가 우아하고 자연스러운 형태로 자라도록 가꾸는 법도 배웠다. 사망자 기록을 관리하는 법도 배웠고, 시간이 얼마 지나자 고트샬크만큼 묘지 지도도 잘 파악하게 되었다. 친척을 찾는다며 도움을 청하는 사람이나 전쟁 기념물, 러시아식 철제 장식 십자가, 혹은 오래전에 이곳에서 살해된 일가의 무덤을 표시하는 초라하고 평범한 자연석을 보고 싶어하는 사람이 찾아와도 힘들이지 않고 안내할 수 있었다.

문제는 여기서 일하는 것은 대학에 진학하기 전 여름 동안만이라는 사실이었다. 하지만 C와 섹스를 시작하자 섹스도, 그녀도, 타운도 떠날 수 없었다. 게다가 망자들 사이에서 하루하루를 보내기 시작하니, 고트샬크가 나도 그렇게 될 거라고 말해준 것처럼 점점 평화와 고요에 익숙해졌다. 심지어 그가 오려낸 흥미로운 사람, 장소, 사건 기사에 새로운 기사를 보태기까지 했다. 당시 타운의 논쟁거리는 스트립댄서를 고용해 영업하는 술집이 나날이 늘어난다는 사실이었다. 어느 정도 벗는 것까지 허용해야 하는가를 놓고 지역 차원에서 논쟁이 벌어졌다. 우리는 그런 기사를 모두 오려내 붙였다.

"만약 사람들이 우리처럼 세상을 볼 수 있다면," 고트샬크가 말했다. "끈팬티가 얼마나 작든 젖꼭지 가리개가 얼마나 크든, 우리는 결국 흙에서 삶을 마감한다는 걸 알게 될 텐데 말이야."

그가 그 말을 한 지 여섯 달 뒤, 나는 그의 무덤을 팠다. 동료 시민들의 마지막 여정을 세심히 준비해준 사람에게 합당한 쉼터가 되도록 나는 각별한 정성을 쏟았다. 고트샬크의 자리를 떠맡을 사람이 아무도 없었으므로 나는 스무 살에 플루토 타운 공동묘지의 관리자가 되었다. 그 일은 내 사랑을 계속 비밀에 부치는 데 큰 도움이 되었다. 나와 사귀고 싶어하는 사람이 없었기 때문이다.

일의 성격 때문에 여자들이 나를 기피했다는 말은 아니다. 오히려 그 일은 여자들을 종종 매혹하는 것 같았다. 하지만 그건 미래라고 부를 만한 것이 없는 직업이었고, 여자애들의 눈에도 그것이 보였다. 내가 그 일에 만족한다는 사실이 밝혀지자 술집이나 이런저런 곳을 가도 치근거리는 사람이 없었다. 나는 상체를 완전히 노출하는 것을 열렬히 옹호하는 쪽이었는데, 그건 캔디를 지켜보는 게 좋았기 때문이다. 그녀는 제복이라 부를 수 있을 끈팬티에서 막대사탕을 꺼내 우리에게 던져주었다. 안전핀 모양으로 막대를 구부린 위생 포장된 사탕이었다. 이전에 한번은 술집 단골손님이 캔디의 새 동작을 보고 황홀감에 빠져 막대가 일자인 막대사탕을 삼킨 일이 있었다. 그를 무덤에 묻을 일까지는 생기지 않았지만 간발의 순간이었다. 그날 이후로 그녀는 식료품점에서 꼬마들에게 파는 것과 같은 종류의 막대사탕을 나누어주었다. 사실 그녀가 막대사탕을 조달하는 곳이 거기였다. 그것도 공짜로 말이다. 나는 캔디와 친해야 할 필요가 있었고 그녀가 그 일에 계속 종사하기를 바랐다. C가 나와 다툼을 일으킬 만큼 그녀를 질투하는 것이 즐거웠다.

내가 캔디를 만나는 동안, 실제로는 그저 노닥거리는 동안 C는 나와 가까이 있으려고 낡은 자기 집을 개조했다.

한때는 묘지가 타운의 서쪽 끝에 있었지만 타운이 성장하자 묘지 주변에 집들이 들어섰고, 예의를 갖추기 위해선지 무서움 때문인지 집들은 하나같이 묘석과 기념비를 등지고 세워졌다. 내 스트립댄서 친구 때문에 다툼을 벌이고 나서 C는 묘지와 인접한 마당이 있는 자기 집으로 일터를 옮겼다. 거실을 개조했고 포치는 안으로 들여 대기실로 만들었다. 집 뒤쪽은 나무가 무성한 그대로 사적인 공간으로 남겨두었다. 이제는 나의 공간이 된 고트샬크의 옛 사무실이나 바람막이 소나무 숲 바깥쪽의 용구를 보관하는 헛간에서 걸어가면 들키지 않고 C의 뒷문으로 들어갈 수 있었다. 문제는 C의 몸무게가 줄었고 많이 왜소해졌지만 우리는 헤어질 수 없다는 사실이었고, 시간이 더 지나자 그녀는 나보다 크지 않게 되었다.

❦

고트샬크가 죽은 뒤 오 년 동안 내 인생은 순탄하게 흘러갔다. 6월 초 어느 날, 라일락과 고광나무가 꽃잎을 접은 뒤 나는 언제나처럼 장미꽃과 붓꽃과 작약에 둘러싸여 일을 하기 시작했다. 이어지는 갖가지 색깔과 향기의 향연은 언제나 정신을 홀리고 아뜩하게 했다. 매일 아침 일어나면 나는 집 주변을 돌아다니며 정원을 손질했다. 우리 정원에 벌이 유난히 많이 날아다녀서 나는 붕붕거리는 그 작은 몸뚱이들에 둘러싸였다. 벌은 내가 일하는 곳마다 따라다녔지만 나는 벌이 좋았다. 내가 저들의 본성을 존중하고 그 근면함을 존경하며 성장하는 모든 생명에 저들의 존재가 중요하다고 생각한다는 걸 저들도 아는 것 같았다. 나는 언제나 그러듯이 벌을 부드럽게 쓸어냈다. 사실 평생 딱 두 번 벌에 쏘여봤다. 잡초를 뽑고 물을 다 주면 나는 조용히 어머니의 방으로 들어갔다. 어머니는 산소통을 달고 앉은 채 잠들어 있었다. 한동안 형편없는 건강 때문에 어머니는 예민하고 신랄했지만 어머니의 기분이 지독할 때조차 우리는 함께 지내는 것을 좋아했다. 어머니는 골격이 앙상하고 자그마한 치페와족 여자였다. 어머니는 농담을 좋아했고 아버지에게 매우 헌신적이었으며 내게도 마찬가지였다.

"어디 가려고?" 그 무렵 어머니의 목소리는 몹시 까칠했다. 물론 어머니는 내가 어디로 가는지 알고 있었지만 한 소리를 해야 직성이 풀렸다.

"일하러 가요."

"곧 내 무덤도 파겠구나!"

"아니요. 그런 일은 없을 거예요."

"아니, 그렇게 될 거다!"

어머니의 고함에서 악의적인 쾌감이 느껴졌다. 욕실 문 앞으로 휠체어를 밀자 어머니는 내가 설치한 난간을 붙잡고 일어섰다.

"저리 가라!"

나는 문을 닫았다. 우리는 둘 사이의 이 마지막 은밀함조차 사라지는 날이 올 것을 두려워했다. 둘 다 플루토 요양원을 생각했지만 어머니를 거기에 보내려면 내가 평생 가꾸고 돌봐온 넓은 토지에 세워진 이 아름답고 안락하고 오래된 집을 팔아야 했다. 어머니는 이 집을 내게 물려주고 싶어했다. 그 목적을 위해 어머니는 죽으려고 가상한 노력을 기울였다. 먹지 않는 방법으로 쇠약해지려 했고, 자면서 산소통을 쓰지 않는 방법으로 질식해서 죽으려고 했다. 하지만 어머니의 타고난 건강함은 이런 속임수에도 끄떡없었다.

"됐어, 끝났다." 어머니가 나를 불렀다. 어머니는 부엌에서 토스트를 하나 먹고 커피를 홀짝거렸다. 나는 물을 더 마시라고 했지만 어머니는 몸에서 수분을 없애는 노력도 했다. 매일 하는 질문이긴 했지만 어머니는 나더러 저녁에 뭘 할 건지 물었다. 내가 이제 거의 나돌아다니지 않자 어머니는 걱정을 했다.

"어머니랑 포커를 친 다음 뉴스를 보고 불을 끄겠죠."

"너도 아내가 필요하지 않겠니?"

"그렇죠."

"엄마랑 집에만 있으면 아내를 얻을 수 없어."

"제가 원하는 사람이 누군지는 제가 알아요."

"늙어빠지고 뼈세기만 한 그 암탉은 포기해라!" 어머니가 나를 힘껏 때리며 말했다. 어머니가 C에 대해 알아낸 건 꽤 오래전이었다. "어린 암탉을 구해서 손자를 안겨줘. 그 여자가 네 암을 고쳐주긴 했다만 그것 말고는 네게 쓸모가 없어."

어렸을 때 내 머리에는 이상한 혹들이 연거푸 생겼다. 혹은 C가 기적의 치료를 해줄 때까지 생기고 없어지기를 반복했다. 내 기억에 치료는 아프지 않았고 흉터도 없었다. 단순한 낭종이나 사마귀에 지나지 않았겠지만 어머니는 내가 뇌암에 걸렸었다는 확신을 버린 적이 없었다. 하지만 나는 C가 내 목숨을 살렸다는 어머니의 믿음을 아직 바로잡지 않았으며, 그 때문에 우리가 연인이라는 문제에 혼란이 생겼다. 어머니가 잔소리를 쏟아내면 이따금 이런 말도 한다. "하지만 어머니, 그녀가 없었다면 전 이미 죽은 목숨이에요."

✖

초여름이면 나는 언제나 묘지로 가고 싶어졌다. 그 무렵에는 죽는 사람이 별로 없었다. 방문자가 대부분이었다. 내가 거기서 일할 때 우리 묘지는 주에서 가장 아름다웠다. 그림 같았다. 소책자에도 소개됐다. 태양이 강하게 내리쬐면 작약은 그 단단한 몽우리에서 알싸하고 갈래 진, 핑크색 색종이 같은 꽃잎을 펼쳐냈다. 나는 C에게 꽃을 선물하려고 메이슨 유리병을 가지고 나갔다. 그녀의 집으로 가는 것은 대개 접수원이 돌아간 뒤인 다섯시 이후였다. 나는 주위를 잘 살피며 담장을 따라 그녀의 뒷마당으로 잽싸게 들어갔다.

그날 일은 특히 생생히 기억한다. 그녀가 자기 병원을 개축한 남자와 결혼하겠다고 말한 날이었기 때문이다.

"이 관계를 청산할 수 있는 유일한 방법이야." 그녀가 말했다.

나는 어안이 벙벙했다. "나도 이제 충분한 나이가 됐어요. 왜 나와 결혼하지 않는 거죠?"

"답은 너도 알잖아. 난 나이가 너무 많아."

나는 스물다섯이었다.

"언젠가는 그게 중요한 문제가 아니게 될 거라고 생각했어요."

"나도 예전엔 그렇게 생각했어."

"사람들 생각을 내가 신경 쓸 거 같아요? 그런 것 따윈 상관없어요!"

"나도 알아."

그녀는 자기 직업과 사회적 위치, 그리고 환자들의 신망을 생각해야 한다고 했다. 나는 그 전부를 지긋지긋할 정도로 들었다.

"이제 끝낼 수 없을까?" 그녀의 목소리는 지쳐 있었다.

"그럴 수 없어요." 그녀의 목소리가 고단하게 들린 만큼 내 목소리는 단단했다.

결국 그녀는 건설업자인 테드 버사프와 결혼했지만 그걸로 끝은 아니었다. 테드는 C보다 겨우 다섯 살 아래였다. 그는 플루토에 미래가 있다고 믿었고 그의 첫째 아내는 더할 나위 없이 적당한 시기에 사망했다. 내가 그녀를 묻었는데 관은 소박한 소나무 관이었다. 그것이 그녀의 바람이었을 수도 있지만 나는 그것을 테드의 시시한 수준을 나타내는 지표로 해석했다. C의 결혼으로 실의에 빠진 나는 아버지와 할아버지가 종사한 법 공부를 통신강좌로 시작했고, 내가 법을 좋아한다는 사실을 알게 됐다. 물론 집에는 엄청난 법학 서재가 있었고, 두 세대에 걸쳐 모인 법학책과 철학책이 그득했다. 소설이나 시는 물론이고, 그 책들을 나는 진작부터 섭렵했다. 저녁마다 서재에 틀어박혔다. 그 무렵 할아버지의 서류들을 발견했고, 할아버지의 영향으로 루크레티우스, 마르쿠스 아우렐리우스, 에픽테토스, 플로티노스를 읽기 시작했다. 한동안은 기원후 300년 이후에 쓰인 모든 글이 무익하게 느껴졌고, 오로지 판례만이 나를 매혹하면서 그 사람들이 글을 쓴 후 달라진 것은 아무것도 없다고 말해주었다.

이제 갈 길을 찾았으므로 어머니도 내가 저녁에 외출하지 않는 것을 인정해주었다. C의 결혼 후 일 년 동안 나는 그녀와 만나지 않았다. 심지어 그녀의 집이 있는 쪽은 쳐다보지도 않았다. 하지만 우리는 떨어져 있을 수 없었다. 어느 희뿌연 여름날 저녁, 나는 묘지에서 태양이 하얗게 작열하다 곧이어 붉게 변하는 것을 지켜보았다. 그 거대한 불의 공이 소나무 숲 사이로 내려앉을 때 나는 시선으로 그것을 쫓다가 지금껏 거부해온 방향을 쳐다보고 말았다. 그때 테드가 진입로에서 차를 빼고 있었다. 예전에 하던 방식으로 무덤 사이를 통과해 뒷마당으로 들어가자 거기에 그녀가, 뒤쪽 부엌 계단에 앉아 나를 기다리고 있었다. 그해 내내 날마다 오후 다섯시에 나를 기다렸다고 했다. 어쩔 수 없이 기다리지만 내게는 절대 알리지 않겠다고, 내 인생을 살게 나를 놔두어야 한다고 다짐했다고 했다.

테드는 그날 소규모 공사의 입찰을 위해 후프댄스로 갔고, 거기서 한 시간, 돌아오는 데 한 시간은 걸릴 예정이었다. 그 두 시간은 우리가 예전에 보낸 어떤 시간과도 달랐다. 그 시간 내내 우리는 사랑을 나누었고 무르익은 햇빛 속에서 서로 얼굴을 바라보며 온갖 표정이 어리고 사라지는 것을 지켜보았다. 쾌락과 감미로움을 보았다. 어쩔 수 없는 마음이 깊어지는 것을 보았다. 우리 사이의 아름다운 병인 욕망을 보았다. 다시 무덤을 지나 돌아가면서 나는 옛 시대 철학자들의 유일한 문제는 인간이 경험하는 성적 사랑의 참을 수 없는 무게를 충분히 고려하지 않았다는 점이라고 생각했다. 그들은 사랑이란 깊은 생각을 방해하는 것, 논리와 대적하는 것, 인간의 명예를 쉬이 얼룩지게 하는 것이라고 생각했다. 그들의 관찰은 옳았고 물론 나도 그건 인정했다.

테드는 우리 사이를 알아채지 못했지만, 눈치챘다 하더라도 상관하지 않을 거라고 나는 맘대로 생각해버렸다. 내가 관찰한 바로는 사랑과 감정은 단 한 번도 그에게 특별한 감흥을 일으키지 않았다.

테드는 플루토에 새 집을 많이 지었는데 죄다 뒷마당에서만 묘지가 보이는 집들이었다. 또한 타운에서 가장 매력 없는 건물도 많이 지어올렸다. 내가 테드를 미워한 건 그가 내 사랑 그녀와 결혼하기 전부터였고, 그 뒤로는 그를 땅에 묻을 때 얼마나 큰 행복을 느낄지, 그의 무덤을 얼마나 빠르게 팔지 종종 떠올렸다. C를 다시 만나기 시작한 후부터는 집으로 돌아오는 길에 테드가 온밤 내내 그녀와 같은 잠자리에 누워 있다는 사실이 떠오르면, 테드를 흙으로 덮고 그 머리맡에 묘석을 세우면 얼마나 가슴이 벅찰지 상상했다. 흠집 많은 싸구려 돌을 쓸 작정이었다. 인용문도 새기지 않을 생각이었다. 소나무 관에 묻힌 가여운 그의 아내 옆에 묻을 것이다. 내가 테드 버사프를 싫어한 또다른 이유는 그가 타운을 망친 방식에 있었다. 테드는 오래된 건물들—쇠락하기 시작한 집이나 한때는 신도를 끌어들였으나 세월의 흐름에 영락한 교회—을 사들였다. 그 건물들에서 참나무 장식물이나 문양을 새긴 문짝, 스테인드글라스 창문 같은 것을 떼어내 도시 사람들에게 모조리 팔아넘겼다. 집의 외벽을 허문 뒤에는 만사드 지붕*과 허술한 내부 발코니가 딸린, 알루미늄이나 가짜 벽돌로 된 정말이지 끔찍한 아파트 건물을 지어올렸는데, 타운 의회가 그걸 보지 못했다는 사실이 신기할 따름이었다. 보려고 하지도 않았을 것이다. 플루토는 개성에 대한 감각이란 게 없었다. 아무리 저급하고 흉측해도 최신이 언제나 최고였다. 테드 버사프는 옛 철도 창고를 허물고 그 자리에 조립주택을 지었다. 항상 웃는 얼굴에 쾌활했다. 하지만 내가 사랑하듯이 자기 아내를 사랑하지 않았다. 그녀가 그의 생명을 구해준 것도 아니었다. 다만 탈장을 고쳐주었을 뿐이다. 테드는 인내심 많은 사람이었고 그녀에게 잘해주었지만, 그녀의 말에 따르면 그들 사이에는 열정이 없었다.

우리가 다시 만나기 시작하면서 나는 테드뿐 아니라 C의 접수원과 그녀의 환자 전부를—사실상 타운 전체를—피했다. C는 외침이었고 나는 메아리였다. 나는 그녀를 더 많이 사랑하게 되었다. 퍽 행복한 시간도 있었다. 어느 날 오후 그녀는 나를 이끌고 차고와 부엌 사이의 어두컴컴한 통로로 들어갔다. 실내에는 블라인드가 내려져 있었다.

"계란 좀 먹을래?" 그녀가 말했다. "커피는?"

"커피를 마실게요."

"샌드위치는?"

---

* 경사가 2단으로 된 지붕.

"그거 좋은데요. 어떤 샌드위치죠?"

"오……" 그녀는 냉장고를 열고 허리를 숙여 윙윙거리는 불빛 속을 들여다보았다. "정어리와 마카로니."

"그냥 정어리만."

그녀가 웃었다. "정어리 샌드위치."

그녀는 스테이크 나이프로 빵 두 장에 머스터드를 퍼 바르고 빵 위에 정어리를, 그 위에 양상추를 얹어 정성스레 샌드위치를 만들었다. 그녀가 내 앞에 접시를 내려놓았다. 나는 하루 중 이 시간대, 다섯시에서 여섯시까지 햇빛이 쨍쨍하든 땅거미가 졌든 언제나 블라인드를 내리고 불을 켠 채 이 부엌에서 시간을 보냈다. 테드가 언제라도 들어올 수 있었지만 우리의 대화나 행동에서 이상한 점은 발견하지 못했을 테고, 우리의 연인관계도 지속됐다. 다만 예전처럼 자주는 아니었다. 우리 관계는 서로에게 중심이 되는 관계, 서로 바라보고 이해하는 관계였다. 나는 C에게 꿈 이야기부터 읽은 책, 어머니의 건강에 이르기까지 내게 일어난 일은 죄다 털어놓았고 그건 C도 마찬가지였다. 미래에 대해서는 말을 더 꺼내지 않았다. 그녀가 거부했으니 나는 받아들여야 했다. 묘지 일은 만족스럽지 않은 현재를 길게 끌고 가면 나중에 어떤 결과가 올지 날마다 상기하게 했지만 나는 현재만으로도 충분했다. 현재가 당신의 전체 역사가 되기 때문이다.

내 묘석에 새길 인용문도 벌써 골라놓았다. 우주는 **변형**이다.

C의 머리색은 태양이 어루만진 황금빛이다가 플루토에서 아기를 하나둘 낳자 점점 짙은 색으로 변했다. 그녀가 머리를 짧게 잘

랐다가 다시 기르는 것을, 길게 자란 머리채가 그녀가 요리를 할 때, 고개를 돌릴 때, 걸음을 옮길 때, 내 옆에 누울 때, 내 몸 위에서 들썩일 때, 내 몸 아래에서 나를 껴안을 때 목에 닿아 가녀리게 떨리며 풍성하게 굽이치는 것을 나는 지켜보았다. 그녀는 길이가 고르지 않은 회색 머리카락을 귀 뒤로 쓸어올려 아치 모양으로 느슨하게 묶었다. 머리색은 그녀가 다시 매만지자 태양의 황금빛으로 되돌아갔다. 그녀는 머리를 다시 길렀다. 하지만 실크 같은 윤기는 흐릿해졌다. 나는 그녀의 눈동자가 직설적인 푸른빛, 버드나무가 그려진 도자기의 음영같이 짙고 진지한 색깔에서 더 많은 슬픔이 어린 빛바랜 색깔로 변하는 것을 지켜보았다. 그녀의 눈빛은 그녀가 치료에 성공하고 실패하고, 실패하고 성공하면서 자기 눈을 통해 바라본 온갖 것으로 말미암아 흐려졌다. 심지어 나는 그녀의 옷이 변해가는 것도 지켜보았다. 빳빳한 어깨심이 든 새 셔츠는 시간이 흐르자 흐늘흐늘해져서 원래 위신을 잃었다. 교회에 갈 때 입던 정장 블라우스는 페인트 방울이 튀어 잔디에 물을 줄 때나 입는 편한 옷이 되었다. 또한 그녀의 피부에 기미가 앉은 것을, 목살이 늘어진 것을, 이가 살짝 깨진 것을, 입술에 주름이 생긴 것을 지켜보았다. 변하지 않는 건 오로지 뼈였다. 그녀의 훌륭한 골격은 변함없이 또렷하고 선명했다. 예민한 피부와 경이로울 만큼 잘 어울렸다.

그날 테드는 파고로 출장을 갔고, 우리는 그날을 흔치 않은 기회로 결론 내린 뒤 함께 지하실로 내려갔다. 지하실로 통하는 문으로는 뒷문과 옆문이 있었다. 우리가 쓰는 방에는 빠져나갈 출구가 있었고 아울러 일종의 알람이 있었는데, 바로 그녀가 키우는 개 포고였다. 포고는 집 안에 사람이 들어오면 아무나 보고 짖었고 심지어 테드를 봐도 컹컹댔다. 우리는 매우 조심해서 행동했다. 균형을 깨지 않으려고 노력했다. 한 번도 발각되지 않았다. 다만 우리가 함께할 수 있는 시간과 시간 사이가 너무 길고 우리의 행동 또한 너무 조심스러워서 농밀한 긴장감이 고였다.

예전에 나누던 사랑이 여행을 하는 느낌이었다면 지금은 집으로 돌아오는 느낌이었다. 우리가 일상세계에 젖어 살았다는 사실을 그제야 깨달았다. 너무 깊이 젖어 있어서 그 사실조차 알아채지 못한 것이다. 사랑을 나눌 때는 먼 길을 걸어 집으로 돌아온 것만 같았다. 떨어져 지내는 며칠, 혹은 몇 주 동안 피곤함을 이기며 여행을 하다가 마침내 집에 다다른 느낌이랄까. 그렇게 집으로 돌아와 서늘한 지하실에서 서로 보듬고 있으면 세상이 회전하여 우리를 둘러싼 공간으로 쏟아져 들어오는 것만 같았다. 우리가 이룬 조화도 집과 마당과 타운의 질서 속에 반영해야 할 것만 같았다. 하지만 그곳을 떠나면 내가 줄곧 관리해온 묘지만이 완벽한 질서를 갖추고 있었다. 죽은 사람들만이 평형 상태에 있었다.

집으로 돌아가면서 나는 C의 피부, 자그마한 반점들, 손에서 풍기는 주방세제 냄새, 정어리기름, 흰 빵, 그녀가 다리를 벌릴 때 드는 동물 같은 느낌을 생각했다. 나는 숨 막히는 공허함, 헤어질 때마다 겪는 병든 갈망에 길들었다. 몇 주가 흐르는 동안 다시 다듬어지고 평정을 되찾을 것이다. **우주는 변형이다.** 하지만 우리에게 변한 것은 없었다.

문을 열고 들어선 순간 뭔가 다르다는 것을 직감했다. 뭔가 일이 터진 것이다. 어머니한테 무슨 일이 벌어졌다. 미묘한 침묵이 고여 있었다. 정지한 긴장감. 함께 놀이를 하다가 어머니가 어디선가 숨어서 발견되기를 기다리는 것 같았다. 큰 소리로 어머니를 부르며 방마다 돌아다녔다. 앞서 말했듯이 훌륭히 지은 매우 큰 집이었다. 어머니는 지하실 계단 밑바닥에 몸을 오그리고 쓰러져 있었다. 전등은 꺼져 있었다. 굴러 떨어졌거나 일부러 몸을 내던졌다는 말이 더 맞을지도 모른다. 어머니 옆에 쭈그리고 앉아 팔다리를 하나씩 비틀고 펴보면서 부러진 데는 없는지 확인했다.

없었다. 부러진 데는 없었다. 하지만 어머니는 금세 부러지고 마는 메마른 나뭇가지처럼 허약해서 그 일로 정신적인 충격을 받은 것 같았다. 어머니는 현실세계를 오락가락했다. 몸이 건강하니 몇 년 더 살 수도 있지만, 근심이 많고 죽을 마음을 먹고 있어서 몇 시간이 전부일 수도 있다고 했다. 어머니가 얼마나 입원해야 하는지 속 시원히 말해주는 사람은 아무도 없었다. 나는 마침내 용단을 내렸다. 집을 팔아서 어머니가 사람들과 이야기도 나누고 더 안락하게 살 수 있는, 어쩌면 증세도 호전될 수 있는 안전한 장소로 보내드릴 때가 되었다고 결정한 것이다.

"괜찮아요." 내가 말했다. 어머니의 눈동자는 텅 비고 동공은 확장해 나는 마치 어머니 속의 암흑을 꿰뚫어 보는 것 같았다. 부동산 중개인을 병원으로 부르고, 어머니를 플루토 요양원으로 보내는 수속을 밟았다. 일단 2인실로 하고, 1인실 대기자 명단에 이름을 올려놓았다. 요양원에서 보낸 밴이 병원에 도착하자 나는 어머니의 물건을 갈색 가죽 가방에 꾸려 함께 차에 올라탔다. 가방은 원래 아버지 것이었는데, 아버지가 비즈마크로 갈 때마다 어머니가 챙겨준 기억이 났다. 요양원으로 가는 내내 어머니는 묵묵히 앉아 있었다. 어머니의 방에 짐을 푸는데 그녀가 불쑥 소리를 질렀다. "내가 생각한 건 이게 아니야!"

어머니는 극도로 쇠약해 있었다. 어머니를 집으로 데려갔다면 기필코 자살에 성공하고 말 것이며, 요양원에 가서도 굶어 죽으려 할지 몰랐다. 어머니는 푸딩이 담긴 접시를 경멸스러운 눈초리로 바라보았다. 그리고 커피를 한 모금 홀짝인 뒤 또 한번 말했다. "분명히 말해두는데, 내가 생각한 건 이게 아니야."

어머니가 그 공간에 정착하는 속도는 놀라웠다. 그다음 두 달 동안 어머니는 룸메이트와 친구가 되었고, 카드게임에 어울렸으며, 혼자 즐겨 보던 텔레비전 프로그램도 다른 사람과 함께 보았다. 심지어 몸무게도 제법 늘었고 매주 봉사하러 찾아오는 스타일리스트의 도움으로 머리도 매만지고 손톱도 손질했다. 어머니가 잘 지내는 것 같아서 그 결정이 옳았다고 말할 수밖에 없었다. 어머니가 쇠약해지기 전에는 얼마나 사교적인 사람이었는지 잊었던 것이다. 다만 문제는 집이 팔리지 않는다는 것이었다. 집값은 이미 내려놓았다.

"어느 정도 수입이 되는 사람은 여기에 이사 오려고 하지 않아요." 중개인이 말했다. "의사나 변호사 같은 사람들은 전부 타운

변두리에 새 집을 짓거든요."

"타운에 팔 수 있을지도 모르잖아요. 박물관으로 쓸 수도 있을 테니까. 제가 얼마나 꼼꼼히 관리했는지는 아시죠?"

"정말 아름답게 관리하신걸요. 여유만 된다면 저라도 사고 싶은 심정이에요. 관심 있어하는 사람이 하나 있긴 한데, 말씀드리기 꺼린 건 아예 집을 허물겠다고 해서 말이죠."

"테드군요." 대번에 알 수 있었다. 그가 이 집을 원할 거라는 생각은 나도 물론 했다. 하지만 그에게 팔 생각은 절대 없었다.

"맞아요, 테드 버사프." 중개인이 고개를 끄덕였다. "그 사람은 당신이 제시한 값을 지불할 거예요."

"파괴의 왕이라, 탐탁지 않아요."

"하지만 끝끝내 살 사람이 나타나지 않더라도 그 사람은 있다는 말이지요." 중개인이 어깨를 으쓱했다.

"입 닥치라고 하세요! 윌리엄 제닝스 브라이언*이 가두연설을 성공적으로 마쳤을 때 이 집에 머물렀어요. 창문은 동부에서 만든 거라 커다란 톱밥 궤짝에 넣어 운송했지요. 내부 몰딩과 목조 부분은 마호가니이고 서재 벽널은……"

"애착이 대단하신 건 알겠어요."

그 집을 포기할 수 없을 만큼 내 애착은 대단했다. 그건 사실이었다. 계산을 따져보고 궁리도 짜냈지만 우리가 가진 것은 그 집 하나뿐이었다. 병원비와 수업료를 내고 집을 좋은 상태로 관리한

＊미국의 정치인.

다고 할 때, 내가 집수리를 대부분 떠맡고 뒷벽은 벌들에게 맡긴다 하더라도 묘지 기부금에서 받는 월급으로는 고작 몇 년 버틸 수 있을 뿐이었다. 나는 벌이 거기서 산다는 것을 알고 있었다. 여름 이면 뒷벽은 벌의 관능적인 생명력으로 진동했다. 겨울 동안은 벌도 잠을 자는지 조용했다. 집이 팔리기를 기다리는 동안 나는 법률 공부를 마쳤고 주에서 실시하는 변호사 시험을 준비하기로 결심했다. 대출을 신청하는 방법도 있었다. 집을 담보로 대출을 받아 간판을 내걸고 나서 갚아나가는 것이다. 저녁이면 뒤쪽 포치에 앉아 미친 듯이 공부에 매달리면서 벌이 자러 가기 전에 마지막 달콤함을 모아들이는 소리를 들었다. 벌이 붕붕거리는 소리가 집 전체를 깨웠고 나는 그걸 단념할 수 없었다. 땅거미가 지면 벽널을 두른 서재에 앉아 고즈넉한 분위기를 음미했고 깨끗이 청소하고 먼지를 떨어낸 방들의 청결한 향기를 들이마셨다. 여기서 C와 함께 살면 얼마나 좋을까 생각했다. 그 생활을 상상했다. 그 상상에 몰두했다. 의자에 앉은 채 잠이 들었고 그 꿈을 꾸었다. 컴컴한 어둠 속에서 불현듯 잠을 깨자 쓸쓸한 진실이 생생히 되살아났다.

그 순간 나는 사랑 때문에 죽음을 선택한 사람들이 무엇을 보게 되는지 깨달았다. 바보 같은 결투 때문에 죽어가는 남자들의 눈앞에 무엇이 지나가는지 보았다. 나는 한 여자 때문에 인생을 허비했다. 남은 것은 이 집이 전부였다. 나는 중개인에게 전화를 걸었다.

"좋아요. 테드에게 파세요."

바로 다음 날 나는 부모님과 내가 소유한 물건들을 전부 창고에 집어넣은 뒤 집을 나와 모텔로 갔다. 얼마 안 있어 테드가 착수했다는 소식이 들려왔다. 그의 방식은 알고 있었다. 작업인부들이 내부를 해체할 것이다. 식료품 저장실의 낡은 판자를 떼어내고 전등을 잡아 뜯고 벽난로 주변의 아련한 금색 타일을 쪼아내고 우아한 계단을 해체하고 스테인드글라스는 챙겨갈 것이다. 내부를 깡그리 비워내면 테드는 굴착 버킷이 달린 거대한 최신형 기계를 빌려와 윗가지와 회반죽을 발라 만든 벽체를 그 버킷으로 부숴버릴 것이다.

나는 블루버드 모텔의 내 방에 앉아 책을 읽으려고 해보았다. 그 주에 변호사 시험을 치기로 되어 있었지만 좀처럼 집중이 되지 않았다. 그 집이 나를 사랑한다고 말하며, 자기를 허무는 것은 C와의 관계를 끝내겠다는 내 결심과는 직접적인 상관이 없는 잔인하고 불필요한 결정이라고 나를 외쳐 부르는 것만 같았다. 그 집에 무슨 일이 일어나는지 눈으로 볼 수는 없었지만, 마치 그 일이 내게 일어나고 있는 것처럼 테드가 하는 일을 느낄 수 있었다. 모텔 방은 초라하고 몹시 허름했는데, 빛바랜 벽지에는 날개를 퍼덕이는 제비가 그려져 있었고, 삐걱거리는 침대에 깔린 매트리스는 금방이라도 주저앉을 것 같다. 자기로 된 회색 세면대는 군데군데 깨진 곳이 보였다. 그중 최악은 유리 없는 액자에 끼워진 종이 파랑새로, 기분을 좋게 하려는 시도였겠지만 오히려 내 마음을 침울한 공포로 채웠다. 나 자신이 절단되고 소거되고 파괴되고 철거되는 느낌이었다. 사흘째가 되자 집은 골조나 들보만 남은 것 같았고, 드디어 나는 행동을 결심했다.

블루버드 모텔에서 나와 따사로운 여름 공기 속에 C의 집까지 걸어갔다. 처음으로 앞문을, 그러니까 병원 문을 노크도 없이 열고 들어갔다. 지금은 진료중이라는 말을 들었지만 그래도 막무가내로 진료실 문을 열고 들어가자 접수원이 소리를 질렀다. 하지만 진료실은 비어 있었다. 문을 닫고 다시 뒤쪽으로 돌아 부엌으로 들어가자 그녀가 최신형 식기세척기에 그릇을 넣다가 나를 보고 깜짝 놀랐다. 흰색 가운을 벗고 캔털루프 멜론* 색깔의 가벼운 면 스웨터를 입고 있었다. 바지는 허니듀 그린색이었다. 유리 귀걸이와 목걸이는 두 색깔을 혼합한 것이었다.

우리는 서로 쳐다보았고 태양은 구름 뒤로 지나갔다. 부엌 불빛이 호박색에서 회색으로 변했다. 그녀의 옷 색깔은 차츰 짙어져 녹슨 철색에서 쌉쌀한 샐비어색이 되었다.

"내가 집을 팔았다고 테드가 말하던가요?"

그녀의 얼굴에 충격의 빛이 어린 것으로 보아 그가 이야기하지 않은 것을 알 수 있었다. 또한 내가 어머니의 상황을 여러 번 말했으므로 무슨 일인지 그녀가 대번에 파악했다는 것도 알 수 있었다.

"그 사람이……"

"물론 그렇겠죠."

---

* 껍질은 녹색에 과육은 오렌지색인 멜론.

"내가 막을게!"

"하게 두세요."

"하게 두라고?"

"짐을 꾸려요. 같이 떠나요. 나이는 도시에 가면 문제가 안 될 거고, 당신은 새로 개업을 하면 돼요. 그 집은 테드에게 주세요. 어서 가요."

그녀의 등 뒤에서 물이 쏴하고 쏟아지면서 식기세척기가 가동했다. 그녀는 돌아서서 싱크대를 바라보았다.

"컵 넣는 걸 깜박했어."

그녀가 머그잔 두 개를 넣으려고 식기세척기의 문을 열자 김이 쏟아져나왔지만 문을 닫고 나를 쳐다봤을 때 나는 다시 그녀를 사랑했고 그녀를 단념할 수도 없었다.

"테드에게서 내 집을 사세요. 갚아줄게요. 거기서 함께 살면 돼요."

"그 사람이 지금 거기서 일하고 있어?"

"네."

그녀는 의사가 으레 그러듯 정성스레 손을 닦았다.

그녀가 어떤 결정을 내렸을까? 그녀는 앞문으로 나갔고 나는 그녀를 뒤따랐다. 내 집은 대략 일 마일 떨어진 곳에 있었다. 우리가 공개적으로 함께 다닌 것은 이번이 처음이라 나는 잠시 행복에 빠졌다. 하지만 내 집에 다 왔을 즈음 그녀가 나와 함께 있는 모습을 공개적으로 드러낸 건 우리의 사랑이 영원히 끝났음을 의미한다는 사실을 비로소 깨달았다.

❋

집에 다 왔을 때 인부 하나가 앞쪽 포치의 기둥을 뜯고 있었다. 또 한 명은 뒤쪽 담벼락을 허물려는 참이었다. 테드는 뒤쪽 정원에 있었고, 나는 인부들이 채송화 싹과 무더기로 자란 푸른 돌나물을 짓뭉개 풀 두엄으로 만들어도 놀라지 않으려고 숨을 골랐다. 벌은 평소보다 더 많이 사방 천지에 날아다녔고, 나는 벌을 배반한 것이 지독히 미안했다. 뒤쪽 정원을 둘러보며 미안하다고 속삭이는데 테드가 기계에 올라탄 채 뒤쪽 담벼락을 부수고 들어오려는 모습이 보였다.

C가 중단하라고 소리쳤다. 테드는 시동을 껐고, 그녀는 그가 있는 쪽으로 걸어가 내게 등을 돌리고 말을 하기 시작했다. 그의 몸이 살짝 틀어져 있어서 그녀의 말을 들으면서 나를 보고 있다는 것을 알 수 있었다. 그는 내가 뭔가를 빼앗아간 것처럼 나를 쳐다보았다. 눈에 힘을 잔뜩 주어 금방이라도 깜박일 것 같은 시선이었다. 테드와 그녀가 함께 있는 장면은 익숙하지 않았지만, 그도 안다는 걸 깨달았다. 어떤 수준에서, 의식적인 수준이 아니라 더 깊은 수준에서 남자의 직감으로 알고 있었다. 그는 C에게서 몸을 돌려 다시 기계를 작동했다. 그리고 벽을 들이받자 쩍하고 벽이 갈라졌다. 또 한번 들이받으려고 뒤로 물러났다가 다시 앞으로 나아가려는 찰나 모터보다 더 시끄러운 소리가 들렸다. 집에서 어둠이 쏟아져나왔다. 내릴톱이 윙윙거렸다. 뒤쪽 담벼락에서 달콤한 냄새가 폭발하면서 테드와 C는 순식간에 와글거리는 벌에 둘러싸

였다.

나는 두 방 쏘였을 뿐이지만 그건 나를 모르는 어린 벌의 소행일 것이다.

나는 C를 구해 곧장 차고로 옮겼다. 테드까지 구하러 돌아오자 그는 그를 쏘아 침묵시킨 움직이는 구름 아래 쓰러져 있었다. 그가 비막이 판자에 만든 균열에서 벌꿀이 방울져 떨어졌다. 굴착기에서도 벌꿀이 떨어졌다. 나는 그가 있는 쪽으로 걸어가 거기에 서서 벌들이 그의 등 위로 이리저리 날아다니는 모습을 지켜보았다. 벌들은 이제 분노를 전부 표출한 것 같았다. 몇 마리는 벌집을 복구하러 날아갔다. 그가 움직이기를 기다리면서 나는 손을 뻗어 기계의 투스*에서 떨어지는 벌꿀을 맛보았다. 벌집 안은 어두웠고 내가 꽃에 쏟은 정성 때문인지 풍요로웠다. 나는 벌집을 한 조각 크게 떼어내 붙어 있던 한두 마리를 쓸어낸 뒤 벌꿀이 뚝뚝 떨어지는 그 밀랍을 입안에 쑤셔넣었다. 차고 문 앞에 나와 있던 C가 내 행동을 지켜보았다. 그녀는 그것을 지금껏 목격한 행위 중에서 가장 냉혹한 행위라고 했다. 테드가 의식을 잃고 붕붕거리는 벌 떼 아래에 누워 있는데 내가 태연히 꿀을 먹은 것 말이다.

나는 그녀가 태어나 살면서 지금보다 훨씬 나쁜 상황에 처한 적이 있다는 걸 알고 있었다. 하지만 내가 벌꿀 맛을 본 그 단순한 행위는 테드가 의식을 회복하고 다시 일을 시작했을 때 그녀가 철거 작업을 계속해도 좋다고 허락해준 원인이 되었다. 이상한 일은,

---

* 중장비의 버킷 끝에 갈퀴처럼 달린 부분.

당시 그는 어마어마한 벌에 쏘이고도 살아남았는데 일 년 뒤에 그 일을 끝낸 건 단 한 마리의 벌이었다는 사실이다. 목구멍이 막혀 도와달라는 소리를 지르지도 못하고 그는 숨이 끊기고 말았다.

나는 변호사 시험에 통과했고 인디언 법을 전문 분야로 해서 개업하기로 결심했다. 나는 한 부족에게 땅을 되찾아주었고, 워싱턴으로 가서 부족 종교와 관련한 소송을 한 건 두 건 맡다가, 이곳에 돌아올 기회가 생겼을 때 주저 없이 돌아왔다. 다만 플루토가 아니라 내가 제럴딘과 결혼하고 그동안 모든 진실이 줄곧 기다린 여기 보호구역으로였다.

어머니에게 같이 살자고 해보았지만 어머니는 거부하면서 플루토에 남겠다고 고집했다. 어머니를 찾아갈 때는 타운을 통과해서 걸어갔고 그러면 불가피하게 우리 집이 있던 공터를 지나가게 되었다. 테드는 어떤 볼품없는 건물을 세울지 결정하기 전에 저세상으로 가버렸고 땅은 이제 잡초로 뒤덮였다.

어느 날 거기에 서 있는데 차 한 대가 지나가다 멈춰 섰다. 헐렁한 여름 드레스를 입은 나이 지긋한 여자가 차에서 내려 나에게 걸어왔다. 타는 듯한 선홍색 꽃무늬 드레스가 내 눈을 현혹했다. 가까워져서야 C를 알아보았다. 예전엔 꽃무늬 옷은 절대 입지 않았고 오로지 단색만 입었다. 머리는 하얗게 센 대로 두었다. 또한 나이를 많이 먹어 이제는 뼈가 물렁해진 구부정한 모습으로 변해 있었다. 내 얼굴에 드러난 표정을 보고 그녀는 만족한 것 같았다.

"내가 늙을 거라고 안 그랬어?"

"믿지 않았어요."

C는 내 어색함은 조금도 염두에 두지 않은 것 같았다. 오히려 그것이 그녀의 확신을 굳힌 것 같았고, 그래선지 목소리에는 비아냥거림이 배어 있었다. "내가 언제까지나 아름다울 거라고 생각했어? 우아하게 나이 들면서?"

그녀의 얼굴을 들여다보면서 나는 여러 표정을 읽었다. 창피함, 저항, 어쩌면 간절함. 하지만 다정함은 찾아볼 수 없었다.

"그 일을 기어이 했더군요." 마침내 내가 말했다.

"너를 떠나게 하려면 그 수밖에 없었어."

나는 한 발짝 그녀에게 다가갔지만 그녀는 돌아서서 씩씩하게 차로 돌아갔다. 나는 그녀가 멀어지는 모습을 지켜보았다. 잠시 후 나는 석회암 계단을 올라가 내가 자란 집의 참나무와 유리로 된 보이지 않는 앞문으로 들어갔다. 복도를 지나 긴 직사각형 식당으로 들어가 무늬가 새겨진 체리나무 벽난로 선반에 손을 얹어보았고, 이어서 부엌으로 갔다. 나를 둘러싼 집의 실내가 너무 진짜 같아서 삼나무로 만든 벽장에서는 좀이 슨 리넨 냄새가, 가스레인지의 화구에서는 가스 새는 냄새가, 점토화분에 심은 제라늄에서는 톡 쏘는 알싸한 냄새가 나는 것 같았다. 나는 납유리로 된 거실 유리창 밑에 바짝 붙여놓은 카우치로 가서 정확히 그 자리에 드러누웠다. 눈을 감자 모든 것이 되살아났다. 책이 가득한 책장, 벽널, 어머니가 테이블 앞에 앉아 사부작거리며 카드를 섞던 소리.

어두운 마음의 집에서 골목길이 보였고, 그 골목에서 길은 타운 끝까지, 망자의 투명한 침묵이 머무는 가장 먼 경계까지 이어졌다. 무덤 사이에 내가 다니던 길이 있었고, 그 길을 따라가면 그녀의 뒷문이, 그녀의 얼굴이, 시간을 초월한 그녀의 침대가, 그녀의 뼈로 만든 잃어버린 건축물이 나왔다. 나는 몸을 돌려 야생우엉이 뭉개진 곳에 편안한 자세로 엎드렸다. 벌 한두 마리가 나른한 허공을 붕붕거리며 날아다녔다. 벌 떼는 무너진 담벼락을 버리고 땅 밑에 새 집을 지었다. 지금은 묘지에서 분주히 돌아다니며 두개골에 흰 벌집을 짓고 관에는 검은 빛깔의 달콤한 벌꿀을 채우고 있을 것이다.

✖

결혼식이 끝나고 한 달 뒤 제럴딘과 함께 앉아 있을 때였다. 전국 뉴스 방송을 보다 우리는 각자 앓은 병에 대해 대화를 나누게 되었다. C의 이름이 나오자 제럴딘이 말했다. "아, 인디언은 치료하지 않는다는 그 의사."

"무슨 소리?"

C를 알았던 세월 동안, 그녀와 사랑을 나눈 그 세월 동안 나는 그 사실을 전혀 몰랐다. 그리고 나라는 사람 역시 우리 부족의 일원이었다. 이 일로 성장하는 동안 내 마음이 보호구역에서 얼마나 멀었는지 알 수 있었다. 하지만 판사로서 접하는 정보를 통해서도, 어머니를 통해서도 그 사실을 알지 못했다는 것 또한 이상한 일이었다. 그때 내 머리의 혹이 기억났다.

"확실해요?" 내가 말했다.

"틀림없어요."

"어째서 그런 거지?"

제럴딘은 텔레비전을 끄고 다시 내 옆에 앉았다.

C에 대해 말하면서 우리는 그녀를 언급하지 않는다는 암묵적인 규칙을 위반했다. 게다가 더 많은 말이 오갔다. 제럴딘은 내 말을 믿지 않았다.

"알고 있었을 텐데요."

우리 사이에서 C와 나의 관계를 인정한 것은 이번이 처음이었다. 나의 일부는 그 주제를 영원히 내려놓고 싶어했지만 또다른 일부는 내 말이 틀리지 않다는 걸 증명해야 한다고 고집을 부렸다.

"몰랐어요." 내가 말했다.

이 말은 내 귀에도 거짓으로 들렸다. 우리 사이에 돌연 틈이 생겼다. 당황해서 그렇게 내뱉고 말았지만, 그 순간 이후로 그 말은 늘 돌이키고 싶은 말이 되었다.

"하지만 나는 치료해주었는데."

제럴딘은 내 눈을 물끄러미 들여다보다 이윽고 시선을 돌렸다. 나는 그녀의 눈에서 실망하는 빛을 읽었다.

"예외는 언제나 있는 법이군요." 제럴딘이 말했다.

제럴딘은 그 세월 동안 그녀가 환자를 돌려보낸—위급한 순간에도—몇 가지 사례와 그녀가 우리 부족 사람들을 진료하지 않는다는 사실이 얼마나 널리 퍼져 있었는지 말해주었다. 사람들 모두 이유를 알고 있었다. 그건 정원에 심을 품종에 대한 고집 이상이었다. 제럴딘은 역사가 개입되어 있다고 말했다. 그 순간 나는 그 의사를 전부 안다고 생각했지만 하나도 몰랐다는 걸 깨달았다. 끝나고 난 뒤에야 깨달은 것이다. C와 내 나이가 같았더라도 그건 문제가 아니었다. 그녀가 내 혹을 치료해주고 나와 연인이 되었지만 나는 언제나 그녀에게 단 한 명의 예외일 뿐이었다. 더욱 나쁘게 생각하면, 나는 그녀의 사면이었다. 내가 그녀를 어루만질 때마다 그녀는 용서를 받았다. 그 모든 일을 전체적인 틀에서 생각해보았다. 제럴딘이 말한 것처럼 역사를 개입시켜보았다. 코델리아가 왜 나를 사랑했는지, 나를 사랑한다는 사실을 왜 참아내지 못했는지 따져보기 전에 나는 먼저 역사를 철저히 이해해야 했다. 그리고 왜 나와 함께 있는 것을 보이지 않으려고 했는지, 왜 내 집을 허무는 것이 그녀의 유일한 선택이었는지, 왜 오늘에 이르기까지 혼자 사는지에 대해서도.

코델리아 로크렌 의사의 이야기

Doctor Cordelia Lochren

플루토의 재앙 우표

❦

플루토에서는 이제 죽은 자의 수가 산 자의 수를 넘어서고, 묘지는 여기 부엌에서 보이는 야트막한 언덕까지 밀고 올라가 지그재그로 세워진 흰 묘석들을 드러낸다. 술집도, 극장도, 철물점도, 자동차 수리점도 없고, 오직 휘발유 펌프만 있다. 신부는 일주일에 한 번 성당에 온다. 그가 오는 시점에 맞춰 잔디가 깎인 적은 거의 없고 심어진 꽃도 물론 없다. 여름이 되면 오래된 화단에 잡초만 무성하다. 하지만 신부가 오면 타운 카페에서 만들어야 할 요리가 한 사람 분은 더 는다.

타운에 카페가 있다는 사실은 꽤 놀라운 일이며, 건물이 황폐하거나 심란해 보이지도 않는다. 어느 가족이 자신들이 경영하던 드라이브인 식당이 모진 폭풍으로 무너지자, 철수한 은행을 보험금으로 구입해 4-B's라는 간판을 내걸었다. 화강암으로 된 정면과 아치 모양 창문, 그리고 이십 피트 높이의 천장 때문에 카페는 더욱 견고하고 심지어 호화롭게 느껴진다. 특별행사를 기록하는 칠판이 있고, 농장 사고로 손이 잘려나간 지역 소년의 병원비와 수술비에 보탤 잔돈을 넣는 담배상자가 현금등록기 옆에 있다. 이곳에 남은 사람들이 대부분 그러하듯 나 또한 하루의 상당 부분을 여기 카페에 와서 보낸다.

지금은 타운 청사를 유지하는 것이 의미가 없어서 카페는 타운 의회나 취미 모임을 위한 공적인 장소로, 혹은 교회 단체나 카드게임을 하는 사람들이 만나는 장소로 쓰인다. 가장 가까운—육십 팔 마일 남쪽에 있는—쇼핑몰로 가는 쇼핑객의 비공식적 집결지이자 타운의 젊은 엄마들이 만나 대화를 나누는 장소다. 그들은 카시트 겸용 유모차를 한 발로 이리저리 밀면서, 반대쪽 부스 끝에서 왁자지껄 떠드는 남편들만큼 격렬하게 욕하고 빈정거린다. 나처럼 자식이 없는 사람이나 혹은 전쟁 때문에, 혹은 멀리 떨어져 살아서, 혹은 인구 감소 때문에 배우자가 없는 사람도 여기서 식사를 한다. 또한 나름의 이유로 노스다코타 주 플루토에서 집한 채를 유일한 재산으로 가진 이혼자나 독신자도 그렇다.

집을 원래 가치에 못 미치는 액수로 팔게 되면 다른 고장에 가서 평생 세입자로 살아야 하기 때문에 우리는 이곳에 남는다. 하지만 우리가 마당을, 거실을, 차고를 아무리 끈질기게 붙잡고 늘어져도 해마다 한두 사람의 움켜쥔 손은 풀어진다. 우리는 점점 줄어든다. 우리 타운은 죽어간다. 나는 은퇴한 해에 플루토 역사협회의 회장으로 선출되었고 예상한 것보다 더 많은 책임을 떠맡게 되었다.

당시만 해도 우리가 번영하지는 않더라도 다음 밀레니엄까지는 살아남을 것으로 보였다. 하지만 우리의 비료공장은 파산했고 농기구 상권은 보호구역의 다른 지역으로 옮겨갔다. 우리는 여전히 농사를 짓지만 각 주를 이동하는 저렴한 운송수단에서 이미 상당히 소외되었다. 우리의 고속도로는 한 번도 보수되지 않았고 우리는 쇠락하기 시작했다. 그렇게 되자 나는 사람들이 비밀을 지켜봤자 소용없다는 사실을 알 때, 혹은 한 장소에 대해 남은 이야기는 언젠가 전부 기록에 남게 된다는 사실을 알 때 비로소 털어놓는, 발설하지 않은 많은 이야기의 저장소가 되었다. 그들은 그 비밀들이 진실을 비춰내기를 바란다.

내 친구 니브 하프는 타운 건설 초창기에 활약한 집안 중 마지막으로 남은 집안의 한 명이다. 최초로 신타운 계획을 꿈꾼 무리가 측량에 실패한 뒤 투기꾼 프랭크 하프가 나타났는데 그녀는 그의 손녀다. 프랭크는 당시 대북부 철로를 따라 일련의 타운을 세운 '다코타와 대북부 타운 개발 계획 회사'의 일원이었다. 그들은 이익을 바랐다. 타운 부지는 사업을 하거나 집을 지으려고 토지를 사들이는 모험가들을 위해 꼼꼼히 지도에 옮겨졌다. 주변 농부들이 물품을 구입하러 타운에 올 것이고, 기차로 수확물을 싣고 와서는 유흥업소의 단골이 될 것이었다.

이제 물론 기차는 사라졌지만 우리는 여전히 떠나지도 머물지도 못한 채 여기서 살고 있다.

토지를 구획하러 떠나는 무리는 마차로 이동했고, 풍경의 자연적 특징이나 다른 타운과의 간격을 고려해 뉴타운을 세우기에 적당한 곳이라고 모두 동의하면 그곳에 캠프를 세웠다. 그 무리가 지금 우리의 타운이 된 이곳에 이르렀을 땐 더 붙일 이름이 없었다. 여러 해 동안 여기저기 돌아다니면서 지도를 작성한 까닭에 대통령, 외국의 수도, 중요한 광물, 위대한 정치가, 북아메리카의 포유류, 그리고 그들의 자식 이름까지 죄다 써버렸기 때문이다. 동쪽으로는 깔끔하게 표시한 제우스, 넵튠, 아폴로, 아테나가 있었다. 비너스는 혹여 미래에 방탕한 생활을 조성할지 모른다는 이유에서 제쳐놓았다. 프랭크 하프가 플루토를 제안했고, 그들은 그 이름이 지하세계를 다스리는 신의 이름이라는 사실을 미처 깨닫지 못하고 채택했다. 그곳은 언제나 플루토라는 이름으로 불렸지만 공식적으로는 1906년 붐이 일어나기 전까지 기록에 등장하지 않았고, 행성 플루토는 그로부터 이십사 년 후에 발견되었다. 플루토가 우리 태양계에서 가장 춥고 가장 외롭고 어쩌면 가장 환대받지 못하는 행성이라는 사실이 아이러니하지만, 그런 측면이 우리의 작은 타운에 반영된 것은 결코 의도하지 않은 일이었다.

플루토에서는 매우 극적인 일이 일어났다. 1911년에 일가 다섯 명, 그러니까 부모, 십대 소녀, 여덟 살과 네 살 소년이 살해당했다. 후끈 가열된 분위기에서 한 무리의 사내들이 인디언 몇 명을 쓸어버렸고, 그 사건은 당시 '부당한 정의'로 불린 수치스런 일의 한 부분이 되었다. 타운은 언급을 회피한다. 나도 생각이 멀어졌다. 밝혀지기로는, 그 일이 일어난 직후 그 소녀를 광적으로 사랑한 이웃 소년이 사라졌고 오랜 세월 동안 그 소년이 유일한 용의자로 남았다고 했다. 그 일가 중 한 명이 살아남았다. 폭력이 자행되는 동안 거치적거리지 않게 침대 뒤로 밀린 아기 침대에 잠들어 있던 칠 개월 된 아기였다.

1928년에는 플루토 국립은행의 소유주가 타운의 자금 대부분을 챙겨 달아난 일이 일어났다. 그가 가려고 한 곳은 브라질이었다. 남동생이 그를 뒤쫓아가서 돌아오라고 설득했고, 자금의 대부분은 반환되었다. 남동생은 고객을 일일이 찾아다니면서 계좌는 이제 안전하며 은행은 살아남았다고 설득했다. 소유주는 스스로 목숨을 끊었다. 그 남동생이 은행장이 되었다. 타운 묘지 언덕의 가장 높은 곳에는 전쟁 기념비가 세워져 있다. 1949년에 1, 2차 세계대전의 영웅을 기리며 커다란 화강석에 열일곱 명의 이름을 새겼다. 그중 한 명인 토벡 헤스는 일가를 살해했다고 여겨지는 소년의 이름이다. 그는 캐나다로 갔고, 1차 대전 초반에 징집되었다. 그의 사망 통보가 누나 일렉타에게 전해졌다. 일렉타는 타운 의회의 의원과 결혼했으며 소년 용의자의 부모처럼 멀리 달아나지 않았다. 그녀는 그의 이름이 영예로운 전사자 명단에 포함되어야 한다고 주장했다. 하지만 밝혀지지 않은 어느 지역 주민이 그의 이름을 쪼아 없애서 이제는 지워진 흔적만이 그의 이름을 표시하는 전부가 되었고, 참전용사의 날에는 기념비 주위로 깃발 열여섯 개만이 땅에 꽂힌다.

가뭄과 괴상한 사건과 격정으로 말미암은 다른 범죄도 일어났지만, 좋은 일도 있었다. 일가 살해 사건에서 살아남은 칠 개월 된 아기는 오릭과 일렉타 호그 부부에게 입양되었다. 그들은 아기가 원하는 건 전부 들어주면서 사랑으로 키웠고, 성장하자 막대한 비용을 들여 동부의 대학에 보냈다. 돌아오리라는 기대는 아예 하지 않았다. 하지만 구 년이 지나서 그녀는 의사가 되어 돌아왔다. 그 지역 최초의 여의사였다. 그녀는 개업을 했고, 자기가 물려받은, 학살이 일어난 그 집을 복구했다. 타운의 서쪽 변두리 묘지에 맞닿은 자그마하고 매력적인 비막이 판자를 댄 농가 건물이었다. 가택과 헛간에서부터 육백팔십 에이커의 농지가 넓게 펼쳐져 있었다. 환자들이 진료비를 지불하지 못할 때에도 그 땅을 임대한 돈으로 병원을 유지하고 간호사에게 보수를 주면서 진료를 계속할 수 있었다.

한 가지, 오직 한 가지 특이한 무능함 때문에 그녀는 수치스러웠다. 그녀는 인디언 환자가 오면 돌려보내는 것으로 알려졌다. 그래서 편협한 사람으로 여겨졌다. 하지만 사실 그건 그들이 함께 있는 자리에서 그녀가 불안정함과 유약함을 느꼈기 때문이다. 다른 한 가지가 그랬듯이 그것 역시 불가항력이었다. 그녀는 자기보다 훨씬 어린 한 청년을 사랑했고, 다른 측면에서 보더라도 그 사랑은 부적절했지만, 그와 함께 있으면 감정은 어쩔 수 없는 숙명의 힘으로 그녀를 사로잡았다. 혹은 광기의 시간이었다고 이제는 생각한다.

하지만 한편 그러한 감정은 종종 그녀의 삶에서 이치에 닿는 유일한 부분이기도 했다. 그 결속을 끊기 위한 노력으로 결혼을 했지만 과부가 되었다. 그리고 직업의 성격상 캠퍼스를 오래 떠나 있을 수 없는 대학 수영 코치와 마지막으로 애정관계를 맺었다. 그가 은퇴하면 플루토로 옮겨와 같이 살기로 그들은 줄곧 계획했다. 하지만 그는 어느 학생과 결혼하여 연중 내내 풀장에서 수영을 즐길 수 있는 남부 캘리포니아로 날아가버렸다.

❊

자살한 은행가의 동생은 머도 하프였다. 그는 타운 측량사의 아들이자 내 친구의 아버지다. 니브도 나처럼 이제 칠십대에 접어들었다. 그녀와 나는 관절이 녹슬지 않도록 날마다 산책을 한다. 니브 하프는 세 번 결혼했고 한 번 납치되었다. 그녀는 그 네 번의 사건을 모두 잘 견뎌냈다. 그녀는 처녀 때 쓰던 성을 되찾았고 자기 아버지에게서 물려받은 집으로 돌아왔다. 키가 크고 칼슘 부족으로 약간 구부정하지만, 지금은 내 충고에 따라 충분한 칼슘을 섭취한다. 그녀는 타운의 역사에서 진실을 복원하는 문제에 관심을 보이는 사람 중 하나다. 니브와 나는 습관을 지켜 하루도 빠짐없이 어떤 날씨에도(눈보라가 휘몰아치는 날까지) 함께 플루토 변방으로 이삼 마일 산책을 나간다.

"우리는 먼 옛날 한 쌍의 달처럼 궤도를 도는구나." 어느 날 니브가 말했다.

"플루토에 사람이 산다면 우리를 보며 시계를 맞출 거야. 아니면 우리를 숭배하겠지." 내가 답했다.

우리는 우리를 달의 여신이라 생각하며 웃었다.

토지나 부지는 대부분 비어 있었다.

타운의 금고에는 도로 복구에 쓸 돈이 없었고, 대다수 도로는 내버려지거나 자갈길이 되고 말았다. 지금은 간선도로에만 아스팔트가 깔려 있지만, 우리는 땅이 울퉁불퉁해도 좋다. 그것이 우리를 더 오래 버티게 한다. 미끄러져 넘어지는 것은 원하지 않는다. 우리에게는 골반뼈가 부러지는 것이 가장 큰 공포다. 우리 나이에 거동을 못하면 그걸로 끝이다.

"머도의 형 옥타브가 왜 브라질로 달아나려고 했는지 말해줄까 생각하던 참이야." 어느 날 니브는 방금 그 일이 터진 것처럼 말을 꺼냈다. "타운 역사 뉴스레터에 네가 그 이야기의 전말을 써주면 좋겠어. 이제는 우리의 공식 기록에 진실이 남겨지기를 바라니까!"

나는 니브에게 산책을 마치면 카페에서 받아적을 테니 그때 말해달라고 부탁했지만, 어떤 이유에선지 그녀는 그날 아침 그녀의 내면에서 살아나 고집스레 날개를 퍼덕이는 이야기에 몹시 흥분해서, 나는 함께 걸으면서 그 이야기를 들을 수밖에 없었다.

"너도 기억하겠지만," 니브가 말했다. "옥타브 삼촌은 강물이 가장 낮았을 때, 즉 수위가 이 피트밖에 되지 않았을 때 익사했어. 말하자면 웅덩이에 몸을 던져 고개를 처박고 죽은 거지. 남자가 그런 오싹한 죽음을 스스로 실행에 옮기는 건 오로지 여자 문제일 거라고 생각하지만, 사랑 때문은 아니었어. 그는 사랑 때문에 죽은 게 아냐." 니브는 잠시 말을 멈추고 생각에 잠긴 채 백 야드 가량 걸음을 옮겼다. 이윽고 다시 입을 열었다. "우표 수집 기억나?

그게 얼마나 대단했는지도? 대유행이었잖아."

나는 기억난다고, 사람들은 아직도 우표를 수집한다고 말했다.

"그래, 그래, 내 남동생 에드워드처럼 취미로 모으는 사람들이 있긴 하지. 하지만 옥타브 삼촌한테는 우표가 전부였어. 그는 수집한 우표를 은행 금고에 보관했어. 이 타운에서 가장 잘 지켜진 비밀은 그 우표들이 정확히 얼마만큼 가치가 있느냐 하는 것일 거야. 나조차도 아주 최근까지는 그 가치를 몰랐으니까. 알겠지만, 1932년에 우리 은행에 강도가 들었을 때 강도들은 그 금고까지 침입했어. 거기 있던 현금은 모조리 챙겨갔지만 우표책 쉰아홉 권과 특별히 상아로 제작하고 펠트를 댄 상자 스물두 개는 손도 대지 않았지. 하지만 그 우표들의 가치는 강도들이 훔쳐간 돈과 비교할 수도 없는 정도였어. 은행에 보관된 돈의 대부분과 맞먹는 액수였거든."

"그 우표책에 무슨 일이 일어났어?" 그 일에 대해서는 어지러운 소문만 난무해서 나는 몹시 흥미가 당겼다.

니브는 내게 흘끗 은밀한 시선을 던졌다.

"내 동생이 지스러기 우표들을 가져갔지만 그애는 거기에 정말로 뭐가 있는지는 전혀 몰랐을걸. 은행 주인이 바뀌었을 때 내가 그 우표책의 대부분을 챙겨갔지. 너도 알다시피 난 우표책 보는 걸 좋아하잖아. 텔레비전보다 더 낫거든. 그 우표책들은 앞쪽 방에 뒀어. 테이블에 쌓아올린 채. 너도 그 우표책을 봤지만 일언반구도 없었잖아. 펴보지도 않았고. 그랬다면 처음에는 나처럼 그 섬세함과 무궁무진한 다양성에 매료되었을 텐데. 나중엔 그 우표

자체를 더 많이 알고 싶어졌을 테고. 그러면 어느새 거기에 얽힌 역사를 알아야 한다는 생각에 사로잡혔을 거야. 내 삼촌과 내 동생을, 그리고 최근에 나를 사로잡은 것처럼. 고맙게도 난 그들만큼 심하지는 않았지. 물론 너한테는 너만의 관심사가 있을 거야."

"그래. 그것에는 하느님께 감사하지." 내가 말했다.

성당을 지나가면서 신부가 와 있는 것을 보았다. 큰 소리로 인사하자 그 불쌍한 양반은 우리를 보며 손을 흔들어주었다. 아무도 돌보지 않았으므로 직접 잔디를 깎고 있었다. 슬프고 고단해 보였다.

"선량한 사람들을 무슨 짐승처럼 대우한다니까." 이렇게 말한 뒤 니브는 어깨를 으쓱했고 우리는 걸음을 재촉했다. "삼촌의 옛날 편지를 읽고 서류를 검토하면서 한 가지 사실을 발견했어. 우표 수집가라면 어느 시점에 특정한 방향으로 기울기 시작하는데, 삼촌의 관심은 이른바 우표 수집의 어두운 면에 쏠려 있었어."

나는 니브에게서 어두운 성향을 본 적이 있다고 생각했지만, 우표에 대해서는 놀라움이 가시지 않았다.

"삼촌이 우표 수집가들의 성배라고 할 수 있는 영국령 기아나의 일 센트짜리 자홍색 우표와 푸른색 대신 오렌지색으로 인쇄된 1855년 발행판 삼 센트짜리 스웨덴 우표, 게다가 투른 앤드 탁시스*에서 발행한 우표들과 고가의 멀레디 커버에 붙은 최상의 우표

---

* 16세기에 유럽의 우편배달 시스템을 구축하고 독점한 독일 가문의 이름이자 기업명.

들*을 구한 뒤부터 삼촌의 관심은 그 우울증 기질 때문에 엄밀히 말하면 실수로 만든 우표들에 쏠렸어. 내 생각에는 삼 센트짜리 스웨덴 우표가 그 시발점인 것 같아."

"물론 나만 해도 위아래가 뒤집힌 비행기 우표는 아는걸." 내가 말했다.

"다홍색과 푸른색이 반대로 된 이십사 센트짜리 장미 우표도 있어. 그래!" 그녀는 아주 즐거워 보였다. "삼촌의 메모를 쭉 읽으면서 그걸 찾아내려고 우표책을 샅샅이 뒤졌어. 메모에 의하면, 삼촌은 스웨덴 우표처럼 색깔에 교묘한 착오가 있는 것부터 시작했고, 이어서 겹인쇄가 된 것, 절취선이 없는 것, 액수가 누락된 것, 장식무늬가 빠진 것 등 기형 우표들을 수집했어. 게다가 남부 동맹을 위해 낡은 수동 인쇄기로 우표를 찍어냈다는 프랭크 뱁티스트라는 열일곱 살 소년에게 우표책 한 페이지를 몽땅 할애했다는 말도 적혀 있어. 아직은 어느 페이지인지 확실하지 않지만 반드시 찾아내고 말 거야."

니브는 그 이야기를 하면서 기분이 한층 고양되어 자갈투성이 길을 내달렸고, 나는 그녀의 말소리를 놓칠까봐 서둘러 쫓아갔다. 그녀는 숨을 고르기 위해 나무에 기대서서 옥타브 하프가 은행 돈을 챙겨 달아나기 대략 육 년 전에 재앙 우표에 몰두하기 시작했다고 말했다. 재앙 우표란 우리를 시험하고 파멸시킨 끔찍한 사건에

---

* 영국에서 우편 개혁이 일어날 당시 윌리엄 멀레디에게 우편물용 특별봉투를 디자인하게 하고 거기에 우표를 붙이도록 했다.

서 살아남은 우표와 커버(봉투나 그 비슷한 것들)를 말했다. 사건의 흔적이 남은 이런 우편물은 그 상태가 얼마나 심각한지에서 가치를 찾았다. 물로 얼룩진 것, 나달나달한 것, 심지어 핏자국이 남은 것도 있다고 했다. 그러한 훼손이 그런 우표의 매력인 것이다.

그즈음 우리는 이전에 은행이었던 카페에 다다랐고, 나는 니브가 폭로한 사실을 앉아서 기록할 수 있다는 게 기뻤다. 카페 주인에게 종이 몇 장과 펜을 빌리고 커피와 샌드위치를 주문했다. 나는 언제나처럼 덴버 샌드위치를 먹었고 니브는 베이컨을 뺀 양상추와 토마토 샌드위치를 주문했다. 그녀는 플루토에서 유일하게 엄격한 채식주의자였다. 우리는 커피를 홀짝였다.

"주문한 책을 다 읽었거든." 니브가 말했다. "우표 수집가에 관한 건데, 우표 수집은 혼란에 빠진 사람들에게 피신처가 되어주고 의기소침한 영혼들에게는 새로운 원기를 불어넣어준다고 되어 있어. 내 생각엔 옥타브 삼촌도 그런 종류의 위안을 얻고 싶었던 것 같아. 하지만 재앙 우표에 몰입할수록, 아버지 말씀으로는, 기분이 더욱 울적해진 거야. 그래도 귀한 우표를 구했을 때는 기분이 밝아졌어. 전 세계 사람들과 편지를 주고받기도 했고. 그건 매우 획기적인 일이었어. 나한테 삼촌이 우표 수집상과 주고받은 편지가 무더기로 있어. 삼촌은 특이한 재앙에서 살아남은 우표와 커버를 몇 년 동안 추적했지. 물론 거기엔 전쟁도 포함돼. 독립전쟁에서 크림전쟁, 1차 대전에 이르기까지 전부. 군인들이 편지를 직접 운반하는 일도 비일비재했어. 그런 편지들이 결국엔 수집가들의 손에 들어갔다는 생각은 그들도 하고 싶지 않을 거야. 아무튼 삼촌은 자연 재앙을 더 선호했고, 인간이 일으킨 사건은 그만큼 좋아하진 않았어." 니브는 커피잔을 톡톡 두드렸다. "그는 힌덴부르크 사건*에도 매료되었을 거고, 그 사건과 연관한 우표도 틀림없이 한두 장쯤은 어딘가에 있을 거야. 현대의 재앙도 물론 그렇고."

그녀가 어떤 사건을 생각하는지 문득 알 것 같았다. 우리가 35대 대통령을 잃은 날 부쳐진 편지들, 어쩌면 재클린 케네디의 지갑 속에서 기다리고 있었을 편지들, 이를테면 백악관의 감사편지 같은 것이 머릿속에 떠올랐다. 이런 많은 종잇조각이 지금은 수집상의 손에서 전 세계에 퍼진 옥타브 같은 사람들에게 판매되기를 기다린다는 생각이 들자 약간 오스스했다. 니브와 나는 생각이 매우 비슷했다. 그녀가 커피에 설탕을 넣으려고 했다. 그녀는 혈당에 문제가 있어서 그건 고통을 자초하는 일이었다.

"넣지 마. 밤새 못 잘 거야." 내가 말했다.

"알아." 그녀는 그래도 설탕을 넣고 유리로 된 설탕통을 되돌려 놓았다. "그렇지만 시간이 사건의 공포를 어떻게 완화하는지, 또 사건이 우리에게 같은 식으로 영향을 미치는 걸 어떻게 그만두는지 신기하지 않아? 하지만 너한테 이 전부를 말해주는 건 옥타브가 왜 브라질로 떠났는지 설명하기 위해서야."

"그렇게 큰돈을 갖고서 말이지. 이제야 우표를 찾아 여행을 떠난 거라는 생각이 드는구나."

"정확히 맞혔어." 니브가 말했다. "어제 동생과 대화를 나누다,

---

* 1937년 독일 비행선 힌덴부르크가 폭발해 승객 97명 중 36명이 사망한 사건.

정말 신기하게도 옥타브가 뭘 찾고 있었는지 우리 아버지가 말한 걸 그애가 기억해냈어. 그 우표가 어마어마하게 부자인 어느 브라질 여성의 소유물이었던 거지. 삼촌은 메모에서 1883년 크라카타우 섬 폭발에서 살아남은 편지를 언급하는데, 그 편지는 폭발 직전에 쓰여 증기선에 실어 보내졌고 네덜란드 우표가 붙어 있었어. 1888년 동부 해안에서 일어난 눈사태로 사망한 뉴햄프셔 주 우편배달부의 등에는 우편물 자루가 꽁꽁 얼어붙어 있었는데, 삼촌은 거기서 나온 편지도 한 통 갖고 있었어. 타이타닉 호 침몰 당시의 편지도 인증받은 걸로 갖고 있었지만, 다른 우편물도 언급한 걸 보면 아무튼 되찾은 우편물이 꽤 있었던가봐. 하지만 그는 해양 재난에는 큰 흥미가 없었어. 아니, 그가 구하려고 한 것은 기원후 79년에 쓰인 편지였어."

나는 그 당시에도 우편제도가 있었는지 몰랐는데, 니브는 우편제도는 역사가 굉장히 오래되었으며, 자기가 방금 언급한 그해, 그러니까 베스비오 화산이 폭발해 폼페이를 화산재 속에 묻은 그 연도보다 오백 년도 더 전에 헤로도토스가 "눈이 와도, 비가 와도, 밤의 공포 속에서도"*라는 모토를 만들었다고 확신했다. "너도 알겠지만 그 지역은 호기심 많은 탐사자들이 백 년하고도 오십 년 동안 약탈해간 뒤에야 발견되었고, 그전에는 보전하려는 노력이 전혀 없었어. 그 무렵 상당히 많은 발굴물이 수집가들의 손으로 흘러들어갔지. 아버지 플리니우스가 아들 플리니우스에게 보낸

---

* 뉴욕에 있는 제임스 팔리 우체국 빌딩에 적힌 말.

편지 한 통이 런던에서 감질나는 시간 동안 나타났다지만, 옥타브가 수집상에게 연락을 취했을 때 그 양피지는 이미 도난당한 뒤였어. 하지만 수집상은 그 편지가 암거래로 포르투갈인 고무왕의 부인 손에 들어간 것을 추적해냈어. 그 여자는 우표 수집가는 아니었지만 옥타브와 비슷한 강박증을 가진 사람이었지. 그녀는 폼페이에 관한 거면 뭐든 관심이 있어서 자기 집 벽에 폼페이 프레스코화를 정확히 모사해놓을 정도였어. 서로 채찍을 휘두르는 여자들 같은 거 말이야."

"생각해봐. 브라질에서."

"노스다코타 주에 있는 소타운의 은행가가 세계적 수준의 우표를 수집하는 것만큼이나 이상한 일이구나."

나는 동의했고, 니브의 삼촌을 기억하려고 해보았다.

"옥타브는 물론 독신으로 살았어."

"그리고 매우 소박하게 살았지. 하지만 플리니우스의 편지를 구입할 만큼의 돈은 없었어. 그래서 은행의 돈과 수집한 우표를 들고 나라를 떠나려고 했지만, 우표가 그의 발목을 붙잡은 거야. 내 생각에는 세관에서 우표에 문제를 제기한 거 같아. 나라를 떠나는 걸 허락해줘야 하나 말아야 하나 같은 문제 말이야. 가령 프랭크 뱁티스트의 우표는 미국 역사에 대한 본문 주석 같은 거였거든. 아버지는 뉴욕 시에서 삼촌을 찾아냈어. 옥타브는 신경쇠약에 걸려 어느 호텔 방에서 꼼짝도 못하고 있었지. 우표가 몰수될까봐 잔뜩 겁을 집어먹은 채. 플루토로 돌아온 뒤부터 술을 퍼마셨고, 그때부터는 예전과 딴판이었어."

"그 폼페이 편지, 그건 어떻게 됐어?"

"그 브라질 부인이 그 편지를 옥타브에게 팔고 싶다며 보낸 편지가 있어. 줄을 쳐서 지우고 눈물로 얼룩진 난잡한 편지."

"재앙 편지?"

"그래. 그렇게 말할 수도 있겠다. 그 부인의 세 살짜리 아들이 어쩌다 그 폼페이 편지를 손에 쥐게 됐는데 가지고 놀다가 갈기갈기 찢어버렸대. 그렇게 보면 한편으로 상심에 빠진 여자가 보낸 재앙 편지라고 할 수 있지."

더는 남은 이야기가 없었고, 이제는 우리 둘 다 생각에 잠기고 싶었다. 우리는 앞에 놓인 샌드위치를 먹기 시작했다.

니브와 나는 저녁 시간을 각자 조용히 실내에서 책을 읽거나 텔레비전을 보거나 음악을 듣거나 혼자 간소한 저녁을 먹으면서 보냈다. 고대에 호수 밑바닥이던 땅에서 화산이 폭발해 그 화산재가 단숨에 우리를 덮쳐 죽인다면 우리는 정적인 형태로, 숙명처럼 근엄하게 앉아 그림이나 글자를 뚫어져라 처다보는 모습으로 보존될 것이다. 책에서 석고로 형을 뜬 모습을 본 적이 있었다. 폼페이에서 발굴된 형태들이 처음 주목받았을 때 단단한 화산재 속에서 그 형태가 존재한 공간만 신기하게 부재했다는 사실을 나는 안다. 그 공간이 석고로 채워지고 화산의 잔해가 깎여나가자 최후의 순간을 맞은 인간들의 애처로운 형태가 드러났다. 이따금 나는 내가 물질이기에 앞서, 그런 부재에 더 가깝다고 생각한다. 나는 최후의 몸짓이기보다는 그것을 앞선 공허다. 자기 자신과의 동행에 오래 길든 사람들이 으레 그렇듯, 나는 이미 사라지고 없다.

그래도 황혼에서 한밤까지 나의 시간은 황홀하다. 나는 외롭지 않다. 내가 사생활과 침묵의 사치를 오래 즐기지 않는다는 것과 익숙한 주변을 소중히 여긴다는 것을 나도 안다. 니브는 마지막 결혼에서 얻은 두 의붓자식과 손자들을 그리워한다. 그들은 파고에 살지만 그녀는 저녁에 전화 통화를 자주 하고 그들을 직접 찾아가는 날도 많다. 니브와 나는 우리가 나이 먹었다는 사실이 낯설고, 우리의 삶이 얼마나 빠르게 흘러가는지 경이로움마저 느낀다. 니브의 인생은 납치와 몇 번의 결혼으로, 내 인생은 나 자신의 고통스런 황홀감 속에 다 지나가버렸다. 이따금 우리 자신의 모습이 눈에 들어오기라도 하면 우리는 소스라치게 놀란다.

혼자 종종 생각하는 거지만 내 나이에 니브처럼 좋은 친구가 있다니, 나는 정말 운이 좋다. 비록 니브가 가끔 어두운 생각을 탐닉하긴 하지만.

그날 밤 그녀는 내가 말리는데도 커피에 넣어 먹은 설탕 때문에 검은 기분의 발작을 일으켜 내게 첫번째 전화를 한다. 이따금 그러듯 납치범의 기묘한 아름다움을, 그의 집 뒷방 매트리스에서 그녀가 그에게, 혹은 그가 그녀에게 무엇을 가르쳤는지를 말한다. 그는 훈장을 받은 퇴역군인이 되었고, 한국에서 돌아온 뒤에는 엽기적인 카리스마가 생겨 불가해한 규율을 특징으로 하는 종교를 만들어 교주가 되었다. 그가 죽자 남은 몇 명은 지치고 비뚤어져 떠돌다가 시간이 지나면서 다시 지역 교회로 편입했다. 하지만 빌리의 만족할 줄 모르는 페니스 이야기는 질리도록 들었다. 나는 그녀의 기분을 전환해주고, 그녀는 드디어 전화를 끊는다. 하지만 얼마 후 그녀는 기이한 발견을 한다.

독서등 두 개를 양옆에 환히 켜둔 채 독서클럽에서 보내온 지나치게 달콤한 소설을 조용히 읽는데 전화벨이 다시 울린다. 니브는 숨 가쁜 목소리로 저녁 내내 돋보기를 들고 우표책을 살펴보았다고 말한다. 오래전에 알았어야 할 사실을 이제야 깨달았다고 한다.

"진짜 우표는 동생이 가져갔어." 그녀의 목소리는 거대한 번민에 빠져 울먹울먹한다. "내가 돈을 갖는 대신 동생은 우표를 골라 가게 했거든. 당시에는 몰랐어. 뭘 가져가야 하는지 그애가 알고 있을 거라곤 생각도 못했어. 결론은, 내가 가져간 건 가치가 없단 거야. 그애가 가져간 건……" 그녀는 말을 잇지 못한다. 목소리는 고양이의 가냘픈 울음소리처럼 마음을 흔든다. 그녀의 입술은 수화기에 눌려 있다. "백만 달러. 아마 그쯤 될 거야. 그애가 나를 속인 거야."

나는 웃음을 억누르고 "네가 동생을 속인 건 모두가 다 알아!"라는 말도 삼킨다.

그녀는 옥타브의 서류와 편지를 계속 훑으면서 자기를 번민에 빠뜨리는 또다른 뭔가를 발견했다고 한다. 서류철에는 그녀가 이전에 펴보지 않은 편지 묶음이 여덟아홉 통 정도 있었는데, 모두 동일인의 주소가 쓰여 있고 소인이 찍혀 있으며, 편지지는 물에 젖은 듯 울퉁불퉁한 데다 글씨는 번져 있었다. 각각 조금씩—소인의 미세한 금이나 살짝 찢어진 부분 같은 것—달랐다. 그녀는 무척 놀라서 그것들을 하나씩 검토했고, 그중에서 소인에 타이타

닉 호가 침몰하기 직전의 날짜가 찍힌, 그리고 그로부터 이 년 뒤에 발행된 오십 센트짜리 보라색 벤저민 프랭클린 우표가 붙은 봉투 한 장을 발견했다.

"그 명백한 사실을 인정하기가 무척 힘들구나." 그녀가 말했다. "삼촌에게 큰 연민을 품게 됐기 때문인 것 같아. 삼촌이 위조한 재앙 편지로 실험을 한 거라고 믿고 싶지만, 내가 발견한 건 증거나 다름없잖아." 그녀의 목소리는 옥타브가 그녀에게 직접 그 편지를 팔려고 한 것처럼 격분해 있다. (아마도 그런 심정이었을 거라고 생각한다.) "그는 런던에 있는 수집상에게 진짜처럼 꾸민 편지를 공급한 거야. 인증서도 만들려고 했어. 퇴짜를 맞은 것도 있었고."

나는 니브의 말을 중단시키려 하지만, 그녀가 이런 기분에 빠지면 그녀의 모든 분노와 슬픔이 그녀에게 되돌아와서, 마치 그녀가 세상을 꾸짖거나 그 하나하나를 전부 애도해야 할 것 같은 생각이 든다. 그녀는 희미한 핏줄이나마 이 지역 밖에도 가족이 있으니 나처럼 이곳에 꼼짝없이 붙들려 살지는 않을 것이다. 하지만 그런 말은 꺼내지 않으면 좋겠다. 나는 기회를 봐서 얼른 수화기를 내려놓고, 읽던 따분한 소설도 내려놓는다. 니브의 기분은 전염성이 있다. 나는 불현듯 음습하게 들이닥친 두려움의 소용돌이를 떨쳐버리려고 애쓰지만 어느새 침실로 가서 침대 발치에 놓인 상자를 열어 가족의 옷을 하나씩 쳐다본다. 나머지는 없애버렸거나 누군가 집어갔겠지만 장의사가 이 옷만은 빨아서 보관했고(내게는 친절하게도), 내가 이 집으로 이사할 때 그것을 챙겨주었다. 나는 조겐슨 장례식장 마크가 찍힌 거무스름한 봉투를 찾아 그 속에서 카드 봉투에 든 밸런타인 카드를 꺼낸다. 아마 틀림없이 옷주머니에 들어 있었을 것이다. 온통 감상적인 말뿐이고 종이 레이스로 장식한 촌스러운 것이다. 그 봉투에 플로리다의 위그노 기념비를 기념하는 우표가 붙어 있다는 것에 처음으로 주목한다. 밸런타인 카드에 이런 피 묻은 역사의 우표를 붙이다니, 무심코 한 일이 적절한 행동이 된 셈이다.

　이따금 공포와 고통의 소리가, 우레 같은 총성이 내 뇌 어딘가 가장 모호한 구석에 숨어 있는 게 아닐까 궁금하다. 사흘 동안 발견되지 않았다니 나는 탈수로 죽었을 수도 있었다. 하지만 그런 건 전혀 기억나지 않고, 지금껏 비정상적으로 갈증을 두려워한 적도, 음식과 물에 강박증을 가진 적도 없었다. 듣기로는 그때 목매달려 죽은 인디언 한 명이 나를 먹여주었던 모양이다. 아니, 내 어린 시절은 매우 행복했고, 나는 그네와 강아지, 온갖 응석을 다 받아준 부모님은 물론 모든 것을 다 가졌다. 좋은 일 말고는 일어나지 않았다. 성적도 좋았고, 친구들과 노는 것도 좋았다. 댄스파티에서 여왕으로 뽑히기도 했다. 일찍부터 그 일을 들었고 내가 누구인지 받아들였으므로 느닷없이 출생의 비밀이 밝혀지는 충격을 경험하지도 않았다. 다만 한 가지, 린치를 당한 인디언들이 그 일을 저지른 장본인이라고 믿고 살았다. 니브 하프가 그 생각을 바로잡아주었을 때까지는—실제로 관련 기사를 전부 보여주었을 때까지는—그렇게 믿었다. 그녀는 그 일을 둘러싼 모든 시각에 대해 말해주었다. 지금 생각하면, 내 양모는 우리 고장의 어딘가에 진짜 살인자가, 토백이 아닌 다른 누군가가 모습을 숨긴 채 양심의 가책을 받으며 살고 있다고 의심한 것 같다. 일렉타와 내 눈길이 닿을 만한 집 밖의 장소에―화분 밑이나 나무 위의 집, 내 자전거 핸들 속에―꼬깃꼬깃 접은 작은 지폐들이 놓여 있었고, 우리는 사각형으로 꽁꽁 접힌 지폐를 찾아내면 언제나 이렇게 말했다. "산타클로스가 또 왔다 갔나봐." 하지만 한 사람이 살아가면서 겪을 슬픔이 예측 가능한 수준을 넘어설 때 그걸 털어놓는다는 건 실로 곤혹스러운 일이다. 특이하게 살아남았다는 사실이 내 기질을 감사로 채워놓은 것만 같다. 아니면 내 인생에서 일어날 수 있는 모든 불행을 내 가족이 몽땅 가져가버린 것만 같다. 나는 강렬한 사랑을 했다. 평범하고 만족스럽게 살았으며, 사람들에게 도움을 주며 사는 특권도 누렸다. 대부분의 사람들에게. 미칠 것처럼 애도하는 사람도 없고, 정말로 처음부터 다시 해보고 싶은 일도 없다.

그런데 언니의 밸런타인 카드를 뺨에 대고 비빌 때, 언니의 개킨 리넨 조끼를 쓸어만질 때, 죽은 그날 오빠가 입은 오버롤 바지와 어머니의 앞치마를 손에 쥘 때, 이 옷가지와 함께 깨끗이 빤 아버지의 낡고 건초 냄새 나는 옷을 뭉쳐 아랫배에 갖다댈 때, 내 가족을 품에 안을 때, 왜, 왜 나는, 마치 바람이, 대기의 검은 날개가 나를 들어올린 것처럼 용솟음치는 벅찬 감정에 숨이 멎는가? 그리고 그런 기분이 들면, 별이 그러듯 내게서 달아나버리는 어슴푸레하고 소멸할 수 없는 무언가를 향해 왜 자꾸만 날아가는가? 눈을 멀게 할 속도로, 한 번도 멈추지 않고?

플루토가 마침내 텅 비고 흙이 이 집마저 되가져갈 때, 전쟁 기넘비가 무너지고 한때 은행이던 카페가 놋쇠와 화강석을 빼앗길 때, 플루토에 남은 건 우리가 수집하여 기록한, 노스다코타 지역 컬렉션에 기부한 역사 뉴스레터 묶음이 전부일 때, 그때는 어떨까? 나는 무엇을 말했을까? 진실을 어떻게 기술했을까?

밸런타인 카드는 그 소년의 이름이 전쟁 기념비에서 지워져서는 안 된다고 언제나 내게 말을 걸어왔다. 무고한 사람들이 목매달려 그 누구의 정의도 아닌 정의를 위해 참기 힘든 죽임을 당했을 뿐 아니라 그 소년조차 결국 살인자는 아니었다. 죽은 언니는 그의 사랑을 받아주었다. 그렇지 않았다면 그의 카드를 간직하지 않았을 것이다. 언니를 사랑했다면, 그는 아마 슬픔과 절망 때문에 달아났을 것이다. 어쩌면 그곳에 갔을 것이다. 어쩌면 그녀가 죽어 있는 것을 보았을 것이다. 가엾은 토벡. 하지만 그 소년이 아니라면 누구였을까? 내 아버지가? 아니다. 아버지는 앞으로 쓰러져 있었다. 비난할 사람은 없다. 이 타운의 어딘가에 혹은 저 바깥의 다른 세상에 헛간으로 달아나는 내 오빠들을 끈질기게 쫓아가 파멸시킨, 어머니와 언니의 아름다움을 쳐다보면서 쏘아 죽인 그 인물이 존재했다. 어떤 이득이 있어서 그랬을까? 아무것도 가져간 것은 없었다. 얻어진 것도 없었다. 어떤 목적으로 그 불가해한 멸살을 저질렀단 말인가?

나는 이십 년 전에 굉장히 까다로운 환자를 맡게 되었다. 우리 땅에서 가장 먼 변두리에 인접한 토지에서 평생을 살아온 늙은 농부였다. 워런 월데는 말수가 적고 괴팍한 노인이었지만 가축을 기르는 재주가 있었다. 들리는 말로는 미국 정부에 대해 여러 가지 특이한 믿음을 갖고 있다고 했다. 그의 옆에서는 특정한 문제, 이를테면 의회는 하나라는 말이나 헌법의 수정조항 같은 내용은 언급하면 안 된다고 했다. 사정이 그러했기에 사람들은 그의 의견을 되도록 피했다. 그가 느닷없이 병적이고 전면적인 분노에 빠질까 봐 두려워서였다. 안전한 주제로 대화를 나눌 때라도 그는 사람들을 빤히 쳐다보았고 사람들은 그의 시선에 불안해했다. 하지만 위런 월데를 치료하려고 농장에 갔을 때 그는 나를 불안하게 할 만한 상태가 전혀 아니었다. 이 주 전에 그가 기르던 비싼 혈통의 황소가 그를 들이받았는데, 한쪽 허벅지와 다리만 집중적으로 짓밟아 상처를 입혔다고 했다. 의사의 진료는 절대 받지 않겠다며 고집을 부렸지만 열이 나고 감염되면서 상처가 괴사하기 시작했다. 그는 굉장히 힘이 세서 병원으로 옮기려 하자 맹렬히 저항했고, 그래서 가족은 대신 나를 불러 치료할 수 있는지 알아보기로 한 것이다.

치료는 가능했지만 그 방법이 지독히 고통스러운 데다 나로서는 하루에 두 번 왕진을 해야 했기에 스케줄만 보면 감당하기 어려웠다. 하지만 그러기로 했다. 거즈를 갈아주고 괴사 조직을 제거하려면 월데에게 모르핀을 투약해야 했는데, 그때마다 그는 완강히 거부했다. 그는 나를 믿지 않았고 의식을 잃었다가 깨어나면 다리가 없어져 있지나 않을까 두려워했다. 천천히 상처를 치료하는 동시에 그를 진정시켰다. 처음 치료하러 왔을 때 그는 나를 보자마자, 내가 의사가 된 뒤로 한 번도 본 적이 없는 공포의 반응을 보였다. 그건 충격이 혼합된 두려움이었는데, 서서히 무뎌지더니 경계하는 침묵으로 변했다. 다리가 나아가자 그는 내 방문에 마음을 열었고, 목발을 짚고 절뚝거릴 정도가 되자 심지어 내 출현을 즐거운 마음으로 고대하는 것처럼 보였다. 그 마음이 퍽이나 부드럽고 열정적이어서 주위 사람 모두가 놀랐다. 하지만 사람들이 말해주기로는, 그가 험악하고 괴팍한 성격을 버리는 것은 오로지 나한테뿐이고 내가 떠나면 다시 요지부동의 분노 상태로 되돌아간다고 했다. 예전에 하던 일을 전부 재개할 만큼 완전히 낫지는 않았지만 노쇠하여 주립병원으로 가기 전까지 그는 몇 년 동안 썩 잘 버텨냈다. 그는 고령의 나이에 분출된 혈액이 응고하여 수면중에 사망했다. 그가 죽고 몇 주 뒤에 변호사가 내게 연락을 취했고, 나는 몹시 놀랐다.

의뢰인인 워런 월데가 상자를 남겼다는 말에 나는 그걸 우편으로 보내달라고 부탁했다. 그 상자에는 월데의 필체가 틀림없을 서투른 글씨체로 내 주소가 적혀 있었다. 받자마자 곧바로 뜯어보았다. 안에는 다양한 액수(주로 소액)의 지폐들이 겹겹으로 접혀 수백, 수천 장 들어 있었고, 접은 방식은 어린 시절에 발견한 그 지폐와 동일했다. 나는 변호사에게 전화를 걸었고, 그는 나를 월데의 주검을 발견한 간호사와 연결해주었다. 나는 간호사에게 그의 심리 상태를 밝힐 만한 단서가 없는지 물었다.

그를 죽인 것은 음악이었다고 그녀가 말했다.

어떤 음악이었냐고 묻자, 피스라는 방문자가 휴게실에서 작은 바이올린 연주회를 열었을 때 그가 쓰러졌다고 말해주었다. 그리고 그날 밤 숨을 거두었다고 했다. 나는 그녀에게 감사하다고 말했다. 피스라는 이름이 당혹스러웠다. 워런 월데가 선사한 돈과 유산에 대해, 그가 과거의 비극적인 내 운명을 측은히 여기고 또 자기를 치료해준 것을 감사하는 마음으로 내게 남긴 것이라고 믿을 수도 있었다. 그렇게 많은 자그맣고 기이한 진실이 없었다면 생각이 그쪽으로 기울었을 것이다. 그 이름, 그 이름이 소유한 바이올린, 그 이름을 발설한 음악. 월데를 치료하러 다니던 초기에 그가 너무도 내밀하고 가련한 공포를 보이며 주춤주춤 내게서 물러나던 것이 기억난다. 그의 얼굴에는 되살아난 악몽의 느낌이 감돌았다. 당시에도 그렇게 생각했다. 나중에 그의 성질이 눈에 띄게 변화했어도 내게 큰 감동은 없었다. 오히려 소름이 돋았다.

※

이 뉴스레터를 충실히 구독하는 독자들은 구독자의 감소로 기사 분량을 줄이는 것이 불가피한 일임을 알고 있을 것이다. 그래서 이쯤에서 끝을 내야겠다. 어쨌거나 나는 협회의 회계담당인 니브 하프와 함께 우리의 소소한 기록을 보관하고 유지하는 일에 관련된 결정을 내리려고 회의를 개최했지만, 이 기록에 더 많은 자료를 제공할 수 있는 사람은 우리 둘밖에 남지 않은 것 같기에 이제는 우리의 회원제도를 폐지하고자 한다. 우리 협회가 더 존재하지 않음을 선포한다. 그러나 우리의 궤도가 우리의 발자국으로 닳아 없어져 흙이 될 때까지 우리는 플루토의 변방을 계속 걸을 것이다. 이제 플루토 역사협회의 회장으로서 나는 마지막으로 이 일을 하고자 한다. 나는 내 가족을 살해한 자의 생명을 구한 그해를 기념하여 타운의 축제일을 선포한다.

바람이 불 것이다. 악마들이 일어날 것이다. 축제를 즐기는 모든 사람은 유령이 될 것이다. 영원한 춤 외에는 아무것도 남지 않을 것이며 어디를 바라보든 흙으로 뒤덮이게 될 것이다.

아아, 잠 못 드는 밤을 지새우는 니브를 위해 집에서 나와 니브의 집으로 걸어가면서 나는 너무 묵시적이 된 것 같다. 흙으로 뒤덮인다! 나이 먹은 여자들이 밤에 나다니면서 선선한 바람을 즐길 수 있는 타운은 몇 곳 없겠지만, 있다면 플루토가 그런 곳이다. 나는 지팡이로 길을 더듬으며 사위가 너무 컴컴해서 우리가 벌써 보이지 않게 된 거라고 생각한다.

이 책의 편집자인 테리 카턴, 교정자인 트렌트 더피, 그리고 데버러 트리스먼, 제인 베이른, 앤드루 와일리에게 감사한다. 또한 의학박사 샌딥 플라텔에게 감사한다.

저자는 이 소설의 여러 부분이 조금 다른 내용으로 실린 잡지와 선집의 편집자들에게도 큰 감사를 표한다. 〈뉴요커〉와 『2006 오 헨리 단편소설상 작품집』에는 「비둘기 재앙」이, 〈월간 애틀랜틱〉에는 「고질라 수녀」가, 〈뉴요커〉와 『2003 미국 최우수 단편』에는 「샤멩과」가, 〈계간 노스다코타〉에는 「타운 열병」이, 〈뉴요커〉와 『2007 미국 최우수 추리소설』에는 「들어오게」('글리슨'이라는 제목으로 실림)가, 〈월간 애틀랜틱〉과 『1998 오 헨리 상 작품집』에는 「사탄, 행성의 하이재커」가, 〈뉴요커〉에는 「파충류의 정원」과 「철거」가, 〈뉴요커〉와 『2005 미국 최우수 추리소설』에는 「플루토의 재앙 우표」가 실렸다.

루이스 어드리크의 다른 작품과 마찬가지로 이 책에 등장한 보호구역, 도시, 등장인물은 모두 상상의 산물이지만, 루이 리엘과 홀리 트랙이라는 이름은 예외다. 1897년 폴 홀리 트랙은 열세 살에 노스다코타 주 에몬스 카운티에서 폭도의 손에 교수되었다. '타운 열병' 부분은 1857년에 대니얼 S. B. 존스턴이 작성한 레드 강 타운 부지 투기 자료를 참고했다.

오지브웨족 혹은 미치프족의 언어에 혹시라도 실수가 있었다면 저자의 잘못이지 저자를 가르친 인내심 많은 스승의 잘못이 아님을 밝혀둔다.

이 책을 포함한 루이스 어드리크 작품 일체의 수익금 중 일부는 미네소타 주 미니애폴리스에 있는 독립서점 버치바크 북스와 오지브웨어 벤처출판사인 버치바크 프레스를 후원하는 데 쓰인다 (www.birchbarkbooks.com).

진실과 유머의 푸가

"등장인물의 관계가 매우 복잡해서 읽은 내용을 자꾸 들춰봐야 한다.""관계의 실타래가 얽히고설켜 차라리 작가가 가계도를 그려줬으면 싶다.""이야기들이 제멋대로 튀어나오고 시간대도 정신없이 왔다 갔다 한다." 비평가들이 루이스 어드리크의 작품을 평한 말이다. 심지어 그녀의 일곱번째 소설『앤틸로프 와이프』에 대해서는 "등장인물을 추적하려면 예전에는 가계도로 족했지만, 이 작품은 컴퓨터 프로그램이 필요하다"라고까지 말한 사람도 있다.

루이스 어드리크는 아메리카 원주민의 과거와 현재를 원주민 구비문학의 필치로 그려내는 작가로, 어머니는 치페와족이고 아버지는 독일계 미국인이다. 전미비평가협회상, 오 헨리 단편소설상을 비롯해 많은 상을 받았고, 시와 동화책 등 집필 영역도 다양하다. 우리나라에도 작품이 소개된 적이 있지만 널리 알려지지는 않은 것 같다. 타고난 글솜씨와 빼어난 유머를 지닌 작가가 그에 걸맞은 관심을 받지 못한 것이 안타깝지만 이 책으로 그녀가, 그리고 아메리카 원주민 문학이 좀더 많은 관심을 받았으면 하는 바람이다. 루이스 어드리크는 올해까지, 한때 그녀의 남편이었으나 생을 자살로 마감한 마이클 도리스와 공동 집필한 소설을 포함해 열세 편을 발표했다.

『비둘기 재앙』은 그녀의 열두번째 소설이다. 이 소설도 아니나 다를까, 등장인물의 관계가 거미줄을 몇 겹 포개놓은 것 같다. 시간대도 1960년대에서 1896년으로, 또 1911년으로 그 궤적을 종횡무진 누빈다. 일어나는 사건도 아주 많다. 납치극도 벌어지고 살인사건도 일어나고 인디언이 목매달려 죽기도 한다. 사이비 종교 단체도 만들고 정신병원에서 동성끼리 사랑도 느끼고 연상녀 연하남이 애타는 사랑도 나눈다. 그러니 이 소설을 읽은 독자의 심정도 비평가의 심정과 비슷하지 않을까 싶다. 그런 순간이 틀림없이 있을 것이다. 갈팡질팡하며 미로에 갇힌 것 같은 순간이. 누가 누구와 어떤 관계더라, 누구와 누구는 또 어떻게 얽히더라…… 끝내 흰 종이를 꺼내 등장인물의 이름을 끼적이며 혼자 가계도를 그려볼지도 모르겠다. 공간이 모자라 다시 새 종이를 꺼내거나 종이를 잇대어 그릴지도 모르겠다. 주인공 에블리나가 책의 초반부에서, 사람들의 관계가 너무 얽히고설켜 선을 긋고 지우기를 반복하다 종이에 구멍이 뚫린 이름도 몇 명 있었다고 전하는데, 한참 읽다 그 대목을 새삼 떠올리며 고개를 주억거릴지도 모르겠다.

그 미로를 무사히 빠져나가면 머릿속에 큰 그림이 그려진다. 처음에는 맞게 그렸나 자신이 없어 잠시 갸우뚱할지 모르지만, 다시 잘 들여다보면 씨실과 날실이 정교하게 짜인 더없이 독특하고 황홀한 색깔과 장면이 보일 것이다. 초콜릿 알레르기가 있지만 가끔은 먹고 싶은 욕망을 참지 못해 두드러기를 견뎌야 하는 고질라 수녀, 깡충거리듯 걷는다고 깡충신부로 불렸지만 결국 몬태나 소고기를 파는 사업가로 변신한 캐시디 신부 등 등장인물은 누구 할 것 없이 친근하고 생동감 넘치고 톡톡 튄다. 치명적인 로맨스의 예로 등장한 하프와 밀크 집안의 일가붙이는 잠시 언급될 뿐이지만 그들조차 그 짧은 순간에 그들만의 매력을 한껏 발산한다. 인물과 인물을 잇는 관계의 연결고리 또한 어지럽지만 절묘하게 맞물린다. 예컨대 샤멩과의 바이올린은 앙리와 라파예트 피스 형제를 후대의 코윈 피스와 연결하고, 그 선율은 일가를 살해한 익명의 남자를 밝혀낸다. 인물과 각 에피소드를 알근달근하게 버무려내는 작가의 솜씨는 참으로 감탄스럽고 부럽다.

이 소설에서 집어낼 수 있는 핵심 단어 하나는 '진실'일 것이다. 이것이 진실인가 싶으면 저것이고, 저것이 진실인가 싶으면 전혀 뜻밖의 것이다. 속고 또 속는 기분도 들지만 화끈하게 속아넘어갔을 때 종종 느끼는 짜릿함을 이 소설은 계속 선사한다. 내가 에블리나가 된 것처럼 무슙 앞에 턱을 괴고 앉아 무슙의 찌부러진 귀가 "비둘기에게 쪼여서구나" 하다가 "간 빼먹는 존슨이랑 싸우다 물어뜯긴 거구나" 하다가 결국 진짜 사실을 알게 될 때, 넉살 좋은 무슙의 거짓말은 짜릿하고 유쾌하다. 한편 우표 사건이나 샤멩과의 바이올린을 보면서 우리는 이 소설에서 역사가 우리에게 치는 진실과 거짓의 장난도 경험한다. 역사는 때로 참혹한 사건들로 그런 장난을 치고, 진실은 술래가 찾지 못하게 오랜 세월 숨어 있다. 하지만 진실을 밝히는 것 또한 역사의 몫이라서 살인사건에 대한 진실도, 인디언들의 죽음에 대한 진실도 결국 시간의 흐름과 인물의 관계 속에서 찾아진다. 작가는 의사 코델리아의 목소리로 비밀은 맨 마지막에, 비밀을 지켜봤자 소용없다는 사실을 알게 될 때, 모든 이야기는 기록에 남는다는 것을 알게 될 때 사람들이 비로소 털어놓는 것이라고 말한다. 비밀은 결국 진실의 또다른 이름인 것이다.

참혹한 진실을 참혹하게 느끼기보다 견딜 만큼 거리를 두고 바라보게 하는 것이 유머이다. 루이스 어드리크는 어느 인터뷰에서 이렇게 말했다. "유머는 매우 중요하다. 아메리카 인디언의 삶과 문학에 있어 유머는 가장 중요한 부분의 하나다." 어찌 보면 무거운 죄책감에 허덕여야 했을 무슨이 얄미울 만큼 즐겁게 살아갈 수 있었던 것도 타고난 그의 유머 덕분이다.

에블리나의 이야기를 빼놓을 수 없다. 역자이기 이전에 독자로서 가장 큰 매력을 느낀 주인공은 단연코 그녀이기 때문이다. 그녀가 하는 말 한 마디 행동 하나가 모두 얼마나 발칙하고 사랑스러운지. 코윈에서 고질라 수녀로, 아나이스 닌으로, 노네트로, 어쩌면 다시 코윈에게로 이어지는 그녀의 사랑이 당신의 그리움을 과거의 어느 시절로 데려갈지도 모르겠다. 성장에는 과거를 추적하는 행위가 수반되고, 그것엔 필연적으로 아픔이 뒤따른다. 에블리나의 성장 또한 그 공식을 따르면서 소설의 한 축을 이룬다.

이 소설의 매력을 끌어내자면 끝이 없다. 어떤 관점에서 볼 것인가도 끝이 없다. 복잡한 만큼 이야깃거리도 많다. 아픈 만큼 유머가 넘친다. 이렇게 재미있는 책을 번역하게 된 것이 역자로서는 행운이다. 그들이 살고 간 시간의 궤적을 밟으며 아찔했다면, 그 아찔함을 즐기기 바란다. 생생한 인물 묘사가 눈부시다면, 눈멀지 않을 만큼 만끽하기 바란다. 미로가 어지럽다면, 출구야 언젠가 나온다는 심정으로 구석구석 돌아다니기 바란다. 코델리아의 마지막 말처럼 우리의 궤도가 우리의 발자국으로 닳아 없어져 흙이 될 때까지 걷다보면 언젠가는 우리도 어둠 속 어딘가로 사라지지 않겠는가.

2010년 7월
정연희

옮긴이 **정연희**

서울대학교 영어교육과를 졸업하고 미국 펜실베이니아 대학에서 석사 학위를 받았다. 전문 번역가로 활동하고 있으며, 옮긴 책으로 『새해』 『죽음과의 약속』 『인문학의 즐거움』 등이 있다.

문학동네 세계문학

비둘기 재앙

초판 인쇄 2010년 7월 1일 | 초판 발행 2010년 7월 15일

지은이 루이스 어드리크 | 옮긴이 정연희 | 펴낸이 강병선
책임편집 류현영 | 편집 안미선 | 독자 모니터 김형철
디자인 윤종윤 이원경 | 저작권 김미정 한문숙
마케팅 정민호 김도윤 | 온라인 마케팅 이상혁 한민아
제작 안정숙 서동관 김애진 | 제작처 영신사

펴낸곳 (주)문학동네
출판등록 1993년 10월 22일 제406-2003-000045호
주소 413-756 경기도 파주시 교하읍 문발리 파주출판도시 513-8
전자우편 editor@munhak.com | 대표전화 031) 955-8888 | 팩스 031) 955-8855
문의전화 031) 955-3576(마케팅) 031) 955-8858(편집)
문학동네카페 http://cafe.naver.com/mhdn

ISBN 978-89-546-1139-8 03840

www.munhak.com